글쓰기라는 거울
근대적 글쓰기의 형성과 재현성

Writing as a Mirror

지은이 **신지연**(申智妍, Shin Ji-Yeon)은 1974년 춘천에서 태어났다. 한림대학교와 고려대학교 대학원 국문학과에서 공부했고, 2006년 2월 「근대적 글쓰기의 형성과 재현성」이라는 논문으로 박사학위를 받았다. 소논문으로는 「1920년대의 여성 담론과 김명순의 글쓰기」, 「1920~30년대 '동성(연)애' 관련 기사의 수사적 맥락」 등이 있다. 지금은 주류 담론과 주류 문학사의 그물망에서 빠져나간 '소수성'을 글 속에서 찾아내고 그 존재론적 입지를 마련하는 일에 관심을 가지고 있다.

글쓰기라는 거울
근대적 글쓰기의 형성과 재현성

1판 1쇄 인쇄 2007년 08월 01일
1판 1쇄 발행 2007년 08월 10일

지은이 / 신지연
펴낸이 / 박성모
펴낸곳 / 소명출판
출판고문 / 김호영
등록 / 제13-522호
주소 / 137-878 서울시 서초구 서초동 1621-18 (란빌딩 1층)
대표전화 / (02) 585-7840
팩시밀리 / (02) 585-7848

somyong@korea.com / www.somyong.co.kr

ⓒ 2007, 신지연

값 17,000원

ISBN 978-89-5626-274-1 93810

글쓰기라는 거울
근대적 글쓰기의 형성과 재현성
Writing as a Mirror

신지연

소명출판

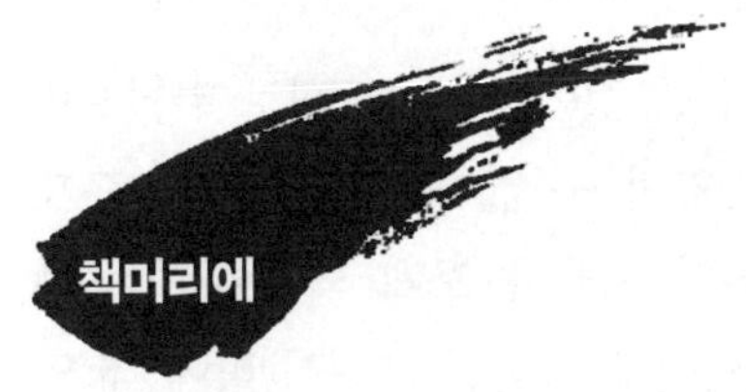

아무리 오래 살아도 나는 내 얼굴을 볼 수 없을 것이다. 이 단순한 사실을 깨달은 건 오래지 않은 일이다. 하지만 그런 '각성'을 했다고 해도 일상생활에서 달라지는 건 거의 없다. 다른 사람들은 언제나 보고 있는 내 얼굴을 나만은 볼 수 없다는 게 잠깐씩 끔찍하기도 하지만, 정말 잠깐씩 그럴 뿐이다. 세수를 하고 화장실의 거울을 보며 '저건 가짜야'라고 생각하지는 않는다. 키를 커보이게 하고 얼굴을 갸름하게 만들어주는 옷가게의 전신 거울을 보면, 상술이라는 걸 모르지는 않으면서도 그냥 내 모습이려니 속고 넘어간다. 보여지는 모습이 진짜가 아니라는 생각은 공부를 할 때만 머릿속에 가득하다.

글을 읽고 쓰는 일은 거울을 보는 일과 같다는 생각을 했다. 누군가의 글을 읽을 때, 그 글을 쓴 사람의 의도에 오차 없이 다가갈 수는 없을 것이다. 또 그 의도만이 글의 모든 것이라고도 할 수 없을 것이다. 그러나 나는 여전히, 쓴 사람의 의도를 이해하겠다는 마음으로 글을 읽는다. 내가 쓸 때에도 마찬가지다. 내가 쓴 것이, 내 의도대로 읽혔으면 좋겠다. 거울이 세상을 세상 그대로 반영할 수 없다는 걸 알면서도 또 한편으로는 세상의 모습이라고 생각하며 거울을 보게 되듯이. 거울에 비치는 내가 가짜라는 걸 모르지 않으면서도 거울을 통해서 밖에 내 얼굴을 볼 수 없듯이. 나는, 내가 보고 싶다. '진짜 나'라는 것이 허깨비라는 걸, 그러므로 '진짜 나'를 만나는 것이 불가능하다는 걸 많은 책들이 일깨워주곤 하지만, 그런 희망이 없다면 계속 글을 쓸 수 없을 것 같다.

이 책에서 핵심 개념으로 사용되는 '재현'은 'representation'을 번역한 것이다. 'representation'은 '표상'이라고 번역되기도 한다. 두 번역어는 원본과 대리물의 관계를 바라보는 태도에 따라 달라진다. '재현'은, 대리물이 원본 사물의 원본성을 간직할 수 있음을 그 가능성으로 간직한 번역어다. 이에 반해 '표상'은, 원본 사물의 원본성이 상당부분 탈각되었음을, 그리하여 대리물은 한갓 '본뜬' 것에 불과함을 단어 자체에 각인한다. 대리물로부터 원본을 볼 수 있으리라는 희망을 접을 때, 'representation'은 '재현' 대신 '표상'을 번역어로 선택한다. 그런 점에서 본다면 '재현'은 촌스러운 반면 '표상'은 쿨하다.

이 책은 쿨한 '표상' 대신 촌스러운 '재현'이라는 용어를 선택했다. '재현으로서의 글쓰기'가 현재진행형이라고 생각했기 때문이다. 나는 오래 전의 글들을 읽으며, 그 시대 사람들의 언어 용법이 무척 웃기기도 했고 그 용법이 보여주는 뻔한 이데올로기가 한심하기도 했다. 늦게 태어났다는 특권으로 나는 그들의 바깥에서, 그들이 '재현'했다고 믿은 것이 한갓 '표상'에 불과하다는 걸 볼 수 있었다. 하지만 지금이라고 해서 크게 다르다고는 생각하지 않는다. 원본으로 상정한 세계를 글로 다시 보여주겠다는 믿음이 없이 글쓰기가 가능할 수 있을까. 무엇보다도 나 자신이 그렇다. 하지만 요즘 인터넷상에 올라오는 현란한 글들을 보면, 글로서 뭔가를 되살려보겠다는 믿음이 자연스레 헛것으로 보일 날이 그리 멀지 않은 것 같기도 하다. 그 글들의 활달한 폐쇄성이 부러워

나도 가끔씩 멋진 이모티콘이나 통신어를 글 속에 끼워 넣어 보기도 하지만, 사이즈도 스타일도 안 맞는 레기 룩 차림을 한 것처럼 머쓱하고 불편해서 금방 지워버린다. 미래의 관점에서 보자면 나의 글들은 어쩔 수 없이 허망해지지만, 나에게는 미래의 눈이 없고, 나에게는 나의 글을 타자화 시킬 능력이 없다. 그러니까 어쩌면 이 글은, 그리고 '재현성'에 대한 관심은, 앞으로 내가 글쓰기를 계속하기 위한 변명이거나 알리바이일지도 모르겠다.

이 글은 2005년 겨울에 제출한 학위논문을 수정·보완한 것이다. 심사위원 선생님들께서 제기하신 문제들 중에 제법 큰 것들은 그때 손보지 못하고 지금에서야 땜질을 했다. 아직도 구멍이 많겠지만, 논문보다는 조금 더 정교해졌으리라고 믿고 싶다.

원고를 고치면서 '문자 쓰기'에 대한 고민을 많이 했다. 나는 이 글 전체를 가능하면 현대의 문법 체계에 맞게, 그리고 한자나 알파벳은 괄호 안에 병기하며 한글 전용으로 끌고 나가고 싶었다. 이유는 간단한데, 하나의 문자 체계로 이루어진 것이 보기에 좋다고 생각하기 때문이다. 하지만 나는 이미 이 서문에서부터 영문 알파벳을 그대로 노출해서 쓸 수밖에 없는 경우를 만나고 만다. 더구나 이 책에서 다루려고 하는 것은, 쓰기 체계가 채 자리 잡기 이전의 텍스트들인 것이다. 고심 끝에 별도 인용문들은 당대 표기들을 그대로 둔 채 띄어쓰기만 현대어법에 맞게 고치고, 나의 문장에 섞여드는 인용문에는 현대 표기 방식을 적용하려고 했지만, 이 원칙도 끝내 일관되게 지키고 못하고 말았다. 어떤 인용문들은 원래의 띄어쓰기를 그대로 지켜달라고 요구했고, 어떤 옛 단어들은 생긴 모양 그대로 내 문장 사이에 끼어들기를 원했다. 간결하고 보기 좋은 체계를 유지하고 싶었지만, 체계가 대상을 훼손하도록 만들 수는 없는 것이다. 100년 전에 글을 쓰던 그들의 고민 역시 이 비슷한 게 아니었을까?

감사해야 할 분들이 무척 많다. 길고 지루한 글을 읽어주신 선생님들, 군말 없이 지켜봐 주신 할머니, 부모님, 아버님, 오래 같이 공부한 벗들, 상첵 씨. 그래서 여기까지 왔다. 앞으로도 그럴 것이다. 책이라는 집을 마련해 주신 소명출판의 박성모 사장님과 편집부 여러분들께는, 이 글이 몹시 감사해 할 것이다. 끝으로 나에게 건투를 빈다. 좋은 사람이 되자.

2007년 5월
신 지 연

CONTENTS

글쓰기라는 거울

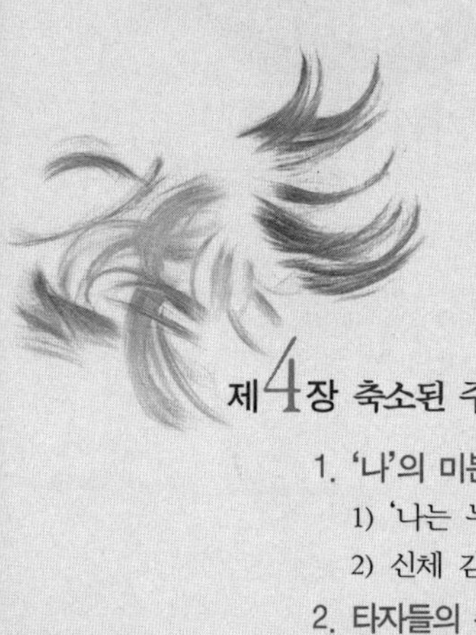

제 1 장

서론

1. 논의 전제의 검토 – 재현성 · 자국어문 · 인쇄물

'재현(再現, representation)'이란 '다시 나타나게 하다', '원래 있는 것을 대신하다'라는 뜻을 가지고 있다. 'A가 B를 재현한다'라고 말할 때, B는 원본으로, A는 대리물로 상정된다. A가 A의 물질성을 버리고 B에 가깝게 다가갈수록 '재현'은 높은 수준에 도달한다.

재현성은 오랫동안 언어와 인간이 맺는 보편적이고 핵심적인 본질, 혹은 특권적인 자질로 이해되어 왔다. 근대 리얼리즘 문학관이 토대로 삼고 있는 것도 이러한 언어관이며, 현재까지도 문학과 글쓰기에 대한 많은 논의들은 '재현'을 언어의 본질로 전제한 상태에서 전개되곤 한다. 이때 글쓰기는 특정한 메시지를 전달하고 원래의 의도를 재현하는 도구로 인식된다. 원본을 다시 나타나게 하는 대리물 혹은 매개물로서의 성격이 강조되므로, 어느 정도로 투명성이 확보되는가 하는 것이 텍스트의 질을 판별하는 중요한 기준으로 작동하게 된다. 거울이 거울로서의 물질성을 버리고 대상을 좀 더 정확하게 비춰줄 때, 그러니까 거울로서의 존재감이 지각되지 않을 때 좋은 거울로 취급받는 것과 같은 이치다.

언어의 기능과 재현성을 동일시하는 등식이 '사실'이 아니라 특정 시대·특정 계급의 이념을 담고 있다는 주장이 제기되기 시작한 것은 20세기 중반 제1세계 비평가들에 의해서이다. 언어 기호가 세계를 반영하는 동시에 굴절시킨다고 보는 바흐친 그룹의 문제의식, 현실을 투명하게 담는 그릇으로 언어를 바라보는 관점이 다만 '부르주아적 글쓰기'에 한정되어서만 유용하다는 것을 사적 맥락에서 접근한 바르트의 연구, 그 외 언어의 수행적 능력을 검토하고 증명한 여러 논의 등은 이미 국내에서도 많은 연구자들에 의해 검토되고 수용된 바 있다. 그리고 이와 같은 작업은, 근대적 재현체계 전반의 전제를 이룬다고 여겨지는 '확실성'이 실제로는 매우 이데올로기적인 것임을 밝혀 온 철학적·사회경제학적 논의 및 서구 형이상학에 대한 비판과 연계되며 이루어져 왔다.[1] 여기에서 우리는 좀 더 구체적인 질문을 던져볼 필요를 느낀다. 언어가 세계를 반영한다는 것이 정말로 근대의 이데올로기에 불과하다면, 그러면 한국의 경우에, 언어는 또 다른 어떤 방식으로 존재할 수 있었는가 하는 것이다. 그 가능성을 검토한 후에야 언어의 반영성을 이데올로기적인 것으로 의심하는 탈근대적 사유를 한국어 글쓰기라는 구체적 맥락 속에서 논의할 수 있을 것이다.

---

1) 『문화과학』 24호(2000년 겨울) 특집 「'재현체계'와 근대성」란에 실린 글들은 이 문제와 관련된 논점을 정리하는 데에 도움을 준다. 특히 강내희의 「재현체계와 근대성 — 재현의 탈근대적 배치를 위하여」와 박성수의 「재현, 시뮬라크르, 배치」 참조.

신성한 문자와 '여섯 번째 감각'

몇 가지 전제가 필요하겠지만, 개항 이전까지 한국에서 글은 그저 '한문'이었다고 말할 수 있다. 우리가 현재 사용하는 '한문(漢文)'은 갑오년 이후의 언어로, 중국에서는 한대(漢代)의 문장을 가리켰으며 조선에서는 중국의 백화어를 뜻하는 단어였다.[2] 개항 이후 민족의 가치가 강조되기 전까지 현재 한문으로 통칭되는 글들은 '진서(眞書)'라고 불렸는데,[3] 이 명칭은 한문 경전들이 일종의 이데아이자 참된 실재이며 본떠야 할 최고의 모델로 인식되었음을 알려준다. 한문과 글이 등가관계를 이룬다는 점을 상기한다면, 글 자체가 참된 실재였다는 말이 된다.

글의 세계로 들어가고자 하는 사람들은 어린 시절부터 경전을 암기한다. 이것은 경전에서 공자·맹자의 말이 지니는 '의미'를 배우는 작업이 아니라, 그 경전들을 통째로 참된 세계로 각인하는 작업에 해당한다. 이광수는 영남의 선비들이, 사서오경에 나오지 않는다고 비행기의 존재를 부인한다면서 그 무지한 완고함을 개탄한 바 있다.[4] 또 『천로역정』을 한글로 번역하고 『한영사전(Korean English Dictionary)』을 펴낸 바 있는 선교사 게일(J. S. Gale)은 한자가 "사상을 전달하는 것이라기보다는 숭배의 대상"이 되어 있는 것 같다고, 그래서 유생들은 "정신, 마음, 영혼까지 휘감은, 영원한 그 표의문자로 이루어진 미문집(美文集)을 가지고 인생을 헛되이 보낸다"고 말하였다.[5] 근대인의 시각으로 본다면 문자를 숭배하고 경전을 판단의 제1근거로 삼는다는 것은 넌센스에 불과하다. 그

---

2) 심경호, 『한문 산문의 미학』, 고려대 출판부, 1998, 5면.
3) 많은 논문들에서 인용된 바 있는 황현의 언급은 이 변화를 극명하게 보여준다. "옛날부터 한문을 진서라고 하고 훈민정음을 언문이라고 하였으므로 이를 통칭 진언(眞諺)이라 하였는데, 갑오경장 이후로 신시대의 업무에 종사한 사람들은 언문을 국문으로 칭하고 진서는 한문으로 칭하였다[古稱華文曰眞書, 稱訓民正音曰諺文, 故統稱眞諺. 及甲午後, 趨時務者盛推諺文曰國文, 別眞書以外之曰漢文]." 황현, 김준 역, 『매천야록』, 교문사, 1994, 330면.
4) 춘원, 「남유잡감(南遊雜感)」, 『청춘』 14호, 1918.6, 115면.
5) J. S. 게일, 장문평 역, 『코리언 스케치』, 현암사, 1971, 220~221면.

러나 다른 한편으로는 경전이 근대 이전에 얼마나 완강한 실재로 작용하였으며, 그 시대 사람들이 근대인들과는 얼마나 판이하게 다른 지평에서 살아가고 있었는지를 보여주기도 한다. 중국에서 오래 살았던 한 미국인 중국학자는 한문을 읽고 쓰는 데에는 '식스센스'가 필요하다고 말한 바 있다. 방대한 분량의 고문들을 암기한 상태에서 자유자재로 인용된 부분과 그 맥락을 이해하고 또 스스로 그런 방식으로 글을 짓는 일은, 서양의 인식 체계나 현대적인 감각으로는 불가능하다.6) 이목구비를 통해 감각하는 실재가 구체적 현실이라면, '식스센스' 획득자들이 감각하는 실재는 방대한 문장세계였다고 할 수 있을지 모른다.

이러한 사유 방식은 문체를 결정하는 핵심 요인이 되었다고 할 수 있다. 고려 중엽 이후 글의 주류를 이룬 당송고문(唐宋古文)은 선진(先秦) 고전의 어법을 지향한다. 이 글들은 조선 말의 질서와 다를 뿐 아니라, 시기적으로는 까마득한 옛날의 것을 모델로 삼기 때문에 조선어가 오가는 구체적 현실로부터도 자유롭다. 이때 글쓰기를 위한 최저 기반은 말의 세계인 구체적 현실에 대한 느낌·사상·인식이라기보다는 글이라는 계열체 내의 질서, 즉 따라야 할 기본 모델로서의 고문 및 다양한 전거 등에 대한 숙련이다. 당송고문이 편장(篇章)을 구성하고 구(句)를 배열하는 데에 정련된 테크닉을 중요시했다는 사실, 세련된 형식미가 한문 글쓰기의 핵심 자질이었다는 사실은, 글이 말의 구체적인 세계에 구속되지 않는 나름의 질서를 가지고 있다는 것으로 이해될 수 있을 것이다.7)

---

6) "It is only by going through a prodigious amount of literature and especially by memorizing quantities of it that the scholar obtains a kind of sixth sense which enables him to divine which of several readings is correct. Even the perusal of the classical language, therefore, requires long preparation. / Composition is still more of a task. Few Occidentals have achieved an acceptable style and many a modern Chinese who is the finished product of the present-day curriculum is far from adept." Kenneth Scott Latourette, *The Chinese : Their History and Culture*, 3rd ed., New York : The MacMillan company, 1951, p.775.

7) 고문의 문체적 특질에 대해서는 다음 글들을 참고하였다. 심경호, 「조선 후기 고문의 형식미」, 『관악어문연구』 13호, 1988; 『한문 산문의 미학』, 고려대 출판부, 1998.

　　물론 이때의 테크닉은 현대적 의미의 기교나 기술로 번역될 수 있는 성질은 아닐 것이다. 당송고문이 글의 형식성을 강조하면서도 동시에 ‘문이재도(文以載道)’의 관(觀)을 지니는 것은, 도(道)에 해당하는 의미가 외부에 따로 존재하는 것이 아니라, 간결하고 깊이 있되 난삽해지지 않는 문장 미학, 즉 숙련된 테크닉에 의한 품격 자체가 바로 ‘도’였음을 시사한다. 뒤집어서 말하면 ‘문이재도’란 효용론적·도구적·공리적 문학관으로 풀이될 만한 것이라기보다는, 형식과 내용이라는 이분법 개념이 생기기 이전의 세계관을 보여주는 바라 할 수 있겠다.[8] 가령 한자문화권의 대표적 장르 중 하나인 전(傳)의 경우, 입전인물의 불후성을 보장하기 위해서는 빼어난 문재를 갖춘 작자가 명문을 써야 한다는 인식이 보편화되어 있었다고 한다. 동일인물의 전을 개작하는 가장 큰 이유 중 하나는 문장에 대한 불만에서 오는 것이었다. 문장이 훌륭해야 그 인물이 길이 전해질 수 있는 것이다.[9] 인물의 이념은 글의 내용이 아닌 좋은 문장 자체에 담긴다.

　　물론 문자의 권위가 살아 있는 글쓰기라고 해도, 감각세계를 재현하는 기능이 제로화되는 경우는 거의 없을 것이다. 재현성은 언어의 다양한 자질들 중의 하나로, 어느 시대에나 일정 정도는 원본으로 설정된 세계를 대리하는 기능을 맡아 왔다. 문제는 기능 자체가 아니라, 그 기능에 얼마만한 가치를 두는가 하는 것이다. 한문 글쓰기에서 감각적 현실세계가 본격적인 관심 영역으로 부상한 것은 조선 후기에 와서였다. 18~19세기에 유행한 소품문은 고문의 격식과 행문법(行文法)으로부터의 자유로움, 구어·일상어의 빈번한 사용, 개인적이고 일상적인 정감 표출, 개성을 지닌 인간의 형상화, 조선의 현재성에 대한 강조 등을 그 특

---

8) 이것은 현대인들이 발견한 “형식의 창조”가, 지식이 덕목이고 덕목이 행복이며 아름다움이 세계의 의미 자체였던 세계와의 결별을 뜻한다고 한 루카치의 언급을 상기시킨다. 게오르그 루카치, 반성완 역, 『소설의 이론』, 심설당, 1985, 36~38면.
9) 박희병, 「조선 후기 ‘전’의 소설적 성향 연구」, 서울대 박사논문, 1991, 15~16면 참조

징으로 한다.10) 구체적 감각세계를 글의 대상으로 설정한다는 것은, 글이 현실을 재현하는 체계, 현실 '이후'에 있는 이차적인 체계, 사의(寫意)를 위한 도구가 됨을 의미한다고 볼 수 있다. 고문이 글 계열체의 경전을 '타는(play)' 글쓰기라면, 소품문은 글 계열체 바깥의 현실을 '다시 나타나게(re-present)'하는 글쓰기에 해당한다. 강명관의 말을 빌리면 "재래의 창작론은 고전의 언어와 나의 언어와의 관계에 몰두했으나, 고전으로부터의 이탈이 시작된 순간 언어와 대상과의 관계로 관심의 축이 달라진"다.11) 이때 글의 질을 판단하는 기준은 문이재도의 품격이 아니라 현실을 전화(轉化)하는 언어의 참신성이 된다.

입에서 입으로 옮겨지던 여항(閭巷)의 이야기들이 글의 형식으로 바뀌어 야담집으로 편찬되고, 한자문화권 안에서 단단한 장르로 인정받던 '전(傳)'에 설화 수용의 흔적이 자주 보이게 되는 것도 비슷한 시기에 와서이다. 야담집에 주로 실린 한문 단편들은 자본을 중심으로 재편되는 조선 후기의 사회와 인물군상에 다대한 관심을 보인다. '전'의 경우도 시정의 인물이 입전 대상으로 자주 선택되는데, 이 경우 충·효·열의 이념으로 수렴되는 인물을 다룰 때와는 달리 장르의 고유한 형식성에 균열이 가게 된다. 또한 '입에서 입으로' 떠도는 거리의 말들이 유입되면서 오랜 전통을 지닌 전아한 문장어 사이로 입담을 재현한다고 할 만한 문체들이 틈입한다.12) 18~19세기의 소품문과 서사 양식의 텍스트들

---

10) 소품문의 특징 일반에 대해서는 다음 글들을 참고하였다. 김성진, 「조선 후기 소품체 산문 연구」, 부산대 박사논문, 1991, 106~151면; 안대회, 「조선 후기 소품문의 성행과 글쓰기의 변모」, 『조선 후기 소품문의 실체』, 태학사, 2003.

11) 강명관, 「문체와 국가장치─정조의 문체반정을 둘러싼 사건들」, 『조선 후기 소품문의 실체』, 태학사, 2003, 66면.

12) 조선 후기의 야담계 한문 단편과 전에 대해서는 다음 편저와 논문들을 요약 및 참조하였다. 이우성·임형택 편역, 『이조 후기 한문단편집』 상, 일조각, 1973; 임형택, 「한문단편 형성 과정에서의 강담사」, 『창작과비평』 49호, 1978년 가을; 박희병, 「『청구야담』 연구─한문단편소설을 중심으로」, 서울대 석사논문, 1981; 박희병, 「조선 후기 '전'의 소설적 성향 연구」, 서울대 박사논문, 1991; 정출헌, 「야담의 세계」, 『민족문학사강좌』 상(민족문학사연구소 편), 창작과비평사, 1995.

이 보여주는 이러한 성격은 확실히 리얼리티를 지향하는 근대의 문학과 유사한 면에 해당한다.

그런데 여기서 주목되어야 하는 것은 '한문'으로 구체적 감각세계를 재현하려는 글쓰기 경향이 문화사적인 흐름을 주도할 수 있었는가 하는 점이다. 정조의 문체반정 이후 감각을 중시하는 새로운 문체는 급격히 위축되었고 글쓰기의 전반적 경향은 보수화되었다. 이후 문장학의 중심은 홍석주·김매순 등 노론 낙론계(洛論系) 문인들이 주도한 고문론에 기반한 것이었다.13) 그 일차적 원인은 정조의 복고적 정책과 정조의 죽음 이후 계속된 세도정치의 경직된 문화정책에 있을 것이다. 그러나 어떤 흐름이 정말 불가역적인 강력한 것이라면, 권력을 쥔 개인의 보수성·반동성으로 되돌려질 수는 없다. 문체의 새로운 물결이 주류를 형성하는 대신 한시적 유행에 멈추고 만 것은, 문체반정 때문만이 아니라 그렇게 될 수밖에 없었던 좀 더 근본적인 이유가 있었다고 보아야 할 것이다.

경전의 세계가 아닌 현실의 세계에 '의식적으로' 무게중심을 옮긴 문장가들이 강조한 것들 중 하나는 '조선의 현재'다. 이들은 조선의 풍속과 속어·속요에 관심을 가져야 한다고 주장했다. 그런데 여기서 흥미로운 것은, 사유의 중심이 이렇게 '개별 주체 중심'으로 옮겨졌는데도 한자라는 보편 미디어는 의심된 적이 없다는 점이다. 다양한 한문 장르에서 새로운 글쓰기를 시도한 이옥(李鈺)의 경우를 예로 들어 보자. 그는 「이언(俚諺)」이라는 표제 하에 65수의 민요풍 한시를 남겼고, "솜씨가 둔해지고 혀를 더듬게 되더라도 언문시를" 지으려고 했던 이유 중의 하나로 먼 중국 땅 및 까마득한 옛날의 언어들과 조선의 현재 언어들 사이의 괴리를 들었다. '접동'이라는 우리말을 두고도 굳이 '두견'이라는 말

---

13) 임형택, 「문학사적 현상으로 본 19세기」, 『한국문학사의 논리와 체계』, 창작과비평사, 2002, 286~288면; 정민, 『조선 후기 고문론 연구』, 아세아문화사, 1989, 36~56면, 235~242면 참조.

을 사용하는 관례에 대한 비판은 이옥이 든 여러 사례들 중의 하나이다.14) 여기서 그는 촉나라의 '두견'이가 아닌 조선 땅의 '접동이'를 위해 "接同"이라는 음차 표기를 선택한다.15) 이 순간 문자는 신성의 권위를 위임한 것이 아니라 말을 받아쓰기 위한 도구로 격하되고 한문의 표의적 성격은 변질될 위기에 처한다. 경전의 이데아에서 현실로 관심이 이동하면, 문(文)의 존재론적 위상 역시 재도(載道)에서 사의(寫意)로 바뀌고 마는 것이다. 또 이옥은 「이홍전(李泓傳)」·「심생전(沈生傳)」 등 규범성이 강한 '전'이라는 장르 안에서, 조선의 길거리 말투를 강조하기 위해 백화체를 시도한 바 있다.16) 여기서 우리는 조선의 생활세계를 재현하기 위해 오히려 중국말을 기록한 문체를 차용하는 역설을 마주하게 된다. 조선의 노래, 조선의 풍속 등을 문장 속에 적극적으로 끌어들이기 위해서는 '말을 본뜬 문자'가 필요하다. 그러나 한자는 조선말을 본뜨기에 부적절하고 음차는 한자의 본질적 성격을 훼손한다.

표음문자인 라틴어문자가 유럽의 자국어문을 만드는 데에 이용될 수 있었던 것과는 다른 문제가, 한자와 조선어 사이에는 놓여 있다. 문자가 구체적인 말들에서 멀어지면 멀어질수록 그 순수한 신성을 더 잘 보존한다는 지적을 참조한다면,17) 조선에서의 말과 글의 현저한 거리는 글을 순결한 이데아의 위치에 놓을 때는 좋은 조건이었다고 할 수 있다.

---

14) "산 속의 새가 밤이면 슬피 우니 그 이름을 접동이라고 하는데도 '이 땅의 두견새 우는 소리 차마 듣지 못하겠네'라고 하니, 파촉의 혼이 어떻게 조선 땅에 온단 말이냐[峽裏有鳥 夜必哀鳴 其名曰接同 而乃曰 此地鵑聲不忍問 則巴蜀之魂 奚爲於朝鮮國地也]." 「이언인(俚諺引)」의 '삼난(三難)'이 이 문제를 다루고 있다. 실시학사고전문학연구회 편, 『역주 이옥전집』 2, 소명출판, 2001, 300~305면 참조.

15) "阿哥氏[아가씨]", "似羅海[사나이]", "異凝[이응]", "簇頭里[족두리]", "加里麻[가리마]" 등의 음차 표기 단어들은 이옥의 시 속에서도 자주 등장한다. 유재일, 「이언인(俚諺引)」에 반영된 이옥의 시 이론 연구」, 『한국 한시의 탐구』, 이회문화사, 2003, 423~424면 참조.

16) 박희병, 「조선 후기 '전'의 소설적 성향 연구」, 서울대 박사논문, 1991, 173면.

17) 베네딕트 앤더슨, 윤형숙 역, 『상상의 공동체―민족주의의 기원과 전파에 대한 성찰』, 나남, 2002, 34면.

그러나 글을 재현의 모델링 체계로 삼는 데에는 그만큼 불리한 조건으로 작용하게 된다. 공동문어였던 라틴문자가 유럽 민족국가의 자국어문에, 희랍 문자에 기반한 교회슬라브어의 키릴 문자가 슬라브계 민족의 자국어문에 전용될 수 있었던 것과 달리, 한자문명권에 있던 한국, 일본, 베트남에서는 한자로 자국어문을 창출하는 데에 근본적인 한계가 있었다고 보아야 한다.[18]

한자는 변경 불가능한 고정점이었다. 정약용은 조선시를 기꺼이 쓰겠다는 생각을[我是朝鮮人 甘作朝鮮詩] '한시' 형식에 담았다.[19] 박지원이 글의 혁신에 관해 주장한 최대치도 한문을 쓸 때 조선의 삶과 조선의 말을 도외시하지 말아야 한다는 것이었다. 그것이 오히려 성인의 세계에 가까워지는 방법이기 때문이다. 그는 한문 계열체 내에서는 문체혁명의 첨점에 있었지만 언문 글자는 단 한 자도 알지 못했거나 알더라도 문장을 읽고 만들 수 있는 수준은 아니었다.[20] 말과 글의 넓은 거리에 의한 불편함을 해소하고자 할 때 상상될 수 있는 극단은, 글을 말에 일치시키는 것이 아니라 글이라는 중심은 그대로 두고 말 자체를 조선어에서 중국어로 바꾸는 것이었다.[21] 문자가 미디어로서 무엇인가를 전달하기 위한 '도구'라면, 그것은 좀 더 효율적인 것으로 교체 가능하다. 문자가 교체 가능한 도구가 아니라 고정점으로 작용한다는 것은 문자의 권위가 그대로 살아 있다는 것을 증명하는 것이 된다. 소품문을 비롯해 사의(寫意)를 주도하던 글들이 '정책'에 의해 사그라진 이유는, 이 문장

---

18) 조동일, 『공동문어문학과 민족어문학』, 지식산업사, 1999 참조 베트남에서는 '추놈 [字喃]'이라는 자국 문자가 있었으나 현재는 로마자 표기법에 의해 자국어 글쓰기가 이루어지고 있다.
19) 송재소, 「정다산의 '조선시'에 대하여」, 『한국한문학연구』 2집, 1979.
20) 누이의 언간(諺簡)을 받고도 읽지 못하는 답답한 마음을 표현해 놓은 바 있다. 이가원, 『연암소설연구』, 을유문화사, 1965, 660~671면.
21) "우리나라는 중국과 가깝게 접경하고 있고 글자의 소리가 중국의 그것과 대략 같다. 그러므로 온 나라 사람이 본래 사용하는 말을 버린다고 해도 불가할 이치는 없다. 이렇게 본래 사용하는 말을 버린 다음에야 오랑캐라는 모욕적인 글자로 불리는 신세를 면할 수가 있다." 박제가, 안대회 역, 「중국어[漢語]」, 『북학의』, 돌베개, 2003, 107면.

가들이 문자를 현실 재현을 위한 '도구'로 격하시켜 옛 질서로부터 일탈하면서도 또 한편으로는 유일한 고정점으로서의 문자의 권위 안에 여전히 몸담고 있는 이중적인 태도에서 비롯되었다고 볼 수 있을지도 모른다.

한편 문(文)의 전통에 대한 작자의 자각과 관계없이 현실성에의 경사를 드러내는 글들은, 보편 문자와 재현성과의 관계를 조금 다른 각도에서 생각하게 해준다. 야담집에 수록되는 글들은 한자문화권 안에서 강한 장르적 구심력을 가지고 있던 시문(詩文)과 대등한 것으로 간주되지 않았다. 그렇기에 이 글들에 수용된 현실성은 특정한 '의의'를 지닌 것으로 당대인들에게 인식되었다기보다는 '흥미'의 관점에서 받아들여진 측면이 강했다. 떠도는 시정의 이야기를 한문으로 기록한 작자층이 전통적 한문학관을 지닌 사대부 계층, 혹은 사대부의식을 지향하는 중인층이었다는 사실, 그래서 기록하는 자가 기록된 세계에 보이는 관심이 "국외자"적이었다는 사실과 깊은 관계가 있을 것이다.22) 연암 그룹의 새로운 문체가 고문에 대한 안티테제의 성격을 지니고 있었다면, 야담집의 편찬자들에게 이 작업은 문화적 헤게모니 쟁취를 위한 것이 아니라 외부자의 호기심어린 시선이 포착한 '취향'의 산물에 해당한다. "시정인을 동일 계급으로서 대변해주는 전문적 작자 집단"에 의해 "민중의 문자인 국문으로 기록"될 때에23) 새로운 글쓰기 양식이 제 궤도에 오를 수 있다는 진단은, 인식 틀의 변화와 문자 체계의 관계에 대해 다시 한 번 생각하게 해준다.

이러한 점들은 왜 현실세계, 혹은 감각세계의 재현을 중시하는 글쓰기가 결국 표음문자로 된 자국어 문장 형식을 필요로 하는가의 문제와

---

22) 야담계 단편의 문화사적 자리매김은 다음 논문을 참조하였다. 임형택, 「한문단편 형성 과정에서의 강담사」, 『창작과비평』 49호, 1978년 가을, 107~109면; 박희병, 「『청구야담』 연구─한문단편소설을 중심으로」, 서울대 석사논문, 1981, 88~96면.
23) 박희병, 위의 글, 91면.

만나게 한다. 글이 말의 세계를 본뜨려면, 글 자체도 말을 본떠야 한다. 그리고 '말을 본뜬 글'을 부수적이며 보조적인 것이 아닌 최종적인 텍스트로 여기는 흐름이 형성되어야 한다.

'소리'용 문자, '뼈대'로서의 텍스트

'말을 본뜬' 것으로 인식되는 훈민정음이라는 표기 체계가 태생부터 '글'이라는 독립적 세계 구축을 위해 준비된 것이 아니었음은 자주 논의되어 온 바 있다. 창제 후 가장 먼저 이루어진 작업이 운서(韻書) 편찬이었다는 것은 새로운 문자의 가장 중요한 목적 중 하나가 난립하는 한자음의 표준음을 정하기 위한 것이었음을 알려준다. 시간에 따라 변화하고 지역에 따라 다르게 발음되는 한자음의 기준으로서 '정음(正音)'과 '정성(正聲)'을 기록하는 것이 새 문자에 부여된 임무였으며, '바른 소리'를 알아야 하는 것은 그것이 '성인지학(聖人之學)'을 공부하는 기초가 되기 때문이었다.[24] "보편적 문자의 발음기호"[25]라는 기능이 애초에 설정된 표음문자의 몫이었던 셈이다.

현재 남아 있는 19세기까지의 언문 텍스트들은 언해문·시가·소설·궁정실기문·언간 등으로 일별해 볼 수 있는데, 이 중 언해문은 훈민정음 창제의 최초 목적들이 잘 구현된 경우다. 오리지널 한문에 종속됨으로써만 존재 의의가 있는 언해문은, 불교·유교 경전의 독해와 '바르고 깊은' 이해를 위해 오래전부터 있어왔던 구결문과 뗄 수 없는 관계에 있다. 고려시대까지 불경을 한국어 순으로 풀어 읽는 '석독구결(釋讀

---

24) 강신항, 『훈민정음 연구』(증보판), 성균관대 출판부, 1994, 13~29면.

25) 임형택, 「한민족의 문자 생활과 20세기 국한문체」, 『한국문학사의 논리와 체계』, 창작과비평사, 2002, 433~434면. 이와 관련하여 황호덕은 훈민정음에 대한 중세적 이해가 "문자가 먼저 있고 소리가 이를 고정하는" 방식이라고 해석한다. 문자보다 소리가 먼저 존재한다는 표음문자적 사고방식이 말과 글의 '보편적'인 관계로 일반화될 수 없음을 시사한다. 황호덕, 「한국 근대형성기의 문장 배치와 국문 담론」, 성균관대 박사논문, 2002, 274면.

口訣)'은 15세기 이후 구문 단위로 토를 달아 한문 어순을 따라 읽는 '순독구결(順讀口訣)'에 그 자리를 물려주고, 석독구결의 기능은 언해문에 옮겨진다.[26] 구결문과 언해문이 함께 실리는 일반적인 언해서 체제에서, 구결문은 원문을 읽는 방식이고 언해문은 원문을 해석하는 방식이 된다. 그리고 이 체제는 경서를 소리 내어 읽고 암기하고 해석하는 전통적인 한학 수업과 밀접한 연관 속에 있다.[27] 언해문의 존재 의의는 글을 풀어 읽는 '소리'라는 데에 있다.

대부분 유희를 위한 구연·구술·낭독·가창의 보조 자료로 이용되었던 그 외의 언문 텍스트들 역시 '소리'를 그 맥락으로 거느린다. 시가 텍스트들의 경우 조선 전기의 고려가요·경기체가·악장 등은 모두 궁중연회나 사대부연회의 주요 레퍼토리였으며,[28] 『청구영언』·『가곡원류』 등의 가집 역시 시조 모음집이라기보다는 가곡 창자들을 위해 수집·분류해 놓은 '가보(歌譜)' 모음집에 가까웠다. 초삭대엽(初數大葉)·이삭대엽(二數大葉)·두거(頭擧) 등의 곡목(曲目)식 분류 목록은 가창자들의 편의를 위한 것으로[29] 오선지 악보가 연주되기 위해 존재하듯 이 가보(歌譜)들 역시 노래로 불리기 위해 존재한다.

한편 전문적인 소리꾼과 이야기꾼, 전기수(傳奇叟) 등에 의해 이야기책들이 낭독되었다는 사실은 조선 후기 언문 서사물에 접근하는 기초 전제가 되는 것이다.[30] 물론 '창(唱)'에 가까운 구연물과 '낭독(朗讀)'에 가까운 구연물을 동일한 층위에 놓을 수는 없을 것이다. 창을 기록한 텍스트들의 경우 쓰인 텍스트의 존재 여부는 창 자체에 영향을 끼치지 않는다. 반면 낭독을 위한 텍스트는 낭독·구연을 위한 기반으로 활용

---

26) 남풍현, 『국어사를 위한 구결 연구』, 태학사, 1999, 13~63면 참조.
27) 김상대, 『구결문의 연구』, 한신문화사, 1993, 250~253면.
28) 조선 전기 상류계층의 음악향유에 대해서는 다음 글을 참고하였다. 강명관, 『조선시대 문학예술의 생성 공간』, 소명출판, 1999, 13~154면.
29) 장사훈, 『국악사론』, 대광문화사, 1983, 197~211면 참조.
30) 임형택의 「18·9세기 "이야기꾼"과 소설의 발달」(『한국학논집』 2집, 1975)이 이 주제에 구체적으로 접근하기 위한 첫 발판을 마련하였다.

된다. 예를 들어 판소리에 기반해서 성립된 판소리계 소설 텍스트는 광대의 소리를 '받아적은' 측면이 문체 차원에 강하게 남아 있지만, 필사본이나 방각본 형태의 '책'이 낭독을 위한 물적 기반의 일부가 된다는 점에서 이때의 낭독 향유는 오롯한 연행성과는 일정 정도의 거리를 지닌다.[31] 그러나 기록물로부터 영향을 받은 낭독 구연이 다시 필사와 판각에 영향을 미친다는 사실은 여전히 중요한 문제로 남는다. 텍스트화된 내용은 다시 입에서 입으로 옮겨 다니기도 하고 그러는 과정에서 필사되기도 하며 다양한 이본(異本)을 낳기도 한다.[32] 이때 언문 기록물이란, 그 자체로 향유되는 텍스트라기보다는 음영이나 낭독을 위한 보조적 역할을 수행하는 대본에 가깝다고 할 수 있다. 장식적 수사, 관습적 표현문구, 사건의 흐름으로부터 일탈한 장면 제시 등은 텍스트에 남아 있는 낭독의 흔적이 된다.[33] 엄밀하게 말하자면, 말을 곧바로 받아 적거나 쓰인 것을 입으로 읽는다는 점에서 언문소설들의 문체는 문어체라기보다는 오히려 '언문일치체'라고 할 수 있을지도 모른다.

언문 텍스트의 존재론과 관련하여 가장 중요하게 검토되어야 할 것 중 하나는 '규방문학'이다. 방각본이 시정에 유통되는 17세기 전까지 언문은 시간적 여유가 있는 궁중의 비빈(妃嬪)과 양반 계층 여성들에게 할당된 문자, 즉 '암클'이었다. 독해 능력의 여부와 관계없이 여성들은 진문(眞文)의 세계에 직접 참여하는 것이 허용되지 않았으므로, 사대부가의 여성들에게 언문 학습은 가문의 품위를 위한 예절과 교양을 익히는 데에 필수적인 사항이었다. 그들은 언문으로 기록된 책을 통해 교양을

---

31) 판소리와 판소리계 소설의 관계에 대해서는 다음 글을 참조했다. 임형택, 「민중문학의 성립과 그 형상적 사상―「춘향전」을 중심으로」, 『한국문학사의 논리와 체계』, 창작과비평사, 2002, 260~262면; 유택일, 「판소리계 소설 간행의 민중문화적 배경」, 『완판방각소설의 문헌학적 연구』, 학문사, 1985, 34~37면.
32) 사재동, 「고소설 판본의 형성·유통」, 『고소설의 저작과 전파』(한국고소설연구회 편), 아세아문화사, 1994, 218면.
33) 정출헌, 「17세기 국문소설과 한문소설의 대비적 위상」, 『고전소설사의 구도와 시각』, 소명출판, 1999, 202면.

익혔고 친정 식구 및 사돈들과 서신 교환을 했으며, 가사와 소설 등을 읽고 짓고 베꼈다.34)

  사용할 수 있는 문자 자체가 단 하나로 한정될 때, 그 문자의 사용은 확실히 '발음기호'의 차원을 넘어서서 '글'의 성격을 띨 가능성이 높아진다. 그러나 '규방'으로 공간이 폐쇄되어도 언문은 여전히 구연을 위한 대본의 성격을 지니고 있었다. 순조(純祖)의 외증손녀 윤백영(尹伯榮)의 회고를 따르면 "왕비들이 소설을 즐겨 목청 고운 지밀 나인은 중전을 모시고 소설을 읽는 게 일"이었으며, 그래서 "시조 비슷한 소설 독법"이 생겼다고 한다.35) 소설을 좋아한다는 것은 문자 안에 담긴 내용을 넘어 고운 목소리와 리드미컬한 독법을 함께 즐기는 것까지 포함한다. 소설은 읽는 것이 아니라 듣는 것이고[聽小說], 외워서 읊는 것이다[諷誦].36) 규방가사의 경우도 마찬가지다. 집안의 어른 여성으로부터 가사를 배우는 것은 "외우는 거를 읊"고 "읊으면서 외우는" 것이지 그냥 읽는 것이 아니다.37) 기록된 텍스트가 있다고 하더라도 그것은 흥얼흥얼 가락을 넣어 읊기 위한 보조적 대본의 성격을 지닌다. 현재 '산문'으로 분류되는『한중록』·『계축일기』·『의유당일기』 등도 당대에는 '운(韻)'이 있는 글이었다는 점 역시 같은 맥락에서 파악 가능하다.38)

  언문 텍스트들 중에서 순수하게 글로서의 가치를 지닌 것으로는 언간(諺簡)을 들 수 있을 것이다. 편지는 공간적으로 멀리 떨어져 있는 발신자로부터 오는 것이기 때문에, 말에 기반해 있지만 구술 낭독이 필수

---

34) 임형택, 「17세기 규방소설의 성립과『창선감의록』」,『동방학지』 57집, 연세대 국학연구원, 1988, 109~127면 참조.

35) 이완석 기자, 「낙선재문고와 더불어 반세기」,『중앙일보』, 1966.8.25, 5면.

36) 각각 조성기가『창선감의록』을 지은 경위(『졸수재집(拙修齋集)』), 김만중이『사씨남정기』를 지은 경위(『북헌집(北軒集)』)와 관련하여 언급되는 표현이다. 임형택, 「17세기 규방소설의 성립과『창선감의록』」, 130·132면에서 재인용.

37) 임재욱, 「가사의 형태와 향유 방식 변화의 관련 양상 연구」, 서울대 석사논문, 1997, 27면.

38) 이혜순, 「가사(歌詞)·가사(歌辭)론」, 서울대 석사논문, 1966, 15~16면.

요건이 아니며 따라서 시공간적 콘텍스트가 편지를 읽는 데에 중요한 작용을 하지 않는다. 독특한 어미 처리와 간결한 문장 등은 이러한 기반에 의해 형성된 모양새라 할 수 있을 것이다. 다만 '글'로서의 언간의 가치가 사적인 폐쇄성에서 유래한다는 사실이 중요한 문제로 남는다. 상대가 누군가에 따라 하대형 / 존대형 어미가 선택되고 축약형 단어가 큰 비중을 차지할 수 있었던 것은, 한문 서간문과 달리 수신자가 '한 사람'이었기 때문에 가능했다고 할 수 있다. 한문 서간문은 개별 수신자에 한정되지 않는 공개적인 성격을 지녀서, 『문심조룡』의 '서기(書記)' 항목에서는 서간문이 중점적으로 다루어진 바 있다.[39] 또 '서(書)'로 분류되는 긴 변론의 편지글이나 간소한 척독(尺牘)류의 글이 개인 문집에 수록된 것은 오랜 역사를 지닌 것이었다. 그러나 언간은 공개될 것을 잠재한 글이 아니어서, 때로는 편지 보관자의 죽음과 함께 무덤 속에 묻히기도 했으며, 내간집으로 장첩(裝帖)된 경우에도 외부로 유출되는 일은 흔치 않았다.[40] 언간에서 발견되는 순수한 글쓰기적 특질은, 그것이 폐쇄적으로 유통된다는 한계 안에서만 가능한 것이 된다. 언문 텍스트가 대본이 아닌 '글' 그 자체로 존재할 수 있는 것은, 그 존재 양식을 '숨길' 때에 한해서이다.

　낭독·낭송·가창의 방식으로 향유되던 구연물은 문자 형태로만 남아 있는 텍스트에 온전한 모습을 남길 수 없다. 글의 세계와 달리 말의 세계는 단어와 문장만으로 이루어지지 않기 때문이다. 말은 그 말 자체의 콘텐츠만이 아니라, 발화되는 그때 그곳의 구체적 정황이 또 하나의 의미 층위로 함께 참여한다. 그러므로 삶의 구체적 정황을 수반하지 않

---

39) 유협(劉勰), 최동호 편역, 『문심조룡』, 민음사, 1994, 311~326면 참조.
40) 언간(諺簡)·서간(書簡)·척독(尺牘)의 특질에 대해서는 다음 글들을 참고했다. 이병기, 『국문학개론』, 일지사, 1965, 221~228면; 김일근, 『언간의 연구─한글 서간의 연구와 자료 집성』, 건국대 출판부, 1986, 122~132면; 김향금, 「언간의 문체론적 연구」, 서울대 석사논문, 1994, 1~2면; 김성진, 「조선 후기 소품체 산문 연구」, 부산대 박사논문, 1991, 73~75면.

는 말은 엄밀한 의미에서 말의 세계를 구축한다고 할 수 없다. 글의 세계를 경험하지 못한 한 농부는 나무가 무엇인가를 설명해 보라는 질문에 대해 "어째서 그래야 하죠? 나무가 어떠한 것인가는 누구나 알고 있거든요"라는 대답을 했다고 한다.[41] '나무'라는 말을 말만 떼어내어 설명하는 것, 말만으로 하나의 세계를 구축한다는 것은 무의미한 일인 것이다. 현존하는 언문 텍스트들 역시 크게 다르지 않다. 노래의 가사든 이야깃거리든, 지금은 사라져버린 일회적 맥락들 속에서만 온전한 의미를 가질 수 있다.

많은 연구자들에 의해 지적되었듯 구연 향유에 급격한 변화를 가져온 것은 신문이라는 매스미디어의 등장이다. 벤야민은 신문이라는 매체가 그것이 전달하는 정보로부터 독자의 경험을 차단한다고 지적했다.[42] 낭독·낭송이 청중들로 하여금 이야기나 노래를 공유하며 그 분위기 안에 녹아들게 하는 것과 달리, 여러 지역으로 배달되는 신문은 나 혹은 나를 둘러싼 공동체적 경험과 무관한 세계의 정보에 호기심으로 접근하게 만든다. 함께 모여서 함께 즐기고 함께 정서적으로 고양될 만한 무엇이, 신문에는 없다. 신문은 혼자 읽으나 여럿이 모여서 함께 읽으나, 정보 습득의 면에서 질적 차이를 가져오지 않는다. 이때 글은 맥락과 연결되어 있는 말의 세계에서부터 떨어져 나와 글 자체의 독자적 체계를 구축할 준비를 하게 된다.

텍스트가 구연물의 잠재 대본으로서의 성격을 떠나 문장 자체로 향유되는 것을 지향하는 경우 그 직조 방식은 달라지게 된다. 일단 구연자와 청중이 함께 형성하는 분위기가 기대 지평을 형성하지 않으므로 텍스트는 발화되는 말만을 문자로 받아적는 것을 넘어, 말을 둘러싼 맥

---

41) 알렉산드르 루리아의 실험 보고. 월터 J. 옹, 이기우·임명진 역, 『구술문화와 문자문화』, 문예출판사, 1995, 86면에서 재인용.
42) 발터 벤야민, 반성완 편역, 「보들레르의 몇 가지 모티브에 관하여」, 『발터 벤야민의 문예이론』, 민음사, 1983, 123면.

락 전체를 글 속에 반영해야 한다. 구연물이 구연되는 세계 '안'에 참가자들 모두를 끌어들이는 것과 달리, 글은 글 속의 세계를 독자들 '앞'에 '재현'해야만 소통 가능하게 된다. 문자화된 구연물의 텍스트가 일종의 뼈대로서 구연자와 청중이 함께 살을 붙일 때 완성되는 것이라면, 글의 형태로 수용되는 텍스트는 그 자체가 이미 뼈와 살로 완성된 세계여야 한다.

말의 세계와 글의 세계가 만나는 이와 같은 과정은, 주체와 객체를 분리시켜서 생각하는 근대인의 인식 체계와 밀접한 관련이 있다. 구연자와 청중 모두가 구연되는 세계 안에 동참하는 문화 속에서 구연 대상과 구연 주체 사이에는 심리적·물리적 거리가 없다. 말을 둘러싼 콘텍스트 속에 말하는 사람과 듣는 사람은 모두 잠겨 있다. 그러나 접촉의 관계를 형성하지 않는 작자와 독자의 경우, 작자가 자신이 쓰는 글 속의 세계에 잠겨 있어서는 소통 가능한 텍스트가 형성되지 않는다. 글을 쓰는 자가 대상세계와 일정 정도의 거리를 확보한 채 '익명의 독자'들을 위해 그 세계를 재현해야만 그 글은 읽힐 만한 것이 된다. 구연자와 청중이 함께 할 때에 저절로 공유되던 것들이, 글 속에서는 별도로 재현되어야만 한다. 글을 쓰는 '나'와 글 속의 대상, 글을 읽을 독자들이 효율적으로 분리되면 분리될수록 글의 소통 가능성은 높아진다.

경전에 부여된 종교적 권위를 거부하고 감각세계를 지향하는 의식의 전환은 음성 중심의 자국문자로 된 글을 요구한다. 말이 오가는 '지금 여기'의 세계에, 글이 가까워지기를 원하기 때문이다. 그리고 매스미디어의 등장이라는 물적 조건은 묵독형 글을 요구한다. 이때 글은 말의 즉물적 세계에서 적정 거리를 유지한 채 독립된 체계를 구성하게 된다. 이 두 가지 조건이 만나 글과 말이 너무 멀지도 않고 또 너무 밀착되지도 않은 관계가 형성되는 지점에서, 글은 재현을 위한 모델링 체계로 자리 잡게 된다고 할 수 있다. 보편적으로 참된 문자가 아닌 조선의 말을 본뜬 글자만이 조선이라는 구체적 세계를 좀 더 '그럴 듯하게' 재현할 수 있다. 또 익명의 독자에게 전달되어야 하는 인쇄물은 낭독·낭송의 텍스트들과 달리, 글의 내용이 되는 세계를 잘 대상화시켜 재현해야만 소통 가능성을 확보하게 된다. 이러한 연관 속에서, 글쓰기는 원본 전달을 위한 매개물로서의 성격이 강화된다. '원본'으로서의 의도는 작자의 논리적 사유일 수도 있고 주관을 배제한 원리나 구조일 경우도 있으며 현실세계나 개별자의 '내면'일 수도 있겠지만, 어떤 경우든 '이미 있는 것'을 대리한다는 점에서 기본적으로 동일한 인식 지평에 놓인다고 할 수 있다.

2. 연구 목적 및 대상—1910년대의 텍스트들과 텍스처

위에 지적한 두 가지 현상이 조선의 언어생활에 본격적으로 나타난 것은 광무·융희 연간43)이다. 한문체는 한글체로 급격하게 대체되어 갔고, 쏟아져 나오는 인쇄물들은 구연·구술이 아닌 다른 향유 방식을 요구하고 있었다.44) 글쓰기가 특정한 메시지를 전달하고 도구로 인식되기

---

43) 이 책에서는 갑오개혁을 즈음한 시기부터 '일한병합' 이전까지를 광무·융희 시대, 혹은 대한제국기라고 부르고자 한다. 개화기·근대계몽기·애국계몽기 등의 명칭은 이 시대를 해석하는 후대 연구가들의 관점이 강하게 반영되어 있는 표현들이다. 당대에 일반화되었던 명칭이 문화 및 사회 일반의 변화와 크게 어긋나지 않는다면 당대의 용어를 존중하는 것이 중요하리라고 본다(김인환, 「고전문학과 현대문학의 통합과 확산」, 『다른 미래를 위하여』, 문학과지성사, 2003, 21면 참조). 칭제건원(稱帝建元)을 시작한 시기와 갑오개혁이 일어난 시기는 정확하게 일치하지 않지만, 두 사건이 연동되어 있었다는 점이 감안될 수 있을 것이다.

44) 한문에서 국문으로의 스펙트럼을 짚어내거나 그 이행 추이를 살핀 연구 성과들은 많이 축적되어 있다. 개화기의 글쓰기 양상들을 조망하는 가운데 '국문 연구'가 어떤 식으로 진행되었는지를 실증적으로 살핀 이기문의 연구는 이 분야의 중요한 초기 업적이다(이기문, 『개화기의 국문 연구』, 일조각, 1970). 또한 이응호의 저서는 정부의 정책 및 계몽 지식인들의 기획과 관련된 '한글운동'을 집중적으로 살펴 이 분야 연구의

시작한 것도 이 시기를 즈음해서라고 할 수 있다.

이 책에서 살펴보려는 것은, 글이 재현체계로 정립되고 세련화되어 가는 양상, 다시 말하면 결(texture)을 지닌 물질로서의 글이 투명한 매개체로 '보이도록' 직조되는 양상에 관한 것이다. 결을 지닌 물질로서 글쓰기를 다루고자 한다면, '재현'보다는 '표상'을 문제 삼는 것이 더 타당해 보일 수 있다. 두 단어 모두 '리프리젠테이션(representation)'의 번역어지만, 전자가 글을 투명한 매개체로 바라보는 관점에서 나온 단어인 반면 후자는 그러한 가능성을 근본적으로 의심하는 단어다. 그러나 그러함에도 불구하고 표상이 아닌 '재현성'을 문제 삼은 것은, 재현으로서의 글쓰기가 여전히 현재진행형이라고 생각되기 때문이다. 사후적으로 볼때 쓰인 것은 한갓 '표상'에 불과하지만, 쓰고 있는 시점에서는 재현에 대한 욕망이 글을 이끌어간다. '언어의 투명성에 대한 믿음은 특정 계급의 이데올로기'임을 밝혀내는 일도 중요하지만, '왜 그러한 믿음이 지금까지도 오래도록 사실로 오인되며 글쓰기의 동력으로 작용하고 있는가'라는 질문 역시 그에 못지않게 중요한 문제일 것이다. 언어가 세계를 재현시킬 수 있으리라는 판타지가 판타지에 불과하다고 하더라도,

---

기반을 마련해 주었다(이응호, 『개화기의 한글 운동사』, 성청사, 1975). 국한문체와 일본문체의 관계를 살피며 이중문체구조의 의미를 밝힌 김윤식의 독법은 문체를 당대의 물적 기반 및 이데올로기와 연결하여 적극적으로 해석한 경우에 해당한다(김현·김윤식, 『한국문학사』, 민음사, 1973, 83~93면). 이후 실제의 텍스트에서 한글과 한문은 어느 정도로 섞여 쓰이고 이 표기의 변화가 문장에 어떤 영향을 주었는가, 새로운 문체 형성에 영향을 준 외래적 요인은 무엇인가, 표기와 문체에 대한 당대인들의 사유와 논의는 어떻게 전개되었는가, 실제 선택된 국문체/국한문체가 당대의 맥락 속에 어떻게 배치되어 있었으며 어떤 이념적 지향성을 보였는가 등 무게 중심을 달리하는 연구들이 최근까지 다방면으로 진행되고 있다. 이 논문이 직접 도움을 받은 글들은 본론에서 다루기로 하고, 그 외에는 참고문헌에 목록을 제시하는 것으로 연구사 검토를 대신하기로 한다.

인쇄 미디어가 도입되면서 구연물이 문자 텍스트로 변하는 과정에 대해서는 다음 글들에서 다루어지고 있다. 홍정선, 「근대시 형성 과정에 있어서의 독자층의 역할 연구」, 서울대 박사논문, 1992; 천정환, 『근대의 책 읽기—독자의 탄생과 한국의 근대문학』, 푸른역사, 2003, 108~145면; 고은지, 「계몽가사의 문학적 형상화 방식과 그 의미—양식적 원리와 표현 기법을 중심으로」, 고려대 박사논문, 2004.

그 판타지를 '사실'로 받아들일 수 있기 위해서는 문장 언어가 세계에 대응한다고 생각될 수 있을 만큼 스펙트럼이 넓고 행간이 촘촘한 글쓰기세계가 구축되어야 한다. 언어의 재현성에 대한 믿음이 실제의 글쓰기에 스며들어 세련화되고 밀도를 더해가는 과정을 추적하는 일은, 이데올로기의 허위를 폭로하는 일을 넘어, 그 이데올로기가 현재의 우리에게 무엇인가, 하는 문제에 가 닿게 할 것이다.

문제의식을 예각화하기 위해 이 책에서는 특히 감각세계를 원 질료로 삼아 그것을 재조직하는 글쓰기에 초점을 두려고 한다. 글쓰기를 재현체계로 바라보는 관점은 물론 이런 경우에만 한정되는 것은 아니다. 추상적 개념이나 논리전개 역시 작자에 의해 미리 의도된 바를 글로 '옮기는' 것으로 상상된다는 점에서, '글은 세계를 반영한다'는 명제와 불가분의 관계에 있다. 그러나 특정한 자국 언어와 가장 예민한 관계에 놓이는 것은 물적인 세계라고 할 수 있을 것이다. 논리와 관념에 대한 글쓰기는 논리와 관념의 계열적 세계 안에서 파악하는 것이 중요한 반면 특정한 언어에는 비교적 덜 구속된다고 할 수 있다. 예컨대 사회진화론적 사유를 보여주는 글들은, 한국어 글쓰기로서의 문체나 어휘 목록을 따지는 일 못지않게 의식적 차원에서 이 담론의 유통이 어떻게 이루어지고 수용되었는가를 파악하는 일이 중요하다. 그러나 감각세계를 재현 대상으로 설정하는 글쓰기는 특정한 물적 지반에서 설정된 언어로만 소통될 수 있는 것들을 무수히 포함하고 있다. 그러므로 이 유형의 글쓰기 양식이 성립되고 심화되는 양상을 살피는 일은, 원래 의도한 바를 '다시 나타나게' 하는 글쓰기 양식 일반의 성립과 함께 그 양식의 가능성과 한계를 탐색하는 작업을 포함할 수 있을 것이다. 또한 문학 장르들의 계보를 작성하는 문학사적 작업이나 예술·문학 등의 개념 및 이에 대한 인식 체계가 형성되는 과정을 살피는 연구물[45]들과는 약

---

45) 다음 논문들을 통해 이러한 작업이 본격적으로 시도되었다. 황종연, 「문학이라는 역어(譯語)」, 『한국문학과 계몽 담론』(문학사와비평연구회 편), 새미, 1999; 김동식, 「한국

간 다른 각도에서, '근대문학'이 놓이는 지점을 밝히는 데에 도움을 줄
수 있을 것으로 기대된다.

　구체적 현실세계의 재현 문제와 관련하여 일찌감치 주목을 받은 텍
스트들은 '신소설'들이었다. 김동인·안확·김태준 등의 소략한 기술에
이어 임화는 "광무, 융희 연간을 무대로 하여 등장할 수 있는 인물과 일
어날 수 있고 실제로 수없이 일어난 사건"이 다루어짐을 신소설 일반의
가장 큰 특징으로 삼았고 이것은 여러 연구자들의 세부 논의를 거치면
서 정설이 되었다.46) 이 장르에 관한 연구를 제외하면, 감각세계의 재현
과 관련된 문제는 근대문학의 너무 당연한 요건이 되어 오히려 집중적
논의의 대상이 되지 못한 듯하다. 근대문학의 중심에 '소설'이 있고, 소
설과 관련된 담론이 현실의 '객관적' 반영을 목표로 삼는 '리얼리즘'을
중심으로 이루어진 것과 무관하지 않을 것이다. 그러나 구체적 세계가
글쓰기로 재조직되는 양상은, 같은 계열체를 이룬다고 판단되어 온 고
소설과 신소설, 그리고 이후 근대소설의 변별적 자질로만 작용한다고는
할 수 없다. 계열체들 간의 연속성과 단절적 새로움이 텍스트의 가치를
판별하는 가장 유효한 기준으로 작용하기 위해서는 글쓰기 주체들의
장르적 자의식이 공고하고 그 장르 자질들이 '상투성/개성'의 측면에
서 판단될 수 있어야 한다. 그러나 여러 논의에서 밝혀진 바 있듯 이 시
기 '소설'을 쓰던 창작 주체들은 현대인들과 같은 장르 의식을 가지고

의 근대적 문학 개념 형성과정 연구」, 서울대 박사논문, 1999; 권보드래, 『한국 근대소
　설의 기원』, 소명출판, 2000.
46) 김동인, 「조선 근대소설고」 2~3회, 『조선일보』, 1929.7.29~31; 안자산, 『조선문학사』,
　한일서점, 1922, 125면; 김태준, 『조선소설사』, 학예사, 1939, 241~247면; 임화, 「신소설
　의 대두—속(續) 신문학사」 3~4회, 『조선일보』, 1940.2.6~7. 이후 신소설들에 관한 논
　문이나 저서는 대부분 동시대 삶의 문제와 근대적 리얼리티 문제를 언급하고 있다. 이
　문제를 통시적 관점에서 바라보며 그 의미를 짚어낸 대표적인 글로는 이재선의 「신소설
　의 구조론 시고(試考)」와 「신소설의 표제론」(『한국 개화기 소설 연구』, 일조각, 1972), 권
　영민의 「근대소설의 기원과 담론의 근대성」(『서사양식과 담론의 근대성』, 서울대 출판
　부, 1999), 한기형의 「신소설 형성의 양식적 기반」(『한국 근대소설사의 시각』, 소명출판,
　1999) 등이 있다.

있지 않았다. '소설'이 광무·융희 시대를 살아가던 이들에게 선명한 내포를 지닌 개념이 아니었던 만큼, 이 명제의 역(逆), 즉 '소설'이 아닌 '감각세계'를 주어로 삼아 감각세계와 글쓰기 일반의 관계에 대해 질문을 던질 필요가 있을 것이다.

조연현은 일찍이 '무서명소설'이라고 분류한 텍스트들이 일반신문기사와 구분되지 않는다는 것에 주목한 바 있다.[47] 일반 기사와 특정 장르의 구분이 강하지 않다면, 이 텍스트들은 때에 따라 하나의 카테고리로 묶일 수도 있을 것이다. 그런 점에서 최근 구소설—신소설의 틀을 비껴 신문기사—소설을 대상 텍스트로 잡고 발화자의 '말'이 문장의 형식으로 재현되는 면모를 집중적으로 살핀 논문은 글쓰기가 재현의 형식으로 자리 잡는 과정의 일면을 침착하게 보여준 작업에 해당한다.[48] 구한말 이전의 '언문' 텍스트가 제한적이었던 것과 달리 '국문' 텍스트가 글쓰기의 주류를 이루게 되는 만큼, 소설 이외의 텍스트까지 논의 범위를 넓혀 재현의 문제를 점검하는 작업이 필요할 것이다.

또한 감각적 개별세계를 글쓰기 대상으로 삼는 작업은, 그렇게 해야겠다는 의식적 시도와는 별도로 '체화'의 과정이 요구된다. 개항 이후 한국의 급격한 변화들은 서양과 일본의 영향 아래에서 설명되어질 수 있는 것들이 많다. 그러나 앞으로 본격적으로 살피겠지만, 어떤 작자가 일상으로부터 소재를 얻었다고 해서, 또는 특정한 외래 사조나 사상적 경향으로부터 영향을 받았다고 해서, 그 아이디어가 소재적 차원을 넘어 곧바로 글쓰기의 조직 방식에 영향을 주는 것은 아니다. 또한 물적 토대에 의해 이미 시작된 글쓰기의 변화와, 외부로부터 영향 받은 글쓰

---

47) 조연현, 『한국신문학고』, 문화당, 1966, 56~57면, 88~89면. 그러나 이 연구서는 일반 기사와 '소설'을 같은 계열체로 묶어 논구하지는 않았다. 그는 이런 특징을 "신문의 시대적 감각이나 사명과는 달리 고대소설과 거의 다름이 없는, 그보다도 더 초라한 형태"로 파악한다.

48) 류준필, 「근대계몽기 신문 및 소설의 구어 재현 방식과 그 성격」, 『대동문화연구』 44집, 2003.

기의 새로운 경향이 정확한 접점을 이루는 것도 아니다. 한국에서 글쓰기와 관련된 물적 토대가 변하기 시작한 것은 갑오개혁을 전후한 시기이고, 일본에서 근대적 지각 방식 및 글쓰기 스타일을 익혀 한국어 글쓰기에 적용하는 세대는 1910년대 중반에 와서야 일군(一群)을 형성한다. 후자의 글쓰기에 대해서는 일본 근대문학의 형성과 관련된 다양한 논의들이 주요한 참조점이 되지만, 전자에 대해서는 좀 더 내부적인 관점에서 토대의 변화가 글의 조직으로 스며드는 과정에 집중해야 할 것이다. 문체 혁명이 시작되고 현실이 글로 재조직되기 시작했다고 평가되는 광무·융희 연간을 지나 1910년대의 텍스트들을 중심 대상으로 설정한 것은, '감각세계가 글쓰기의 대상이 될 수 있다'라는 의식이 의식과 소재의 차원을 넘어 글에 배어들고 텍스트의 결을 직접 조직하는 과정을 보고자 하기 때문이다.

제2장에서는 먼저 재현으로서의 글쓰기 형식이 모색되는 과정을 살필 것이다. 전시대의 문화 수용 양식이 새로운 문자 및 매체와 충돌하는 광무·융희 연간의 글쓰기 양식들을 전반적으로 살피며, 그 양식들과의 관계 속에서 『소년』의 문체에 초점을 맞추고자 한다. 『소년』에 비중을 둔 것은 이 잡지가 위의 변화를 적극적이고 의도적으로 수용한 첫 번째 매체라고 판단했기 때문이다. 1절에서는 한문에서 한글로 전환되어 가는 과정의 번역문체 및 구술성에서 문자성으로 향유 방식이 변화되는 과정의 대본문체 혹은 받아적기 문체의 특성에 집중했다. 2절에서는 서술문과 대화문의 층위가 분리되어 가는 양상에 관심을 두었다.

제3장과 제4장에서는 서술 주체의 위치에 따라 글쓰기의 유형을 분류하며 본격적으로 감각세계의 재현 양상을 짚어갈 것이다. 글이 재현체계가 된다는 것은 '누가' 본 세계를 재현하는가와 직결되어 있다고 보기 때문이다.

제3장에서는 근대적 글쓰기의 일반적인 유형에 해당하는 것으로, 서술 주체가 견고한 구심적 위치를 점하는 상태에서 세계 재현에 임하는

글쓰기의 형성 양상을 살필 것이다. 1절에서는 시공간이 주요 재현 대상이 되는 글쓰기를 중심 대상으로 삼았다. 이때 글쓰기 주체는 '위치상'으로 구심적 자리를 점한다고 할 수 있다. 2절에서는 개별자, 즉 현실 인물이 전경화되는 글쓰기에 초점을 맞추었다. 이때 글쓰기 주체는 '의미상'의 중심 역할을 한다고 할 수 있다.

제4장에서는 서술 주체가 대상세계를 그 자신의 시선으로 완전히 장악하지 않는/못하는 유형의 글쓰기를 살필 것이다. 1절에서는 '나', 즉 주체를, 주체인 동시에 대상으로 재현하려는 글쓰기의 유형에, 2절에서는 글쓰기의 대상으로 삼은 세계 '안'에 주체가 연루되는 유형의 글쓰기에 집중했다. 글쓰기 이전에는 '대상'이 된 적 없던 '나'의 세계가 글쓰기를 통해 끊임없이 재현 대상이 되는 국면이 중점화될 것이다. 이러한 글쓰기 유형을 통해, 세계 재현의 범위를 확장하거나 심화시키는 가능성이 검토될 수 있을 것이다.

제5장에서는 제3장과 제4장에서 살핀 글쓰기의 재현적 측면이 어째서 특정한 형식이라고 할 수 있는 근대문학장르를 산출했는가를 논의하고자 한다. 1절에서는 1920년대 초반까지 왕성하게 이용된 서간문의 틀을 살필 것이다. 새로운 글쓰기의 형성 단계에 집중적으로 사용될 만한 장점을 지녔으면서도 동시에 장르적 견고함을 지니지 못한 채 소멸한 이유에 관심을 갖기로 한다. 2, 3절에서는 각각 행갈이·연갈이를 변별적 틀로 삼는 '시'와 허구성을 양식적 틀로 삼는 '소설'의 문제를 다룰 것이다. 이런 양식적 틀을 통해서만 글쓰기로 재조직될 수 있는 세계가 무엇인가, 그 이유는 무엇인가를 논구하는 것이 이 장의 목적이 된다.

제2장 근대적 글쓰기 형식의 모색

국어(國語)에 대한 의식이 민족의 발견과 함께 이루어졌으며, 민족의 발견이 만국체제의 인식 속에서 나왔다는 점은 많은 연구서들에서 논의된 바 있다. 조선의 경우 한자와 변별되는 '국자(國字)' 의식의 출현은 1880년경으로 소급된다. 일본을 다녀왔던 개화당 일파 박영효·김옥균·유길준 등은 청의 속국이 아닌 독립국가 조선을 세계 체재 속에 편입시켜야 한다는 당위 속에서 국어국자를 중요한 문제로 인식하게 된다.[1] 문자 체계에 대한 대한제국기의 다양한 논의들은 이와 같은 의식을 기반으로 이루어져, 국문 사용의 가장 핵심적인 의의를 중국적인 것으로부터의 독립정신 고취와 실용성에서 찾았다.[2]

---

[1] 조선에서의 '내셔널리즘'의 형성 경로와 국어 의식의 발생 과정에 대해서는 다음 논문에 상세하게 논의되어 있다. 황호덕, 「한국 근대형성기의 문장 배치와 국문 담론」, 성균관대 박사논문, 2002, 22~91면.

[2] 문자사용에 관한 당대의 담론 및 논쟁에 집중한 다음 글들을 참고할 수 있다. 이응호, 『개화기의 한글 운동사』, 성청사, 1975; 강명관, 「한문폐지론과 애국계몽기 국한문

그러나 이론적 기획과 실제는 언제나 그렇듯 행복하게 만나는 것은 아니어서, 국문의 사용이 글 쓰는 자의 민족의식 정도에 따라 이루어진 것은 아니었다. 1886년 창간된 『한성주보』는 공적 매체로는 처음으로 국문체와 국한문체를 실험했지만 1년이 채 못 되어 순한문 체재로 되돌아갔다. 1887년 말 윤치호는 한문을 버리고 한글로 일기를 쓰기 시작했으나 역시 1년을 넘기지 못하고 영문 글쓰기를 택했다. 1894년 갑오개혁 때에는 "국문으로 본을 삼고 더불어 한문으로 번역하거나 국한문을 혼용"한다는 칙령이 발표되었지만, 실제로는 재래의 방식인 순한문 표기와 이두 표기가 공문서에 일반적으로 이용되었던 것으로 보인다.3) 국문으로 본을 삼겠다는 칙령이 한문문장 "總之國文爲本"으로 기록되어 있다는 사실도 표기에 대한 의식과 실제 표기가 괴리되어 있음을 보여주는 사례라 할 수 있을 것이다. 시대의 변화와 함께 글쓰기 양식이 바뀌어야 한다는 의식도 수면 위로 떠올랐지만, 몸에 오래 익은 글쓰기의 감각은 지적 인식처럼 하루아침에 바뀔 수 있는 것이 아니었으며 항상 독자들을 염두에 두어야 하는 것이기도 했다. 국문에 대한 담론이나 의식 못지않게, 글쓰기가 실제로 어떻게 변화되었는가를 살펴야 하는 것은 이 때문이다. 여기에서 고려되어야 할 것은 문자사용의 비율, 통사구조, 향유 방식에 따른 어휘 및 구문의 양상 등이 된다.

논쟁」, 『한국한문학연구』 8집, 1985; 김인선, 「갑오경장 전후의 국한문논쟁」, 『새국어생활』 4권 4호, 국립국어연구원, 1994년 겨울. 김인선은 1880년 무렵에서부터 1900년 전까지의 논의에, 강명관은 갑오개혁을 즈음한 시기부터 1910년까지의 논쟁을 집중적으로 살폈다.
3) 이기문, 「개화기의 국문 사용에 관한 연구」, 『한국문화』 5집, 서울대 한국문화연구소, 1984, 67~68면.

1. 번역문체와 대본문체의 존재 양상

1) 한문에서 한국어문으로—번역형 글쓰기

『한성주보』의 아이러니

공적 매체에 국문체·국한문체 글이 처음 등장한 것은 『한성주보』다. 조보(朝報)와 칙유(勅諭), 외보(外報)에 집중되어 있는 국문체·국한문체 기사들은 번역의 방식으로 이루어졌다고 할 만한 것인데,[4] 이 문제는 앞으로 일어날 글쓰기의 변화와 관련하여 몇 가지 생각해 볼 문제를 제공해 준다.

벤야민은 '번역은 원문을 이해하지 못하는 독자들을 위한 것인가?'하는 일반화된 통념에 문제를 제기하며, 이해를 목적으로 하는 정보 전달형 번역은 번역의 본질을 비껴가는 '나쁜 번역'일 수밖에 없다고 말한 바 있다. 그에 의하면 진정한 번역은 "원문 언어의 성숙 과정과 그 산고를 지켜보는" 형식이며, "많은 언어를 하나의 진정한 언어로 통합"하는 과정이다.[5] 그리고 천 년에 가까운 중국의 불경 번역 작업은, 참다운 언어를 찾아가는 '진정한 번역'의 예로서 번역의 깊이가 어떤 것인가를 실감하게 해준다.[6]

그러나 벤야민이 말한 본질적인 번역이란 근대적 언어 인식의 바깥에서만 가능하다는 것이 고려되어야 한다. '진정한 번역'이 시도되는 텍스트가 종교 경전들이라는 것은, 이를 위해서는 신성(神聖)에 몸을 던지는 종교적 마인드가 필요조건으로 작동함을 시사한다. 그러나 한 언어

---

4) 『한성주보』의 번역형 글쓰기 문제는 다음 논문에서 상세하게 다루어졌다. 황호덕, 앞의 논문, 180~188면.
5) 발터 벤야민, 반성완 편역, 「번역가의 과제」, 『발터 벤야민의 문예이론』, 민음사, 1983, 319~333면.
6) 김인환, 「번역과 맥락」, 『상상력과 원근법』, 문학과지성사, 1993, 186~190면.

에서 다른 언어로 옮겨져야 할 텍스트가 넘쳐나는 근대적 삶의 방식은 수행과 고행의 방식으로 번역에 임하는 일을 불가능하게 만든다. 근대인에게는 '원문을 이해하지 못하는 독자들'을 위해서 현실태로 존재하는 '나쁜 번역'만이, 번역의 유일한 존재 양식인 셈이다. '이해를 못하

『한성주보』 2호, 1886.2.1, 7면. 국한문체 기사는 대서양의 한 섬을 둘러싼 독일과 스페인의 갈등을, 왼쪽의 국문체 기사는 루마니아, 불가리아, 터키의 정세를 다루고 있다. 낯선 문체에 낯선 내용이다.

는’ 독자들이 상정되면 쓰는 자(번역자)와 읽는 자 사이에는 우/열의 관계가 성립된다. 이때 번역되는 것은 ‘열등한 독자’들이 이해할 수 있는 수준의 것으로 경계가 지어지며, 쉽게 번역될 수 없는 부분들은 삭제되거나 왜곡된다. 이런 점을 염두에 둔다면 근대적 인식 체계 속에서는 번역된 내용이 아니라 번역이라는 양식 자체가 계몽의 성격을 띤다고 할 수 있을 것이다.

그런데 『한성주보』의 국문체·국한문체의 등장과 폐기는 근대적 번역의 일반적 성격이 전도되어 나타난다. 번역을 통한 새로운 문체의 시도는 한문을 모르는 열등한 독자들을 위해 선택된 것이라기보다는 ‘국문이 있어야 한다’는 의식에서 비롯된 측면이 강하다. 재래의 ‘칠서언해’와 언문 이야기책의 문자 체계를 이용하여 만들어진 것이라 하더라도, 국(한)문체 기사들은 친밀하고 익숙한 세계를 담고 있는 낭독체의 이야기책이나 경전의 언해물들과 같은 층위에 놓이지 않는다. 유럽·아프리카 등의 생소한 세계를 생소한 문체로 소개하는 이 글들은 쉽게 이해될 수 있는 종류의 것이 아니다. 이 글들의 존재 의의는 새로운 정보를 전달하기 위한 도구라기보다, ‘청국의 문자가 아닌 우리의 문자가 있다’는 이념의 현실태적 성격이 훨씬 강하다고 볼 수 있다.

그런데 이 새로운 문체는 발행이 거듭될수록 점점 줄어들다가, 32호 이후에는 아예 사라져 버린다.[7] 이 현상은 다만 한문의 권위가 국한문체와 국문체를 거부할 정도로 강력했다는 사실만을 알려주는 것이 아니다. 여기에는 신문 독자들이 한문에 가장 익숙한 계층이었다는 사실, 즉 정보 전달력의 문제가 개입된다. 글은 이념적 가치를 담았다는 것만으로는 존립하지 못하고 독자들의 이해 정도를 고려하여 문체를 선택

---

7) 『한성주보』 32호(1886.10.4)와 47호(1887.1.24) 사이의 신문이 유실된 까닭에 언제부터 한문 기사만이 쓰였는지는 정확하지 않으나, 이미 26호(1886.8.30) 이후로는 조선 문자가 거의 섞여 쓰이지 않았다. 국한문이나 국문 기사는 이미 한두 개에 불과했다. 정진석, 「해제−최초의 근대신문 한성순보와 한성주보」, 『한성순보·한성주보 번역판』, 관훈클럽영신연구기금, 1983 참조.

해야 한다. 독자들의 의미 해독 여부에 따라 문체가 결정되는 방식 자체가 이미 한문 글쓰기의 세계관을 벗어나는 것이다. 아이러니컬하게도 새로운 국문체·국한문체가 글 자체를 이념의 물질적 실현물로 생각하는 도문일치(道文一致)적 인식을 반영한다면, 순한문이라는 글쓰기 양식으로의 복귀는 오히려 글을 의미 전달의 도구로 바라보는 근대적 인식이 일반화되어 가고 있음을 보여준다. 『한성주보』의 문체 선택 추이는 외면적으로는 한문의 강력한 권위가 쉽게 무너질 수 없는 것임을 반영하는 것처럼 보이지만, 좀 더 깊은 지점에서는 한문의 세계관이 붕괴되고 있다는 사실을 상징적으로 보여주는 것이라 할 수 있다. 한문은 그것 자체가 도(道)이기 때문에 선택되는 것이 아니라, 의미 전달을 위한 가장 효율적인 매체이기 때문에 선택된다. 『한성주보』의 번역형 글쓰기의 폐기는, 앞으로 효율성이 강조되는 번역형 글쓰기의 시대가 오리라는 것을 역설적으로, 그리고 징후적으로 보여준다.

구상하기와 글쓰기의 간극

새로운 정보와 지식을 강조하던 시대였던 만큼, 광무·융희 시대의 수많은 텍스트들이 번역을 통과한 것임은 어렵지 않게 확인된다. 신문에 연재되고 단행본으로 출간된 역사전기물들은 리앙치차오[梁啓超]의 저작들을 전재하고 번역하는 과정에서 하나의 흐름을 형성하게 되었다고 할 수 있다. 또 많은 신문기사들은 외국 신문기사를 그 취재원으로 삼고 있다. 『대한매일신보』를 예로 들자면 일본 헤럴드 신문, 상하이 공립신보, 하얼삔 원동보 등이 그것이다. 한편 전문성이 강조되는 유학생들의 학회지에는 교육학·지리학·정치학·경제학·생물학 등을 소개하는 글들이 다수 등장하는데, 번역임을 명시했건 그렇지 않건, 이 글들의 작성 과정에는 유학 중 접한 외국어 텍스트가 중요하게 개입되어 있다고 볼 수 있을 것이다. 최남선은 『소년』 편집과 관련하여 "사방 십 척

이 될락 말락 한 이 작은 책상을 안고 좌수(左手)로는 휘잉한 머리를 버티고 우수(右手)론 이 신문 저 잡지 뒤지"며 글을 쓴다고 했다. 또 급할 때는 정신없이 옮기다가 일본인들이 일본인 입장에서 "아국(我國)"이라고 한 것을 조선인 입장의 단어로 고치는 작업을 빼먹어 나중에 따로 오식 보고를 하기도 했다.[8] 한국어문을 창출하는 데에 '원본'으로서의 외국어 텍스트를 옮기는 일이 얼마나 중요한 계기가 되었는지를 보여주는 사례이다.

그러나 하나의 기호 코드를 다른 코드로 바꾸는 번역의 방식과 관련해 관심을 가져야 하는 것은 비단 외국의 글과 한문 고전 등을 명시적 원본으로 하고 있을 때만은 아니다. 국한문체로 글을 쓰던 구한말의 신문 편집진들은 대부분 어려서 한학 교육을 받아 한문 글쓰기에 익숙한 사람들이었다. 부녀자를 대상으로 하던 국문 전용『제국신문』의 사장 겸 주필이었던 이종일조차도 한학을 공부하고 16세의 나이에 과거에 급제했던, 한문 글쓰기의 지평 안에 있던 사람이었다. 그는 학부(學部)의 국문연구소 연구위원을 지내고 국문 전용 신문을 펴낼 만큼 '국문'에 대한 관심이 다대했지만, 일기인『묵암비망록(默菴備忘錄)』을 쓸 때에는 한문 글쓰기라는 몸에 익은 방식을 택했다.[9] 어린 시절부터 한문에 익숙해 있던 이 세대들이 처음으로 한국어문에 근사한 문장을 구사할 수 있는 방법은, 한문으로 구상하고 그것을 한국어 통사구조로 해체하는 방식이었다고 보아야 할 것이다.

신채호나 박은식 같은 유학자 지식인들만큼은 아니었겠지만, 최남선 역시 한문 글쓰기에 익숙한 사람이었다.『소년』을 발간하기 전『태극학보』·『대한유학생회학보』에 게재한 그의 여러 편의 글들은 예의 그 편

---

8) 「쾌남아의 소유(逍遺)법─최신남극탐색가」,『소년』2년 6권, 1909.7, 52면; 「편집실 통기」,『소년』3년 6권, 1910.6, 80면.
9) 박걸순,『이종일─생애와 민족운동』, 독립기념관 한국독립운동사연구소, 1997, 3~55면 참조

집 방침에 맞게 한주국종체로 이루어졌다. 또한 그는 한시를 자주 읽을 뿐 아니라 흥이 오르면 스스로 짓기를 즐기기도 했으며, 개인적 편지를 한문으로 주고받고 한문으로 글을 읽는 것을 좋아했다.[10] 최남선 역시 한문으로 구상한 후 그것을 한국어문으로 번안하는 방식을 통해 글을 작성했을 가능성이 높은 것이다. 이러한 사정은, 자국어 글쓰기를 의식적으로 시도했던 윤치호와 김동인, 그리고 일본에서 처음 '언문일치'의 글을 시도했다고 평가되는 후타바테이 시메이[二葉亭四迷]의 난감함을 상기시킨다. "우리말로는" 기껏 날짜와 일기(日氣) 정도밖에 기록할 수 없어 아예 쓰기 문자 자체를 영어로 바꿔버린 윤치호의 선택, 한국어문에 대한 경험이 없던 김동인이 일본말로 상상하고 조선말로 글쓰기를 하려고 했을 때의 고충, 러시아어로 소설을 구상하여 문장을 쓰고 그것을 다시 일본어로 고치는 방식을 통해서만 새로운 문체에 다가갈 수 있었던 후타바테이 시메이의 '표현고(表現苦)'[11]는, 자국어 글쓰기의 전통이 마련되어 있지 않은 상태에서 자국어 글쓰기를 시도하는 사람이 겪어야만 했던 난관을 보여준다.

이런 방식으로 쓰인 글들은 구상 단계의 질서와 글쓰기로 실현된 질서가 다르다는 점에서, 원문이 물질적 텍스트로 존재하지 않더라도 번역이 글쓰기의 한 계기로 작동하고 있다고 할 수 있다. 이때 한문 통사 구문이 적극적으로 해체되면 될수록 그 글은 한국어문에 가까워진다. 그러나 한문이 원래 가지고 있던 고유한 품위 역시 그 해체가 적극적이면 적극적일수록 사라져버린다.[12] 쉽고 평등하려면 왜곡되고, 깊고 품

---

10) 다음 글들에서 이런 면을 확인해 볼 수 있다. 「관해시(觀海詩)」, 『소년』 2년 8권, 1909.8, 44면; 곡교인(曲橋人), 「일일 일건」, 『청춘』 3호, 1914.12, 127~128면; 『청춘』 6호, 1915.3, 117면.

11) 송병기 역, 『국역 윤치호 일기』 1, 연세대 출판부, 2001, 596면; 김동인, 「문단 삼십년의 자취」, 2회, 『신천지』 3권 4호, 1948.4~5(합병호), 148면; 박진수, 「한·일 근대 소설의 성립과 '언문일치'—『부운(浮雲)』과 『무정(無情)』의 문체를 중심으로」, 『한국과 일본의 근대언문일치체 형성 과정』(김채수 편저), 보고사, 2002, 135~137면 참조.

12) 한문 어법만이 고유하게 감당할 수 있는 문(文)의 세계와 새로운 국한문체 글쓰기의

위 있으려면 어려워지는 것이다. 새로운 글쓰기의 필요성을 절실히 느끼면서도 어려서부터 몸에 익은 한문 감각으로부터 쉽게 벗어날 수 없었던 유학자 지식인 계층의 혼란과 난감함은, 이 양날의 칼 같은 '번역성'에서 나온다고 할 수 있을 것이다.

한편 '번역'의 계기는 한 번 개입되는 것에 멈추지 않았다. 당대 지식인들의 필독서였던 리앙치차오의 저술은 이미 일본의 번역서들을 한문으로 다시 번역한 것이었다. 그 저술들은 조선에 널리 유통되기 위해 다시 현토가 붙었으며, 현토본은 또다시 국문으로 번역되었다.13) 한국어문이 만들어지기 위해 얼마나 많은 번역 작업이 개입되었는가를 짐작하게 하는 사례다.

체재 면에서는 『대한매일신보』가 이러한 사정을 단적으로 보여준다. 1907년 5월 23일부터 분리 발간된 국문판/국한문판 두 가지 판본에서 1면 첫 기사의 경우 대체로 국한문판에 실린 것들은 하루에서 며칠씩 늦게 국문판에 실리는 경우가 통례였다. 이때 국한문본은 원문이고 국문본은 번역에 해당한다. 그러나 모든 1면 기사가 번역된 것은 아니었다. 순한문 기서(寄書)들은 자주 국문판에 실리지 않았다. 「문단」란에 실린 「독사신론(讀史新論)」(1908.8.27~12.13), 「천희당 시화(天喜堂詩話)」(1909.11.9~12.4) 등도 국문판에 번역되지 않았다. 국문판이 비록 나름의 독자성을 지니지 않은 것은 아니지만14) 기사량으로 보나 글 하나 하나의 밀도로

관계에 대해서는 다음 논문에서 다루어진 바 있다. 임상석, 「근대계몽기 신채호의 글쓰기 방식─한문의 그늘 아래 모색된 새로운 논리와 사상」, 고려대 석사논문, 2001.

13) 정환국, 「근대계몽기 역사전기물 번역에 대하여」, 『대동문화연구』48집, 2004.12, 4~7면 참조.

14) 1면 하단의 '대한고적', 3면의 '편편기담'과 '소설'은 국문판만을 구성하는 고정란이며, 1907년 「잡보」란에 자주 실린 '~타령', '~동요(童謠)'류의 시가들도 국문판에만 실린다. 또 국한문판과 국문판에 같은 기사가 동시에 게재된 섹션으로는 국문판의 「잡동사니」란과 국한문판의 「담총(談叢)」란, 국문판의 「시사평론」란과 이에 해당하는 국한문판의 개별제목 텍스트(1909년 11월 17일부터는 「사회등(社會燈)」란), 그리고 국문판/국한문판의 「사조(詞藻)」란 등을 들 수 있는데, 제목에서부터 알 수 있듯이 이야기나 노래에 가까운, 즉 말을 받아적은 성격이 강한 경우가 대부분이다. 국문판에만 실리거나

보나 그 체계는 국한문판에 비해 상당히 성근 편이었다고 할 수 있다.

이 시기 글들의 특성은 "축적과 집합의 메커니즘"이란 말로 설명된 바 있다. 조선의 후진성과 전면적 결핍에 대한 조급함이, 글의 논리를 섬세하게 구축하도록 하는 대신 사회 개혁과 계몽 촉구를 무차별적으로 강조하게 만들었다는 것이다.[15] 당대 지식인들의 의식을 해명하는 좋은 해석이지만, 또 한편으로는 정교하게 숙련된 논리를 전개하기 위해서는 이들이 중세 보편 언어에 의지해야 했다는 점, 근대인의 인식틀로는 이 보편 언어로 표현된 것들을 온전하게 이해할 수 없다는 점, 그리고 대중적 소통을 지향하기 위해 한문으로 구상된 의미 체계가 번역이라는 계기를 통과해야만 했다는 점이 함께 고려되어야 할 것이다. 글쓰기로 물질화되기 위해 번역이라는 생경한 작업을 몇 차례나 치러내야 했던 문장들이 앙상한 요약의 수준을 넘어서기 위해서는, 또 다른 비약적 계기를 필요로 하게 된다.

국문과 한문 사이의 스펙트럼을 살피는 한 논문은 약간의 단서와 함께 "오늘날의 국문체 문장이 일단 한문체 문장의 해체화 과정의 최후 종착점"이라는 가설을 세운 바 있다.[16] 글이 정보전달 체계로 인식되는 지점과 번역이 일반화되는 지점은 많은 부분 겹쳐진다. 이 시기의 글들이 거칠고 허술하다면, 그것은 사유의 거칢과 허술함 이전에 번역 기술의 문제로 돌려져야 하며, 번역 기술의 문제로 돌려지기 전에 원본과 번역본 사이의 먼 거리가 고려되어야만 한다. 한문식으로 사유한 것을 한국어문으로 옮기는 것은 중세의 질서를 근대의 질서로 재조직하는 작업이며, 그것은 근대의 두 외국어 사이보다 더 넓은 간극을 메우는 작업이었을지도 모른다.

국문판/국한문판에 동시 게재된 텍스트들은 다음 절의 논의와 관련이 깊다.

15) 김동식, 「한국의 근대적 문학 개념 형성과정 연구」, 서울대 박사논문, 1999, 38~47면.

16) 심재기, 「개화기의 교과서 문체에 대하여」, 『국어국문학』 107호, 1992.5, 192면.

2) 낭독과 묵독 사이–대본형 글쓰기

『독립신문』의 유명한 창간사는 "남녀 상하 귀천" 가리지 않고 "조선 전국 인민"을 대상으로 하겠다는 포부를 밝히고 있다. 여러 논자들에 의해 지적되었다시피 『독립신문』이 상정한 이 독자들이란 현실을 무시한 이념적 존재에 가깝다. 성별과 계급과 지역을 무시한 공동체가 19세기 말 조선에 존재하기 힘들었다는 점에서, 이 독자들만큼 '상상의 공동체'에 가까운 경우는 흔치 않을 것이다.

급진적 표기도 이 상상성에서 유래한다. 띄어쓰기와 형태음소적 표기를 일관성 있게 지키는 국문 전용 표기는 "알아보기에 쉽도록"이라는 근거를 전제한다. 그러나 이 '알아보기 쉬움' 역시 현실적 쉬움이라기보다는 이념적 쉬움에 가깝다. 창간호에 누누이 강조된 "구절을 띄어 쓰는" 표기가 서양의 로마자 표기에서 힌트를 얻었으리라는 것은 어렵지 않게 짐작할 수 있으며, 시도되지는 못했으나 편리함을 위해 제기된 "왼편에서 시작하여 오른편으로 가며 쓰는" 횡서법이 서양 텍스트에서 유래하였을 것임도 명백하다. 훈민정음 창제 당시의 분철 표기와 성조 표시 등을 주장한 것도,[17] 로마자 텍스트를 '눈으로' 읽고 해독하듯 우리의 글도 그렇게 만들겠다는 시도와 멀지 않은 자리에 있다. 즉 이 표기 규정들은, 훈민정음 창제 이후 나름의 필요에 걸맞게 변형되어 온 연철 표기, 8종성법 등 말을 그대로 받아적기에 알맞도록 변천한 표기법을 단번에 뒤엎어버리려는 시도를 담은 것이었으며, 쉽게 민중들과 글이 접하는 지점을 역지향한 것이라고 볼 수 있다. "국문을 알아보기가 어려운 건 다름이 아니라 첫째는 말마디를 띄지 아니하고 그저 줄줄 내려 쓰는 까닭"[18]이라고 했으나, 정작 띄어쓰기를 하지 않아 알아보지 못하는 건 언문에 익숙하지 않은 남성 지식인들이다. 16세기 이후의 표

---

17) 주상호(주시경), 「국문론」, 『독립신문』, 1897.9.28, 1면.
18) 「논설」, 『독립신문』 창간호, 1896.4.7, 2면.

기법은 일관된 표기를 규범으로 하는 현대적 관점에서 본다면 "어두운 표류"이자 "문란에의 내리막길"[19]로 보일 수 있으나, 당대인들에게는 '알아보기 쉬운' 적절한 표기 양식이었을 수도 있다. 알아보기 쉽다는 것은 각 언어 공동체가 스스로의 요구에 맞게 자체적으로 변화시킬 수 있는 것들이지, 어떤 체계를 정하고 그것에 맞춰 일거에 표기법을 바꾼다고 해서 이루어질 수 있는 것은 아니다.

일관된 표기법이 유용해지는 것은 교통·통신의 발달로 인쇄물이 먼 지역까지 유통되는 물적 조건 아래에서이다. 이때 소공동체 단위로 향유되는 다양한 언어 층위들은 배제 대상이 되고, 인쇄물은 '혼자 읽기'에 적당한 매체가 된다. 서재필이 조선 전국 인민이라는 상상의 공동체를 대상으로 신문 발간을 기획한 것은, 그가 신문을 '혼자 읽기' 매체로 굳건화한 서양식 모델에 익숙한 '미국인'이었기 때문에 가능했다고 할 수 있다.[20] 소리내어 읽기 위한 대본으로써 언문 텍스트를 이용하던 사람들에게, 서양식 문법을 적용한 의미 단위별 텍스트는 오히려 어렵고 불편한 것이다. 언문에 복잡한 체계를 부여하려는 노력들에 대해 "보고 읽는 자로 하여금 정신만 현란케 할 뿐이요 일호도 인민의 지식을 발달하는데 이익이 없"음을 강조하며 "자양(字樣)을 간이(簡易)케 하고 음운을 균일케 하"라는 불만 어린 요구가 터져나왔던 것은[21] 이러한 맥락에서 이해될 수 있다. 실제로 『독립신문』이 수요자와 만나는 방식도 제작자의 기대치와는 다른 지점에서였다.

> 요소이 본군슈가 흔 쟝시를 셜립ᄒ고 친히 쟝에 와셔 샹고와 인민이 만히 모힌 후에 당셰 형편을 일통 연셜 ᄒ고 국문과 한문 번력 잘 ᄒᄂ 사롬으로

---

19) 이기문, 『국어표기법의 역사적 연구』, 한국연구원, 1963, 129면.
20) 서재필이 미국에 머물던 1880년대는, 미국 전역에서 만 개에 가까운 신문들이 발행되고, 편집과 내용에서 획기적인 변화를 선보인 조셉 퓰리처의 『월드』지가 미국 최대의 신문으로 부상하던 시기였다. 차암근, 『미국신문사』, 서울대 출판부, 1983, 326~348면.
21) 「국문연구회 위원 제씨에게 권고함」, 『대한매일신보』(국문판), 1908.11.14, 1면.

ㅎ야금 소리를 크게 질녀 독립신문을 닑히니 오는 사롬과 가는 손이며 쟝사
ㅎ는 사롬과 촌 빅셩들이 억기를 비비고 돌니서셔 쟈미를 붓쳐 홈믜 듯고
모도 챠탄 ㅎ는지라[22]

가벼운 공연 거리와 유사한 풍경이다. 낭독 잘하는 사람이 읽고 많은
사람들이 함께 듣는 재래의 방식이 일일 인쇄물을 읽을 때에도 여전히
유효한 방식으로 작용한다. "국문과 한문 번역 잘 하는 사람"이라는 구
절은, 신문을 읽어주는 사람이 기계적으로 글자를 읽는 것을 넘어 글의
맥락을 청중들에게 덧붙여 풀어주기도 했으리라는 사실을 짐작하게 한
다. 유식한 사람이 지역 주민들에게 신문을 읽어주고 설명해주는 이러
한 일은, 일종의 도서관이었던 '종람소(縱覽所)'에서도 흔히 있었던 것으
로 보인다.[23]

긴 시각으로 본다면 신문이라는 매체가 대중들의 문화와 취향을 바
꾸었다고 할 수 있지만, 단기적으로 본다면 수요자의 요구와 취향이 매
체에 반영되는 처지에 있었다. 『독립신문』이 상상한 독자들의 대부분
은, 근대 이전의 방식으로 표현하자면 '백성'에 해당한다. 백성들은 한
문만 불편한 게 아니라 글을 눈으로 읽는다는 것 자체가 불편하다. 매
체가 정말로 독자를 지향한다면, 독자들의 요구와 취향은 텍스트의 형
식적·문체적 측면에 여러 가지 방법으로 반영되게 된다.

『독립신문』에 서사적 장치가 전경화된 기사들이 만민공동회 이후 집
중적으로 나타난다는 사실은 이와 관련하여 의미심장하다. 1898년 11월

---

22) 「신문 없지 못할 일」, 『독립신문』, 1898.11.9, 1면.
23) '종람소(縱覽所)'에 관해서는 다음 글을 참고할 수 있다. 김봉희, 『개화기 서적문화
연구』, 이화여대 출판부, 1999, 313~359면. 한편 이와 관련하여서는 일본의 대신문/소
신문의 존재 양식이 의미 있는 참조가 된다. '대신문'은 한문 투의 문장으로 쓰인 정론
중심의 신문으로 한문 해독이 가능한 지식인이 독자층이다. 한문 해독이 불가능한 계
층을 위해 지방의 지식인들은 이 대신문을 풀어 읽는 모임을 자주 개최했다고 한다.
그리고 글을 풀어 낭독의 방식으로 향유하는 이런 모임의 구술적 성격을 문체에 반영
한 것이 일반 민중을 독자로 하는 구어체의 '소신문'이다. 코모리 요이치, 정선태 역,
『일본어의 근대』, 소명출판, 2003, 52~54면.

5일부터 12월 25일까지, 중간에 자진 해산한 3~4일 정도를 합쳐 50일 가까이 계속된 만민공동회의 "풍찬노숙" 철야 시위 기간 동안[24] 『독립신문』과 『황성신문』의 거의 모든 지면은 이 사건과 관련된 기사들로 도배되다시피 하였다. 이때 『독립신문』에는 현장의 말투를 그대로 살린 기사들이 1면이나 2면에 거의 매일같이 실린다. 그 이전까지 대화 형식이나 야담 형식 등 특정 장치를 이용하는 경우가 그다지 많지 않았던 것과는 대조적이다. 대중들이 경험 현장 '안'에서 그 열기를 자기 것으로 느끼는 이 예외적 상황이 신문의 차가운 정보 전달성과 배치되기 때문이었던 것으로 보인다. 만민공동회 시위대와 군인들의 충돌은 이때 자주 기사화되던 것들 중의 하나였는데, 군인이 시위대를 뚫고 들어오려고 하면 시위대 안에서는 이런 목소리가 들린다.

> 위관과 병뎡들도 다 우리 대한 동포라 우리 만민이 셰를 졍부에 밧쳐 그 돈으로 월급들을 먹고 우흐로 황실을 호위 ᄒ고 아릐로 우리 동포를 보호 ᄒ고 밧그로 도젹을 방비 ᄒ다는 직분이어눌 우리 나라 군인들이 우리 나라 동포를 대 ᄒ야 총을 노흐려 ᄒ니 더욱 원통ᄒ다 ᄒ며 만민 일심이 더욱 격분ᄒ야 쩌들며 분답 ᄒ거눌 (…중략…)[25]

> 군인들도 다 우리 대한 동포요 츙
> 군 의국 ᄒᄂᆞᆫ ᄆᆞ음은 다 일톄라 우리 만민이 졍부에 받치ᄂᆞᆫ 결셰젼 즁으로 예산 지출 ᄒ야 그 돈 즁에셔 월급들을 둘둘이 타 먹으며 그 돈으로 모ᄌᆞ와 복장이며 총과 약과 탄환들이며 창을 사 가지고 그 스이 기예 비화 우리 만민을 뭇질너 죽이랴 ᄒ나뇨 (…중략…)[26]

'다 같은 대한 동포'이고 '우리들이 바친 세금으로 키운 군사'인데 오

---

24) 만민공동회에 관해서는 다음 글을 참조하였다. 신용하, 「만민공동회의 자주민권자 강운동」, 『독립협회 연구』, 일조각, 1976.
25) 「군민시비」, 『독립신문』, 1898.11.8, 2면.
26) 「군인충돌」, 『독립신문』, 1898.11.10, 2면.

『대한매일신보』, 1905.11.17, 1면. 국한문체 기사들 사이에서 대화체 서사물인 「소경과 앉은뱅이의 문답」만 국문으로 작성되어 있다.

히려 '우리에게 총을 겨눈다'고 똑같이 일갈하는 이 목소리가 실제 시위 현장의 것인지 아닌지는 정확하게 알 수 없다. 그러나 반복해서 들어도 질리지 않을 만큼 뜨거운 울분과 감격의 힘을 끌어내는 표현이라는 것만은 분명하다. 이 반복이 지루한 상투성이 아니라 일종의 힘으로 작용하는 경우는, 눈으로 읽고 의미를 파악하는 것이 아닌, 목소리를 통해 그 상황의 열기 속으로 들어갈 때이다. 비슷한 어구는 얼마 후 부상패들의 공격으로 많은 사람들이 다치고 죽는 큰 사건이 있은 다음에도 이어진다. "그 부상패도 또한 우리 대한 동포라 우리들이 어찌 차마 그 부상패를 짐짓 살해하려 하리오 다만 그 부상패들이 뭉텡이를 지어 우리를 치려 하거든 상말로 물려고 들어오는 개를 그저 둘 수 없으니 불가불 대적하여 물리치는"27) 것뿐이다.

「소경과 앉은뱅이 문답」, 「거부오해」로 대표되는 『대한매일신보』의 일련의 대화체 서사물들에 대해서도 비슷한 논의가 가능하다. 일찍이 조연현에 의해 그 특징이 주목되었다시피 이 텍스트들은 구담(口談)·우화·야담 등을 포괄하고 있으며 반(半)율문의 문장으로 이루어져 있다.28) 또한 최근 한 연구자는 이 텍스트들에 시가가 삽입되어 있음에 주목하고 그 효과를 논한 바 있다.29) 대화문이 자주 4음보의 율격을 띠고 맺음 부분의 고조된 감정을 시가가 떠맡는 것은, 이 텍스트들이 적극적으로 '입'으로 향유되었음을 보여주는 바가 된다. "광대가 무대에 올라 익살을 부리고 퇴장"하는 "민속극 형태의 소박한 구성"30)이라고 한 지적 역시 이 문제와 관련하여 참조할 만하다. 국한문판만 발간되던 시기에 수록된 이 텍스트들의 구성과 문체는, 문자해독력이 없는 사람들에

---

27) 「동포권면」, 『독립신문』, 1898.11.24, 4면.
28) 조연현, 『한국신문학고』, 문화당, 1966, 51~55면.
29) 김종훈, 「근대계몽기 단형 서사 삽입 시가 연구─『대한매일신보』에 실린 초기 다섯 편을 중심으로」, 『근대계몽기 단형 서사문학 연구』(연세대 근대한국학연구소 편), 소명출판, 2002.
30) 이재선, 『한국 개화기 소설 연구』, 일조각, 1972, 64면.

게 '들려주려는' 목적성을 강하게 띤 것으로 추측된다.

한편 국한문판과 국문판이 분리된 이후 「잡보」란에 실리는 민요는 대체로 국문판에만 나타나는데, 듣고 노래하기를 즐기는 수요자들을 위한 편집 방식이라고 할 수 있을 것이다. 『대한매일신보』의 국문판에만 고유한 기사들은, 대체로 낭독 향유와 밀접한 관련이 있다. 「시사평론」란의 가사체 텍스트들이 필사의 방식을 통해 전파되었다는 것[31]도 재미있는 현상 중 하나이다. 일간지에 대중의 취향을 반영하는 율독형 텍스트들이 실리고, 이 텍스트들은 다시 대중의 오랜 습관에 따라 필사의 방식으로 유통된다. 민요·가사·판소리·탈춤 등의 연행 형식들을 잠재함으로써만이 신문은 대중들에게 접근 가능한 것이었다.[32]

단편 서사물들을 전래의 장르들과의 연장선에서 파악하며 장르 귀속을 시도하는 해석들도 이와 비슷한 관점에서 재조직해볼 수 있다. 이 텍스트들을 소설의 전단계로 바라볼 때에는 조선 후기 야담계 한문 단편과의 연속성이 강조된다.[33] 그러나 서론에서 이미 검토했듯 야담집에 실린 한문단편들 역시 입에서 입으로 떠도는 구연형 이야기를 기록물로 전화한 텍스트들이었다. 그렇다면 고정된 글의 차원에서 구성 방식 등의 공통점을 지적하기보다는 그 질료적 계기가 같다는 점을 강조하는 것이, 단편 서사물 및 신소설 일부가 한문단편들과 맺는 관계와 관련하여 좀 더 생산적인 논의를 가능하게 할 수 있다. 거리의 말들을 기

---

31) 고은지, 「계몽가사의 문학적 형상화 방식과 그 의미―양식적 원리와 표현 기법을 중심으로」, 고려대 박사논문, 2004, 225면 참조.

32) 다음 논문은 광무·융희 시대의 신문 미디어가 담론 공간의 역할을 할 때 '놀이[戱]'의 개념을 주요하게 받아들였다고 해석하였다. 양세라, 「개화기 서사 양식에 내재된 연극성으로서의 유희 연구 (1)」, 『근대계몽기 단형 서사문학 연구』(연세대 근대한국학 연구소 편), 소명출판, 2005, 349면.

33) 임형택, 「야담의 근대적 변모」, 『한국한문학연구』 19집, 1996; 김영민, 「한국 근대소설 발생 과정 연구―조선 후기 야담과 개화기 문학 양식의 연관성을 중심으로」, 『국어국문학』 127집, 2000. 한편 최원식은 신소설 『고목화』·『만월대』·『월하가인』에 한문단편의 화소(話素)들이 차용되었다는 사실을 지적한 바 있다. 최원식, 「이해조 문학 연구」, 『한국 근대소설사론』, 창작사, 1986, 64~65면, 120·123면.

록물로 바꾼다는 점에서 조선 후기의 한문단편과 구한말의 단편 서사물들은 구연문화와 문자문화의 중간 단계에 '함께' 놓여 있고 비슷한 특징을 공유한다. 『대한매일신보』「잡보」란의 어떤 기사들이 "길거리개그"[34]처럼 보이는 것은, 길거리의 언어가 길거리의 방식으로 지면화되었기 때문에 가능한 일일 것이다.

고소설의 전통을 이어받은 장편 신소설의 경우도 대본적 성격은 상당히 강하게 드러난다. 동시대적 시공간을 처음으로 이야기 속에 도입한 『혈의 누』가 『만세보』 신문연재본보다 단행본에서 전시대 소설 어법에 가까워진다는 것은 시사적이다. 루비식 표기는 국문 표기로 바뀌고 장면 묘사가 상당 부분 삭제되었으며 문장은 길어지고 종결형 '~더라' 체의 선택이 늘어났는데[35] 이 소설의 잠재적 수용자 층을 생각한다면 이인직의 선택은 당연한 것으로 볼 수 있겠다. 신문연재란이라는 새로운 형식 속에서는 그가 일본에서 익힌 '언문일치' 논의와 문장들을 한국어문으로 실험해 보는 일이 가능하지만[36] 단행본으로 묶이는 순간 이 소설은 이야기책의 계보 아래에 놓이게 된다. 그리고 그 계보에 맞게 언문 표기를 택하고, 그 계보에 맞게 소리 내어 읽는 향유 방식을 잠재하게 된다. 이인직의 일련의 소설들이 보여주는 핍진한 묘사는 당대의 기준으로 볼 때 매우 새로운 것이나, 기본적으로 그의 소설들을 끌고 가는 힘은 여전히 "벽장 속에 있는 세간을 낱낱이 내어놓고 궤문도 열어 놓고 농문도 열어 놓고 궤짝 위에 농짝도 놓고 농짝 위에 궤짝도 얹었는데" 식의 '입담'이다. 입으로 읽으며 재미를 느낄 수 있는 방식이 치밀한 묘사로 이루어진 부분들보다 훨씬 많은 부분을 차지한다.

묵독형 문장에 가장 근접했던 이인직의 소설이 놓인 자리가 이렇고 보

---

34) 고미숙, 「계몽의 담론, 계몽의 수사학」, 『문화과학』 23호, 2001.9, 211면.
35) 다음 논문에서 이 양상이 구체적으로 다루어지고 있다. 정선태, 「신소설의 서사론적 연구—이인직을 중심으로」, 서울대 석사논문, 1994, 12~19면.
36) 김윤식, 「문학적 풍경의 발견」, 『한국 근대소설사 연구』, 을유문화사, 1986, 66~74면.

면, 다른 소설 텍스트들이 재래의 향유 방식에 걸맞는 문체를 선택했으리라는 것은 어렵지 않게 짐작된다. 이인직의 다른 소설들과 다소 이질적인 자리에 놓인 "소설연극", 혹은 "연극신소설"『은세계』는 전통 연희 광대들에 의해 공연된 창극(唱劇) 형식과 밀접한 관계에 있다. 창극「은세계」가 소설보다 먼저 존재했건 그렇지 않았건[37] 소설『은세계』는 판소리를 받아적은 듯한 문체, 즉 연희 주체인 광대나 당대 관객들에게 익숙한 방식으로 조직되어 있다. 한편 이해조의 소설들이 전래의 소설들로부터 여러 가지 자질을 물려받았다는 것은 여러 논문들에서 지적된 바 있으며,『매일신보』에 7개월 가까이 연재된 판소리 개작 소설「옥중화」,「강상련」,「연의 각」,「토의 간」은 아예 광대 박기홍·심정순·곽창기 등이 창(唱)한 것을 이해조가 산정(刪正)한 것이다.[38] 이 텍스트들을 공연으로부터 독립시키는 것은 불가능하다. 또한 조중환은 여행 중 여관에 들어서다가, 누군가 이수일과 심순애에 대한 인물평을 곁들이며 자신이 번안한「장한몽」의 한 대목을 낭독하는 것을 듣게 된다.[39] 채만식의『태평천하』와 이효석의「석류」의 한 장면은 1910년대의 최고 베스트셀러 중 하나인『추월색』이 낭독의 방식으로 향유되었다는 것을 알려주고[40] 김기진은 딱지본 고소설 및『추월색』·『월하가인』등의 신소설이 "이웃사촌까지 청하여다가 듣게 하면서 굽이굽이 꺾어가며 고성대독"

---

37) 최원식이 창극「최병두 타령」을 개작하여 소설『은세계』가 쓰인 것으로 보았다. 「『은세계』 연구」,『한국 근대문학사론』(임형택·최원식 편), 한길사, 1982. 이상경은 최병두 실화를 토대로 소설『은세계』가 쓰였고 이후 창극〈은세계〉가 공연되었음을 실증적으로 밝혔다. 「은세계 재론」,『민족문학사연구』 5호, 1994 상반기.

38) 「옥중화」는 국한문체로 기록되었고 일반 서사체로 풀어썼으나, 「강상련」부터는 한글체로 표기하고 '아니리'·'진양조' 등의 설명을 꼼꼼히 붙인다. 대본성이 더 강화되는 방향으로 나아갔다고 할 수 있다. 단 단행본 출간 시에는 '아니리'·'진양조' 등의 표기가 없어진다. 이 텍스트들의 내용에 대해서는 최원식에 의해 자세하게 논의된 바 있다. 「이해조 문학 연구」,『한국 근대소설사론』, 창작사, 1986, 147~157면.

39) 일재, 「주유삼남(周遊三南)」,『매일신보』, 1914.7.4, 3면.

40) 최원식, 「1910년대 친일문학과 근대성—최찬식의 경우」,『한국계몽주의문학사론』, 소명출판, 2002, 37~38면.

되었다는 사실을 전해준다.[41] 1930년을 전후한 시기까지도 인쇄물인 소설이 가장 대중적으로 수용자에게 전달되는 방식은 '구연'이었던 것이다. 『추월색』이 베스트셀러라서 이런 기록들이 많이 등장하는 것일 수도 있겠지만, 거꾸로 뒤집으면 추월색의 문체와 전개 방식이 낭독에 적절하였기 때문에 베스트셀러의 자리에 오를 수 있었다는 해석도 가능하다. 1910년대 중반 『매일신보』의 소설 연재란을 독점하게 된 번안소설들이 연극과 밀착함으로써만 대중과 교섭할 수 있었다는 사실 역시 수용자의 기대치와 문체의 관계를 가늠하게 해준다.[42]

익숙한 이야기와 노래들을 함께 듣고 함께 즐기고 함께 공감하는 문화가 강한 힘을 가지고 있던 세계에서, 신문이라는 시각적 매체가 택한 방식은 구술의 방식으로 향유 가능하도록 텍스트를 조직하는 것이었다. 이것은 대본형 글쓰기라고 명명할 만한 문체적 특질을 보여준다. 이미 구연되는 이야기나 노래를 받아적은 것인가, 글을 쓰면서 이야기나 노래로 구연될 것을 참작한 것인가, 하는 선후 문제가 존재하지 않는 것은 아니다. 그러나 기존의 구연·낭독물을 받아적는다는 것은 다시 구연·낭독될 것을 기대 지평 안에 두고 있다는 것을 뜻한다. 예외가 있다면 학자적 관심으로 구비전승물을 채록할 때뿐일 것이다. 또한 구연·낭독을 가정하며 텍스트를 조직하면서 기존의 구연·낭독물들을 참조하지 않을 수는 없다. 최초의 기록 단계가 구연 이전에 존재하든 이후에 존재하든, 텍스트는 구연의 아우라를 통해서만 온전한 의미를 실현시킬 수 있는 성격을 지니게 된다.

---

41) 김기진, 「대중소설론」, 4회, 『동아일보』, 1929.4.17, 4면.
42) 이해조 식의 소설들과 선을 긋는 조중환·이상협 등의 번안 소설이 어떻게 독자 대중을 호명하게 되었는가의 문제에 대해서는 다음 논문을 참조할 수 있다. 최태원, 「번안소설·미디어·대중성―1910년대 소설 독자의 문제를 중심으로」, 『한국 근대문학과 일본』(사에구사 도시카쓰 외), 소명출판, 2003, 32~33면.

3) 『소년』과 이질적 문체의 혼합 방식

번역형 텍스트와 대본형 텍스트는 기본적으로 얼마간의 종속성을 가지고 있다. 전자는 원문에 대해 그러하고, 후자는 쓰인 것을 말과 동작으로 실현하는 질서에 대해 그러하다. 글이 글로서 독립적 가치를 지니는 순간은, 이 두 가지 종속으로부터 벗어날 때라고 할 수 있을 것이다.

이 문제와 관련하여 주목되는 것이 『소년』의 존재이다. 이광수는 여러 차례에 걸쳐 최남선이 이룬 문체적 공적에 대해 언급한 바 있다. 그에 의하면 "10년 전에 있어서 대담하게 동사와 형용사는 물론이요 명사까지도 될 수 있는 대로 현대의 조선어로 쓰기 시작한 자"는 "실로 최육당 그 사람"[43]이다. 그러나 앞에서 살폈듯 최남선의 글쓰기는 명시적이건 잠재적이건 많은 부분 번역이나 번안을 그 계기로 포함하고 있었다. 그렇다면 번역·번안을 위해 그가 현대 조선어의 동사·형용사·명사를 어떤 식으로 취해 오고 운용했는가 하는 문제가 제기된다. 통사구조를 한국어순에 맞게 꼼꼼하게 해체하는 것으로서는, 원문에 대한 종속성에서 벗어날 수도 없고 '문체의 혁신'이라는 비약을 이루기도 어렵다. 최남선의 글쓰기에 번역 외의 어떤 다른 계기가 혼입되어 있으리라는 가설이 가능해지는 것은 이 지점이다.

한문식 표현과 비속어

먼저 한문의 문장 구성 방식이 그대로 남아 있는 예문을 하나 보기로 한다.

萬一 사람에 貴賤의 別이 잇다 하면 맛당히 進步를 알고 모름으로 써 난

---

43) 춘원, 「부활의 서광」, 『청춘』 12호, 1918.3, 28면. 다음 글들에서도 최남선의 문체에 대한 상찬을 찾아볼 수 있다. 이광수, 「조선문단의 현상과 장래」, 『동아일보』, 1925.1.1; 이광수, 「육당 최남선론」, 『조선문단』 6호, 1925.3, 81면.

홀 것이오 나라에 華夷의 別이 잇다 하면 쏘한 進步의 잇고 업슴으로 써
난홀지니 이 理致로 써 말하면 昔日의 支那는 華라 할지라도 今日의 支那
는 夷오 昔日의 西人은 夷라 할지라도 今日의 西人은 華—니 萬— 이 分
別 저 分別 아니하고 唐虞의 治隆과 周漢의 文明이 잇다고 當場은 개쏭만
도 못하고 안저서 (…중략…)[44]

두 구로 한 의미를 이루어 연용하는 배비구(排比句) 방식[45]이 인용 부
분 전체에 걸쳐 사용되고 있다. "사람"/"나라", "귀천의 별(別)"/"화이
의 별(別)", "진보를 알고 모름"/"진보의 있고 없음", "석일"/"금일",
"지나"/"서인" 등이 정확하게 대응한다. 또 분명히 띄어쓰기 된 "써"는
'이(以)'를 직역한 것에 해당하는데, 이러한 점들은 이 글이 한문으로 구
상된 후 한국어문으로 옮기는 방식에 의해 이루어진 것임을 알려준다.
그런데 여기서 눈에 띄는 것은 이 형식화된 구도와 무겁고 단정한 구
절들 속에 "개쏭만도 못하고"라는 비속한 민중어가 그대로 삽입되었다
는 것이다. 이 글의 전체적 층위와 매우 이질적이어서 현대 독자들에게
는 오히려 포스트모던하게 느껴질 정도이다. 이런 언어는 다만 위의 인
용문에서만 보이는 특징이 아니다. 『소년』의 글들을 일별할 때 문체적
차원에서 가장 눈에 띄는 것 중 하나는 의성·의태어와 감탄사·비속
어의 잦은 사용이다. 발음과 인쇄 형태로 파도 소리와 모양을 흉내낸,
첫 권 첫 페이지 첫 줄의 "처 …… 르썩, 처 …… 르썩, 척, 쏴 …… 아"는
그런 면에서 상당히 시사적이며, "우글 우글 우글", "옹송 옹송", "어치
렁 어치렁", "물그름 말그름", "아긋아긋하다", "에그머니" 등 명백한 받
아적기 단어인 의성어와 의태어는 본문 중에 자주 삽입된다. 비속어 역
시 마찬가지다. "놀리기 좋은 주둥이", "똥개천에 버려서", "불알 있는
사나이" 등은 『소년』 어느 호에서나 쉽게 찾아볼 수 있는 표현들이다.
이 언어들은 '구어'에 매우 가깝다. 직접 들리는 말을 '받아적기'한 듯

---

44) 공육, 「해상대한사」, 4회, 『소년』 2년 2권, 1909.2, 13면.
45) 심경호, 『한문 산문의 미학』, 고려대 출판부, 1998, 57면.

한 인상을 준다. 더군다나 이 언어들은 인용 부호 안에 닫힌 누군가의 대사가 아니라 서술자 자신의 언어로 채택된 것들이다.

위의 "개똥만도 못하고"라는 구절은 글의 전체 맥락상 반드시 필요한 성분이 아니다. "마땅히"·"또한"과 함께 의미상 잉여 성분에 해당한다. 글 안에서 받아적기화된 한국어식 표현이 어떤 기능을 가지는지를 확인하기 위해서 위 인용문보다 한글 표기가 좀 더 큰 비중을 차지하는 예문을 들어보기로 하겠다.

> 누가 時間의 원통을 한눈에 보난 者이뇨 한째의 일노 달은 째를 말함은 아츰ㅅ버섯이오 여름ㅅ버레라 그를 어리석다 아니하면 누구를 그럿타 하리오. 大抵 皇皇하신 大皇朝의 巍巍하고 莊嚴한 抱負는 天柱와 갓히 우리 歷史上에 特立하얏스니 째째의 快치 못한 일은 곳 개아미 한두 머리가 이 기동에 긔여올은 세음이오 파리똥 한두 點이 이 기동에 뭇은 세음이라 쓸허바리면 그만이 아니냐 흠쳐바리면 그만이 아니냐,46) (강조는 인용자)

이 예문은 고딕체 부분이 한문식 표현으로, 나머지 부분은 한국어식 표현으로 이루어져 있다. 비율상으로는 한국어식 표현이 우세하다. 그러나 의미의 무게 중심으로 치자면 꼭 그렇지만은 않다. 이 부분의 핵심 내용은 조선을 세운 대황조 단군이 든든하게 우리 조선의 역사를 받치고 있다는 것으로, 한문식 표현에 담겨 있다. 그가 자주 쓰는 의태어도 여기서는 한문구로 사용되었다. "황황(皇皇)"은 『시경』에서, "외외(巍巍)"는 『논어』에서 쓰인 이후로 한문 문장에서 자주 사용되어 왔던 의태어이다. 그 나머지 한국어 표현으로 이루어진 부분은 비유 매체이거나 비중이 적은 내용에 해당한다. "아침 버섯이요 여름 벌레"라는 표현은 그 앞 구절의 부연 설명이고, "개미 한두 마리"와 "파리 똥 한두 점"은 "때때의 쾌(快)치 못한 일"을, 이 미물들이 붙어 있는 "기둥"은 "우리

---

46) 「소년시언(少年時言)」, 『소년』 3년 5권, 1910.5, 11~12면.

역사"를 비유하기 위한 매개체이다.

이러한 쓰임새가 한문을 우월하게 바라보는 인식에서 나왔다고 보기는 어렵다. 또한 비속하고 유머러스한 조선어식 표현의 비유가 단순히 지적 수준이 낮은 독자들을 위해 마련된 것이라고도 할 수 없다. 한문의 정제된 형식성은 글 속에 논리가 전개될 때 큰 힘을 발휘한다. 조선어식 표현은 의미의 종속으로부터 자유로운 채 논리적으로 전개된 의미를 현실의 구체적 이미지로 변용하며 무거운 논리를 발랄하고 생동하는 층위로 끌어내린다. "밀가루나 쌀가루에 물을 타서 뭉친 반죽"과 다 만들어진 모양인 "송편이나 만두"와의 관계를 소년들의 현재와 미래에 비유할 때, "때가 묻어 숯빛같이 되고 이가 생겨 득시글득시글한 옷"을 갈데없이 부패한 혁명 전 프랑스 상황에 비유할 때, 사람이 자기 본색을 잃지 말아야 함을 간장과 된장과 청국장을 들어 설명할 때[47] 논리들은 받아적는 조선어 속으로 스며들고 조선어는 글쓰기의 언어로 시험되기 시작한다.

흉내내기와 재현하기

『소년』에서 최남선이 위험을 무릅쓰는 모험에 큰 가치를 부여했다는 것은 잘 알려진 사실이다. 그는 '바다'의 미덕을 누누이 강조했고 표류와 탐험에 관련된 기사·소설들을 자주 번역했다. 이 텍스트들은 다른 논설문이나 설명문과 마찬가지로 '소년'들을 계몽하기 위한 '목적성'을 분명하게 띤 것이며, 그런 면에서 하나의 카테고리 안에 묶일 수 있다. 그러나 문장의 차원으로 오면 바다를 중심으로 한 표류기와 탐험기는 계몽의 목적성을 띠는 논설문·설명문 등과 같은 층위에 놓이지 않는다. 개념적 논리와 주장이 아닌 '형상'이 의미의 중심에 위치하게 되는 까닭이다. 다시 말하면, 논리 전개를 주로 하는 글처럼 한문 어구가 중

---

47) 「소년시언」, 『소년』 1년 1권, 1908.11, 5면; 공육, 「나폴레옹 대제(大帝) 전」, 1년 2권, 1908.12, 14면; 「소년시언」, 2년 10권, 1909.11, 14면.

심 의미가 되고, 한국어식 표현이 그 중심 의미를 둘러싸는 비유 매체
가 되는 방식으로 문장이 만들어지기는 쉽지 않다.

1년 1권에 최남선은 「해상대한사」 연재를 시작하며 「해(海)의 미관(美
觀)은 어떠한가」라는 소제목 하에 "문자로만 풀어도 넓음을 의미하고
말로만 들어도 큰 것이 생각"되는 바다를 "묘사"하겠다고 말한다. 그리
고 바다의 "원망(遠望)"과 "근경(近景)", 아침풍경, 저녁풍경을 소위 "관
찰"한 바를 기록한다. 공간적 거리와 시간의 변화에 따라 나눈 이 네 항
목은 개인의 시지각에 기초한 근대적 기술 방식으로 글이 전개될 것을
기대케 한다. 다음은 그가 바다 모습을 "관찰"하고 "묘사"한 문장들이다.

①三山이 어듸메냐 九嶼도 모르겟다 尾閭에 大鵬이 積雲갓흔 날개를 펴
고 扶搖로 오르며 滄嶼에 巨鼈가 平野갓흔 등을 들고 神山을 디고잇난데
하날을 삼키랴고 洪波가 凸起하난 뎌긔뎌긔서 水天이 相拍한다

②뎍은 물ㅅ결은 툐올 툘 툘 큰 물ㅅ결은 타앙 탕 탕 돌을 탸고는 거품
디고 흙을 티고는 넌튤이 디난데 밀물에는 行惡을하고 썰물에는 退縮을하
야 (…중략…) 凶獰한나라들이 남모르게 숨기숨기 드러내놋코 번듯번듯 行
하난바 (…중략…)

③아탐에 바라보면
　　玉宇超迢落月東, 滄波萬頃忽翻紅,
　　蜿蜿百怪皆含火, 奉出金輪黃道中. 이라48)

①은 원경, ②는 근경, ③은 아침풍경의 일부이다. 최남선은 공간과
시간에 따라 바다를 보여주겠다고 했지만, 실제로 각 부분은 보는 자의
시지각과 큰 연관이 없다. 원경은 『장자』에 나오는 신화적 세계에 근거
해 전개되고, 근경의 리드미컬함은 한국어의 음상과 의성·의태어에 의

<hr>

48) 「해상대한사(海上大韓史)」, 『소년』 1년 1권, 1908.11, 33~35면.

지한다. 한 구절은 다음 구절과 대구를 이루며 4음보에 근접하고, "숨기 숨기"·"번듯번듯" 같은 구절은 리듬을 의식한 반복구문임이 분명하다. 그리고 아침풍경은 아예 7언 절구의 한시로 대체된다. 즉 중국신화의 상상 체계가, 조선 말의 리듬이, 운자와 평측의 형식성이, 바다를 대신한다.

특히 ②는 받아적기에서 글쓰기로 넘어가는 단계에 대한 논의와 관련하여 시사하는 바가 크다. 잡가의 전통에 잇닿아 있는 듯한 이 부분은 역동적이다. 그리고 이 역동성은 "문자로만 풀어도 넓음을 의미하고 말로만 들어도 큰 것이 생각"되도록 의도되어 있다. 문장 자체가 바다를 '닮았다'는 느낌을 지향하는 것이다. 이 닮음은 문장이 세계를 눈앞에 보일 듯 '재현'해내는 묘사의 방식이 아니라 말이 세계를 '흉내'내는 방식으로 이루어진다. 이 바다가 특정 바다로 지정되지 않았다는 사실도 주목되어야 할 사항이다. 재현을 위해서는 모델이 필요하다. 고성 앞바다와 동래 앞바다가 아무리 비슷해 보이더라도, 재현을 지향하는 글에서는 택일적으로 모델을 설정해야 한다. 그러나 흉내는 '다시 보이도록' 하는 것이 아니라 닮는 것을 지향하므로 개별적 대상을 설정할 필요가 없다.

흉내란 본질적으로 정착된 글의 차원에서는 가능한 것이 아니다. 이 글의 작자 역시 흉내를 통한 '바다 되기'가 아니라, "관찰"과 "묘사"를 시도한 것이었다. 그러나 어떤 모델을 재현하는 언어가 어느 날 갑자기 생길 수 있는 것은 아니다. 한문의 은유 체계와 고도로 정제된 한시의 형식, 대상을 흉내내는 구연 언어의 특성으로 최남선은 재현 언어를 대체하고자 한다.

이외에도 『소년』에는 의미를 재현하는 문장 사이에서 말이 자기 리듬과 흐름을 지니고 흉내의 방식으로 돌출하는 경우가 적지 않게 나타난다. 기차로 여행하며 각 역을 계량적으로 나열해 가다가 최남선은 한 개천이 "요리 빼뚤 요리로 고부리고 조리 얼씬 조리로 돌려 꼬불"거린다고 쓴다.[49] 음성의 반복과 느낌이 작은 개천의 아기자기한 흐름을 흉내낸다. 계속 앞으로 기차가 나아가자 그는 토끼와 자라 이야기가 생각나고 또 다른 공상이 시작되어 "공상이 공상을 낳고 아들이 손자를 낳아 혼자 골몰"한다고 쓴다.50) 어떤 생각이 교차되는지를 또박또박 짚어 재현하는 대신 '낳다'라는 말이 자기 리듬에 맞는 말들을 끌어오게 두어, 이 말들로 하여금 어수선한 공상들이 떠도는 머리를 흉내내게 만든다.

　번역된 탐험기나 모험기에서 논리나 서사의 전개를 넘어 세계의 형상이 드러나는 경우에도 이질적인 층위의 문장을 어렵지 않게 찾아볼 수 있다. 폴라리스 호 일원의 6개월 15일 간의 북극 표류기51)의 경우 "저 소리를 들어보게!", "에구머니 이건 얼음이 깨지지 않나!", "떠 달아나는구려!!" 등의 말하기식 어미 처리는 '~더라', '~ㄴ다' 사이에 자주 삽입된다. 그리고 "동빙한설(凍氷寒雪)로 밀폐견쇄(密閉堅鎖)한 북극", "교랑(鮫浪)을 작(斫)하고 오도(鰲濤)를 부(剖)하면서" 등의 한문식 구절과 "왈각왈각부걱부걱하는 무서운 소리", "힘껏은 뛰놀고 지랄을 하며", "뛰놀고 용춤 추는 물결은 가끔 가끔 빙괴(氷塊)를 수세미질 한다" 등의 표현이 함께 거친 바다를 그려낸다. 이 표류기의 서두에는 "터럭만큼이라도 소설적 수식을 더하지 아니한 실담(實談)"을 기록한다고 쓰였지만, 이런 구절들은 원본 텍스트를 '직역'하는 방식으로는 만들어질 수 없는 것들이다. 왈각왈각부걱부걱 지랄을 하며 수세미질 하는 파도란, 조선 말만이 흉내낼 수 있는 파도이다.

　묘사적 재현으로서의 글쓰기, 주체에 의해 잘 통제되는 글쓰기에 익숙한 현대의 독자들에게 이와 같은 표현들은 독특한 미학적 영역에 닿아 있는 것으로 보이기도 한다. 받아적기의 방식으로 가져 온 이 흉내의 말들이 특히 한문식 표현이 그대로 남아 있는 문장들 사이에 있을 때, 그 이질적 돌출감은 두드러지고 신선하다는 느낌까지 주기도 한다.

---

49) N. S., 「평양행」, 『소년』 2년 10권, 1909.11, 145면.
50) 공육, 「교남홍조(嶠南鴻爪)」, 『소년』 2년 8권, 1909.8, 54면.
51) 「육삭일망간탑빙표류담[기](六朔一望間搭氷票流談[記])」, 『소년』 2년 1~4권, 1909.1~4.

그러나 당대의 맥락에서 바라볼 때, 한문식 표현들과 받아적기된 조선어 표현들은 글쓰기의 영역 속으로 흡수되어 정돈되어야 할 것이지 그 자체로의 독자적 가치를 지니는 것은 아니었다고 할 수 있다.

리듬 자질과 의미 자질의 봉합

'흉내' 및 '재현'과 관련해서 또한 주목되어야 할 사항은 노래/시의 문제이다. 『소년』의 첫 페이지를 장식하는 「해에게서 소년에게」가 노래의 구속을 벗어난 첫 번째 시라는 것은 잘 알려진 사실이다. 그러나 기본적으로 이 텍스트를 다른 글들과 달리 "시"라고 이름 붙일 수 있게 하는 핵심 요소는 각 연의 첫 행과 마지막 행에 배치되어 있는 "처……ㄹ썩, 처……ㄹ썩, 척, 쏴……아", "처……ㄹ썩, 처……ㄹ썩, 척, 추르릉, 콱"이라는 의성어의 반복이다. 파도의 모양을 재현하는 것이 아니라 파도 소리를 '흉내낸' 이 의성어들 사이에서 화자인 바다는 바다다운 위용과 넓이를 부여받는다. 이 텍스트를 '시'로 만드는 것은, 규칙적 리듬으로부터의 일탈이 아니라 오히려 노래의 규칙적 리듬에서 빌려 변용한 반복성인 것이다. 『소년』에 실린 다른 많은 시가 텍스트들 역시 어떤 방식으로든 그 안에 반복성을 지니고 있다. 가장 흔한 경우는 음절수의 반복이며 같은 구절의 반복, 형태의 반복을 품고 있는 경우도 적지 않다. 「우리의 운동장」(『소년』 1년 2권) 같은 경우는 6·5자 음절수의 반복, "우리로 / 우리로 / 우……리……로!!!"라는 후렴구의 반복, 시각적 시행 배열의 반복이 동시에 등장하기도 한다.

반복이 반복으로서 힘을 가지는 경우는 눈으로 읽고 의미를 내면화할 때가 아니라 소리로 물질화할 때이다. 그런 점에서 노래의 반복성은 '되기'의 영역, 혹은 '흉내'의 영역에 존재한다고 할 수 있다. 흥겨운 분위기의 노래가 창자와 청중을 즐겁게 만들고 씩씩한 노래가 진취적 기운을 북돋는 것은, 그 가사의 의미들이 흥겹고 씩씩해서라기보다는 소리화된 리듬과 선율이 부르고 듣는 사람을 그 분위기 속에 물들이기 때문이다. 이때 가사의 의미는 부수적인 것이 된다.

그런데 『소년』의 시 텍스트들은 다른 글들과 마찬가지로 '읽기'를 전제하고 있으면서도 노래의 자질에 의지하고자 한다. 이런 경향은 다른 신문·잡지 매체의 시가 텍스트들과 구분되어야 하는 것이다. 『독립신문』의 창가류와 『대한매일신보』의 가사류를 비롯한 많은 시가 텍스트들은, 인쇄 매체에 실렸음에도 불구하고 분명하게 노래나 율독을 지향하는 것이었다. 다시 말하면 널리 노래로 불리고 낭독되기 위해 인쇄 매체의 형식을 빌린 것이지 읽기 자체를 지향한 것은 아니다. 그런 점에서 신문에 실린 창가·가사들은 대본형 텍스트이다. 『소년』 창간 전에 출판된 『경부철도노래』의 경우도 마찬가지다. 이 창가집에 악보가 첨부되어 있다는 사실이 그것을 명확하게 해준다. 그러나 『소년』의 시들은 노래를 지향하는 대신 노래의 어떤 자질을 '글'의 영역으로 끌어오는 것을 기도하고 있다. 노래의 리듬이나 율독 단위에 기반해서 가사를 만드는 것이 아니라, 반복적 리듬의 자질과 언어 기호의 의미 자질을 동등하게 다루고자 한다. 이 시도는 자주 심각한 과부하 현상을 초래한다. 다음 예문은 「신대한소년」(『소년』 2년 1권)의 1~2연이다.

<table>
<tr><td>

一.
검불쎄걸은 저의얼골보아라 (5 / 7)
억세게덕근 저의손발보아라 (5 / 7)
나는놀고먹지아니한다는 (11)
標的아니냐. (5)
그들의 힘ㅅ줄은 툭불거지고 (3 / 4 / 5)
그들의 쎠…대는 쩍버러젓다 (3 / 4 / 5)
나는힘드리난일이잇다는 (11)
有力한證據아니냐 (8)
　올타올타果然그러타
　新大韓의少年은
　이러하니라.

</td><td>

二.
全部의誠心 다드려힘기르고 (5 / 7)
全部의精神 다써智識느려서 (5 / 7)
우리는將次누를爲해무삼일 (12)
하랴하나냐 (5)
弱한놈 어린놈을 도을양으로 (3 / 4 / 5)
强한놈 넘어쩌려 『最後勝捷은 (3 / 4 / 5)
정의로 도러간다』ㄴ밝은理致를 (3 / 4 / 5)
보이려함이아니냐 (8)
　올타올타果然그러타
　新大韓의少年은
　이러하니라.

</td></tr>
</table>

각 행의 길이는 들쑥날쑥하다. 행 단위로 보면 리듬에 얽매이지 않은

자유시에 가깝다. 그러나 연 단위로 가면 사정이 달라진다. 각 연들은 강박적이라고 할 정도로 글자 수가 대응된다. 1연 5~6행의 두 번째 구에는 각각 "ㅅ"과 "⋯"라는 유사 음절을 삽입하여 2연 5~6행과 똑같은 4음절 형식으로 만들었다. 2연 6~7행의 두 번째 구에 들어가는 인용 기호 '『 』'는 띄어쓰기되어 있는 부분에 배치되어 음절수로부터 배제된다. 마지막 3행 역시 리듬과 무관하게 읽히는데도 불구하고 후렴구로 처리된다.

연 단위의 반복에 집착하는 순간 이 텍스트의 의미 단위는 리듬 단위 혹은 자수 단위와 심각한 괴리를 보이게 된다. 2연 6~7행의 강조 부분 "최후 승첩은 정의로 돌아간다"는 분명히 하나의 의미 단락에 해당하는데도 불구하고 글자 수를 맞추기 위해 두 행에 걸쳐 배치된다. 만약 이 텍스트가 실제의 반복적 리듬에 기초한 것이었다면 "최후~밝은 이치를"까지는 하나의 리듬 단위 안에 배치되어 급박하게 읽는 방식으로 이루어졌을 것이다. 또한 1연 1~2행의 앞의 5자는 띄어쓰기에 의해 독립된 단위로 처리되었음에도 불구하고, 그 자체로 완결된 의미 단위를 이루지 못한 채 그 뒤의 7자 단위를 수식하고 있다.

노래의 자질로부터 이 텍스트는 멀리 떨어져 나왔지만, 노래의 반복적 자질의 힘, 청자를 텍스트의 분위기로 물들이고자 하는 리듬의 힘을 포기하지 못한다. 그리고 그 애매한 경계에서 리듬의 힘과 의미의 힘 둘 모두를 잃고 만다. 불리는 것을 지향하지 않기 때문에 수용자는 씩씩한 '신대한'의 분위기에 물들지 못하고, 음성적 반복이 가지는 정서적 고조의 가능성을 포기하기 않기 때문에 언어 기호적 의미는 정교한 구체성을 보여주는 대신 추상적 계몽에 머물게 된다.

또 다른 시 텍스트 「바다 위의 용소년(勇少年)」을 보자. 각 행은 4·4·5자를 일관되게 지키고 있고, 각 연은 3행 씩, 총 30연으로 이루어져 있다. 「신대한소년」이 행 단위 율격을 기각한 것과 달리 외형상 창가의 형식에 충실하다. 그렇다면 이 '가사'가 창가의 악곡에 얹어 부르거나 3

음보의 율독 단위로 편하게 읽힐 수 있도록 만들어졌는지를 검토해 보아야 할 것이다.

　이 텍스트는 세 겹의 구조로 이루어져 있다. 가장 바깥쪽에 있는 전지적 서술자의 말은 보트를 타고 바다로 나간 세 소년의 모습을 보여준다. 1연~5연 2행까지, 26연~30연까지가 이에 해당한다. 그 가운데 부분은 이 소년들의 노래에 해당한다. '『　』'로 표시되어 있다. 소년들의 노래 안에는 주님의 말이 배치된다. 11~12연에 해당하며 '「　」'로 표시된 부분이다. 즉 서술자의 언어 속에 소년의 언어가, 소년의 언어 속에 주님의 언어가 들어 있는 복잡한 구조로 이루어져 있다. 전체구도뿐만 아니라 문장구조도 단순하지 않다. 각 연은 의미의 독립성을 지니지 못한 채 다른 연에 문장이 걸치는 경우가 상당히 많다.

　　네보아라 그들이탄 좁고적은배
　　외상앗대 겨오달닌 「쏘오트」어늘
　　活氣에찬 그의얼골 조곰怯업시

　　쇠뭉치의 팔을쏩내 金剛力으로
　　이놈이리 접어뉘고 저놈저리해
　　물결치난 세찬勇氣 놀나웁도다

　　가늘게내 크게쏩난 그의노래를
　　귀기우려 드러보자 무삼뜻이뇨
　　『어이어라 어이어라 우리半島의

　　크고넓은 바다겻해 사난人民아
　　향긔로운 맑은물이 셋난언덕과
　　짠맛쯰운 말은大氣 덥흔바닥에

　　白頭山위 싸힌눈이 녹을쌔까지

　　(…중략…) (3~7연)[52]

3연과 4연은 따로 떼어놓을 수 없다. 한 문장이기 때문만은 아니다. 전체적으로 이 부분은 3연 1~2행과 그 나머지 부분으로 의미 단락이 나뉜다. 3연 3행이 그 앞 행들이 아니라 4연과 의미적으로 연결되는 것이다. 리듬 단락과 의미 단락은 따로 논다. 리듬 단락에 따라 끊어 읽을 때 어색함이 유발되는 것은 이 때문이다.

5연에서는 "『"표시와 함께 소년들의 노래가 시작된다. 그런데 독립된 한 연으로 시작하지 못하고 마지막 행에서 시작하여 6연으로 이어진다. 또한 5연 3행 마지막 5음절 부분은 6연 1행과 하나의 의미 단락을 이루며, 6연 2~3행은 1행과는 의미적 휴지가 이루어지는 반면 그 자체로 독립된 구문을 이루지 못한 채 7연으로 이어진다.

노래는 '절' 혹은 '연' 단위의 의미적 독립성을 가지고 있다. 반복이 시작되는 지점은 앞의 것의 연속인 동시에 새로운 시작이다. 그렇기 때문에 전체를 부를 수도 있지만 한 부분만을 떼어 부를 수도 있다. 『소년』 1년 2권에는 "구가서류(口歌書類)"로 소개된 「경부철도가」와 「한양가」가 각각 1절씩 수록된다. 각 절에 독립성이 있기 때문에 가능한 것이다. 더불어 노래의 가사는 구문이 단순해야 한다. 의미 파악이 금세 이루어지지 않는 복잡한 구문은 노래의 정서적 힘을 돋우는 대신 방해하기 쉽다. 전체를 하나의 의미 체계로 구조화하는 것은 눈으로 읽는 텍스트들이 지향하는 방식이다.

그런데 「바다 위의 용소년」은 창가적 정형성과 운문성에 의지하면서도 전체 구도, 문장의 길이 및 구조 등이 복잡하기 그지없어서, 운문의 외형이 배반되기 위해 선택된 것이 아닌가 의심이 갈 정도이다. 최남선은 산문과 운문을 동시에 지향한다. 4·4·5자의 창가 형태에 의지하는

---

52) 「바다 위의 용소년」, 『소년』 2년 10권, 1909.11, 28면.

것은 이 리듬이 "용소년"의 기상을 '흉내'내기를 기대하고 있음을 의미
한다. 한편 작자는 용소년들의 모습을 눈앞에 '재현'하려고도 한다. 이
텍스트가 실린 바로 앞 페이지에는 세 명의 소년이 보트를 타고 파도에
휩싸여 있는 판화가 한 점 실려 있다. 그는 서술자의 언어로 앞과 뒤에
서 소년들의 모습을 묘사하고 그들에 대한 기대치를 덧붙이는 한편, 소
년들의 "크게 뽑는" 노래로 그들의 모험심과 기상을 보다 선명하게 부
각시키며 독자 소년들을 그 모험심에 동참시키고자 한다. 운문의 리듬
과 산문의 의미가 이런 방식으로 동시에 지향되면서, 이 텍스트는 양쪽
모두가 어떻게 파탄 나는지를 보여준다.

「바다 위의 용소년」, 앞 페이지에 실린 삽화. 『소년』 2년
1권, 27면.

의미 자질과 리듬 자질을
동시에 추구하려는 시도는 대
체로 실패로 돌아간다.[53] 그
러나 이 실패를 다만 추상적
계몽성에 집착한 최남선의 개
인적 한계라고 보기는 어렵
다. 그보다는 구연문화의 지
평 속에서 읽는 시와 노래하
는 시의 불가능한 접합을 시
도하였기 때문이라고 할 수
있을 것이다. 이후 1910년에
접어들어 최남선은 리듬 자질
을 포기한 산문 형식을 약 1
년에 걸쳐 "시"로서 실험하고,
반복성을 지닌 텍스트를 "창

---

53) 산문적 의미의 지향과 반복적 리듬의 지향이 절묘하게 균형을 이룬 예로는 「꽃 두
고」(2년 5권)를 들 수 있을 것이다. 다음 논문에 간략하게 언급해 놓았다. 신지연, 「『소
년』의 문체 연구」, 『민족문화연구』 41호, 2005.6, 207~208면.

가"나 "국풍"으로 분류한다.54) 글자 수의 반복은 노래의 영역에만 한정
되고 '읽는 시'에서는 반복성이 제거된다. 그리고 이 지점에서 노래가사
와 읽는 시는 하나의 텍스트 내에서 동시에 추구되는 대신 의식적으로
갈라지게 된다.

2. 서술문과 발화문의 분화 양상

번역문체 및 대본문체와 함께 글쓰기 형식과 관련하여 또 하나 주목
해야 할 문제는 층위가 다른 언어들이 어떻게 처리되는가 하는 것이다.
이야기꾼에 의해 구연되거나 낭독되던 고소설들의 경우, 서술자의 어사
'~왈'에 이어지는 인물들의 발화문은 기본적으로 서술자의 언어와 동
일한 층위에 존재한다. 구연되는 이야기들이 일차적으로 그 자리에 모
여 있는 구체적인 청중 집단을 향해 이루어지기 때문이다. 서술자의 말
이 청중들을 직접 향할 뿐 아니라, 작중인물의 말도 대화 상대자들을
향하는 동시에 청중을 의식하게 된다. 홍길동이 중인(衆人)을 향해 "내
아무 날 그 절에 가 이리이리하리니" 할 때의 "이리이리하리니"라는 요
약 서술은 청중의 편의를 위한 것이다. 또 조웅의 어머니가 장소저와
대화하며 "네가 정녕 장소저뇨 장소저는 나의 자부라" 하는 식으로, 눈
앞의 인물을 두고도 대명사를 회피하는 용법 역시 이야기를 듣는 청중
을 감안한 방식이다.55) 듣는 이야기는 읽는 이야기와 달리 앞부분을 다

---

54) 5장 2절에서 이 산문형 시들을 간단하게 다루었다. 상세한 논의는 다음 기회로 미루
　기로 한다.
55) 「홍길동전」과 「조웅전」의 예문은 다음 논문에서 재인용했다. 김병국, 「고대소설 서
　사체와 서술시점」, 『한국고전소설 연구』(이상택·성현경 편), 새문사, 1983, 97~100면.
　인물 지칭과 낭독성의 연관에 대해서는 다음 논문을 참조할 수 있었다. 배수찬, 「고전

시 들춰보는 일 없이 즉각적으로 수용될 수 있어야 하기 때문이다. 이때 이야기 속의 인물들이 서술자의 간섭을 받지 않으며 자율적인 대화 공간을 점하기는 힘들다.

그러나 눈으로 읽는 글의 경우 수용자들은 익명적이다. 구연 공간에서는 수용자들이 눈앞에 구체적으로 존재하지만, 묵독 지향의 글에서는 생산자와 수용자 사이에 추상적인 관계만이 설정된다. 근대의 글쓰기가 음성화된 말에 기반해 있으면서도 말에서 벗어나 독립된 질서를 갖추어야 하는 것은 바로 수용자의 이러한 익명성 때문이다. 누가 수용할지 알 수 없기 때문에 서술자는 표준화된 중립적인 언어를 지향한다. 반면 중립적 서술 안에 배치된 인물들의 대사는 모두 구체적인 누군가를 향해 발화되는 말들이다. 특정 수신자를 향하는 말들은 표준성을 추구해야 할 필요가 없으므로 말을 직접 받아적은 듯한 문장 언어가 가능해진다. 서술자의 문장과 글 속 인물의 대화가 다른 층위로 갈라지는 것은 텍스트의 향유가 입에서 눈으로 옮겨오는 징후에 해당한다.

1) 비언어적 장치[56]의 삽입과 그 기능

표기 차원에서 대사가 일반 서술로부터 분리되는 면모를 처음 보여준 것은 1898년경 『독립신문』의 대화체 텍스트들이다.[57] 주종을 이루는 것은 여전히 '~가로되'·'~말하되'라는 서술자의 어사와 텍스트 내의 인물 대사를 접합하는 방식이었지만, 발화 주체의 말을 직접화 하기 위

국문 소설의 서술 원리 연구─낭독이 서술에 미친 영향을 중심으로」, 서울대 석사논문, 2001, 30~37면.

56) 여기서 기술한 인용 부호들을 '비언어적 장치'라고 부른 것은 류준필이다. 이 논자가 제기한 몇 가지 문제의식을 공유하므로 같은 용어를 사용하기로 한다. 류준필, 「근대 계몽기 신문 및 소설의 구어 재현 방식과 그 성격」, 『대동문화연구』 44집, 2003, 230면.

57) 『독립신문』의 다양한 대화문 표기 양상은 류준필의 위의 글을 참고할 수 있다.

한 '희곡식' 표기법이 여러 가지 기호를 통해 고안되었다.

그러나 '희곡에 접근한 표기법' 같은 발화 주체 표기 방식은 엄밀한 의미에서 글쓰기의 일부라 할 수 없다. 표기된 발화 주체명은 서술자의 '문장'으로 통합되지 못한 채 대화의 주체가 누구인가를 명확하게 하기 위한 보조 기능에 한정되기 때문이다. 또한 이 텍스트들은 처음과 끝의 한두 문장을 제외하면, 대화 층위의 문장들만으로 구성된다. '~가로되'·'~왈'이라는 형태로 남아 있던 서술자의 언어가 거의 제로화되는 이런 처리 방식은, 모든 대화문이 서술자의 언어로 재편되는 '구연되는 이야기'의 방식과 실제로는 그다지 먼 거리에 있지 않다고 할 수 있다. 한쪽은 간접화법으로만, 또 한쪽은 직접화법으로만 이루어진다는 차이가 있을 뿐 양쪽 모두 기본적으로 단일한 지평에 있는 언어만으로 조직된다. 실제로 대부분의 대화체 서사물들은 '~가로되' 접합 방식을 택하고 있으며, 희곡식 표기법을 사용하는 텍스트와 질적인 면에서 큰 차이를 보이지 않는다.

①시골 (아 갑갑한 사롬일세 그랴도 이젼에는 셰도도 잇고 셰의도 보고 아니 그리ᄒ엿나 지금은 아모것도 업네 그려

②엇던 병명들이 어디 안져셔 문답ᄒ기를 여보게 우리가 이 병명 아니 다니면 굴머 죽나 오쟝륙부 바로 박인 ᄌ식은 춤아 눈으로는 못 보겟데

③(문) 졍부에셔도
성칙을 봉힝치 못ᄒ 죄가 만커니와 인민이 졍부의 명령을 거스리는 것이 엇지 칙망이 업스리요

④상목지 굴ᄋ디 풍쇽을 엇지 갓다 ᄒ리오 부인의 머리 싹지 아닌 것은 만국이 다 갓다 ᄒ려니와 남자로 말ᄒ량이면 구미 졔국 사롬들은 무비 단발ᄒ 사롬이오 대한 사롬은 상투가 잣슝이 굿고 쳥국 사롬은 편발이 삼단 굿

혼즉 엇지 만국이 ズᄒ다 ᄒ나뇨

  ⑤신씨) 왈 무슴 말이던지 물으라 ᄒ디
  구씨) 굴ᄋ디 쳐음에 엇지 ᄒ야 하늘과 ᄯᅡ이 싱겟나뇨[58]

  후술하겠지만 대화체 서사물들에서는 정형화된 구어 투 어미 '~하네 그려', '~데' 등과 발어사 '여보게' 등이 자주 쓰이는데, ①과 ②는 그 예들 중의 하나이다. 희곡식 표기로 쓰인 ①이나 '~가로되'를 사용한 ②나 큰 차이가 없다. 양쪽 다 대화자인 시골 사람과 병정의 언어로 이루어져 있다. ③과 ④ 역시 마찬가지다. 다만 이 경우는 중후함으로 정형화된 어미가 텍스트 전체를 관할한다. 새로운 표기 방식은 텍스트 전체를 질적으로 다른 차원에 옮겨놓지는 못한다. 두 가지 표기법을 함께 채택한 ⑤같은 경우가 가능한 것도 이 때문이다. ⑤에서 "왈"과 "가로되"라는 어사는 신씨 / 구씨의 말에 통합될 수 없을 뿐만 아니라, ")" 표기로 인해 신씨 / 구씨라는 주어를 서술하는 역할도 제대로 맡지 못한다. 눈으로 글을 읽는 현대인의 감각에는 어색한 것이지만, 눈으로 보면서 입으로 읽기도 하는 당대인들의 방식으로 보자면 두 가지 표기는 그다지 상충되는 것이 아니었을 수도 있다. 이야기책이 이야기꾼의 낭독에 적합한 방식으로 조직되어 있는 것과 마찬가지로, 동질적 언어로 일관되는 대화체 서사물들 역시 눈이 아닌 입으로 향유될 때 적절한 기능을 발휘하도록 조직되어 있다. 이와 같은 방식은 그저 '희곡의 대사' 같기만 할 뿐 아니라, 희곡의 대사가 현실화되는 지점과도 유사하다.
  '희곡식' 표기법은 신소설들에서 먼저 주목된 바 있다. 그런데 신문의 대화체 서사물과 신소설들이 다른 점은, 전자가 대부분 대화문으로만 이루어진 것과 달리 후자는 서술자의 언어와 인물의 언어가 대등한

---

58) 모두 『독립신문』의 1면 기사다. 「행세 문답」, 1899.1.23; 「병정 의리」, 1898.11.23; 「공동회에 대한 문답」, 1898.12.28; 「어떤 친구의 편지」, 1898.11.24; 「신구 문답」, 1899.3.10.

비중으로 이루어져 있다는 것이다. 이 차이는 다만 정도의 차이에 불과한 것은 아니다. 외형적으로는 대화체 서사물과 신소설의 대화 표기 방식이 유사하고, 내러티브를 꾸리는 방식은 고소설과 신소설이 유사하다. 그러나 언어의 층위 면으로 보자면, 단일한 지평의 언어로만 이루어진다는 점에서 고소설과 대화체 서사물이 유사하다. 신소설에는 서술자에게서 독자 / 청중에게로 향하는 층위의 언어와, 인물에게서 인물에게로 향하는 또 다른 층위의 언어가 함께 존재한다. 신소설의 '희곡식' 표기법은 대화문들이 청중이나 관객을 직접 향하는 대신 일차적으로 텍스트 내의 대화 상대자를 향하도록 만든다.

그렇다고 해서 신소설들이 청중으로부터 완전히 독립된 텍스트 내적 언어를 구비했다고는 볼 수 없다. 『혈의 누』의 대화문들은 그 좋은 예가 된다. 평양을 무대로 이야기가 전개되는 동안에도 서북 방언은 등장하지 않고, 일본과 미국으로 공간이 바뀌었는데도 대화문들에는 아무런 껄끄러움이 없다. "옥련이가 대답을 하는데 어려서 일본에서 자라난 사람이라 말을 하여도 일본 말투가 많더라" 식으로, 대화 언어들의 이질성은 대화 자체에 기입되는 대신 서술자의 첨언으로 설명될 뿐이다. 수용자들이 편하게 받아들일 수 있도록, 서술자는 대화 언어를 대화 주체에게 맡겨두는 대신 언어의 선택에 적극적으로 개입한다. 희곡식으로 표기된 신소설들의 대화 공간은 작자가 어느 정도 개입하여 언어의 양상을 조절한다는 점에서, 절반 정도의 자율성만을 획득한 세계라고 할 수 있을 것이다.

대사 주체를 표시하지 않고 인용 부호 '「 」'만을 사용하기 시작한 첫 번째 예는 주지되어 온 바와 같이 몽몽(夢夢) 진학문의 「쓰러져 가는 집」이다. 이후 진학문은 「요조오한[四疊半]」에서도 같은 방식을 이용하였으며, 이광수도 몇 달 후 단편 「무정」을 2회 분재(分載)하며 부호만으로 대화문과 서술문을 구분지었다.59) 『대한민보』에 연재된 「절영신화(絶瓔新話)」(1909.10.14~11.22)도 같은 방식으로 대화문을 처리했는데, 다만 이 텍

스트는 서술문 없이 "샌님"과 "덤벙이"의 대화만으로 이루어졌다는 점
에서 대화체 단편 서사물의 연장선상에 놓인다.

대사의 주체를 문면에 드러내지 않는다는 것은, 굳이 밝히지 않아도
대사 주체를 알 수 있을 만큼 글이 조직되었음을 뜻한다고 할 수 있다.
「쓰러져 가는 집」의 발화문은 주된 인물인 "부인"의 혼잣말이거나 금순
이와의 대화, 혹은 남편과의 대화로 이루어진다. 부인은 금순에게 하대
를 하므로 대화 주체가 구분이 되지 않는 경우는 없다. 또 남편과 말이
오가는 부분에서는, "탈망에 곰방대 무신 양반 하는 말이 /「이년, 네 두
고만 보아라 지금은 바빠 모본단만 가지고 가거니와 있다가 보아라 어
디서 계집이 사나이 하는 일을 종잘거리더냐 노름을 하거나 술을 먹거
니」/ 하면서 신발 신은 채 방으로 들어가" 식으로, 대화문의 앞뒤에 행
위 및 말이 오가는 정황이 서술자의 언어로 해설된다.

사실 괄호 안 주체 표기라는 보조용 장치를 이용하는 경우에도 누가
하는 말인지 분간이 안 되는 경우는 그다지 많지 않았다.

> 그때는 날이 새려 흐는 째라 거름을 밧비 거러 정상군의 집앞혜 가셔 드
> 러가지 아니흐고 감아니 드른즉 로파의 목소리가 들니는지라
> (로파) 앗씨 앗씨 자근 앗씨가 어듸 갓슴닛가
> (부인) 응 무어시야 느는 혼잠에 너쳐 자고 이졔야 찌엿네 옥년이가 어듸로 가
> 뒤긴에 긴는지 불너보게
> (노) 니가 지금 뒤긴에 돈녀오는 길이올시다
> 안으로 거럿든 디문이 열녀스니 밧그로 느긴 거시올시다[60]

자살하려고 나갔던 옥련이 다시 정상 부인의 집에 들어가려다가 문
바깥에서 두 사람의 대화를 듣는 부분이다. 두 사람의 말투가 다르기도

---

59) 세 개의 텍스트는 차례로 다음 지면에 실려 있다. 『대한유학생회학보』 3호, 1907.5;
『대한흥학보』 8호, 1909.12; 『대한흥학보』 11~12호, 1910.3~4.
60) 이인직, 『혈의 누』, 광학서포, 1907, 58면.

하고, 또 문맥상 누가 하는 말인지가 충분히 짐작되기 때문에 발화 주체를 별도로 표기하는 것이 필수적이지는 않다. 문제는 그럼에도 불구하고 비언어적 장치를 삽입해서 대화 주체를 분명하게 한다는 것이다. 텍스트를 그 자체로 완결된 향유물로서 바라보는 대신, 괄호 안에 표기된 발화자가 대화를 이끄는 연극적 상황을 설정할 때 가능해지는 표기법이다.

「쓰러져 가는 집」이 한주국종체 위주의 유학생 잡지에 실린 유일한 한국어문이라는 사실은 이 문제와 관련하여 시사적이다. 한주국종체 사이에 국문 전용 텍스트가 실린 또 다른 예로는 「향객담화」를 비롯한 『대한매일신보』의 일련의 대화체 서사물들을 들 수 있다.61) 이 텍스트들은 『대한매일신보』가 국한문판만 발간되던 시기에 제3면에 실렸다. 『대한매일신보』가 모든 '대한인'을 수용자로 설정하는 문제에 대해 발간 내내 고심했다는 사실을 염두에 둔다면62) 이 대화체 서사물들은 한문 해독이 불가능한 자들을 대상으로 하는 것이었다고 볼 수 있다. 「쓰러져 가는 집」을 둘러싼 맥락은 이와는 다르다. 『대한유학생회학보』의 독자는 한문에 능숙한 일본 유학생 회원이지 '모든 대한인'이 아니다. 즉 진학문이 택한 한국어문은 문자 생활이 자유롭지 못한 대중들에게 '소리내어 읽어'주는 것을 기대치에 넣은 문체가 아니라, 눈으로 글을 읽는 일에 익숙한 독자들을 대상으로 한 것이다. 비언어적 장치를 가능하면 최대한 줄이고 서술문과 발화문만으로 글을 이끌어가는 방식은 눈으로 글을 읽는

---

61) 1905년 10월 29일부터 1906년 4월 12일까지 약 6개월 간 「향객담화」, 「소경과 앉은 뱅이 문답」, 「이태리국 아마치전」, 「鄕향老로訪방問문醫의生생이라」, 「車거夫부誤오解해」, 「時시事사問문答답」이 연속해서 연재된다. 「이태리국 아마치전」만 '대화체'가 아니다.

62) 창간 후 1905년 3월 10일까지는 영문 / 국문 이중 체계로 택하다가, 1905년 8월 11일부터 국한문으로 표기 체재를 변경하며 한글 전용 텍스트를 가끔 싣는 편집 방침을 채택한다. 그리고 1907년 5월 22일에 다시 국문판을 별도로 창간하여 폐간 전까지 두 가지 판본을 발행한다. 1912년 3월 1일 『매일신보』에 "순언문 신문을 폐지하고 삼면 사면에 순언문 기사를 게재"하기로 했다는 체재 개편 공고가 난 것으로 보아, 두 가지 판본의 발간은 『대한매일신보』가 『매일신보』로 바뀐 후에도 한동안 유지되었던 듯하다.

향유 방식과 밀접하게 연관되어 있음을 보여준다.

『소년』지에 실린 글들의 경우도 대사는 대부분 같은 방식의 인용부호로 처리된다. 위에서 언급했듯 한 사람의 대사가 일회적으로 사용되거나, 성별·나이·계급에 따라 다른 어법을 구사하는 두 사람이 하나의 대화 공간을 점할 경우 이 기호는 대체로 큰 무리 없이 사용될 수 있었다. 이 부호가 불안정한 경우는 동등한 발화자들이 연이어서 대화를 하거나, 한 장면에서 세 사람 이상이 대화자로 설정되는 경우다. 현대의 소설 텍스트들의 경우 독자가 대사 주체를 쉽게 구분할 수 없는 때라고 해도 서술자는 인물들의 세계에 함부로 개입하지 않는다. 그러나 이제 막 읽기 / 쓰기 체계를 정립시켜가고 있던 이 시기의 글들은 '누가 말하고 있는가'를 금세 판별할 수 없는 경우, 글의 흐름이 어색해지는 것을 무릅쓰고라도 대사 주체를 명시하는 것을 반드시 해결하고 가야 하는 문제로 생각하였다.

문제 해결을 위한 가장 손쉬운 방법은 발화자를 약기(略記)하고 인용부호를 또다시 하는 방식으로, 1년 1권의 「갑동이와 을남이의 상종」 등에서 채택되었다. 이 방식에 기본적으로 충실하되 대사를 쓰기 체계 안에 보다 잘 포섭하는 경우는, 대화문들 사이에 대화 주체를 행동이나 양태의 양식으로 보여주는 문장을 삽입하며 진행하는 것이다.

> (…중략…) 王自來의 얼골을 쳐다보면서 『제발 그저 여긔서 자게 하여 주소서』
> 王自來 『저리 가라! ─ 달은 데 가서 자던지 마던지 하여라!』
> 具蘭泰가 더욱 발願한다 『제발 제발 여긔서 자게 하소서 ─ 여긔서 죽을 ㅅ동안까지』
> 王自來는 업수히 녁이난 눈즛을 보이고 『얘 具蘭泰야! 너는 밋지 못하고, 생각하지도 못하고, 살지도 못하고, 죽지도 또한 못해』[63]

---

63) 빅토르 위고 원작, 「ABC 계」, 『소년』 3년 7권, 1910.7, 40면.

『레미제라블』의 일부를 번역한 이 텍스트에서 앙졸라[王自來]는 그랑테르[具蘭泰]를 하대한다. 두 사람의 말은 다르다. 그러나 기본적으로 두 인물은 "ABC 계"의 일원이어서 변별도가 그다지 높지 않은 편이다. 또 19세기 프랑스라는 낯선 세계는 한국 독자에게 쉽게 다가올 수 있는 종류의 것이 아니어서, 서술자의 개입을 최소화하는 독자적 세계를 구축하는 것이 쉽지 않다. 이것이 원문 텍스트와 달리 번역본이 고려해야 할 사항이다.

이 글은 발화 주체를 명확하게 하기 위해 이들의 행동이나 양태를 대화 앞에 삽입하는 방식을 이용한다. 인용 부호가 있는 상태에서 '~가로되'·'~말하되'를 첨언하는 방법은 발화 행위 사실을 불필요하게 반복하는 것이 되고, 발화 주체만을 표시하는 방법은 글로서의 완결성을 해친다. 앙졸라와 그랑테르의 행동이나 양태가 재현됨으로써 대화문의 주체는 그것대로 명료해지고 그 대화가 이루어지는 상황까지 재현되는 효과를 갖게 되는 것이다. 다만 인용 부분의 두 번째 줄의 경우 그냥 이름만이 삽입되고 있다. 꼴을 갖춘 문장을 이루는 것과 발화 주체를 명기하는 것 두 가지가 모두 중요시되기는 하지만, 우선순위는 여전히 후자에 있었던 셈이다. 이것을 문장에 대한 의식이 부족했기 때문이라고만은 할 수 없다. 텍스트 내에서 모든 의미맥락이 이해 가능하도록 만들기 위해서, 즉 쓰인 글을 그것 자체만의 완결된 세계로 만들기 위해서, 어색함은 감수되어야 할 것이 된다.

대화 주체가 여러 명일 경우 그 표기 문제는 더 어려운 과제로 남는데, 『소년』 3년 2·3·5권에 연재된 이광수의 「어린 희생」[64]은 이 문제를 극적으로 드러낸다. 아래 장면은 러시아 기병 세 명이 노인의 집에

---

64) 번역인지 창작인지 논란이 되어 왔으나, 영화 내용의 번안인 것으로 밝혀졌다. 하타노 세츠코, 신두원 역, 「이광수의 자아—작품을 통해 본 이광수의 제1차 유학 시대의 세계관」, 『민족문학사연구』 5호, 민족문학사연구소, 1994, 99~102면(원문 『朝鮮學報』 139, 1991.4).

들어와 술과 음식을 요구하는 부분인데, 대사 주체가 특이하게 처리되었다는 것을 알 수 있다.

> 「아. 거 수고하엿구면」 칼 뽑던 者
> 「자. 엇잿든지 부어라」 鬚髥 만은 者
> 노인이 구부리면서 세 盞에 毒酒를 채운다.
> 「너. 수고 햇난데 한잔 먹지」 이것은 가만히 안젓든 者[65]

이들의 말은 어투로 구분되지 않는다. 또 개별적 이름이나 지칭어가 주어지지도 않는다. 그저 "기병 삼인"으로, 노인의 손자를 죽이고 행패를 부리는 몇 명의 적국 병사일 뿐 개별자로서의 의미를 부여받지 못한 인물들이다. 대사에서도 마찬가지여서, 이들의 '말'은 그 말의 주체가 누구인지를 명확히 해야 할 만큼 중요한 정보를 담고 있지 않다.

그런데도 작가는 집요하다고 싶을 정도로 대사의 주체를 밝힌다. 이름이나 지칭어가 마련되지 않은 세 사람의 기병은 행동이나 모습을 지정받아 "칼 뽑던 자", "수염 많은 자", "가만히 앉았던 자"가 된다. 그런데 이 지정 어구는, "수염 많은 자"를 제외하고는 이 장면 안에서 자족적으로 이해될 수 있는 것이 아니다. "칼 뽑던 자"가 칼을 뽑은 것은 노인과 함께 있는 이 장면에서가 아니라 전호 연재분에 포함된 내용으로, 전신주에 올라가 전선을 끊으려던 소년을 향해 한 행동이다. "가만히 앉았던 자"의 경우, 가만히 앉아 있는 모습이 보여졌던 것이 아니라, "삼인"의 하나였을 뿐 아무 행동이나 말도 한 적이 없는 것을 가리킨다. 이 지정 어구들은 「어린 희생」 전체에 '아주' 충실할 경우 이해될 수 없는 것은 아니다. 그러나 읽기의 선적(線的)인 진행을 고려하지 않은 채 글이 말처럼 사라지지 않고 인쇄되어 고정되어 있다는 사실에 지나치게 의지한 경우라고 할 수 있을 것이다. 글쓰기가 정착된 시대에는 보

---

65) 고주 역, 「어린 희생」 (하), 『소년』 3년 5권, 1910.5, 51면.

다 유연하게 처리될 수 있었을 이런 대사 처리 방식은, 큰 기능이 없는 표현에 지나친 에너지를 쏟도록 만든다.

뒤에서 좀 더 자세히 살피겠지만 『태극학보』 16호에 실린 장응진의 「마굴」 전반부에도 일군의 사람들의 목소리가 등장한다. 처가에 온 어린 신랑이 목을 매단 채 죽어 있는 것을 보고 마을 사람들이 수군거리는 장면이다. 개별자로 전경화되지 않은 이 사람들의 말은 아무 부호나 표기 없이 처리된다. 군수가 심문하는 후반부의 대화 장면이 발화 주체와 인용 부호 동시 표기의 방식을 택한 걸 보면, 전반부의 기호 없는 대화 처리는 발화 주체의 익명성에 대한 인식이 동반되어 있었으리라는 추측을 가능하게 한다. 「마굴」과 달리 「어린 희생」의 세계는 강박적이라고 할 만큼, 가깝고 중요한 것도 멀고 희미한 것도 모두 또렷하게 재현하려는 경향을 보인다.

이러한 표기 방식이 이광수라는 작자 개인의 문제인지 혹은 소년의 표기 체재의 문제인지에 대해서 쉽사리 판단하기는 어렵다. 그러나 이 광수의 본격적인 글쓰기 활동이 『소년』으로부터 비롯되었음을 감안한다면, 『어린 희생』의 발화문 표기 방식은 최남선 식의 시스템에 이광수가 적극적으로 반응하는 지점에서 나왔다고 추측해 볼 수 있을 것이다.

2) 언어 장치를 통한 발화문의 분리

서술문과 발화문이 각각 다른 수용자를 지향한다면, 사용되는 단어 및 어미의 선택 역시 달라지게 된다. 물론 서술문과 발화문이 모두 일차적으로 청중을 지향하는 낭독용 이야기책에서도, 발화자에 따라 하대와 존대의 어투가 공존하는 양상이 확인된다. 그러나 이런 현상은 발화자가 자율적인 대화 공간을 점하고 있기 때문이라기보다는, 이 텍스트들이 계급 및 성별에 따른 위계가 워낙 분명한 사회 속에 놓여 있었기 때문이라고 할 수 있다.

구한말 신문의 대화체 텍스트들은 비언어적 장치로 발화 주체를 밝힐 뿐 아니라 언어적 차원에서도 '말을 흉내내는' 새로운 어투를 선보였다. 위에서 잠시 살폈듯 '~하네 그려', '~데' 식의 어미 처리, '여보게', '아 참', '하 그 사람', '아따 그 사람' 등의 발어사는 대화가 이루어지는 자율 공간을 상정하도록 기능한다. "呀 齊其[하 제길]", "汝甫計[여보게]", "阿多沒於난가[아따 모르는가]" 등 비슷한 방식의 어사들을 음차하는 방식으로 기사 전체를 꾸린 예는66) 말을 흉내내는 문장들이 일종의 정형으로 굳어지고 있음을 보여주기도 한다. 1898년 『매일신문』의 「잡보」란에는 이러한 발어사들을 통해 발화 주체의 이동을 보여주는 방식의 텍스트들이 많이 실려 있다.67) 다음과 같은 방식이다.

> (어 나는 잘 잇녜마는 어린 놈이 역질을 아니 ᄒ엿눈디 요시 동네 마마가 드럿다니 엇지ᄒ면 됴흘년지 속이 답답허에) (아 그러케 염녀될 거시 무어시 오닛가 눕이라고 다 역질 식힐나구요) (하 나는 역질이라면 긔가 나네 어린 거슬 다섯지 역질에 일허바리고 이것 ᄒ나 남엇네)68)

확실히 "어"·"아"·"하" 등은 기능상 발화 주체를 약기하는 『독립신문』식 표기처럼 주체의 이동을 표지하는 '부호'에 가깝다. 그러나 그런 점을 감안하더라도, 이 발어사들은 비언어적 장치가 아니라 발화자의 언어에 포함되는 언어 자질이다. 서술문 없이 대화문으로만 구성되고 도식에 가까운 언어 자질들로 발화 주체의 이동을 보여주지만, 어쨌든 이 부류의 텍스트는 최대한 비언어자질들을 배제한다.

형식적 발어사를 넘어 발화문이 발화자, 혹은 발화 공간의 특수성을 반영하도록 조직된 대화체 텍스트로는 『독립신문』에 실린 「외국사람과

---

66) 「기거시하물아(其渠是何物也)」, 『황성신문』, 1903.8.15, 2면.
67) 류준필이 이런 류의 기사들을 처음으로 다루었다. 앞의 글, 221~224면.
68) 『매일신문』, 1898.7.1, 3면.

문답」(1899.1.31)이 있다. "대한 말을 겨우 통하는" 외국 사람은 "자네 평안하시오니까"처럼 2인칭 대명사와 어미를 어색하게 호응시키거나, "당신이라는 말 무슨 말"처럼 비완결된 형태로 말한다. "어젯밤에 남대문으로 들어오는데 나도 들어왔소 일본 인력거꾼도 들어왔소 청국 봇짐장사도 들어왔소 대한 사람은 벼슬 하는 사람도 못 들어왔소"에서 볼 수 있는 같은 어구의 반복과 단문 형태도 언어적 서툶을 보여주는 문체에 해당한다.

위의 텍스트들은 발화문만으로 이루어진 경우이다. 좀 더 적극적으로 문체 층위에서 발화문을 서술문과 구분하는 경우는 혼용체를 택한 글들에서 먼저 보여진다. 혼용 비율을 조절하면 문체의 차이를 분명히 할 수 있다는 데에 용이함이 있었기 때문인 듯하다. 장응진의 「마굴」은 발화문에서는 국문체, 서술에는 국한문체를 사용한 대표적인 예가 되는데, 이때 발화문의 한글 표기는 말을 그대로 옮기는 직접 인용에 가까운 성격을 지닌다.69) 「어린 희생」과 달리 「마굴」의 대화 공간이 좀 더 쉽게 독자적 세계를 구축할 수 있었던 것은 국한문/국문을 각각 서술문/대화문에 할당할 수 있었기 때문일 것이다. 그러나 발화문을 국문에 근접시키는 것이 발화문/서술문의 문체를 구분하는 유일한 방식이었던 것은 아니다. 반대의 경우도 있었다. 신채호의 「수군제일위인 이순신」의 경우 한주국종체의 서술 속에서 인물의 말은 오히려 한문체로 처리되는데, 이 한문체 역시 '직접 인용'이라는 사실이 흥미롭다.

膽畧이 有ᄒ고 騎射를 善ᄒ야 將來 自己의 遺躅을 繼ᄒ며 國家의 長城을 作ᄒ리라고 認定ᄒ던 第壹愛子의 凶音을 接ᄒ미 多情英雄의 心事가 果何如홀고 訃書롤 抱ᄒ고 哭曰「哀我小子, 棄我何歸, 英氣脫凡, 天不留世耶, 今我在世, 竟將何依」오 ᄒ고 [日記中所載] 夜롤 年곳치 度하니 哀哉라 此又 母喪을 遭ᄒ 後 壹大 哀痛ᄒ 淚러라70)

---

69) 권보드래, 앞의 책, 175~177면.

아들의 부음을 접한 이순신의 모습을 보여주는 부분이다. 서술자가 적극 개입하는 국한문체 부분과 달리 이순신의 독백은 한문체로 이루어져 있다. 서술자는 또한 이 독백의 문장이 자신이 조직해낸 것이 아니라 이순신의 한문 일기에서 인용해 온 것임을 밝히고 있다. 말과 거리가 먼 한문이, 오히려 서술자로부터 독립된 작중 인물의 자율적 공간을 확보하는 데에 이용된다. 즉 읽기용 글에서 서술 및 대화와 관련하여 가장 핵심적인 문제는, 대화를 국문에 근접시키는 것이라기보다는 대화가 이루어지는 세계를 서술자로부터 독립된 공간으로 축조하는 일이었다고 할 수 있다. 그리고 혼용체의 텍스트들은 국문/한문 혼용 비율에 따른 문체의 차이를 통해, 일차적으로 대화자들만의 세계를 만드는 방법을 발견한다. 국문판에 실린 위 독백 부분은 "부음을 듣고 가로되 나의 어린 아들이여 나를 버리고 어디로 갔느냐 영특한 기운이 범인에 뛰어남으로 하늘이 세상에 머물지 아니하심인가 내가 세상에 있어서 누를 의지할고 하며 하룻밤 지내기를 일년과 같이 하니"(1908.9.22) 식으로 번역된다. 균일한 국문체로는 혼용체가 갈라낸 서술문/발화문의 층위를 유지하지 못한다. 단일한 문자 체계로 두 층위를 구분하는 작업은 또 다른 과제로 남는다.

이 문제와 관련하여 「마굴」이 대화문/서술문에 각각 국문체/국한문체를 할당한 것뿐 아니라, 대화문에 지역 언어의 성격을 반영했다는 점이 주목될 만하다. 아래 인용문은 처가에 왔다가 나무에 목매달린 채 죽은 어린 신랑의 모습을 보고 동네 사람들이 수군거리는 초반의 한 장면이다. 핵심이 되는 장면을 서술문이 아니라 대화문으로 그려낸 방식도 눈여겨볼 만하지만, 이 글의 논의 맥락에서 좀 더 주의 깊게 바라볼 만한 것은 대화문들에 채택된 언어의 특성이다.

---

70) 금협산인(錦頰山人), 「수군제일위인(水軍第一偉人) 이순신」, 『대한매일신보』(국한문판), 1908.6.10, 1면.

아, 무어신지 몰 맙소, 사람이 죽엇슴네
(다른영감의 對答)
아, 거 누구러, 엇더케 죽엇노?
아, 압垌 버드나무(楊柳) 가지에, 목을 달아, 죽엇고만!
아, 죽은 거시 누구야?
왜, 거, 아니 잇슴느, 져 申將孫의 妹夫 李書房이, 져 貌樣으로 죽엇고만,
昨日 妻家에 단이러, 왓다더니만!71) (강조는 인용자)

공간 배경은 "황해도 장련군(長連郡) 동면(東面) 화천동(花川洞)"이다.
고딕체로 표시된 부분은 이 지역의 어투를 재현한다. 시정인의 말임을
정형화하는 발어사들을 넘어, 그리고 서술문과 다르다는 것을 표시하는
표기 문자의 차원을 넘어, 이 대화문들은 지금 이 말들이 오가는 공간
을 '특정한 세계'로 한정시키는 기능을 맡는다. 여기에는 '민중의 훤화'
라는 자의식이 일정 정도 개입되어 있는 것으로 보인다. 후반부에서 죽
은 남자의 장모와 처남을 군수가 심문하는 공적(公的)인 대면 장면에서
는 예의 하대 / 존대 어투로 대화가 진행될 뿐 위의 예문이 보여주는 특
성들은 드러나지 않기 때문이다. 이외에도 「요조오한」의 "여섯 살 된
두 아해가 맨발로 달려들어 「옥가, 오맘마구레」하고 울고 부는 모양을
보고"와 같은 문장은 이 글의 배경이 일본임을 드러내주는 예이며, 이
광수의 단편 「무정」에도 "말씀을 하시구레", "켤 내지 마르시"(골 내지 마
시게) 같은 지역 방언이 쓰인 바 있다. 또한 열대여섯 살 된 떡 파는 아
이들이 "모찌가 요로시 모찌가 요로시" 외치는 『고목화』의 경의선 기차
안은72) 문체 차원에서 일본인과 한국인이 뒤섞여 사는 식민지 조선을
재현한다. 그리고 『장한몽』에 와서 이와 같은 식민지 서울은 "영등포
영등포— 에이도호— 에이도호 하고 역명(驛名)을 부르"는 역부들과 "벤

---

71) 백악춘사, 「마굴」, 『태극학보』 16호, 1907.12, 43~44면.
72) 『고목화』, 동양서원, 1912, 133면. 1908년에 초판이 발행된 것으로 알려져 있으나 찾
   지 못했다. 국립중앙도서관 소장본을 인용한다.

또, 삐루, 마사무네, 삼펜, 사이다"라고 소리를 지르는 음식 파는 아이들의 말 속에서73) 좀 더 선명하게 그 모습을 보여준다.

위의 예문들이 대화문 안에 지역성을 반영한다면, 신소설들의 발화문은 자주 그 발화자의 성격과 기분에 밀착하는 면모를 보여준다. 김동인이 이러한 면을 강조한 바 있는 『귀의 성』을 예로 들자면74) "그것이 춘천집의 자식이냐 에그 그년의 자식을 생으로 부등부등 뜯어먹었으면 좋겠다"는 김승지 부인의 말은 말하는 자의 성격과 함께 그의 기분이 어떠한가를 동시에 보여준다. 춘천집의 말이 "에그, 나는 무심히 한 말인데 그렇게 이상하게 들을 일이 아닌 걸……" 식의 유순한 어투로 이루어지는 것과는 대조적이다. 다만 비속한 언어의 잦은 등장과 두드러지는 잔인성은 특정 인물의 언어들인 동시에 이인직이 소설을 쓸 때 항상 애용하는 문장 구사 방식이라는 것도 함께 지적되어야 한다. "살도 연하고 뼈도 연한 세 살 먹은 어린아이라 결 좋은 장작 쪼개지듯이 머리에서부터 허리까지 칼이 내려갔더라" 같은 서술문은 김승지 부인의 잔인한 언어와 동일한 층위에 있는 표현 방식이다. 또한 "주인 김승지는 어젯밤에 그 부인에게 손이 발이 되도록 빌고 생전에 다시는 첩을 두면 개자식이니 쇠아들이니 맹세를" 했다는 부분에서 "개자식이니 쇠아들이니" 같은 표현은 김승지의 언어를 서술자가 그대로 빌려온 것이 아니라 서술자 자신의 언어를 침투시킨 간접 화법이라고 할 수 있다. 말에서 금방 따온 것 같은 신소설들의 대화문들은 인물들의 성격을 반영하는 면이 없지 않지만, 대화문과 서술문 전체의 성격에 해당하는 것일 경우도 많다. 신소설들 역시 '입으로' 읽는 일이 많았다는 사실을 다시 한 번 생각하게 하는 부분이다.

---

73) 조일재, 「장한몽」, 25회, 『매일신보』, 1913.6.10, 4면.
74) 김동인, 「조선 근대소설고」, 2~3회, 『조선일보』, 1929.7.29~31.

균질적인 서술문 만들기 - 『소년』의 경우 (1)

비언어적 장치에 대한 의지도를 낮추면서 서술문과 발화문을 구분하는 방법, 즉 발화문에 개별적 공간, 개별적 인간의 성격을 부여하는 것에는 한 가지의 전제가 뒤따라야 한다. 발화문의 개별성이 변별적인 것으로 인지되기 위해서는, 서술문에서 개별성이 의도적으로라도 삭제되어야 한다는 것이 그것이다. 발화문도 서술문도 모두 개별적 성격이 강하면 발화문의 개별성은 의미를 잃게 된다. 『귀의 성』처럼 김승지 부인의 언어도 서술자의 언어도 모두 표독하고 잔인하면, 그 표독함과 잔인함은 김승지 부인의 것인지 그렇지 않은지가 모호해져 버린다. 서술문에 일종의 표준성이 도입되어야 하는 것은 이러한 문제 때문이기도 하다.

이와 관련하여 『소년』에서는 흥미로운 현상이 하나 발견된다. 1년 1권과 2권의 비구개음화형 표기가 그것이다. 집중적으로 찾아볼 수 있는 몇 구절의 예를 들어보면 다음과 같다.

> 텨……ㄹ썩, 텨……ㄹ썩, 텩, 튜르릉, 콱.

> 가리웟던 구름은 今時에 헤여디고 티운 긔운은 타타 가시여 견대기 됴흘만 하게 됨애 行人도 됴와하다가 那終에는 더워뎌서 견델 수 업시 되여 웃디할 수 업시 (…중략…)

> 요 알사람은 이르난 대로 그네도 쮜고 둘도 타고 둘쮬도 쮜고 튬도 튜고 검무(劍舞)도 튜고 그 외에도 여러 가디 대됴를 부리오[75] (강조는 인용자)

첫 권의 권두시에서부터 확인할 수 있는 이 표기 방식은 의성어·의태어·어두음·어중음 등을 불문하고 위의 두 권에서 거의 예외 없이 지켜진다. 이것은 『소년』이 창간되기 8개월 전에 간행된 『경부철도노래』

---

75) 「해(海)에게서 소년에게」, 『소년』 1년 1권, 1908.11, 2면; 「이솝의 이약」, 1년 1권, 25면; 「거인국표유기(巨人國漂遊記)」, 1년 2권, 1908.12, 21면.

에서도 확인할 수 있는 현상이다. 67절로 이루어진 7·5자의 가사에는 단 한 번도 'ㅈ'과 'ㅊ'이 사용되지 않았다.

/t/ 구개음화를 반영하지 않는 표기 방식은 물론 동시대의 다른 텍스트들에서도 많이 찾아볼 수 있다. 그러나 이 예문들이 보여주는 것처럼 /t/ 구개음화를 일관되게 배제하는 경우는 전무후무하다고 해도 좋을 정도다. 『독립신문』의 경우 "뎨일권"·"됴션"·"됴흔"·"한영자뎐"·"형뎨"·"텬쥬교" 등의 표기가 간간히 눈에 띄기는 하나 중심이 되는 표기법은 "죠션"·"졍부"·"잡보"·"대쟝" 등 'ㅈ'에 이중모음을 결합한 형태이며, 다른 신문들의 경우도 크게 다르지 않다. 문법과 맞춤법 체계가 확정되지 않았던 시기인 만큼 표기는 유동적으로 이루어져, 어떤 음운 현상과 관련된 것이든 두서너 가지의 방식으로 음가를 반영하는 경우가 대다수였다.76) 더구나 /t/ 구개음화는 이미 18세기에 서북방언을 제외한 전 지역에 확산되었고 문헌들의 50% 이상에 반영되어 온 음운 현상이었다.77) 서북 지방에만 음가가 남아 있는 이 현상을 단호할 만큼 일관되게 고집하는 『경부철도노래』와 『소년』 1~2권의 비구개음화형 표기는 당대의 맥락에서 볼 때 매우 예외적인 것으로서, 편집자의 의도를 강하게 반영하고 있다고 볼 수 있다.

그런데 여기서 흥미로운 것은 최남선이 서북 지역 태생이 아닐 뿐 아니라 그 지방에서 살았던 적도 없다는 점이다. 그는 쭉 서울에서 살아왔고, 잠시 일본에서 유학한 이력을 지녔을 따름이다. 즉 이 표기법은 최남선 자신이 쓰는 말의, 혹은 자신이 속한 지역 공동체의 말을 '받아 적는' 방식에 토대를 두고 선택된 것이 아니다. 그가 어디에서 이런 표기를 시사받았는지에 대해서는 몇 가지 추측이 가능하다. 하나는 서북

---

76) 이름의 경우에도 그러했는데, 『혈의 누』 판권 소유란에는 저작인을 "李人稙리인즉"이라고 표기하고 있는 반면, 『귀의 성』 상편에 실린 『혈의 누』 광고에는 "李人직"으로 쓰고 있다.

77) 이명규, 『중세 및 근대 국어의 구개음화』, 한국문화사, 2000, 148면.

방언에 기초한 최초의 한글 성경 『예수성교전서』(존 로스 역)가 구개음화 현상을 외면하고 있다는 점78) 그래서 많은 기독교계 교육을 받은 사람들이 '천지'를 '텬디'라고 표기하는 방식에 익숙해 있었다는 점을 들 수 있다. '현재 중류사회에서 쓰는 서울말'이라는 1930년대의 표준어 규정에 평안도 중심의 장로교 세력이 상당한 거부감을 표시했다는 것은 평안도 중심의 표기가 적잖은 세력을 지니고 있었음을 반증한다.79) 좀 더 가까운 영향 관계로는 진학문의 「쓰러져 가는 집」의 표기 방식을 들 수 있다. "딥"과 "집"이 함께 쓰이는 것을 비롯하여 "됴고만흔", "쓰러디는 듯", "의미인 둘 모르고" 등과 "쟉년", "버려젓드냐", "좁은" 등이 혼용되기는 하지만, 이 텍스트 역시 비구개음화형 표기 비율이 현저히 높다. 최남선이 이 글 하나에 큰 영향을 받았다고 말하기는 힘들 수도 있지만, 그가 『대한유학생회학보』의 편집에 관여하며 몇 편의 글을 남겼다는 사실을 고려한다면, 이 잡지에 실렸던 「쓰러져 가는 집」의 표기 방식이 그에게 아이디어를 제공했으리라는 추측도 가능해진다.

이유야 어떻든 조선의 중심지이면서 작자 자신이 몸담고 있는 지역 공동체의 말 대신 서북 지역의 말에 기반한 표기법을 취했다는 것은, 자국어로 글을 쓰는 일에 있어서 최남선이 우선순위로 생각한 것이 무엇인가를 짐작하게 해준다. 현실음과의 유사성을 따지는 것보다 체계의 일관성을 지키는 일이 최남선의 잡지 편집에 있어서 보다 중요한 과제였던 것이다.

이러한 사실은 다음 호의 표기 선택에 있어서 더욱 분명해진다. 1909년에 접어들어 발간된 2년 1권부터 비구개음화형 표기는 구개음화가 반영된 표기법으로 완전하게 바뀐다. 지시대명사 / 형용사 '저'가 '뎌'를 대신하고 상태를 나타내는 보조동사도 '~어디다'에서 '~어지다'의 형

---

78) 정길남, 「갑오경장 전후의 문자 사용 양상」, 『새국어생활』 4권 4호, 국립국어연구원, 1994, 132~133면.
79) 이혜령, 「한글운동과 근대어 이데올로기」, 『역사비평』 71호, 2005년 여름, 345~347면.

태로 일관되게 교체되며 명사나 동사 어두의 음도 구개음화된 형태로 기록된다.[80] 'ㅣ'모음 앞에서 'ㄷ/ㅌ'을 살려야 할 경우는 구개음화가 일어나지 않도록 'ㅢ'를 써서 "틔벳트"(6면) 같은 방식으로 표기한다. 아주 약간의 예외가 보이지 않는 것은 아니나[81] 다른 매체들의 표기를 '유동적'인 것이라고 말할 수 있다면 2년 1권 후에 보이는 비구개음화형 표기는 실수에 가까운 수준이다. 이 일관된 표기법의 적용은 한국어로 글을 쓰는 일이 다만 '민족의 말'을 받아적는 것이 아니라 일정한 시스템에 의해 이루어진다는 사실, 즉 균질적인 질서가 필요하다는 사실이 자각되기 시작했음을 알려주는 바가 된다.

일찍이 '국문'에 체계를 부여하기 위한 정서법에 대한 논의는 다양하게 이루어져 왔다.[82] 분철 표기, 'ㆍ'와 'ㅏ'의 쓰임새, 성조 표기, 횡서, 풀어쓰기, 로마자 쓰기 등이 논의의 중심 대상이었는데, 그 근저에는 항상 읽기를 '편리'하게 하고 의미를 쉽게 습득하도록 하기 위한다는 전제가 깔려 있었다. 그러나 앞에서도 잠시 언급했듯 실제 언어생활에 있어서 이 체계들이 편의에 도움을 주기 위해서는 눈으로 글을 읽는 향유 방식이 일반화되어 있어야 한다. 낭독의 문화 속에서 대본의 기능을 갖는 글들은 눈으로 의미 파악하기 쉬운 표기보다 입으로 읽기 쉬운 표기가 '편의'를 돕는다.

최남선의 표기법은 아예 대중적 '편의'보다는 '체계'를 일차적으로 지향한다. 어떤 표기가 현실음에 가까운가, 어떻게 써야 가능하면 많은 사람들이 알아보기 쉬운가를 생각하기보다는, 어떻게 하면 일관되게 쓸

---

80) 『소년』 2년 1권에서 비교할 만한 예를 몇 개 들면 다음과 같다. "그들의 쎠…대는 썩 버러젓다"(2면), "적지 안케", "조흔대로"(16면), "저긔 저 자루 달닌"(73면).
81) "先生의 몸ㅅ집은 크지도 안코 적디도 안으며 키도 알마진 紳士올시다"(『소년』 2년 1권, 7면), "남모르게 茶罐 쑥개를 흠처가디고 契에 가면 契가 째진다"(2년 1권, 20면), "絳帳(새쌀간, 휘당)"(2년 4권, 46면).
82) 다음 책들에서 자세하게 다루어졌다. 이기문, 『개화기의 국문 연구』, 일조각, 1970; 이응호, 『개화기의 한글 운동사』, 성청사, 1975.

수 있는가 하는 것이 첫 번째 관심사였다고 할 수 있다. 그는 언문을 주요 매체로 선택했으면서도 언문 독자들의 문화적 취향을 일차적 고려 대상으로 삼지는 않았다. 『소년』의 독자층이 엷었던 것도 이 문제와 무관하지 않았을 것이다.[83] 『소년』의 글들은 한글이라는 매체를 주요 문자로 선택하고 체계가 의미 소통에 도움을 주는 '눈으로 읽기'를 향유 방식으로 지향한다. 그가 시도한 것은 말과 배치되지 않으면서도 말과는 독립적인 글 자체의 표준화된 질서이다. 그리고 '읽기 / 쓰기'를 전제로 한 이 일관된 표기 양식은 특정한 발화문을 만들어내는 데에 효과적으로 작용한다.

의도된 '특이한 말' - 『소년』의 경우 (2)

독자투고란 형식으로 기획된 『소년』의 「소년통신」란은 "명승, 고적, 특수한 풍습, 방언, 속언, 인물, 산물, 기이한 자연 현상, 학교 교훈, 동요, 전설"을 모집한다. 요약한다면 조선의 각 지방에 있는 '특이함'을 모으겠다고 하는 것인데, '방언'이 그 특이함 안에 포함되어 있다는 것은 이 '특이한 말'과 비교될 수 있는 기준으로서의 '표준말'이 설정되어 있음을 뜻하는 것이기도 하다.

모집의 결과로 2년 1권과 2년 4권에 각각 두 명씩의 투고자가 방언을 보내오면서 "서울말"과 자신들이 기록하는 말을 비교한다. 명사의 차이에도 관심을 가지지만 이들이 주로 주목하는 것은 어미의 이질성이어서, '~습니까' 대신에 '~껑'(안동)이, '~시오' 대신에 '~교'(철원)가, '~였소' 대신에 '~였지라오'(익산)가, '~습니까' 대신에 '~둥'(온성)이 쓰인다는 것 등이 주된 내용이었다. 그런데 여기서 제기되는 의문은, 각각 봉

---

83) 최남선은 잡지가 '소년'들에게 널리 읽히지 않는 사실에 대한 자괴감, 절망감, 원망 섞인 감정 등을 여러 차례 표출한 바 있다. 「제1기(朞) 기념사」, 『소년』 2년 10권, 1909.11, 5~6면; 「편집실 통기」, 1년 2권, 1908.12, 89면; 3년 2권, 1910.2, 91면; 「소년시언(少年時言)─『소년』의 기왕과 및 장래」, 3년 6권, 1910.6, 20~22면.

화, 철원, 익산, 온성에 살고 있는 이 투고자들이 기준으로서의 "서울말"
을 어디에서 얻었는가 하는 점이다. 같은 지면에 실린 「동요」의 한 부
분은 이 문제에 대한 실마리를 제공한다.

> (其三) 달도달도밝다, 명청도밝다, 쪽구슬네적오리, 은응나무, 깃달고, 부전
> 이, 안옷구름에, 西洋緞의, 것옷구름에, 부전네, 집을, 갓더니, 섭산적을, 해
> 놋코, 옴욱좀욱, 처먹으며, 나한점을, 안주드라, 우리집을, 왓단봐라, 우리어
> 머니生辰에, 암탁(牝鷄의漢城方言)잡고, 숫탁(公鷄의方言)잡고, 고기한점을,
> 주나봐라.84) (강조는 인용자)

노래를 받아적은 이 글은 분철표기를 지키고 있고 필요하다고 판단
되는 부분에는 한자를 섞어 쓰고 있으며 반점으로 끊어 읽을 부분을 지
정하고 있다. 그리고 받아적은 말이되 의미소통이 쉽게 이루어지지 않
으리라고 판단되는 "암탉"·"수탉"의 경우는, 괄호 안에 그 단어에 대
한 설명을 첨부했다. 여기서 주목되는 것은 "한성방언"이라는 주석이다.
즉 '서울말'이라 해도 노랫말을 받아적은 이 단어는 방언이며, 한자어인
"빈계(牝鷄)"와 "공계(公鷄)"85)가 '표준'이 된다. 서울 지역에서 소통되는
말들이 표준어가 아니라, 쓰기 언어로 정착된 언어들이 표준어가 되는
것이다.

방언을 투고한 필자들이 서울말이라고 인지한 것들 역시 실제로 서
울에서 직접 소통되는 '말'이기보다는, 서울에서 활자화되어 보급된 다
양한 인쇄물의 언어였을 가능성이 높다. 실제로 주시경의 『국문초학』
(1909)에는 "파리 하나가 물에 빠졌소", "아기는 그 어머니의 젖을 먹고
자라오" 등 '~었소'·'~오' 형의 어미가 '~더라'·'~이라' 못지않게
자주 나타나고, 『소년』의 많은 글들 역시 같은 유형의 어미를 채택한다.
또 '~습니까'는 교과서용 도서에서는 거의 찾아볼 수 없지만 신소설의

---

84) 최정흠, 「동요」(소년통신), 『소년』 2년 4권, 1909.4, 62면.
85) 공계(公鷄)는 백화어이다.

대화문에서는 어렵지 않게 찾아볼 수 있는 예에 해당한다.86) 언더우드 여사가 그의 조선 견문기에서 '왕궁'을 방문할 때는 최고의 존경을 나타내는 '~십니까'·'~십나이다' 등의 긴 꼬리말을 붙여야 한다는 것을 특별히 언급했음을 감안한다면87) 이 극존칭 종결 어미들은 일상의 구어에서는 쓰임이 그다지 활발하지 않았을 것으로 짐작된다. 즉 문장 언어로 선택된 어미가 그대로 "서울말"로 인식되는 것이다. 김동인이 처음 글 쓸 때를 회고하며 "표준어(경기말)의 지식은 예수교 성경에서 배운 것 뿐"이라고 한 것은88) 이와 관련하여 시사하는 바가 크다.

지역의 말이 지역의 말, '특이한 말'로 인식되는 것은 '말'이 소통되는 층위에서가 아니다. 특정 지역의 언어가 활자어로 격상하고 그것이 단순히 말을 받아적는 것을 넘어 하나의 독자적 시스템을 갖춰야 하는 것으로 인식될 때, 서울말이 서울말의 경계를 넘어 '표준적인 글'로 변화할 때, 그 표준성과 다른 받아적은 말은 '방언'으로 분류된다. 서울말도 말을 받아적은 것인 이상에는 '방언'인 것이다. 전라도 사람들 사이에서 판각되고 유통된 완판본 「춘향전」이 "금고옥족"(금고옥적) "으관문물"(의관문물) 등 전라도 언어를 옮기고 있으면서도 그 언어들에 방언이라는 자의식이 개입되지 않았던 것과는 분명한 차이를 보이는 것이다. 글쓰기 전용 언어가 정립되어야, 이 범주를 벗어나는 '특이한 말'들이 그 언어가 사용되는 맥락의 특이함을 반영하는 발화문이 된다.

①半開化 日本人 한아가 나를 向하야 손ㅅ짓 발ㅅ짓 하면서 『저어긔, 어적게 어적게 「시나진」(日本人이 淸人을 일컫난 말) 만히 만히 신단지 베리햇소, 이루본 사람 「반사이, 반사이」(萬歲萬歲) 알아잇소』라 하니 궁글니고

---

86) 몇 개의 예를 들어보면 다음과 같다.

　"앗씨 앗씨 자근 앗씨가 어디 갓슴니가." 『혈의 누』, 광학서포, 1907, 58면.

　"웨 이리십닛가 졔가 지금 아바지를 뫼시고 가겟슴니다." 『산천초목』, 유일서관, 1912, 66면.

87) 릴리아스 언더우드, 신복룡·최수근 역주, 『상투의 나라』, 집문당, 1999, 53면.

88) 김동인, 「문단 삼십 년의 자취」, 『신천지』 3권 4호, 1948.4~5(합병호), 149면.

궁글녀 듯건댄 (…중략…)

②『난쏘 오오씨나 기세루 다로오, 아레다쎄 수우데 시마우쏘 잇지니쎄 구
라이와 시라누마니 구레루데쇼오네』하고 갓히 안진 놈팽이 한아와 서로 도
라보고 웃다가 손ㅅ가락으로 그 사람의 무릅을 쑥쑥 찔으면서 『담베 마시
종고시요』 하니 (…중략…)[89]

①은 작자가 경부선 기차 안에서 만난 일본인의 말과 행동이고, ②는
경의선 기차 안에서 본 일본인 일행과 담배 피는 한국인의 에피소드의
일부이다. 일본인의 대사에서 한 단어는 불필요하게 반복되고 조사는
배제되며 '일본'은 "이루본"으로 '좋으시오'는 "종고시요"로 표기된다.
또한 '맛이'라고 써도 [마시]라고 발음되는 것은 마찬가지인데, 다른 부
분에서는 분철 표기를 정확하게 지키면서 이 부분에서는 의도적으로
발음 나는 그대로인 "마시"라고 표기한다. 누군가의 말을 받아적은 대
사와, 말과 무관한 서술 부분은 다른 표기로 이루어진다.

물론 여기서 '누군가의 말을 받아적은 대사'라고 한 것은, 정말로 누
군가의 말을 그대로 옮겨놓았다는 것이 아니라 특정 표기에 의해 받아
적은 '듯이' 보이는 방식을 택했다는 것을 뜻한다. 서술문과 달리 받아
적은 '듯이' 보이는 대화문은, 그 말을 하는 인물이나 그 말이 오가는
공간의 특정한 성격을 반영한다. 위의 일본인들은 "반개화"의 남자이거
나 "얕고 좁은" 성품을 가진 듯한 여자이다. 일본인에게서 어떤 못마땅
한 특질을 발견하게 될 때 그것이 서툰 한국말로 표시되고 조롱의 대상
으로 규정된다. 어떤 어휘나 표기들이 받아적은 것으로 인식되고 색다
른 것으로 차별화되는 지점은, 글이 말로부터 멀어지며 글 자체의 질서
를 견고하게 구축하기 시작했다는 것을 알려준다.

「마굴」·「요조요한」·단편 「무정」 등에서 발견되는 특수한 언어의

---

89) 공육, 「교남홍조(嶠南鴻爪)」, 『소년』 2년 8권, 1909.8, 55면; 「쾌소년세계주유시보(快
少年世界周遊時報)」 제5보, 3년 3권, 1910.3, 55면.

가능성은 이와 같은 예문들에서 자의식적으로 그 가능성이 탐구된다. 그리고 이러한 방식을 좀 더 멀리 확장시킨 사람은 일재 조중환이다. 그는 경상도 여행을 기록으로 남기면서 그곳의 언어들을 그대로 재현하려고 했다.90) 거리의 아이는 "여보시오 이것 안 살낙합니까"라며 호객 행위를 하고 "아— 이 문둥아— 어대 갔던고" 하는 여인네들의 인사는 귀에 새롭다. 술을 찾는 작자에게 마산의 여관 주인은 "소주도 있고 막교니도 있으니" 마음대로 고르라고 하는데 작자는 "막걸리 한 잔을 주시오"라고 대답한다. 그는 또 "이곳이 안태본이올시다"라고 하는 주인 여자의 말을 그대로 받아적은 후 "(안태본이라 하는 것은 그곳 태생이라는 사투리)"라고 '안태본'이라는 생소한 말을 풀어서 설명해준다. 서술문 사이에서 이 발화문들은 대구 마산이라는 특수한 구체적 공간을 재현하는 동시에 말하는 자에게 '촌사람'이라는 의미를 부여한다.

　한문에서 한글로의 문자 체계의 변화, 낭독에서 묵독으로의 향유 방식의 변화는 텍스트의 직조 방식을 바꾸고 문체도 변화시킨다. 광무·융희 시대에서 식민지 초기까지의 텍스트에서 우리는 그 변화의 과정을 살펴볼 수 있었다. 그리고 물적 토대의 변화 및 그로부터 초래된 새로운 글쓰기 형식은 텍스트를 재현의 체계로 만들어가게 된다. 연행·구연되지 않으므로 텍스트는 독자의 이성에 호소하며 의도된 의미를 재현해야 하고, 사서삼경처럼 의지할 만한 보편 권위가 없기 때문에 개별적이고 독자적인 의미체로 조직되어야 한다. 앞으로 살피고자 하는 것은 글쓰기가 재현체계로 정립되어 가는 양상이다.

---

90) 일재, 「주유삼남(周遊三南)」, 『매일신보』, 1914.6.23~7.10.

제3장 주체의 구심성과 재현 원리의 정립

맥루한을 비롯한 여러 학자들이 지적했듯이, 말을 본뜬 문자로 글이 구성되어 인쇄물의 형태로 수용되는 문화에서는 지각 전반이 시각 중심으로 재편되는 경향이 있다. 청중과 이야기꾼이 한 공간 안에 존재하고 그 아우라 안에서 많은 것들이 즉각적으로 이해되는 구연문화의 세계와 달리, 익명의 불특정 다수에게 수신되는 인쇄물들의 대상세계는 독자들에게 친숙하지 않은 것이다. 낯선 대상을 익명의 수신자들에게 이해시키기 위해서 글 쓰는 자는 그 대상을 조목조목 설명하여 시각화하고 '다시 볼 수 있도록(re-present)' 고정시켜야 하며, 이런 작업을 위해서는 대상으로부터 일정한 거리를 유지한 채 분석·종합할 수 있어야 한다. 근대의 글쓰기에서는 글 쓰는 자가 쓰일 대상으로부터 물리적·심리적 거리를 유지하는 것이 일반적인 태도이다. '재현'의 문제는, 주체/대상의 분리를 전제하는 근대적 인식과 밀접하게 맞물려 있다.

주체와 대상의 이항대립 구도에서 행위 능동체인 주체는 행위 수동체인 대상에 대해 항상 유리한 위치를 점하게 된다. 이 유리함은 일반적으로 높은 위치나 구심적 장악력과 크게 다르지 않아서, 글을 쓰는 자는 자신의 위치와 시선과 생각 등을 단일한 기준으로 삼아 대상 재현을 시도한다. 그리고 한국의 경우 이러한 양상은 근대적 글쓰기 형식이 어느 정도 자리를 잡는 1910년을 전후한 인쇄물들에서 본격적으로 등장하여 일반화되어 가기 시작한다.

이와 같은 글쓰기 유형이 정립되는 과정을, 이 장에서는 현실의 시공간 재현에 초점이 놓이는 글들과 동시대의 인간 재현이 부각되는 글들로 분류하여 살피기로 한다. 전자는 서술 주체가 시공간의 구심점으로 존재하며 주위의 세계를 기록하는 유형이며, 후자는 같은 부류의 존재자인 인간을 대상으로 삼고 단일한 의미로 초점화하는 유형이다. 두 양상은 하나의 텍스트 안에서 섞인 채로 나타나는 것이 일반적이지만, 당대의 글쓰기가 현실세계를 어떻게 모델화해 가는가를 살피기 위해 불가피하게 분류를 시도하였다.

1. '견(見)'과 '문(聞)'의 여각화–개별 시공간의 재현

근대 이전의 여행기 (1) – 산수유기와 기행가사

구체적인 공간을 텍스트 생산의 주요 '계기'로 삼은 데에는 오랜 전통이 있다. 이름난 산수를 실제로 유람한 후 기록으로 남기는 유산기(遊山記), 혹은 산수유기(山水遊記)가 산문장르의 하나로 형성·정착된 것은 조선 전기이다. 이 글들은 와유(臥遊)가 아니라 실제의 체험에 기반한 만큼, 유산 혹은 유산수의 과정을 작자가 경험한 시공간 순서에 따라 기록한 부분이 많다. 작자의 감각 지각이 중요한 계기가 되는 셈이다.

그러나 실제 체험을 '계기'로 삼는다는 것이 곧바로 실제 체험의 전달을 주요 목적으로 삼는다는 것을 의미하지는 않는다. 유산기가 본격적으로 창작되기 시작한 15~17세기는 유가적 이념이 안정성을 구가하던 시기였으며, 이 장르의 창작층은 대체로 신진사류와 사림집단이었다. 이들에게 산수는 나무와 꽃이 자라고 멋진 폭포가 존재하는 풍경이 아니라 '이념이 투영된 도체(道體)'에 가까웠다. 산수유람은 그러므로 이념체인 산수 안에서 정신을 수양하는 행위이며, 정신수양은 문장을 소탕하게 하고 그 기세를 키우는 일과 등가의 관계에 놓인다.[1] 이때 산수와 문장과 도는, 내용과 그릇의 관계라기보다는 '삼위일체'에 해당한다고 할 수 있을 것이다. 문장이 해야 할 것은 산수를 재현하는 것이 아니라, 산수의 기운을 '닮는' 것이다. 이때 특정 개인의 눈과 귀로 접한 '그때 그곳'의 개별성은 휘발하기 쉽다.

산수유기에 대응할 만한 언문 텍스트로는 편의상 '기행가사'를 들 수 있다.[2] 17세기 이전의 기행가사 역시 경물 재현이 주요 목적이 아니었던 것은 유산기와 같다. 일례로 「관동별곡」의 경우, 한문 경전의 세계가 관동의 풍경에 끊임없이 개입한다. 1회의 여행 경험을 토대로 한 것이 아니라 여러 차례에 걸친 여행 경험을 재구성한 것이어서, 텍스트 속의 산행코스도 여행 주체의 시공간적 이동 순서를 따르지 않고 감동과 흥취에 따라 배열된다.[3] 흥취의 순간으로 수렴되는 이러한 양식은, 가창향유와 깊은 관계에 있다고 할 수 있을 것이다. 백광홍의 「관서별곡」과

---

1) '유산기'에 대해서는 다음 글들을 참고하였다. 호승희, 「조선 전기 유산록 연구」, 『한국한문학연구』 제18집, 1995; 이혜순·정하영·호승희·김경미, 『조선 중기 유산기 문학』, 집문당, 1997, 11~27면, 114~124면.

2) '편의상'이라는 단서를 붙이는 것은 산수유기가 작자의 장르 의식을 동반했었던 것과 달리 '기행가사'는 후대의 연구자들에 의해 명명된 것이기 때문이다. '기행가사'에는 명승지를 유람하고 지은 작품, 외교사절로 외국을 여행한 후 지은 작품 등 다양한 부류가 있는데, 이 중 국내 명승지를 구경하고 지은 작품이 기행가사의 핵심이므로, 산수유기에 대응되는 것으로 보기로 하였다. 장정수, 「금강산 기행가사의 전개 양상 연구」, 고려대 박사논문, 2000, 10면 참조.

3) 장정수, 위의 글, 32~33면.

정철의 「관동별곡」은 가창으로 향유된 대표적인 가사로서, 술자리의 흥취가 고조될 때 불리곤 하던 것이었다.4)

산수유기에서 경물과 밀착한 언어가 강조되기 시작한 것은 17세기 말에서 18세기 초에 김창협·김창흡 형제의 유기(遊記)와 유시(遊詩)가 널리 읽히고 이들을 중심으로 문인 그룹이 형성되면서부터이다. 진경산수화를 그린 정선도 김창협·김창흡 형제와 관련을 맺으며 활동하던 사람이었다.5) 대상에 대한 진실한 묘사를 강조하는 관점이 금강산이면 금강산, 묘향산이면 묘향산, 하는 접촉된 대상의 개체성을 부각시킨 것인가에 관해서는 별도의 논의가 필요하겠지만, 산수유람 자체를 곧바로 지도체(知道體)의 과정으로 인식하던 도학파들의 문학관과는 분명 다른 것이라 볼 수 있을 것이다.

그러나 이들 문인 그룹의 대상성에 대한 강조는 감각적 개별체 자체보다는 그 안의 '천기(天氣)'를 통해 보편성에 가 닿는 것을 지향한다. 진정한 본질을 추구하는 또 다른 방법으로 사물의 핍진성이 강조되는 것이다. 또한 산수유람만이 유행하게 된 것이 아니라 이들의 글을 읽는 일이 유행하였다는 사실도 주목되어야 한다. "사물에 다가가 경치를 그려내면 그 말이 모두 진실하다[即事寫景 語皆眞實]"는 것이 김창협의 문학관이었지만, 당대의 문인들이 김창협에게 영향 받은 방식은 사물에 즉(即)하는 것뿐 아니라 그의 글을 꼼꼼히 읽고 읊고 참고하는 것이기도 했다. 이 시대 문인들이 산수유람길에 오를 때 전시대의 산수기행문집을 가지고 간다거나 그중 유명한 글들을 참조점으로 활용했다는 점도, 글이 경물 못지않게 경물에 관한 다른 글들과 깊은 관계를 맺고 있다는 것을 보여준다. 전시대나 동시대의 명문(名文)이, 언제나 유람자와 실제

---

4) 가사의 향유 방식에 대해서는 다음 글을 참고하였다. 임재욱, 「가사의 형태와 향유 방식 변화의 관련양상 연구」, 서울대 석사논문, 1997.

5) 김창협·김창흡 그룹의 산수기행문 및 진경산수화에 대해서는 다음 논문을 참조하였다. 고연희, 「18세기 전반기 산수기행문학」, 『우리한문학사의 새로운 조명』(이혜순 외저), 집문당, 1999; 박은순, 『금강산도 연구』, 일지사, 1997, 78~211면.

산수 사이에 적극적이고 의식적으로 개입되었다.

한편 기행가사의 경우 19세기에 오면 개별적 경험에 밀착하려는 경향이 더욱 확장된다는 것이 일반적인 견해다. 여기에는 가사라는 장르가 가창 향유에서 음영 향유로 옮겨가면서 점점 노래의 성격을 탈각하고 기록물로서의 성격이 강화된 과정과 깊은 연관이 있는 것으로 보인다.[6] 가창에서 중요한 것은 흥취인데, 그 가사가 익숙하고 편안한 대신 지나치게 개별 경험을 따를 경우 흥취는 방해될 수밖에 없기 때문이다. 그러나 비록 가창 향유보다는 덜하다고 할지라도, 음영 향유에서도 여전히 음악성과 공동체성은 강하다. 장편기행가사가 음영되는 경우에도, 여러 사람이 모여 앉아 책을 돌려가며 보면서 오열하고 절도하고 탄식하고 칭찬하는 풍경이 연출되었다.[7] 텍스트가 낭송 형태로 여러 사람이 함께 즐기는 것일 때, 그래서 리듬의 속박을 받을 때, 여행 체험의 개별성이 글로 전화되는 것에는 한계가 따른다. 19세기 기행가사의 구체적이고 사실적인 대상 묘사의 예로 선택된 한 부분을 다시 한 번 살펴보자.

> 나무가지 후여잡고 칙년츌의 민달이여
> 간신간신 올나간니 구뇽연이 예로구나
> 천장셕벽 싹짜질너 병풍 두른 모양이라
> 증으로 조와넌가 디푀로 미러넌가
> 천작으로 치셕ᄒ여 반들업고 고흘셔라
> 그 우난 우묵ᄒ여 말안장 형뇽이라
> 우묵훈 그 시이로 폭포수 쏘더진다
> 흰 무지기 쎠치인 듯 은하수 쓰더지듯
> 소리도 졀노 나고 찬바람 졀노난다
> 셕벽의 부드쳐셔 물바울 구난 모양
> 유리 쇼반 우희다가 진주 구술 굴이난 듯[8]

6) 임재욱, 「가사의 형태와 향유 방식 변화의 관련 양상 연구」, 서울대 석사논문, 1997, 8~37면 참조.
7) 임재욱, 위의 글, 26면.

이 부분을 사실적이고 세밀한 묘사라고 지적한 연구자의 견해대로 구룡연의 모습은 생동감 있게 전달된다. 그러나 이 생동감에 대해서는 단서가 필요하다. 묘사되는 구룡연의 모습은 작자의 시선에 밀착해서 재현되기 때문에 생동감이 느껴지는 것이라기보다는, 이 텍스트를 '읊고 들을' 사람들이 생동감을 느낄 만한 언어가 조직되어 있기 때문에 그러하다고 보는 편이 타당할 듯하다. "정으로 쪼았는가 대패로 밀었는가" 같은 표현은 시가의 관례 속에서 "반드럽고 고"운 모양을 연상시킨다. "흰 무지개 뻗치인 듯 은하수 쏟아지듯"이라는 구절이 폭포수의 화려함과 웅장함을 수월하게 환기시키는 것도 비슷한 이유에서다. 빈번하게 사용되는 비유들은 구룡연이라는 개별적인 폭포를 위해 동원된다기보다는 그 속성들인 아름다움과 웅장함을 위해 존재하며, 잦은 대구(對句)는 음악성을 고조시켜 향유자들의 흥취를 북돋는다.

명소란 역사적 문학적 의미로 뒤덮인 장소라는 말처럼[9] 인구에 회자되는 최고의 유람 코스였던 금강산은 강원도에 있는 실제의 금강산 이전에 이미 아름다움으로 뒤덮인 세계로 사람들의 머릿속에 선재하고 있었다고 보는 편이 옳다. 이 사람이 금강산의 구룡연을 실제로 보지 않은 것은 아닐 테지만, 텍스트 안의 구룡연 묘사에서 남는 것은 작자가 어느 날 어느 때에 다녀온 구룡연의 모습이라기보다는, 웅장함과 화려함의 '전형적 공간'으로서의 구룡연이다. 텍스트의 향유가 구연성에 기반하며 공동의 '흥취'로 수렴될 때, 사실적 재현은 텍스트의 핵심 자질이 되는 데에 근본적인 한계를 지닌다.

---

8) 조윤희(趙胤熙), 「관동신곡」, 1894; 장정수, 앞의 글, 90~91면에서 재인용.
9) 가라타니 고진, 박유하 역, 『일본 근대문학의 기원』, 민음사, 1997, 88면.

근대 이전의 여행기 (2) - 『서유견문』

한문에 한글을 섞어 쓴 최초의 '자의식적인' 저서는 『서유견문』(1895), 즉 견문기이다.[10] 현실세계를 자국어 문자로 옮기는 작업의 첫 자리에 기행문이 위치한다는 것은 그 대상 공간이 별도로 대상화시킬 필요도 없을 만큼 이미 '나'로부터 적절한 거리를 두고 있는 세계라는 것과 깊은 연관이 있을 것이다.

그러나 또 한편으로, 견문기를 표방하는 『서유견문』이 실은 여정을 중심으로 하는 근대적 의미의 '견문기'가 아니라 '서양 입문서'의 성격에 가깝다는 점이 강조되어야 한다. 유길준은 "듣는 것을 기록하고 보는 것을 옮겨두고 또 고금의 책에 궁구된 것을 재편해서"[11] 이 책을 지었다고 했는데, 실제로 보고 들은 바를 보고 들은 바대로 기록한 부분은 많지 않다. 서양인들의 일상생활과 관련된 15~16편의 경우 실제 본 바를 토대로 작성된 듯 보이는 내용들이 상당 부분 실려 있기는 하나, 이 경우에도 그 내용들은 '내가 보고 들은 것'의 방식 대신 일반화된 설명의 방식으로 재구성되어 있다.

진보한 문명을 소개하여 조선의 개화를 앞당겨야 하겠다는 계몽의 열정이 이러한 체제를 구성하게 했으리라는 것은 어렵지 않게 짐작할 수 있다. 확실히 여행 주체의 시공간적 이동을 따른 기술보다는 분류 항목에 따른 기술이 '정보 전달'에 유리하다. 그러나 이 문제와는 별도로 관심을 끄는 것은, 왜 이 서양 입문서가 '견문'을 제목으로 삼았는가

---

10) 국한문체는 이미 『한성주보』에서 시도되었고 정병하의 단행본 『농정촬요』(1886)에서도 쓰인 바 있다. 그러나 작자 자신의 언어관을 바탕으로, 권위 있는 저술은 한문으로 써야한다는 통념에 정면으로 도전하는 첫 번째 혼용체 저술은 여전히 『서유견문』의 몫이 된다. 강명관, 「한문폐지론과 애국계몽기 국한문논쟁」, 『한국한문학연구』 8집, 1985, 199~200면 참조.

11) "聞ᄒᄂᆫ 者를 記ᄒ며 見ᄒᄂᆫ 者를 寫ᄒ고 又 古今의 書에 披考ᄒᄂᆫ 者를 撮繹ᄒ야. (…중략…)" 유길준, 『서유견문』, 동경 : 교순사(交詢社), 1895, 4면. 번역은 다음 책을 참고했다. 허경진, 『서유견문—조선 지식인 유길준, 서양을 번역하다』, 서해문집, 2004.

하는 점이다. '보다'와 '듣다'라는 감각 지각의 서술어는 그 행위의 개별 주체 '나'를 내재하고 있다. 『서유견문』이라는 제목은 '내가 서양을 다니면서 보고 들은 바'를 의미하는 것으로 그 구심점에 작자 자신을 설정하는 것이다.

이 제목에 부합하는 것은 2년 간 미국과 유럽을 둘러본 유길준의 실제 경험이다. 『서유견문』이라는 제목은 이 저서의 '내용'을 지향하고 있다기보다는 작자의 '체험' 사실을 지향한다. 작자는 보고 들었다. 그러나 글은 '작자가 보고 들은 것'을 재현하지 않는다. 보고 들은 바를 보고 들은 바대로 기록하고자 해야만 서술 주체의 이동 경로와 시공간의 순서에 따른 여정이 핵심적인 서술 원리가 된다. 이러한 서술 원리는 『서유견문』에서 중요하지 않다. 작자는 보고 들었으되 그 보고 들은 바를 재현하는 대신 다른 글들을 번역하거나 참조하여 글을 쓰거나 이미 작성해 놓은 다른 글을 삽입하였으며, 그런 사실을 굳이 숨기지도 않는다.[12] 유길준은 실제 보고 듣지 못한 바를 쓰는 것에 대해 단지 '아쉬워'할 뿐, 견문기가 보고 들은 바와 거리가 멀어지는 것을 어색하게 생각하지 않는다.[13] 서쪽 세계를 돌며 보고 들은 일이 있다면, 서쪽 세계를 보고 들은 바를 그대로 기록한 게 아니라 하더라도 『서유견문』을 제목으로 삼을 수 있는 것이다. 애초에는 본격적인 견문기로 기획되었던 것이 집필 기간 동안 조선의 급박한 상황 속에서 서양 소개서로 바뀌었을 수 있다

---

[12] 후쿠자와 유키치[福澤諭吉]의 『서양사정』을 비롯하여 『서유견문』을 쓰는데 참조되었을 듯한 영문·일문 책자, 『서유견문』에 첨입·활용된 유길준 자신의 한문 논설 및 상소문은 다음 글에 논의되어 있다. 유영익, 「『서유견문』론」, 『한국사시민강좌』 7집, 일조각, 1990, 138~144면, 156면.

[13] 서문과 19편에서 이와 관련된 언급을 찾아볼 수 있다. "余身이 泰西諸邦에 未至ᄒ고 他人의 緖餘를 綴拾ᄒ야 此記에 寫홈이 夢의 中에 人의 夢을 說홈과 其異가 不無ᄒ나 彼를 交홈이 彼를 不知홈이 不可ᄒ 則 彼의 事를 載ᄒ며 彼의 俗을 論ᄒ야 國人의 考覽을 供ᄒ야 猶且絲毫의 補가 不無ᄒ다 호디 目擊ᄒ 眞景을 未寫홈으로 自疑ᄒ더니 …중략…"(유길준, 앞의 책, 1~2면); "足跡이 及ᄒ야 目擊ᄒ 者ᄂ 猶惑可ᄒ거니와 他人의 遊歷ᄒ 記書를 考閱ᄒ야 其餘論을 掇拾ᄒ고 糢糊ᄒ 文字를 粧撰ᄒ니 (…중략…)" (489면).

는 가정14)을 받아들이더라도, 제목의 '견문'이 글 속의 내용이 아닌 글을 쓴 자의 경험을 지향한다는 추론에는 영향을 주지 않는다. 기획된 내용이 견문을 기록하는 것에서 견문 경험과 다양한 저술들을 참고·재구성하여 서양을 소개하는 것으로 변했더라도, 작자가 서쪽 세상에 가서 보도 들었다는 '사실'은 변하지 않는다.

이러한 점을 통해 우리는 두 가지 문제를 생각해 볼 수 있다. 첫째는 표제가 글의 내용을 비껴가는 지점에서 정해질 수도 있다는 점이다. 표제는 글의 내용이 아닌, 글을 쓰게 한 계기를 나타낼 수도 있다. 표제가 글의 내용과 밀착되지 않을 때, 독자는 글의 내용이 글을 쓰게 한 계기, 혹은 작자의 원래 의도와 그대로 부합되는 것이 아님을 깨닫게 된다. '견문'이라는 제목을 달았더라도 개별자의 경험세계는 그 자체로 재현 대상이 되지 않는다. 보고 들은 사실을 '나는 보고 들었다'라는 방식으로 글 속에 밝히는 일이 중요하지 않은 셈이다. 김동인이 '느꼈다', '깨달았다' 같은 주관 강조의 서술어를 쓰면서 어색하고 불안해했던 사실을 회고한 것은, 글 쓰는 자의 감각과 생각에 밀착하는 글쓰기 자체가 낯선 것이었음을 보여준다.15)

또 하나의 문제는 한문 글쓰기의 관습으로부터 결별을 시도하는 새로운 문체가, 보고 들은 바를 보고 들은 바대로 기록하기 힘들게 하는 한계로 작용한 것이 아닐까 하는 점이다. 잘 알려진 바대로 유길준은 『서유견문』에서 인위적으로 만들어낸 새로운 문체를 실험했다. 낯설고 새로운 문물에 적절한 명칭을 부여하며 새로운 문체에 접근하는 일이 지난한 작업이었음을 상상하는 것은 그리 어려운 일이 아닐 것이다. 자기 감각에 충실한 견문기를 엮는 대신 다른 책들을 참조·번역할 때에라야, 일본에서 개념화한 한자어나 『한불자전』(1880)에 등재된 어휘 등을 이용하여 문장을 엮는 일이 가능했을 수도 있다.16) 여행 주체의 견문 경험을

---

14) 김태준, 「『일동기유』와 『서유견문』」, 『비교문학』 16집, 1991, 84~87면.
15) 김동인, 「문단 삼십 년의 자취」 1회, 『신천지』 3권 3호, 1948.3, 16~17면.

글 속의 견문 내용으로 안착시키는 데에는 이 새로운 문체가 폭넓게 공유되는 시기를 기다려야 했던 것일지도 모른다.

1) 여정을 기록하는 방식

보고 들은 것을 '쓰려고 하다' – 『소년』과 초기의 『매일신보』

여정에 따라 기술되는 현대적 의미의 한국어문 견문기가 처음 발견되는 것은 『소년』과 『매일신보』에서다. 『소년』에는 총 네 편의 견문기가 실렸고, 『매일신보』는 1911년 9월 23일 「10일 여행」을 시작으로 시찰 목적의 견문기를 간간히 실었다.[17] 두 매체의 성격은 극단적이다. 『소년』은 전술했다시피 독자 취향을 고려하지 않은 채 편집자 중심의 체재와 지향으로 일관한 잡지이다. 반면 『매일신보』는 식민 지배 이데올로기와 대중 취향의 결합을 적극적으로 시도한 신문이다. 『소년』의 글들은 작자 중심적이고 『매일신보』의 글들은 수용자 중심적이다. 이 극단성은 '견문'에 대한 당대의 글쓰기가 보고 들은 '사실'과 보고 들은 사실에 대한 '기록' 사이의 간극을 어떻게 조정하고 있는지 그 스펙트럼을 보여줄 수 있을 것이다.

---

16) 『서유견문』에 사용된 한자어 어휘의 출처 문제에 관해서는 다음 글을 참조할 수 있다. 이한섭, 「서유견문에 받아들여진 일본의 한자어에 대하여」, 『일본학』 6집, 동국대, 1987.

17) 『소년』에 실린 견문기 목록은 다음과 같다. 「쾌소년세계주유시보(快少年世界周遊時報)」, 1년 1권~2년 3권, 2년 10권, 3년 3권; 「반순성기(半巡城記)」, 2년 7~9권; 「교남홍조(嶠南鴻爪)」, 2년 8권, 10권; 「평양행」, 2년 10권. 「쾌소년세계주유시보」는 형식상, 세계일주에 오른 최건일이라는 15세 소년의 견문기로 되어 있다.

한편 『매일신보』에서 처음으로 발견되는 시찰기는 「시바타[柴田] 총재 시찰담」(1911. 6.22)이다. 이후 자주 일본 관료들의 시찰기가 실리는데, 일단 논외로 삼기로 한다. 이 글들 역시 경험 주체의 시공간적 위치가 글의 중심에 놓이므로 우리의 논의와 관련하여 중요하게 다루어질 사항이다. 그러나 이 글들은 서술 주체와 경험 주체가 명백하게 분리된다. 글을 쓴 사람은 시찰을 한 일본인이 아니라 편집국 내의 조선인 기자다. 이 글들에 대해서는 약간 다른 방향의 논의가 필요할 것이다.

두 매체에 실린 견문기의 입지는 여타의 글들로부터 다소 돌출되는 면이 있다. 『소년』의 경우 계몽을 위한 첫 번째 자리에 지리학을 위치시키고 다양한 모험기와 탐험기를 비롯하여 세계 각국에 대한 정보 등을 다양하게 수록한 만큼 기행문을 실은 것은 당연하게 보일 수 있다. 그러나 『소년』에 실린 많은 글들이 번역·발췌·요약의 방법으로 이루어진 것과 달리, 이 네 편의 기행문은 직접 작자가 여행을 한 후의 기록이다. 작자는 남들이 한 말을 반복하는 대신 그의 시선과 직접 닿은 세계를 글로 옮겨야 할 자리에 서게 된다.

『매일신보』의 경우 '식산흥업'은 총독부가 『대한매일신보』를 인수하여 어용지(御用紙)로 거듭나도록 하던 순간부터 총력을 다해 온 과제다. 전국 각 지역의 산업 현황을 소개하고 앞으로의 전망을 서술하는 기사들을 위해 이 신문은 1면의 많은 부분을 할애했다. 대구와 평양을 비롯한 각 지방의 소식들, 그리고 지방과 경성을 연결해 주는 철도 관련 기사들은 끊임없이 등장하였다. 시찰 견문기들은 이러한 성격의 연장선상에서 지면에 오르게 된다. 일본 관리들의 조선지역 시찰기 및 조사록이 여러 편 실렸고, 1913년 5월경부터는 각 지방에서 조직된 시찰단·관광단, 또는 '내지'를 향하는 시찰단이 자주 기사화되고 그 단원들의 여정이 기록되었다. 견문 주체가 서술자가 되어 견문 사실을 기록하는 방식은 이러한 배경에서 등장한다. 이 글들은 '~더라'의 방식으로 지역의 사정들을 정리해서 보여주는 대신, 서술자 자신의 시선과 동선을 텍스트 안으로 끌어들인다. 대구와 평양과 개성은 그냥 대구와 평양과 개성이 아니라 내가 가서 본 대구와 평양과 개성으로 상대화된다.

『서유견문』이 견문 사실과 견문 기록을 별도의 것으로 취급했던 것과 달리, 『소년』과 『매일신보』의 견문기들은 서술 주체의 시공간적 위치를 중심으로 견문 기록이 견문 사실을 반영하도록 조직된다. 그러나 견문 주체의 존재감이 텍스트 안에 들어서기 시작했다는 것 자체가, 보고 들은 경험이 보고 들은 바에 가깝게 재현된다는 것을 의미하지는 않는다.

먼저 『매일신보』의 견문기를 검토해보기로 한다. 시기적으로는 『소년』의 견문기들이 앞서 있으나, 매체의 특성상 『매일신보』의 수용자 지향형 글들이 전시대적인 양식에 좀 더 가깝다고 볼 수 있기 때문이다.

「10일 여행」은 "강원도를 시찰할 목적"으로 인력거를 타고 떠나 포천 김화읍과 강원도의 평강에 머문 기록이다. 더 연재될 계획이었던 것으로 보이지만 6회로 중단되었다. 글은 충실하게 기자의 여정을 따라 전개된다. 그런데 여기서 눈여겨보아야 할 것은, 중간에 노인을 만나서 잡담을 하고 산을 오르고 잠을 자고 밥을 먹고 하는 자잘한 일에 대한 기록은 경험 사실을 충분히 반영하고 있으면서도, 정작 시찰 대상인 김화와 평강에 대한 것들은 시찰을 통해 알게 된 것이라기보다는 시찰 전에 이미 주지하고 있던 것을 기술하고 있다는 점이다.

> 芝浦에셔 午站을 經ᄒ고 金化界에 入ᄒ 즉 山水의 秀麗홈이 永平보담 優勝홀 쑨 안이라 四野가 廣闊ᄒ고 五穀이 豐登ᄒ야 一般人民의 安堵樂業ᄒᄂ 狀態가 往日暴徒出沒ᄒ던 時에 比ᄒ면 熙皞世界라 ᄒ야도 過言이 안이로다 然이나 恨 되ᄂ 바ᄂ 船車의 交通이 無홈으로 木材, 藥料 等 各種 土産物의 運出과 魚鹽, 雜貨 等 諸般 日用品의 運入을 皆 牛車에 依ᄒᄂ 故로 許多의 財力을 費ᄒ야 修築혼 道路가 往々 泥海로 成홈이러라[18]

경(經)하고 입(入)한 주체는 작자 자신이다. 김화계에 들어간 그의 행위 다음에 기대되는 것은 그가 김화계에서 본 것, 겪은 것, 들은 것이다. 그런데 김화에 들어선 이후의 기술은 작자의 견문 범위를 넘어선다. 그는 김화를 그냥 지나친 영평 지방과 비교한다. 그리고 현재의 풍요로움을 병합 이전의 "폭도 출몰" 시기와 비교한다. 이 비교법은 금화를 시찰한 '후'에 나온 것이 아니라, 시찰을 시작하기 '전'에 이미 강제병합을 정당화하던 논거로 자주 쓰여 왔던 것이다. 또한 작자는 "목재, 약과 등

---

18) 단생(檀生), 「10일 여행」 2회, 『매일신보』, 1911.9.24, 2면.

각종 토산품"과 "어염, 잡화 등 제반 일용품"의 반출·반입이 원활치 못함을 안타까워하는데, 이 세목들 역시 그의 견문에 해당하는 것이 아니라 이미 알고 있던 지식, 혹은 김화 사람 누군가에게서 전해들은 바에 해당한다. 견문의 기록이 나와야 할 자리를 견문과 무관한 진술들이 대체하고 있다. 이런 방식의 서술은 평강(平康)과 관련된 부분에서도 마찬가지이다. 또한 "죽장망혜"로 개성에 다녀온 기록인 「개성의 추색(秋色)」과 이 글에 이어지는 「선죽교」의 경우(1912.10.31~11.1), 전반부가 작자의 견문에 비교적 충실한 반면 후반부에는 개성의 갖가지 유물들이 단순 나열된다. 그리고 선죽교 부분에 오면 예의 그 위치와 유래가 설명의 형식으로 서술된다. 「의주 기행」(1913.5.27)이라는 짧은 글 역시 정자에 올라 본 의주 전망에 대한 기술과 토산물에 대한 설명이 동일한 층위에서 접합되어 있다. 직접 견문한 내용과 간접적으로 참조한 내용은 아무렇지 않게 뒤섞인다.

한편 3면에 실린 언문 견문기 「동성일장(東城一杖)의 십감(十感)」(1912.5. 7~5.11)은 약간 다른 자리에서 견문 사실과 견문 기록 사이의 간극을 보여준다. 이 글은 동구 안에서 청량사까지 하루 동안 돌아다니며 느낀 것을 열 가지로 나누어서 기록한 것이다. 작자의 개인적 여정이 명백하게 드러나고, 동행했던 친구와의 개인적 문답들도 충실하게 옮겨 놓고 있다. '시찰'이 아닌 '회포'를 푸는 것을 목적으로 하고 있다는 사실도 이 글이 작자 자신이 보고 듣고 느낀 것에 밀착하리라는 기대를 하게 한다. 더구나 먼 유람지로 떠난 것이 아닌, 작자가 일하고 잠자는 '경성'이 바로 글쓰기 대상인 것이다.

그러나 이 글이 순한글로 쓰여 3면에 실렸다는 점은 이 기대치와는 배치되는 조건이라는 사실이 상기될 수 있다. 1912년 3월 1일 『매일신보』는 순언문 신문을 폐지하며 대대적인 개편을 단행했다. 5호 활자를 사용하여 기사 양을 대폭 늘리고, 「신소설」란을 제외하고는 혼용체로 일관하던 체재에서 3면과 4면에는 "순언문 기사"를 게재하는 체재로 바

꿨다. 신문의 3면이 치정·살인 사건 등을 비롯한 각종 가십거리와 "연예계" 소식 등으로 채워지기 시작한 것도 이때부터다. '순언문'은 낭독을 통해 이 자극적인 소재들을 문맹의 대중들과 쉽게 접할 수 있도록 만든다. 3면은 문자면에서나 소재면에서나 문맹 혹은 반문맹의 대중을 지향한다. 「동성일장의 십감」은 이런 면에서 이중적이다. 글 자체의 전개 방식으로 볼 때 서술 주체의 개인적 감각 체험이 그 중심에 놓인다고 할 수 있으나, 글이 실린 미디어의 성격을 감안할 때 독자 대중의 취향을 반영할 수밖에 없는 것이다.

"동구 안 정류장에서 전차를 타고 동대문으로 향"하고 "동대문에서 차를 내려 짜른 지팡이와 늦은 걸음으로 홍수동"에 접어드는 등의 개인적 여정들은, 확실히 낭독을 통해 여러 사람이 흥취와 재미를 느끼기보다는 혼자 읽으면서 작자의 움직임을 머릿속에 그려보는 데에 적합하다. 그러나 작자가 찾아간 곳들을 서술하는 부분에 오면, 문장을 이루는 것은 리드미컬한 관례 어구들이다. 홍릉에 "처처한 봄풀은 예와 같이 푸르러 있고 연연한 어린 솔은 새로이 싹을 발"한다. "동망봉(東望峰)을 넘어갈새 사이사이 철쭉화는 늦은 봄을 재촉하고 이 산 저 산의 포곡조(布穀鳥)는 풍년을" 울어대는데, "어언간 우선각(遇仙閣)을 당도하니 창송녹죽이 울밀하고 기화요초가 난만하여 유수청량한 경치가 거의 신선을 만날 듯"하다. 작자는 1912년 5월 5일이라는 일회적 시간에 홍릉이라는 특정 공간을 찾았고 동망봉에서 우선각에 이르는 길을 지난 것인데, 이 일회적인 개별 세계를 다루는 문장들은 외우기 편하고 들어서 의미 파악하기 쉬운 관용구로 이루어져 있거나 대구의 방식으로 전개된다. 이 문장들은 견문 사실을 재현한 것이 아니라 늦은 봄의 분위기를 돋우는 것들에 해당한다. 글의 출발점은 작자 개인의 견문 경험을 기록하는 것에 있었으나, 정작 그 내용은 텍스트의 수용자와 함께 봄의 정취에 젖을 수 있는 것으로 취사선택된 것이다. 곳곳에 메이지 천황의 "아름다운 온덕"과 병합으로 인한 "강구연월(康衢煙月)"을 찬양하는 문장들 역시 『매일신보』의 이데올로기적 지평 안에서 대중들의 익숙한 감각에 호소하는 면모를 보여준다.

대화 처리에 있어서도 이 글은 구연 낭독을 잠재하고 있으며 그 때문에 상황 재현에 그다지 신경 쓰지 않는다. 작자와 동행자 "이열재 군"[19]의 대화는 아래의 방식으로 문장화된다.

> 긔쟈—위연탄식ᄒ야ᄀᆞ아디, 이곳을림ᄒ야, 지나간력ᄉ를싱각ᄒ니, ᄌ연감회가발ᄒᄂ도다, 열지군이ᄀᆞ으디, 원컨디, 그디의감회를듯고겨ᄒ노라[20]

'~하는다'·'~하노라'와 같은 어투는 여행을 함께 하는 두 친구가 대화할 때 쓸 만한 것이 아니다. 고소설들의 대화체와 유사한 이 어투는 구연자가 청중을 대상으로 할 때, 즉 대사 내용이 대화 상대자를 향하는 동시에 청중을 향할 때 나오는 어투이다. 작자는 여행의 한 부분을 자기 경험을 중심으로 재현하는 대신 수용자들이 쉽게 수용할 수 있는 방식으로 재조직한다.

작자 지향의 경향이 강한 『소년』의 글들 역시 견문 사실과 견문 기록 사이의 간극이 쉽게 눈에 띈다. 그러나 『소년』이 광범위한 수용자를 상정하지 않았다는 사실은, 『매일신보』 소재 글들과는 조금 다른 각도에서 이 잡지의 견문기들을 이해하게 만든다.

『소년』에 실린 네 편의 견문기 중 일반적 의미의 기행문에 가장 가까운 「교남홍조」와 「평양행」은 각각 동래와 평양까지 기차를 타고 여행한 기록이다. 여행의 목적지보다는 기차를 타고 가는 여정 자체가 중심이 되고 각 역을 꼼꼼하게 기록하고 있다는 면에서, 『소년』이 창간되기 바로 전에 나온 『경부철도노래』와 구조적으로는 같은 방식으로 이루어졌다고 할 수 있다. "구가서류(口歌書類)" 『경부철도노래』는 일본에서 널

---

19) '이열재(怡悅齊)'는 「춘외춘」(1912.1.1~3.14)을 연재하면서 이해조가 사용한 필명이다.
20) 「동성일장(東城一杖)의 십감(十感)」 2회, 『매일신보』, 1912.5.8, 3면.

리 애창되던 오오와다 다케키[大和田建樹]의『지리 교육 철도 창가』로부터 자극을 받아 만든 것이다. 제목이 알려주듯 일본의 이 창가집은 '지리 교육'이라는 목표를 명시하고 있다. 최남선이 철도 노래 형식에 주목하고 멜로디 역시 일본의 것을 그대로 가져오게 된 이유도 그 지리 교육적 효과 때문이었을 것이다.[21] 그러면 노래가 아닌 산문 기행문들의 경우, 각 역을 꼼꼼하게 기록하는 방식은 어떤 의미를 지니는가 하는 문제가 제기된다.

「교남홍조」의 수록 방식은 이에 대한 실마리를 제공해 준다.『소년』 2년 7권에는 집필인 최남선이 1909년 8월 19일 바다를 보기 위하여 부산 동래로 출발하였다는 것, 다음호부터 그 "유람기"를 게재할 예정이라는 기사가 실린다. 그리고 최남선은 산이 아닌 바다를 선택한 이유로 바다의 미덕을 든다. 이 미덕은 「교남홍조」의 첫 장 '바다를 보라'에 장황하다 싶을 만큼 자세하게 열거된다. 그러니까 적어도 예정의 측면에서, 「교남홍조」는 바다 여행기여야 한다.

그런데 실제 결과물로서의 「교남홍조」는 이 의도와 상당 부분 상치된다. 두 번에 걸쳐 실린 이 글은 상편에선 남대문 역에서 출발하여 대구역에 도착할 때까지를, 하편에선 대구에서 구포까지의 여정을 기록한다. 그는 대구에 머문 이틀을 위해 '대구에 2일간'이라는 목차를 마련했으나 "다른 때" 게재하겠다는 말만 덧붙인 채 건너뛰었고, 구포역에서 동래로 가기 위해 말을 타고 "끄덕 풍류객"이 되었다는 것으로 기행문을 끝마친다. 그는 동래 바닷가에 머문 이후의 기록은 "내년에 여러 가지 제목으로 때때 낼" 예정이라고 덧붙여 놓았지만, 실제 이 기록들은 실리지 않는다. '바다 유람기'로 기획된 이 글은 실제 목적과는 달리 '바다에 닿기 바로 직전까지의 유람기'가 되어버렸다.

「평양행」도 마찬가지다. "모통이 모통이 평양 구경의 생각이 솟아 나

---

21) 이유선,『한국 양악(洋樂) 80년사』, 중앙대 출판국, 1968, 108~110면.

와서 평양이란 뉘집 낭자는 얼마 동안 나의 상사인(想思人)"이 될 만큼 평양에 가보는 것이 간절했다고 작자는 글의 초반에 밝히고 있으나, 실제 이 글은 평양에 막 도착하면서 끝난다. "『평양 최초의 인상』 이하는 다시 기회를" 보겠다고 한 말도, 「교남홍조」의 동래 바다가 그랬듯 미완의 기획으로 남는다. 이 문제에 대해, 목적지에 도달하기 전까지의 여정에서 쓸 말이 너무 많아 정말 써야 할 부분에 왔을 때는 지면이 허락하지 않았을 것이라는 추측은 충분하지 않다. 『소년』 편집의 재량권은 전적으로 최남선 자신에게 달려 있었을 뿐만 아니라, 그는 여정 중에서도 기차에서 내려 대구에서 머문 기간은 기록하지 않았다.

그는 바다와 평양에 대해 쓰려고 했는데, 결국 쓰인 것은 기차와 관계된 부분들이었다. 그리고 그것들은 경유지 역 하나하나를 나열하는 『경부철도노래』의 방식에 토대를 둔 것이었다. 이런 현상은, 쓰고자 한 것과 쓸 수 있는 것 사이에 어떤 균열이 있었던 것은 아닌가 하는 짐작을 하게 한다. 실제 몇몇 기록 방식은 이러한 가설에 힘을 실어준다. 경유하는 역 부근에 대한 기술 방식을 먼저 살펴보기로 하자. 다음은 조치원을 지날 무렵이다.

> 大抵 鳥致院은 燕岐郡 砧山 압헤 잇난 平坦廣闊한 곳이니 이 쌍은 忠淸南北道와 및 全羅南道에 通한 四通八達한 商業上 小中心이오 兼하야 四十里를 隔하야 淸州의 沃野를 끼고 잇서 穀物의 産地라 陰曆으로 三, 八日에 서난 場에는 貿易하난 사람이 항용 五六千人이 모여들고 적드라도 二三千名에 나리지 아니한다 하며 只今 日本 人口는 近 七百이라 하난데 傳하기를 新羅 째 崔致遠이 처음으로 이곳에 場市를 베플엇슴으로 그 일홈을 조차 일홈하얏더니 音 相似한 까닭으로 只今과 갓히 鳥致院이 되얏다 하나 確否는 모르겟더라.22)

이 조치원은 그가 경부선 열차 안에서 차창 밖으로 바라본 조치원이

---

22) 공육, 「교남홍조」, 『소년』 2년 8권, 1909.8, 58면.

아니다. 이 조치원은 숫자로 통계화되고 지리적으로 분할되고 "상업상 소중심"이라는 역할 기능을 부여받은 조치원이자, 민간 어원으로 설명되는 조치원이며, 그의 '눈'과 직접 맞닿은 조치원이 아니라 지리 및 역사책에 등장할 법한 조치원이다. 그는 이 조치원을 지나 부용역, 대전역 등등 수많은 경유 역을 거칠 때마다 지루하다 싶을 만큼 세세하게 위와 같은 방식으로 그 지역을 계량화하여 기술한다. 최남선이 지리학 분야의 지식을 누누이 강조했고 "고등의 초급" 수준에 해당하는 『최남선 지리서』와 『대한지지(大韓地誌)』, 『외국지지』를 발간할 계획을 세웠었다는 점을 감안한다면23) 이 같은 기술 방식은 조선땅에 관한 그의 박학한 지식으로부터 나온 것이라 할 만하다. "이와 같은 지지(地誌)는 아직 아국(我國)에 미유(未有)"한 것이라는 첨언을 미루어볼 때 그가 기획한 『대한지지』는 그때까지 발간되어 온 7종의 지리 교과서들24)보다 상세하고 풍부한 내용으로 구상되었으리라는 짐작을 할 수도 있다. 그러나 조선의 각 지역에 대한 지식이 아무리 세세하게 그의 머릿속에 담겨 있다 하더라도 그것이 눈앞을 스쳐가는 차창 밖의 세계와 직접 연관되지 않는다는 사실은 변하지 않는다.

『매일신보』의 견문기들에서 견문 경험과 견문 기록 사이의 간극은, '일한병합'의 긍정적 효과를 설파하려는 이 매체의 공격적 이데올로기와 대중 독자의 취향이 결합된 것과 연관되어 있었다. 식산흥업의 담론에 복무하는 견문기의 틀은 각 지방의 산업 현황 등에 대한 통계적 설명을 아무렇지 않게 끌어들이고, 재래의 문화적 지평 안에 있는 독자들에게 호소하기 위해 '내가 보고 들은 것'에 해당하는 표현들보다는 친숙하고 편한 구문들을 애용했다. 여기에는 작자 '개인'의 의도나 표현 역량

---

23) 『소년』 1년 1권, 1908.11, 광고; 1910년대 최남선의 지리학에 관해서는 다음 글을 참조할 만하다. 최정화, 「최남선의 초기 저술에서 나타나는 지리적 관심―개화기 육당의 문화운동과 메이지 지문학(地文學)의 영향」, 『응용지리』 13호, 1990.

24) 강윤호, 『개화기의 교과용 도서』, 교육출판사, 1973, 212~220면. 총 8편의 지리교과서들이 소개되었으나, 이 중 『최신초등 대한지지』는 융희 3년(1909)에 발간된 것이다.

등의 문제는 아예 개입하지 않는다. 쓴 사람의 의도는 신문 자체의 의도와 같고, 사용된 문구는 개인의 언어가 아니라 공유되는 언어들이다.

눈앞의 세계를 계량화하고 통계화 하는 방식에 자주 의지하는 최남선의 견문기 역시 견문 기록이 견문 경험에 충실하지 않다는 점은『매일신보』의 경우와 유사하다. 그러나 글을 쓰게 된 계기에 대한 작자의 짧은 언급들은, 이 계량·통계의 방식이 작자의 의도가 '실패'한 데서 나온 것임을 알 수 있게 한다. 앞에서 지적했듯 이 글은 한국 지리를 소개하거나 소년들에게 암기시킬 목적으로 쓰인 것도 아니고 산업 시찰의 성격을 담고 있는 것도 아니다. 그토록 찬양해 마지않던 바다, 연인처럼 그리던 평양을 직접 본 체험을 기록하기 위한 것이었다. 그런데 그의 글쓰기는 의도를 배반한다. 즉 최남선의 기술 방식은, 그가 이 글들에서 하고자 했던 것이라기보다는 그렇게밖에 할 수 없었다고 보는 편이 더 적절하다. 시선이 포착한 풍경을 그 시선에 따라 옮기는 언어의 부재가 최남선이 봉착한 난관이었고, 그는 계량화된 항목의 나열로 그것을 대체한다. 그리고 이 대체를 비교적 수월하게 만들어주는 것이 바로 기차이다. 한 곳에 오래 머물며 그 공간을 내 눈에 오래 노출시킬 때보다 순간순간 스쳐가며 재빨리 내 눈 앞에서 차창 밖 공간들이 사라져 갈 때, 시선이 포착한 공간과 계량화된 공간 사이의 간극은 비교적 덜 감지된다. 그리고 이러한 점은 왜 이 글들이 원래 목적으로 삼았던 동래와 평양에까지 닿지 못했는가에 대한 설명이 되기도 한다.

그러나 이러한 현상적인 측면과는 별도로,『소년』의 견문기들이 '보고 들은 사실'에 밀착하여 보고 들은 대로 기록하는 것을 그 지향점으로 삼고 있다는 것은 여전히 주목할 점이 된다. 「평양행」의 경우 사리원 역 등에 대한 설명은 계량화의 방식에 의거해 있는 경우이지만, 다음과 같은 구절들은 작자가 자신의 시선에 충실하고자 하는 면모를 보여준다.

鐵道誌를 펴본 즉 延長이 七百五十九 呎이라 하얏더라.

鷄井驛을 지나난데 이 驛에서 東南으로 멀지 아니한 곳에 有名흔 靑石
關이 잇다 하나 이 近處에는 더욱 적은 丘陵이 만히 起伏한 故로 차져보려
고 가르치난 사람의 손을 쌀아 눈을 암만 주어도 엇지 못하고 (…중략…)25)

동굴의 길이가 759피트라는 사실은 무관점적인 명제의 형태로 제시
되지만 그것은 작자가 단정하는 것이 아니라 "철도지"가 제공하는 지식
이 된다. 동굴 길이에 대한 지식 외에, 이 문장은 그가 『철도지』를 '보
았다'는 사실도 알려준다. 계정 역 근처에 청석관이 있다는 지리적 사
실에도 글쓴이의 눈과 귀가 개입된다. 청석관이 있다는 사실을 그는
'들었고' 그러나 '보지는 못했다.' 기술하려는 대상을 간접적으로밖에
접하지 못했음을 표면화하는 순간, 글쓰기 기준으로서의 주체의 감각
지각은 오히려 분명하게 텍스트 안에 기입된다.

7회에 걸쳐 연재된 유사 기행문 「쾌소년세계주유시보」도 전반부가
진취성을 추동하려는 강한 목적성에 수렴되던 것과 달리 후반부로 갈
수록 '보고 들은' 사실에 충실해진다. 개성의 "남문 범종"은 전체 형상,
종구(鐘口), 종 표면에 새겨진 무늬 등이 세세하게 묘사되고(5회), 시가의
상점들과 행상들의 모습에 대해 "나의 눈서투르게 본 것"과 "나의 귀서
투르게 들은 것"은 층위를 달리하여 서술된다(6회). 앞에서 지적한 바 있
는(90~91면) 일본여인의 서툰 한국어 발음도 이 글의 끝부분에 나오는
에피소드의 일부였다. 재미있는 것은, 담배 피던 조선인과 일본 여인 사
이에 일어난 객차 안의 해프닝은 1회 연재분에 포함될 "용산에서 수색
으로 오는 동안에 기차 안에서 본 꼬락서니"인데, 7회분에 와서야 기록
되었다는 점이다. 1회는 1908년 11월에, 7회는 1910년 3월에 게재되었
다. 일 년 반이라는 시간차가, 위의 사건을 글로 재현할 만한 것으로, 혹

---

25) N. S., 「평양행」, 『소년』 2년 10권, 1909.11, 136면, 142면.

은 할 수 있는 것으로 만들었을지도 모른다.

보고 들은 것을 '쓰다' – 이광수와 조중환

이광수는 『청춘』 3호에서부터 상하이와 블라디보스톡의 여정을 담은 기행문을 싣기 시작한다. 1914년 12월의 일이다. 여행지에서 직접 보내는 형식으로 이루어진 이 여행기는 블라디보스톡에 도착하기 전에 중단된다. 『청춘』이 약 2년 간 발간 정지되었기 때문이다. 결국 이 글은 미완으로 남는다.

이 기행문들을 살피기에 앞서, 이광수의 초기 문필 활동이 최남선이 짜놓은 글쓰기 형식의 틀 안에서 이루어졌다는 사실이 주목되어야 한다. 그의 문체가 구한말 유학생 학회지의 다른 글들과 확연히 달라지기 시작한 것은 1910년에 와서인데, 이 해에 발표된 총 13편의 한국어문 중 8편이 『소년』을 통한 것이었다. 그해 1월에서 4월 사이에 『대한흥학보』에 총 4편의 글을 발표한 후 이광수는 『소년』과 관계를 맺게 되고, 이후 『황성신문』에 투고한 「금일아한용문(今日我韓用文)에 대하여」를 제외하면 다른 어떤 매체에도 글을 싣지 않는다. 최남선과 안면을 트기 전부터 그의 시와 문(文)을 보아 왔고 "확실히 그는 천재다"라고 일기에 쓴 걸 보면[26] 이광수는 『소년』의 필자가 되기 전부터 이 잡지의 존재를 미리 알고 있었고 그 편집 방침에 공감을 하고 있었던 것으로 보인다.

한편 이광수의 글이 『소년』에 실릴 수 있었던 건 전적으로 최남선의 공이기도 했다. 최남선은 『소년』을 매월 출간하는 바쁜 와중에도 1909년 11월에 일본에 건너갔다가 다음해 2월 1일 귀국하였다. 그리고 이 기간에 이광수와 홍명희를 잡지의 정기적인 필자로 섭외하였다.[27] 이광수의 회고에 의하면 일면식 없었던 두 사람의 만남을 주선한 것은 홍명희였다고 한다.[28] 즉 최남선은 자국어 글쓰기가 가능한 필자를 찾고 있

---

26) 이광수, 「육당의 첫 인상」, 『조선문단』 6호, 1925.3, 94면.
27) 「편집실통기」, 『소년』 2년 10권~3년 2권, 1909.11~1910.2. 참조.

었고, 친구 홍명희를 따라 '문'의 세계로 이끌리던 이광수를 『소년』의 체재 속으로 끌어들였던 것이다. 이광수의 초기 활동에서 『소년』은 단순한 발표 지면이 아니다. 이광수는 지난 2년 간 다져진 『소년』의 체재를 자기화하는 과정에서 글쓰기 스타일을 정립해 갔다고 할 수 있다.

『소년』의 폐간과 함께 이광수의 글들도 당분간 지면에서 찾아볼 수 없게 된다. 이후 1913년에 와서야 그는 『검둥이의 설움』이라는 번역 소설을 낸다. 이 책 역시 최남선이 주관하던 신문관에서 발행한 것으로, 최남선 자신이 번역한 『불쌍한 동무』와 항상 패키지로 묶여 광고가 되곤 했다.29) 이광수가 번역이 아닌 자기 자신의 글을 다시 발표하게 된 것은 최남선이 『청춘』을 창간하고 나서이다. 그리고 그가 4년여 만에 발표한 오리지널 글이 바로 3호에 실린 「상해에서」이다.

이 글은 『소년』에 발표된 최남선의 기행문과 비교할 때 흥미로운 대조를 보여준다. 최남선이 여행 목적지를 서술하겠다는 자기 의도를 밝히고도 여정에 대한 기록으로 거의 대부분의 지면을 할애한 것과는 반대로, 이 글은 여정에 해당하는 뱃길 십 수 일을 한 줄로 요약한다. 목적지에 도착하기 전까지를 다루던 최남선의 경우와 반대로 그는 목적지인 상하이의 황푸탄 부두에 들어서는 순간부터 다루고 있다. 그에게 쓸 만한 가치가 있는 것은 새로운 공간이다.

> 차차 애나무 숲 사이로 亭子며 工場과 牧場 가튼 것이 드뭇드뭇 보이고 압길에 컴컴한 안개는 더욱 濃厚하오며 얼마만에 中流에 닷 주고 선 배도 한두 隻 보이오며 저편 그리 크지 못한 船埠에 밋 빠진 낡은 輪船이 空中에 언치어 修繕하기를 기다리는 모양이오 그 압헤 檣頭에 거무줄 늘이듯 한 것은 中華民國 軍艦의 無線電信일지며 좀 더 올나가 휘임한 물구비를 지나니 문득 딴 世界로소이다 안개 속으로 四五層 高樓巨閣 빗살 박히듯

---

28) 이광수, 「육당의 첫 인상」, 앞의 책, 94면.
29) 『검둥이의 설움』과 『불쌍한 동무』는 각각 현대 독자들에게 『톰 아저씨의 오두막집』, 『플란다스의 개』로 알려진 책이다.

하고 그 좁은 江 左右 언덕에는 輪船과 삼판이 겹서고 또 또 겹섯스며 檣
頭 놉히 가온데 흰 靑旗를 날니는 것은 方今 出帆하랴는 배들이로소이다
이제는 산 都會의 奔走雜踏한 빗과 소리가 亂鳴하는 樂器 모양으로 大氣
에 錯雜한 色彩와 波動을 니르키나이다 한 복판에 倨傲만하게 웃둑 선 米
英 法의 鐵甲艦을 스처 그리로서 나오는 嘹喨한 軍樂을 들으면서 우리 배
는 江 南岸 埠頭에 조심히 그 右舷을 다히엇나이다[30]

근해에 들어서서 부두에 배가 닿는 순간까지를 묘사한 이 부분은 철저
히 시각적 원근을 따르고 있다. 초반의 "드문드문"은 원경임을 지칭하는
부사이고, "한 두 척"이라는 숫자의 명기는 안개의 짙음을 반영한다. "좀
더 올라가 휘임한 물굽이를" 지나면 "딴 세계"인 근경이 펼쳐진다. 육지
의 건물들은 비록 안개 사이로나마 "드문드문" 보이는 대신 "빛살 박히
듯" 촘촘하고, 배들은 고즈넉이 한두 척 떠 있는 것이 아니라 화륜선, 돛
단배 따위가 "겹서고 또 또 겹서" 있다. 그리고 이 사람이 탄 배가 "스처"
가는 철갑선의 "우뚝 선" "거만"함은, 아주 가깝게 그 대상에 근접에 있음
을 보여주는 표현이 된다. 이 장면은 또한 고정된 시점을 거부한다. 배가
나아감에 따라 시점도 움직인다. 이 인용문은 황푸탄 부두의 풍경을 언어
로 '사진 찍듯' 그대로 박아 오겠다는 재현의 욕망을 그대로 노출함과 동
시에, 재현하고자 하는 그 풍경이 지극히 개별적인 시선에 의한 것임을
분명히 한다.

이 견문기가 여정을 제외하고 여행의 목적지에 다다른 순간부터 시
작되는 첫 번째 이유는 우선 그 대상이 '상하이'라는 데에 있을 것이다.
확실히 상하이는 평양이나 조치원과는 다른 층위에 존재하는 견문 대
상이다. 여기저기서 소문으로 들려오기는 하나 아무도 '눈'으로 그 실상
을 본 적이 없는 새로운 공간인 것이다. 이때 발신자 자신이 본 새롭고
낯선 세계를 수신자들이 '다시 볼 수 있도록(再現, represent)' 옮기기 위해

---

30) 호상몽인(滬上夢人), 「상해에서」 제1신, 『청춘』 3호, 1914.12, 103면.

서는 개별적 시선에 밀착한 세필 묘사가 필요하다. 평양이나 조치원에서 '보고 들은' 것이 계량화된 정보나 한문 성어에 기댄 관례적 문구, 동질적 역사 감각의 호명 등으로 대체될 수 있는 것과 달리, 상하이는 상하이를 본 발신자와 보지 못한 수신자 사이에 공유될 수 있는 것이 없다. 평양을 가본 적이 없는 사람도 평양의 만월대와 기자묘에 익숙하고 금강산을 가본 적이 없는 사람도 금강산의 수려한 아름다움에 동참할 용의가 있을 수 있지만, 상하이는 조선인들의 문화적 감각에 익숙한 '중화의 정수'가 아니다. 구연과 낭독이 조성하는 콘텍스트가 소통을 위해 아무 도움도 줄 수 없기 때문에 이 글은 이전의 관습으로부터 멀어진 채 철저하게 글 자체만으로 향유될 수 있어야 한다. 그래야만 상하이를 재현하는 목적에 가까이 갈 수 있다.

그러나 해당 공간이 지닌 성격 차이만이 글쓰기 스타일의 차이를 만들어냈다고는 할 수 없다. 중요한 것은 작자가 잠재 독자들 그 누구와도 공유할 수 없는 세계를 글쓰기의 대상으로 '선택'했다는 점이다. 최남선도 『소년』을 발행하던 중에 일본을 다녀온 적이 있다. 그는 모험과 탐험의 가치를 중요시했고 픽션의 형태로나마 세계일주기를 기획하기도 했지만, 조선인들이 제 영토로 여기는 조선반도 바깥을 글쓰기의 대상으로 삼지 않았다. 이러한 사실은, 철저하게 주체의 감각을 중심으로 눈과 귀를 나누고 가까운 것과 먼 것을 나누고 지나간 시간과 현재의 시간을 나누며 어떤 콘텍스트에 기대지 않고도 그 자체만으로 이해될 수 있는 글을, 이광수의 언어가 감당하기 시작했음을 의미한다. 그리고 이광수가 이 글을 시작으로 대중의 감각에 연연하지 않고 주체중심형 글들을 발표할 수 있었던 것은 『청춘』이라는 잡지가 있었기 때문에 가능한 것이었다.

이와 관련하여 또 하나 흥미로운 것은 「상해에서」에 이어 발표된 「해삼위로서」의 제목과 본문 사이의 균열이다. "상해를 지난 ○일에 떠나 오늘 아침 무사히 해삼위에 상륙하였"다는 첫 문장에서 알 수 있는 것처럼 이 제목이 지칭하는 바는 글을 쓰는 지금 현재 작자가 있는 장소이다. 작자가 글을 쓰는 이 장소는 글 속의 장소와 겹쳐지지 않는다. 이 글이 다루는 것은 블라디보스톡(해삼위)의 일이 아니라 상하이에서 보낸 마지막 날 있었던 일들이다. 물론 우리는 『청춘』의 정간과 함께 이 글이 제1신만 발표되었다는 사실을 감안해야 한다. 예정대로 순조롭게 7호가 발표되고 2신, 3신이 계속 실렸다면, 글을 쓰는 곳과 글 속에서 다루어지는 장소는 일치해 갔을 것이다.

그러나 이런 점을 감안하더라도, 이 글의 작자가 글을 쓰는 시공간과 글 속의 시공간을 끊임없이 분리해서 인식한다는 사실은 변하지 않는다. 이광수는 견문 기록 속에 견문과 무관한 내용을 함부로 섞지 않았다. 그뿐만 아니라 지금 현재 하고 있는 '쓰는' 일과 쓰는 내용에 포함되는 '보고 겪은' 일의 시간차를 예민하게 의식한다. 글쓰기 주체는 강력한 시공간적 구심점의 역할을 한다. 그리고 이 기준이 너무 확고하여서, 「해삼위로서」의 경우 작자의 시공간적 위치가 '과도하게' 상대화되기까지 한다. 상하이에 관한 글을 쓰면서 '블라디보스톡으로부터'라는 제목을 붙이는 태도에는 확실히 독자에 대한 배려를 찾아볼 수 없다. 블라디보스톡이 의미를 갖는 것은 블라디보스톡에 머무는 작자 개인에 한해서다.

본 것과 들은 것의 차이, 보고 들은 시간과 글 쓰는 시간의 차이에 대한 의식과 그 의식을 반영하는 이광수의 글쓰기 방식은 이후 그의 국내 견문기들에서도 이어지는데, 그러한 글들이 『매일신보』에 실렸다는 것은 여러모로 시사적이다. 이광수가 처음 『매일신보』와 관계를 맺은 것은 1916년 9월 22~23일 「대구에서」라는 짧은 시찰 견문기를 실으면서부터이다. 『청춘』이 정간된 후 마땅히 글을 실을 지면을 찾지 못하던 그는 이후 1918년까지 거의 항상 연재 면을 맡는 고정필자가 된다. 앞에서 언급했다시피 『매일신보』는 가능하면 많은 조선인들을 독자로 끌어들여 식산흥업과 '일한병합'의 당위성을 적극적으로 설파하려는 목적성을 그대로 드러내던 매체였다. 많은 독자들에게 접근하기 위해서는 독자들의 취향을 고려하는 것이 필수적이다. 그런데 『소년』에서 『청춘』으로 이어지는 이광수의 글들은, 계몽 담론 자체를 직접적으로 다루는 경우가 아니라면 당대의 지평에서 볼 때 지나치게 개인적이다. 상하이라는 새로운 공간이 독자들의 관심을 끌 만한 것임은 분명하지만, 이 공간이 언어화되는 방식은 철저하게 작자 중심적인 것이다. 이광수의 글쓰기 스타일과 『매일신보』의 지향점은 상치되는 부분이 많다. 그의 글이 『매일신보』에 자리 잡기 위해서는 일정한 조율이 필요했다고 볼 수 있다.

일본 관리들의 시찰담과 함께 『매일신보』에 초창기부터 기자들의 짧은 여행기가 간간히 실렸다는 것은 앞에서 잠시 다룬 바 있다. 그런데 1913년 5월 29일에 "강서(江西)관광단"과 "평양관광단"에 관한 기사가 올라온 이후로, 관광단과 시찰단이 조직되었다거나 혹은 모집한다는 기사 및 관광과 시찰 중에 찍은 단체사진들이 자주 눈에 띄게 된다. 동척(東拓)시찰단·남선(南鮮)시찰단·밀양관광단·내지시찰단·청도시찰단·원산시찰단 등이 그 예로, 시찰 목적지를 단체 이름으로 잡은 경우도 있고 출발지를 단체 이름으로 잡은 경우도 있다. 시찰단이 처음 생긴

『매일신보』 1914년 3월 21일자 1면에 실린 '내지시찰단' 모집 광고. 조선 진신(縉紳) 100명에 한하여 단원 신청을 받으며, 4월 2일 출발하여 3주 예정으로 일본 각지를 둘러볼 기획임을 알려주고 있다. 4월 7일부터 연재된 「내지시찰기」는 이 '내지시찰단'을 따라 떠난 기자가 쓴 글이다.

건 물론 이때가 아니다. '문명개화'상을 파악하기 위해 1881년 일본으로 '조사시찰단'이 떠난 바 있고, 1909년 4월 11일 일본 관광단이 "총리대신 이하 각부대신과 통감부 고등관들"의 전별을 받으며 남대문 정거장을 출발한 이후로[31] 그해에 여러 차례 관광단이 조직되었다. 1913년 이후 의 단체 관광 모집은, 관광 및 시찰이 조선반도 내의 여러 지방에 대해 서도 이루어질 만큼 일반화되었음을 알려준다고 볼 수 있다.

이 단체들은 신문사에서 조직된 경우가 많았던 만큼, 시찰단을 광고 하고 그 여로를 기록하는 기사들이 신문지면에 자주 오르게 된다.[32] 이 와 관련하여 특히 주목을 요하는 것은, 일반 기사와 달리 단독 표제를 달고 연재된 다소 긴 글들이다. 8회씩 연재된 「동척시찰단기」(1913.10.4~ 10.21)와 「내지시찰기」(1914.4.7~4.21)가 그 대표적인 예이다. 이 글들은 제 목으로 보나 단독란으로 배치된 것으로 보나 작자와 시찰 장소의 관계 로 보나, 현대적 의미의 견문기와 유사할 것이라는 기대를 갖게 한다. 그러나 실제로는 시찰단의 일원이 아닌, 시찰단 바깥에 있는 기자가 요 약하여 기록하는 방식을 채택하였다. 「내지시찰기」의 경우 작자는 경양 (鯨洋) 생이다. 본명을 밝힌 것은 아니지만 무서명으로 글을 쓰지 않았 다. 그리고 그는 "5일 교토에서", "도쿄에서", "나고야 행 기차 안에서" 등 자신이 글을 쓰는 시공간을 매번 밝힌다. 그는 시찰단의 여정을 함 께 한다. 그러나 이 글의 주어는 '나'도 아니고 '우리'도 아니고 '일행' 이다. 작자는 시찰단의 시찰 여로를 같이 하면서도, 시찰세계를 글쓰기 의 대상으로 삼는 대신 시찰단 자체를 글쓰기의 대상으로 삼는 방식을 유지하고 있다. 또한 글쓰기 주체로서 자기 이름을 기입했으면서도 시 찰 여행 속에서는 자기 위치를 드러내지 않는다. 단체 여행의 대상세계

---

31) 「관광자 전별」, 『대한매일신보』 국문판, 1909.4.13, 2면. 『대한매일신보』는 일본으로 떠나는 관광단 및 도한(渡韓)하는 관광단에 대해 지속적으로 맹비난을 쏟아내었다.
32) 매일신보사 평양지부 주최로 조직된 '남선시찰단'의 여정 관련 기사가 그 대표적인 예이다. 『매일신보』, 1913.7.27~30, 2면.

"내지(內地)"는 간접화되고 요약된다. 글쓰기 주체가 여행 주체이면서 그 여로를 꼼꼼하게 기록한다는 점에서 이 글들은 근대적 의미의 견문 기와 가깝다고 볼 수 있다. 그러나 글쓰기 주체는 글 속에서 스스로를 여행 주체화하지 않는다. 그는 여행 주체를 글쓰기의 대상으로 삼아 여행 주체의 여로를 요약하는 자에 머문다. 글쓰기 주체의 시선이 직접 시찰세계에 닿지 않는다는 점에서, 이 글들은 견문기가 아닌 그에 '가까운' 글이 된다.

이 글들과 비슷하게 일정 기간 동안 연재된 장형 견문 기록으로서 여행 주체의 시선과 대상세계가 직접화되는 첫 번째 글은 12회 연재된 조중환의 「주유삼남(周遊三南)」(1914.6.23~7.10)이다. "전라남북도 충청남북도 경상남북도의 큰 도회와 명산 승지를 두루" 볼[33] 기획으로 시도된 이 여행은, 실제로는 대구와 마산, 진주를 둘러보는 것으로 끝난다. 7월 10일 마지막 연재물이 실린 후 7월 21일에 새 소설 「비봉담(飛鳳潭)」 연재를 시작한 것으로 보아, 여행기를 쓰는 일만 그만 둔 것이 아니라 여행 자체를 중단한 것으로 보인다. 이후 하루나 이틀 일정의 짧은 여행기록물들과 함께, 10여회 이상 연재되는 장형 견문기들은 『매일신보』의 주요한 단독란 중의 하나로 자리 잡게 된다.[34] 내 삶의 공간을 떠나 다른 세계를 호기심 어린 시선으로 바라보는 것 자체도 점점 일반화되어 가고 있었고, 그 특별한 체험을 쓰고 읽는 것도 일반화되어 가고 있었다고 보아야 할 것이다. 이광수의 「오도답파여행」도 이 계열체 중의 하나다.

장형 견문기 계열의 글들 중 「주유삼남」은 여러모로 주목할 만한 위치에 있다. 여행하는 자의 시선이 직접화된다는 점에서 그럴 뿐 아니라,

---

33) 「조일재의 탐방 여행」, 『매일신보』, 1914.6.13, 3면.
34) 목록은 다음과 같다. 일재 생, 「청도시찰일기」, 1915.3.9~3.19; 소봉 생, 「금강산유기」, 1915.10.17~10.31; 소양 생, 「충남횡종기」, 1916.2.1~2.16; 남원 용성 생, 「모범촌시찰기」, 1916.3.10~3.28; 일재 생, 「경성행각」, 1916.3.11~3.19; 무불거사 담(談), 「호남유력」, 1916.9.27~10.5; 춘원 생, 「오도답파여행」, 1917.6.26~9.12; 순성 생, 「석왕사에서」, 1917.8.16~8.30; 퇴경 권상로, 「불교시찰단」, 1917.8.31~11.17.

작자 조중환이 『매일신보』의 주요 필진으로 선보인 소설 문체가 이해조 식의 신소설들과 분명한 선을 그으며 새로운 방식으로 독자들을 흡입한 것들이기 때문이다. 그는 극단 〈문수성(文秀星)〉을 창립하여 연극 대본을 쓰고 배우로 활동하기도 하다가, 1912년 7월부터 1914년 6월 10일까지 약 2년 간 네 편의 번안소설 「쌍옥루」, 「장한몽」, 「국(菊)의 향(香)」, 「단장 록(斷腸錄)」을 연속으로 연재한 후 여행길에 올랐다.[35] 이 여행의 기록은 그가 번역·번안의 방식으로 숙련한 한국어 글쓰기를, 직접 '보고 들은' 대상들로 확대하였을 때의 양상을 보여준다.

서울에서 진주까지의 여행을 담은 이 글은 여로와 본 것, 들은 것이 골고루 섞여 있다. 목적지인 마산과 진주의 시가뿐 아니라 여로에 해당 하는 서울에서 대구까지 및 대구에서 마산까지의 기찻길, 그리고 마산 에서 진주까지의 뱃길 모두를 충실하게 기록한다.

①츙청남도롤 다 지니이고 경샹도 디경을 다다르니 슈년 젼ᄭ지도 흰 모 리와 붉은 흙으로 올연히 일기 토둔ᄀᆺ치 웃둑ᄒ던 텰도 연변에 산과 산이 돌연히 변ᄒ며 혹은 「아가시야」 혹은 살나무 울밀ᄒ케 드러셔셔 푸르고 연 연ᄒ게 단장ᄒ엿고 들에ᄂᆞᆫ 남녀가 나와셔 ᄂᆞᆫ 가ᄂᆞᆫ 샤롬 버리 버히ᄂᆞᆫ 사롬 쓰레질ᄒᄂᆞᆫ 사롬 버리타작들 ᄒᄂᆞᆫ 사롬 모너이ᄂᆞᆫ 사람이 츌몰ᄒ여 한참 밧 분 ᄯᅥ이라 (1914.6.23)

②시가롤 한번 비회ᄒ니 압ᄒ로ᄂᆞᆫ 마산만(馬山灣)이 산밋ᄭ지 갓가히 드 러와 비록 바다일지라도 고요ᄒᆫ 물결은 그릇 안에 담아노은 것ᄀᆺ치 잔잔ᄒ 며 호호ᄒᆫ 물 가온디에 우득우득 셔셔잇ᄂᆞᆫ 섬과 산은 청청ᄒᆫ 긔운이 푸른 물과 한가지로 흐르ᄂᆞᆫ 듯ᄒ다 뒤으로ᄂᆞᆫ 첩첩ᄒᆫ 산이 들너 잇고 산 아리에

---

35) 「쌍옥루」가 종결된 1913년 2월 4일부터 「장한몽」이 연재 시작된 날인 5월 13일까지 약 세 달 동안이 공백으로 남는다. 1912년 11월 17일에서 12월 25까지는 「쌍옥루」와 함께 「병자삼인」을 연재하기도 했다. 조중환의 전기 및 「쌍옥루」와 「장한몽」의 문화 사적 입지에 대해서는 다음 논문에 논의되어 있다. 박진영, 「일재 조중환과 번안 소설 의 시대」, 『민족문학사연구』 26호, 민족문학사학회, 2004.

듬은듬은 촌가가 보이는 곳에 스이스이로는 보리밧에 보리가 익어 바롬이
불졔마다 누른 물결이 나뷔긴다 져녁 날빗을 씌고 어린 ㅇ희를 다리고 나온
바다가의 녀즛들은 무릅우씨지 옷을 것고 손에는 종다리오 머리에 흰 슈건
을 눈위씨지 썻는디 (…중략…) (1914.7.4)

①은 대구 행 기차 안에서 바라본 차창 밖 풍경, ②는 마산에 도착하
여 저녁 산책을 하며 바라본 풍경이다. ①의 서술을 완전히 시각에 밀
착한 것이라고 보기는 어려울 것이다. 벌거숭이 흙더미가 푸르고 울창
한 산으로 변했다는 류의 서술은 '황제폐하의 은덕'으로 조선이 나날이
발전함을 설파하고자 할 때 자주 동원되던 관습적 표현에 해당한다. 그
러나 역명을 길게 나열하며 각 지역의 특징을 통계화 하는 방식에 비해,
아카시아와 살나무가 덮인 푸른 산과 농번기의 분주한 풍경은 확실히
시각성이 강화된 면모를 보여준다. ②에서 눈에 띄는 것은 "앞"·"뒤"
라는 방향 지시어들이다. "앞으로는 마산만이 산 밑까지" 들어와 있고
"뒤로는 첩첩한 산이 둘려" 있다는 서술은, 산을 등지고 물이 앞으로 흐
르는 '배산임수(背山臨水)'식 지형 표시 방식의 변형이 아니다. 조개 줍
는 여자들과 아이들에 대한 긴 묘사는 작자가 바다 가까이서 바다 쪽으
로 몸을 향하고 있음을 알려 준다. 이 글의 '앞'과 '뒤'는, 바다 쪽으로
몸을 돌린 한 개별 주체를 중심으로 하고 있다. 묘사된 세계는 상대화
된 시선에 포착된 것이다.
　이 예문들에서 또 하나 주목되는 것은 '사람'이 풍경 속의 소품 역할
을 하고 있다는 것이다. 서술하려는 대상 공간이 잠깐 스쳐지나가는 것
일 때, 이 공간 속의 사람들은 글을 쓰는 사람과 같은 부류의 존재자로
의미화되는 대신 아카시아나 물 위에 솟아 있는 섬처럼 공간을 구성하
는 세목으로 처리된다. ②의 조개 줍는 여자와 아이들의 모습은 인용문
의 약간 뒷부분에서 "서양의 어떤 유화"를 보고 있는 듯한 느낌을 주는
것으로 서술되는데, 이것은 실제 눈앞에 존재하는 사람들을 '감상'의 시

선으로 바라볼 때 나타나는 태도다. 감상의 시선이란 눈앞의 세계를 주체와 무관한 것으로 떼어놓을 때 발생한다. 이광수가 기차 안에 함께 탄 어떤 노인을 "동물원 어귀에 있는 늙은 원숭이"36)라고 조롱을 섞어 규정할 수 있었던 것도 감상 혹은 관찰의 시선이 극대화된 지점에서 가능해진 것이라 할 수 있다.

한편 「주유삼남」은 '들은 것'에 대한 기록에도 상당한 분량을 할애하는데, 누군가로부터 들은 이야기, 즉 간접화된 이야기를 기록하는 방식이 주목을 요한다. 작자는 대구에서 하룻밤을 보내는 동안 약 팔러 온 여학생 최금옥의 사연과 여관 마당에서 싸우는 두 남녀의 사연을 듣는다. 또 마산의 여관에서는 주인집 여자의 두 딸 이야기를 듣는다. 이 중 최금옥의 사연은 최금옥의 언어로 기록된다. 6월 27일 4회분을 통째로 차지하는 최금옥의 신세담에서 주어는 "나"이며, "모녀와 앉았으면 눈물이나 한숨이요 그러다가 들키면 없던 걱정 새로 난다" 식으로 가사체에 가까워 낭독에 적합하다. 이 사연은 규방가사의 계열체에 가깝다. 한편 싸우는 두 남녀의 사연은 작자가 요약하는 방식으로 기술된다. 이 사연의 기술 방식은 3면 「잡보」란의 신문기사들과 가깝다. 그리고 마산 여관집 두 딸의 이야기는 여관 주인 김명련의 말로 이루어진다. 그런데 최금옥의 신세담이 한 회를 단독으로 차지하며 작자의 전체 글에 대해 어느 정도 독립된 위치를 차지하던 것과 달리, 두 딸의 이야기는 여관 주인과 작자의 술자리 모습이 재현되는 가운데 여관 주인의 대화 내용으로 처리된다. 그리고 여기에서 '~했지요' 등의 어미와 "안태본" 같은 사투리가 사용된다. 설정상 최금옥과 김명련은 둘 다 글 속의 조중환을 향해 말을 하고 있지만, 낭독의 방식으로 이루어진 최금옥의 언어는 잠재 수신자 모두를 지향하는 반면, 김명련의 언어는 술자리를 함께 하고 있는 남자를 향해서만 이루어진다. 즉 이 세 번째 사연은, 상황 재현의

---

36) 춘원, 「동경에서 경성까지」, 『청춘』 9호, 1917.7, 77면.

일부로 종속된다.

'들은 것'에 대한 기록이 이렇게 다양한 방식으로 이루어지는 것이 작자의 의도인지 우연에 의한 것인지를 판단하기는 쉽지 않다. 그러나 위의 세 가지 사연이 각각 다른 독자층과 관계를 맺고 있다는 것은 비교적 분명해 보인다. 첫 번째 사연은 가사나 고소설을 낭독 방식으로 즐겨 읽는 독자들과 가장 친밀감이 높다. 두 번째 사연은 신문 3면의 가십 기사들을 호기심으로 즐겨 읽던 독자들과 가깝게 관계를 맺는다. 세 번째 사연은 조중환 스스로 오랫동안 소설 연재를 통해 시험했던 장면 재현의 언어에 친숙한 독자들에게 어필한다. 조중환은 '들은 것'을 '본 것'과 뒤섞지 않으며 자기 눈과 귀가 직접 접하는 세계의 한계를 명확히 하면서도, 낭독 취향의 대중들 역시 잠재 수신자에서 완전히 배제하지 않는다.

마지막으로 이 글에서 또 하나 관심을 가질 수 있는 것은 1회부터 5회 연재물까지 글머리에 기록된 '진주에서'라는 소제목이다. 이 소제목은 앞에서 살핀 이광수의 「해삼위로서」와 같은 유형의 것이다. 글 속에 담긴 내용은 서울에서 대구까지이며, '진주'가 글 속에 등장하는 것은 마지막 12회분에 가서이다. 여기서 소제목의 "진주"는, 글 속의 여행자가 아닌 글을 쓰는 주체의 위치를 말해준다. 이 글은 「해삼위로서」보다 6개월 정도 앞서 발표되었다. 그리고 글의 말미에 덧붙이든 글의 소제목으로 처리하든, 글 쓰는 자가 현재 글을 쓰는 시공간적 위치를 세세하게 밝히는 것은 「주유삼남」보다 두어 달 전에 발표된 「내지시찰기」에서 이미 사용된 방식이다. 쓰는 일과 쓰인 세계의 시간차를 밝히려는 이광수의 작업은, 신문 기자들의 글쓰기 방식과 일정정도 영향 관계에 놓여 있을 가능성을 배제할 수 없다.

이광수의 「오도답파여행」(1917.6.26~9.12)은 기획에서부터 글쓰기 방식까지 여러모로 「주유삼남」과 비교 가능하다. 조중환이 오랜 신소설 연재를 일단락하고 여행길에 올랐듯 이광수도 『무정』의 연재를 끝낸 며칠 후 여행을 시작했다. 시찰 성격과 휴식 성격을 겸한 여행인 셈이다. 여행 지역 역시 다소 유사하다. 「주유삼남」이 미완으로 끝났으므로 같은 층위에서 비교하기는 곤란하지만, 기획상으로 볼 때 '삼남(三南)'과 '오도(五道)'는 일치한다.

이광수는 각 도를 돌면서 자신이 직접 본 것과 관리 및 지역 유지들에게서 들은 것, 책을 통해 알게 된 것, 그리고 이 정보들에 대한 자신의 판단 등을 분명하게 구분한다.

① 公州라 부름은 市街를 두른 山들이 公字形을 作혼 섇닭이라 호다. 듯고 보면 그럴 쯧도 호다. 나는 歷史의 智識이 不足홈으로 仔細혼 沿革은 알지 못호거니와 熊津 熊州 等 名稱으로 百濟 以來의 緣故 깁흔 都會라 호다.

此地에 十年치 居住호노라는 中津 氏의 말을 듯건듸 十年 前의 公州와 現時의 公州와는 全혀 짠 世上이라 호다. 일직 상투 짜고 白衣입은 者의 公州이던 것이 只今은 머리 짝고 裕衣 입은 者의 公州가 된 것을 보아도 알 것이다. (1917.7.3)

② 木浦府의 市街가 諭達山 밋 礧碏혼 地에 들러붓혼 것은 地圖를 보아 알앗고 그 中에 朝鮮人의 茅屋 市街는 바로 病室窓으로서 쌘히 늬다보인다. 露積岩 모통이를 돌아셔々 高樓巨閣이 櫛比호고 入艦出舶의 如□혼 데가 舘이라 일컷는 內地人側의 市街다. (1917.7.27) (강조는 인용자)

공주의 명칭 유래 및 '웅(熊)'자와 백제와의 관계를 설명하면서 그는 이것이 누군가에게 들어서 안 지식임을 '~라 한다'라는 어미 처리를 통해 명확히 하고 있다. 그리고 신빙성을 강화하기 위해 어떤 입장에 있는 사람이 한 말인가도 정확하게 밝힌다. ①에서 말의 출처인 나가츠[中津] 씨는 공주에 십 년 간 거주해 온 '일본 사람'이므로, 십년 전의 공주와 현재의 공주가 "전혀 딴 세상"이라는 말은 '사실'로서의 권위를 부여받는다. 아무런 전제나 근거 없이 '총독정치' 덕에 벌거숭이산이 녹음으로 가득해졌다고 진술하는 방식과는 분명하게 다른 것이다. 제1신에서 시마무라 호게츠[島村抱月]를 기차 안에서 우연히 만나 그에게서 '들은' 조선문학론을 기술하는 것으로 시작된 이런 방식의 글쓰기가 여행기가 끝날 때까지 계속된다.

출처를 명확하게 밝히는 것은, '들음'뿐 아니라 '봄'의 영역에서도 마찬가지로 적용된다. ②는 이질 때문에 병원에 입원해 창밖으로 하루 종일 유달산을 보고 있을 때를 기술한 것이다. 그는 그의 눈이 직접 보는 것과 그렇지 않은 것을 구분한다. "조선인의 모옥 시가"와 "내지인 측의 시가"는 각각 "병실 창"이라는 시점을 통해 직접 눈으로 본 근경과 원경이다. 이 둘을 합한 "목포부의 시가" 전체의 조망은, 그가 '눈'으로 본 것이 아니라 "지도"를 통해 확인한 것이다. 작자는 고정된 시선의 한계를 넘어서지 않고, 자기가 직접 접한 것이 실제 풍경인지 책인지 여러 정보를 들려주는 관리들인지를 뒤섞지 않는다.

전체 분량 상으로 볼 때 이 글에서 작자의 눈이 직접 본 세계의 기록은 그다지 많지 않다. 여행의 목적이 조선의 현상 및 변천 진보하는 모습 조사, 지도급 인물 탐색, 생활 경제 상태 파악, 장려할 만한 제도·인정(人情)·풍속의 선양 등 신문사와 총독부의 요구를 그대로 수용한 것임을 감안하면37) 당연한 현상이라고 할 수 있다. 당대 정치권력이 강력하게 이념화한 '국토를 정비하고 산업을 발달시켜 문명국가를 이루자'라는 모토는 이 글에서도 핵심 사안이 된다. 그러나 여기서 더욱 중요한 것은, 그 주장들이 이광수 자신의 목소리를 타고 나오지 않는다는 것이다. 각 지역의 권위 있는 자들의 목소리를 빌려 그는 이 글에 쓰인 것이 '사실'이라는 느낌을 준다. 듣고 보고 느끼는 자기 감각의 범위를 축소 한정함으로써 자기 감각에 밀착한 문장들 역시 '사실에 가깝다'는

---

37) 춘원 생, 「여정에 오르면서」, 『매일신보』, 1917.6.26, 1면 참조

인상을 심어준다.

　그리고 이 글은 글을 쓰는 시간과 글 속의 시간을 분리하는 방식이 「해삼위로서」나 「주유삼남」과 다르다. 「오도답파여행」 역시 한 회분의 연재물마다 날짜·시간·장소가 꼬박꼬박 기록된다. 글을 쓰는 시간은 글 속의 시간보다 짧으면 반나절에서 길게는 며칠 씩 늦고, 신문에 게재되는 시간은 글이 쓰인 시간보다 늦다. 예를 들어 목포에서 병원에 입원한 일이 있어 열흘 가까이 중단되었던 연재를 다시 시작하는 '광주에서(1)'의 경우, 여행의 기록은 7월 8일 아침에 이리를 떠나 광주에 도착하는 것인데 이 일에 대해 글을 쓰는 시간과 장소는 7월 21일 목포이며, 이 기사가 신문에 게재되어 독자들에게 전달된 날은 7월 24일이다. 세 개의 날짜는 동시에 지면에 오르고, 글 속의 시간, 글을 쓰는 시간, 독자들에게 글이 읽히는 시간의 차이는 예각화된다. 그러나 이 연재분의 제목은 '목포에서'가 아니라 '광주에서'이다. 글을 쓰는 장소가 아닌 글 속의 장소가 가장 중요한 것으로 부각되는 것이다.

　「오도답파여행」은 7월 5일 연재분인 제7신까지는 '제1신', '제2신'의 방식으로 소제목을 붙였다. 그리고 글을 쓴 시간과 장소는 글 말미에 부기하였다. 제7신에는 백마강과 관계가 없는 내용인데도 "6월 30일 백마강상에서"라는 시공간이 기재되어 있는 것으로 보아, 말미에 붙은 이 시공간은 글을 쓰는 순간의 시간과 장소를 나타낸다고 보아야 할 것이다. 그런데 제8신에 오면, 회차(回次)가 글의 맨 뒤에 기록되고 '백마강상에서'가 소제목으로 선택된다. 제7신의 "백마강상"이 글을 쓰는 장소를 지칭한다면, 8신의 "백마강상"은 배를 타고 백마강을 지나가는 글 속의 장소를 지칭한다. '군산에서'·'전주에서'·'광주에서'·'서라벌에서' 등의 제목 역시 마찬가지다. 글 속의 시간과 글을 쓰는 시간은 세분되지만, 이 제목들은 확실히 그 방점을 글 속의 시간과 그 세계에 둔다. 그리고 기록되는 장소명이 글을 쓰는 곳에서 글 속에 쓰인 곳으로 변하는 것은, 실제의 견문 경험과 글 속에 재현된 견문세계의 거리를 보다

가깝게 하는 효과를 낳는다. 대구 정거장에서 있었던 일에 대해 '진주에서'라는 제목이 붙어 있을 때, 이 제목은 대구 정거장에 있는 '행위 주체'와 구분되는 '글쓰기 주체'의 개입을 명시한다. 그러나 서라벌에서 있었던 일들을 다루는 글에 '서라벌에서'라는 제목이 붙으면 행위 주체와 글쓰기 주체가 다르다는 사실은 쉽게 인식되지 않는다. 글 속의 세계가 '실제와 가깝다'는 환상을 가능하게 하기 위해서는, 재현된 세계와 밀착된 제목이 필요하다.

이광수는 1910년대 중후반 많은 기행문을 남겼고, 보는 것과 듣는 것과 읽는 것을 각각의 층위로 갈라내어 문장으로 처리하는 방식을 이 기행의 기록들에서 특화시켰다. 또한 글 속의 시공간과 글쓰기를 하는 시공간을 분리하면서도 글 속의 시공간을 제목에 각인함으로써 글이 '투명하게' 세계를 재현할 수 있다는 판타지를 한층 공고하게 하기 시작했다.

2) 담론 공간의 시각화 양상

근대의 견문기는 근대 이전의 유산기와 분명 다른 자리에 있다. 근대적 견문기가 대상으로 삼는 세계는 이념적 의미들로 뒤덮인 산수의 세계가 아니다. 조치원·상하이·마산·목포 등은 이념의 인력으로부터 비교적 자유로운 세계였다. 그러나 도체(道體)인 산수 안에 머물기 위해 중세의 문장가들이 유람을 떠났듯, 개별세계를 주요 대상으로 삼는 기행문을 쓰기 위해서는 근대의 작자들 역시 '여행'을 떠나야 한다. 여행지는 아무리 사소하고 실망스러운 곳이라 해도 여행 온 사람에게는 '특별'한 의미를 갖는다. 환희에 뒤덮이건 실망스러워지건 심각해지건 그것은 특별한 세계에 대한 반응이 된다.

일본 쪽에서는 명소나 명승지가 아닌 개별세계의 출현을, 마사오카 시키[正岡子規]·타카하마 쿄시[高浜虛子] 등에서부터 비롯된 '사생문(寫

生文)’에서 찾는다. 그리고 쿠니키다 돗포[國木田獨步]·시마자키 도손[島崎藤村] 등의 ‘자연주의’ 작가들에 의해 명소가 아닌 ‘단순한 풍경’이 좀 더 글쓰기의 중심부로 들어서는 것으로 설명된다. 외면적으로는 사생문을 지향하던 작가들과 자연주의 작가들 사이에 격렬한 대립이 있었지만 그 기원은 같은 데에 있다는 것이다. 그리고 근래의 많은 연구들은, 자연의 무매개적 묘사를 주창하던 이들의 글이 실제로는 또 다른 언어 및 문체의 매개를 통해 이루어졌음을 밝히는 데에 집중하고 있다.[38]

한국에서 근대적 글쓰기의 형성을 논하는 데에 이러한 일본식의 흐름은 좋은 참조가 된다. 그러나 여기에는 ‘의식적 계기’가 개입되어 있다는 데에 유의해야 할 필요가 있다. 관습적인 표현들을 거부하고 ‘실물’과 ‘실경’을 강조했다는 것은, 전시대의 전통이 부정의 방식으로 각인되어 있었음을 뜻한다. 또한 사생문을 주창한 당사자의 말에 의하면, 진부한 형식을 버리고 실물·실경에 눈을 뜨게 만든 직접적 계기가 된 것은 서양화가들의 공간 재현 기법이었다.[39] 일본문학에서 ‘풍경’의 발견이 근대적 글쓰기의 형성과 관련된 핵심 키워드로 자주 선택되는 것은, ‘경(景)’을 중심으로 한 담론이 형성되고 실제의 글쓰기가 이루어졌던 일본의 특수성과 밀접한 연관이 있을 것이다. 그러나 한국의 경우, 전시대의 특정 장르가 부정의 방식으로 강력하게 살아남았던 것이 ‘소설’인 반면 ‘풍경’은 개별적으로 문제시되지 못했다. ‘리얼’한 세계의 재현 방식과 관련해서 풍경─내면을 주요한 코드로 설정하는 일본 쪽의 논의들과 갈라져야 하는 건 이러한 문제 때문이라고 할 수 있다.

---

38) 다음 글들을 참고했다. 나카무라 미츠오, 고재석·김환기 역, 『일본 메이지 문학사』, 동국대 출판부, 2001, 219~222면; 가라타니 고진, 박유하 역, 『일본 근대문학의 기원』, 민음사, 1997, 17~102면; 이효덕, 박성관 역, 『표상 공간의 근대』, 소명출판, 2002, 89~139면; 스즈키 토미, 한일문학연구회 역, 『이야기된 자기─일본 근대성의 형성과 사소설 담론』, 생각의나무, 2004, 81~93면.

39) 다카하마 교시, 「사생문의 유래와 그 의의」(가라타니 고진, 박유하 역, 앞의 책, 73면에서 재인용)

'단순한' 개별 시공간의 출현이 특정 작자나 작자군의 자의식과 그 확산이라는 방식으로 설명될 수 없다면, 수용자의 향유 양식과의 연관성을 검토해 보아야 한다. 그리고 이 문제와 관련해서 눈길을 끄는 것은, 상당 기간 동안 특정 담론, 구체적으로는 계몽 담론과 밀접한 연관이 있었던 세계가 글쓰기와 관계 맺는 방식이다. 학교·연설회장 등 계몽 담론에서 자주 거론되던 공간은 여행 등의 특별한 계기가 개입되지 않았으면서도 일상으로부터 얼마쯤 돌출되어 있던 세계였다고 할 수 있다. 주지되었다시피 구한말의 신문과 잡지는 '학교'의 기능을 담당해야 하는 것으로 인식되곤 했다. 계몽의 열기 안에 몸을 담고 있던 이들에게 신문은 "개명 상에 긴요하기가 학교와 일반"인 것이었으며 조선인에게 "선생 노릇"을 해야 하는 것이었다.[40] 신문이라는 매체 자체가 학교라는 무대로, 신문기사는 학교에서 배우는 수업 내용으로 치환되는 셈이다. 또한 "한문 교실", "이과 교실" 등 『소년』의 다양한 「교실」란은, 김동식의 지적처럼 이 잡지가 "최남선이 주재하는 학교"[41]로 설정되었으며 각 기사들이 일종의 '수업'으로 상상되었다는 것을 선명하게 보여준다. 1913년부터 발간된 『신문계』의 「가정학 강화」, 「위생학 강화」, 「대수학 강화」 등 '강화(講話)'가 붙은 텍스트들 역시 학교라는 세계를 텍스트를 위한 배경으로 불러들인다. 학교 이외에 '연설장'이나 '강연장'도, 실력양성론으로 요약될 수 있는 논설 및 근대적 지식을 전하는 현장으로 설정되곤 했다. 『태극학보』의 목차 분류를 보면 '논단(論壇)'·'강단(講壇)'·'학원(學園)' 등의 항목이 있으며, 『대한흥학보』·『대한유학생회학보』에는 「연단(演壇)」란이 있다. 연사가 청중에게 말하는 장소와 학교 수업이, 이 글들과 관계하는 공간으로 상정된다.

잡지에 실린 글들을 강단이나 연단에 선 강사, 혹은 학교 선생의 목소리와 등치시키는 이와 같은 구성 방식은 1896년경부터 유행하기 시작한

---

40) 「재미있는 문답」, 『독립신문』, 1899.4.15, 1면; 「경향문답」, 『독립신문』, 1899.5.10, 2면.
41) 김동식, 「한국의 근대적 문학 개념 형성과정 연구」, 서울대 박사논문, 1999, 90면.

토론회 및 연설·강연회 문화와 깊은 연관이 있다고 볼 수 있다. 배재학당 학생들이 협성회를 조직하여 토론회를 개최하고 그 자극을 받아 독립협회에서도 토론회를 열기 시작한 이후[42] 토론·연설·강연은 광무·융희 시대의 정치적 열기와 결합하여 주요한 문화적 흐름으로 부상하였으며, 병합이 이루어진 후에도 계속되었다. 연설회나 토론회·강연회가 개최된다는 소식은 『독립신문』 이래로 어렵지 않게 신문지면에서 찾아볼 수 있게 된다. 연설의 테크닉을 기술한 안국선의 『연설법방』(1907), 김창제의 『연설법 요령』(1917) 등의 저술이 나올 수 있었던 것도 이와 같은 맥락에서 이해될 수 있는 것이다.[43]

그러나 여기서 중요한 것은, 신문과 잡지를 학교와 연설회에 등치시키는 메커니즘이 이용되었다는 것이지, 선생이나 연사의 '말'이 글 속으로 직접 들어선 것은 아니라는 점이다. 유학생 잡지의 「강단」·「연단」란에 실린 글들은 당대 국주한종체 글들의 문장 구사 방식과 큰 차이를 보이지 않는다. 『소년』의 「교실」란의 글들도 최남선의 다른 글들과 비슷한 문체로 이루어져 있다. 글쓰기 자체는 연사의 말, 혹은 선생의 말을 특정 양식으로 반영하지 않는다. 이 메커니즘은 당대의 독자들이 신문과 잡지를 대하면서 학교와 연설회라는 콘텍스트를 '상상'으로 조성하도록, 그 상상된 공간이 기사들의 효과를 배가하도록 만드는 것이라 볼 수 있다.[44] 그리고 텍스트에 대해 특정 콘텍스트를 상정하는 이런

---

42) 이광린, 「초기의 배재학당」, 『개화파와 개화사상 연구』, 일조각, 1989, 117~118면; 신용하, 『독립협회 연구』, 일조각, 1976, 113~117면.

43) 다음 논문에 두 글의 내용이 잘 해설되어 있다. 권용선, 「1910년대 '근대적 글쓰기'의 형성 과정 연구―연설·번역·편지를 중심으로」, 인하대 박사논문, 2004, 19~21면, 36~39면.

44) 권용선은 위의 논문에서 유학생 잡지의 「강단」란, 「연단」란의 글들이 "'청취'의 영역에서 벗어나 '독서'의 영역으로 수렴"되면서도 "연설이 펼쳐지는 공간을 함께 상상"하도록 만든다고 말한다(25면). 이 장치들이 가진 효과를 적절하게 지적한 것이나, 그것들이 "연설과 토론, 강연, 회의 등의 말하기 방식이 제도화되고 산문화되는 과정을 보여주는 증거들"(24면)이라는 보기는 어렵다. 이것들은 말하기의 특징이 글쓰기 안으로 유입되는 과정이라기보다는, 말하기 문화의 정서적 힘을 글쓰기가 편의상 빌려 쓴

방식은, 비록 '상상'의 방식이라는 단서가 부가되더라도, 공동체적 구연 향유의 흔적에 해당한다. 선생과 학생들이 모인 학교라는 곳, 그리고 연사의 표정과 몸짓과 말투 및 청중의 감화가 함께 하는 연설회장이라는 곳의 특정한 아우라를 필요로 한다는 점에서 그러하다. 이때 개별 시공간은 글 속에 재현되는 대신 수용자들의 머릿속에 상상된다.

일상적 세계의 재현과 관련하여 방문 취재기의 글들이 주목을 요하는 것은 이 지점이다. 학교나 연설회장을 공간적으로 상상하면서 쓰이고 읽히는 글들과 학교나 연설회장에 '대하여' 쓰는 글들의 직조 원리는 근본적으로 다르다. 후자의 경우는 텍스트를 읽기 위해 상상으로 설정되던 콘텍스트 자체를 텍스트화하여야 한다. 기행문이 여행지를 독자들에게 제시해야 하는 것처럼, 방문기는 방문한 세계를 보여줘야 한다.

'학교' 방문 취재기의 경우를 먼저 살펴보기로 한다. 1914년 2월 14일에서 3월 19일까지, 『매일신보』에는 「학교역방(歷訪)」란이 연재되었다. 대체로 창립 및 발전 과정, 졸업생 및 재학생 수, 교육 방침, 교과 과목, 교수법 등을 소개하였고, 학교 건물을 배경으로 한 학도들의 단체 사진을 첨부했다. 기자가 방문한 후 작성한 글들이지만, 글 쓰는 자의 서술위치가 잘 드러나지 않는 '설명문' 양식으로 이루어졌다. 『매일신보』의 이데올로기는 이 학교들에도 침투해서, 병합 이전의 학교들이 애국계몽의 담론과 밀착해 있었다면 이 지면에 소개되는 학교들은 소시민 양성에 복무하는 것으로 표상된다. 정신여학교는 "심원한 학리보다"는 "실지로 조선가정에서 일상생활상 이용후생할" 과목들을 가르치는 것을 아예 교육 방침으로 하고 있고(1914.2.21), 경신학교는 "산업상 실리실익주의로 염직(染織) 목공(木工) 실과(實科)를 설비"한 것이 최고 자랑거리다. "시대적 필요"에 부응하는 것이기 때문이다(1914.2.22). 휘문의숙 편에서는 학생들이 '나쁜' 물에 들지 않도록 학교가 엄격히 단속하고 감시한다는 사

것이라고 보아야 할 것이다.

실이 강조된다. "근래 각 연극장에 학생 관람이 비상히" 많으므로 "각
교원이 야간 순시하여 차(此)를 검거하는" 때에는 "2주간 우(又)는 1주간
의 외출치 못하는 처분"을 하고, "정신수양상 우(又)는 학술상 참고된 연
극"은 "교원이 차(此)를 인솔하여 관람케" 한다(1914.2.19). 실무 기술을 열
심히 익혀서 열심히 일을 하고 가족을 잘 꾸려나가는 데에 부족함이 없
는 소시민을 양성하는 것이, 학교라는 세계가 맡은 역할이다. 『매일신보』
의 학교들은 학교라는 세계를 '소시민 양성소'라는 이미지로 표상한다.
　학교의 재현과 관련하여 좀 더 주목을 끄는 글들은 『청춘』에 실린 일
련의 학교 방문기들이다. 『청춘』은 조선반도의 십 수 개 중학교의 상황
을 알리기 위해 매호 한두 개 학교를 방문한 기록을 게재하는 기획을
세웠고, 이 계획은 반쯤 수행되어 총 다섯 개의 학교가 소개되기에 이
른다.[45] 이 글들에서는 취재자가 화자로 등장하고, 어느 날 어느 때의
학교가 글쓰기의 대상이 된다. 「학교역방」란의 학교가 객관적인 것처럼
조직된 학교라면, 『청춘』의 학교들은 ○월 ○일 ○○가 본 것으로 상대
화된 학교들이다. 휘문의숙을 방문하던 날은 "12월 19일" 낮 12시 10분
경, 눈이 쏟아지고 있었고, 중앙학교를 방문한 "5월 19일"은 화자가 그
해에 처음으로 봄옷을 꺼내 입은 날이었다.
　이 글들의 내용은 대체로 학교 외양, 각 교실의 교육 현장, 교장이나
숙장의 교육 취지, 학교 역사 개괄 등으로 구성된다. 구성 방식 면으로
보자면, 『매일신보』에 소개된 학교들과 큰 차이를 보이지 않는다. 또한
「오도답파여행」이 어떤 지방을 방문하여 본 것들을 기록하고, 그 지방
의 관리를 만나 현재 상황과 앞으로의 전망 등에 대한 이야기를 나눈
것을 옮겨 적는 구도와도 그다지 다르지 않다고 할 수 있다. 「오도답파
여행」이 조선 상황을 전하고 국토 개발을 추동하는 데에 그 목적이 전

---

45) 외배, 「중학교 방문기─보성학교」, 『청춘』 3호, 1914.12; 육(六), 「중학교 방문기─휘
　문의숙」, 4호, 1915.1; 육(六), 「학교방문기─오성학교」, 6호, 1915.3; 「학교방문기─중앙
　학교」, 8호, 1917.6; 「학교방문기─배재학당 급(及) 배재고등보통학교」, 12호, 1918.3.

제된 것이었듯 이 방문기의 글들도 "수십 개 중학교 내의 상황"을 통해 "청년 제자(諸子)"에게 "흥미 많고 유의(有意)한 보도"를 하여 '배워야 한다'는 이념을 주입시키는 데에 목적이 있다.

이 목적 하에 교육 취지나 이념에 관한 교장·숙장과의 인터뷰는 전체 분량의 반 이상을 차지하며 글의 중심부에 위치한다. 그 내용은 대체로 개인보다 사회를 먼저 생각하는 공덕심과 인격을 첫 번째 목표로 한다는 것, 세계 문명에 적응할 만한 인재를 양성하려 한다는 것 등으로 수렴된다. 구한말의 실력양성담론은 미약해진 채로나마 이 목소리 안에 살아 있다. 그러나 여기서 주목하고자 하는 건, '배워야 한다', '가르쳐야 한다'는 목소리에 구한말의 교육 담론들만큼 애국 계몽의 열기가 묻어 있지 않다는 것, 『매일신보』의 학교 소개 글들만큼은 아니더라도 역시 소시민 양성이라는 교육 이데올로기가 포착된다는 것 등만은 아니다. 논설들 속에서 이 목소리들은 절대적 지위를 차지하고 있었다. 그러나 이 글들에서 교장들의 말은 아무리 보편적인 담론을 대변한다고 하더라도 인용 부호로 묶인 개인의 것으로 남는다.

> 「貴校의 敎育 主旨는 무엇이오닛가」
> 校長은 두 팔구비로 卓子에 기대고 나를 凝視하며 가늘고 부드러은 소리로
> 「只今 朝鮮 사람은 저 한 몸 잇는 줄만 알고 社會라는 思想이 업서서」
> 조곰 間隔을 두엇다가 「社會性을 注入하기로 힘쓰지오 (…중략…)」[46]

교장 최린과 취재 기자인 이광수의 인터뷰 장면이다. 교육 주지를 묻고 그에 대답하는 아주 평범한 문답 중 하나지만, 취재자는 최린 교장의 교육 이념뿐 아니라 그 교육 이념이 어떤 자세와 어떤 목소리와 어떤 흐름으로 전개되었는지 글로 재현하고 꼼꼼한 지문을 삽입한다.

그리고 개인의 것으로 축소된 이 목소리의 남은 부분을 차지하는 것

---

46) 외배, 「중학교 방문기―보성학교」, 『청춘』 3호, 81면.

이 바로 교육 현장이다. 오성학교에서는 "아침 겨운 햇빛이 칠판 건너 벽에 강하여 가는 광선"을 들이쏘는 시간에 선생은 "명철한 어조와 창달(暢達)한 사지(辭旨)"로 가르치고 40명 학생들은 "새 정신"으로 대수(代數) 수업을 듣는다. 일본어 서한 시간에 선생은 "숫자를 쓰고는 괄호를 치고 본문을 쓰고는 방훈(傍訓)을 달"고 학생들은 "그 손끝을 따라가면서 베끼기에 얼없"다. 중앙학교의 조선어 시간에는 "시문(時文)의 교안"이 "일종 특색 있는 자체(字體)"로 "칠판에 소나기 퍼"붓듯 써 놓여 있고, 화학 시간에는 "때묻은 시험복 입은" 선생이 "일소대나 됨직한 약병을 앞에 거느리고" 실험을 하고 있다. 이처럼 열기로 가득한 수업 시간을 '직접 보여주는' 것이, 또 다른 계몽의 방법이 된다.

보여주기 방식은 수업 시간뿐 아니라 학교라는 공간에도 적용된다. 중앙학교는 "안현(安峴)에서 별궁 서원(西垣)을 끼고 쭉 올라가다가 이마가 거의 맞닥뜨릴 뻔한" 곳에 닿아 "눈을 오른편으로" 돌리면 보이고, 배재학당은 "중추원 지나 토지조사국 지나 새문 고개 가는 길을 내놓고 서(西)로 옴쑥한 골목"의 막다른 곳에 있다. 그런 길을 따라 학교에 다다르면, "유백색 구형(球形) 전등이 곤두서고 흙빛 새로운 운동장"의 "회색 목조 양관(洋館)"인 보성학교 건물, "고래등 같은 기와집 여러 채가 넓은 마당 줄행랑에 싸여 있는" 오성학교, "검정 칠한 판장(板墻)이 둘리고 기백 년 춘풍추우(春風秋雨)를 겪은 국풍노옥(國風老屋) 몇 채의 유리창 저고리를 입고 있는" 중앙학교 건물, "네모반듯하게 붉은 새 옷 입은 어여쁜 층집"인 배재고보의 신강당과 "그 옆으로 고색창연한 엄천한 평집"인 배재학당의 구교사(舊校舍)가 보인다. 이광수가 쓴 보성학교 방문기의 경우 짧은 문장으로 학교라는 공간을 구성하는 건물, 풍경, 선생과 학생들의 모습을 유연하게 재현하고 있는 반면 나머지 최남선의 방문기들은 다분히 요약과 비유, 과장에 의지한다는 차이가 있기는 하지만, 기본적으로 이 글들은 '학교를 재현'하는 방식으로 계몽의 목적에 다가가려는 의도에 일정 수준 이상으로 도달한다.

한편 연설회나 토론회의 경우는 학교와 달리 지속적으로 존재하는 세계가 아니므로, 『매일신보』의 「학교역방」란 같은 지면이 마련될 수는 없었다. 대신 몇 월 며칠 어디에서 개최된다는 식의 소개 기사나 연사의 연설을 요약하는 방식의 글로 연설회·강연회는 꾸준히 신문 잡지의 지면에 오르내렸다. 『신문계』에는 방문기일 듯한 '~강연회에서'라는 표제의 글이 몇 편 게재되기도 하지만, 강연 내용을 요약 정리하는 일반적인 방식이 그대로 채택된다. 4권 4호(1916.4)에 실린 이륙(二六) 생의 「진흥부인회 강연회에서」의 경우 글쓴이는 "경성종교남감리교회(京城宗橋南監理敎會) 부속 진흥부인회에서 3월 6일(일요) 하오 7시 반에" 개최되는 강연회에 참석하였다는 것을, 그리고 스스로 "이러한 미팅에 참여하기를 즐겨" 한다는 것을 말하면서 '보고 들은 바'를 강조한다. 부인회 회장 "김 말리샤 부인"의 개회인사와 "배화학당장 행킨스 씨의 독창"을 소개하고 강연회 연사로 참석한 "박인종 군"의 연설 시작 부분에 인용 부호를 표기한 것을 보면, 정말로 '보고 들은 바'만을 기록할 듯이 보인다. 그러나 "박인종 군"의 연설이 시작되면서 '참관'의 표지들은 사라진다. 연설의 끝에는 인용 부호가 닫히지 않으며 연설 내용의 끝부분과 서술자의 언어는 섞여버린다.

보고 들은 현장의 재현과 관련하여 역시 주목되는 것은 『청춘』에 실린 토론회 취재기, 운동회 참관기이다. 1914년 12월 5일 청년회관에서는 〈육학교 학생 연합 대토론회〉가 열렸다. 토론의 주제는 당시 많은 글들에서 다루어지던 문제인 '학문을 성취하는 데 근면함이 중요한가, 재능이 더욱 중요한가'였다. 이 토론회 취재기[47]에서는 보성·청년·배재·휘문·오성·경신 여섯 학교의 학생 연사 18명이 각각 어떤 논지의 연설을 했는가를 물론 요약하고 있다. 그러나 이 글에서 더 중요하게 부각되는 것은 연사들의 입에서 나오는 토론 내용이 아니라 이들의 모습

---

47) 일(一) 기자, 「육교(六校) 학생 연합 대토론회 기사」, 『청춘』 4호, 1915.1.

이다. "처음에는 좌수(左手)를 내젓다가 나중에는 양수(兩手)를 다 내젓고 좀 더 고조(高潮)에 달하매 팔짱까지 끼고서 격언을 뭉텅이로 내놓고 선례를 모닥이로 퍼붓는" 모습, "연색(鳶色) 양복을 입고, 크도 않고 뾰족한 코를 단상에 노출하여 연해 고갯짓을 하고 능청스럽게 청중을 웃겨가면서" 자기 견해를 피력하는 재치 있는 모습 등, 토론회 현장을 눈에 보이는 듯 재현함으로써 이 글은 청년 학생들이 지닌 열띤 분위기로 독자들의 배움에 대한 열망을 고취한다.

잘 알려져 있다시피 연설회장은 『설중매』 제2회에 일찍이 그 모습을 드러낸 바 있다. "새문 밖 독립회관"의 정치 연설회에서는 "백여 간 대청에 방청하는 사람이 가득하여 송곳 꽂을 틈이 없는데 정면에는 팔선탁자를 놓고 한 변사가 그 위에 서서 한참 연설"한다. "그 변사 옆에는 두 경무관이 복장에 칼을 집고 엄연히 교의에 걸터앉았으며 서기 1인은 손에 연필을 가지고 자주 연설의 대의를 필기하고 동벽에는 6~7장 되는 종이에 변사의 성명과 연설의 문제를 써서" 걸었다. 연설을 마친 연사는 "주먹으로 탁자를 두드리고" 단에서 내려오고, 뒤이어 올라가는 또 다른 소년 연사는 "탁자 위에 있는 유리병의 물을 차종에 따라 들고 여러 사람을 향하여 머리를 굽혀 예하고 바야흐로 입을 열어" 연설을 시작하려고 한다.48) 소설 전체의 구도는 스헤히로 뎃초[末廣鐵腸]의 『설중매』(1886)를 번안한 것이겠지만, 최원식에 의하면 이 경관은 독립협회의 토론회가 대중화되는 1897년 말에서 1898년 초의 연설장을 직접 그 대상으로 했을 가능성이 크다.49) 다만 장면을 끌어내는 데에 '이미 존재하는' 텍스트를 참조해야 했다는 점, 그리고 상당한 시일이 지나 글로 만들어진 탓에 작자 개인의 '보고 들은 바'를 넘어 그때 그 시절에 대한 두드러지는 이미지로 재구성되었으리라는 점은, 여전히 고려되어

---

48) 『설중매』, 회동서관, 1908, 7~9면.
49) 최원식, 「번안의 의미―『설중매』 연구」, 『한국계몽주의문학사론』, 소명출판, 2002, 221~222면 참조.

야 할 것으로 남는다.

학교와 연설회장을 재현하는 글들은, 신문·잡지를 학교와 연단으로, 기사를 수업 내용과 연설 내용으로, 독자 자신을 학생이나 청중으로 상상하도록 만드는 글들과 조직 방식이 다르다. 후자의 부류는 특정 맥락이나 공간, 그리고 그와 관련되는 특정 공동체를 '상상'하는 것을 텍스트 구성의 핵심 요건으로 삼는다. 그러나 학교·연설장이라는 공간과 수업 시간과 연설이 이루어지는 시간, 자기 이념이나 생각을 말하는 교장과 연사의 표정과 몸짓을 상세하게 재현하는 이 글들은 독립적이다. 텍스트 안에 학교도 회장도 선생도 연사도 학생도 청중도 배우고 듣는 내용도 다 들어 있으므로, 독자들은 텍스트를 대할 때 어떤 공간을 상상으로 떠올리고 그 안으로 들어가는 대신, 텍스트가 재현하는 세계를 눈앞에 떠올리면 된다. 이 글들을 읽는 데에는 또한 학생 공동체의 일원, 청중 공동체의 일원이라는 가정도 필요하지 않다. 부랑아나 기생이라도 이 글의 독자가 되는 데는 부족하지 않으며, 집에서 읽거나 길에서 읽어도 상관없다. 독자가 할 일은 학교라는 무대 속으로 들어가 가상으로 학생을 '흉내'내는 것이 아니라, 학교와 학생을 눈앞에 '재현'하는 것이다. 계몽의 방식은 설득하기에서 보여주기로 이동되고, 독자는 계몽 공간 '안'에서 그 분위기를 체득하는 대신 그 공간 '밖'에서 그 안의 일들을 바라보게 된다. 이런 방식으로 시공간적 일회성은 텍스트 안에 그 흔적을 남기게 된다.

'일상'에 비교적 근접한 세계의 재현 방식과 관련하여 또 하나 짚고 넘어가야 할 문제는, 그 세계 안에 존재하는 인간들이 다루어지는 방식에 관한 것이다. 방문기·취재기의 글들은 일차적인 관심사가 학교·연설회·운동회 등의 특정한 세계이지 인간 자체는 아니다. 그러나 금강산이나 기자묘 등의 여행지와 달리, 이 세계는 건물이나 나무만으로는 이루어지지 않는다. 그 세계는 인간들을 중심으로 구성된다. 이때 인간은, 정해진 세계의 '구성물'로 등장한다. 방점이 학교·연설회·운동회 등에 놓여 있기 때문에 인간은 자체적 존재로 글 속에 형상화되는 대신 세계를 구성하는 소품으로 처리된다. 교장, 선생, 학생, 연단의 강사, 청중, 운동선수 등에게는 그들 자신의 고유한 얼굴이 없다. 이광수나 조중환의 기행문에서 인간이 풍경의 소품 역할을 했던 것처럼, 특정세계를 강조하는 방문 취재기가 아무리 생생하게 현장을 강조하더라도 그 안의 인간들은 사물에 가깝다. 관점을 돌려 '인간'에 초점을 맞추는 글들을 살피려는 것은 이런 이유에서이다.

2. '사실'에 대한 이념의 인력—개별자의 재현

한문 글쓰기와 구연물에서 다루어지는 인간들은 넓은 의미에서 '공동체적'이었다. 가령 한자문화권에서 인간의 삶을 다루는 대표적 장르인 '전(傳)'의 경우, 선행이나 미덕을 표창하고 악행을 폄징하여 역사 속에 길이 전하는 것을 장르적 책무로 삼는다. 그러므로 그 장르적 순수성과 안정성에 충실할 경우 유학의 이념은 유일무이한 기준으로 작용한다. 충신·일사(逸士)·효자·열녀 등이 주로 입전인물로 선택되고, 문체는 엄숙하고 장중한 것을 그 특징으로 한다. 이 장르는 '유교공동체'의 산물에 해당한다. 17세기 이후 장르 규범성이 흐트러지는 면모가 나타났더라도, 그것이 장르 자체를 통째로 붕괴시킬 만한 것은 아니었다는 사실 역시 그 공고한 이념성을 짐작하게 해준다.[50]

구술성에 기반한 텍스트의 경우는 '입에서 입으로'라는 구전적 요소가 인물 형상을 규정하는 최저 심급으로 작용하였다고 볼 수 있다. '입

---

50) '전(傳)'에 대해서는 다음 논문을 참조하였다. 박희병, 「조선 후기 '전'의 소설적 성향 연구」, 서울대 박사논문, 1991, 1~81면.

에서 입으로’ 이야기가 전해지는 동안 이야기의 질료 혹은 기원이었던 사실은 그 흔적이 사라지게 되는데, 이야기를 향유하는 공동체와 이야기 속의 인물들이 맺는 관계는 대부분 이러한 성격으로부터 비롯된다. 기억술에 도움이 되도록 인물은 “기념비적이고 잊기 어려운”, 그러면서도 “판에 박은 듯한 모습”으로 유형화되어야 한다.[51] 또한 이야기꾼과 이야기를 듣는 사람의 경험이 이야기의 결 속에 녹아들 수 있는 것도[52] 서사시 속의 인물이 공동체의 운명에 단단히 묶여 있는 비범한 자인 것도[53] 일차적으로는 ‘입에서 입으로’ 전해지는 동안 그 인물이 감각 지각적 사실성으로부터 자유로워졌기 때문에 가능한 것이 된다. 이때 인물은, ‘근대인의 눈으로 보기에’ 비현실적인 방식으로 직조된다.[54] 대부분의 고소설들이 중국을 무대로 하고 있다는 점, 비현실적 공간을 무대로 한 영웅담의 성격이 강했다는 점은 이와 관련하여 좋은 참조가 된다. 현실적 성격이 강한 「춘향전」조차도, 그 시간적 배경은 “숙종 대왕 즉위 초”로 “금고옥적은 요순시절이요 의관문물은 우탕의 버금”인 태평성대로 설정되어 있다.

　신문·잡지 등의 인쇄물이 등장한 이후에도, 이러한 경향은 한동안 계속되었다. 광무·융희 시대에 텍스트화된 인물 형상은 대부분 인물화된 이념체, 혹은 현실을 ‘넘어선’ 영웅이다. 이 시기의 인물 기사들은 ‘전’의 서술 체재에 의거하거나 여항에 떠도는 야담의 서술 체재에 의해 기록된 것으로 대별될 수 있는데[55] 이들은 우리와 같은 층위에 있는

---

51) 월터 J. 옹, 이기우·임명진 역, 『구술문화와 문자문화』, 문예출판사, 1995, 110~111면.
52) 발터 벤야민, 반성완 편역, 「얘기꾼과 소설가」, 『발터 벤야민의 문예이론』, 민음사, 1983, 170면.
53) 게오르그 루카치, 반성완 역, 『소설의 이론』, 심설당, 1985, 85~86면.
54) ‘근대인의 눈으로 보기에’라는 단서를 붙인 것은, 향유되던 자들에게 그것은 ‘판타지’가 아니라 ‘현실’이었을 수 있기 때문이다. 이에 대해서는 위에 인용한 루카치의 저서를 참조할 수 있다. 한편 다음 글은 루카치가 서사시와 소설을 바라본 것과 비슷한 관점으로 한국의 고소설과 신소설들을 대비해서 논했다. 권영민, 「근대소설의 기원과 담론의 근대성」, 『서사양식과 담론의 근대성』, 서울대 출판부, 1999.
55) 김찬기, 「근대계몽기 신문 잡지 소개 인물 기사 연구」, 『근대계몽기 단형서사문학

인간은 아니다. 을지문덕, 이순신, 최도통, 김유신, 박제상, 나폴레옹, 표트르 대제 등은 공동체의 운명을 책임진 위대하고 비범한 영웅들로 현재의 시공간을 초월한 존재들이다. 당대 실존 인물들을 다루는 기사들의 경우에도 그 성격은 기본적으로 다르지 않아서, 민영환과 정재홍은 동시대를 같이 산 한 개인이 아니라 충(忠)의 이념으로 수렴되는 반(半)영웅에 가깝다. 또 집중 비판의 대상이 되었던 이완용·송병준 등의 매국노들은 세속적 범죄자가 아니라 공동체를 위기로 몰아넣는 안티 히어로에 가까웠다고 할 수 있다.

'사실'임이 유별나게 강조되는 텍스트들의 경우도, 이 '사실'의 의미가 인물들의 개체성으로부터 비롯되었다고 보기는 어렵다.

①이 아래 記錄하난 말삼은 터럭만콤이라도 小說的 修飾을 더하지 아니한 實談이라 내가 이를 譯述함은 써 아래목에서 웃목까지 가기도 萬里遠征이나 하난 듯하게 녀기난 옷밥씨름ㅅ군들에게 刺激劑가 될가 함이로라

②근일에 져슐흔 박졍화 화셰계 월하가인 등 슈삼종 쇼셜은 모다 현금의 잇는 사롬의 실지샤젹이라 독자졔군의 신긔히 넉이는 고평을 임의 만히 엇ㅅ거니와 이졔 쏘 그와 굿튼 현금 사롬의 실젹으로 화의혈(花의血)이라 ㅎ는 쇼셜을 시로 져슐홀시 허언랑셜은 한 구졀도 긔록지 안이ㅎ고 뎡녕히 잇는 일동 일졍을 일호차착업시 편즙ㅎ노니 긔자의 지됴가 민쳡지 못흠으로 문쟝의 광치는 황홀치 못홀지언졍 ㅅ실은 젹확ㅎ야 눈으로 그 사롬을 보고 귀로 그 ㅅ졍을 듯는 듯ㅎ야 션악간 죡히 밝은 거울이 될만홀가 ㅎ노라56)

<hr>

연구』(연세대 근대한국학연구소 편), 소명출판, 2005, 279면. 한편 근대소설의 형성을 전 장르와의 관련 속에서 집중 탐구한 저서로는 같은 저자의 『한국 근대소설의 형성과 전(傳)』(소명출판, 2004)이 있다. 이 연구는 전통적 전을 계승한 텍스트를 '사실 지향적 전'으로, 조선 후기에 허구성과 흥미성이 강화되며 형식적 변이를 보이기 시작한 전에 잇닿아 있는 텍스트를 '허구 지향적 전'으로 유형화하였다. 이 연구서가 제시해 놓은 목록을 볼 때 전자가 후자보다 압도적으로 많다.
56) 「육삭일망간탑빙표류담(六朔一望間搭冰漂流談)」, 『소년』 2년 1권, 1909.1, 54면; 이해조, 『화의 혈』, 오거서창, 1912, 1면.

앞에서도 잠시 다룬 바 있는 ①은 북극탐사 일행이 조난을 당하여 6 개월 15일 간 빙하를 타고 표류한 이야기의 서언이다. ②는 당대 작가의 흔치 않은 소설론으로 자주 인용되는 이해조의 『화의 혈』 서언이다. 두 글은 "터럭만큼이라도", "한 구절도 기록지 않고" 등의 수식구를 동원해 가며 앞으로 할 이야기가 '오로지 사실'임을 강조한다.

그러나 이 글들이 사실과 맺는 관계는 『서유견문』에서 견문 경험과 견문 기록이 갖는 관계와 비슷하다. 『서유견문』의 '견문'이 책 속에 기록된 내용보다는 작자가 실제로 견문을 했다는 사실을 지시하고 있듯이, 이 글들에서 강조되는 '사실'도 글 속에 재현된 내용이라기보다는 그 질료가 되어준 사건의 존재성을 가리킨다고 보는 것이 타당하다. ①의 경우는 번역되기 전의 외국어 기사가 그 사실성을 담보한다. 연재 뒷부분의 "절간에 불상 모양 길가에 미륵 모양으로 입 다물고 손 묵고 정신없이 앉았던 여러 사람들이 이 소리를 듣고 누가 생맥군자탕이나 장복하여 새 기운이나 나는 듯이"(『소년』 2년 4권, 53면) 같은 표현이, 외국 기사를 사실 그대로 번역할 것일 수는 없다. 그러면서도 작자가 꾸며 쓴 것은 "터럭만큼"도 없다고 말할 수가 있다. ②에 대해 임화는 "실제로 당시에 있던 인간의 실사적(實事蹟)을 '모델' 삼아 쓰지 아니했다 하더라도 가구(架構)의 사실을 실사실과 같이 보여야 한다는 소설문학의 원리를 신소설 위에서 새로 살리려고 이상(理想)한 것"[57]이라 부언하며 근대소설적 '개연성'과의 접합점을 찾으려 시도했지만, 오히려 이와는 거꾸로 해석하는 것이 이해조의 의도에 근접하는 것이라 할 수 있을 것이다. 『화의 혈』에는 실제 모델로 존재했을 법한 "전라남도 장성군"의 기생 "선초"와 세금을 횡령하고 재판을 받는 "이시찰"이 등장하지만, 이들의 이야기는 「춘향전」의 구조와 유사하고 몇 가지 다른 소설들을 연상시켜서 "저명한 고대소설 몇 편의 단편이 모아진 종합체적 작품"[58]이라고 평가되

---

57) 임화, 「신소설의 대두—속(續)신문학사」 4회, 『조선일보』, 1940.2.7.
58) 전광용, 『신소설 연구』, 새문사, 1986, 214~217면.

기도 하였다. 이때 '사실'은 글을 시작하게 만든 모티프로서 이야기의
윤곽을 정할 뿐 글쓰기 자체를 규율하는 원리로 작용한다고 할 수는 없
다. 「춘향전」·「흥보전」·「박문수전」 등의 주인공이 실존인물이었다는
확정적인 증거가 나오더라도 그 서사적 전개 원리가 모델과 사건의 실
재성에 구속되지 않는 것과 마찬가지다.

　이 텍스트들에서는 글쓰기 주체와 글쓰기의 모델 사이에 매개물이
개입한다. ①의 경우는 외국어로 된 텍스트가 그것이고, ②의 경우는 이
야기책의 장르 관습이 그것이다. 이 매개물들은 구전 과정을 여러 번
거칠 때 일어나는 것과 같은 비슷한 효과를 만들어낸다. 그러므로 이
중간 과정을 걷어내어 글쓰기 주체와 글쓰기의 모델이 된 대상이 직접
화된 것처럼 보이도록 만들려는 시도는, 모티프의 차원을 넘어 사실 모
델의 존재성을 글쓰기의 규율 원리로 확장하는 작업이라고 볼 수 있다.
글의 재현성, 그리고 개별자적 인간 형상이 전경화되는 것은 이 지점이
기도 하다.

　이해조는 또 다른 글에서 자기 소설이 "허탄무거"하다는 비판에 대
해 "소설의 성질이 눈에 보이고 귀에 들리는 실적만 들어 기록하면 취
미도 없을 뿐 아니라 한 기사에 지나지 못할 터인즉 소설이라 명칭할
것이 없"다고 말하기도 했다.[59] 그에게 소설의 본질이란 '신기한 이야
기'이며, "눈에 보이고 귀에 들리는 실적"은 신기한 이야기를 위한 소재
혹은 이야기의 촉발점에 불과하다. 소설의 원리와 사실의 원리는 별도
의 것이며, 사실의 원리를 따르고 있는 것은 "기사"이다.

　'사실'의 문제와 관련하여 신문의 삼면기사가 관심을 끄는 것은 이런
이유에서이다. 독자들의 삶과 '무관하게' 호기심을 불러일으킬 만한 정
보를 제공하는 「잡보」나 「특별」란의 기사들에서는, 기자가 사건에 얼마
나 가까이 다가갈 수 있는가 하는 것, 글쓰기 주체가 글쓰기 대상을 직

---

59) 「탄금대」 38회(마지막 회), 『매일신보』, 1912.5.1, 4면.

접 보고 들었는가 하는 것이 글의 질을 높이는 주요 기준이 된다. 『매일신보』는 점차 근대적 신문의 면모를 갖춰나갔다. 대구지국·평양지국 등 지방에 지국이 설치되어 각 지역의 소식이 '정확한 정보'에 가깝게 기사화되었고, 삽화의 삽입이 지면의 필수적 조건이 되기 시작했다. 1912년 3월 1일의 대대적인 체재 개편은[60] 이런 변화들을 수렴한 지점에서 이루어진 것이다. "소문의 차원에서 유통"[61]되던 초창기 신문의 잡보 기사들 역시 신문 발간의 변화된 여건과 함께 '입에서 입으로' 전해지는 이야기에서 점점 멀어지게 된다.

1) 개별자와 이념체의 봉합—신문기사와 인물 형상

이념의 삼각 모형

근대적 설비와 교통망이 어느 정도 갖추어진 후라고 해도, 신문기사들은 많은 경우 재래의 이야기 방식에 의지한 채 '~하다더라' 식의 간접인용식 어미를 채택하고는 했다. 그러나 사건 기사의 경우 육하원칙이 나름대로 충실히 지켜지고 시작하고, 인물 기사의 경우도 그 사람의 이름·나이·주소·직장 등이 꼼꼼히 기록되는 점 등의 변화가 눈에 띄게 된다. 입에서 입으로 전해지는 이야기에서 그 기원이 사라지는 것과 달리, 신문기사에서 글의 모델이 된 사실세계는 변경될 수 없는 원천으로 존재한다. 인물의 기사화에 구연물의 컨벤션이 강한 인력으로 작용하고 있음은 부인할 수 없는 것이나, 기사의 질료로서 현존하는 '사실'은 신문이라는 미디어와 함께 텍스트의 핵심 자질로 부상한다. 글쓰기의 모델이 된 개별자의 실명을 거론하는 신문기사의 방식은 동시대 인물의 동시대성을 포착하고 재구성하려는 경향을 보이는 것이라 할 수

---

60) 제3장 1절, 105~106면 참조.
61) 권보드래, 『한국 근대소설의 기원』, 소명출판, 2000, 210면.

있다.

그러나 1910년대에 온전한 신문의 모습을 갖춘 단 하나의 매체였던『매일신보』는, 편집 주체의 의미 기준이 강력하게 수렴된 인물 표상을 원래 모델, 즉 살아 있는 실제의 사람과 동일시하게 만들었다. 그 기준은 일차적으로 '세속적 선(善)'으로 수렴된다. 이 기준에 의해 재현되는 인물은 거칠게 셋으로 유형화되는데, 모범자형, 타락자형, 불쌍한 자형이 그것이다. 이 중 모범자형과 타락자형은 영웅과 악당의 속화된 형태라고 볼 수 있다. 그리고 타락자형은 내러티브적 연관 속에서 불쌍한 자 유형의 인물들과 또 다른 대립항을 이룬다. 동시대를 함께 살아가는 인간을 보여주는 것인데도 불구하고, 이야기 속 인물의 이념적 속성이 세속적으로 전용되는 것이다.

먼저 '모범자'형 인물 표상부터 살펴보기로 하자. 1910년대의『매일신보』기사의 제목에서 가장 많이 나오는 단어 중 하나는 "모범"이다. '모범'의 속성에는 효(孝)·열(烈) 같은 유교적 가치도 포함되지만, 그 핵심 내포는 '부지런함'이었다. 어려운 가정 형편에도 불구하고 주경야독으로 공부해서 우등 성적으로 학교를 졸업, 현재 "영등포 금융조합"의 사무원으로 성심껏 근무하는 19세 청년이 "일반 청년의 모범될 인물"로 소개되는 것에서 볼 수 있듯62) 열심히 공부하고 열심히 일을 해서 먹고사는 데에 부족함이 없는 소시민이 된 자들이 조선인의 모범으로 흔히 다루어졌다.

이러한 이들보다 좀 더 스케일이 큰 인물로 설정된 경우에도 사정은 크게 다르지 않았다. 1912년 12월 4일에서 다음 해 3월 19일까지 이 신문에는 '조선인물관'이라는 지면이 박스로 처리되어 연재되는데, 여기서 다루어지는 인물들 역시 대부분 자수성가한 실업가나 성실한 관리들이다. "조중응(趙重應) 자작"처럼 이미 상당한 권력과 부를 획득하여

---

62) 「가작청년지범(可作靑年之範)」,『매일신보』, 1912.7.3, 3면.

널리 알려진 사람들도 포함되었지만, 이런 저런 기술을 익혀 번 돈으로 경성에 처음으로 전당국을 연 "전당국의 원조" "정태환"(1912.12.6), 경험 많은 "김화군의 모범 면장" "염장우"(1913.1.30) 등 체재 질서에 잘 적응하며 열심히 일하는 소시민이 긍정적 인간 유형의 가장 대표적인 경우였다. 전당업의 생리에 익숙해지지 않은 조선인들이 섣불리 돈을 빌렸다가 거리로 나앉는 일이 부지기수였어도, 전당국 운영은 일본인들이 독점하던 '선진적' 직종이었으므로[63] 전당국 주인이 부지런하기만 하면 '모범'으로 불리기에 모자람이 없었다. 이때 효·열·우애·신의 등의 덕목은 '부지런함'이라는 자질을 빛내는 보조 기능을 담당한다. "가정의 어진 아내와 착한 모친됨"에만 만족치 않고 "공익심"으로 여학교 교장 임무를 맡은 여성을 "현대적 모범 여사"로 소개하기도 하지만[64] 어디까지나 여기서 강조되는 '공익성'은 개인의 삶을 훼손하지 않는 한에서 명예를 높이는 자질에 해당한다.

이들은 고립된 개인이 아니라 공동체와 관계된 개인이다. 이들이 기사화된 이유는 다른 공동체 구성원의 '모범'으로 선택되었기 때문이다. 그러나 역설적으로 이들이 공동체의 '모범'으로 선정된 것은, 대아(大我)를 위해 소아(小我)를 버리는 대신 개인의 부와 명예를 최고의 가치로 여겼기 때문이다. 소시민적 삶 자체가 문제 아니라, 소시민적 삶의 양식이 '모범'으로 다루어진다는 것이 바로 이 시기 인물 기사에서 문제적인 지점이다.

'모범자'형의 대타항을 이루는 '타락자'형도 유사한 방식으로 설명이 가능하다. 이 유형의 핵심 내포는 허영과 낭비, 게으름이다. 부모의 엄중한 감독으로 돈을 쓰지 못하게 되자 친구가 지닌 공금을 훔쳐 요리집에 가서 놀고 구두와 모자 등을 사버린 평양 재산가의 자제 "김은영",

---

63) 손정목, 「개항기 한국거류 일본인의 취업과 매춘업·고리대금업」, 『한국학보』 6권 1호 (통권 18호), 1980년 봄, 112~116면.
64) 「현대적 모범 여사」, 『매일신보』, 1913.4.16, 3면.

착실한 남편과 달리 "여학생 모양으로 가장하고 책보까지 옆에" 끼고 "당당한 남의 청년들을 유인하여 그 간장을 떼어먹으려고 여우같이 살살 돌아"먹다가 간통장면이 발각된 "가장 여학생 홍성녀" 등65) 생산과 축적에 복무하지 않고 소비와 놀이에 치중하는 삶은 가장 부정적인 인물형으로 간주되었다.

모범 인물들의 모범성이 일신의 안존에 있었던 것과 같이, 이 유형의 "부랑방탕"함이 '악(惡)'이나 '추(醜)'로 의미화되는 것도 허영과 낭비가 개인적 '패가망신'의 지름길이라는 데에 있다. "김은영"에 대한 기사에서 제목의 "말로(末路)"라는 단어가 알려주듯, 이 기사에서 강조하는 것은 소비의 욕망을 조절하지 못하면 아무리 재산가의 자제라도 도둑으로 몰락하여 체포되는 지경에 이른다는 것이다. 한편 여학생으로 가장하여 다니던 "홍성녀"는 간통 장면이 발각되어 파출소에 잡혀가 만천하에 훈계를 들은 이후로는 부끄러움을 못 이겨 "정신없는 미친 자의 모양으로 사방을 돌아다"니는 몰락의 길을 걷는다. 이 부정적 인물형은 더 이상 공동체를 위기에 빠트리는 반(反)영웅 계열의 인물이 아니라 그저 '일상의 속물'이다.

이러한 부정적 인물형의 제시를 가장 극적으로 보여주는 경우가 "손병희"에 관한 기사다. 대체로 모범형 인간들을 다루던 「조선인물관」란에서 손병희는 유일하게 부정적 인물로서 소개된다.66) 부정적 인물형으로라도 손병희가 「조선인물관」란에 다루어졌다는 것은 당시 대중에 대한 이 사람의 영향력이 결코 무시될 수 없는 것이었음을 짐작케 한다. 이 글에서 흥미로운 것은 "괴물" 손병희가 비판의 대상이 되는 방식이다. 천도교주인 손병희는 "신화적 예언과 최면술적 마법"으로 우매한

---

65) 「부랑악소(浮浪惡少)의 말로(末路)」, 『매일신보』, 1913.6.17, 3면; 「가장학생추행(假裝學生醜行)」, 1913.10.7~8, 3면.

66) 「조선인물관―반도의 예언자 반도의 최면술객 천도교주 손병희 씨」, 『매일신보』, 1913. 1.9, 2면.

대중을 현혹한다. 그의 힘은 "미신"을 퍼트리는 데서 나온다. 여기서 손병회에게 부여되는 의미는 문명개화의 반대항으로서의 구습의 전파자다. 또한 그가 대중에게 "예언자"로 통하게 된 것은 교금(教金) 10여만 원을 뿌렸기 때문이다. 그는 부지런히 일하고 저축하는 덕목의 반대 입장에서 "허영 공화(空華)"와 황금만능주의를 조장하는 자이다. 1년여의 시간이 지난 후 손병회는 또 한 번 기사화되는데 이번에 그는 "더러운 쾌락"을 일삼는 "부랑자"가 된다(아래 사진). 그는 우이동 앵화촌의 봉황각에서 "어여쁜 계집"과 "아름다운 술"에 둘러싸여 살고 "추문염설"이 떠나지 않는다. 그와 명기(名妓) 주산월의 만남은 "화류계의 괴수와 종교계의 음란한 괴수"의 만남으로 의미화된다. 손병회는 여자와 술에 미치고 돈을 물신화하는 근대문명 속 타락자의 전형인 동시에, 근대적 가치의 유입을 방해하는 구습의 전도사다. 모순되는 두 가지 악의 의미항이 손병회를 규정한다.

　손병회가 실제로 편집 주체 혹은 글쓰기 주체의 적이 되는 것은 권력의 차원에서이다. 그런데 그가 적으로 의미화되는 방식은 대중적 풍습, 혹은 개인적 도덕의 차원에서이다. 대중들에게 누군가를 부정적 인간형

『매일신보』, 1914.5.16, 3면. 손병회와 기생 주산월의 스캔들 보도 기사.

으로 각인하는 방식은, 정치적 입장의 차이를 부각하여 그를 공동체의 질서를 흐려놓는 악당으로 만드는 것이 아니라, '더러운 이미지'를 그 인물에게 덧칠하는 것이다. 손병희를 의미화 하는 『매일신보』의 작업이 성공적으로 이루어질 때, 개별자 손병희는 더러운 부랑자라는 세속적 이미지로 굳어지게 된다.

'타락자'형은 '모범자'형과 대립항을 이루기도 하지만, 그 부정적 속성은 '불쌍한 자'를 또 다른 유형으로 조직해낸다. 타락자의 가족들이 주로 이 유형에 해당하는데, 이들은 타락자들에 의해 어쩔 수 없이 몰락한 인생을 살게 된다. "주색잡기"에 몰두하는 "부랑잡배" "김인환"의 가족은 극도의 빈곤에 시달리고, 그와 살림을 차렸던 17세 여성은 돈이 궁해지자 그의 강요에 못 이겨 "이 세상 최후의 추업(醜業)이라는 타매(唾罵)를 받는 색주가 영업을 개시"하는 지경에 이른다.[67] 딸을 부잣집 첩으로 들여보내 한 몫 보려는 "악독한 어머니"의 포탈에 의해 그 딸은 남편과 어쩔 수 없이 이혼하고, "밀매음"을 하라는 강요를 견디다 못해 유서를 남기고 자살한다.[68] 기생 "취향"은 작년에 100원에 팔려 기생이 되었는데 이제 또다시 팔려 "화개동 갈보촌"으로 가는 중이다. 딸을 판 아버지 박순필은 딸 판 돈으로 "화양이라는 계집을 사서 매음영업에 종사"한다.[69] 이 유형의 인물들은 대체로 불가피하게 가난과 매음에 노출된 여성들이다.

'불쌍한 자' 유형이 전경화될 때 독자에게 요구되는 감정은 "동정의 눈물"이다. 이때 글 속의 '불쌍한 자'와 글을 읽는 '동정하는 자'는 또 다른 대응항을 이루게 된다. '동정'이라는 감정선은 유형화된 모델들 사이에서 독자들의 위치를 정확하게 나타내주기도 한다. 고통에 대해 동정할 때, 이 감정은 감정 주체를 도덕적으로 우월한 자리에 위치시킨다.

---

67) 「탈륜악한(脫倫惡漢)의 구인(拘引)」, 『매일신보』, 1913.8.16, 3면.
68) 「오호박명홍안(嗚呼薄命紅顔)의 천고원혼(千古冤魂)」, 『매일신보』, 1913.6.26~6.28, 3면.
69) 「매녀매창(賣女買娼)」, 『매일신보』, 1914.6.26, 3면.

또한 동정은 스스로 고통에 노출되지 않는 자들만이 가질 수 있는 감정이다. 그런 점에서 이 감정 주체는 현실적 처지의 면에서도 우월한 위치에 있다고 볼 수 있다. 이때 동정하는 자의 위치는 글 속의 긍정적 인간 유형인 '모범자'형과 겹쳐지게 된다. 부지런하게 일해서 먹고 사는 데에 부족함이 없는 소시민이 된 자만이 남을 동정할 수 있기 때문이다. 현실의 독자는 현실 속의 인물을 유형화하는 이 매체의 이념 모형 속으로 함몰된다. 대중 독자들이 자신의 위치를 무의식적으로 모범자형에 대입하는 순간, 현실로부터 추상된 이념의 삼각 모형은 그것 자체가 현실인 것처럼 오인될 가능성이 높아진다. 이것은 대중매체가 독자를 길들이는 방식이기도 하다.

삼면기사식 소설 쓰기

1912년 2월 9일부터 6월 20일까지 『매일신보』에는 시시때때로 "현상모집" 공고가 실린다. 그 결과로 1912년 한 해 동안은 약 40편에 가까운 "단편소설"들이 삼면에 게재된다.[70] 여기서 사용되는 "단편소설"이라는 용어는 서구 근대문학의 한 장르를 의식하며 쓰인 것은 아니다. 이 텍스트들은 전래의 소화(笑話)나 설화의 방식으로 내러티브를 간소하게 구축하거나 그에 가까운 모티프를 품고 있는 경우가 많다. 많은 신소설들과 마찬가지로 "작년 엄동설한을 못 이기어 말라죽었던 화초는 만발하여 각기 아름다움을 자랑하고 탐화봉접은 이곳저곳 날아다니고 아름다운 새소리는 봄소식을 전하려고 청아히 울음 울어 초목군생지물이 다 각기 즐기는데" 식의 관례에 기댄 계절과 날씨의 소개로 글을 시작하는 방식 역시 구연되는 이야기의 계열체 끝자락에 이 글들을 자리하게 만든다.

---

70) 1912년의 응모단편소설들을 다룬 선행연구로는 다음의 것들이 있다. 한점돌, 「1910년대 한국 소설의 정신사적 연구」, 서울대 박사논문, 1992, 88~103면; 한진일, 「근대단편소설의 형성과정 연구―1910년대 단편소설을 중심으로」, 성균관대 박사논문, 2002, 59~60면, 78~81면. 이 글들은 내러티브 구도나 인물형에 따라 텍스트 분류를 시도했다.

그러나 이 "단편소설"들에서 다루어지는 인물들이 기본적으로 일반 잡보 기사들의 인물 형상화 방식에서 크게 벗어나지 않는다는 점도 주목되어야 할 사항이다. 정도의 차이는 있으나, 한쪽 극을 기사화된 현실 인물의 형상으로 두고 또 다른 한쪽 극을 야담식의 짧은 이야깃거리로 본다면, 이 텍스트들은 대부분 그 사이의 어느 지점에 존재한다. 초반에 실린 텍스트들이 야담형에 가깝다면, 시기가 뒤로 갈수록 삼면기사식의 인물 형상에 무게 중심이 놓이는 경우가 많아진다.

삼면기사의 인물 형상 중 "단편소설"에서 가장 자주 등장하는 것은 '타락자'형이다. 다만 단편소설 텍스트들의 경우, 이 유형의 다른 버전이라 할 수 있는 '나태자' 유형이 함께 논의될 수 있다. 신체적 나태자들은 타락자 유형과 크게 다르지 않은 반면, 정신적 나태자들은 신학문과 신문물에 마음을 닫고 구습을 고수하는 모습으로 보여진다. 그리고 미신과 축첩은 항상 구습의 대표 격으로 선택된다. 다소간의 위험을 무릅쓰고 이러한 인물군을 '나태자'라고 부르려는 이유는, 구습을 지키는 것이 다만 '완고', 즉 융통성 없는 옹고집이라는 의미에 멈추지 않기 때문이다. 풍수지리에 미친 한 남자는 "필경은 가산이 탕패되어 사글세로 도라다니"는 신세가 된다. 명당 덕택에 주웠으리라고 생각하며 거리에서 들고 온 궤 속에는 "지폐" 대신 "오예지물"이 가득하다.71) 한 여자는 큰 굿을 벌이는 집마다 찾아다니며 자기 집안이 무당과 판수 때문에 "일패도지"하여 떠돌아다니는 신세가 되었다는 이야기를 들려준다.72) 구습에 빠진 자들은 이 구도 안에서 사상적으로 신 / 구의 대립을 불러일으키는 대신, 부지런해서 성공한 '모범자'들의 대응형으로서 '거지'가 되며, 그런 면에서 타락자 유형의 인물들과 같은 방식의 인생을 살아가게 된다. 나태자형이 일반 기사에서는 자주 찾아볼 수 없는 데에 비해 소설 텍스트에서 자주 찾아볼 수 있는 것은, 이 유형이 경찰이 동원되

---

71) 이철종, (무제), 『매일신보』, 1912.7.20.
72) 박용협, 「섬진요마(殲盡妖魔)」, 『매일신보』, 1912.8.29.

는 특별한 사건으로 돌출되기보다는 생활에 내재해 있는 경우가 많기 때문일 것이다.

불쌍한 자 유형은 인물 기사의 경우와 마찬가지로 타락자와의 연관 속에서 형상화된다. 복창병에 걸려 배가 부른 것을 외도에 의한 수태로 오해받은 "함경북도 길주군"의 한 여자는 자살을 택하는데, 주위 사람들의 "지식 없는 것"과 남편이 "난잡하게 시베리아에서 열두 해 놀던" 것이 그 원인이다.[73] 그러나 이 유형은 『매일신보』 단편소설의 경우에는 대체로 주변인물화되는 경향을 보이고, 잡지들에 실린 '소설' 텍스트에서 자주 전경화된다. 앞에서도 잠시 언급한 바 있는 진학문의 「쓰러져 가는 집」(1907)은 도박에 미친 남편 때문에 지리멸렬하게 살아가는 여인의 모습이 묘사된다. 무도(舞蹈) 생의 「재봉춘」(1911.1.1) 역시 이 소설과 똑같은 구조를 포함하고 있지만, 이 텍스트의 경우는 남편이 뉘우치고 노동세계로 복귀하여 잘 먹고 잘 살게 된다는 것이 강조된다. 한편 이광수의 단편 「무정」(1910)에서는 남편의 주색잡기와 자기 자리를 차지해 버린 첩 때문에 절망을 이기지 못하고 자살한 부인의 삶이 그려진 바 있다. 불쌍한 자의 파란만장하고 굴곡진 사연을 담기에, 신문의 2단 정도에 해당하는 분량은 적합하지 않았기 때문일 수 있을 것이다.

모범자형의 인물들은 그 '부지런함'이라는 속성이 "단편소설" 텍스트 전체를 관할하는 경우도 있으나[74] 타락·나태자들이 어떤 계기를 통해 쇄신된 경우로서 글 말미에 간단하게 소개되는 경우가 좀 더 일반적이다. 이 인물군의 모범성이 '공공성'을 완전히 배제하고 있다고는 할 수 없다. 특히 훈계조의 대화 안에서는 "국민적 직분", "국가의 동량", "공중의 이익", "우리 인류사회" 등이 주요한 임무로 할당되곤 한다. 그러나 실제로 이들 인물이 '모범자'가 되어 얻는 것은 일신의 안위다. 돈이

---

73) 「원혼」, 『매일신보』, 1912.9.5~7.

74) 김동훈, 「고학생의 성공」, 『매일신보』, 1912.9.3~4; 최학기, (무제), 1912.10.9; 조용국, (무제), 1912.11.3; 김석진, 「고진감래」, 1912.12.26~27.

떨어졌다고 기생들에게 박대당하던 한 남자는 늦게나마 가족의 존재를 깨닫고 일을 시작하여, "엿장사도 하고 군밤장사 퀄련 장사 왜떡 장사를 해서 초가를 헐고 삼층 양옥에 밤이면 풍금이요 낮이면 마차로 출입"하게 된다.75) 장사를 열심히 해서 가족을 호화롭게 살도록 하는 것이 '진정한 남자'의 일이다. 이 글들에서 문제적인 것은, 물질적 풍요로부터 비롯되는 화려한 삶과 자본주의적 욕망이 독자 대중들을 사로잡았다는 사실을 반영하고 있다는 것만이 아니다. 이데올로기의 측면에서 볼 때 이 글은 삼층 양옥에 살면서 풍금 타고 마차로 출입하는 삶으로 이미지화되는 욕망의 판타지를, 곧바로 '진(眞)'이나 '선(善)'으로 치환해 버린다. 세속적 욕망을 도덕적 선과 등가의 관계에 놓게 만드는 이러한 구조는, 열심히 일해서 부자가 되는 것은 근검성실한 데다가 선량하기 때문이고 비렁뱅이가 되는 것은 게으르고 타락했기 때문이라는 전형적인 자본주의 이데올로기를 적극적으로 생산하게 된다.

한편 이 "단편소설"들은 인물 유형뿐만 아니라 글 쓰는 방식 역시 잡보 기사로부터 빌려온 경우가 자주 눈에 띈다. 1912년 7월 12~16일 자 텍스트는76) 소화(笑話)의 방식으로 짜여 있다고 할 만한데, 내용을 간략히 요약하면 다음과 같다. 부인 김성녀는 사글세를 내라는 독촉에 시달리다가 옛 주인 이판서 대감을 찾아간다. 그리고 남편 황떠벌이가 죽었는데 장사치를 돈이 없다고 하여 돈을 얻는다. 남편 황떠벌은 그런 사실이 없음을 알리러 이판서 댁을 찾아갔다가 얼떨결에 마님에게 부인이 죽었다고 하여 같은 방식으로 돈을 얻는다. 이판서 부부는 과연 누가 죽은 것인지를 알아보기 위해 수선을 떨고, 김성녀와 황떠벌은 죽은 체 하느라고 황당한 소동을 벌인다.

그런데 김성녀와 황떠벌을 소개하는 첫 부분은 이 서사구조에서 다

---

75) 조상기, 「진남아(眞男兒)」, 『매일신보』, 1912.7.18.
76) 「단편소설」란에 실린 텍스트들의 약 절반가량은 제목이 없다. 이 글의 경우는 작자의 필명도 기재되지 않았다.

분히 독립적이다.

김성녀와 황쩌벌은 강원도 김화 태생으로, 화전을 일구며 생계를 이어가다가 장마로 밭을 잃고 살 길이 막막하여 서울로 올라와 어려운 살림을 시작한다. 두 사람의 이력은 당대 민중들의 곤핍한 삶을 비극적으로 형상화하는 데 어울릴 법한 것이다. 그런데 이 글은 두 사람을 어리석은 소동의 주인공으로 만든다. 황쩌벌은 하루 벌어 하루 술 사먹고 앞일을 생각 않는 멍청한 낙천주의자고 김성녀 역시 아무 대책 없이 임시변통으로 돈을 마련하는 데에 급급하다. 내러티브의 조직이 '입에서 입으로 전하는 이야기' 들 중 소화(笑話)의 원리에 맥을 대고 있다면, 김성녀와 황쩌벌의 지나온 이력은 실제 모델의 어떤 삶에 기반해 있으리라는 추측을 하게 한다.

이 추측을 좀 더 신빙성 있게 만드는 것은 1912년에 발간된 신소설 『황금탑』의 주인공 황문보의 이력이다. 그는 "본래 강원도 회양 김성에서 화전이나 파먹고 살다가 어느 해 흉년을 당하여 남부여대로 서울을 올라왔다가" 색주가집에 잘못 들어 심부름하던 큰돈을 잃게 되었다. 이후 "남촌 어느 대가 집에 행랑살이를 하고 일수돈을 내어 인력거를 사가지고 병문벌이를 시작"하였으며, 그 부인은 "안주인의 빨랫가지도 하여주고 이웃 사람의 침선가지도 하여주어" 돈을 모은다.[77] 도시 빈민으로서의 황문보의 형상은 여러 논문들로 하여금 이 소설에서 근대적 리얼리티의 단초를

찾게 한 바 있다. 여기서 우리의 관심을 끄는 것은 황문보의 이력과 위의
단편소설 황떠벌의 이력이 우연으로 보기 힘들 만큼 많은 부분들이 일치
한다는 것이다.『황금탑』이 1912년 1월에 발간되었다는 사실 역시 두 텍
스트가 원 질료로 삼은 모델이 동일할 가능성을 시사한다. 설령 황○○
이야기가 구전 설화로부터 우연히 취해 온 것이라고 하더라도, 성(姓), 고
향, 고향에서 하던 일, 고향을 떠나 한 일 등이 일치한다는 것은 '황○○'
의 개체성이 휘발될 정도로 오랫동안 입에서 입으로 옮겨 다니던 이야기
는 아니었음을 보여준다.

　황○○가 실존인물이었으리라는 추측 못지않게 중요한 또 하나의 사
실은, 김성녀와 황떠벌의 이력을 글로 풀어내는 방식이 실제 인물을 취
재원으로 하는 삼면기사의 글쓰기 방식과 유사하다는 것, 그래서 이 인
물들이 실제로 존재했을 법한 효과를 낳는다는 것이다. 정확한 의미에서
"김성녀"는 성이 '김'이고 이름이 '성녀'인 여성을 가리키는 명칭은 아니
다. '○씨 성을 지닌 여자'라는 뜻의 '○성녀'는 정식 이름을 가지지 못한
여성들을 민적에 올릴 때 쓰던 지칭으로, 실제로 누군가에게 호명되는
이름은 아니었다.[78] 하지만 신문기사들은 이 기록용 지칭을 적극적으로
받아들인다. 1913년 8월 26일 3면을 예로 들면 3개의 기사에 박성녀·김
성녀·이성녀·윤성녀 등 4명의 '○성녀'가 등장할 정도였다. '안성댁',
'이판서 부인', '개똥이 엄마' 등의 호칭을 대신하는 '○성녀'는, 확실히
차갑고 중립적인 인상을 주며 그 기사를 '객관적'인 것으로 보이도록 만

---

77)『황금탑』, 보급서관, 1912, 16~17면.

78) 한 만담에서 "애명은 섬섬이라고 민적 이름은 김성녀라고 카페 이름은 레이코"라고
　　소개된 여성의 일례로 볼 때, 기록 속에 '○성녀'라고 지칭되었다고 해서 실제 불리는
　　이름이 없었던 것은 아니다(이서구,「찌그러진 냄비」,『별건곤』69호, 1934.1, 10면). 한
　　편『개벽』55호(1925.1)에는 하층 계급의 단편적 일상을 보여주는 글들이 실리는데, 그
　　중 "이성녀"라는 여인은 자신을 "내 성은 전주 이가(李哥)고 이름은 없어요"라고 소개
　　한다(74면). '○성녀'는 민적용 이름에서 비롯된 것이겠지만, 민적 기록 여부와 무관하
　　게 정식 이름이 없는 여성을 '기록'할 때 보편적으로 사용되는 지칭이 되어 갔다고 볼
　　수 있다.

든다. "단편소설"로 명명된 텍스트에조차 "김성녀"라는 이름이 사용된다
는 것은, 신문기사식 글쓰기의 영향이 강하게 작용하고 있음을 보여주는
것이라 할 수 있다. 한편 도박에 미친 청년들을 다룬 1912년 11월 2일자
"단편소설"의 제목 「손버릇하다 패가망신을 해」는, 「며느리 배를 갈라」,
「분명한 절도로군」 등 잡보 기사들의 헤드라인과 유사한 방식을 따르고
있는데, 'O성녀'의 예와 함께 신문기사식의 용어가 그대로 유입된 경우
의 하나로 볼 수 있다.

나아가 어떤 텍스트들은 기사들의 구도나 장면을 모방하기도 한다.
'자극적인' 삼면기사들은 많은 부분 그 주된 인물이 경찰서에서 취조를
당하거나 순사에게 설유(說諭)당하는 내용을 포함하고 있다. 이제 기사
들은 입에서 입으로 전해오는 소문이 아니라 '범죄'를 다루는 공적 기
관을 통해 취재원을 얻게 되기 때문이다. 1912년 10월 1일자 텍스트에
서 양반집 여주인은 신식 청년과 바람을 피다가 남편에게 들켜 경찰서
에 끌려가고 법원에서 심문당한 후 간음죄로 2년 징역에 처해진다. 이
장면은 비록 끝부분에서 꿈으로 처리되나, 간음과 밀매음을 '세상에서
가장 중요한 범죄'의 하나로 취급하던 『매일신보』의 편집 방침과 따로
떼어놓을 수 없는 것이다. 작자 차원순이 "본사원보(本社員補)"라는 사실
은 이 글이 삼면기사의 구성 방식에서 적잖은 영향을 받았으리라는 가
능성을 높여준다.

11월 5일자 텍스트는 이러한 영향 관계를 더욱 분명하게 드러낸다.
"전감(全鑑)"이라는 여성을 다룬 이 서사물은, 현재 이 사람이 "남부 다
방골"에 살고 있으며 "김만가의 별실"이라는 것, 원래는 "북부 삼청동
사는 허풍선의 장자(長子) 허헌에게 출가"했었다는 것, 시아버지 허풍선
은 "연초(煙草) 소매상"이고 남편 허헌은 "의학교에서 공부"하는 학생이
었다는 것, 그리고 집안의 빈한함 때문에 "이혼을 자청"했다는 것 등을
상세하게 밝힌다. 사는 지역, 직업 등을 바탕으로 내력을 구성하는 방식
은 이 사람들의 실제성이 보증된 것처럼 보이게 만든다. 한편 부자 남

편을 찾다가 김만가의 첩이 된 전감은, 김만가가 소홀히 대하자 다른 남편을 또다시 구하기 시작한다. 그러다보니 이 남자 저 남자를 상관하게 되어 자연 밀매음녀가 되는 지경에 이르렀고, 나이가 들어 매음이 불가능해지자 "매개녀" 일을 하게 된다. 이 여자의 삶에 대한 핵심 키워드의 하나는 '이혼'이고 또 다른 하나는 '간음/매음'이다. 간음과 매음이 사건의 중심이 될 때 기사 속에서 재구성되는 여성은 방탕·음란함의 의미로 채색된다. 그리고 '이혼'은 많은 경우 여성의 오만방자에서 비롯되는 사건으로 표상되곤 하던 것이었다.79) 텍스트에 소개되는 내력을 통해 일상의 실존인물인 것처럼 상상되는 "전감"은, 이 두 가지 표상 작용에 의해 부정적 여성의 전형이 된다.

한편 몰락한 전감이 빌려보는 신문에는 전남편 허헌이 의학교를 졸업하고 의사가 되어 부요하게 산다는 기사와, 전감 자신은 청춘 남녀를 유인하는 까닭에 경찰서로부터 주목을 요한다는 기사가 실려 있다. '신문 속의 신문'에서 허헌은 모범자로, 전감은 타락자로, 의미화의 수렴점을 자발적으로 노출한다. 그리고 전감은 자신을 "경찰서에서 주목을 한다더라"는 기사를 읽고 푸념을 한 바로 직후, 호출장을 받아들고 경찰서에 가서 주임경부에게 설유를 듣는다. 기사가 재현한 내용이, 곧바로 전감의 현실로 치환되는 것이다. 기사 내용은 '있는 그대로의 사실'이 된다. 그리고 '있는 그대로의 사실'을 쓰는 신문기사의 방식을 모방하여 "단편소설"이 쓰이며, 소설 속에서 신문은 '현실을 그대로 보여주는' 매체로 표상된다. 소설 텍스트는 여기에서 신문의 '사실성' 이데올로기를 견고하게 하는 역할을 맡는다.

쓰인 내용을 '사실'로 인식하도록 만드는 이러한 특성은 1915년에 발

---

79) 조중환의 「병자삼인」(1912.11.17.~12.25)의 콧대 높은 세 여성이 이혼 운운 할 수 있었던 것도, 이혼이 삼면기사들 속에서 활발하게 유통되는 맥락 속에서 가능한 것이었다. 「이혼은 유행」 등의 기사가 실릴 정도로 이혼과 관련된 기사들이 많지만, 이혼이 유행이었는지 이혼을 기사화·표상화 하는 것이 유행이었는지에 대해서는 조금 더 신중한 접근이 필요할 것이다.

간된 안국선의 단편
소설집 『공진회』에
서도 그대로 확인된
다. 먼저 1912년의
"단편소설"들과 『매
일신보』의   관계가,
소설집 『공진회』와

『매일신보』 1915년 9월 12일 3면
에 공진회 개장(開場) 기사와 함께 실
린 사진들이다. 왼쪽 사진은 문전성
시를 이룬 가정박람회장 앞의 모습.
오른쪽 사진은 개장 행사의 일환으로
경성 시내를 순회하는 기생들의 행렬.
광교 조합에서 59명, 다동 조합에서
75명의 기생이 참석하였다. 동그라
미 안의 사진은 기생들을 뒤따르는 광
대 일행이다.

당대 권력 주체의 관
계로 반복된다는 것
이 주목된다. 일단
"공진회"라는   제목
이 눈길을 끈다. 안
국선은 서문에서 "총
독부에서 새로운 정
치를 시행한 지 다섯
해 된 기념으로 공진
회를 개최하니", "아
무쪼록 재미있게 성

대한 공진회의 여흥을 돕고자 붓을 들어 기록"[80]하였다고 썼다. 정식명
칭 "시정오년기념(始政五年紀念) 조선물산공진회"가 공식적으로 열린 것
은 1915년 9월 11일에서 10월 31일까지다.[81] 그러나 공진회 관련 기사
가 본격적으로 『매일신보』에 실리기 시작한 것은 1915년 4월경부터이
며, 8월경에 오면 이미 전체 지면의 매우 많은 분량이 공진회 관련 기사
에 할애된다. 공진회를 대대적으로 홍보한 것은 『매일신보』만이 아니었
다. "공진회 기념호"로 기획된 『신문계』 1915년 9월호는 온통 공진회
얘기로 가득하다. 심지어 "소설"인 「애아(愛兒)의 출발」까지 독자들이
공진회에 참여할 것을 장려하려는 목적으로 쓰였다. 1915년 8월에 발간
된 소설집 『공진회』는 이와 같은 정책적 홍보의 연장선상에 있다. 공진
회에 관한 수많은 글들 사이에, 광화문 경복궁의 전시관과 그것을 재현
하는 글들 사이에, 이 소설집도 자리하고 있는 것이다.

　『공진회』에 수록된 세 개의 단편 「기생」, 「인력거꾼」, 「시골노인 이
야기」는 『매일신보』의 "단편소설"들이 그랬듯 재래의 이야기와 유사한
방식으로 전개된다. 그러나 당대 최대의 관심 대상으로 표상되던 공진
회가 소설 속에 개입하는 지점에서 인물들은 이야기 속의 주인공에 머
물지 않는다. 「기생」의 주인공 "향운개"는 이런 저런 곡절 끝에 오랜 배
필로 여겨온 "유만"과 맺어진 후에 공진회 마당에서 옛 친구인 진주 기
생들을 만난다. 「인력거꾼」에서 화자는 이 글 속의 부자가 된 인력거꾼
부부가 공진회 협찬회에 돈 이백 원을 무명씨로 기부한 사람인 듯하다
고 말한다. 그리고 「시골 노인 이야기」의 시골 노인은 이번에 공진회
구경 하러 서울에 올라온 사람이다. 소설 속의 인물들은 당대적 사건인
공진회와 관계를 맺으면서 '대중'의 한 사람이 된다. 이들은 이야기 속
에서만 존재할 수 있는 인물들이 아니라, 독자들과 같은 세계에서 숨을

---

80) 안국선, 『공진회』, 수문서관, 1912, 1면.
81) 김태웅, 「1915년 경성부 물산공진회와 일제의 정치 선전」, 『서울학연구』 18권, 2002,
　　140~141면.

쉬고 있는 동시대적인 인물의 층위에 올라선다.

「시골 노인 이야기」는 '이야기'가 글이 되는 방식 자체를 메타적으로 보여준다. 이 소설은 한 인물을 서사적으로 구성하는 동시에, 서사적으로 구성된 그 인물이 글로 쓰이게 되는 과정 자체도 기술해 놓았다는 점에서 흥미롭다. 이 글의 화자는 글이 잘 쓰이지 않자 "이렇게 아무 재료가 도무지 없을까" 생각하며 길에 나섰다가 한 시골 노인을 보고 그를 쫓아가서 "역사적 이야기"를 청한다. 그리고 노인은 화자에게 "몇 해 아니 된 일"에 대한 이야기를 해주는데, 그것은 그 자신이 개입되기도 했던, 자기 조카 김용필의 험난한 삶에 관한 것이다. 김용필의 삶은 시골 노인인 삼촌 만초 선생, 그리고 화자, 이렇게 두 단계의 필터를 거쳐 재구성된다. 그의 삶은 '입에서 입으로 옮겨가는 이야기'의 방식과 외면적으로는 유사하다. 그러나 이야기의 기원, 즉 모델이 구전 속에서 희미해지는 대신 그대로 살아 있도록 구조화되어 있다는 점에서 이 글은 구전되는 이야기와 결정적인 차이를 보인다. 이야기 속의 김용필과 그의 아내가 화자 앞에 나타나 인사를 할 때, 이야기 속의 인물을 화자가 눈으로 직접 확인할 때, 이 텍스트는 확인 가능한 재료가 글쓰기의 소재로 이용되었다는 것을 전경화한다. 글 속의 이야기가 실제 있었던 일을 재현한 것이라는 상상은 이 지점에서 훨씬 더 견고해지게 된다.

취재의 태도와 묘사의 디테일

모델의 실재성을 전경화하는 기사들에서 유형화 못지않게 중요하게 이용되는 것은 장면 제시이다. 앞에서도 언급했듯 '타락자'나 '불쌍한 자'가 기사화되는 경우는 대체로 어떤 구체적 계기가 돌출하여 경찰의 개입에 의해 공공화될 때였다. 이 장면들은 현장의 디테일들을 재현하는 방식으로 기술되는 경우가 많다. 다음은 가장 여학생 홍성녀에 관한 기사의 첫 부분으로, 평남지국(平南支局)에서 보내온 것이다. 각 지역에 지국이 개설된 이후로 지방 가십 기사들의 분량이 현격하게 증가되었다는 점, 정확성의 면에서 가치가 높아지게 되었다는 점 등을 고려하며 읽어볼 만한 부분이다.

> 지나간구월삼십일오후다섯시경, (…중략…) 이때에대흥면, 순사파출소압헤논, 지나가며지나오논사롬들이, 다발거름을, 머뭇々々ᄒ야, 파츌소안을, 드려다보지안논쟈가업고, 그파츌소안에셔논, 엇던한번보기에, 과히밉지안은, 일기쳥년녀학생이잇셔, 몸에논옥양목젹삼과, 흑식모사치마를입엇스며, 엽헤논, 람식모사쵝보를셧논디, 붉고푸르게된, 그안식을, 순사압헤슉이고셔셔, 무슴셜유를밧더니, 이윽고순사논, 그녀ᄌ를노아, ᄌ긔집으로돌녀보너니, 그녀ᄌ의황황총총ᄒᆫ거름은, 평양죵로□, 다지나ᄂ려가, 셔문을향ᄒ더니, 다시영창골로드러가, 한모통이집으로, 드러가더라82)

일이 일어난 시간과 장소를 구체적으로 밝히고 있으며 그 장소를 오가는 사람들의 모습, 초점화되는 여학생의 복장과 표정, 행동선을 자세하게 묘사한다. 물론 이 기사가 평남 지국에서 발송된 것이라 하더라도, 기자가 실제로 목격한 장면을 그대로 옮겨놓았을 가능성은 그다지 높지 않다. 그러나 기사를 싣게 한 그 계기가 된 현장의 세세한 디테일들은, 그날 그 시각 그 장소에서 정말 그런 일이 있었을 것이라는 효과, 즉 사실이 글 속에 재현되어 있으리라는 환상을 불러일으키는 기능을 수행한다. 중요한 것은 교통·통신 요건이라는 물적 요건을 통해 글이 정확한 사실을 반영할 가능성이 높아졌다는 데에만 멈추지 않는다. 역으로 사실을 정확하게 재현한 것처럼 보이는 기사를 통해, 교통·통신의 정비가 신문의 정확성을 점점 높여준다는 선전을 하고 있는 셈이다. 신문의 신문관에 의하면, "신문의 3면은 기자의 자유사상으로 기재하는 것이 아니요 사회의 만반 상황을 듣고 보는 대로 기재하는 것"이므로 "사진경(寫眞鏡)"에 비유될 만하다.83) "근래 세상 인식이 심히 경박하여

---

82) 「가장학생추행(假裝學生醜行)」, 『매일신보』, 1913.10.7, 3면.

타인을 모함하는 투서가 매일 답지하는 고로 그 투서도 역시 중상에 나
옴인가 하여 곧 개재치 않고 사실의 내용을 비밀탐지"할 만큼 기자들은
엄밀한 태도를 유지한다.[84] 위의 인용문처럼 현장성이 강화된 장면들
은, 신문 미디어가 객관성을 담보한다는 이데올로기를 독자 대중에게
침투시키는 효과적 기제로 작용한다.

　1912년의 "응모단편소설"들에서도 도박장의 열띤 분위기 속의 노름
꾼들 모습과 대화, "박동 어떤 학교" 졸업식의 복잡한 풍경 및 그 예식
에 참석한 남루하고 검소한 여인 등[85] 개별자들이 구체적 장면 속에 등
장하는 모습들을 자주 찾아볼 수 있다. 그러나 장면 제시와 관련하여 특
별히 주목을 끄는 것은 1913년 1월 10일부터 5월 29일까지 약 5개월 간
3면 하단에 배치되어 있던 「사회의 백면(白面)」란이다. 이 지면에 연재된
「금일의 가정」(5회), 「학생」(6회), 「여학생」(4회), 「청춘」(3회), 「화류항」(15회),
「미신가」(18회), 「은근자」(23회)는 제목에서 대강 짐작할 수 있듯 인물 중
심의 연재 기사이다. '화류항'·'미신가'·'은근자' 등은 타락／나태자
유형과, '학생'·'여학생'·'청춘' 등은 타락 학생이나 모범 학생과 관계
되리라는 것을 어렵지 않게 추측할 수 있다. 그런데 이 단독란은 몇 월
며칠 몇 시에 어디에서 어디에 사는 누가 무슨 일을 당했다는 실제 사건
을 취재원으로 하는 가십 기사가 아니다. 또한 "소설"로 의도된 것도 아
니다. 따라서 '소설'을 의식할 때 따라오게 되는 소설의 기대치들, 흥미
진진한 이야기여야 한다거나 풍속 개량과 관계있어야 한다는 잠재적 요
구에 구애받지 않는다. 이 텍스트들이 우선적으로 의도하는 것은 '사회
의 백면'을 보여주는 것, '동시대 삶의 다양한 면을 보여주는 것'이다.
의식적으로 이루어진 것은 아니지만, 「사회의 백면」란의 의도는 근대문

<hr>

83) 「신문은 사회의 사진―삼면 논단」, 『매일신보』, 1912.4.29, 3면.
84) 「오호박명홍안(嗚呼薄命紅顔)의 천고원혼(千古冤魂)」, 『매일신보』, 1913.6.26, 3면.
85) 다음 글들에서 찾아볼 수 있는 모습들이다. 김성진, 「잡기배의 양약(良藥)」, 『매일신
　　보』, 1912.5.3, 3면; 박용원, 「손버릇하다 패가망신을 해」, 1912.11.2, 3면; 조용국, (무
　　제), 1912.11.3, 3면.

학의 지향점에서 크게 비껴나지 않는 자리에 위치한다.

이 글들에서 다루어지는 인물들은 모범자 및 타락/나태자로 이분되지만, 모범자라고 해서 잘 먹고 잘 사는 훌륭한 인물이 아니며 타락/나태자라고 해서 천편일률적으로 걸인이 되지는 않는다. 그냥 이런 인물들과 관계된 삶의 한 단락이 '보여진다'. 「금일의 가정」을 예로 들어보자. 멋진 신사와 부인이 네다섯 살 되는 어린 아이를 데리고 봄나들이를 나왔다가 처갓집을 방문한다. 신사의 장조모는 "내외도 할 줄 모르고 더럽고 추하게스리 자식을 데리고 내외 밤낮 붙어다닌"다고 역정을 낸다. 장조모는 "개화"에 마음을 닫은 완고배이다. 한편 신사의 장모는 신사의 장인이 "첩년을 둘씩 셋씩 두고 첩년에게만 빠져서 집안은 돌아본 체도 아니한다"고 푸념한다. 신사의 장인은 색(色)에 빠진 부랑자이다. 장모는 잠시 후 사위를 몰래 불러 은근한 부탁을 하는데, 친구들과 "풋내기장난"을 하다가 돈을 잃었으니 "자네가 다니는 은행에 돈 백 원만 얻어"달라는 것이 그 골자다. 장모의 부탁이 끝나기가 무섭게 장인이 집에 들어온다. 수형(手形)을 써놓겠으니 돈 천 원을 은행으로부터 취해달라고 사위에게 부탁한다. 장인 장모 모두 도박에 정신을 뺏긴 자들이다. 신사의 처갓집에 사는 세 사람은 이렇게 『매일신보』가 부정형으로 표상하던 특성들을 모두 갖추고 있다. 그러나 그게 전부다. "신사는 입을 딱 벌리고 기가 막혀 앉아 있다"는 것으로 이 글은 끝난다. 요즘의 한 가정을 '보여주는' 것에 한할 뿐, 부랑자는 몰락하고 모범자는 성공한다는 식의 내러티브를 끌어오지 않는다. 이에 따라 서술자의 판단을 개입하는 문장들 역시 최소화된다.

원 재료의 완강한 사실성으로부터도 자유롭고 '소설'에 대한 일반적인 기대치로부터도 자유로운 자리에서, 이 텍스트들은 '사회의 백면', 즉 일반 대중들의 특정한 측면을 생생하게 포착한다. 이러한 면모를 특히 잘 보여주는 것은 위의 여섯 개 텍스트들 중에서도 「은근자」이다. 따뜻한 봄날에 대한 서술에 이어, "파르스름한 저고리에, 또 치마에 비단 흰 수건으로 치맛고리를 휩싸 안아다가 벌의 허리 모양으로 질끈 동여매고 치마 아래로는 보라회색 단속곳이 비단 외코신 뒷꿈치에 잘잘 끌"리며 "씨암탉걸음으로 산비탈을 내려오"는 두어 여자들을 보여주는 것으로 이 텍스트는 시작한다. 이들을 따라 화자의 시선은 청량리 전차 정류장, 전차 안, 동대문의 환승 정류장, 종로 행 전차 안, 연극장으로 옮겨진다. 그런데 동대문 행 전차 안에서 특이한 장치가 마련된다. 몇 명의 남자들이 이 여자들의 정체를 알아본 후, 그 중 한 명인 "행화집"의 뒤를 밟기로 하는 것이다. 이후 이 여자의 행적에 대한 서술들은 '정탐'하는 남자들의 시선을 따르는 방식으로 이루어진다. 남자들의 시선은 대체로 겉으로 드러나지 않지만, 19회에 와서는 계속 여자의 행동을 좇고 있었음을 명시한다. 그리고 마지막 회에서 이들은 "확실한 증거"가 포착되는 순간을 잡아 현장을 덮치고, 이로써 여자의 못된 짓이 밝혀져 각 신문에 실리게 된다. 글의 내용은 일차적으로 이 남자들의 시선에 포착된 것에 해당한다. 누군가의 눈으로 직접 확인된 것이, 신문에 게재될 자격을 얻는다. 실제로 『매일신보』는 잠시 「비밀정탐」란을 마련하여 남녀의 은밀한 만남이나 정사를 소개하기도 하였다.[86] 몰래 뒤를 밟아 남들의 비밀스런 부분을 폭로하는 일은 사회의 부도덕적인 '사실'을 파헤치는 행위로 정당화되었다.

이 글의 2회부터 18회까지는 하나의 시퀀스로 이루어져 있다. "행화집"은 산비탈에서 내려와 전차를 타고 연극장에 갔다가 한 남자를 대동하고 집에 와서 함께 술을 마시고 동침한 후 그를 돌려보낸다. 낮부터 밤까지 약 한 나절에 해당하는 시간이다. 여자의 행동선과 그 주변의 움직임은 단절 없이 연속해서 장면으로 재현된다. 하루가 안 되는 시간임에도 불구하고 17회라는 긴 분량이 할애될 수 있었던 것은 세밀한 묘사 때문이다. 연극장 안에서 여자가 과자 파는 아이를 시켜 건너편에

___

86) 1914년 5월 1일, 14~15일, 29일, 6월 10일자 신문에서 찾아볼 수 있다.

앉은 남자에게 은밀한 뜻을 알리고 함께 연극장을 나서기까지의 짧은
순간은 7~9회에 걸쳐 서술되는데, 그 한 부분을 보면 다음과 같다.

> 그쟝ᄉ아희는, 손님에게그러흔돈을, 간혹밧아본일이잇던지, 붓그리는긔식
> 도업고, 어려워흐는긔식도업고, 감사흐여셔, 남이볼가흐는모양으로, 얼픗밧아
> 셔, 쥭기에슬젹집어너은후, 다시그녀편네의얼골을치여다보고, 이샹스러운우
> 슘을흔번보이며
> 「오늘도무슨식이실일이잇슴닛가」
> 흐고, 엽헤사롬도듯지못흐게, 감안이흔다, 그녀편네도빙긋웃고는, 눈을끔젹흔
> 다, 그눈짓에쟝ᄉᄋ희는, 발셔알아듯고, 그녀편네의, 무릅아리를너려다본다,
> 그무릅아리에는, 그녀ᄌ가손으로, 손짓을남모르게흔다, 그러나그쟝ᄉᄋ희는,
> 발셔알아듯고, 한참보다가는, 건넌쪽남ᄌ일등셕을, 바라보며져도역시, 손을목
> 판밋흐로너허셔, 디답으로군호를흐노라고, 훼ᄼ손을니져엇다가, 셰손가락만,
> 펴셔보엿다가흐더니, 그녀편네는, 치마밋흐로, 흰비단슈건을, 슬젹너여미는
> 디, 쟝ᄉᄋ희가, 슬몃이밧아가지고, 과ᄌ목판밋흐로감초아가지고, 시침을쑥쎄
> 이며, 다시「챠삽시오—과ᄌ삽시오, 밋강삽시오밋강」흐면셔, 사롬ᄉ이로, 지니
> 여간다, (1913.4.30)

과자장수아이와 여자의 '몸짓' 커뮤니케이션, 그리고 과자장수아이가
아무 일 없는 척 객석 사이를 다니며 다시 장사를 시작하는 모습 등은
디테일한 묘사에 의해 선명한 이미지를 형성한다. 장면이 현재화되면서
현재형 시제가 동원되었다는 것, '~다'체 일색이라는 것, 단문이 눈에
띄게 많이 목격된다는 것 등도 역시 주의를 끈다.

1902년 협률사(協律社) 설립 이후 늘 연극장은 풍기문란의 문제와 관
련하여 신문과 잡지의 관심 대상이었으며, 신소설『산천초목』에서는 위
의 인용문과 마찬가지로 연극장 내부의 모습이 보여진 적도 있었다. 그
러나 이해조의 리드미컬한 이야기 투 문장은 대상세계를 '재현'하는 데
에 일정한 한계를 지닌 것이었다. "표 팔던 자" 행세를 하던 이시종이
강릉집과 신마마 두 사람을 데리고 들어간 "사동(寺洞) 연흥사"의 내부

는 다음과 같다.

> (강릉집)이 마지못흐야 그 표를 밧아들고 신마마의 뒤를 짜라 장내로 드러가는디 표 팔던 쟈가 압헤셔 련히 인도를 흐며(①)
> 이리로 드러오시오 이리로 올나오시오 여긔가 특등이오 변쇼는 뎌리 가오 흐며 손바닥을 두어 번 짝짝 쳐 쏘이를 불으더니(②) 방석을 가져오너라 화로를 가져오너라 가비차도 갓다쥬고 여송연도 갓다쥬며 쏙발오 마죠 뵈이는 자리에 가안져 정신업시 강릉집 건너다보고 안져셔 헷기침을 련히 흐더라
> 그 기침소리 날 졔마다 신마마가 강릉집의 치마치를 지근지근 잡아단이며
> (신) 여보게 뎌긔 좀 건너다 보게
> (강) 나도 발셔부터 보앗소 에그 그 사람이야 외양이라던지 의복이라던지 쏙 쌔진 경재상가 자뎨 갓구려[87] (강조 및 번호는 인용자)

고딕체 부분은 강릉집에게 친절을 다하는 이시종의 어수선한 모습으로, 판소리 어투를 떠올리게 한다. 그리고 이 리드미컬한 말들에 묻혀 연극장의 모습은 제대로 묘사되지 못한다. ①은 연극장으로 들어가는 장면인데 ②는 이미 각각 이시종은 남자석, 강릉집은 여자석 쪽에 마주 보이도록 착석이 끝난 상태이다. 「은근자」의 인용문이 장사하는 아이와 행화집의 행동을 아주 작은 것까지 글로 옮기는 것과는 다른 방식이다. 「은근자」는 연극장과 연극장에 온 밀매음녀의 모습 자체를 '재현'하지만, 『산천초목』은 당대인들에게 익숙한 연극장을 이시종과 강릉집의 이야기를 꾸리기 위한 '배경'으로 선택한다.

「은근자」를 쓴 기자나, 『산천초목』을 쓴 이해조나, 연극장에 대한 직접 경험을 통해 위의 인용문들을 만들어낸 것은 마찬가지일 것이다. 여기서 문제는 연극장을 대하는 태도이다. 연극장에 대한 경험이 아무리 풍부한 사람이라고 해도 연극장의 흥겨움에 언제나 취하기만 한다면 「은근자」의 인용문과 같은 세밀한 묘사는 불가능하다. 반면 『산천초목』의

---

87) 『산천초목』, 유일서관, 1912, 18면.

연극장 풍경은 연극장에 대한 대강의 기억만으로도 조직 가능한 문장으로 이루어져 있다. 두 글 모두 글쓰기 주체의 직접 경험이 글을 만드는 핵심 자질이 되었겠지만, 전자의 경우는 '취재의 자세', 즉 글을 만들 목적으로 대상세계를 적정한 거리에서 꼼꼼하게 관찰하는 자세로부터 비롯된 것이다. 여자를 정탐하고 고발하는 남자들이 관찰자로 설정되어 있다는 사실은, 이 글이 '거리두기'를 통해서만 작성될 수 있었다는 것과 대응 관계를 이룬다.

2회에서 18회까지 이어지는 시퀀스에서 작자의 주석은 단 한 부분, 전차에서 여자를 본 남자들이 저희들끼리 수군거리는 데에서 등장한다. 여자는 "똑 짜고 다니면서 별별 짓을 다하는" "밀매음녀"다. 이후 직접 논평은 배제된다. 대신 '밀매음녀'로 규정된 여자는 심리적·물리적 거리를 기반으로 해서 직접 묘사된다. '거리두기'에 기반한 사실적 묘사가, 음탕함과 추잡함이라는 '속성'으로 귀결되는 여자를 동시대에 실재하는 개별자로 보이도록 만드는 것이다.

「은근자」는 대화문의 비중이 일반 서술에 비해 비중이 아주 높은 편은 아니지만, 「사회의 백면」란의 나머지 다른 글들은 대화문들이 상당한 분량을 차지한다. 특정한 한 때를 재현하는 만큼, 가까운 사람들의 대화에서 있을 법한 농담이나 특정한 말투가 현장에서 이루어지는 듯이 기록되기도 하였다. 다음 인용문은 여학생과 어머니가 말다툼을 하는 중에 여학생의 손아래뻘 되는 다른 여학생이 들어와서 대화하는 장면이다.

 (녀) 그리요, 니리약이홀것이니, 어셔좀가라쳐쥬어, 오늘가셔, 션싱님이무르시면, 아모것도모로고, 디답을홀슈가잇나
 시로온녀학싱, 소리를나작이ᄒᆞ야
 그리면, 늬가형님반가와ᄒᆞ실것을한아쏘드리지, 나읽는듸로싸라셔ᄒᆞ시오「도레―, 미도레― 솔네ㄲㄲ솔 웨안싸라읽으시오 (①)

> (녀) 지금무엇을반가워홀것을쥬마고그리ᄒ엿지, 무엇인가, 어셔뵈여쥬게
> 지금들어온학싱은, 아리목을향ᄒ야입짓만ᄒ며, 다시쥬인녀학싱의귀에입을
> 더이고
> 아노네, 무쇼─니, 옷가샹가, 이루가라, 싸메
> (녀) 옷가샹, 옷닷데, 가마와나이, 와다시아데나라, 다분, 아노히도노데가미데쇼─
> (아오) 그럼늬쥬릿가, 그게인줄은, 엇지알앗소
> (녀) 니혼고데, 이々나사이요, 옷가샹가, 기ᄭ라가, 이쎄나이요 (②)
> ᄒ며, 아리로손을늬여밀어, 편지를달나, 손찟을ᄒ며, 손으로왓던녀학싱은, 져
> 고리안짜락에셔, 편지한쟝을늬여쥰다,[88] (강조 및 번호는 인용자)

2장 2절에서 우리는 서술문/발화문의 분화와 관련하여 대화 공간의 자율성에 대해 논한 바 있다. 일본어를 그대로 받아적은 위의 대화문은, 글 속의 세계를 작자의 개입 없는 자율적인 공간으로 만들고 작자의 역할을 오로지 관찰하고 기록하는 일로 한정시킨다. ①에서는 소리를 낮춰 둘만이 들리도록 대화하는 부분과 어머니를 의식해서 큰 소리로 대화하는 부분이 별 다른 표지 없이도 변별될 수 있게 처리되어 있다. 그리고 ②에서 두 여학생은 연애편지를 전해주고 전해받으며 어머니가 알아듣지 못하도록, 일종의 암호로서 일본어로 대화한다. 대화자들이 일본어로 대화한다고 설정했으면 그냥 그것을 받아쓴다. 작자에게는 대화자들의 일본말을 한국말로 번역할 권한이 주어지지 않는다. 독자가 알아보건 말건, 그건 작자가 관여할 사항이 아니다.

그러나 일본어를 음차한 이 대화는 기법상의 철저함만으로 한정지어질 수 없는 다른 문제를 포함하고 있다. 애초에 어머니와 여학생이 말다툼을 하게 된 것은 여학생이 집에서 밤낮없이 알아들을 수 없는 일본어 학습을 하기 때문이었다. 어머니는 딸이 학교를 한 삼 년 다니더니 "곤니찌와", "아리가토" 소리만 하고 시집 갈 생각은 하지 않는다고 욕을 한다. 딸은 이에 대해 "지유겟곤", "조선말로는 자유결혼"이 학교에

---

88) 「여학생」 4회, 『매일신보』, 1913.2.1.

서 배운 가장 중요한 것이라고 반박한다. 딸은 일본 복식을 하고 일본
어를 열심히 공부하고 '지유겟곤'을 부르짖는 신여성이다. 어머니는 일
본말을 못 알아들어 성질을 부리고 돈 많은 부자에게 시집보낼 요량으
로 딸을 학교에 보내는, 새로운 질서와 새로운 사상에 적응하지 못한
채 속물적인 생각에만 끌리는 '낡은 여성'이다. 일본어를 음차한 위의
대화문은 이러한 구도 속에 독자를 끌어들인다. 위의 일본어 '암호문'을
해석할 수 있으면 여학생의 자리에 놓이고 그냥 낯선 기호로 받아들이
면 어리석은 어머니의 자리에 놓이게 된다.

『매일신보』는 「국어첩경(國語捷徑)」란을 연재했다(1912.7.9~1913.3.19). 가
타가나와 히라가나 소개를 시작으로 해서 어떤 주제와 관련된 몇 개의
일본어 구문을 소개하는 지면으로, 요즘 식으로 말하면 신문에 실리는
「외국어회화」란과 비슷하다. 한문에는 후리가나를 달았고 문장 전체를
한글로 음차해 놓았으며 그 옆에 번역문을 실었다. 위의 일본어 음차 대
화문은 이와 같은 일본어 학습 장려의 지평 안에서 의미가 좀 더 분명해
진다. 일본어로 대화하는 인물들에는 세련되고 진보적인 형상이 덧입혀
진다. 서술 주체가 직접 인물에 대해 주석을 가하지 않아도 인물들의 행
동·복장·대화 등은 서술 주체에 의해 의도된 단일한 의미로 수렴된다.
글이 동시대의 현실을 모델 삼아 조직될 때, 있는 그대로의 현실을

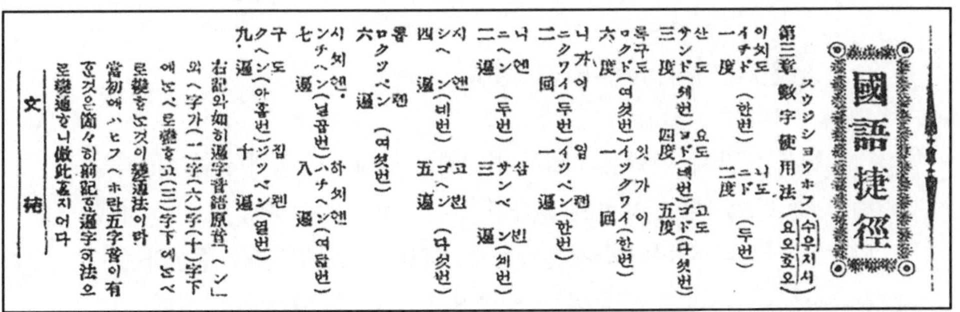

『매일신보』, 1912.7.28, 1면. 조선인의 '국어' 실력 향상을 위해 마련된 「국어첩경」란. 문자와 발음에 이어, 숫자를 읽고 쓰는 법을 소개하고 있다.

담고 있는 '듯이' 여겨지기 위해서는 장면 재현이 효과적이다. 이 장면 제시의 방법은 매체가 주도하는 이데올로기를 독자대중이 흡수하여 권력 주체의 이데올로기에 따라 조직된 세계가 객관적인 것으로 오인되도록 하는 데에 이용되기도 한다.

유형화된 인간 형상 자체가 미학적, 혹은 윤리적 수준과 관계되는 것은 아니다. 위에서 잠시 살폈듯 '입에서 입으로' 옮겨가는 이야기들에서 인물의 유형화는 텍스트를 조직하는 기본 원리였다. 뼈대 형태의 인물 유형에 살을 입히는 것은 낭독하고 듣는 향유자들의 몫으로 남는다. 문제는 현존하는 개별적 인물이 유형화되는 경우다. 영웅과 악당이 개인의 구체성을 초월한 존재들인 것과 달리, 영웅과 악당을 대체하는 모범자와 타락자는 동시대의 구체적인 사람들과 무관할 수 없다. 이들이 단일한 의미 형상을 띠는 것은 개별자들의 다양한 부면을 배제하고 훼손하는 결과로 이어지게 된다. 개별자를 글쓰기의 대상으로 삼는 데에 윤리의 문제가 개입하는 것은 이러한 까닭이다. 이 땅에 숨을 쉬고 있는 사람들에게 문자기호로 형상을 부여하는 글쓰기의 시대에, '입체적 인물', '개성적 인물'이 필요한 것은 소설사의 미학적 문제에 한정되지 않는다. 그것은 문자문화 안에서 살아가야 하는 자들이 해결해야 할 윤리적 문제이기도 하다.

2) 단일 의미의 균열과 그 징후

위에서 살핀 두 여학생의 일본어 대화가 당대적 관점에서 볼 때 '지향'해야 할 진보적이고 세련된 모습이었다는 것은 부정하기 어려운 것 같다. 여학생들이 어머니의 결혼관을 반박하며 "자유결혼"을 주장하는 부분은 특히 이러한 면을 보여준다. 그러나 '현대적' 관점에서 볼 때, 어머니가 말을 알아듣지 못하도록 일본어로 대화하는 두 여학생의 모습은 상당히 희극적이다. 자유결혼을 "지유겟곤"이라고 읽는 모습도 지적 허영에 찬 모습으로 보여진다. 즉 당대의 '일선동체' 이데올로기의 지평 아래에서는 발랄함과 세련됨으로 견인되었을 인물들이, 그 이데올로기를 벗어난 현대의 시점에서 보면 남을 배려할 줄 모르는 속물로 비춰진다.

그렇지만 이 여학생들처럼 시대에 따라 그 의미가 다르게 읽힐 수 있는 가능성이 어느 경우에나 확보되는 것은 아니다. 예를 들어 온갖 곤란을 겪고 은행원이나 면서기가 되어 주색잡기에 일절 눈을 주지 않고 가정에만 충실한 남자로 표상된 '모범자'형 인물에서, 서술 주체의 의도를 벗어나는 또 다른 면모를 찾기는 어렵다. 어떤 인물에 단일한 의미를 부여하려고 했더라도 그 단일한 의미에 구속되지 않는 다른 부분들이 발견되는 것은 위의 경우처럼 장면 재현에 비교적 충실한 경우이다. 주석의 직접 개입 없이 구체적 장면을 재현하는 글들은 한편으로는 이데올로기를 사실로 오인하게 하는 미세한 장치로 활용되지만, 또 한편으로는 단일 의미로 환원되지 못하는 잉여 부분을 산출하기도 한다.

세속적 전형과 돌출 의미 - 백대진의 소설

다케우치 로쿠노스케[竹內綠之助]에 의해 창간되어 1913년 4월에서 1917년 3월까지 매월 발간된 『신문계(新文界)』는 표면상 민간잡지였지만, 식민 통치 이데올로기를 적극적으로 설파하려는 목적을 『매일신보』와 공유하고 있었다.[89] 실제로 『매일신보』에 한 달에 3~4회 이상 "조선 유일의 학술 잡지" 『신문계』의 광고가 지속적으로 실린 일은, 두 매체가 상당한 공조 관계에 있었거나 『신문계』가 『매일신보』로부터 적극적인 후원을 받고 있었음을 알려준다고 볼 수 있다.

이러한 관계는 『신문계』의 글들이 개별자를 다룰 경우, 『매일신보』와 크게 다르지 않은 방식으로 이루어지리라는 짐작을 하게 한다. 지식인

---

89) 『신문계』 및 『반도시론』의 전체적인 윤곽은 다음 글에 정리되어 있다. 한기형, 「무단통치기 문화정책의 성격」, 『한국 근대소설사의 시각』, 소명출판, 1999.

잡지의 성격이었기 때문에 『매일신보』와 달리 일상인을 다루는 글들이 많은 것은 아니지만, 1915년 12월부터 최찬식에 의해 한동안 연재된 "성공가" 시리즈는 이 잡지의 편집진들이 개별자를 어떤 시각으로 바라보았는가를 잘 드러내준다. 한약재 판매업에 종사하다가 재빨리 양약업에 뛰어들어 업계의 원조가 된 "평화당약방주(主) 이응선"은 "성(誠), 근(勤), 인내"의 화신으로 소개된다. 약주릅 일을 하던 시기가 "영웅이 시기를 만나지 못한"일에 비유된 것은, 장사 원리에 예민한 이 소시민이 어떤 시선으로 재구성되었는가를 분명하게 보여준다.[90] 또 "모범적 인간"으로 소개된 23세의 청년 손홍달은 1916년 현재 남대문 태평정(町) 노변에서 잡화를 파는 노점상이다. 그의 모범성은 농가의 자제로 태어나 신학문을 접했지만 "고상한 문학이나 철학으로는 도저히 자기 일신의 영광"을 빛내지 못하리라는 것을 진작에 깨닫고 "실업계"로 뛰어들어 장사치로 상당한 신용을 얻게 된 데에서 비롯된다.[91]

『신문계』 및 그 후신 『반도시론(半島時論)』에 실린 백대진의 일련의 소설들[92]도 이러한 지평 안에 존재한다. 이 소설들은 앞 절에서 유형화한 세 가지 인물군과 크게 다르지 않은 방식으로 개별자들을 다룰 뿐 아니라, 신문기사와의 연관성을 자주 드러낸다. 「금상패(金賞牌)」(1915)에서 주인공 강대성은 어렵게 사는 친구를 돕는 착한 학생이다. 그는 다친 친구를 위해 우유배달을 대신 해주고 자기 월사금을 병원비로 건네준다. 그러나 그의 '모범적' 행위는 학교생활을 부실하게 만들고 오히려 "연극장 구경을 가느라고 팔아먹었니? 화토를 하느라고 팔아먹었니?"라는 의심을 받게 만든다. 이 글은 한 인물의 모범성이 타락성으로 곡해되는 과정을 통해 그 모범성이 더욱 극대화되도록 조직되어 있다. 강대

---

90) 기자 해동초인(海東樵人), 「평화당 약방 주(主) '이응선' 군!!!」, 『신문계』 3권 12호, 1915.12, 42~49면.

91) 해동초인 기(記), 「모범청년 '손홍달' 군」, 『신문계』 4권 6호, 1916.6, 60~64면.

92) 백대진의 저작 목록은 다음 책에 정리되어 있다. 김복순, 『1910년대 한국문학과 근대성』, 소명출판, 1999, 263~267면.

성은 불순물이 섞이지 않은 선량함 그 자체이고, 그 때문에 오히려 오해를 사서 '불쌍한 자'가 된다. 그가 '불쌍한 자'의 위치에 놓이는 이유는, 강대성의 학교 친구들이나 선생이 그를 오해하는 것과 달리 독자들은 그의 선량함을 훤하게 꿰뚫고 있기 때문이다.

강대성이 부랑잡배라는 낙인에서 벗어나게 되는 것은『경성신문』에 "제2의 나이팅게일 강대성"이라는 기사가 난 뒤이다. 실제로 기재된 기사를 모티프로 해서 이 소설을 쓴 것이든 아니면 장치 자체가 픽션이든, '경성신문에 강대성에 관한 기사가 실렸다'라는 설정은 설정만으로도 의미심장하다. 신문의 "3면에 꼭 차게 기재"되는 기사들에 나올 법한 사연, 잡보의 인물 기사들처럼 실제 모델을 모범자나 타락자로 유형화하는 사연을 이 소설이 취해 온 것임을 알려주기 때문이다. 더군다나 이 신문은 '조선 방언'이 아닌 '국어' 일본어를 사용하는 신문인 것이다.93)

백대진의 다른 소설들 역시 위의 세 가지 표상 방식에서 벗어나는 인물들은 거의 보이지 않는다. 「삼십만 원」(1917)은 열심히 일을 해서 실업가가 되고 거금 삼십만 원의 주인이 된 한 소시민의 인생 성공을 보여주는 것으로서 모범자형을 다루며, 「이향(異鄕)의 월(月)」(1915), 「인과」(1915)는 각각 타락한 남자와 타락한 여자를 중점적으로 형상화한다. 「절교의 서한」(1916)은 "동정의 눈물"을 받을 만한 '불쌍한 자' 영수의 곤핍한 삶을 보여주는데, 영수의 도움 요청을 거절한 인물이 "금전"의 노예로 의미화되는 것 역시 의미심장하다. 한편 「오호박명(嗚呼薄命)」(1915), 「양인(良人)의 기도」(1917)는 모범적 소시민과 그의 병든 배우자의 모습을 보여준다. 모범자들이 일신의 행복을 얻기 전에 겪는 곤란의 시기를 다룬 것이라 볼 수 있다.

---

93)『경성신문』은 1907년부터 1913년까지 발간되던 일어 신문『경성신보』가 1908년에 잠깐 취했던 이름이다. 그러나 소설이 게재된 시기로 보나 신문의 영향력으로 보나, 1908년의『경성신문』보다는 총독부의 일어판 기관지『경성일보』를 가리킨다고 보는 것이 좀 더 온당하지 않을까 싶다.

백대진의 소설들이 여타의 인물 중심 텍스트들과 변별되는 지점은, 일차적으로 "그 시대에 대한 인생을 묘사"하는 작업이 '의식적'으로 진행되었다는 데에 있다. 그에 의하면, "물질문명의 여택(餘澤)으로 생존경쟁이 일(日)로 심하고 월(月)로 성(盛)하여 자(玆)에 생활난이 생(生)하였으며 이 생활난 곧 물질욕으로 인하여 우리 인생에 무한한 비애·절무(絶無)한 퇴패(頹敗) ― 곧 인생에 대한 암면이 발견"된 시기가 현 시대이고, "이 암면을 묘사"하는 것이 신문학이 담당해야 할 의무이다.94) 이 관점에는 1900년대 후반 일본의 자연주의 문학론에서 논의된 내용들이 상당 부분 수용되어 있다.95) 그의 소설들이 서술자의 주석보다는 장면 보여주기의 방식을 중심으로 진행된다는 점, 가난하고 불쌍한 자들에게 상대적으로 큰 비중을 둔다는 점 등은 확실히 작자의 이러한 의식적 지향과 무관하지 않은 것들이다. 신문기사들의 개별자 형상이 당대의 정치 이데올로기와 신문에 대한 대중의 평균적 기대치가 결합되는 지점에서 만들어졌다면, 백대진의 소설들에는 이것들 이외에 작자 자신의 특정한 지향점이 부가된다.

그러나 좀 더 중요한 변별점은, 백대진의 소설들이 신문기사나 짧은 서사물들과 인물 유형을 대체로 공유하면서도 그 유형성으로 포획되지 않는 돌출 부분을 품고 있다는 것이다. 먼저 「황금?」96)을 보기로 한다. '상' 부분에는 경자라는 여인의 신산한 모습이 묘사된다. "인생의 괴로움과 살림살이의 넉넉지 못함으로 말미암아" 살갗이 "해골만 감출" 정도로 마른 이 여인은, "홀로 앉아 눈물만" 지으며 남편이 술 먹고 귀가하여 주먹으로 두들겨 팰 것을 걱정한다. 군밤 사달라고 보채는 어린 아이를 달래는 모습은 애처롭다. 초반부에서 경자는 술 먹고 행패부리

---

94) 백대진, 「현대 조선에 '자연주의 문학'을 제창함」, 『신문계』 3권 12호, 1915.12, 15~16면.
95) 일본 자연주의 문학론에 대해서는 다음 책을 참고하였다. 김춘미, 『김동인 연구』, 고려대 민족문화연구소, 1985, 97~108면.
96) 『신문계』 3권 12호, 1915.12, 68~72면. "제1편 〈이별의 권(券)〉"이라는 부제가 붙어 있고 '상'·'하'로 나뉘어져 있다. 연재를 기획했던 것으로 보이나 더 이상 찾아볼 수 없다.

는 남편 때문에 고통을 겪는 불쌍한 여인이다. 그러나 남편 동환이 집에 들어와 철퇴 같은 주먹으로 폭력을 행사하려는 '하' 부분에 오면 경자의 불쌍함은 재고된다. 원래 부잣집 딸이었던 경자는 "어제의 호강만 마음에 두고 다만 넉넉지 못함만 슬퍼"하는 까닭에 남편을 "원수의 원수같이 보면서" 부부싸움을 촉발한다. "동환이는 원래 근실한 사람"으로 술도 먹어본 적 없고 옳지 못한 즐거움을 취한 적도 없고 살림살이를 위해 비지땀을 흘렸을 뿐인데, 하던 일의 실패와 더불어 "경자의 무정함이 한 짐을 더하여" 술에 빠져 살게 된 것이다. '하' 부분에서 남편 동환은 가족이 다 함께 잘 살도록 애를 쓰는 가장이고 부인 경자는 자기 힘든 것만 생각하고 앙탈을 부리는 "철없는 년"이다. 동환이 비록 경자의 머리채를 붙잡고 비녀까지 꺾어버려도 그의 폭력은 감정적으로 정당화된다. 글쓰기 주체의 시선은 경자를 "못된 년", "철없는 년", "더러운 년"라고 보는 동환의 시선에 겹쳐진다.

'상'은 경자에, '하'는 동환에 밀착해 있기 때문에 이런 현상이 나타난다고 할 수 있는데, 제목이 「황금?」이라는 걸 보면 애초에 작자가 지녔던 의도는 '하'에 가까웠던 것으로 보인다. 이별을 결심한 경자에게 "이년아 돈이 없으면 서방이 아니냐"라고 울며 소리지르는 동환의 모습은 이 제목이 '돈 따라 부부 사이마저도 결정되는 황금만능세태'를 암시하는 것임을 알려준다. 그러나 경자의 모습도 동환의 모습도 세태 비판이라는 작자의 의도에 완벽하게 수렴되지 못한다. 돈 없다고 이혼을 결심하는 경자에게 철없고 쌀쌀맞고 무정한 모습이 부각되는 것은 사실이지만, '상'의 서술은 경자의 고통이 개인의 타락에서 오는 것만은 아님을 보여준다. 작자의 의도를 넘어선 자리에서, 이 텍스트는 가해자 / 피해자, 타락자 / 불쌍한 자의 일방적 인과 관계를 벗어난다. 누군가의 고통스런 삶을 촉발한 원인은 또 다른 누군가의 도덕적 타락에 한정되지 않는다.

「노처녀」에서도 이질적 의미 자질이 돌출되는 모습을 볼 수 있다. 다

음 인용문은 여학생 경희의 혼인 문제를 두고 모친, 고모, 그리고 당사
자인 경희가 이야기하는 부분이다.

> 「글세, 져는 혼인 등사에는 아직 참여ㅎ지 안켓세요」
> 「그러면, 엇지혼단 말이냐, 좀 자세히 말ㅎ려무나, 나는 무식히 그러ㅎ지
> 네 말을 잘 모르겟다— 하아……」
> ㅎ고 듯기 됏게 웃는다.
> 「아쥬머니끠셔는 미양, 져를 맛나시면, 혼인 혼인 ㅎ시는 것 씨문에 져는
> 항상 면고히 못 견디겟세요, 져는 아직, 시집을 아니 갈 결심인즉 이제브터
> 논 혼인 말삼은 그만두셧스면—」
> ㅎ면셔 여젼히 고기를 숙이고 안졋다.97)

경희의 고모도 "듣기 좋게" 말하고 경희도 "고개를 숙이고" 공손하게
대답한다. 부모 세대와 자식 세대의 혼인에 대한 갈등이 표상될 때 자
식들은 부모들이 새로운 문화를 모른다고 무시하고 부모들은 자식들이
배은망덕하고 뻔뻔하다는 식으로 힐난하는 풍경이 통례였음을 감안한
다면, 상대를 배려하는 설득과 사양의 모습은 상당히 이례적이다. 굳이
혼인과 관련된 부분이 아니라 하더라도 경희는 초반부에서 '모범' 여학
생이라고 할 만한 모습으로 묘사된다. 경희는 학교를 "우등으로 졸업"
했다. 경희는 고모가 왔는데도 불구하고 잠들어 있었던 사실에 대해 죄
송스러워할 만큼 공손하다. 죽은 아버지에 대한 이야기가 나올 때에는
"눈물이 그렁그렁"해질 정도로 정이 많다.

그런데 장면이 전환되어 다음날 아침이 되면, 경희는 사치와 허영에
들뜬 신여성으로 표상되기 시작한다. 어머니와 남동생은 뜰을 쓸고 있
는데 경희는 3시간 째 화장을 하고 있다. 동생은 "누나 머리에서는 향
내가 드럭드럭 나, 어째, 속이 아니꼬아"라고 비웃고 어머니는 "학교란
무엇을 가르치는지 매일 꼭두식전에 일어나 분세수며 맵시내는 법만

---

97) 백낙천자, 「노처녀」 1회, 『반도시론』 1권 3호, 1917.6, 69면.

가르치는지……"라며 한탄을 한다. 경희는 밥이 늦게 된다며 "어머니는 모든 일이 느려 똑 죽겠어"라고 쏘아붙일 만큼 배려의 마음이라고는 전혀 없다. 또 경희는 친구 숙자와의 대화에서 "도야지 우릿간 같은 집"을 떠나 "하이칼라 생활"을 하는 것이 꿈이라고 이야기한다. "부자만 사는 다방골"에 "집도 한편은 양옥이요 한편은 웅장한 조선집"인 곳에 사는 것, "자동차가 있어 우이동 같은 데를 구경 갈 때에는 꼭 부부가 함께 타고 나오"는 것, 손에는 "보석 반지"를 줄줄이 끼고 다니는 것이 경희가 꿈꾸는 결혼 생활이다. 경희의 착실하지 않은 면모들은 '노처녀'라는 제목의 조롱 섞인 의미와 잘 맞아떨어진다.

전체 분량상 경희가 공손하고 사려 깊은 여학생으로 보여지는 것은 이야기가 본격적으로 시작되기 전인 첫 장면뿐이다. 「황금?」은 경자의 불행을 동정의 시선으로 보여주는 부분이 전체의 절반에 가까운 분량을 차지하지만, 이 소설이 미완으로 끝났음을 감안한다면 '돈만 아는 속물' 경자가 핵심이며 경자를 '불쌍한 여인'으로 묘사하는 것은 집의 가난함을 소개하는 처음 부분에 한정된다는 것을 알 수 있다. 「황금?」이나 「노처녀」 모두 주된 인물은 제목이 환기하는 의미에 큰 무리 없이가 닿는다. 그렇게 따진다면, 초반부의 이질적 의미자질은 개별자의 다양한 면모들을 왜곡하지 않기 위한 예민한 작자 의식에서 나온 것이라고 보기는 어려울 것이다.

두 소설이 지닌 의미 돌출 부분이 어디에서부터 비롯되었는가를 확정하는 것은 쉽지 않다. 그러나 결과론적으로 분명한 것은, 경자와 경희라는 인물이 특정 유형으로 수미일관하게 환원되지 않음으로서 다양하고 복잡한 부면을 지닌 개별적 인간의 모습이 잉여의 방식으로 재현된다는 것이다. 개별자의 삶에 '근접'해서 구체적인 장면을 세세하게 글의 형식으로 재현하려는 방법론 자체가, 유형화를 거부하는 인간의 수많은 면모들을 포착하도록 만든 것은 아닌가 하는 추론이 여기에서 가능해진다.

열심히 일해서 일신의 안위를 구가하는 소시민형을 '모범자'로 기술하는 방식이 '일한병합' 후의 식산흥업 이데올로기로부터 연원한 것이라면, 타락자·나태자형을 부정적 인간형으로 표상하는 것은 구한말의 자강운동에 일정 부분 그 맥을 대고 있다. '선실력양성 후독립'으로 요약되는 자강 담론은 나라를 되찾기 위한 필수조건으로 국민 개개인의 교육과 실업 진흥, 구습 타파를 역설하였다.[98] 나라를 위태롭게 한 중요한 원인으로 개개인의 낡은 습관과 신지식의 부족 등을 내세우는 이 진단은 나태하고 타락한 인물군의 형상을 예비한다. 안창호의 〈청년학우회〉와 깊은 연관이 있던 『소년』에는 이런 인물들이 단편적으로 보여진 바 있다. 이 잡지가 현상하는 긍정적 인간형은 모험정신과 진취적 자세를 가지고 '바다'로 표상되는 세계를 향해 나아가는 개척자적 영웅이며, "밥벌레"·"담배구더기"·"옷밥씨름꾼"·"꽁지벌레"로 표현되는 조선의 게으름뱅이들은 이상적 인간상의 대타항으로 설정되었다. 현재에 안주하려는 사람들은 "안방 아랫목에 궁둥이를 떼이지 못하는 바늘뼈 두부살", "한번 평지에 낙상(落傷)하였다고 다시는 문지방 바깥에 나갈 생각도 못하는 바삭이 쭉정이"로 대상화되고 희화화 되었으며, "사람의 사재(渣滓)", 즉 '인간쓰레기'라는 말로 규정되기도 하였다. 이런 표현들은 여러 번 반복될 뿐만 아니라, 때로 "그 생각이 마치 오뉴월 장마의 똥개천 같고, 그 기획이 마치 눈도 코도 없어도 먹을 것은 혼자 차지하려하는 꽁지벌레 같고, 그 일은 마치 더러운 건지, 구린내음새로 된 똥물 속에서 아무 다른 짓 없이 구복이나 채울 양으로 꿈질꿈질하는 것 같음이 있을 뿐"[99]이라는 부분에서 볼 수 있는 것처럼 신랄한 비유를 동반하기

---

98) 박찬승, 「일제하 '실력양성운동론' 연구」, 서울대 박사논문, 1990, 14~23면.
99) 각각 다음 글에 나오는 표현들이다. 「러시아를 중흥시킨 피터 대제-소년 사전(史傳)」, 『소년』 1년 2권, 1908.12, 54면; 「육삭일망간탑빙표류담(六朔一望間搭氷漂流談)」 4회, 2년 4권, 1909.4, 58면; 「청년다운 청년-소년시언(少年時言)」, 2년 8권, 1909.9, 11면.

도 한다.

모범자 유형과 달리 타락·나태자 유형의 외양이 묘사의 방식으로 제시되는 것은 『매일신보』의 인물 관련 텍스트들에서도 쉽게 찾아볼 수 있다. "머리 한가운데를 갈라붙이고 젓구와 향수 냄새가 촉비하며 검은 명주 주의를 유리같이 다듬어 입고 붉은 기또 구두에 손뼉 같은 리본을 붙인" 남자, "금테 연경(煙鏡)을 맵시 있게 쓰고 새파랗게 젊은 연기(年紀)에 이가 그리 몹시 상하였던지 입을 벌리면 이 하나씩 걸러 해 박은 노르스름한 금니가 더욱 기이하고 옷은 비단으로 어찌 휘황찬란히 입었든지 송장 수의 입힌 것 같"은 여자100)는 허영과 사치에 정신이 팔린 젊은이들의 대표적 외양이라 할 만하다. 이런 외양에 대한 부정적인 시각은 총독부 이데올로기를 설파하는 매체뿐 아니라 이른바 '신지식층'의 언로(言路)로 일컬어지는 『청춘』과 『학지광』에서도 공유되는 것이었다. '조선'을 하나의 공동체로 생각하는 진지한 엘리트 청년들이 언표화하는 부정적 인간들도 "머리에 아무 대학 모자나 쓰고, 몸에 아무 중학 유니폼이나 입고, 가로(街路) 상에 썩 나서면 스틱이나 잘 놀리고, 하숙에 돌아오면 하녀와 수작이나 잘"하고 "세비로 양복에 금테 안경 금시계를 보기 좋게 꾸미"기나 하는 얼개화꾼, "삼팔저고리에 남모문단(藍毛紋緞) 조끼며 산동주(山東紬) 바지에 옥색 허리띠, 대님을 매고 상해 양말에 6, 7원의 구두를 신으며 옥양목으로 겹을 하고 옥색 명주로 안을 받친 두루마기며 20여 원의 외투를 입고 삼팔주나 명주 목도리를 매며 두상(頭上)에 2, 3원의 모자를" 쓰고 "사시(四時)로 쓰는 안경은 평면경"에 불과한 허영쟁이들이었다.101)

이 글들은 과장과 압축을 서술 원리로 이용했다는 것을 숨기지 않는다. 예를 들어 젊은 여자가 하나 건너 하나씩 금니를 해박았다는 서술은,

---

100) 「학생」 1회, 『매일신보』, 1913.1.18, 3면; 「걸식녀의 자탄」, 1912.6.23, 3면.
101) 현상윤, 「구하는 바 청년이 그 누구냐?」, 『학지광』 3호, 1914.12, 4면; 박승철, 「조선 청년의 사치를 논함」, 『학지광』 12호, 1917.4, 21면.

'있는 그대로를 재현하는' 방식이 아니라 '있는 그대로를 과장하는' 방식에 입각한 것임이 분명하게 인지되는 편이다. 그러나 또 한편 이 형상들은 대체로 서술자의 준엄한 언어들을 보조하는 차원에서 이루어지기 때문에, 과장과 압축의 기법이 전경화되지는 않는 편이다. 화려한 물건들로 치장한 얼개화꾼과 허영쟁이들은, 도덕적으로 우월한 위치에 있는 글쓰기 주체에 의해 사라지거나 몰락해야 할 존재들로 이미 낙인찍힌 상태에서 그 형상을 드러낸다. 형상 이전에 '타개해야 한다'라는 이념이 강력하게 선재하므로, 형상이 과장된 것인지 실재와 가까운 것인지는 핵심적인 관심거리에서 멀어지게 된다.

과장의 방식과 서술자의 위치 문제와 관련하여 관심을 끄는 텍스트는, 부정적 인간형인 '속물'을 그 자체로 전경화한 『청춘』의 「신사 연구」 및 네 번 게재된 「냉매열평(冷罵熱評)」이다.102) 문체상 최남선이 작자임을 어렵지 않게 짐작할 수 있는 이 글들은 많은 사람들이 공통적으로 인지하는 일정 현상을 싸잡아 비판하지 않는다. 대신 특정 대상에 집중하여 타켓으로 삼은 부분을 과장하여 보여줌으로써 그 부정성을 극대화한다. 「신사 연구」는 표면상 종로에서 발견한 세 명의 '신사' 관찰기이고, 「냉매열평」은 일신을 위해 말단관리라도 되려고 하는 젊은이들, 선생을 "늙은 년놈"이라고 욕하는 학생들과 "바둑 장기"로 시간 때우는 선생들, 거만하기 짝이 없는 가게 주인들, "대가리 설거지"를 너무 잘해 외국 한 번 나갈 때마다 이전 것을 전부 망각하는 사람들, 돈에 미친 물신 숭배자들, 조혼한 후 학업을 팽개치는 소년들, 온갖 몸치장을 하고 사글세방을 전전하는 사람들 등을 비판과 풍자의 대상으로 선택한다. 이 글들 역시 글쓰는 자의 이념성, 혹은 글 쓰는 자를 포함한 당대의 이데올로기적 구심점을 중심으로 대상들을 배치하지만, 한두 문장으로 요약되곤 하던 비판의 대상들을 클로즈업한다는 것이 문제적이다. 한 부분을 보기로 한다.

---

102) 「신사 연구」는 『청춘』 3호에, 「냉매열평」은 『청춘』 3~7호에 게재되었다.

마츰 저리로서 洋服에 中山帽에 金眼鏡을 쓰고 人力車를 몰아오는 이를
보고 올타숙나 저게 紳士로고나 하고 그 人力車의 뒤를 싸라 東大門을 向
하고 갓노라 十月 初生이언마는 아직 첫 가을날 가티 짜슬은 날이라 굵은
무명 적삼에 쌈이 내어 배더라 나는 그 紳士를 觀察하엿노라 첫재 그가 外
套 닙은 理由를 생각하니 一, 紳士는 나 가튼 凡庸과는 體質이 달나 녀름
에도 칩은가―녀름에 칩고 겨울에는 덥으려니 二, 紳士의 體面에는 덥어도
外套를 닙어야 하나보다―아니다 이 冷水에 손을 담가도 덥은 오늘 가튼
날에 掌甲까지 씬 것 보니 아마도 身體組織이 凡人과는 判異한 듯 (…중
략…) 眼鏡은 녑흐로 보면 眼鏡알에 無數한 線이 보인다더라―어듸 보자―
줄이 업다 그러면 眼精이 不實함이 아니라―올치 이것도 다만 紳士의 體面
인가 보도다[103]

양복입고 모자 쓰고 금테안경을 끼고 인력거에 올라앉은 이 신사의
풍자 효과는, 의뭉스러운 화자가 그를 밀착 관찰하는 지점에서 극대화된
다. 날씨는 더운데 외투와 장갑으로 꽁꽁 싸맨 모습은 화자가 그 이유를
여러 가지로 궁리해 보는 동안 우스꽝스러움이 배가된다. 금테 안경도
그 "안경알에 무수한 선이" 있는지 없는지를 가까이에서 확인하는 것으
로 그것이 겉멋을 위한 소도구인 '평면경'임을 증명한다. 당위적 이념은
문면에서 배제되고, 타개되어야 할 현실의 모습을 드러내는 것만으로 글
의 목적성을 표면화한다. 「신사 연구」는 시종일관 이와 같은 방식으로
관찰하고 딴청부린다. 관찰기를 끝맺으며 일종의 결론을 내리는 자리에
서도 "다른 것은 새 것 햇 것이 좋을지라도 신사의 햇 것은 좀 덜 좋은
걸"이라는 우회의 말을 택한다. 「냉매열평」의 서술 방식도 이와 비슷하
여, "양복 바지에 지나 저고리에 조선 감투를 쓰고 나막신을 끌 듯 하는
야릇한 괴물"(『청춘』 4호, 102면), "속은 노드락 노드락하고 때가 꾀죄하게
묻은 옷을 입으면서도 겉에는 비단 것으로 살짝 가리"는 여편네들(『청춘』
7호, 70~71면) 등 내러티브에 종속되지 않는 묘사로 풍자의 효과를 극대화

---

103) 두공(頭公), 「신사 연구」, 『청춘』 3호, 1914.12, 66~67면.

한다.

캐리커처의 방식으로 이루어진 고의적인 과장과 왜곡은, 묘사된 형상이 '사실 그대로'일 것이라는 오인의 가능성을 배제시킨다. 의도는 담론이 아니라 이미지에 각인된다. 「냉매열평」의 의뭉한 화자는 중국에 다녀오는 사람이 "압록강 철교를 건너는 1, 2분 동안에 머릿속에 있던 조선의 성정, 습관, 언어, 의복, 행지거동(行止擧動), 심장을 말끔 설겆어 내어 꽁꽁 동여서" "철교 틈에 끼워 두는지 또는 흘러가는 강수(江水)에 집어던지"는 것 같다고, 그런데 "외유(外遊)를 마치고 돌아오는 때에도 아니 가지고 옴을 보면 아마도 강수에 던지나 보"라고 말한다(『청춘』 7호, 102면). 이런 문장은, 해외를 다니는 사람들을 '실제 있는 듯이' 재현했다고 상상되지 않는다. 이때 도시 대중의 어떤 면을 비판하고자 하는 작자의 이념적 지향은, 개별자들이 '본래적으로' 지닌 것과 혼동되지 않는다. 캐리커처된 인물들은 여전히 개별자와 이념성의 혼합체로 존재하지만, 그 과장된 부분들이 개별자의 특질로부터 오는 것이 아니라 서술 주체의 이념적 지향성으로부터 오는 '잉여적인' 것임을 분명하게 한다. 모델이 된 인물들과 의미화된 인물들이 밀착했으리라는 상상은 이 과장성에 의해 제거된다.

풍자의 글쓰기에서 주체의 위치는 여전히 우월하며 의뭉한 화자를 통한 비판적 의미는 완강하다. 그러나 작자의 이념적 지향이 직설의 어법을 피해 행간에 스며드는 글들에서, 글쓰기 주체의 구심력은 타락자들을 준엄하게 비판하는 논설이나 이들을 몰락한 걸인으로 결정하는 서사물들의 경우보다 상대적으로 약화된다고 할 수 있다.

'환경'의 부각 – 현상윤의 소설

위에서 잠시 언급했듯 1910년대 초중반의 신문기사에서 '타락자'는 '모범자'와 대극을 이루기도 하지만, '불쌍한 자'의 대타항으로서 내려티브를 축조하기도 한다. 불쌍한 자의 주위에는 많은 경우 나쁜 인간이 있다. 이 나쁜 인간이 한 인간을 고통스런 삶으로 몰아버린다.

그러나 개인의 수난과 비극이 현상만으로 제시되는 기사들도 더러 찾아볼 수 없는 것은 아니다. 가령 한 여자가 우물에 빠져 죽은 채 발견되었다. 경찰이 출동하여 조사해 본 결과 "임성녀"라는 여인으로, 남편은 부모처자를 굶기지 않으려고 애쓰나 가난이 극심하여 주리기를 밥 먹듯 하고, 여인 자신은 속병이 들어 아이 젖도 먹이지 못하는 처지였다.104) 임성녀의 자살은 현실적 가난으로부터 비롯된다. 인물들 간의 이야기로 서사화되지 않고 비극의 장면만을 잡아내는 이런 글이 가능한 것은, 기사화되기 이틀 전인 "지나간 28일 오전 6시쯤"에 "인천부 용강정 예전 정거장" 근처의 우물에서 일어난 사건이 질료적 사실성을 유지하고 있기 때문이라고 할 수 있을 것이다. 입에서 입으로 이야기가 떠돌 때, 그것은 이야기를 옮기는 자의 기호에 맞게 변경이 가능하다. 그러나 아무리 매체가 매체의 이데올로기에 맞게 사실을 재구성한다고 하더라도, 취재원이 시공간적으로 가까운 자리에 존재하면 재조직 가능한 폭은 좁아지게 된다. 질료의 사실성이 완강할수록 그 글은 유형화된 내러티브를 갖추기가 쉽지 않다. '불쌍한 자' / '타락자'의 경우도 마찬가지다. 공동체 속의 어떤 인간을 동정해야만 할 불쌍한 인간으로 만드는 원인은, 또 다른 한 개인의 타락성으로 온전하게 설명되지 못한다.

수난을 당하는 '불쌍한 자'의 삶을 핵심 의미로 부각시키는 텍스트는 현상윤에 의해 여러 편 제작되었다. 그의 '소설' 5편은105) 몰락으로 마무리되든 극적 반전이 준비되든 개별자의 수난 자체를 중점적으로 다루는데, 이때 주요 인물의 수난은 타락자의 도덕성에서 비롯되었음에도

---

104) 「동정할 참진극(慘眞劇)」, 『매일신보』, 1914.6.30, 3면.
105) 5편은 다음과 같다. 「한의 일생」, 『청춘』 2호, 1914.11; 「박명」, 『청춘』 3호, 1914.12; 「재봉춘(再逢春)」, 『청춘』 4호, 1915.1; 「청류벽」, 『학지광』 10호, 1916.9; 「광야」, 『청춘』 7호, 1917.5. 『핍박』도 소설 목록에 넣는 것이 일반적이나, 여기에서는 제외시켰다. 제4장 1절에서 이 문제를 논할 것이다.

불구하고 그 단일 원인으로 단정하게 수렴될 수 없는 현실 연관을 내포하고 있다. 이광수도 단편 「무정」(1910), 「규한(閨恨)」(1917) 등에서 수난에 직면한 '불쌍한' 여성을 주요하게 형상화시켰지만, 확실히 이광수의 경우는 자기 세계가 아닌 '남의 이야기'를 할 때에 기성의 담론과 인물 유형을 그대로 답습하는 경향이 강하게 나타난다.[106]

현상윤의 소설들 중에서 수준이 낮은 것으로 평가되는 「박명(薄命)」을 먼저 보자. 외면상 핍박을 받는 주인공은 며느리 영옥이고 핍박하는 자는 남편의 계모인 시어머니 최씨이다. 흥미 위주의 가정 소설에서 익숙하게 발견되는 구도이다. 그런데 실제로 영옥이 절망을 못 견디고 목을 매는 원인은 최씨의 핍박이 아니다. 최씨는 "갖가지로 집안에 살풍경을 일으키며 며느리에게 대한 구박도 형언할 수 없"는 인물로 소개되지만, 행동상으로는 텍스트 내에서 영옥에게 아무런 해꼬지도 하지 않았다. 영옥을 절망의 나락에 빠트리는 것은, 영옥이 시어머니 밑에서 지내기 힘들 거라는 걸 모르지 않으면서도 유학을 떠나 몇 년 씩 연락이 없다가 졸업 직전 장티푸스에 걸려 죽어버린 남편이다. 도덕적으로 나쁜 한 개인에 의해 영옥이 '불쌍한 자'가 되는 것이 아니다.

이 소설은 향유자로 하여금 누군가를 마음껏 동정하고 누군가를 원 없이 미워하도록 만드는 가정 소설의 구조를 빌려오지만, 고통과 절망이 야기되는 과정은 그 구도와 정확하게 맞아떨어지지 않는다. 그 이유는 모델 사건의 실재성과 관련하여 생각해 볼 수 있다. 현상윤은 글의 끝부분에 "이 소설 가운데 말한 지방에 살던 친구 두 사람이 나와 함께 평양 ○○학교에 와서 공부하다가, 가통(可痛)하게도 두 사람 다 장서(長逝)의 사람이 된 사실을 합틀어 뼈로 하고 약간 고기를 부친 것"이라고 첨언하였다. 작자가 아무리 변경을 가해도, '친구'라고 부를 만큼 가까이에 존재하던 자의 삶이 모델이라는 사실은, 글을 재래의 이야기 구도

---

106) 이광수의 글에서 자기 세계가 재현되는 양상은 4장과 5장에서 상세하게 다룰 것이다.

로 환원할 수 없게 하는 요인으로 작용한다. 실제 사건을 '모티프'로 삼
아 이야기를 펼치는 몇몇 신소설들과 실제 사건을 '전체 구도'로 삼은
이 소설의 차이점은 여기에 있다.

　이런 면모를 보다 분명하게 보여주는 것이 「한의 일생」과 「청류벽」·
「광야」이다. 「한의 일생」에서 "김춘원"의 삶을 나락으로 끈 것은 몇몇의
타락자들이다. 그와 오래 마음을 나눈 이영애를 빼앗아 간 윤상호는 "이
름있는 난봉으로 술·계집·잡기로는 어디를 갖다놓아도 뒤떨어지지
아니하고, 비루하고 부도덕·무인정하기로는 또한 아무에게든지 둘째
되기를 설워할 만한 사람"이다. 또한 윤상호의 유혹에 넘어가는 이영애
는 오랜 정을 버리고 "금전 앞에" 마음을 빼앗기는 속물이다. 「청류벽」
의 "영은"을 자살하도록 만든 것도 타락자, 혹은 속물들이다. 첫 남편 이
성도는 "잡기를 한다 술을 먹는다 계집방에를 간다 하더니" 급기야 영
은과 이혼한다. 이후 영은을 첩으로 삼은 황주사는 본가에서 귀찮은 일
을 당하게 되자 "창기조합"에 팔아버린다. 또한 뉘우친 첫 남편 이성도
가 영은을 창기조합에서 빼내기 위해 돈을 보내오지만, 포주는 "300원
짜리를 100원에 팖직하냐"며 소리지른다. 그는 사람을 돈으로만 환산한
다. 그리고 「광야」에서 일봉·일선 집안을 망하게 하고 어머니를 죽게
하고 오누이를 헤어지게 한 것은 "더럽고 괴악한 야심이 발발(勃勃)하게
일어나서 갖가지 수단과 계획으로" 재산을 갈취하고 오누이의 아버지가
도적들에게 맞아죽었다고 거짓말을 한 당숙 신정언이다.

　그러나 또한 이들을 나락으로 이끈 것은 운명과 환경이기도 하다. 「한
의 일생」에서 김춘원의 집안을 몰락하게 한 첫 번째 사건은 괴질이 돌아
식구들이 몰살당한 것이었다. 이후 춘원의 아버지는 "아무 경험도 없고
아무 숙련도" 없으면서 여러 사업에 부주의하게 손을 대어 가산을 탕진
한다. 「광야」에서 일봉·일선의 아버지 신참봉은 일가친척의 아내와 바
람 피다가 들켜버려 집안 몰락의 빌미를 처음으로 마련하였다. 그러나
서술자는 음탕함으로 규정지어질 만한 이 인물에 대해 "본래 천성이 괴

악하다든지 사람이 미련하게 났다든지 함은 아니나 그러나 어려서부터 호화하게 길려 나서 세상의 이른바 고(苦)라든가 간난(艱難)이란 것은 조금도 모"르기 때문에 이성이 점점 무디어 간 것이라고 설명한다. 몰락의 이면에는 환경과 관련된 복합적 요인이 버티고 있다. 한편 「청류벽」의 이성도는 지난 시절을 회개하고 '착한' 남자가 되어 영은에게 돌아오길 원하지만 현실은 냉엄하다. 한 개인이 지난 잘못을 뉘우치는 것만으로 누군가를 구원할 수 있을 만큼, 현실은 '도덕적 이념'에 따라 움직이지 않는다. 현상윤의 소설들은 개별자를 이념적·도덕적 선/악으로 채색하지만, 또 한편으로는 그 이념성에 포괄될 수 없는 복잡다기한 현실 연관들을 끌어온다. 개별자 A에게 부과된 어떤 수난이 개별자 B의 도덕성과의 연관 속에서만 다루어지는 대신 A를 둘러싼 복잡다기한 현실 연관 속에서 다루어질 수 있을 때, 개별자의 현실은 이념의 주형 안에서 규정될 때보다 세심하게 재현된다. 이때 타락자 유형의 인물이 홀로 맡았던 역할은 많은 부분 사회구조 혹은 환경의 문제로 넘어간다.

이 소설들이 지닌 입지가 보다 선명하게 파악되기 위해서는, 그 '사실주의'적인 성격이 당대 글쓰기의 맥락에서 어떤 지점에 놓이는지가 고려되어야 할 것이다. 실제 사건을 모티프의 차원에서 끌어들이는 신소설이나, 전체 구도는 이념적 지향을 고스란히 따르면서 디테일에서만 동시대 인물의 재현을 시도하는 신문기사형 글들과 달리, 현상윤은 실제 사건을 내러티브 차원으로 끌어들인다. 실제 일을 모델로 했음을 명시하지 않았어도 「청류벽」의 영은의 인생 역정은 입에서 입으로 전해진 이야기를 토대로 하거나 작자가 머릿속에서 만들어낸 서사로는 설명될 수 없는 '개별성'의 측면을 지니고 있다. 우연적 해후가 결함으로 지적되는 「재봉춘」의 경우도, 그 인물 내력들과 행동들은 실제 현실을 토대로 한 것임이 어렵지 않게 짐작된다. 이재춘은 "그 고을 군수의 천거로 관비유학생에 선발되어 일본 교토에 유학"하였고, 아마도 105인 사건으로 추측되는107) "당시 유명한 아무 사건에 애매하게 버무려져서"

5년이나 제주도에서 지내야 했다.

춘원·영은·일봉·재춘 등은 타락자들의 대타항으로서 수난에 처할 뿐 아니라 이러한 이항대립으로 요약될 수 없는 현실 연관 속에 존재한다. 그러나 인물의 일생에 가까운 시간이 다루어지는데도 불구하고 이 글들은 '단편'이다. 단편이라는 한계 때문에 인물과 인물을 충돌하게 하는 복잡한 현실 연관은 세세하게 구체화되는 대신, 인물들이 단일한 이념체로 수렴되는 것을 막는 기능 정도로 한정된다. 현상윤의 소설들은 전반부에서 한 장면을 세밀하게 제시한 이후 후반부에서 그런 현장을 있게 한 과거의 내력을 요약적으로 제시하는 구조로 이루어져 있는데, 이때 지나간 시간들은 그 자체로 독자적인 디테일들을 거느리는 세계로 재현되지 못하고 처음 제시되는 장면을 설명하기 위한 목적에 종속되어버린다. 이러한 서술 방식은 "신소설 축약형"이라고 명명된 바 있다.108) 신소설 방식으로 감정 이입을 유도하는 인물들의 삶이 다루어지고 장편 분량으로 감당해야 할 내용이 단편 분량으로 조정되었다는 점에서 이 텍스트들의 성격을 잘 보여주는 용어라 할 수 있다. 하지만 이 용어는 글의 질료가 된 현실적 계기들을 특징화하지 못하며, 장형 텍스트가 기준으로서 선재하는 상태에서 그것을 '줄였다'는 인상을 주기도 한다. 그러나 실제 사실에 기반해서 글쓰기를 시작한 현상윤도 이광수도 이 시기에 장편 분량의 글을 써 본 경험은 없었다. 현상윤의 글에서 요약적으로 서술된 부분들은, 당대에 장형으로 존재하는 것들이 축약된 것이라기보다는, 배제된 현실의 디테일들을 세밀하게 재구성하여 '앞으로' 장편소설화해야 할 부분이라고 보는 편이 좀 더 온당할 것이다. 이런 점을 고려한다면, "신소설 축약형"이라는 명칭보다는 '근대소설의

---

107) 김기현, 「현상윤의 단편소설」, 『문학과지성』 3권 4호, 1972년 겨울, 일조각, 367면.
108) 김영민은 1910년대의 "단편소설"을 축약형, 복합형, 일화형, 근대 완성형으로 나누었다. 이 분류에 의하면 현상윤의 다섯 편의 소설 텍스트는 축약형과 복합형에 포함된다. 복합형은 간결한 묘사와 신소설 축약적인 성격이 혼합되어 있는 유형으로 정의되어 있다. 김영민, 『한국 근대소설사』 개정판, 솔, 2003, 349~395면.

시놉시스형'이라고 부르는 편이 더 적절하지 않을까 한다.

신문기사를 비롯한 일련의 텍스트들은 글쓰기 주체 및 권력 주체의 이념을 강하게 투영하는 방식으로 동시대의 개별자를 다룬다. 이때 재현된 인물들은 상당한 정도로 이념화·유형화되어 있지만, 객관성을 강조하는 신문 미디어의 자장 안에서 '사실 그대로'의 존재로 상상되도록 형상화된다. 백대진·최남선·현상윤 등의 일련의 텍스트들 역시 동시대의 개별자가 단일한 의미 형상으로 다루어지는 경우가 많다는 점에서 신문기사들의 인물 재현 방식과 단절된다고는 볼 수 없다. 그러나 이 텍스트들에서 우리가 주목할 수 있었던 것은 균열의 징후였다. 백대진의 타락·나태자형의 인물들에서는 타락함과 나태함으로 수렴될 수 없는 면모를 엿볼 수 있다. 최남선의 풍자적 글에서 의도적 과장의 기법은 제시된 인물 형상이 동시대 개별자를 굴절하고 왜곡했음을 숨기지 않는다. 현상윤의 소설들은 주인공의 수난을 타락자의 도덕성과 연관시키면서도, 그 도덕성으로 수렴될 수 없는 사회구조와 환경의 문제를 텍스트 안으로 끌어들인다. '잉여'의 방식으로 기입되는 이런 면모들이 잉여의 수준을 넘어설 때, 개별자의 삶은 좀 더 다각도로 재현될 가능성을 갖게 된다고 할 수 있을 것이다.

제4장

축소된 주체와 재현의 밀도

주체의 시선이나 이념적 지향성이 강한 구심점 역할을 할 때, 재현되는 세계는 상당한 정도의 선명함을 확보할 수 있다. 주체가 제시하는 단일한 기준에 따라 의미의 윤곽이 잡히기 때문이다. 한국어문으로 글을 쓰는 일이 대세를 이루고 인쇄물을 눈으로 읽는 방식이 확대되던 시기에, 글쓰기에 부여된 임무 중 하나는 주체 중심의 재현 원리를 체득하여 명료한 의미를 확보하는 것이었다고 할 수 있다. 이와 같은 양식은 1920년대에 들어 일군의 작가들에 의해 더욱 치밀하고 자의식적으로 추구되며 근대적 사실성의 이념을 공고히 하기 시작한다.

그러나 명료하게 세계를 재현하기 위해서는 대상화 작업이 필수적이다. 주체의 대상화 작업에 의해 원래 지니고 있는 다양한 측면들이 배제됨으로써 세계는 '선명하게' 재현될 수 있다. 다시 말하면 명료함이 강할수록, 재현되는 세계는 일면화되고 단순화되었을 가능성이 높은 것이다. 1920년대 중반 경부터 본격화되는 대중잡지들의 선정적 글쓰기 양식은 주체의 권력 남용과 지나친 대상화를 보여주는 극명한 경우로, 앞장에서 살핀 글쓰기 양식에 연원을 두고 있다고 할 수 있다.

주체 / 세계의 분리는 근대적 양식 자체에 내재된 것이므로, 정도의 차이는 있을지언정 글 속에 재현되는 세계가 굴절과 왜곡으로부터 완전히 자유로운 것은 불가능할 것이다. 그러나 주체와 대상 사이의 거리를 좁혀 대상세계의 대상성에 근접하려는 시도까지 불가능한 것은 아니다. 이 시도는 글쓰기 주체가 조망의 위치에서 내려와 대상에 밀착하며 축소된 입지만을 점할 것을 요구한다. 그리고 주체의 구심력을 다소간 약화시킬 것을 요구한다.

이때 글쓰기 주체는 대상에 대해 충분한 거리를 확보한 상태에서 의미를 조직할 수 없기 때문에, 텍스트의 의미 선명도는 낮아질 수 있다. 그러나 원래 있는 것을 그대로 글 속에 옮길 수 있다는 믿음, 즉 현전(現前)에 대한 믿음이 재현의 원리에 깔려 있음을 감안한다면, 축소된 주체에 의한 글쓰기는 질료로서의 세계와 쓰이는 세계의 대응을 좀 더 촘촘히 하는 작업, 그리고 재현세계의 밀도를 확보하는 작업이라고 볼 수 있을 것이다. 이와 같은 면모가 드러나는 글쓰기의 형성을 살피는 것이 4장의 목적이다. 글쓰기 주체가 주체 자신에 집중하며 자신을 글쓰기 대상으로 삼아 재현하는 경우와, 주체가 연루된 공동체를 대상세계로 다루는 경우로 나눠서 논의를 전개하기로 한다.

1. '나'의 미분화(微分化) ―자기 재현

글쓰기 주체가 주체 자신의 이야기를 대상으로 삼고자 할 때, 많은 경우는 1인칭 '나'를 문장 주어로 선택한다. 굳이 주체와 글쓰기에 관한 이론서를 거론하지 않더라도, 글 속의 '나'는 그런 식으로 글 속에 형상화되는 순간 더 이상 주체 자신이 아니다. 그 과정에는 내 체험과 삶의 공간을 나로부터 분리시키는 대상화 작업이 개입되어 있다. '의식의 흐름' 역시 글로 써지기 위해서는 그 혼란스럽고 동시다발적으로 떠오르는 생각들을 선형의 언어로 '정리'하는 작업이 필요한 것이다. 소설 쪽에서 세련화한 이론을 빌려오자면, 글쓰기 주체 '나'와 글 속의 '나'는 작자 / 화자의 층위에 대응된다. 그러나 문제는, 소설처럼 '허구'임을 명시하는 글쓰기가 아니라면, 여전히 글의 화자 '나'는 글쓰기 주체와 혼동된다는 것이다. 거울 속에 비친 얼굴이 진짜 얼굴이 아님을 모르지 않더라도, 일상적으로는 그 얼굴을 자기 얼굴과 같다고 생각하는 경우와 비슷하다. 라깡 이후로 주체와 언어 일반의 관계에 내재한 문제가 심도 있게 논의되는 것도 결국은 이 '혼동'과 무관하지 않을 것이다.

근대 이전에, 감각하는 '나'는 세상의 중심이 아니었으며 글쓰기의 '대상'으로 부각되지도 않았다. '나'의 사소하고 구체적인 경험세계가 전면적으로 등장하는 글이 보편화되어 간다는 것은, 세계를 나와 나 아닌 것으로 분리시키는 인식 체계가 정착되고 나의 특정한 측면에 의미와 형상을 부여하여 '나'를 재구성하는 일이 일반화되어 간다는 것을 뜻한다. 그러나 또 한편으로 '나'를 글쓰기의 재현 대상으로 삼는 일은, 주체를 주체인 동시에 대상으로 삼으려는 양립불가능한 시도의 난감함에 직면하는 일이기도 하다. 다음의 예는 '나'를 글쓰기 대상으로 삼는 작업 자체의 어려움을 토로한 부분으로, 체험세계의 비규정성과 언어의 명료성 사이의 간극에 대한 곤혹스러움이 엿보인다.

> 나는 바야흐로 가문 논에 물을 대고 도라왓스니 野人 生涯라 할가 도라오는 길로 冊床머리에서 定課讀書를 하니 學生이라 할가 글 읽은 餘暇에는 어린 兒童의 正音 發音이나 가라처주고 漢字 句讀나 바로잡아주며 或 종작업는 惡戲나 쑤지저주니 學究 生涯라 할가 참 일홈할 수 업는 두루

뭉술이로소이다.[1]

내 "근황"을 알리기 위해서는 일단 내가 어떤 사람인지를 소개해야 하는데, 작자는 바로 이 지점에서 혼란을 느끼며 자기 삶을 "이름할 수 없는 두루뭉수리"라고 말한다. 하루의 삶을 글쓰기의 대상으로 삼기 위해 조목조목 분석하지 않는다면, 농사도 짓고 독서도 하고 서당 훈장도 하는 것이 굳이 "두루뭉수리"로 느껴질 이유가 없다. 현실세계 자체에서는 어색하거나 부족하다고 느껴질 필요가 없는 것들이 글쓰기의 계열체 안으로 들어오는 순간, 한 인물에게 명확한 정체성을 부여하지 못하는 결핍의 요소로 여겨진다. 체험세계를 언어세계로 옮기는 작업이 부자연스럽게 느껴지지 않기 위해서는 '두루뭉수리'한 체험세계가 나와 나 아닌 것으로, 사적인 분야와 공적인 분야로, 일과 놀이로 구획되고 정리되어 언어의 논리정연한 형식과 만날 수 있어야 한다. 하지만 위의 글쓰기 주체는 자기 세계를 명확하게 구획하는 일에 서툴러서, "이름할 수 없는 두루뭉수리"라는 말로 자신감 없는 자기 삶을 보여줄 수밖에 없다.

그러나 사실 "이름할 수 없는 두루뭉수리"는 오히려 언어세계에 대한 생활세계의 관계를 정확하게 규정짓는 표현이기도 하다. 생활세계를 언어로 투명하게 드러낼 수 있다는 공고한 인식, 외부로부터 유입된 '자아' 및 '개인'의 개념에 특권을 부여하는 사유 방식, '고백'을 통해 내면을 보여주겠다는 자의식[2] 아래에서 이 혼란과 어색함은 은폐되고,

---

1) 이경, (무제), 『청춘』 11호, 1917.11, 별권 1면. 『청춘』의 특별대현상(特別大懸賞) '자기 근황을 보지(報知)하는 문' 부문에 1등으로 당선된 글이다.

2) '나'를 표상하는 글쓰기와 관련해서 기존 논의들은 대체로 '고백'을 핵심 키워드로 설정하고 있다. 이 논문에서는 자의식적인 '고백'만으로는 포괄될 수 없는 '나'에 대한 글쓰기 전반을 다룰 것이다. 식민지 시대의 '고백' 양식에 관한 주요 논문으로는 다음의 것들이 있다. 이재선, 『한국단편소설연구』, 일조각, 1975; 김윤식, 「고백체 소설 형식의 기원」, 『국 근대소설사연구』, 을유문화사, 1986; 임병권, 「'고백'을 통해 본 내면성의 정착과 주체의 형성」, 『한국 근대문학의 형성과 문학 장의 재발견』(민족문학사연

나를 대상화하는 일은 '객관화'하는 것으로 여겨지게 된다. 아래에서 상세히 살피겠지만 이런 경우 '나'가 전면 배치되는 경우라도, 당대 이념을 흡수한 주체가 높은 위치에서 강한 구심력을 유지한 채 스스로를 형상화·대상화한다. 이 경우 자기 형상이나 입지는 선명해지지만, '나'에 대한 재현의 밀도가 확보된다고 볼 수는 없다. 자기 재현의 글쓰기는, 대상화하는 작업의 혼란과 어색함까지 포괄할 때 좀 더 '사실에 가까운' 재현 작업을 수행하게 된다.

1) '나는 누구인가'—자기 정체성의 문제

이상형으로서의 '참사람'

'나'의 형상화 문제를 살피기 위해서는 당대의 공적 인간상을 검토하는 작업이 선행될 필요가 있다. 앞장에서도 잠시 언급하였듯 '일선동체(日鮮同體)' 이데올로기와 '선실력양성 후독립' 이데올로기는 타락자 유형을 부정적 인간상으로 공유하고 있었던 데 반해, 긍정적 인간상으로는 각각 모범자형과 개척자형을 선호하였다. 이때 개척자형 인간의 의미 자질은 '참~'이라는 접두어를 붙여 어떤 이상적 상태를 지정하는 표현 속에 자주 나타나곤 한다. "광명도 '참'이 아니면 있지 아니하고 영예도 '참'이 아니면 있지 아니하나니 모든 실재도 '참'에서 비롯하고 모든 발전도 '참'에서 시작하는도다"[3]라는 문장이 단적으로 보여주듯, 이 시대 사람들은 완전한 무엇을 지칭하기 위해 "참"이라는 말을 애용했다. 모범적 소시민 표상과 달리, 일신의 안위보다는 세계를 먼저 생각하는 공명심이나 위험을 무릅쓰고 모험에 뛰어드는 불굴의 의지 등이 '참~'을 부여받는 대표적인 덕목이 된다. '모범자'들이 어려움을 이겨내고 행

구소 기초학문연구단 편), 소명출판, 2005.

3) 현상윤, 「사회의 비판과 및 표준」, 『학지광』 5호, 1915.5, 25면.

복한 소시민의 삶에 안착한다면, '참~'을 부여받는 '개척자'들은 공공의
이익을 위해 어려움 속으로 뛰어든다.

　　①이 사람은 **참사람**, **참예수敎人**, **참公民**이니, 제 한 몸을 爲하난 일은 生
覺하지 아니하고 白意와 赤誠으로 남을 爲하야 一生을 지냇더라,

　　②너는 어엿부다, 外貌에와 갓히 內心도. 그러하면 願하건댄 너의 公平
으로써 너의 가진 **참** 힘을 우리 사람에게 골고로 빌녀주렴으나.4) (강조는 인
용자)

①은 페스탈로치의 묘비명 문구의 일부로, 원문에는 굵고 큰 글씨로
강조되어 있다. 자기 한 몸을 위하지 않고 "남을 위하여 일생을" 지낸
것이 "참사람, 참예수교인, 참공민"의 함의이다. ②는 꽃의 덕목을 찬송
하는 시의 일부다. 왕의 정원이나 부서진 집에서나 가리지 않고 피어나
는 공평함, 몹쓸 비바람을 무릅쓰고 번식하는 분투력과 준비 자세가 인
간이 꽃에게서 배워야 하는 덕목이자 "참 힘"이 된다. 다만 두 예문에서
'참~'이라는 접두사를 부여받는 대상은 모두 완결되어 있는 이념체다.
갖가지 이념이 주입되어 의인화된 꽃은 들판에 피고 지는 꽃도 아니고
구체적 인간에 대한 은유도 아니다. 300년 전의 스위스라는 먼 시공간
적 존재인 페스탈로치 역시 이념적 위인이자 이야기 속의 개척자이지
현실감을 지니고 받아들일 만한 인간은 아니다.

조금 시간이 흐르면 이 '참~'의 언어들은 현실과 무관한 이념에 머
무는 대신, 직접적으로 동시대 조선사람들에게 요구되는 이상형과 관계
하게 된다. "참자유"·"참교육가"·"참신사"·"참중용"·"참소리" 등
이 시기의 '참'스러운 것들은 구습에 물들지 않은 개명된 사고를 갖추
고 시대가 요청하는 공공 윤리와 공공 이익을 위하는 것으로 요약된다.

---

4) 「근대교육 혁신 대가 페스탈로치 선생 처세훈」, 『소년』 2년 7권, 1909.8, 10면; 「화신
（花神）을 찬송하노라고」, 『소년』 3년 5권, 1910.5, 3면.

그리고 이런 요구들을 만족하는 '소년'들의 포괄적 미래상이자 조선인
이 도달해야 할 이상적 인물상으로는 '참사람'이 설정된다.

①朝鮮 사람아 멋쟁이가 되지 말고 **참사람**이 되라. 雄花에는 果實이 맷치
지 안는 것과 갓치 「멋」에는 되는 것이 업나니라. (…중략…) 이 「멋」이 變하
야 「참」이 되기 前에는 千百날 가도 새 길 새 하늘이 보일 수 업나니라.

②사람이 世上에 處하자 하면 맨 먼저 要求되는 바는 사람됨이니라 사람
이라 하면 形殼만이 아니라 精神까지 가초아 具足한 것이오 心思만이 아
니라 行爲까지 아울러야 完全한 것이니 (…중략…) 充足한 能力은 곳 사람
으로 하야곰 사람 노릇을 하게 하는 資本이니 사람 노릇을 하자면 먼저 사
람이 되어야 할 것이오 사람이 되지 아니하면 진실로 **참사람**이 아닐지니라

③돈을 번다하면 卑陋한 생각 아래 그야말로 惡鬼窟을 만들기에 奔走한
모양 갓더이다 惡鬼窟을 짓기에 애쓰는 모양 갓더이다 果然 遠大한 理想
아래 **참사람** 갓흔 생각으로 돈──돈하는 者이 너무나 드믄 것 갓더이다.

④「아모러나 그대는 나를 살려주섯습니다, 그대는 나로 하여곰 **참사람**이
되게 하엿고 내게 살 能力과 살아서 즐기며 일할 希望과 깃븜을 주섯습니
다. 나는 그대를 爲하야, 그대의 滿足을 爲하야 工夫도 잘하고 큰 事業도
成就하오리다. (…중략…)」5) (강조는 인용자)

①에서 "참사람"은 겉만을 번지르르하게 꾸미는 "멋쟁이"의 반대항
으로 설정되어 있다. 참사람은 형식에 연연하지 않고 자기 내실을 위해
애쓰는 사람이다. 배움의 중요성은 자기 실질을 채우는 것과 관련하여
언급된다. ②에서 "참사람"은 "사람됨"과 동의어이다. "형각(形殼)만이
아니라 정신까지 갖추어"야 한다는 주장은 ①의 주장과 상통한다. ③에

---

5) 편집인, 「안상공론(案上空論)」, 『학지광』 11호, 1917.1, 50면; 「수양의 삼 단계」, 『청
춘』 8호, 1917.6, 6~7면; 백웅(白熊), 「모(某) 학교장에게」, 『학지광』 15호, 1918.3, 77면;
외배, 「어린 벗에게」, 『청춘』 9호, 1917.7, 119면.

서 "참사람"은 돈을 제대로 사용할 줄 아는 이다. 사적인 욕심을 채우기 위해서가 아니라 "무슨 잡지를 하나 한다든가 도서관을" 하는 것 같은 공공의 이익을 위해서 돈을 쓸 줄 아는 것이 "참사람"의 요건이 된다. ④는 주인공 임보형이 꿈속에서 김일련과 서로 사랑의 마음을 고백하며 하는 말이다. 사랑이 "참사람"을 만드는 이유는 정조를 지켜주어 사회적 문란을 막고 품성의 도야와 사위심(事爲心)의 분발을 유도하며 "동정맛"·"헌신맛" 등을 배우게 하기 때문이다(107~108면). 타인과 사회를 위하여 일하며 즐거움을 느끼는 사람이 "참사람"이다. 위의 인용문들은 큰일을 위해 개인의 안위에 연연하지 않는 인간이 실력양성론을 주도했던 당대 신지식층 청년들의 이념적 지향이었음을 보여준다.

'참사람'은 '모범자'를 포함하는 좀 더 넓은 이상형이라고 할 수 있다. ①은 허영덩어리 멋쟁이들과 대타항을 이룬다는 점에서 그 함의가 겹쳐진다. ③은 돈을 제대로 쓸 줄 아는 "원대한 이상"을 술 담배에 돈을 쓰는 낭비벽과 대립시킨다는 점에서, ④는 개인적인 열의가 곧바로 '동족'을 위한 것과 등가관계를 이룬다는 점에서, 모범자적 속성이 잠재되어 있다. 하지만 때로 '참사람'은 '모범자'의 덕목을 배제하기도 한다. 예를 들어 학교를 졸업하고 말단 관리가 되어 일하는 것은 정치권력 주체가 칭찬하는 가장 '모범적인' 조선인이었지만, 구한말의 자강 담론을 이어받아 조선을 배타적인 민족 공동체로 인식하는 지식인에게 군서기 자리 하나 얻기 위해 침 흘리는 청년들은 모범자가 아니라 돈에 눈이 먼 속물이었다. "벼슬"은 "개인의 영예를 얻거나 의식을 얻는 기관이 아니요 중대한 일국(一國) 대사(大事)를 처리하여 가는 것"으로, 공적 이상의 실현이 목표로 설정되어야 하는 자리이기 때문이다.[6] 그러나 '참사람'이 '모범자'와 때로 별개의 의미 자장을 형성하더라도, 두 이념체는 헤게모니 경쟁을 해야 할 만큼 다른 지향성을 지니는 것이었다고는 할 수 없다.

---

6) 열돌음빙객(熱突飮冰客), 「냉매열평(冷罵熱評)」, 『청춘』 3호, 1914.12, 71~72면.

'일선동체' 이데올로기로부터 형성된 '모범자' 표상은 자주 자선 사업을 하는 인물형으로 뻗어나가고, '참사람'은 '지적 엘리트에 돈이 많은 사람'을 전제로 해서 그 공공성을 획득하는 인물로 상상되는 경우가 많았다. 열심히 배우고 실력을 양성하면 서양이나 일본과 같이 강자의 대열에 설 수 있으리라는 '온건한' 논리가 식민 이데올로기로부터 먼 거리에 있지 않듯, '참사람' 역시 '모범자'와 친연적 관계에 놓여 있다.

그러나 '나'를 글쓰기 속으로 끌어들이는 문제와 관련해서 보자면 이념형으로서의 '참사람'은 확실히 '모범자'보다 중요한 의미를 지닌다. 모범자 유형의 인물은 대중 지향성이 강하다. 이 유형의 인물은 자주 개별자의 형태로 제시된다. 잘 먹고 잘 사는 모범적인 소시민은 대중들에게 달성 가능한 목표로 참조되며, 일상의 차원으로 부르주아 이데올로기를 흡수시키는 데에 적절히 기능한다. 그러나 '참사람'은 보다 추상적이고 보다 덜 일상적이다. 참사람은 부지런함만으로 달성될 수 있는 게 아니며 상당한 도덕적 자질까지 갖추어야 한다. 이 이념성은 대중보다는 의식화된 인간을 지향한다. 그리고 의식화된 주체가 '나'와 '나의 세계'를 의미 있는 것으로 글 속에 고정시키기 위해서는, 반신(半神)인 초월적 영웅이나 일상의 대중 속에 쉽게 묻히는 '모범자'와 달리, 현실과 관계를 맺고 있으면서도 일상의 차원을 넘어선 위대한 '참사람'을 대타적으로 의식하지 않을 수 없다. 부정하든 긍정하든, 이 시기에 '참사람'을 무시하고 '나'를 얘기하기는 힘든 것이다. 우리는 전자의 방식으로 참사람을 의식하며 개별자인 '나'를 글쓰기의 대상으로 삼는 경우를 엘리트 필자들에게서 볼 수 있을 것이고, 후자의 방식을 아마추어 필자들에게서 찾아볼 수 있을 것이다.

엘리트 지식인과 사생활의 노출

공적으로 유통되는 매체에 개인적 사정에 관한 글이 처음 실린 것은

『소년』이었다. "신경쇠약증에 걸려서 이때까지 쾌유치 못"하고 또 적극적으로 고치지도 못했다는 푸념 섞인 넋두리, 올 여름에는 꼭 바다에서 지내겠다는 다짐, 잡지 발간의 고충과 앞으로의 전망이나 포부 혹은 한탄, 자기 자신의 이력 등을 수록한 문장들이, 때로는 짧은 전문(全文)으로, 때로는 다른 글 속에 삽입된 형태로 기술된다.7)

이 글들에서 재현되는 '나의 세계'에는 자의식이 거의 개입되어 있지 않다. 이 문장들이 놓인 자리는 가치와 의미가 강조되기보다 '쉬어가는 페이지'로서의 성격이 강하다. 『소년』이 최남선의 손에 의해 이루어진 개인잡지에 가까웠다는 점을 생각한다면, 이 글들은 잡지 전체의 어느 부분에 실려 있건 편집 후기의 성격을 갖고 있다고 할 만하다. 공적으로 유통되는 매체에 실린 글이지만 그 공공성을 괄호친 자리에 놓여 있다고 볼 수 있다.

그러나 이러한 점을 감안하더라도, 『소년』 3년 8권에 실린 「거년(去年) 차시(此時)의 집필인의 풍류」는 유별난 점이 있다. 이 짧은 글은 일 년 전 동래(東萊)에 갔을 때를 기록하고 있다. 『소년』 2년 8권과 10권에 실린 「교남홍조(嶠南鴻爪)」의 여정 그 뒷부분의 이야기에 해당하는 내용으로, 순간적 감상이나 푸념 따위와는 다른 자리에 놓인다. 그런데도 그는 매우 유희적이다. 통도사에서 그는 불골단(佛骨壇)에 걸터앉았다가 주지승에게 욕을 먹고, 장경각(藏經閣)에 들어가 책만 더럽힌다고 꾸지람을 당하고, 연자루(燕子樓)에서는 "똥무더기 수"를 센다. 그리고 친구 김우영·한흥교와 진원루(鎭遠樓)에서 찍은 사진을 지면 상단에 커다랗게 삽입하고 있다.

『소년』에 삽입된 사진의 피사체는 표트르 대제, 나폴레옹, 민영환 등의 영웅이나 위인, 티벳인이나 적도인 등 '신기한' 사람들, 찬란한 문명

---

7) 다음의 글들에서 글 쓰는 자의 개인 사정 등을 살펴볼 수 있다. 「집필인의 문장」, 『소년』 2년 2권; 「동물계의 수륙 양왕」; 「편집실 통기」, 2년 4권; 「편집실 통기」, 2년 5권; 「집필인의 문장」, 2년 7권; 「교남홍조」, 2년 8권; 「제1기(朞) 기념사」, 2년 10권; 「편집실통기」, 3년 2권; 「소년시언」, 3년 3권; 「헬렌켈러 여사의 나의 장래」, 3년 5권; 「꺾인 솔나무」; 「『소년』의 기왕과 및 장래」, 3년 6권; 「소년시언」, 3년 8권.

『소년』 3년 8권 59면에 실린 사진. 왼쪽이 최남선인 듯하다.

지와 오지, 유서 깊은 사적(史蹟) 등으로 모두 '의미 있는' 풍경과 인물들이다. 그런데 돌연 최남선은 자기의 얼굴을 이 대열에 포함시켰다. 한갓 재미로 해본 일이라고 하더라도, 재미로 자기 사진을 공적 매체에 실을 수 있는 데에는 스스로에 대한 자부심이 개입되어 있다고 보아야 할 것이다. 자기 사진을 싣는 일은 이후 동인지 등에서 빈번하게 이루어지지만, 폐쇄적으로 유통되는 동인지와 달리 적어도 취지의 면에서 『소년』은 '조선 소년 모두'를 향한 잡지였다. 이 사진을 잡지에 게재하고 유희적인 태도로 글을 쓰는 최남선의 심리적 메커니즘은, 스스로 '참사람'인 자의 여유와 자신만만함은 아닌가 하는 추측을 불러일으킨다. 자신의 '사적인 것'을 그대로 드러낼 수 있는 여유와 자신감은, 자기 자신을 '앞선 자'라고 여기는 자의식과 모종의 관계를 가지고 있다고 할 만하다.

글을 쓰는 자 자신이 지식의 측면에서나 사유의 측면에서나 일반 독자들보다 앞서 있다는 생각은 계몽적 글쓰기를 이끄는 기본 전제다. 계몽의 언술을 표면화 하는가 아닌가도 중요한 문제이지만, 좀 더 근원적인 것은 글쓰기 수행 주체가 '어둠을 밝히는(enlighten) 존재'로 자기 정립하는 인식이 어느 정도로 견고한가 하는 것이다. 이런 인식이 일반화되면, 그것은 글을 쓰는 특정한 태도의 차원을 넘어 일종의 '습관'이 되어버린다. 아래 인용문은 '앞선 자'인 엘리트 지식인으로서의 우월한 자의

식이 사적인 글의 형식, 그리고 공적인 매체와 만나 이상한 균열을 일
으키는 장면을 극적으로 보여준다. 옛 은사에게 보내는 이 서간문은 개
인적 감상으로 시작된다. 홀로 빈 방에 앉아 있으려니 "선생님 생각이
불현듯" 나고 "경성 떠날 임시에 잠깐 뵈었던 어느 날 밤의 일이" 떠올
랐다는 것이다. 그는 지금의 자신이 있을 수 있었던 것은 "저에게 밝은
등불"이 되어주신 "선생님의 은덕" 때문이라며, 언제나 "모교를 위하여
기도"한다고 말한다. '등불 같은 존재'는 바로 글의 수신자인 선생님이
지 "저"가 아니다. 그런데 선생님을 향한 이 낮고 겸손한 자세는 어느
순간 돌연 대중을 선도하고 계몽하는 높은 주체의 것으로 변한다.

> 사람이 하나만 잇서도 그 집은 잘될 수 잇고 그 나라는 잘될 수 잇는 것
> 갓치 우리 學校의 興亡感*衰가 여러분 先生님들의게 잇는 줄 밋나이다 先
> 生님들의 理想이 無徹尾, 無元力하다 하면 그 밋혜 生徒들의 理想도 無徹
> 尾, 無元氣할 것이요 先生님들의 行動이 不忠實, 不謹愼이라 하면 그 아
> 래 生徒들의 行動도 不健實, 不注意할 것이로소이다[8]

전형적인 대중 계몽의 훈계조이다. 이 어투는 윗사람을 대하는 존대
체가 아니라, 익명의 대중을 앞에 두고 말하는 연설식의 경어체다. 선생
을 대상으로 이런 어조의 말을 할 수 있는 사람은 교원 연수를 맡은 담
당 강사나 교육학 전문가 정도이지, 가르침을 받은 제자는 아니다. 그런
데 이 제자는 자기를 가르쳐 준 은사, 그것도 한 학교의 교장 직위에 있
는 은사에게 훈계조의 글을 쓴다. 선생이 자기보다 '낮게' 보여서라기보
다는, 글 쓰는 자 자신을 엘리트 지식인의 자리에 위치 짓고 그런 자리
에서 쓰고 말하는 방식이 시대 전반에 걸쳐 일반화되어 있었기 때문이
라고 할 수 있을 것이다. 1차 독자로서 설정한 개별 수신자 "선생님"과
2차 독자라고 할 수 있는 불특정 다수의 독자 사이에서 이 글쓴이는 균

---

8) 백웅(白熊), 「모(某) 학교장에게」, 『학지광』 15호, 1918.3.15, 75면. *'盛'의 오기인 것
  으로 보인다.

형을 잡지 못한다.9)

1910년대 중반에 들어서면 일군의 일본 유학생들 사이에서 개인의 이상형으로서의 '참사람'에 균열이 가기 시작한다. 위의 글이 보여주듯 '참사람'의 이념은 여전히 강력한 힘을 발휘하고 있었지만, 또 한편으로는 자연과 우주와 개성을 강조하는 글들이 또 하나의 흐름을 형성하며 '자아'가 강조되어 가고 있었다. 그 직접적인 원인으로는 개개인의 개성과 생명의 창조력을 강조하던 일본 시라카배[白樺]파 문학과의 영향관계를 들 수 있을 것이다.10) 『학지광』의 체계는 수록된 글들을 크게 두 부류로 나누어 무거운 한주국종체의 논설 및 전문 지식 관련 글들을 앞쪽에 싣고 한자를 단어 수준에서 섞어 쓴 '나머지 글'들을 뒷부분에 실었는데11) 후자가 바로 이 새로운 흐름과 관계된다.

『학지광』의 멤버로서 이 '나머지 글' 부분에 깊이 관여하던 진학문이 귀국하여 발표한 「돌비늘」(『청춘』 9호)은 '참'의 의미 변화를 직접적으로 보여주는 초기의 글로 언급할 만한 것이다. 이 글에서 그는 "참생활"이 경성 끝에서 끝으로 왕래하는 바쁜 낮 시간, 공공의 활동을 하는 시간이 아닌 혼자 걷는 밤의 귀갓길에 있다고 쓴다. 친구와 이론 얘기도 하고 고성방가(高聲放歌)도 하는 낮의 시간은 "모두 나의 생활이 아니"다. "부드러운 밤옷[夜衣]에 싸여 반가이 나를 맞는 어원(御苑)과 포석(鋪石) 고개 사이가 나의 세계"이다. 그리고 김동인에 오면 이전 시대의 '참사람'과는 다른 새로운 이념 제시의 욕망이 한층 강해져서, 불과 두 페이지 남짓한 그의 첫 글에는 무려 12번의 '참~'이라는 단어가 사용되고 있다.12) 이 글은 일본 유학생들에게서 최근 몇 년 간 싹터 오른 개인세계에 대한 욕망을 종합 정리하며 동인지 시대의 지향성을 예고한다. 김동인의 "참

---

9) 서간문의 수신자 문제에 관해서는 제5장 1절에서 자세하게 논의하기로 하겠다.

10) 김춘미, 『김동인 연구』, 고려대 민족문화연구소, 1985, 115~144면 참조

11) 이 '나머지 글'들에 적절한 명칭을 부여하는 것은 쉽지 않다. 무거운 이념을 덜어내었다는 점을 이 글들의 잠정적인 공통점으로 들 수 있을 것이다.

12) 김동인, 「소설에 대한 조선사람의 사상을!」, 『학지광』 특별호, 1919.1.

자기, 참사랑, 참인생, 참생활"은 이제 공적인 세계를 지향하는 대신 "자기를 대상으로" 한 것, "개인"을 우선시하는 것으로 '참'의 내포를 바꾼다. 이들에게 '참사람'은 사회를 위해 일신을 바치는 자가 아니라 "사회나 가정이나 모든 것으로부터" 분리된 "나"라는 존재이다.13)

이 사실과 관련하여 주목해야 할 사항은, '참사람'의 이념을 유포한 것이 엘리트 지식인이었던 것과 마찬가지로, '참사람'의 이념을 '참자기'의 이념으로 대체하고 그것을 적극적으로 실현한 이들 역시 엘리트 지식인인 일본 유학생들이었다는 점이다. 새로운 사상과 사조에 '먼저' 접한 선구성이, 사회가 아닌 개인을 강조할 수 있는 추동력이 되어 준다. 또한 앞선 개인으로서의 자신들의 삶이 글로 옮겨질 만큼 의미 있고 가치 있는 것이라는 생각을 심어주는 기제가 된다.

그러나 개인의 가치가 강조된다고 해서 개인의 삶에 대한 문장화가 저절로 이루어지는 것은 아니다. 또한 사적인 모든 것이 '참자기'와 관련될 수 있는 것도 아니다. 공적인 것으로부터 독립된 개인의 가치를 처음으로 의식한 이들의 글은, 공적인 것과 사적인 것의 관계, 그리고 사적인 삶의 기호화와 출판이라는 경로를 통한 독자들과의 관계 등에 대한 다양한 혼란을 보여준다. 다음 인용문의 제목은 「독어록(獨語錄)」이다. 혼잣말임을 공공연하게 강조하고 있다.

아모리 天才라도 그래가지고는 社會나 自己의게 幸福을 줄 수 업슬썰. 제 才幹만 잔뜩 밋고, 그것으로 滿足해가지고, 그 品性을 鍊磨ᄒ기엔 힘을 쓰지 안케 되지.14)

'나와 천재'라는 소제목을 달고 있는 이 글은 극단, 광기, 노력 없음의 의미를 띠는 "천재"보다는, 품성을 갈고 닦아 사회에 대한 자기 천직

---

13) 박석윤, 「『자기』의 개조」, 『학지광』 20호, 1920.7, 8면.
14) 전영택, 「독어록」, 『학지광』 10호, 1916.9, 40면.

을 다하는 것이 중요하다는 내용을 담고 있다. '나와 천재'라고는 하지만, 나의 천재성 유무에 관한 말은 거의 없다. "나도 기왕에는 소위 천재라는 것을 몹시 부러워"했다는 것과 "나는 차라리 품성의 사람이 되어 평범한 길로 가면서 사회에 대한 자기의 천직을 다하여 보겠다"는 다짐이, 이 글 속에 "나"가 관계된 부분이다. 즉 「독어록」이라는 제목 속에 포함될 만큼 혼자 중얼거리는 이야기에 머물지도 않고, '나와 천재'라는 소제목에 해당하는 "나"의 이야기도 등장하지 않는다. 그러면서도 전영택은 이 글이 '혼잣말'임을 제목에서 강조할 뿐 아니라, 일반적으로 많이 사용되지 않던 '~ㄹ걸', '~지'라는 독백형 어미를 빈번하게 사용하여 그러한 어감을 강조한다. '사적인 것'을 글 속에 개입시키려는 지향성이, 제목과 본문의 관계를 통해 감지된다.

한편 전영택은 『학지광』 11호[15)]에 「추(秋)」라는 제목 하에 시 형식의 짧은 글 10편을 싣는다. 2~4줄로 이루어진 각 편에는 쓰인 날짜가 적혀 있다. 그는 10월 11일 보름달밤에 3편, 10월 26일 여행 갔다 돌아와서 2편, 11월 3일에 2편, 11월 4일에 2편을 썼다. 이 날짜들은 '가을'이라는 제목이 내포하는 바를 알려준다. 몇 개의 단편에는 가을과 관련된 단어들이 나오지만, '가을'은 10편 모두의 내용을 포괄할 만한 제목은 아니다. 또한 이 제목은 잡지가 발간되어 독자에게 전달되는 시기인 한겨울 1월과도 무관하다. '가을'은 오로지 필자 전영택이 그 글들을 쓸 때의 시간과만 관계한다. 이 제목은 독자를 배려하지 않는다. 뿐만 아니라 이 글들에 담겨 있는 내용은, 다른 독자들에게는 무의미할 사적인 내용들로 가득하다.

明月아 반갑다만은 이 밤에 너를 보늣기는 이 오작하랴 그중에도 외로온

---

15) 인쇄일은 대정 5년(1916) 12월 29일, 발행일은 대정 6년(1917) 1월 1일이다. 영인본에서 누락된 『학지광』 11호는 호테이 토시히로에 의해 소개되었으나 정확한 발행일이 밝혀지지 않았었다. 호테이 토시히로, 「『학지광』 소고─신발견 제8호와 제11호를 중심으로」, 『문학사상』, 2003.8.

病室 寢臺 우에 홀노 누은 너 동싱!

가이업는 큰 물 우에, 님을 두고 홀노 가는 너 형아
몹쓴 바람, 사나운 물결, 깁흔 안기 그것들이
그디 압헤 당도할 八字ㄴ줄만 아라두면, 틀님업슬이. (37면)

각 편의 중심에는 "동생"과 "형"이 놓여 있다. 이 동생과 형은, 글쓴이의 사적인 정황을 넘어 독자들과 공유될 수 있는 가능성을 갖지 못한다. 이들은 철저히 작자 개인의 동생과 형으로 외로운 병실 침대에 누워 있고 어딘가로 홀로 떠나간다. 그 맥락을 아는 것은 작자 자신뿐이며, 독자는 독자에게는 의미가 없는 그 동생과 형을 이해하도록 강요받게 된다. 독자와의 소통 가능성을 염두에 두지 않는 사적인 텍스트의 제작은, 스스로를 높은 위치에 자리매김하는 글쓰기 주체의 심리적 메커니즘과 무관하지 않다. 독자가 알든 말든, '나의 사적인 삶은 공개할 만한 가치가 있다'.

이 글들이 시조 형식과 유사하다는 점도 짚고 가야 할 문제다. '창'으로 향유되던 시조는 향유를 위한 콘텍스트, 그러니까 함께 즐기기 위해 모인 집단의 성격과 모인 그때의 장소와 날씨 등을 고려한다. 그런데 이 글이 콘텍스트로 거느린 것은 오로지 개인적인 정황이다. '사적인 것'을 드러내려는 지향성, 인쇄물을 통한 발표의 의미, 장르향유 양식으로서의 구연성 등이 이 글에서는 균형을 잡지 못한 채 뒤섞여 있다.

『학지광』 17호에 실린 이일의 「K. S. 양형(兩兄)」 역시 사적 맥락이 독자에게 거의 의미를 갖지 못하는 경우다. 이 글의 내용을 간략하게 요약하면, 자기에게 10년의 동경 생활은 "무가치, 무감각, 무의식, 무자극, 무의미"였지만 그래도 두 형과의 연애에 가까운 사랑이 있어서 "유쾌한 한 페이지"의 시간을 보낼 수 있었다는 것이다. 일차적 수신자는 K형과 S형이니 이들에게 의미 있는 말을 하는 것이 우선일 수 있지만, 이 글은 그저 잡감의 일종으로 실린 것이 아니다. 17호는 "졸업생 축하호"였고 와세다 졸업생 현상윤과 동경 신학 졸업생 이일이 그 대표격으로 졸업 소감을 신게 된 것이다. 지면 자체가 사적인 내용으로 빠져들기 힘든 것임에도 불구하고, 이일은 사적 친밀감을 유지하던 친우에 대한 애정과 이들이 자기에게 보여준 애정을 표현하는 것으로 일관한다.

신문과 잡지는 공적인 매체다. '사적인 이야기'가 공적 매체에 안정감 있게 실리기 위해서는, 사적인 것이 해당 독자에게 '의미 있는 것'으로 다가갈 수 있는 방식을 찾아내야 한다. 위에서 살핀 글들은 그 지점을 찾아가는 혼란의 도정에 있는 것으로 볼 수 있을 것이다. 이 혼란을 일으킨 중요한 원인 중 하나는, 특정 집단에 의해 뒷받침되지 않는 '앞선 자'로서의 자의식이다. 관심과 기호가 각양각색인 독자들을 대상으로 하는 잡지에 맥락 없이 사적인 삶과 관계를 노출하는 일은 소통의 차단을 초래한다. 엘리트 필자들의 '사적인 것'에 대한 글쓰기는 '동인(同人)'이라는 집단이 구성되어 그 유통을 '동인지'라는 폐쇄적 매체에 한정·집중시키고 작자 자신을 '예술가'로 특권화시킴으로써 본격화되기 시작한다.16) 이때 자기를 표현한다는 것은, 문화적 우월함에 대한 일종의 '기호'이기도 하다. 글 쓰는 자를 '앞선 자'로 자리매김하는 시대 전체의 계몽 감각은, 계몽 언술이 전면화되지 않는 글쓰기에 스며드는 방식으로 공고화되어 간다.

아마추어 필자들의 '자기 근황'

일군의 엘리트 필자들이 '참사람'의 대타항으로 '참자기'라는 이상형을 설정하며 '사적인 것'을 강조할 수 있었던 것은 그들의 심리적 자신감 때문이었다. 여기서 문제로 제기되는 것은, 그러면 유학을 하며 최첨

---

16) 다음 논문이 동인지의 글을 자기표현의 관점에서 살폈다. 이은주, 「문학 텍스트에 나타난 자기 구성 방식에 대한 시론(試論)-「창조」, 「폐허」, 「백조」의 사랑의 담론을 중심으로」, 『1920년대 동인지 문학과 근대성 연구』(상허학회 편), 깊은샘, 2000.

단의 신지식을 습득하지도 못하고, 그렇다고 재래의 한문 텍스트를 통해 한 분야에서 일가를 이루지도 못한 이들은 '나의 세계'를 어떤 식으로 언표화할 수 있었을까 하는 점이다.

글쓰기가 특정 집단의 전유물이었던 근대 이전에 이 문제는 중요하지 않았다. 농사를 짓고 장사를 하는 사람들에게 읽기와 쓰기는 삶의 중요한 요건이 아니다. 그러나 인쇄물이 쏟아져 나와 먼 곳의 소식을 정보의 형태로 접하게 하는 근대적 삶의 조건은 이들에게 읽기와 쓰기를 강요한다. 대중과의 본격적인 접합을 처음 시도한 『독립신문』이 독자 편지를 환영한다는 공고를 실은 후, 독자 투서는 거의 모든 신문과 잡지의 중요한 편집 방침이 되었다.

광무·융희 시대 신문의 독자 투서들은 신문 편집인의 글들과 변별되지 않았다. 신문에 글을 투고하는 자들은 이미 상당한 문장 공부를 한 사람들이 많았다. 『대한매일신보』의 경우 1면에는 자주 독자 기고문이 자리하는데, 이 글들은 전반적으로 편집진이 쓴 것에 비해 훨씬 더 한문 글쓰기에 가깝다. 한편 『대한자강회월보』·『태극학보』·『대한흥학보』 등은 기서(寄書)·투서(投書)에 관한 규정을 두었지만, 이 글들을 위해 별도의 지면이 마련되는 경우는 드물었다.17) 투고되는 글이 없었다기보다는, 학회원의 글들과 투고 글들을 차별화할 필요가 없었기 때문인 것으로 보인다.

독자들의 투고문이 명백하게 별도의 지면으로 갈라지는 것은 『소년』에 와서다. 최남선은 창간호에 「소년문단」란을 만들어 다양한 투고문을 신고자 했을 뿐 아니라, 독자가 소개하는 각 지방의 명승, 고적, 방언 등을 게재하기 위해 「소년통신」란을, 독자들이 제기하는 의문을 해명하기 위해 「소년응수(應酬)」란을 두었다. 이와는 별도로 「편집실 통기」에 "독자 중에 혹 몸이 친히 지낸 위경난지(危境難地)의 일이나 붕배장상(朋輩長

---

17) 『대한자강회월보』 13호의 1편, 『태극학보』 15호의 3편이 투고문임을 명시하고 있다.

上)이 지낸 일이나
알기 쉽게 적어 보
내시면” 지면에 내
겠다는 말을 덧붙이
기까지 했다. 그리고
2년 1권에 또 다른
광고 「신체시가 대
모집」을 내면서 일
반 문(文)들과는 다
른 “신체시가”의 응
모를 유도하기도 한
다. 독자들을 위해
지면을 마련한 것은
열렬한 반응을 기대
하였기 때문이기도
하겠지만, 또 한편
으로는 그 자신의
글을 비롯한 편집
담당자들의 글과 독

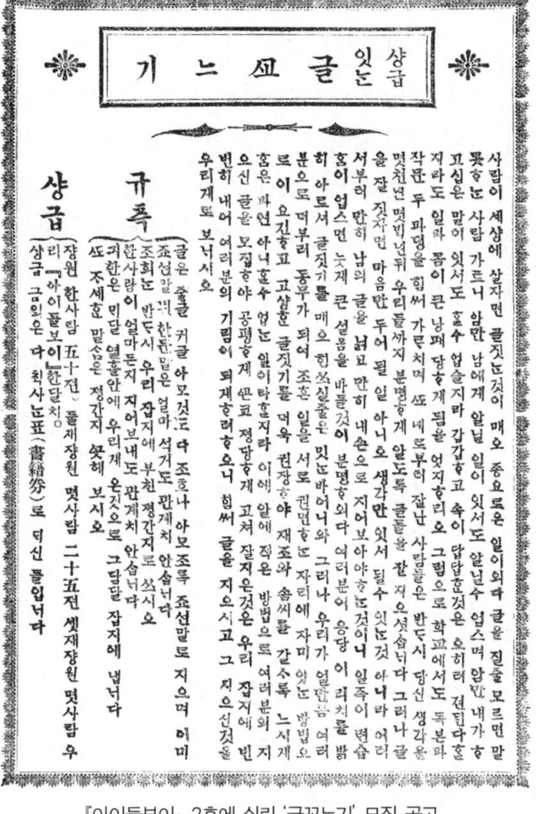

『아이들보이』 2호에 실린 '글꼬느기' 모집 공고.

자들의 글이 같은 수준에 놓일 수 없는 것임을 전제하였기 때문이라고
도 할 수 있을 것이다.

　최남선의 의도가 보다 분명해지는 것은 『아이들보이』에 와서이다. 이
잡지의 「글꼬느기」란은 활발한 참여를 유도하기 위해 상급으로 서적권
을 제시했고, 잡지 맨 뒤에는 투고용 원고지가 첨부되었다. 이 투고란은
“글을 잘 짓자면 마음만 두어 될 수 있는 일이 아니요 생각만 있어 될 수
있는 것 아니라 어려서부터 많이 남의 글을 읽고 많이 내 손으로 지어보
아야 하는 것”이라는 말에서 알 수 있듯이 『소년』의 투고란보다 훨씬 더

단순 명백하게 작문 연습을 목적으로 한 것이었다. 실제로 『소년』 이후 『붉은 저고리』, 『아이들보이』, 『새별』로 이어지는 최남선 잡지들의 독자는 잠재 연령 10~15세 정도의 '학생'이었던 것으로 보인다.[18] 「글꼬느기」란에 실린 글들은, 이 시기를 전후하여 신문과 잡지에서 자주 반복되던 논설의 주제들을 그대로 가져와 한 단락 정도로 짧게 쓴 연습문으로, 신문과 잡지에서 보아온 기성 필자들의 글을 '모방'한 것이 대부분이었다. 한 예를 들어보면 다음과 같다.

> 울엉차게 밤낫 굼풀굼풀 쮜놀아너는 大洋아 너는 量도 크고 힘도 세차다 크던지 적던지 맑던지 더럽던지 조곰도 엑김업시 衆流를 잘도 容納히드리며 집채 ⅹ던지 造山덤이 ⅹ던지 大小船舶을 조곰도 귀찬하 흐지 안코 잘도 놀녀닌다 잇다금 물결이 千兵萬馬와 ⅹ치 울굴굴 뒤몰녀 올 째는 山이라도 문질으고 城邑이라도 浮沉을 식혀 사롬들노 치를 벌벌 썰게 흐눈도다 (…중략…) 아아 나는 너를 비호려흔다 너와 ⅹ치 깊흐던지 엿흐던지 모든 學問을 비호와 (…중략…)[19]

이 글은 바다에 대한 최남선의 수사법과 이념 투영 방식을 많은 부분 그대로 따르고 있다. 수사법상으로 최남선의 바다가 "태산 같은 높은 뫼, 집채 같은 바윗돌"을 우습게 여기듯 이 바다도 "집채" 같고 "조산더미" 같은 선박들을 가볍게 여긴다. 최남선의 바다 앞에 "육상"의 모든 권력이 "꼼짝 못하"듯 이 바다 역시 육상의 "산"과 "성읍"과 "사람들"을

---

18) 『소년』의 연재물 「갑동이와 을남이의 상종」에서 갑동이는 15세, 을남이는 9세로 모두 대성학교 생도인 것으로 설정된다(『소년』 1년 1권, 12면). 또한 「해상대한사(海上大韓史)」의 아침 바다 풍경을 묘사하는 장면에서 "십사오세 소년 한 둘"이 "하얀 돛을 달고 푸른 솔가리를 실은 배"를 저어가는 모습이 등장한다(『소년』 1년 1권, 35면). 「쾌소년세계주유시보(快少年世界周遊時報)」의 주인공 최건일도 15세이다(『소년』 1년 1권, 71면). 이런 예들은 최남선이 설정한 잠재 독자들의 연령을 추측케 해준다. 한편 『청춘』 3호의 광고 면에 『새별』이 "구 『붉은 저고리』 이래로 소년문학의 선구"가 되었다는 문구는 『붉은 저고리』 이후의 세 잡지가 아동용 잡지라는 동일한 컨셉 아래 발간된 것임을 알 수 있게 한다.
19) 김택도, 「대양」, 『아이들보이』 11호, 1914.7, 32면.

겁에 질리게 만든다. 바다는 "우리 소년의 지망(志望)"이며 소년들은 바다를 "배우려 한다." 「글꼬느기」란의 글들은 학생들의 작문 훈련을 위한 것이기에, 이러한 모방이 문제될 이유가 없다.

문제적인 것은 『청춘』의 독자문예란이다. 『청춘』에 현상문예 공고가 실린 것은 복간호인 7호(1917.5)부터이고, 상당량의 독자 투고문들이 게재되기 시작한 것은 10호(1917.9)부터이다. 현상문예 공고를 내기 시작한 지 두 달 후에 편집인은 "일변 독자하고의 사상상 교제의 기회를 짓는 동시에 또 일변으로는 바야흐로 발흥하려 하는 신문단에 의미 있는 일 파란(一波瀾)을" 일으키기 위한 목적으로 현상문예란을 두었다고 말한다.20) 독자들을 '훈련'시키기 위해서가 아니라, 잡지의 지면을 '함께' 하기 위해 이 문예란을 만들었다는 뜻이다. 이 문장에 수사적 과장이 개입되었다는 점을 감안하더라도, 이때 독자를 향한 태도는 '글을 잘 지으려면 많이 남의 글을 읽고 내 손으로 지어 보아야 한다'라고 훈계조로 말할 때의 태도와는 분명하게 다른 것이다. 이전 잡지들의 투고란이 가지는 작문 훈련의 성격은 『청춘』에 그대로 이어지지 않는다.

실제로 이 잡지의 아마추어 필자들은 『소년』과 『아이들보이』의 투고 독자들과 연령대와 삶의 조건에서 차이를 보인다. 이들은 더 이상 보통학교 학생이 아니다. 11호에서 14호까지 연속으로 글을 실은 김윤경은 보통학교가 아닌 "연희전문학교" 학생이고, 『아이들보이』 때부터 꾸준히 투고문을 보낸 노문희의 경우 주소지는 "평안북도 정주군 갈산면 오산학교"에서 "평북 정주군 서면 서호동"으로 바뀌었다. 그는 학교를 졸업하고 농사일과 바닷일을 하고 있다. "천안공립보통학교"를 주소지로 보낸 한동찬과 "당진군 합덕면 합덕리 학교"의 원해 생의 경우, 학생이 아니라 교사로서 학교에 근무하고 있다. 이 필자들의 대부분은 이미 보통학교나 중학교를 졸업한 자들로서 상급학교에 진학하였거나 직업을

---

20) 「매호현상문예」, 『청춘』 9호, 1917.7, 126면.

갖고 있는 자들이다. 이들은 작문 훈련을 하는 어린 학생들처럼 손쉬운 '모방'의 글을 투고할 수는 없었다.

이와 함께 또 하나 주목해야 하는 것은, 잡지 편집인이 기성 필자들과 같은 수준의 글을 요구했다고 해서 이 아마추어 필자들의 심리적 위치가 기성 필자들과 같을 수는 없었다는 사실이다. 당대 다른 매체의 경우와 마찬가지로 『청춘』에 글을 발표한 사람들은 '선각자' 혹은 '전문가'들이었다. 최남선은 모든 분야의 전문가이자 선각자였다. 이광수, 현상윤, 진학문 등이 일찍 유학을 한 자이자 글쓰기의 '전문가'였다면, 권상로와 이능화는 조선불교의 전문가였고 읍청(挹淸) 생은 서양 위인전기에 대한 전문가였으며 일본 유학을 마치고 돌아온 최두선은 서양 철학의 전문가였다. 또한 최남선과 유사한 방식으로 청년의 배움과 수양에 관한 논설, 연설법 등에 대해 글을 남긴 김창제는 안동교회 창립 일원이자 YMCA의 명성 있는 강사로 활동하는 '선각자'였다.21) 보다 앞선 위치에 서 있었던 만큼, 이 전문 필자들은 실력 양성론을 기반으로 하여 일반 독자들에게 지식을 전달하거나 그들을 어딘가로 이끌어야 한다는 당위를 설정하는 경우가 많았다.

일반 독자들의 경우는 상대적으로 이런 압박감에서 자유로웠다고 할 수 있다. 흔한 말로 '이름값'을 해야 하는 부담이 없는 것이다. 이들은 스스로 높은 지위에 있지 않은 만큼 누군가를 계몽하거나 그들에게 전문 지식을 전달하지 않아도 되었고, 거창한 비전을 제시하지 않아도 되었다. 그들은 당위 대신에 그들 자신의 현실에 대해 보다 직접적일 수 있는 조건상의 이점을 가지고 있다. 그러면서도 당시의 최첨단 유행을 좇는 가벼운 대중이 아니라, 『청춘』지를 꼬박 꼬박 챙겨 읽을 만큼 당대의 현실과 문명에 대해 관심을 가지고 있는 이들이었다.22) 실제로 이

---

21) 김권정, 「김창제의 생애와 개혁 사상」, 『한국 기독교와 역사』 7권 1호, 1997 참조
22) 현상문예 공고란에는 "응모는 반드시 본지(本誌)의 독자인 후에 허하나니 고로 본지
    에 인입(引入)한 '청춘독자증'을 원고 시면(始面)에 첩부(貼付)"하라는 주의사항이 덧

들 중 상당수는 주시경의 조선어강습원에서 교육을 받으며 '민족의 글'을 깨우친 자들이었으며, 또 몇몇은 후에 대사회적 활동에 적극적으로 투신하기도 한다.23)

이들이 '참사람'이라는 이념을 받아들이는 방식은 엘리트 지식인들과도 다르고 어린 연령대의 학생들과도 달랐다고 할 수 있다. 보통학교에 재학 중인 어린 학생들에게 이상형으로서의 '참사람'은 갈등을 일으키지 않는다. '참사람'은 앞으로 그들이 도달해야 할 미래형의 인물이자 가능태로서의 존재이지 현재의 그들을 규정하는 것은 아니기 때문이다. 그러나 학교를 졸업한 자들에게 오면 문제는 달라진다. 참사람은 미래의 가능태로서 남아 있는 것이 아니라 현재 그들이 이미 도달해 있어야 할 모습이어야 한다. 여건상 상급학교 진학이나 유학이 불가능했거나 사회적으

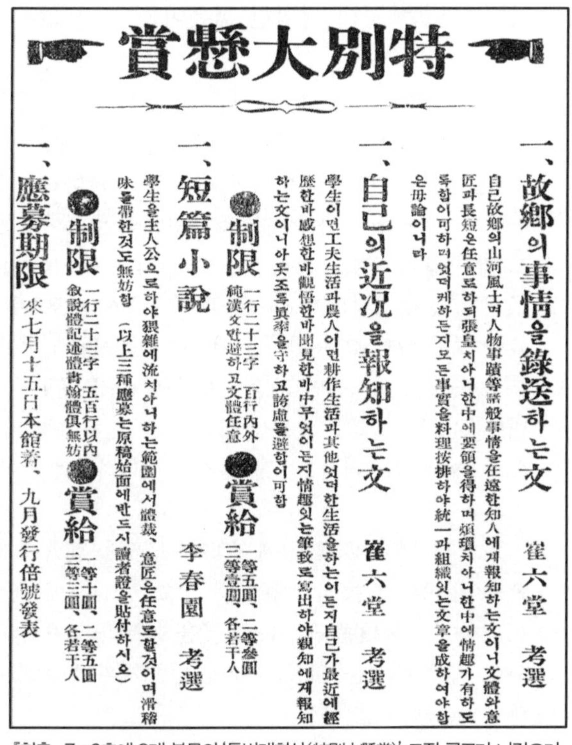

特別大懸賞

一、故鄕의 事情을 錄送하는 文　崔六堂 考選
自己故鄕의 山河風土며 人物事蹟等 諸般事情을 在遠한 知人에게 報知하는 文이니 文體와 意匠파 長短은 任意로 하되 張皇치아니한 中에 要領을 得하며 煩瑣치아니한 中에 情趣가 有하도록 함이 可하며 엇더케하든지 모든 事實을 料理按排하야 統一과 組織잇는 文章을 成하여야함은 毋論이너라

一、自己의 近況을 報知하는 文　崔六堂 考選
學生이면 工夫生活과 農人이면 耕作生活과 其他 엇더한 生活을 하는이든지 自己가 最近에 經歷한바 感想한바 觀見한바 中 무엇이든지 情趣잇는 筆致로 寫出하야 親知에게 報知하는 文이니 아못조록 眞摯을 守하고 誇虛을 避함이 可함

●制限　一行二十三字 百行內外 純漢文만 避하고 文體任意
●賞給　一等五圓、二等參圓 三等壹圓、各若干人

一、短篇小說　李春園 考選
學生을 主人公으로하야 猥雜에 流치아니하는 範圍에서 體裁、意匠은 任意로할것이며 滑稽味를 帶한것도 無妨함

●制限　一行二十三字 五百行以內 敘說體記述體書翰體俱無妨
●賞給　一等十圓、二等五圓 三等三圓、各若干人
（以上三種應募는 原稿始面에 반드시 讀者證을 貼付하시오）

一、應募期限　來七月十五日本館着、九月發行倍號發表

『청춘』 7~9호에 3개 부문의 '특별대현상(特別大懸賞)' 모집 공고가 나갔으며, 당선된 글들은 11호에 실렸다.

붙어 있다. 글을 싣기 위해서는 잡지를 구독하는 것이 필수적인 요건이었던 셈이다.
23) 자세한 목록은 다음 논문에 소개되어 있다. 한진일, 「근대단편소설의 형성과정 연구 -1910년대 단편소설을 중심으로」, 성균관대 박사논문, 2002, 64~65면.

로 의미 있다고 생각되는 일에 투신하지 못하는 대다수의 많은 젊은이들은 현실과 이상의 괴리에서 갈등을 느껴야 했다. 갈등하고 고민했던 것은 소수의 지적 엘리트만이 아니었다.

이런 처지의 청년들에게 최남선은 '특별대현상(特別大懸賞)' 코너를 마련하며 "자기 근황"에 대해 쓰라고 요구한다. 아마추어 필자들이 이 괴리감에 의한 자신의 갈등과 고민을 글로 옮기는 계기를 맞는 것은 이 요구에 대면하면서부터이다. 우리는 이 글들에서 거대 담론 차원에서는 찾아볼 수 없는 당대 평범한 젊은이들의 진솔한 고민과 만나게 된다.

① 西山 빗긴 볏에 乾坤一閒人으로 自任하야 활개를 툭툭 치며 소를 모라 집으로 도라올 제 淸雅한 노래를 맘 조케 부르며 大門 밧게서 마자주는 누이들의 우음 찐 얼골을 對할 째는 終日 疲勞하던 몸이 今時에 慰安을 엇슴니다. (…중략…) 아아 아름답다 田園의 生活이여 農村의 滋味여! 有閒함도 짝이 업고 趣味도 끗이 업도다. 그러나 쏫 가튼 紅顔少年으로 이러한 生活에 寂寞히 지냄은 저기 不合理한 듯하야 자로 쓴 생각이 胷中에 닐어 苦悶을 주는 째가 한두 번이 아닙니다. (…중략…) 아아 歲月은 간다 오늘 해 쏘 놉핫고나! 어찌하면 가장 有益하게 가장 滿足하게 지낼는고?! 닷메樂園 비단동산에서 그리든 쏫가티 燦爛한 우리 將來를 밟아나가는 길은 그째 推想하기에 이러하리라고는 想像하지 아니하엿던 것이외다.

② 兄님, 弟는 四月 末에 京城의 紅塵을 別人에게 讓하고 瑰堂 兄의 託으로, 生平의 長技인 敎鞭을 手하고, 一目下에 列坐한 兒童의 對手者를 復成하야 一分蘊蓄도 업는 學囊을 頻括하야 甲에 乙을 加하면 丙이니, 實驗도 업시 地球는 圓形의 球이니, 水素와 酸素가 合하면 水를 成한다는 等을 無難히 吐出하오
(…중략…)
그째야 失性人과 如히 「나는 이러하고 마나? 무엇 좀 하여 보지 못하나, 벌판가치 쓸쓸한 世上이 쇠털가치 만흔 要求를 하는대 그中 적은 것 한아도 酬應하지 못하고서 …… 나는 그 秋月春風 적지 아니한 時間을 무엇하

엿나, 暗黑洞天 二十餘星霜을 流水에 付送하고 老處女의 擬婚으로 若干 糟粕을 맛보다가, 그도 繼續지 못하나?」하고, 新消息의 學問熱이 頑鈍한 腦를 迫來하옵니다.[24]

　①의 필자 노문회는 오산학교를 졸업하고 현재 농사일을 배우는 청년이다. 그는 정주에서 어머니·누이·아우들과 살고 있고 정주에서 학교를 다닌 정주토박이다. ②의 필자 원해는 아는 이의 청을 수락하여 얼마 전 대도시 경성을 떠나 당진의 한 기독교계 학교에서 교편을 잡고 있는 20여 세의 청년이다. 이들은 현재의 삶이 그다지 싫지 않다고 말한다. ①의 필자는 농사일이 서툴고 힘들지만 농촌 생활을 나름대로의 흥취를 지닌 것으로 여기며 가족들과 함께 생활할 수 있다는 것을 만족스럽게 여긴다. 그가 이 기꺼움을 표현하기 위해 사용하는 구절인 "전원의 생활", "농촌의 재미"는 생활인의 것이라기보다는 잠시 자연을 찾은 풍류객의 것에 보다 가깝다고 할 수 있지만, 그것은 이 사람이 '잠시 와서 즐기는 자'의 정체성을 가지고 있었기 때문이라기보다는 그런 식의 자연 표상을 익숙하게 접했기 때문이라 볼 수 있다.[25] 한편 ②의 필자는 교사일을 "생평(生平)의 장기"로 생각한다. 그뿐 아니라 복잡한 대도시 경성에 살던 그에게, 한적한 농촌 마을의 교회당과 저수지는 "시적 정취"를 저절로 불러일으키는 멋진 공간이기도 하다.

---

24) 노문회, (무제), 『청춘』11호, 1917.11, 별권 9~10면; 원해 생, (무제), 별권 17~19면. '자기의 근황을 보지(報知)하는 문'과 '고향의 사정을 녹송하는 문' 부문에 실린 글들은 모두 제목이 없다.

25) 이 문제와 관련하여 키마타 사토시[木股知史]의 논의가 참조될 만하다. 이효덕에 의해 정리된 내용을 소개하면 다음과 같다. 경관을 '탐승적 경관'과 '생활적 경관'으로 나누고 인간의 심미적 태도를 '여행자의 경우'와 '정주자의 경우'로 나눌 때, 현대적인 단순한 풍경이 발견되는 것은 '여행자적 심미의 태도'가 '생활적 경관'에 가 닿을 때다. 그리고 이 시선이 일반화되면, 그것이 정주자들에게 전위되어 '정주자적 심미의 태도'가 '생활적 경관'에 가 닿는다. 이효덕, 박성관 역, 『표상 공간의 근대』, 소명출판, 2002, 42~50면 참조. 노문회의 언어는 여행자의 시선이 전이된 정주자의 태도에 가깝다고 볼 수 있다.

그러나 그들이 학생 시절 배웠던 자신의 미래상은 농사나 짓고 촌구석에서 자족하며 실험 실습 한 번 없이 아이들을 가르치는 것은 아니었다. "닷메 낙원"으로 표현되는 오산학교가 불어넣은 "꽃같이 찬란한 우리 장래"의 모습은 훨씬 원대한 것이었고, 이 세상에는 해야 할 일들이 "쇠털같이" 많은 것이다. 현재 생활에의 만족 여부와 별도로, 과거에 꿈꾸던 이상과 현실의 괴리는 그들에게 끊임없는 자괴감을 불러일으킨다. 그들은 이제 '귀한 시간을 아껴야 한다'라는 주제로 자신 있게 작문 연습을 하는 대신 '적지 아니한 시간을 무엇하였나'라고 자문자책하고, '열심히 배워서 참사람이 되자'라는 말을 되뇌며 찬란한 장래를 꿈꾸는 대신 '왜 유익한 일을 하지 못하나'라는 고민에 휩싸이게 된다. 11호에 실린 '자기 근황을 보지(報知)하는 문'에는 워낙 이런 갈등을 보여주는 글들이 많아, 최남선은 심사 소감에서 이 글들에 공통되는 가장 큰 특색이 "경우(境遇)와 지망(志望)의 현격한 부조화로서 유래하는 고민 오뇌(懊惱)의 성(聲)"26)이라고 지적하기도 한다.

선각자의 자리에 서서 우매한 조선 민중들을 이끌어야 한다는 사명감에서 한 발 비켜난 자리, 그러면서도 시대와 자신의 처지에 대해 고민하는 의식, 더 이상 배우는 자로 있을 수만은 없는 처지, 이런 요소들은 『청춘』의 아마추어 필자들만이 가지고 있는 공통분모에 해당한다. 이들은 이미 한 분야에서 일가를 이룬 필자들이 보여줄 수 없는 체험의 직접성으로, 추상적이고 공허한 '참사람'의 이념이 당대의 많은 젊은이들의 삶을 얼마나 강하게 간섭하고 압박했는지를 보여준다. 이들은 '참사람'과 '참자기' 사이에 놓인 채, 이미 설정된 강력한 이념인 참사람에 근접하지도 못하고 그렇다고 자신의 현실을 참자기라는 새로운 이념 쪽으로 방향조정하지도 못하며 그 이념들 사이를 방황한다. 그리고 야심 없는 솔직함으로 표현된 이 방황은 한 시대의 '참삶'의 일면을 드러

---

26) 선자(選者), 「양문(兩文) 고선(考選)의 감(感)」, 『청춘』 11호, 별권 39면.

내 주기도 한다. 자신의 정체성에 대해 심각하게 고민하는 이 청년들의 글은, 이념형 인간에 가려진 당대 리얼리티의 한 단면을 끌어올린다고 말할 수 있을 것이다.

지식인 청년의 자기 번민 - 현상윤의 경우

엘리트 지식인들의 경우는 확실히 스스로를 '앞선 자'로 여기는 자의 식이 강하고, 이 자의식이 글을 쓰게끔 하는 동력으로 작용하는 경우가 많았다. 반면에 아마추어 필자들의 글 속에는 소심함과 자신 없음이 묻어날 때가 많고, 이러한 낮은 자세가 그들 글의 미덕이 된다. 고백이라는 제도가 정립되기 전, '나'에 대한 글쓰기는 대체로 이런 구도 아래에서 이루어졌다고 할 수 있다. 그러나 예외도 있다. 현상윤의 몇 편의 글은 그 대표적인 예이다.

현상윤은 일본 유학생계에서 가장 유명한 사람 중 하나였다. 『학지광』에는 그의 행적들이 자주 소개된다. 그는 와세다대 사학과를 수석으로 진급했고(10호), 성적 우수로 조선총독부에서 상을 받았으며(14호), 우등으로 졸업했다(17호). 『청춘』 11호에 실린 「동서문명의 차이와 급(及) 기(其) 장래」는 졸업 논문의 초고에 해당하는데, 졸업 논문 「동서문명의 비교 연구」는 지도교수의 추천으로 동경제국대학 학보에 실리기도 했다고 한다.27) 조선 현실에 관심이 많았던 그는 〈조선학회〉에서 식민 문제에 대한 연구를 발표하였고(10호), 1차 세계대전에 대해 조선인의 관점으로 강연을 하기도 하였다(16호). 또한 졸업 직전까지 『학지광』의 편집과 발간에 관여하였으며 귀국한 후에는 교육계에 투신하여 중앙학교 선생으로 재직하였다. 다시 말하자면, 그는 당대 사람들이 보기에 '참사람'에 아주 가까이 있는 사람이었다. 허영쟁이가 되지 말자, 공부를 열심히 하자, 비판력을 기르자, 책임감과 사명감을 갖자, 등 그의 글 속 주

---

27) 홍일식 외, 『고려대학의 사람들 4-현상윤』, 고려대 민족문화연구소, 1986, 33면.

장들은, 글에만 멈춘 것이 아니라 행동으로도 실천되었다고 볼 수 있다. 그러나 겉으로 볼 때는 이런 그가, 때로는 스스로를 회의하는 모습을 보여준다. 다음 글은 『학지광』의 '나머지 글' 부분에 시 형식의 텍스트들과 함께 실린 것이다.

> 나는 只今 무엇을 생각하고 잇나냐? 하로終日 學校에서 집에서 배호고 닉히노라고 무슨 「슌」 tion 무슨 「풀」 ful 하면셔 죽을 힘을 다 써서 오이던 洋國 놈의 말도 只今은 모도 다 내 머리 속에서 안개갓치 스러졋다, (…중략…) 近間에 어느 親舊와 맛나 니약이하던 그 생각이 문뜩 記憶에 나와서는 『아 내가 그 말을 왜 하엿던고』 『내가 그 말은 너머한 말이다』 하는 생각에 스사로 나를 웃고 스사로 나를 否認도 하며, 어느 書籍에서 무슨 말을 보고는 『나도 그만한 事業은 將來에 해볼 터이지』 『나도 그만한 著述은 해볼 터이지』 할 쓸데업는 가슴이 불눅하여져서 저 혼자 테(氣高)하야 하던 일이 문뜩 생각나서는 『아 우숩다 아 우숩다』 하고 압흐게 나를 비웃고 압흐게 나를 꾸짓기도 하엿다—
>
>   (…중략…)
>
> 이러케 나는 只今 煩悶한다. 생각할사록에 생각은 더욱 複雜하야 간다, 恨숨을 「혹」 내쉬면서 고새를 화닥ᄼ드니, 夜色은 依然하게 깁허 잇는데, 끈침업시 오는 비는 더욱 더욱 甚하야간다—28)

"현상윤"이라는 이름으로 발표된 「사회의 비판과 및 표준」이 "소성"이라는 필명으로 발표된 이 글과 같은 책에 실렸다는 것은 흥미롭다. 「사회의 비판과 및 표준」에서 그는 '앞선 자'의 준엄한 태도로 "비판"을 떠나서는 "신세계"도 "보다 좋은 생활"도 없음을 지적하고, 이 비판의 표준으로 "참"을 설정한 후 거의 강박에 가깝게 그것을 강조한다.

"소성"이라는 필명 아래에서 쓴 이 글은, 바로 그 자신이 논설이나 강연에서 공공연하게 보여주곤 하던 그 '앞선 자'의 준엄한 태도에 대한 자기 성찰에 가깝다. "무슨 㔟tion 무슨 풀ful 하면서 죽을힘을 다 써

---

28) 소성, 「비오는 저녁」, 『학지광』 5호, 1915.5, 57~58면.

서 외던 양국 놈의 말"이라는 구절은, 영어를 통한 첨단 지식 획득에 급급해 하는 자기 모습에 대한 조롱을 담고 있다. 친구들 앞에서 열변을 토하며 그들을 무시하고 남들의 저술과 사업들을 전부 우습게 보던 기고만장함은 오히려 자기 자신을 우습게 만드는 것으로 되돌아온다. 남들 앞의 '참사람' 현상윤은, 또 다른 현상윤인 소성에게 '참사람'답지 않은 모습을 들킨다. 엘리트 유학생으로서의 자신감이 오히려 조롱하고 풍자해야 할 천박한 모습으로 비쳐질 때, 그의 우월한 심리적 위치는 아마추어 필자들이 보여주었던 낮은 자세로 바뀐다.

자기 검열에 의해 그의 "번민"은 구체적으로 살아난다. 스스로 잘난 체 한 것에 대한 부끄러움, 옳다고 생각했던 것이 그렇지 않은 것처럼 보이는 데 대한 당황스러움, "갓난 어린 아기의 뼈마디"처럼 강하지 못한 자신의 태도 등은 그를 번민케 한 구체적 원인들이다. 1920년대를 넘어서까지도 그 자체가 목적이었던 고백과 번민은, 고백이 중요한 글쓰기 양식의 하나로 정립되기 이전에 오히려 그 디테일과 리얼리티가 살아 있는 상태로 글 속에 등장한다. 그것이 우월한 자리에서 그렇지 않은 자리로 심리적 위치가 바뀔 때 나타난다는 점이 주목되어야 할 사항이다.

『학지광』에 실린 또 다른 '사적인' 글 「졸업 증서를 받는 날에」(17호)서도 그는 자기 검열 의식을 발동시키며 스스로의 입지를 좁힌다. 그는 "남으로서 나를 관찰하여" 본다. 사학과 사회학이 전문인 자기 자신은, 나를 관찰하여 시험해 보는 남들에게 "실망과 의외"의 감정밖에 주지 못할 것이다. 여기서 "남"이란 기실 자기 검열을 하는 '나'에 다름 아니다. 이때 조선사회에 대한 그의 논의는 조심스러워진다. 거침없이 조선 사람들은 어떠어떠해야 한다라고 주장하던 자신감에서 벗어나 그는 "사회에 대한 나의 성의"와 "조선 장래에 대한 나의 자신"을 이야기한다. 이 글의 화자는 사회 전체에 대해 말하면서도 그것을 보편화·추상화시키지 않고 '나'의 관점과 '나'의 지난 학창 시절과 밀착하여 서술한다. 이와 같은 유형의 그의 글들은, 담론 차원에서의 '공적인 것'과 개인의 '사적인 삶'이 어떻게 균형 있게 만날 수 있으며 출판 인쇄물로 유통되는 가치를 지닐 수 있는가에 대한 선례가 되어준다.

현상윤의 가장 훌륭한 소설로 평가받고 있는 「핍박」[29]에 대해서도 비슷한 관점으로 접근하는 작업이 필요하다. 많은 평자들은 이 텍스트가 당대 소설의 지형도 안에서 가지는 이질적 측면들, 즉 1인칭 서술의 시도, 지식인 화자의 내면적 고뇌, 전면화되지 않는 서사 구도 등을 들어 1910년대에 가장 뛰어난 미학적 성취를 보여준 '근대 단편소설'로 평가하는 데에 동의한다. 현재의 관점에서 볼 때 이 글이 소설 장르 안에 포섭된다는 점, 그리고 1910년대의 중요한 텍스트 중 하나라는 점은 변경될 수 없는 사실일 것이다. 그러나 이 글을 '소설'로 보는 것이 '현대의 관점'이라는 것 역시 생략되어서는 안 되는 단서이다. 다만 장르론적인 문제에서만 그런 것이 아니라, 작자가 당대 지형도 안에서 이 글을 소설로 인식하면서 썼는가 아닌가 하는 것이 이 글의 성취도와 관련하여 중요한 문제가 되기 때문이다.

첫째, 「핍박」은 일단 현상윤의 다른 소설들과 '아주' 다르다. 이 텍스트를 뺀 나머지 5편의 구도는 거의 동일해서, 한 장면을 보여주고, 그 장면에 이르게 되는 인물들의 삶의 과정을 플래시백 방식으로 서술한 후 다시 첫 장면의 순간에 도달하는 것으로 끝을 맺는다. 당대의 많은 사람들이 가지고 있었던 생각과 마찬가지로, 그에게 소설이란 어떤 자의 인생 역정을 보여주는 것이었다. 이때 서술자는 높은 위치에서 텍스트 내의 세계를 '조망'하고 '장악'한다. 서술자는 소설 속에서 다루는 인간의 파란만장한 삶을 현재에서 과거로, 결과에서 원인으로, 재조직한다. 소설에 대해 기본적으로 이런 생각을 가지고 있는 사람이, 어느 한 텍스트에서만 이런 서사 구성에 '지겨움'을 느끼고 '해체'하는 작업

---

29) 소성, 「핍박」, 『청춘』 8호, 1917.6.

을 하며 삶의 역경과는 무관한 백수 지식인인 자신을 대상으로 삼아 '소설'을 썼다는 것은 쉽게 납득할 수 없는 일이다.

둘째, 이 글은 현재 남아 있는 현상윤의 텍스트 중 초기의 것에 해당한다. 글의 끝에는 "계축(癸丑) 5월 27일 야(夜)"라고 적혀 있고, 계축년은 1913년이다.[30] 그가 유학 생활을 시작한 건 1913년 겨울이니[31] 그해 3월 경성 보성학교를 졸업하고 아직 일본 유학을 떠나기 직전의 시기에 해당한다. 학교를 졸업한 후 고향 정주에 머무르며 아무 일도 하지 않을 때다. 글 속에 보여지는 세계는 현상윤의 당시 처지에 아주 잘 들어맞아, '글 쓰는 나'인 주체와 '글 속의 나'인 화자가 의식적 층위에서는 거의 구분이 되지 않는다. 이 글이 1913년에 쓰였음에도 불구하고 1917년에야 발표될 수 있었던 건, '나의 이야기'를 매체에 발표될 만한 유의미한 것으로 인식하게 되는 데에 그만큼의 시간이 필요했다는 것을 말해준다. 뭔가 대단하거나 기구한 이력을 지닌 특별한 사람의 이야기를 다루어야 '소설'이 되던 1913년에 이 글이 '소설'이라는 장르 지평 안에서 쓰였을 가능성은 희박하다. 1부터 6까지 소챕터를 설정하여 구성적 안정감을 시도한 것은, 발표되던 시기인 1917년에 사후적으로 이루어졌으리라고 추측할 수 있다.

이 글이 작자에게 소설로 인식되지 않았으리라는 사실을 강조하는 것은 장르 규정을 위해서가 아니다. 그것이 이 텍스트의 미학적 성과와 관련이 있으리라 판단되기 때문이다. 이 글은 고등교육을 받은 백수(白手)의 자괴감을 다루고 있다. 장터의 사람들과 당나귀·소 등의 짐승들은 전부 "나"를 이상하게 쳐다보는 듯하고, "나"는 잘못한 것도 없는데 순사에게 잡힐 것 같아 겁이 난다. 공부를 많이 했으니 판임관(判任官)은

---

30) 발표 연도가 아니라 기술 연도에 처음 관심을 기울인 것은 김복순이다. 그는 「핍박」이 현상윤의 마지막 단편소설이 아니라 최초의 소설이라고 보았다. 김복순, 『1910년대 한국문학과 근대성』, 소명출판, 1999, 87면.

31) 1914년 11월에 발표된 「동경유학생 생활」(『청춘』 2호)에 "작년 겨울" 동경으로 떠났다고 기록되어 있다.

족히 되겠다는 이웃 어른의 말과 자기를 사심 없이 부러워하는 벗들의 말을 들으면, 그들의 기대치와 자신이 매우 멀리 있다는 사실에 가슴이 답답하다. "약한 놈", "게으른 놈", "미욱한 놈", "용렬한 놈"이라는 소리가 여기저기에서 들리는 듯하다. "사방에서 들어오는 핍박이 일각일각 급하여 간다." 공부와 출세를 공고히 연결시키는 민중들의 사고방식과 그것으로부터 자유롭지 못한 자기 자신, 스스로 지식과 인격을 웬만큼 갖췄다고 자부하지만 현실의 노동과 무관한 그것들이 어쩌면 공허한 게 아닌가 하는 회의 등은, 한 개인이 지식인 주체로서 할 수 있는 최대치의 깊은 고민이라고 할 만하다. 또한 자신의 처지를 보여주기 위해 등장시키는 정주성내, 농부집회, 거리 사람들 등의 풍경은 아주 생생하게 포착되어 그의 심리와 대비를 이룬다. 『학지광』에 발표된 '공적 일기'인 두 글과 연장선상에 있으면서 이 글은 디테일 면에서 훨씬 풍성한 장점을 보여준다.

이 글이 근대 미학적 측면에서 일정한 성취를 보일 수 있었던 것은, 첫째 글을 쓸 때 그가 할 일 없이 먹고 노는 백수였기 때문이다. 최남선이 자주 꼬집어대던 '밥벌레', 그것도 공부까지 하느라고 돈까지 축낸 밥벌레가 자신일지도 모른다는 위축된 심리적 입지가 스스로를 고백하게 하는 첫 번째 동기가 된다. 그는 높은 자리에서 '명령'하는 대신 낮은 자리에서 '고해'한다. 둘째, 문학과 소설이란 무엇인가에 대한 자의식 없이 글의 초고가 작성되었기 때문이다. 민중들을 계몽 교화하는 이야기로 무엇을 선택해야 할까, 통속적 신소설들과 어떻게 구분되어야 할까, 등의 이념적 고민들은 이 '사적인 글'을 가로막지 않는다. 아마추어 필자들이 그랬듯이 문학적 자의식도 '앞선 자'로서의 자의식도 없는 자리에서, 근대적 리얼리티는 텍스트 안으로 스며든다.

일기에 가까운 이 사적인 글들에 공통되는 것은, 표면화되었든 그렇지 않든 '참사람'과 자신 사이의 거리재기이다. 「비 오는 저녁」에서 그가 자신의 모습을 부끄러워하는 것은 "인격의 사람"이 되기 위해서다.

"일시적 숭배"를 받을 수 있는 "지식의 사람"을 넘어서서 "영구적 숭배"를 받을 수 있는 "인격의 사람"이 되는 것이 그의 목표다. 「졸업 증서를 받는 날에」에서 그가 "남으로서 나를 관찰"하여 보는 것도 조선사회에 대한 "신념"과 "책무"에 매진하기 위해서다. 「핍박」의 경우도 마찬가지다. 이 글은 현상윤이 소설이라는 장르에 대한 자의식을 가지고 기존 소설들의 신파성을 뛰어넘기 위해 서사 구도를 해체하고 1인칭 화자를 들여왔기 때문이 아니라, 자기 자신을 엄격하게 검열하였기 때문에 근대소설의 자질을 갖춘다. 그리고 이 글들이 자기 자신을 대상화하여 그 디테일을 글로 만들면서도 비교적 균형이 잘 잡혀 있는 것은, '참사람'이라는 구심점이 존재했기 때문이라고 할 수 있다. '참사람'은 자신을 대상화하는 기준이 되어주는 동시에, 자기 얘기를 하면서도 일반 독자들과 의미 있는 소통을 가능하게 하는 접점으로 기능한다.

2) 신체 감각의 발견

나에게 몸이 있다

이광수는 『청춘』과 『학지광』에 글을 발표하는 동시에 『매일신보』의 주요 필진이기도 했다. 확실히 1910년대의 잡지 판도는 최남선 그룹과 다케우치 그룹으로 나눠진다고 할 수 있다.32) 또 『학지광』의 주요 멤버였던 현상윤·진학문이 귀국 후 곧 『청춘』의 필진으로 합류했다는 점, 다케우치 그룹의 잡지가 『매일신보』와 같은 '혈통'에서 태어난 매체라는 점 등은 당시 지형도의 주요 좌표로 기입되어야 할 만한 사항이다.

---

32) 다케우치 로쿠노스케[竹內錄之助]는 『신문계』·『반도시론』의 발간인이다. 1910년대의 잡지 판도에 대해서는 다음 글을 참조할 수 있다. 한기형, 「근대잡지와 근대문학 형성의 제도적 연관—1910년대 최남선과 다케우치 로쿠노스케의 활동을 중심으로」, 『대동문화연구』 48집, 2004.12.

외형적으로 한국에는 식민 이데올로기를 표나게 표방하는 대다수의 매체와 그렇지 않은 소수의 매체로 양분되어 있었다고 볼 수 있다. 그러나 양쪽 매체에 전부 글을 쓴 이광수가 특이한 경우는 아니었다. 『매일신보』에서 많은 기사와 연재소설을 담당하던 이상협은 「함흥육행배종기(咸興陸行陪從期)」를 『청춘』에 실었고, 『학지광』과 『청춘』을 통해 활발히 활동하던 진학문도 「석왕사에서」라는 세련된 기행문을 『매일신보』에 연재했다. 또한 불교전문가 권상로는 『청춘』에 「조선불교의 변천」 등을 게재하였고 『매일신보』에는 「불교시찰단」을 연재한 바 있다.

그러나 이 문제와 관련하여 이광수가 특히 주목되는 것은, 『매일신보』에 실린 그의 글들이 신문 편집진의 이데올로기를 그대로 수용하는 방식으로 쓰인 것과 달리 『청춘』에 실린 글들은 과도하다고 할 정도로 작자 중심으로 개별화되는 경향이 있다는 점이다. 이광수의 글들이 보여주는 개별화 경향은 '자기에 대한 관심', 그리고 다시 '자기 몸에 대한 관심'의 측면을 강하게 보여준다. 뒤에서도 살피겠지만, 저고리 등에 스미는 눈물의 따뜻함과 축축함, 입술과 입술이 닿는 순간의 떨림과 뜨거움 등 신체적 접촉의 느낌을 재현하는 그의 문장들은 『청춘』에 실린 소설 텍스트 어느 것에서나 어렵지 않게 찾아볼 수 있다. 이 감각들의 문장화는, 자기 몸에 대해 예민함과 함께 그 미세한 느낌들을 글로 쓸 수 있을 만큼 능숙하게 몸을 대상화시키는 지점에서 나온다고 할 수 있다.

삶의 차원에서 나에게 몸이 있다는 것, 몸이 '나로서' 세계를 감각한다는 것은 너무 당연해서 거의 인지되지 않는다. 자기 몸을 인식하고 글쓰기의 대상으로 삼는 것은 자기 몸에 대한 이질감에 의해서만 가능하다. 내 몸이 글쓰기의 대상이 되는 순간 몸은 의식과 분리된다. 그리고 의식의 흐름이 글쓰기의 대상이 되는 순간 생각하는 의식과 글을 쓰는 손은 분리된다. '거울'이라는 소재가 근대적 자의식을 보여주는 대표적 매개체가 된 것도 그것이 몸을 명백하게 대상화시키기 때문이라고 할 수 있다. '나'는 관찰 주체뿐 아니라 관찰 대상이 된다. 우리는 1930

년대의 이상보다 훨씬 이른 시기에 거울 앞에 앉아 자기 얼굴과 몸을 바라보던 이광수를 만날 수 있다.

> 그 피끠 업고 얼 쌔진 듯한 얼골, 疲困하고 졸리는 듯한 흐릿한 눈, 푹 풀어진 그 입, 눌어케 여윈 두 쌤, 넓적하고 코물 흘리는 그 코, (…중략…) 光澤 업는 거츨거츨한 머리털은 한 가온데를 턱 가르어 갑 싸고 賤한 香내 나는 밀기름으로 자이어 부티고 여러 날 빗질 아니한 데다가 더럽은 房에 딩굴어 몬지가 더덕더덕 오르아 마치 그 미테서 구덕이가 생겨날 쯧하다 한 달이나 前 理髮所에서 한번 씻은 뒤에는 인해 겨울이 되어 冷水가 무섭어 씻어본 적이 업섯다 그러나 三四日에 한번식 賤한 香내 나는 밀기름을 바르기는 닛지 아니 하얏다 나는 생각하기에 내 머리에서는 늘 사람을 「참」하는 조흔 香氣가 振動하고 내가 中山帽를 살작 벗고 慇懃하게 고개를 수기어 여러 紳士 淑女에게 人事할 째에 內外國人은 의례히 안질밧질하고 香내 나는 나의 머리에 精神을 아이어 나를 꼭 쓸어 안아 주고시프려니 하얏다[33]

재미있게도 이 글은 "나는 거울과 마주 앉아 눈을 감았다"라는 문장으로 시작한다. 거울과 마주 앉는다는 것 자체가 거울에 자기 모습을 비춰보기 위한 행동이다. 그런데 그는 거울과 마주 앉아 거울 속의 자신을 보지 않기 위해 눈을 감는다. 이 문장에는 '나를 보고 싶다'와 '나를 보고 싶지 않다'는 두 가지 모순되는 욕망이 내재해 있다.

위 인용문은 거울 속에서 본 자기 얼굴이다. "참(charm)"한 줄 알았던 자신에 대한 환상은 여지없이 깨진다. 신경 써서 바른 머릿기름이 남들에게 멋진 인상을 주리라 여겼었는데 거울 앞에 직접 자기 모습을 비추어보니, 한 달이나 감지 않고 여러 날 빗지 않았으며 더러운 방의 먼지가 더덕더덕 붙은 더러운 머리에 기름만 발라댄 모습이 드러난다. 그리고 머리를 벅벅 긁으니 방바닥에는 비듬이 수북하다. 거울은 타인의 시

---

33) 외배, 「거울과 마주 앉아」, 『청춘』 7호, 1917.5, 79면.

선으로 나를 보게 만든다. 조선과 인류를 걱정하고 애쓰고 또 그런 것 만큼이나 외양으로도 "참"한 아우라를 풍기리라고 생각했던 자신이, '남'의 눈으로 바라보니 더럽고 추저분한 몰골의 초라한 사내에 불과한 것이다.

거울에 비친 얼굴의 이목구비가 하나하나 나열될 때 항상 "그"라는 지시 형용사가 쓰이는 것 또한 주목할 만한 사실이다. '그 ○○'이라는 지적은 대상에 대한 거리감을 나타낸다. 급기야 작자는 이 글의 끝부분에서 자기 얼굴에 화가 나서 입술을 앞이빨로 힘껏 물었더니 "에쿠 아프다" 하며 "거울 속에 앉은 사람"이 빙긋 웃는다고 쓴다. 거울 속에 비친 나를 그는 '거울 속에 앉은 나'라고 하지 않고 "거울 속에 앉은 사람"이라고 말한다.

몸에 대한 예민한 감각은 자기 모습을 통째로 거울에 비춰보고 통째로 대상화하는 것에 그치지 않는다. 동경에서 경성까지 가는 삼등 열차에 몸을 싣고 그는 "암만 해도 머리와 팔다리 둘 곳이 아니 나와, 이런 때에는 잠시 사지(四肢)를 뜯어서 가방 속에 넣어 두었으면 좋겠다"고 말한다.34) 몸을 부리기가 힘들어질 때 팔다리는 "뜯어서" 따로 보관하고 싶을 만큼 귀찮은 '대상'이 된다. 다만 한 순간 스쳐지나가던 생각이었다 하더라도, 그런 생각을 글로 표현한다는 것은 '나'와 '나의 몸'을 분리하는 감각이 상당히 익숙한 것임을 보여주는 바가 된다. 한편 「방황」이라는 글에서는 자기 몸에 대한 감각 자체가 글의 주제가 된다. 다른 학생들은 모두 학교에 가고 없는데 "나"는 삼일 째 감기로 기숙사 방에 누워 있다. 하는 일 없이 누워 있는 그에게 지각되는 것은 창밖의 하늘과 자기 '몸'이다.

내 몸의 짜뜻한 것이 내게 感覺된다. 그러고 나는 只今 저 하날을 쳐다보고 쏘 只今 하날이 나를 삼키려 할 째에 무섭다는 感情을 가젓다. 나는 살앗

---

34) 춘원, 「동경에서 경성까지」, 『청춘』 9호, 1917.7, 76~77면.

다. 確實히 내게는 生命이 잇다. 只今 이 니불 속에 가만히 누어잇는 이 몸쏭이에는 確實히 生命이 잇다. 이러케 생각하고 나는 니불 속에 가만히 다리도 흔들어보고 손까락도 음즈겨보았다. 음즈기리라 하는 意志를 짤아 다리며 손까락이 음즈기는 것과 쏘 그것들이 음즈길 째에 「음즈기네」하는 筋肉感覺이 생길 째에 「아아 이것이 生命이로고나」하고 나는 빙그레 우섯다.[35]

작자는 '나는 따뜻하다' 대신 "내 몸의 따뜻한 것이 내게 감각된다"라고 쓰고, '무섭다'라고 문장을 끊어도 무방함에도 불구하고 "무섭다는 감정을 가졌다"라고 표현한다. "내 몸의 따뜻한 것"은 '나'라는 주체에 의해 감각되는 대상으로 분리되고, '무서움'은 주체의 총체적 느낌이길 그치고 '~라는 감정'이라는 덧말에 의해 명료하게 규정되어 '가지다'라는 소유 동사의 목적어로 물러난다. 뒷부분도 마찬가지다. "나는 살았다"는 "내게는 생명이 있다"로, 그리고 다시 "이 몸뚱이에는 생명이 있다"로 재규정된다. '생명'과 '나'는 분리되고, '나'는 다시 '몸뚱이'와 생각하는 주체로 분리된다. 손가락과 다리의 움직임도 '의지'와 '행동'이 구분된다. 그는 손가락의 움직임이 "움직이리라는 의지"가 있은 '뒤에' 온다고 쓰고 있다. 내 몸이 세계와 접촉하는 능동체일 뿐 아니라 인식 대상이 될 때, 몸이 느끼는 감각은 나의 느낌이 아니라 몸의 느낌으로 분리된다.

'나'를 끊임없이 미분화시키는 이 부분의 문장은 구조적으로 거의 완벽하다. 작자는 '나'가 한 문장 안에서 여러 번 반복되는 것에 개의치 않고 주어·보어·목적어·부사어의 자리를 비우지 않는다. 문장 성분과 성분의 관계를 해독할 수 있다면, 이 글을 이해하는 데에는 어떤 콘텍스트도 필요하지 않다. 텍스트만으로는 문맥 파악이 되지 않아 작자의 의도를 따로 짐작해야 하거나 특정 맥락을 배후에 두어야 할 필요가 없다. 문장들은 자족적인 세계를 구성하며 작자가 의도한 바를 근사치

---

35) 춘원, 「방황」, 『청춘』 12호, 1918.3, 74면.

에 가깝게 재현한다.

글을 쓰는 '나'에게서 내 얼굴을 분리하고 몸을 분리하고 사소하고 작은 감각들 하나하나를 다 떼어내어 글의 대상으로 만드는 이 작업은 자폐성과 무관하지 않다. 거울과 마주 앉아서 그는 혼자 있고, 삼등 객실에서 남들이 다 잘 때 혼자 못자고 뒤척이고 있으며, 고요한 기숙사 방 안에 혼자 누워 있다. '고립'된 공간 안에 혼자 있게 되는 사회경제적 조건들은 이 작은 감각들의 재현과 밀접한 관계에 있다. 이광수는 이 고립된 세계 안의 '나'를, 그저 '고독하다'라는 단어와 영탄 부호로 표상하는 데에 그치지 않았다. 그는 떠오르는 생각들과 사소한 감각들을 문장의 세계로 끌어올린다. 시간이 좀 더 흘러 한국어 글쓰기가 의심의 여지가 없는 당연한 것으로 세계를 구성하게 되는 시기에, 이광수가 끌어낸 이 영역은 보다 확장되어 심리세계의 재현으로 나아간다고 할 수 있을 것이다.

이광수의 글들에서 글쓰기의 대상으로서의 '나', 혹은 '나의 몸'은 비교적 선명하게 재현된다. 다시 말하면 글을 쓰는 나와 글 속의 나는 '완전히' 다른 사람인 것처럼 처리된다. 그러나 내가 나를 대상화하는 작업의 이질감과 어색함이 가장 분명하게 드러나는 것도 바로 이 자리다. 이광수는 거울 속의 자기 모습을 재현하는 동시에 그 모습으로부터 도망치려고 하고, 불편한 객차 안에서 사지를 뜯어내고 싶어 하고, 아파서 혼미해진 상태에서 자기 체온을 감각한다. 그리고 자기 몸에 대한 이러한 이물적 감각은, 주체와 세계를 분리하는 근대적 인식 체계 자체가 실은 얼마나 어색한 것인지를 다시 한 번 생각하게 만든다.

병든 주체의 초현실적 리얼리티

「방황」의 화자는 회복기 환자이다. 몸에 대한 이 회복기 환자의 미세한 감각은, 에드거 엘런 포의 소설 「군중 속의 사람」에 대한 보들레르

의 언급을 연상시킨다. 보들레르는 이 소설의 화자가 회복기 환자라는
것, "육체의 병을 앓은" 직후인 까닭에 "하찮은 것들에조차 생생하게
관심을 갖는 능력"을 지니고 있다는 것에 대해 말한 바 있다.36) 몸의 아
픔은, 무감각해졌던 세계를 새로운 감각으로 압도하게 만든다. 러시아
형식주의자들이 개념화 한 '낯설게 하기'도 결국 무감각해진 세계의 재
발견이라는 측면에서, 이 회복기 환자의 감각과 먼 거리에 있지 않다고
할 수 있을 것이다.

　며칠째 아파서 누워 있는 「방황」의 "나"에게 유일한 감각 대상은 내
몸과 유리창 바깥의 하늘이다. 화자의 감각이 자기 몸으로 향할 때 못
지않게 이 글에서 중요한 것은, 하늘을 감각하는 방식이다. 이 하늘은
"나"의 눈에 의해 그저 보여지고 의미부여 되는 그런 하늘이 아니다. 다
시 말하면 '나'가 보는 주체이고 하늘이 보여지는 대상이 되는 이분법
적 관계는 성립되지 않는다. 오히려 "그 하늘이 근심 있는 사람의 눈 모
양으로 자리에 누운 나를 들여다본다." 그뿐 아니다. 이 하늘은 "커다란
새의 날개 모양으로 점점 가까이 내려와서 유리창을 뚫고 이 휑한 방에
들어와서 나를 통으로 집어 삼킬 듯"하고 "그 하늘의 차디찬 손이 내
조그만한 발발 떠는 생명을 주물럭 주물럭 하는 듯 하여 몸에 소름이
쪽쪽 끼친다." "눈가루 모양으로 가루가 되어 유리창 틈과 다다미 틈과
벽틈으로 훌훌 날아들어와 내 이불 속으로" 들어오는 것 같기도 하다.
사물세계는 더 이상 무엇의 상징도 알레고리도 이념도 아니다. 내가 세
계를 조직하는 대신, 세계가 나를 공격한다. 그리고 이 두려움과 소름끼
침이 현상하는 것은, 하늘이 나를 집어삼켜 내 "생명"을 소멸시킬지도
모른다는 두려움이다. 하늘로부터 직접 공격받는 느낌에 노출된 것은
화자 "나"이지만, 하늘과 화자의 관계를 이런 이미지로 만드는 것은 주
체 '나'의 위축된 심리다.

---

36) C. Baudelaire, "Le Peintre de la Vie Moderne", Curiosités Esthétique, *L'Art Romantique et
　　Autres OEvres critiques*, édition de Henry Lemaître, Paris : Garnier, 1990, pp.461~462.

하늘의 공격성이 '초현실적인' 이미지로 드러난다는 것은 시사적이다. 글 쓰는 자가 세계를 조직하고 의미화할 때 그것은 세계를 '그대로 재현'했다는 생각이 들고 그래서 현실성을 띤다. 그런데 세계가 인간을 공격하는 모습은 판타지에 가까워 보인다. 인간이 세계를 조직하고 의미화하면 '현실적'이고 인간이 세계로부터 공격을 받는 모습은 '비현실적'이라고 생각된다는 것은, 근대인이 인식하는 '사실성'이 실은 강력한 주체중심주의에서 비롯되었음을 반성하게 해준다.

그러므로 아픈 자에게서 찾아지는 예민한 감각성은 물리적 현상을 넘어 상징적 의미를 지닌다고도 할 수 있을 것이다. 아픈 자는 스스로 세계를 조직하고 통제하는 능동성을 발휘하는 대신 수동적으로 고통을 '받거나' 보호를 '받는' 자리에 있다는 점에서, 세계에 대해 나약한 지위만을 점한다. 대상세계를 조직하는 주체의 높고 우월한 입지는 어쩔 수 없이 포기되는 것이다.

주체가 세계를 조망하고 대상화하는 입지를 포기하지 않으면, 화자가 아무리 아픈 자라고 해도 써지는 세계는 '현실감' 있게 잘 정돈된 모습으로 보여진다. 「오도답파여행」의 한 부분에서도 이광수는 여행 중 병에 걸려 며칠 째 병원에 누워 있었다. 그러나 수많은 독자 대중에게 조선 각지의 모습을 보여줄 임무를 띤 이 글에서 작자는 아파도 나약해지지 않았다. 창밖 풍경을 정확하게 원근법에 따라 보여주고, 병원 풍경을 보여주고, 한꺼번에 주사를 놓아달라고 졸라 "퇴원의 희(喜)"를 얻기도 한다.[37] 그가 자신의 나약함을 온전히 드러내는 것은 독자 대중을 '계도'하는 자로서의 정체성을 벗어던지고 자기중심적인 글을 쓸 때다. 이때 대상세계를 장악하는 주체의 통제력은 무장해제 되고, 확장된 감각에 의한 글쓰기는 초현실적인 이미지로 변용된 삶의 일면을 보여준다.

현상윤의 「핍박」과 진학문의 「부르짖음」에서도 심리적으로 아픈 자

---

37) 춘원 생, 「목포에서(1)−오도답파여행」, 『매일신보』, 1917.7.29, 1면.

의 확장된 감각을 목격할 수 있다. 「핍박」에서 아픈 데도 없고 밥도 잘 먹으며 하는 일 없이 빈둥대는 "나"는 어디를 가도 두렵다. "이리로 가도 이놈아 저리로 가도 이놈아 하는 소리에 목쟁이 목쟁이 구석구석이 공포의 힘"에 눌리고, 경관을 보면 죄가 없는데도 도망간다. 동네 사람들은 나를 부러워하고 추켜세우는 말들만을 할 뿐이지만, "나는 웬 셈인지 이 말에 몸이 내려 눌"리고 "숨이 답답하여지고 가슴이 우그러드는 듯"하다. 사람들뿐만이 아니다. "뒷산에 검하게 서있는 나무도 웃고 공중에 금강석 가루 모양으로 깔린 별도 나를 웃고 복남이네 집 대문 기둥도 나를 웃는 듯 하다." 주체의 시선에 의해 재단되는 대신 제 스스로 표정을 가지고 주체를 공격하는 주위세계의 모습은 이 글 전반에 걸쳐 나타난다. 현상윤은 이 글에서 위축되고 나약한 입지에 놓인 '나'를 그대로 재현한다. 「핍박」의 뛰어난 문학적 성취는 이 지점에서 찾아질 수 있다. 앞 절에서 이 글이 작자에 의해 소설로 인식되지 않았으리라는 점을 강조한 것은, 왜소한 '나'의 재현과 그로부터 비롯되는 세계의 초현실적 이미지가 계몽적·미학적 자의식을 놓아버린 데에서 나왔다고 여겨지기 때문이다.

진학문의 「부르짖음」은 작자 스스로 '소설'로 인식했을 가능성이 큰 텍스트이다. 주인공은 '나'가 아니라 허구적 제삼자인 '장순범'이며, 글이 재현하는 세계는 장순범이 하숙방에서 보내는 한나절이다. 그러나 서술자가 장순범의 시각에 밀착하여 글을 쓰고 있기 때문에 실제로 서술자/작중인물이 다른 층위에 놓여 있다고 보기는 어렵다. 특정한 내러티브 없이 이 글은 복막염에 걸려 오래 앓다 죽어가는 하숙집 여주인의 고통, 장순범을 방문한 친구가 토로하는 실연의 슬픔, 죽마고우 안기섭의 죽음을 알리는 전보에 대한 장순범의 반응을 보여주는데, 장순범의 심리는 서술자 자신의 것으로 치환이 가능하다. 초반부에 기술되는 하숙방은 다음과 같다.

　　張順範이는 낡고 더러운 下宿 四疊半房에 안저, 희미한 電燈의 붉은 電
線을 우두커니 처다보고 안젓다. 미다지에 박은, 적은 琉璃를 通하야 깁흔
안개의 包圍는 힘세게 에워싸인 것이 늣겻다. 順範은 그 슬인, 陰爵한 안개
가 무서운 膨脹力을 가지고 房 全體를 점々 縮小시키고, 나종에는 그 琉璃
를 뚤코 房안에까지 闖入하야, 찻든 捕虜를 잡은 듯이 自己의 弱한 몸을 굿
세게, 용신 못하게, 답々하야 숨이 막히게, 단々히 싸맬 것갓치 生覺낫다.[38]

　　장순범 역시 방안에 스스로를 가두고 있다. 「방황」의 화자가 방 안에
처박혀 하늘로부터 공격당할지도 모른다는 두려움에 싸여 있었던 것처
럼, 장순범은 안개로부터 공격당할까봐 두려워한다. 안개의 "무서운 팽
창력"은 물질적인 육중함을 가진 것으로 변형되고, 그에 따라 "방"의
단단함은 수축되는 것으로, 자기 자신은 사물로부터 포위되는 "포로"로
상상된다. 이 글에서 장순범은 심리적으로 아픈 자의 위치에 있다. 인용
문의 초현실적인 이미지가 재현하는 것은 바로 한 개별적 인간의 위축
된 심리와 공포의 감각이다. 이 소설은 식민지 지식인의 내면 심리를
보여주는 것으로 여러 차례 해석된 바 있다. 또 이유가 불분명하고 추
상적인 장순범의 고뇌는 '리얼리즘'적 측면에서 일정한 수준에 도달하
지 못한 것으로 평가하게 하는 요인이었다. 그러나 고뇌의 원인 면에서
는 추상적일 수 있지만, 이 사람의 고뇌 자체가 텅 빈 것이라고 할 수는
없다. 위의 이미지들이 보여주는 개별자의 심리는, 그 원인을 정확하게
진단할 수 없다고 하더라도 실재감을 동반한다. 심적 고통의 원인을 명
확하게 파악할 수 있는 사람은 이미 아픈 자가 아니다. 정신분석이론에
서 흔히 거론되듯 치료는 자기 병의 원인을 아는 것에서 시작된다. 그
리고 아픈 자의 위치에서 벗어나 고뇌의 세계를 명확하게 원인·결
과·현상 등으로 구분한다는 것은 또한 주체가 높은 위치를 되찾고 세
계를 재조직하게 되는 것과 다르지 않다. 이 글이 보여주는 초현실적

---

38) 순성(瞬星), 「부르짖음(Cry)」, 『학지광』 12호, 1917.4, 57면.

공포는, 그 공포의 원인을 정확하게 파악하지 못하는 한에서만 묘사될 수 있는 것이다.

화자, 혹은 화자와 밀착된 작중 인물의 자폐적 상황이 강조되는 텍스트에서 또 하나 눈여겨볼 만한 것은 머릿속 상념을 이미지화하는 문장들이다. 병석에서 편지를 쓰고 있는 「어린 벗에게」의 화자는, "생명과 죽음은 한데 매어놓은 빛 다른 노끈"과 같아서 "우리는 광대 모양으로 두 팔을 벌리고 붉은 끝에서 시작하여 시시각각으로 검은 끝을 향하여" 가는 것 같다고 말한다. "나는 지금 병이란 것으로 전속력으로 검은 끝을 향하여 달아나지 않는가" 하는 생각이 그에게 공포감을 조장한다.[39] 「부르짖음」에서 장순범은 안기섭의 죽음에 대해 "참어둠으로부터 나와 잠깐 반짝"했고, "참어둠은 다시 그 반짝을 싸 감추었"고, 그 어둠의 "침묵은 변함없이 길게 계속"되어 "한번 마신 소리를 다시 두 번 토하지 아니" 하고, "아무리 긁어 판다 해도 어둠에는 아무 손잡을 데도 없"다고 친구를 애도하는 동시에 자기의 절망감을 표출한다. 이 절망감에는 다분히 과잉된 면이 없지 않으며 또한 문장은 잘 정돈되어 있지 않다. 진학문이 일본 유학 중이었으며 이 글 이전에 『학지광』에 여러 편의 번역물을 게재한 적이 있음을 상기한다면, 이 상념 체계에 외국어 텍스트로부터 받은 영향이 강하게 배어 있으리라는 사실도 지적되어야 할 것이다. 그러나 그가 일본에 유행 중인 사유 체계에 영향을 받았다 하더라도 그것이 한국어문장으로 조직되었다는 점은 여전히 핵심적인 사실로 남는다. 아픈 주체는, 눈으로 지각되지는 않으나 존재가 부인될 수 없는 세계를 글쓰기로 조직하는 일을 시도한다.

---

39) 외배, 「어린 벗에게」, 『청춘』 9호, 1917.7, 97~98면.

2. 타자들의 존재 방식—생활세계의 재현

자기 재현은 근대적 글쓰기를 정립하고 심화하는 데에 중요한 역할을 수행한다. 자기 미분화의 능력을 기반으로 세계를 새롭게 바라보는 감각과 그것을 문장으로 재현하는 양식이 발견되는 한편, 자의식화된 '나'의 어색함과 이질감이 노출되기도 하기 때문이다. 그런 점에서 자기 재현을 첨예하게 밀고 나가는 글쓰기들은, 그 존재의 토대인 주체 / 대상의 이분법에 대해 '안으로부터' 의문을 제기하도록 만든다고 볼 수 있다.

또한 '나'에 대하여 글을 쓴다는 것은 '나'를 세계로부터 분리하고 의식을 몸으로부터 분리하는 작업과 불가분의 관계에 있는 동시에, 내가 세계에 깊이 연루되어 있다는 점을 발견하게 만들기도 한다. '나'는 세계를 대상으로 지각하는 자이기도 하지만 또한 세계 '안'을 살아가는 자이기도 하다. 우리는 이러한 세계를 잠정적으로 '생활세계'라고 명명해 볼 수 있을 것이다.

재현의 문제를 중심에 두고 본다면, '내가 없다면 세계는 없다'와 같은 명제는 그저 유아론(唯我論)이나 회의주의(懷疑主義)이기만 한 것은 아니다. 이 명제는 '나'를 배제한 완전 객관의 세계는, 재현될 수 없음을 의미하는 것이기도 하다. 세계의 재현이 언제나 지각 주체 혹은 인지 주체의 필터를 거침으로써만 가능함을 끊임없이 노출하는 것은, 오히려 세계의 세계성 혹은 원본성을 존중하는 태도로부터 나온다. 그런 점에서 재현된 세계를 세계 그 자체로 착각하게 만드는 대신 재현된 세계가 재현 과정을 거쳤음을 인지케 만드는 글쓰기는, 근원적인 의미에서 원본에 보다 가깝게 다가간다는 재현의 원리에 더욱 충실한 것일지도 모른다.

1) 이념화의 실패와 개체성의 부각

개와 꽃의 세계

근대 이전의 글쓰기에서 인간 이외의 존재자들은 인간과 마찬가지로 대부분 이념체로 의미화 되었다. 한편 근대의 일반적인 글쓰기에서 이 존재자들은 대체로 개별적 존재감을 지닌 것으로 다루어지는 대신 '풍경'이나 '배경'으로 물러나거나, 내면의 투영체가 되어 또 다른 방식으로 이념을 덧입거나, '자연'이라는 말 속에 뭉뚱그려진다. 근대의 글쓰기에서 인간과 인간 이외의 것은 현격하게 위상이 다르다. 주체중심주의는 인간중심주의와 통한다. 다음 인용문은 인간 이외의 존재들을 전경화 시킬 때에 어떤 기획이 필요한가를 알려준다.

> 눈에 씌우난 것, 귀에 들니난 것, 웃지 보면 어늬 것이던지 다 무엇의 象徵인 듯 한지라, 깃븐 것도 잇스며 슯흔 것도 잇거늘, 機에 觸하야 感이 生하난 대로 簡潔하게 붓을 놀닌 것이 이것이라, 써 밧그론 深秘한 運命의 一端을 볼 것이오 안으론 感情 發動의 一端을 볼 것이니 이로써 一端集이라 일홈하다.

『소년』 3년 9권에 실린 「일단집(一端集)」의 머리글이다. 그러니까 눈에 띄고 귀에 들리는 것들에 대해 쓰겠다는 말이다. 이 머리말에 이어 닭싸움 광경과 목끈을 끊으려는 개의 에피소드가 이어진다.

이 머리글에서 눈길을 끄는 것은 세상 모든 것이 "다 무엇의 상징"이라고 하는 부분이다. 눈에 띄고 귀에 들리는 구체적 세계가 무엇을 "상징"하리라는 이 말은, 이념적 초월성과 세계의 구체성 사이에 모종의 대응 관계가 있으리라는 믿음을 보여준다. 감정이 촉발될 때 "붓을 놀"리면 "밖으론 심비(深秘)한 운명의 일단을 볼 것이요 안으론 감정 발동의 일단을 볼 것"이라는 구절 역시 개인의 감정이 그저 찰나적인 어떤 것이 아니라 보이지 않는 거대한 질서와 상통하리라는 믿음에서 비롯된다. 이솝 우화 속의 까마귀와 여우가 이념으로 수렴되듯, 필자 "망사인(忙思人)"은 이 세계의 닭과 개도 보이지 않는 운명의 질서를 상징하리라는 전제에서 출발한다.

'닭 이야기'40)에서 화자는 "창(倉)골 닭장을 지나"간다. '개 이야기'에서는 "신문관으로부터 뒷골목으로 하여 아침을 먹으러" 간다. '닭 이야기'는 닭장 바깥에 있는 닭이 닭장 안의 왕닭에게 갑자기 싸움을 걸면서 시작된다. 사람들은 구경하느라 난리다. 싸움은 닭 주인이 닭장 안의 왕닭을 팔면서 끝난다. '개 이야기'는 작은 개 한 마리가 목줄을 끊으려고 애쓰는 모습을 보여준다. 개가 똥을 치우는 "위생꾼" 노릇을 못해 천덕꾸러기가 된 이후로 목줄에 이름표 붙이지 않고 돌아다니는 개는 도살꾼들이 금방 나꿔채는 세상이 되었고, 나흘 전에는 글쓴이도 목줄을 달지 않았다가 개를 잃어버렸다고 이야기한다.

여기서 궁금해지는 것은 이 이야기들이 과연 무엇을 "상징"할까 하는 것이다. 머리글의 내용을 염두에 두며 굳이 해석을 해본다면, '닭 이야기'에서는 싸우기만 하면 결국 누군가에게 팔린다는 전언을, '개 이야기'에서는 무엇이 자기 몸에 이로운 줄 모를 만큼 짐승들은 어리석다는 판단을, "상징"에 해당하는 것으로 추출해 볼 수 있다. 그러나 닭이 팔리고 개가 목줄을 끊으려는 것을 "심비(深秘)한 운명"이라고 말하는 것은 아무래도 적당치 않다. 머리글의 내용과 달리, 길 가다가 본 이 구체적인 닭과 개는 어떤 이념과 정확하게 상응하지 않는다. 구체적 세계에 밀착하는 사이 보편적 이념화의 기획은 쉽게 이루어지지 않는다. 세계를 보편적 "상징"으로 환원하기 위해서는, '나'의 눈 이외에 초월성이 개입되어야 한다. 그러나 이 사람은 그저 창골과 신문관 뒷골목을 걸어가는 한 개인이다. 지식인 필자로서가 아니라 그저 행인으로서 바라본

---

40) 편의상 머리글에 이어지는 두 개의 에피소드를 '닭 이야기', '개 이야기'로 부르기로 하겠다.

구체적 세계가 초월적 의미망에 쉽사리 포획되지 않는 것은 이미 예정되어 있던 바라 할 수 있을 것이다.

근대 이전의 이념적 표상들은 구체적 감각세계와는 무관한 것이었다. 영웅과 악당이 이 땅에 발 딛고 사는 인간들과 다른 세계에 존재하는 것처럼 이솝 우화 속의 여우와 개도 숲 속에 진짜로 사는 여우와 마당에서 멍멍 짖는 개와는 다른 세계에 존재한다. 사군자로서의 매난국죽도 땅에 뿌리내린 채 피고 지는 매난국죽과는 다른 영역의 식물이다. 거리에서 우연히 눈에 띄는 하찮은 사건을 기록하는 것은 이 이념적 표상의 세계로부터 벗어난다는 것을 의미한다. 그 하찮음이 강렬한 인상을 준다고 해도 여전히 그것은 쉽사리 "상징화"되지 않는다. 그러나 한편으로 이 하찮고 구체적인 세계를 보편적 의미로 수렴하려는 기획은, 오랜 시간 존재해 온 '이념화'의 인력이 얼마나 강력한 자장을 형성하고 있는지를 보여주는 것이기도 하다.

이 글과 유사한 단편들에서 우리는 일상의 단면을 개별적 시선에 밀착해 짤막하게 그려내되 "상징"의 압력이 여전히 잔존하는 면모를 찾아볼 수 있다. 『학지광』 3호와 5호에는 각각 "악몽(惡夢)"·"우몽(愚夢)"이라는 자가 쓴 「어리석은 자의 세 가지 의문」과 「못 생긴 소견」이 실린다. 짧은 사건 혹은 단상이나 단평 세 편 씩을 묶은 이 글들의 제목이 "어리석은", "못 생긴", "의문" 등의 단어로 이루어져 있다는 것은 시사적이다. 이 어휘들은 글의 내용이 거창한 것이 아니라 사소한 것이라는 작자 자신의 판단을 담고 있다. 별 것 아닌 듯하면서도 그냥 지나쳐 버릴 수는 없는 것에 대한 관심, 그러나 다른 이들에게 끝내 별 것 아닌 것으로 비칠 지도 모른다는 데서 오는 우려가 반영되어 있다. 「못 생긴 소견」의 단편 두 개를 살펴보기로 한다. 이 글은 내가 겪은 세계, 혹은 본 세계를 "상징"화하고자 하되 그 기획이 잘 이루어지지 않는 데에 대한 난감함을 포함하고 있다. 편의상 두 번째 글을 먼저 인용한다.

二, 自滅

  (…중략…) 나는 눈을 감고 모래를 버적버적 씹으면서 일잇서 銀座通까지
가는 길에 길에서 무손 굉장한 소리가 나기에 휠근 도라다 보닛가 크단 삽
살개들이 희연 이를 부둑부둑 갈고 서로 물어뜻으면서 우로 갓다 아래로 갓
다 하웁듸다. 別뜻업시 서々 보고 잇스랴닛가 엇던 者이 타고 風雨갓치 모
라가는 自動車가 그 개를 넘어갑듸다. 겻헤 섯든 나는 깜짝 놀라 가슴이 덜
석 나려 안저섯소. 한데 설치여서 그런 것인지 或 그 개가 세서 그런 것인지
多幸히 죽지는 아니햇소 또 過히 傷치도 아니햇소 그 개는 부시々 이러나
웁듸다. 하더니 왼쪽 다리를 절름절름 하면서 또 싸홈 始作을 합듸다. 한참
붓허 싸호더니 그들이 다 氣盡한 模樣이라, 피를 줄줄 흘니면서 서로 맛보
고 으르렁대기만 하고 잇서, 自動車는 차치하고 쓸고 가는 自行車에도 치
여죽게 된 것을 보앗소 나는 고개를 푹 숙이고 生覺햇소……
  오오 참, 이것은 개색기지!41)

  "망사인(忙思人)"이 보았던 닭싸움보다 이 개싸움은 더욱 극적이다.
닭싸움에 "평화의 신" 닭주인이 군림한 것과는 달리, 이 싸움에 간접적
으로 개입한 자동차는 싸움을 더 처절하게 만든다. 개들은 차에 치어
다리를 절름거리면서도 싸우고 기진한 채 피를 줄줄 흘리면서도 으르
렁대기를 멈추지 않는다.

  이 풍경을 본 "나"는 오래 생각하다가 결론을 내린다. 그리고 단락을
바꾸고 방점을 찍어 그 결론을 강조한다. 그런데 그 결론은, 싸우는 것
들이 "개새끼"라는 것이다. 굳이 해석을 하자면 이성이 있어서 싸움을
멈출 줄 아는 인간과 달리 "개새끼"들이라 서로 싸우다가 "자멸"한다는
것인데, 문제는 "오오 참, 이것은 개새끼지!"라는 마지막 문장이 방점으
로 강조될 만큼 이 글을 요약하고 있거나 주제를 표출하고 있는가 하는
점이다. 작자는 그냥 싸움을 보여주는 것으로 글을 끝맺지 못한다. 긴자
[銀座]의 이 개싸움에 대해 뭔가 코멘트를 해야만, 다시 말하면 어떤 의

---

41) 우몽(愚夢), 「못 생긴 소견」, 『학지광』 5호, 1915.5, 60~61면.

미를 덧칠해야만, 잡지에 발표될 만한 '공적인 의미'를 지닌 것이 된다. 이 이념화에 대한 압력이, 바로 마지막 문장을 행갈이하고 방점까지 찍어 강조한 이유에 해당할 것이다.

또 다른 개싸움의 광경을 보여주었던 장지연의 「부산구(釜山狗)」는 이 글의 의미를 짚어내는 데에 도움을 준다. 한문체의 이 글은 제목이 알려주다시피 부산의 어떤 개에 대한 이야기다. 부산에 사는 한 여관 여자가 개 한 마리를 기르는데, 주인의 사랑을 많이 받는 까닭에 주위 사람들이나 이웃 개들에게 오만방자하게 군다. 그러다가 어떤 외지인의 개에게도 그런 식으로 덤벼들어 싸우게 되었는데, 이 외지인이 화가 나서 그만 여관 개를 두들겨 팬다. 여관 주인을 포함한 주위 사람들은 모두 어쩌지 못하고 그 광경을 보고만 있다. 이때 평시에는 서로 으르렁거리던 이웃 개가 여관 개의 편에 합류하여 외지인의 개와 외지인을 물리친다. 장지연은 이야기를 마친 후 덧붙인다. "저 개들은 동물이로되 오히려 그 사사로운 감정을 잊고 동족을 도와 결사분투가 저처럼 맹렬하거늘, 우리는 동포동족이 횡역에 빠져도 모르는 척 뒷걸음질 쳐 피하고 심지어는 다른 족속에게 붙어 동족을 떠밀어 빠트리는 것을 부끄러워하지 않으니 어찌 개에게 창피스럽지 않을 수가 있겠는가."42)

이 글의 개싸움은, 아무리 사이가 나쁠지라도 외부의 공격이 있으면 내부적으로 단결해서 대항하는 모습의 알레고리로 이용된다. 여기서 문제 삼을 수 있는 것은 '부산'이라는 구체적인 공간에 살고 있는 구체적인 이 개들이 어떻게 이념과 이처럼 정합적으로 대응하게 되었는가 하는 것이다. 그것은 이 이야기가 기록물로 전화된 과정을 통해 살펴볼 수 있다.

---

42) 원문은 다음과 같다. "彼蠢然動物이로디 猶能忘其私憾而急於同族ㅎ야 決死奮鬪之如彼甚猛이어늘 爲吾人者는 雖其同胞同族이 陷此橫逆이라도 曚然逡巡而却避ㅎ고 甚者는 附於異族而反擠陷同族을 不覥然以爲恥ㅎ나니 豈不有愧於狗乎아." 남숭산인(南崇山人) 장지연, 「부산구(釜山狗)」, 『대한자강회월보』 13호, 1907.7, 51~52면.

時에 觀者ㅣ 有爲痛哭一場而演說其義ㅎ고 仍出金買肉ㅎ야 飼兩狗而
謝之ㅎ고 作歌詩以贊之云이러라 余過釜山홀시 有爲余言其事者故識之ㅎ
노라
　余ㅣ 以其事로 言于同志人이러니 荷亭先生 呂圭亨氏ㅣ 亦爲作一說ㅎ
니 不獨其文章이 古健이라 其抑揚反覆之際에 有足以感發懲創者 故로
幷載於此ㅎ야 使有志具眼者로 閱覽ノ唱和焉ㅎ노라 (52면)

이 글을 쓴 사람은 개싸움을 직접 본 사람이 아니다. 개싸움 이야기는
이미 가(歌)와 시(詩)로 만들어져 찬양되고 있었고, "여(余)"는 부산을 지
나갈 때 누군가로부터 이 이야기를 들었을 따름이다. 그리고 "여(余)"는
또 한문 문장가인 여규형에게 이 이야기를 들려주었고, 여규형은 이 글
에 바로 이어 같은 이야기를 다룬 다른 글 「동제(同題)－부산구(釜山狗)」
를 게재한다. 장지연의 글이 한글로 현토를 단 것과 달리 여규형의 글은
순한문체에 반점으로 읽는 단위를 표시했다.

이 개싸움은 부산을 무대로 전개되고 있지만, 어떤 눈에 직접 포착된
세계가 아니라 '입에서 입으로 옮아가는 이야기'를 재구성한 것이다. 이
야기가 입에서 입으로 옮아갈 때 그것은 향유하는 자들에게 걸맞게 변
형된다. 또한 같은 이야기가 다른 기록자에 의해 문장화되는 현상은, 글
에 담긴 '내용'보다는 글 자체의 질감에 이념을 얹는 한문 글쓰기의 전
통을 보여준다. 그러나 '자멸'의 개싸움은 화자가 긴자를 걸으며 직접
본 모습이다. 누군가의 입에서 입으로 여러 번 옮아오는 동안 싸움을
벌였던 부산의 실제 개와 글 속에 담긴 부산의 개는 점점 거리가 멀어
졌다. 어떤 대상을 직접 접한 '눈'과 그 대상에 대해 글을 쓰는 '손'의
거리가 멀면 멀수록 세계는 그 구체성을 쉽게 탈각하고 글을 쓰는 사람
의 이념에 맞게 문장으로 재조직될 수 있다. 그러나 긴자의 개를 본 눈
과 긴자의 개에 대해 쓰는 손은 아주 가깝다. '자멸'의 난감함은 여기에
있다. 작자는 자기가 본 세계를 보편적 의미의 세계로 수렴하려고 하지

만, ‘바로 눈앞에 펼쳐진 세계’는 인간화된 의미에 저항한다.

　‘자멸’이 실제세계를 보여주며 그 세계를 이념화하는 작업의 난감함을 드러낸다면, 「못 생긴 소견」의 1편 ‘눈덩이’는 인간의 이념이 이미 덧칠되어 있는 세계와 실제세계 사이의 괴리를 보여준다.

> 一, 눈덩이
> 아아, 눈이다, 새하야코나, 白金이로구나!
> (…중략…)
> 나는 팔장을 찌고 퇴마루欄干에 의지하야 눈을 가늘게 쓰고 이들의 美觀에 깁흔 印象을 밧으면서 우두커니 서잇섯다. 할제 별안간 머리 우에서 크단 눈덩이가 쾅하고 써러젓다. 二層은 울렁울렁 흔들럿다. 나는 단숨을 쌘 것 갓치 고개를 벗적 들고 눈을 짝 쩟다. 이 瞬間에 나의 美感은 슬어젓다. 하나 나는 무슨 眞理나 엇은 듯 生覺낫다─
> 　이것이 그 엇던 것이다. 이것이 그 엇던 힘잇는 것의 象徵이다!

사계절의 아름다움이 잘 묻어나는 풍경을 보며 감탄하고 몰입하는 것은 낯설지 않다. 이 글의 작자 역시 같은 자세로 설경에 몰입한다. 눈 온 후의 아름다운 “은계(銀界)”에 사로잡힌 그는 난간에 몸을 기댄 채 눈을 가늘게 뜨고 “미관”을 감상한다. 수많은 옛 문장가들이 산수의 아름다움에 취하고 또 일군의 새로운 작가들이 평범한 풍경으로부터 아름다움을 발견했듯, 이 사람도 새하얀 세계, 빛나는 아침볕, 참새의 날개소리, 고드름 녹는 소리에 깊이 잠긴다.

　그러나 이 글에서 강조되는 것은 자아와 아름다운 세계가 혼연일체된 상태가 아니라, 그것이 깨어지는 순간이다. 멋진 자세로 서서 은세계를 감상하는 내 머리 위로 지붕에 무겁게 쌓여 있던 눈덩이가 떨어지자, 아름다운 자연을 대하는 인간의 관습적 태도는 사라진다. 자연에 몰입한다는 표현은 역설적으로 산과 물과 나무의 세계에 밀착하지 않은 상태에서만 가능한 것이다. 눈은 멀리서 아름다운 풍경으로 자리 잡는 대

신, 치워야만 하는 귀찮은 "눈덩이"라는 현실적 존재로 바로 앞에 나타
난다. 눈이 아름다울 수 있는 것은 나와 무관하게 멀리서 바라볼 때뿐
이다. 그러므로 눈이 내 집 지붕을 울렁울렁 흔들고 외출이 불가능할
만큼 마당에 높이 쌓일 때, 즉 나의 삶과 연루될 때, 눈에 대한 "나의 미
감"은 스러져 버린다.

　별도의 단락으로 처리되고 방점으로 강조한 마지막 문장은 '자멸'의
것보다 좀 더 의미심장하다. 이 두 문장에서 가장 중요한 단어는 비어
있다. "상징"이라고 강조하면서, 무엇의 상징인지는 끝내 밝히지를 못
한다. 우리는 이 글을 남기게 한 그 "어떤 것"이, 클리셰로 굳어진 아름
다운 설경과 실제 현실로서의 커다란 눈덩이 사이의 간극 그 자체라고
해석할 수 있을 것이다. 그러나 "이것이 그 어떤 것이다"라고 강조할 때
작자가 이 간극을 분명하게 인지한 상태에서 "어떤 것"이라는 말을 썼
을 가능성은 희박하다. 오히려 이 강조 어구에는 희극적이고 하찮게 보
이는 자기의 경험을 덜 하찮게 보이도록, 눈덩이를 그냥 눈덩이가 아닌
"어떤 것"으로 의미화하려는 이념화의 압력이 느껴진다. "힘 있는 것의
상징"이라는 거창한 표현을 쓸 수밖에 없던 것도 이 압력에서 기인하는
것이라 볼 수 있다. 중요한 것은 "어떤 것"이 세계를 해석하고 의미화하
려는 지향점을 내포하고 있되, 그것을 텅 빈 채로 두고 있다는 사실이
다. 이념화에의 의지와 이념화의 실패는, "어떤 것"이라는 단어 속에 집
약된다.

　문자문화가 정착되어 가고 구체적 현실세계가 텍스트의 대상으로 정
립되어 간다고 해서 이념적 지향의 인력이 쉽게 소멸되는 것은 아니었
다. 이미 존재하는 이념을 끌어내기 전에 주체가 세계에 얼마나 밀착할
수 있는지가 관건이 된다. 다음 글은 '1916년 9월 17일'이라는 날, '내'
가 정원을 거닌 일에 대한 기록이다.

　　余는 寒士라 此世에 誰가 余를 歡迎홀 者— 有ㅎ리오만은 다만 數本의

　　玉簪花가 余를 笑迎홈은 實로 余의 喜歡ᄒ는 바이라 自思ᄒ얏도다 同時
에 余는 獨語ᄒ 바이 有ᄒ니
　「余는 爾를 愛ᄒ노라 余는 爾의 玉顔과 爾의 淸香을 愛ᄒ노라
　　余는 純潔ᄒ 志操가 爾의 顔色과 如ᄒ며 淸冽ᄒ 心界가 爾의 香氣와 如
키를 學코자 ᄒ노라 (…중략…)」[43]

　어느 가을 저녁 "여(余)"는 정원을 산보하다가 옥잠화에 눈을 주게 된
다. 그러니까 이 옥잠화는 정말 그의 눈앞에 피어 있는 옥잠화이며 그
의 세계를 구성하고 있는 일부이다. 그런데 그가 눈으로 보고 코로 맡
은 옥잠화는 "옥안(玉顔)"과 "청향(淸香)"으로 요약 정리되고, 곧 "순결한
지조"와 "청렴한 세계"라는 이념의 투영체가 된다. '나'가 전면화되는
짧은 글인 만큼 이야기책을 쓸 때처럼 독자대중을 의식하지 않아도 되
고 일반 기사들처럼 매체의 이데올로기를 그대로 전달하지 않을 수도
있지만, 최찬식에게 구체적으로 존재하는 세계는 이념과 전형을 드러내
기 위한 도구 이상의 가치를 지니지 못한다. 이 글은 우몽의 글과도 다
르지만, 장지연의 글과도 그 직조 방식이 다르다. 우몽의 개싸움은 눈에
밀착한 모습이었으며 그 때문에 단일한 이념에 수렴되지 못했다. 한편
장지연의 개싸움이 알레고리적 정합성을 가질 수 있었던 것은, 입에서
입을 거친 이야기였기 때문이다. 최찬식은 '9월 17일 저녁'에, '정원'에
서, 옥잠화를 그의 감각으로 접했음을 명시하면서도 그것을 곧바로 이
념에 종속시킨다. 이 글의 세계는 외면상 "여(余)"가 본 것으로 상대화되
어 있지만, 그 일목요연한 시선은 근원적인 층위에서 개별적 감각을 인
정하지 않는다.
　최서해의 처녀작 중 하나인 다음 인용문은, 최찬식의 9월 17일 저녁
과 비슷하면서도 아주 다르다. 이 글은 '나를 포함한' 감각세계가 이념

---

43) 「9월 17일의 석(夕)—기자의 일기 중」, 『신문계』 4권 10호, 1916.10, 60~61면. 최찬식
　　이 쓴 것으로 보인다. 4권 10호부터 5권 1호까지 「기자의 일기」가 실리는데, 4권 12호
　　에 '동초(東樵) 생이라는 최찬식의 필명이 기재되어 있다.

세계로부터 분리되어 가는 면모를 뚜렷하게 보여준다.

余는 漢川(城津平野를 貫流ᄒ는 川) 隄防에 立ᄒ야 滿野 滿山의 秋色을 바라본다.
(…중략…)
졸々々 흘너니려가는 漢川 兩岸에 夏霧가 濛朧ᄒ더 괴꼬리가 喚友ᄒ며 飛去飛來ᄒ던 楊柳며 아까시아도 半씀 쇠름엇스며 그 나무 사이 綠色이 尙存ᄒ 靑草 中에는 맑고 아람다운 野菊이 滿發ᄒ야 층성々々ᄒ 香氣가 코를 찌른다. 余는 不知中 입을 여러 소리ᄒ얏다.
아아! 피엿다 피엿다. 野菊이 피엿다. 나는 너를 사랑ᄒ노라. 春夏의 好時節 다 바리고 寒氣를 凌멸이 녁이고 霜下에 피는 너의 놉고 맑은 氣槪를……
이럿케 ᄒ얏다. 그런디 마춤 큰 긔마ᄒ 송아지 ᄒ 마리 몸을 쭈구려 추운 듯ᄒ 氣色으로 음ᄆᆝ…… 음ᄆᆝ…… 부르지즈며 아까시아 속으로 낫하나셔 美麗, 高潔, 無罪, ᄒ野菊을 밟는다. 나는 荒忙히 이놈…… 이라…… ᄒ고 큰 소리를 지르나 들엇는지 못드럿는지 별노 놀는 氣色업시 뎌편, 隄防 터진 데로 그림자가 살아졋다.[44]

'눈덩이'의 작자가 난간에 기대어 눈을 가늘게 뜨고 눈 덮인 겨울 풍경을 감상하려고 했듯, 최서해는 제방에 서서 들판을 물들이는 가을빛을 바라보고 있다. 그리고 최찬식이 옥잠화를 보고 지조와 청념을 떠올리듯, 가을의 '상징' 국화를 보자 거리낌 없이 국화에 투영된 인간의 "기개"를 떠올린다. "부지중"에 그가 부르는 노래는, "부지중"에 가을 풍경에서 국화를 특권화하고 국화에서 "높고 맑은 기개"의 선비상을 떠올리는 알고리즘이 매우 익숙한 것임을 알려준다. 공교롭게도 이 노래는, 최찬식이 옥잠화를 '너'라고 지칭하며 읊조리는 "독어(獨語)"와 매우 유사하다.

이 관습화된 자동적 연상 고리를 단번에 깨트리는 것이 바로 송아지

---

44) 최학송, 「추교(秋郊)의 모색(暮色)」, 『학지광』 15호, 1918.3, 78면.

의 등장이다. 추위를 이기는 기개를 가졌다고 국화를 요란하게 추켜세우는 그의 노래가 무색하게, 송아지는 그 고결한 기개를 짓밟고 간다. 변함없이 고결하고 꼿꼿한 국화는 인간의 머릿속에서만 가능하다. 이념 속에서가 아닌, 저 들판에 한 송이 한 송이 개별적으로 피어 있는 국화는 밟히고 꺾이고 더러워진다. 반점으로 또박또박 강조되는 "미려, 고결, 무죄,"의 이념은 들국화를 지켜주지 않는다. 최찬식이 현실의 옥잠화를 이념에 종속시킨 것과 달리, 최서해는 이념과 무관한 나약한 국화들의 존재 방식을 그것대로 인정한다.

이념의 국화와 현실의 국화의 이 극적 대비 속에서, "사랑"은 역설적인 방식으로 다가온다. 아무 생각 없이 자동적으로 튀어나온 "나는 너를 사랑하노라"라는 노래구절은 철저하게 "높고 맑은 기개"에 종속되면서 '눈앞의 들국화들에 나는 무관심하노라'라는 아이러니컬한 의미를 담게 된다. 그러나 짓밟히고 꺾이는 미려와 고결과 무죄를 위해 "이놈 …… 이랴……" 하고 애써 소리를 칠 때, 그는 눈앞의 국화를 '위해' 어떤 행동을 하고 있는 것이다.

최서해는 이 스쳐지나가는 사건에 덧말을 붙이지 않는다. 그것이 우몽이 쓴 「못 생긴 소견」과의 차이점이다. 송아지가 들국화를 짓밟고 간 사건은 어떤 다른 방식으로 은유화되거나 의미를 덧붙이지 않아도 구체적으로 내 눈 앞에서 벌어졌다는 것 자체로 나름의 의미를 가지게 된다. 이후 최서해의 소설이 가지는 생생함의 진원지는 이 처녀작들을 발표한 이후의 모진 경험들에서만 온 것이라고 볼 수는 없다.[45] 그 이전에 그는 이미 몸으로 겪는 이 구체적 세계가, 그 자체만으로도 충분하게 의미 있다는 것을 인식하고 있었다고 보아야 할 것이다.

최서해는 이 글을 발표한 지 7년이 지나 "이광수 선생의 소개로 산문시 3편을 『학지광』에 실은 것이 나의 작(作)을 활자에 올린 처음"이라고

---

45) 처녀작 발표 당시의 최서해의 전기는 다음 글을 참고하였다. 김기현, 「최서해의 전기적 고찰(1)」, 『어문논집』 16집, 안암어문학회, 1975, 78~79면.

회상한 바 있다.46) 이 세 편을 실제로 시라는 장르에 포함시키는 쉽지 않지만, 그것과는 별도로, 그가 이 글들을 '시'로 기억한다는 것은 그 나름의 의미를 지닌다. 강고한 이념에 종속될 수 없는 세계 자체의 존재감은, 일종의 시적 느낌으로 남아 있을 수 있기 때문이다. 또한 인간 이외의 존재자들에 밀착해 들어가는 이러한 양식의 글쓰기는, 시라는 자의식 하에 제작된 것이 아니라 하더라도 이후 한국 산문시들의 행보와 모종의 연관을 지니는 것으로 볼 수도 있을 것이다. 서사적 구성이나 논리적 인과의 형식 속에 들어서기 힘든 '즉자(卽自)'세계는, '짧음'을 특장으로 하는 시 형식의 한켠에 제 자리를 마련해 간다.

'다른' 사람들의 '다른' 세계

포괄적이고 보편적인 시선이 아니라 개별자의 시선으로 일상세계를 접할 때, 닭·개·눈·송아지 등의 즉자적 존재들은 인간의 이념에 종속되지 않는다. '나'와 같은 종(種)에 속하는 인간들의 경우에도 마찬가지다. 대상의 존재 양식 자체에 밀착할 때, 초월적 이념과는 독립된 세계에서 살아가는 인간들이 글 속에 등장하게 된다. 삶의 모든 순간들을 모범적이고 헌신적인 행위와 생각들로만 채우는 사람들, 혹은 간악한 생각과 타락한 행위만으로 점철된 사람들이 타자화되지 않은 현실의 인간들 그 자체라고 보기는 어렵다. 이념에 종속되지 않은 인간의 모습이 '재현'의 관점에서 중요한 것은, 이런 형상이 이념의 인력에 견인되는 형상들보다 좀 더 '실재'에 가까울 가능성이 높기 때문이다. '실재에 가깝게 재현한다'는 명제는 근대문학이 입체적 인간의 형상에 주목하는 이유와 멀지 않은 거리에 있다.

이념화되지 않는 인간의 모습을 보여주는 초기의 글로 주목되는 것은『학지광』 3호(1914)에 실린 최승구의 「남조선의 신부」다. 제목이 알려

---

46) 최학송, 「그리운 어린 때」, 『조선문단』 6호, 1925.3, 75면.

주다시피 조선 남쪽 땅에서 본 한 신부(新婦)와 그 주변의 인물들을 '대상'으로 하고 있다. 화자가 탄 기선은 이미 목적지인 전남 흥양(현재의 고흥) 풍남포에 정박해 있고, 그는 가형(家兄)이 종선(從船)을 타고 자기를 마중 나올 것을 기다리고 있다. 이때 한 어린 신부가 그의 눈길을 끈다. 성장(盛裝)을 했으되 어색함이 남아 있는 차림새와 경성 부근에서는 보기 힘든 이색적인 머리 모양, 그리고 두 여성 동행자의 모습 등은 이 어린 여성에게 강한 인상을 받은 첫 번째 이유가 된다. 이어서 옷차림, 머리 모양, 화장, "밤벌레같이 뽀얗게 보이는" 손과 결혼반지, 동행한 두 노파의 모습 등이 세세하게 묘사된다.

그리고 그는 종선을 타고 풍남성으로 돌아가며 통곡하는 이 어린 여자의 사연을 듣게 된다. 두 노파 중 "애꾸눈이 주걱턱에 아무리 뜯어보아도 변변치 못한 성질을 가졌을 것 같은 오십이 훨씬 넘은 노파"는 친정 계모이고, "순백색의 안주 항라 겹옷에 제법 모양 좋게 치장한 사십이 채 못 되어 보이는 인품 좋고 숭굴숭굴한 노파"는 시어머니다. 신부는 십여 일 전에 이 풍남성으로 시집을 왔고, 지금 그녀를 보러 잠깐 들렀다가 떠나는 친정 계모를 마중하러 종선을 타고 나온 것이다. 좀 더 강한 인상과 당혹감은 여기에서 나온다. "어찌하여 통곡"하는 것일까. "인품 무던한 시모(媤母)가 있고 또 지금 가는 곳에는 자기를 일평생 사랑하여줄 자기의 신랑이" 있는데, 왜 어린 신부는 친엄마도 아닌 못 생긴 계모를 전송하면서 그토록 서럽게 운단 말인가.

최승구의 이 당혹감은 그녀의 좀 특이한 모습에 대한 것으로만 그치지 않고 곧 자기 자신에 대한 것으로 돌아온다. 강한 첫 인상과 달리, 그는 그녀를 의미화 하는 데에 어려움을 느낀다. 계모의 표상적 의미는 전래의 가정소설에 나오는 '딸을 구박하는 나쁜 엄마'여야 한다. 그가 묘사하는 친정 계모의 생김생김은 장화 홍련이의 계모에 어울릴 법한 모습이다. 그런데 이 의붓딸은 그 엄마를 위해 슬피 운다. 한편 시어머니와 며느리의 경우, 시어머니는 며느리를 부려먹고 괴롭혀야 한다. 그런데 이 시어머니는 좋은 인상을 가진데다가, 며느리와 함께 사돈 마중까지 나왔다. 그가 지금 보는 계모/의붓딸, 시어머니/며느리는 매우 강렬한 인상으로 기존의 표상들을 배반한다. 수많은 말줄임표와 의문형 어미를 반복하며 이 여인의 통곡에 대해 생각한 끝에, 그는 여러 개의 느낌표로 의미를 강조하는 다음과 같은 결론을 내린다.

> (…중략…) 이 新婦는 陸地로붓허 水面까지 나아가는 맛을 아는 新婦이다!
> (…중략…) —奈羅島의 純潔헌 處女!(나는 處女라고 부르오) 밋 諸君! 處女의 임의 안 맛은 내버리지 안이허고, 그리움은 끈치 안이허고, 權威를 뜰치려허는 勇氣는 눌니지 안이헐 터이요! 쏘 抑制헐 사람이 생겨나지도 못허오! (38면)

그는 자신이 어린 신부에게 공감한 원인을 "용기"에서 찾는다. 시골 여자이면서도 그리움을 억누르지 않고 과감하게 종선을 타고 나와 친정 엄마를 전송한 것, 감히 그녀를 억제할 만한 사람이 있을 수 없는 것, 이런 것들이 그녀가 "억제"되어 있는 여자들과 다른 점이며 그에게 강한 인상을 준 최종 심급의 원인으로 해석된다. 유부녀임을 알면서도 군이 "순결한 처녀"라고 부르고 싶어 하는 작자의 심리 역시 이 여자의 이미지를 결혼이라는 족쇄에 얽매지 않은 것으로 기억하려는 의도의 소산으로 볼 수 있다. 최승구는 자신에게 '사적'으로 '왠지 모르게' 강렬한 인상을 주었던 신부 이야기를 상세하게 그려내고, 그것이 단순한 사사로움에 머물지 않도록 '공적'으로 이념화하고자 한다. 그리고 그 이념성을, "억제"된 여성과 "용기" 있는 여성의 차이에서 찾는다.

그러나 최승구가 이와 같은 방식으로 어린 신부에 대한 인상과 감정을 정리하는 순간 오히려 명백해지는 것은, 신부를 둘러싼 풍요로운 세계가 그 시대 주류 담론의 틀 안에 쉽게 포획되지 않는다는 것이다. 그가 세세하게 묘사해 낸 생동하는 풍경과 현실의 인물은, 바깥에서 유입

된 여성 해방의 이념이나 그에 의해 직조된 이념형의 인물인 "용기"있
는 여성, "순결한 처녀"와 일정한 괴리를 가진다. 최승구의 이 글은, 그
시대를 살아가던 자들 모두가 자유로울 수 없던 관념들이 오히려 실제
의 세계를 '얼마나 의미화할 수 없는가'를 보여준 좋은 예가 된다.

　최승구가 이 여인을 발견한 것은 '여행' 길이다. 그러나 이 글은 기행
문의 방식으로 쓰이지 않았다. 최승구는 "새로이 접촉될 산천, 인정, 풍
속이 얼마큼 진기하리라는 생각"을 했지만, 그 진기함을 글로 옮기지
않았다. 최남선과 이광수의 기행문에서 여행 중 마주친 사람들이 풍경
의 소품 이상으로 작용하지 않는다는 것은 제3장 1절에서 이미 언급한
바 있다. 주체의 시선이 세계를 바라보는 구심점으로 작용할 때, 보여지
는 인간이나 나무나 풀 등은 신기함이나 흥미, 혹은 아름다움을 투영한
대상들로 기각된다. 그러나 주체가 풍경 감상이나 유흥의 방식으로 세
계를 대하는 대신 그 세계에 심리적으로 밀착해 들어갈 때, 대상세계는
주체의 이념이나 시선에 따라 간명하게 요약되지 않는다.

2) '필터'로서의 시선과 주관화된 세계

　내가 귀속된 적이 있거나, 현재 귀속되어 있거나, 혹은 앞으로 귀속
될 생활 공동체를 재현 대상으로 삼는 경우는 위의 경우와는 약간 다른
접근을 요구한다. '나'를 글쓰기의 대상으로 삼을 때 몸과 의식을 분리
해야 하는 것과 마찬가지로, 세계 내 존재로서의 주체가 그 세계를 글
쓰기 대상으로 삼기 위해서는, 세계의 '바깥'으로 벗어나는 과정이 별도
로 요구된다. 이때 '나'와 같은 세계를 살아가는 사람들, 긍정·부정의
판단이 스며들기 이전에 '나'와 함께 삶을 영위하던 사람들은 글쓰기
주체에 의해 대상의 자리에 놓이게 된다. 주체는 공동체 내부의 일원인
동시에 그 공동체를 관찰하는 이중적 역할을 맡아야 한다. 주체가 이

세계를 섬세하게 재현할 수 있는 방식은 자신에게 맡겨진 이 이중성을 인정하고 드러내는 것, 세상을 바라보고 느끼고 판단하는 자가 어떤 초월자가 아니라 '나'라는 한 개인임을 노출하는 것이라 할 수 있다.

내부자의 눈과 외부자의 눈

먼저 과거에 내가 귀속되었던 적 있는 세계를 다루는 경우를 보기로 하자. 주요한이 한국어로 발표한 첫 작품인 「마을집」은 창호라는 청년이 여행을 마치고 "자기 본 곳"으로 돌아오는 것으로 시작된다. 이목을 집중시킨 여행지의 "높은 집과 넓은 길", "깨끗하게 차리고 바쁘게 왔다 갔다 하는 도회인"들 대신, 그 새로움과 화려함을 겪은 후 자신이 원래 귀속되어 있던 공동체를 글쓰기 대상으로 삼았다는 것이 먼저 눈길을 끈다. 인용문은 오랜만에 고향에 돌아온 주인공 창호의 생각을 기술한 부분이다.

> 그러나 아모러턴지간에 그 시절은 즐거온 시절이엿고 只今까지라도 니즐 수 업는 것일 줄을 그도 안다. 어린 쌔의 그의 눈에 비친 한머니는 多情스럽고 울기 잘하고 말재조 잇는 늙은이엿다. 쏘 그의 幼稚한 눈으로 본 한아버지는 수염 만코 무섭게 힘이 세고 도모지 성낼 줄을 모르는 尊長이엿섯다. 그의 눈에 뵈인 洞內 사람들은 하로終日 이약이할 줄 밧게는 아모것도 모르고 모조리 흙투성이가 되여 그들의 조고만 저녁상에는 조밥밧게는 오를 줄 모르는 農夫뿐이엿다. 그러나 그의 눈에는 모든 것이 다 當然한 것으로 뵈엿고 모든 것이 다 아모 別다른 現象으로는 뵈이지 안엇다. 그의 生活은 좁앗고 아무 意味도 업섯다.
> 그러나 그의 旅行은 그의 生活의 한 轉換期라 할 수 잇다. 그는 놉흔 집과 넓은 길을 보앗다. 그는 깨끗하게 차리고 밧부게 왓다갓다하는 都會人을 보앗다. 所謂 文化라 하는 것은 이렁저렁 다 맛보고 왓다. 그의 눈에는 다시 多情스러온 한머니가 뵈이지 안코 偉人의 風采를 가진 한아버지가 뵈이지 안엇다.[47]

먼저 이 인용문에서 주목해야 하는 것은, "그의 생활의 한 전환기"라고 할 여행이 창호가 자신과 거의 일체화하고 있던 고향 마을을 대상세계로 인식하게 만들었다는 것이다. 창호가 "넓은 들과 은같이 빛나는 하변(河邊)"과 "따뜻하고 평화한 광야" 안에서 뛰놀고 "장난꾼 중에도 한 목 참여"하여 "선생의 애를 제일 먹이"기도 했던 어린 소년이었을 때, 그는 자신을 감싸고 있는 마을세계에서 분리될 수 있는 존재가 아니었으며, 세계는 너무 "당연한 것"이어서 지각되지 않았다. 그런데 창호는 이제 그 세계 바깥에 있다. 그가 대상화해서 바라보는 것에는 마을뿐만이 아니라 어린 시절의 자기 모습도 포함된다.

여기서 좀 더 눈여겨보아야 하는 것은 시간이 고향 마을의 풍경을 바꾸어 놓았다고 해도, 정말 변한 것은 세계가 아니라 창호의 '눈'이라고 기술되는 점이다. "모든 것이 다 당연"했던 그 세계가 "침체"와 "패잔" 의 세계가 되고 더 이상 할머니와 할아버지에게서 다정스러움과 위인의 풍채를 찾을 수 없게 된 것은 창호의 눈이 "소위 문화라고 하는 것"을 보았기 때문이다. 세계가 침체·패잔한 것이 아니라 창호의 눈에 세계가 침체·패잔한 것으로 보이게 된다.

이 글에서 서술자의 시선과 청년 창호의 시선은 대단히 가깝다. 고향의 삶을 당연한 것으로 받아들이던 어린 창호의 세계를 "유치"하고 "아무 의미도 없었"던 것으로 규정짓는 것은 일차적으로 서술자이지만, 청년 창호의 가치판단이기도 한다. 현재의 고향 마을을 "침체", "패잔"하고 "아무 열(熱)", "아무 감정"도 없는 것으로 의미화하는 것 역시 창호와 서술자의 시선이 겹쳐지는 지점에서 이루어지며, "그 사람들은 무슨 뜻으로 사는지 알 수 없다"고 할 때의 답답함도 창호의 것인 동시에 서술자의 것이다. 창호는 무지몽매한 농촌 사람들 속에 섞일 수 없는 특출한 개인이며, 서술자는 창호의 생각 속에, 창호는 서술자의 서술어 속에, 스며든다.

---

47) 주낙양, 「마을집」, 『청춘』 11호, 1917.11, 별권 55면.

그러나 마을 사람들의 모습과 삶의 패턴에 대한 서술자의 기술과, 이 세계를 의미화하는 창호 개인의 시선이 정확하게 일치하는 것은 아니다. 서술자는 창호의 눈을 가장 밝고 현명한 것으로, 그래서 유일하게 옳은 것으로 처리하는 대신, 상당한 정도로 상대화한다. "그의 눈에는 다시 다정스러운 할머니가 뵈이지 않고 위인의 풍채를 가진 할아버지가 뵈이지 않았다"라는 서술 속에서, 창호의 시선은 높은 만큼 좁아진 것을 드러낸다. 여기서 창호는 서술자의 눈에 의해 '관찰당한다'. 또한 서술자에 의해 묘사되는 이 마을은 창호가 규정하는 것 같은 답답함 이외에 다른 해석 가능성을 열어놓고 있는 세계이기도 하다.

> 저녁때가 되면 들에 일하는 소들이 방울을 절넝절넝 흔들면서 도라온다. 얼골을 벌겇케 태운 農군들은 제각기 器具들을 메이고 소리를 하면서 도라온다. 저녁 먹을 째가 지나면은 동내 사람들은 이 모롱이 저 모롱이 모혀 안는다. 그들의 처음도 업고 끚도 업는 이약이가 으슬으슬한 空氣 속에 움즉인다. 엇던 이는 쌀아노은 멍석 우에 누어서 한 팔을 니마 우에 언고 잇스며 쏘 엇던 이들은 쭈구리고 안져서 담배만 픅픅 피운다. 쏘 엇던 이는 자미 나는 이약이를 한참 하면서 혼자 써들고 웃는다. (56면)

고향 사람들은 귀향한 창호에게 한없이 친절하고 다정하며, 낮에는 논밭에 나가 일하고 해가 지면 소들을 데리고 돌아와 저녁을 먹은 후엔 위의 인용문 같은 풍경을 연출한다. 이 풍경은 그저 나태하고 게으른 세계, "먹고 입기 밖에 모르는" "취생몽사하는 생활"의 표상으로 단일화될 수 있는 것이 아니다. 도시적 삶에 대한 회의가 부각되는 시기가 오면, 또 다른 낭만주의자들은 오히려 이 풍경을 진정한 기쁨과 삶의 생동감이 넘치는 세계로 표상하기도 한다. 이 풍경을 재현하는 서술자는, 청년 창호의 답답함을 공유하는 대신 공동체 내부자로서 '정주자적 심미의 태도'를 보여준다.48)

---

48) 이효덕, 박성관 역, 『표상 공간의 근대』, 소명출판, 2002, 42~50면 참조.

서술자는 이 마을을 "저주"하고 떠나는 창호의 선택에 대체로 우호
적이지만, 그 저주의 심리가 세계 자체의 부정성에서 기인하는 것이 아
니라 창호 '개인'의 시선에 의한 것임을 분명히 한다. 문명 / 야만=우월 /
열등의 이분법적 틀은 특출한 개인이 지향해야 할 바와 몽매한 농민들
의 지리멸렬함에 대응되지만, 이 소설은 농촌 마을에 대한 창호의 해석
을 유일하고 보편적이며 초월적인 것으로 특권화하지 않는다. 창호가
보는 세상은 다양한 방식 중의 하나가 된다. 세계는 확고하게 의미규정
된 세계가 아니라 '나'에 의해 주관적으로, 그리고 임시적으로 의미화된
세계로 형상화된다. 고향 마을을 향한 다양한 시선의 교차는, 시선의 필
터 없이는 '재현'을 시도하는 것 자체가 불가능하다는 사실을 자발적으
로 노출하는 한 예에 해당한다.

이러한 문제는 당대의 주류 담론이 생활세계를 간섭하는 경우에 특
히 중요하게 다루어져야 하는 사항이다. 「마을집」의 창호가 고향 마을
을 떠나고 그 선택이 서술자에 의해 지지되는 경우와 달리, 주체가 현
재형으로 귀속되고 앞으로도 귀속될 예정인 세계를 다루는 경우에는
더더욱 그러하다.

생활 속으로 스며들기 위해, 담론은 교사의 입을 선호한다. 가르쳐서
계도하는 것이 직무인 교사는 대상세계에 대해 자동적으로 높은 자리
를 점하고 있다. 당위와 이념이 설파되기에 좋은 위치다. 많은 방문 취
재기의 글들이 교장의 훈화를 직접 인용의 방식으로 기록한 것은 그런
이유에서일 것이며, 이른바 '농촌소설'이라고 불리는 텍스트들에서 교
사 주인공들이 자주 등장하는 것 역시 그 위치가 비지식인 세계를 바라
보고 기술하기에 가장 무난하기 때문일 것이다. 그러나 주체가 스스로
의 시선과 이념을 구심점 삼아 대상세계를 기술할 경우, 그 세계는 이
미 타자화된 상태로, 즉 그 세계의 진실이 일정 정도 은폐된 상태로밖
에 재현되지 못한다. 이런 관점에서 본다면 교사의 위치는 태생적으로
세계를 재현하는 데에 한계를 지니고 있다고 볼 수 있다. '교사'의 위치

에서 글쓰기가 시작되었더라도, 재현성의 관점에서 볼 때 교사로서의
심리적 입지를 기각하는 것이 필요한 것은 이 때문이다. 『청춘』의 특별
현상에 실린 다음 글은, 학생을 가르치고 학부모를 계몽해야 하는 농촌
학교의 선생이 선생의 시선과 선생의 언어를 버리는 데에서 쓰인 것이
라 할 만하다.

學校의 位置는 遐鄕陋區에 偏在하니 實地敎導의 機會가 乏少하고 村
民의 風潮는 經濟狀況이 不當하니 諸般設備가 貌樣을 不成함은 勢所未
免이라 狹陋한 數棟敎室內에 無念諒한 三十餘名 兒童을 一學級에 編成
하야 百科敎授를 專擔하니 長長夏日鬱鬱한 炎熱 가온대 身疲身困하야도
代勞할 이 一人이 업고 事煩務多하야도 自己가 獨當하야 안지나 서나 입
을 다들 사이가 업시 혀가 달토록 品行을 端正히 하여라 工夫를 勤勉하여
라 親切하여라 淸潔하여라 規律을 잘 직히지 아니하면 못 쓴다 하면서 웃
는 말로 달내기도 하고 노한 말로 꾸짓기도 하며 잘하엿다 讚揚도 하고 잘
하라고 勸勉도 하야 抑揚寬嚴을 適度히 利用한다 하여도 知情意가 完全
히 發達치 못한 童稚들 조곰하면 입다톰이나 하고 壁에다 글씨 작난이나
하야 앗가까지 짓거리던 實效가 半分도 업시됩니다[49]

학교는 마을 구석의 지저분한 곳에 위치해 있고, 대부분의 사람들이
가난하게 살고 있으므로 설비도 제대로 갖추지 못하고 있다. 선생들도
부족하므로 필자는 아이들을 한 반에 몰아넣고 혼자서 모든 교과를 다
가르치고 행정 업무도 맡아 본다. 그리고 아이들은 아무리 열심히 가르
쳐도 잠깐만 시간이 지나면 싸우고 장난하기가 일쑤여서 그는 가르친
다는 일이 정말 훌륭한 일인가에 대해 심각한 고민에 빠진다. "젊은 놈
이 무슨 시원한 노릇을 못하여 이 짓을 하고 있느냐"는 주변 사람들의
말에 마음이 기울 때가 많다. 그러나 또 한편으론, 어여쁜 이 아이들이
부디 자기가 실현하지 못한 "대장부"·"문학가"·"법률가"·"실업가"

---

49) 신영철, (무제), 『청춘』 11호, 1917.11, 별권 25면.

가 될 것을 기원하며 마음을 다지기도 한다.

앞에서도 논의했다시피 '교육'은 구한말 이후 계몽 담론의 첫 번째 모토였다. '융희'에서 '메이지'로 연호가 바뀌고 구국열이 수그러든 이후에도 '배워야 한다'는 이념만은 줄기차게 주장되었고, 배움에 얼마나 충실한가 하는 것은 이 시대의 인간들을 긍정형 / 부정형으로 표상하는 주요 분류 계기로 작용하였다. 그러나 이 글의 학교 풍경은 기존의 이분법에서 벗어나 있다. "혀가 닳도록" 훈계하는 선생의 말이 무색하게 아이들이 떠들고 장난한다고 해서, 이 애들은 나태하고 게으른 것으로 의미화되지 않는다. 또한 이 선생이 교육에 회의를 느낀다고 해서, "중학교에 몇 시간 보고는 바둑 장기로 지지(遲遲)한 긴 날을 보내다가 비스마르크 씨에게 애주(愛酒)만 본뜨"는[50] 천박하고 게으른 교사라고 할 수 없다. 이 작자에게 중요한 것은 자기가 몸담고 있는 세계에 대한 느낌이지, 다른 사람들에게 촌학교에 대한 정보를 전달하는 것도, 촌아이들을 밝은 세계로 이끌기 위해 헌신할 다른 교사들을 모집하는 것도 아니다. 좋음과 나쁨으로 구획될 수 없는 어수선한 교육 현장의 기록은, 이 글을 쓴 자가 일회적으로 학교를 탐방한 취재 기자도 아니고 교사와 학생에게 방향을 제시해야 할 논설 집필인도 아닌, 학교라는 공간을 몸소 체험하는 자였기 때문에 가능한 것이 된다.[51]

위의 글이 담론으로 획일화될 수 없는 교육 공간 내부의 모습을 내부자의 시선으로 보여주었다면, 김영휴의 「유정 무정」이라는 텍스트는 조혼 문제를 세계 내 시선으로 다룬 경우다. 이 당시 계몽 담론들 중에서 조혼만큼 명료하게 규정지을 수 있는 것은 흔치 않다. 자유연애·자유결혼·이혼 등이 옳으냐 그렇지 않으냐에 대해서는 의견이 분분할 수

---

50) 열돌음빙객(熱突飮冰客), 「냉매열평(冷罵熱評)」, 『청춘』 3호, 1914.12, 73면.

51) 교육 공간과 교사 주인공의 내부자의 시선 문제가 본격적으로 논의될 수 있는 텍스트는 이광수의 『무정』이다. 별도의 논의가 필요한 텍스트이므로, 이 글에서는 간략한 언급에 그치기로 한다.

있었고 방점이 어디 있느냐에 따라 긍정적인 혹은 부정적인 이미지로 채색될 수 있었지만, 조혼은 의심의 여지없이 '나쁜' 것이었다. 이때 조혼 모티브를 사건으로 포함하고 있는 텍스트는 그로 인한 불행을 부각시키거나, 그 불행의 끈을 과감하게 끊어버리는 선택을 보여주는 양상으로 대별된다. 이광수의 단편 「무정」(1910)과 「규한(閨恨)」(1917)은 배운 남편으로부터 버림받은 아내의 비극을 다룬 예이고, 전영택의 「혜선의 사(死)」(1919) 역시 이 경향의 연장선상에 놓인다. 한편 최승만의 「황혼」(1919)은 사랑 없는 아내를 과감히 버리는 남편의 선택을 통해 '조혼은 없어져야 한다'는 이념을 강렬하게 전달한다. 이 글들에서 이혼 갈등은 두 부부 사이에 직접 일어나지 않는다. 편지로 일방적인 이혼 결정을 알리거나, 부모나 친척이 부부의 한쪽을 대신하여 갈등의 한 축을 이룬다.

그러나 또 한편 부모들 간의 언약을 통한 결혼은 아주 자연스러운 일로서 당사자들 간에 친밀함을 유발하는 계기로 다루어지기도 했다. 이 경우에는 아예 '조혼'이라는 말 자체가 등장하지 않는다. 현상윤의 「한의 일생」과 「재봉춘」, 조중환의 『장한몽』, 최찬식의 『추월색』, 안국선의 「기생」 등에서는 어린 시절의 친밀한 만남이 부부의 연(緣)으로 이어지는 것을 당연지사로 전제한 상태에서 전개되는데, 유년의 친밀함이 부부 관계로 이어지는 구조는 근대의 연애관에 영향 받지 않은 독자층과 관련이 있다고 할 수 있을 것이다.

김영휴의 글은 "조혼의 관습으로" 생긴 갈등을 근대적 연애가 아닌 가족 공동체의 차원에서 처리한 드문 예에 해당한다. 이 글은 밤늦게 집에 돌아온 남편 영호가 술김에 아내 순희에게 "보기 싫다"는 말을 한 후의 두 사람의 내면 갈등과 가족 관계 등을 주로 다루고 있다. 조혼을 다룬 다른 글들이 부부 중 한쪽의 입장만 보여주는 것과 달리, 두 사람 모두에게 관심을 기울인다는 것이 특기할 만한 사항이다. 남편에게 안 좋은 말을 들은 후 순희는 친정에 와서 다시 시댁에 갈 생각을 하지 않고, 영호는 영호 나름대로 고민을 하기 시작한다. 다음은 아내 순희에 대한 영호의 생각이 어떻게 변하게 되었는가를 보여주는 부분이다.

> 　永鎬는 小學校를 卒業하고 中學校에 갈 째까지 夫婦라는 것을 아지 못
> 하얏다. (…중략…) 夫婦의 關係가 如何히 깁혼 것과 夫婦間의 幸福이란
> 엇더한 것이며 夫와 婦와의 그 內容을 아지 못한다. 알녀하는 생각도 업다.
> 그러나 普成學校에서 卒業하고 繼續하야 專修學校에서 卒業狀을 밧아가
> 지고 집에 돌아와서 그럭저럭하다가 今年에 여름을 세 번째 當하얏다. 永鎬
> 는 그 동안에 夫婦의 깁혼 關係와 戀愛라는 것을 알 機會가 마니 잇섯다.
> 그럼으로 그의 十分의 七八은 안다 한다. 그러나 일즉이 한번도 夫婦의 情
> 이 쑬맛보다 더 단 것을 아지 못햇다. 그럼으로 그 단 맛을 맛보랴 한다.
> 　(…중략…)
> 　永鎬는 안해를 박대 못하는 것인 줄 안다. 안해를 버리는 것이 罪되는 줄
> 을 안다. 永久히 사랑하는 夫婦가 되여야 한다 한다. 그럼으로 아못조록 夫
> 婦 사이에 情을 求하고저 힘쓴다.[52]

보성학교를 다니기 전까지 영호는 부모들이 맺어준 자신과 순희의
부부 관계에 대해 아무런 불만이 없었다. 그가 자신의 결혼을 일종의
결핍으로 느끼게 된 계기는 고등교육이다. 사랑을 전제로 한 근대식 결
혼관과 "부부의 깊은 관계와 연애"를 학교에서 배우고 도회 청년들의
연애를 본 후에 그는 부부 관계에 대한 이상적 이미지를 가지게 되고,
"꿀맛보다 더 단" 것으로 예상되는 그 관계를 직접 체험하지 못하는 것
때문에 괴로워한다.[53] 그러나 영호가 학교에서 배운 것은 '결혼을 하기
위해서는 반드시 사랑이 있어야 한다'는 이념만이 아니다. "아내를 버
리"고 첩을 얻는 것이 "죄"라는 일부일처제의 이념 역시 학교와 신문
잡지가 당대 청년 영호에게 가르친 중요한 것들 중 하나다. 학교를 통
해 마련된 이 모순적인 이념적 잣대는 당연스럽게도 영호의 체험세계

---

52) 김영휴, 「유정 무정」, 『청춘』 제11호, 별권 71~72면.
53) 이후 김동인의 「마음이 옅은 자여」에서도 아내를 향한 남편의 '시선'이 고등교육에
　　의해 달라지는 장면을 볼 수 있다.

와 맞아떨어질 수 없다. "영구히 사랑하는 부부"가 되라는 가르침을 받았지만, 그가 또한 배운 "꿀맛보다 더 단" 부부의 정은 "기생과 같이 좀 어여"쁜 얼굴의 아내를 은연 중 전제로 하게 만드는 것이다.

이 소설이 조혼 문제를 다룬 다른 소설들과 다른 점은 첫째, 이 이념적 잣대를 유일한 기준으로 삼아 바깥에서 체험세계를 재단하고 추상화시킨 것이 아니라 그것을 체험세계 '안으로' 직접 끌어들였다는 데에 있다. 그는 근대식 결혼과 연애라는 기준으로 아내를 '직접' 바라보고 부대끼며, 이념과 현실 사이의 간극을 '직접' 느낀다. 한편 이 시선의 개별성, 혹은 직접성은, 근대적 연애와 근대적 결혼관이 영호의 가족을 바라보고 의미화하고 판단하는 유일한 기준으로 작용하도록 두지 않는다. 이 소설에는 다양한 시선들이 존재하고, 영호의 시선은 그 중 하나로 상대화된다. 특히 시누이 명옥이 순희를 바라보고 대하는 태도는, 작자와 아주 가까이에 있는 누군가를 모델로 하지 않았다면 불가능하다고 생각될 만큼 따뜻하고 다정한 감정으로 구체화되어 있어서, 오히려 영호의 시선보다 더 강한 인상을 주기도 한다.

둘째, 영호가 가족 '바깥'의 높은 위치에서 자기 가족을 조망하는 것이 아니라, 가족의 일원으로서 가족을 바라본다는 점이다. 이때 그의 시선으로 포착된 대상은 완전히 타자화되지 않는다. "보기 싫다"는 말을 한 후 아내가 친정으로 가자 "마음이 이상하게 괴로워"지고 "여러가지 생각에 번민"하게 된 것은, 영호가 아내에게서 "꿀맛보다 더 단" 정을 느끼지는 못하지만 그녀를 인생의 방해물로 생각하는 대신 존중해야 할 인격체로 대하고 있음을 의미한다. 그는 "정이 없"다고 해서 아내를 '이것'·'저것'으로 부르며 사물화하지 않는다. 편지로 통보되는 일방적 이혼, 부모가 개입되어 결정되는 이혼에서, 이혼 당사자인 두 사람의 직접적인 관계는 거세된다. 당사자들의 관계와 현실이 제거된 상태에서 이혼의 결과만이 문제가 될 때, 나머지 한 사람은 조강지처를 버린 '오입쟁이 파렴치한'이나 진정한 사랑의 앞날을 가로막는 '훼방꾼'으로 타

자화될 수밖에 없다. '세계 내 시선'은 이러한 타자화를 막아준다. 순희
는 영호에게 분명한 얼굴과 인격을 가진 존재다.

　조혼한 부부인 영호와 순희의 갈등이 해소되는 마무리를 취하면서,
이 글은 근대적 결혼관이 유일하게 추구되어야 할 절대적 가치가 아니
라 세계를 바라보는 다양한 방식 중의 하나임을 보여준다. 영호가 근대
적 교육으로부터 얻은 시선을 고집하지 않자 순희와 명옥의 다정한 시
누올케 관계는 영호에게 안정감을 주고 그의 동경 유학은 순조롭게 이
루어진다. 조혼 때문에 이루어진 이 갈등과 해피엔딩은 당시에는 선자
(選者) 이광수에 의해 '개성의 표현됨이 적다'는 평가를 받았지만, 한 세
기가 지난 현재의 시각으로 보면 오히려 당대의 이념적 지향성에서 한
발 비껴난 '예외'로서의 면모를 보인다.

　지식인으로서의 자의식을 지닌 필자들의 경우 세계 내 존재로서의
상대화된 시선을 보여주는 경우는 찾기가 쉽지 않다. 그들 자신이 속한
지식인 사회가 다루어지는 경우, '배운 자'들에 대한 이념의 인력이 워
낙 강하게 작동했다는 것을 먼저 지적할 수 있다. 한편 주변의 생활세
계, 조선 민중들의 삶을 다루는 경우, 글쓰기 주체의 '지식'과 '부'는 대
상세계를 우월한 위치에서 다루게 하는 사회적·물질적 토대로 작용한
다. '동정'의 감정이 전경화되는 글들은 이 두 가지가 전형적으로 결합
하는 방식이다. '동정'은 감정적으로 '계몽된' 상태를 가리키는 것이기
도 했고, 실질적인 면에서는 물질적 여유가 있어야 가능해지는 멘탈리
티이기도 하다. 뜨겁게 거지의 손을 잡아주는 마음이 강조된 투르게네
프의 산문시가 각각 진학문과 김억에 의해 일찌감치 번역되었다는 사
실은54) '동정'이라는 감정이 글을 쓰고 읽는 자들에게 상당히 매력적이
며 만족감을 주는 것이었음을 짐작케 한다. 쓰레기통에서 주운 고구마
껍질을 신문지에 싸가지고 아픈 부모와 함께 먹으러 가는 마른 거지 아

---

54) 몽몽(夢夢) 역, 「명시 3편－1. 걸식」, 『학지광』 4호, 1915.2; 안서 생 역, 「러시아(露西
　　亞)의 시단－4. 비렁뱅이」, 『태서문예신보』 5호, 1918.11.2.

이에게 돈 몇 푼을 준 일, 이미 배가 부른데다가 떡을 싫어함에도 불구하고 떡을 팔아달라는 아이 업은 여인에게 "동정"을 느껴 떡을 사 준 일55) 등을 기록하고 발표하는 것 역시 비슷한 심리적 메커니즘에 근거한다. 이 글들은 가난한 자들의 고통스러운 삶을 보여주지만, 궁극적으로 이 글들이 재현하는 것은 그 삶 자체가 아니라 '자선 행위'이다. 그들의 삶에 도움을 준 '자기 자신'에 대한 만족감이 이 글들을 쓰게 한 최종심급에 해당한다. 동정은 시혜 의식으로부터 비롯된다. 나는 주는 자이고 상대는 받는 자이다. 마음을 주든 물질을 주든 나는 상대에게 일방적으로 주고, 도덕적 정당성과 우월감을 그 대가로 받는다.

주체의 특권적 위치가 강하게 유지될 때 나타나는 또 다른 전형적 감정태는 '경멸'이다. 1910년대의 가장 좋은 소설 중 하나로 평가받는 양건식의 「슬픈 모순」을 예로 들어보자. 이 텍스트는 할 일도 하고 싶은 일도 없는 지식인 "나"에 의해 전개된다. 1인칭 화자의 존재는 확실히 앞으로 보여질 세계가 당위의 것이 아니라 개별자의 시선에 포착된 것임을 분명하게 하는 구실을 한다. 또한 "현재의 생활의 무의미", "나와 같은 약자" 같은 표현은 화자가 스스로를 낮고 열등한 존재로 인식하는 듯한 인상을 주기도 한다.

그러나 이 글에는 1인칭 화자의 시선과 목소리 외에는 어떤 다른 시선과 목소리도 존재하지 않는다. 그리고 이 시선과 목소리는 곧바로 글쓰기 주체의 것으로 환원된다. "나"는 집에서 어머니가 차려주는 밥을 마다하고 길거리로 나와 세계와 '접촉'하는데, 이 세계는 이미 "나"에 의해 강력하게 의미 부여된 상태로 형상화된다. 집에 무연히 앉아서 첫 번째 드는 생각은 "집안 식구와 나와 취미가 아주 다른" 것이다. 화자는 "나"와 "식구"들을 같은 세계의 존재로 인식하지 않는다. 이때 정신적인 무기력감에 빠져 있는 나에게 때 되었다고 밥 먹기를 권하는 어머니

---

55) 최소월, 「걸식아」, 『최소월시집』(친필원본복사본), 인하대 중앙도서관 소장; 백낙천자, 「나의 일기로부터」, 『신문계』 4권 6호, 1916.6.

는 아무리 "자안(慈顔)에 미소를" 띤 모습으로 묘사되더라도 정신과 영혼의 고뇌가 부재하는 무지랭이의 무리로 타자화된다. 화자가 본격적으로 그의 시선에 포착된 세계를 대상화하는 것은 거리에 나서면서부터다. "나"는 걷거나 전차를 타고서 사람들을 보거나 만난다. 그가 "구경꾼"이 되어 본 사건은 파출소에서 순사보(巡査補)와 막벌이꾼이 실랑이하는 장면이다. 화자가 자신을 '구경꾼'으로 자리매김할 때 이미 그의 시선은 세계 '안'에서 세계를 함께 하는 자리에 놓이지 않는다. 그는 다른 구경꾼들로부터 막벌이꾼이 붙잡혀 온 이유를 듣고 "픽 웃"는다. 다음 부분은 이 싸움이 "나"에 의해 의미화되는 방식이다.

> 朝鮮 스름의 向上心과 自覺 업눈 것은 말홀 必要도 업거니와 屛門軍 對
> 巡査補가 自覺이 업고 向上心이 업셔 그 地位에 滿足홈은 다 一般이다 그
> 시이에 別노히 큰 差等을 發見ᄒ기 어렵다 다만 官服을 입고 칼을 치워진
> ᄭ닭에 巡査補눈 막버리軍을 懲戒ᄒ눈 權利와 資格이 잇눈다 矛盾도 이쯤
> 되면 甚ᄒ다 참으로 奇妙호 對照다56)

이 화자가 거리의 대중들을 대하는 기본적인 시선은 "픽 웃"는 모습으로 대변되는 조롱과 멸시다. "조선사람의 향상심과 자각 없는 것은 말할 필요도 없"다. 그는 이 단단한 전제를, 실랑이하는 순사보와 막벌이꾼[屛門軍]에게 그대로 적용한다. 최승구가 「남조선의 신부」를 쓰며 먼 남쪽 땅의 한 어린 신부를 의미화 하는 데에 상당히 힘겨워했던 것과 달리, 이 화자는 순사보와 막벌이꾼을 단정적으로 의미화 한다.

물론 이 화자가 거리의 사람들을 어떤 전형에 종속시키려는 의도에서 "구경꾼"이 된 것은 아니다. 그는 파출소의 풍경을 매우 생생하게 묘사하고 있으며, 순사보가 막벌이꾼을 윽박지르는 모습을 통해 "관복(官服)"이 가지는 권력의 아이러니를 짚어낸다. 그러나 그의 눈은 거리의

---

56) 국역 양건식, 「슬픈 모순」, 『반도시론』 2권 2호, 1918.2, 74면.

사람들과 풍경을 '수평적으로' 바라보거나, 그 스스로 이들과 하나의 공동체를 이룬다는 생각을 하지 않는다. '조선사람에게는 향상심도 없고 자각도 없다'는 그의 전제는 이 거리의 사람들을 '내려다보게' 만든다. 얼굴에 분을 바르고 비단 옷을 입고 길을 가는 한 "비만한 부인"에 대한 태도도 마찬가지다. 이 여자의 외모에 대해 그는 "육(肉) 냄새에 기갈들린 증거"이며 "비밀히 자식뻘 되는 남첩을 두고 밖에 나와서는 점잔을 빼는 것들"이라고 신랄하게 단정한다. 이 여자를 바라보는 시선에는 세상 사람들을 모범자와 타락자로 이분할 때의 이데올로기가 아무런 반성 없이 스며들어 있다.

그는 스스로를 "고독의 적막을 통절"하게 느끼는 "약자"라고 말하지만, 그의 시선은 약한 자의 것이 아니다. "나"의 눈은 세계와 직접 접하고 있지만, 이 시선은 세계 '안'에서 세계를 함께 하는 시선이라기보다는 세계 '바깥'에서 세계를 일면적으로 평가하는 시선이다. 이와 같은 경향은 양건식 자신을 "작자"라는 주인공으로 내세우면서 당당하게 "실지묘사"·"소설"이라는 레떼르를 붙인, 당대 지평으로 보아서는 특이한 위치에 놓이는 메타소설 「귀거래(歸去來)」[57]의 경우에도 해당한다. "작자"의 소설을 제대로 평가하지 못하는 잡지 편집자, 식자공, 비평가를 바라보는 글쓰기 주체의 시선은 경멸을 담고 있다. 한 평자의 지적처럼 「슬픈 모순」에서 다루어지는 세계는, 자신의 정당성을 확신하는 자아에 의해 평가되는 비합리적인 세계이다.[58] 이때 자아 / 세계는 합리 / 비합리의 위계질서로 재편된다.

그 이유에 대해 몇 가지를 생각해 볼 수 있을 것이다. 이 화자가 무언가에 관심을 갖고 거리에 나간 사람이 아니라 지나가는 "구경꾼"이라는 점을 감안할 수 있을 것이고, 『반도시론』이라는 잡지가 '조선사람에게

---

57) 『불교진흥회월보』 1권 6호, 1915.8.

58) 박헌호, 「초기 근대소설에 나타난 내면의 서사—1910년대 후반~20년대 초반 단편을 중심으로」, 『대동문화연구』 45집, 2004, 266면.

는 향상심도 없고 자각도 없다'는 전제를 은연중에 강압했을 수도 있다. 이유야 어떻든 이 소설은 "나"라는 화자를 내세워 한 개별자의 시선으로 세계를 보여준다는 것을 명확하게 하고 있지만, 그 시선은 다양한 시선들 중의 하나로 상대화되는 대신 특권과 정당성이 부여된다. 이때 거리의 구체적인 세계는 유형화될 위험을 안고 있다. 아무리 생활세계를 재현 대상으로 삼더라도, 세계를 '내려다보는' 지식인 주체의 시선이 포기되지 않을 경우 글 속에 재현되는 세계는 일면화되고 단순화될 가능성이 높아진다.

다음 글은 비록 단편적이긴 하지만, 특권성을 벗어던진 시선만이 가난한 무지랭이들의 삶에 보다 근접할 수 있음을 보여주는 한 예가 된다.

> 나난 一週日 前에 水原 상귀 長安이라고 허는 이곳으로 打作 보러 왔소 우리집 田畓이 六石斗落이 된다난데, 田畓은 生前에 우리 아버지도 보지 못하얏고, 나난 田畓 所在地까지 와서도 何處에 잇난지 아지 못하오. (…중략…) 每日, 아츰붓터 打作 마당에 서서 打作을 監視하니 나의 普通代名詞는 나리요, 指示代名詞는 ○주사라. 이토록 最大 敬意를 表하는 것은 已往 分租하난 土地를 他人에게 移動할까 하난 危險을 읍새기 爲험이요. 打作官 待接이란, 컹덩의 勅使 待接이요, 作人들의 純粹한 態度를 猝地에 迎合的 表情으로 變허는 必死의 努力은, 斗量이라도 厚히 줄가, 쌍마지기나 더 웃어할 마음이니, 이것을 怪常타 할가? 可憐타 할가![59]

최승구는 「정감적 생활의 요구」라는 글에서, 밥과 의복을 빼앗긴 상태에서 벗어나기 위해서는 오관이 잘 작동하고 신경이 예민해야만 하며 이를 위해서는 예술이 꼭 필요하다는 주장을 했다. 형식상 나경석에게 보내는 편지 형식의 글이었다. 이에 대해 나경석은 자기 경험의 일단을 적어 답장을 쓴다. 위의 인용문은 그 답장의 일부이다.

잘 알려져 있다시피 나혜석의 오빠인 그는 수원 부유한 양반집의 둘

---

59) KS 생, 「저급의 생존욕—타작 마당에서, C군에게」, 『학지광』 4호, 1915.2, 34~35면.

째 아들이었다. 지주인 아버지는 한 번도 자기 명의로 된 전답에 왔다 간 적이 없다. 그 부재지주의 아들로서 타작을 감시하러 전답에 가는 "나"조차, 소재지에 와서도 어느 전답이 우리 것인지 몰라 헤맨다. 그는 토지 소유의 모순을 자기 집안과 자기 경험으로부터 끌어낸다. 그리고 스스로 "타작관"이 되어 타작하는 사람들을 "감시"하면서, 그들과 자신에 대해 생각한다. 처음 보는 새파란 젊은이를 "나리"라고 부르며 전전긍긍하는 그들의 겉모습에 대해 이 사람은 다만 '천하고 비굴하다'는 식으로 섣불리 의미화하지 않는다. 그는 농민들의 삶에 약간 더 개입하여, 이들의 순수한 마음을 비굴하고 천하게 만드는 것이 지주나 마름에게 잘못 보여 소작지를 잃게 되지나 않을까 하는 "생존"에의 근심일지 모른다고 생각한다. 글쓴이는 모순으로 가득 찬 것처럼 보이는 이 세계의 '바깥'에 있지 않다. 제 땅이 어딘지도 모르면서 "나리" 소리를 듣는 그 자신의 아이러니한 존재성을, 작자는 이 모순의 핵심적 구성 요소로 끌어들인다.

"제르미날 스트라이크 사보타지"가 이들의 유일한 해결 방법이라고 지적하는 이 글은 아나키즘 혹은 사회주의적 시선을 직접 드러내는 첫 번째 한국어문으로 평가된다.[60] 사회주의 이데올로기는 이 글의 구체성을 지탱해주는 강력한 토대이다. 당대 지평 안에서 아직 주류를 이루지는 못했던 이 이념의 필터를 통해, 나경석은 자기 주변의 세계에 눈을 돌리기 시작한다. 책 속의 '스트라이크'를 넘어 타작을 보러 직접 전답을 찾아 농민들과 마주하게 될 때, 그들의 삶을 접하고 "나리" 소리를 들으며 어색함을 느끼고 그것을 글로 옮길 때, 식자층과 '다른 계층의 삶'은 글 속에 재현될 가능성을 갖게 된다.

그러나 이 이념은 또한 글쓰기 주체와 대상의 관계를 성숙/미성숙으로 관계화하기도 한다. 농민들을 향한 "괴상타 할까? 가련타 할까!"라는

---

60) 이호룡, 『한국의 아나키즘—사상 편』, 지식산업사, 2001, 112면.

구절은, 단결하여 쟁의를 일으키지 못하고 눈치 보며 굽신거리기만 하는 것에 대한 '답답함'을 담고 있다. 글 쓰는 이는 단결의 힘을 잘 아는데 그들은 '모른다'. 나경석의 글은 빈부를 만드는 경제 원리에 입각해 가난한 삶에 밀착하여 그것을 유심히 진단하지만, 이론으로 무장한 작자의 시선은 농민을 은연중 무지한 대상으로 규정짓게 한다. 이 글은 주류 이데올로기가 아닌 대안 이데올로기가 삶의 재현과 관계 맺을 수 있는 가능성과 한계를 보여준다. 또한 유학을 한 지식인이자 지주의 아들이라는 계급성이, '생존'을 위해 하루하루 살아가는 계급의 삶을 '내부'에서 바라보는 데에 근본적인 한계로 작용하는 것은 아닌가 하는 문제를 제기하기도 한다.

낯설고 무서운 신세계

세계 내 존재로서의 주체를 문제 삼으면서 검토하고 넘어가야 할 또 하나의 문제는 20세기를 전후한 시기의 물질적 기반의 급격한 변화일 것이다. 「마을집」의 어린 창호의 세계처럼, 출생 이후 귀속되어 있던 세계, 단절 없이 연속적으로 내가 포함되어 있는 세계는 "당연"한 것이기 때문에 쉽게 지각되지 않는다. 이 세계가 주체의 시선에 대상으로 포착되는 것은, 창호에게 여행이 그런 역할을 한 것처럼 어떤 단절이 계기로 작용할 때다.

개항 이후 급작스레 쏟아져 들어온 근대적 시스템이나 문물이 대다수 한국인들의 삶에 불가피한 단절을 야기했다는 것은 잘 알려진 사실이다. '나'와 세계가 분리되지 않았던 안락함과 친밀함은 이 낯선 것들의 침입으로 사라지게 된다. 그런데 여기서 중요한 것은 이 낯섦이 잠시 스쳐지나가는 것, 혹은 피하면 피할 수 있는 것이 아니라 삶의 기반 조건이 되어 간다는 데에 있다. 불편하고 어색한 체계나 문물들이 편안하고 친밀한 것들을 대체해버리는 것이다. 낯섦이 임시적일 때는 그것을 호기심으로 받아들이는 게 가능하다. 이런 마인드는 '우월한 자'의 입장에서 어떤 세계를 잠시 다녀올 대상 공간으로 생각할 때 발생하며, 여행객의 기록에서 자주 찾아볼 수 있다. 선교사를 비롯한 '서양인'들의 조선방문기들은 이에 해당하는 예를 보여준다. 조선은 서양이라는 기준에 의해 불결하고 더러운 곳이 되기도 하고, 야만적일 거라는 서양인의 기대치와 비교해서 점잖고 예의바른 세계가 되기도 한다.[61]

그러나 낯선 것들이 '내 삶의 공간'에 침투할 때 야기되는 감정은 '두려움'에 가깝다고 할 수 있다. 개항 이후 수없이 쏟아진 상소(上疏)·논설·연설 등은 이 두려움과 무관하지 않다. 조선이 보다 적극적으로 서양 문물을 받아들여야 한다고 주장하든, 혹은 조선적인 것을 보호하기 위해 외래 문물들을 배척해야 한다고 주장하든, 어느 경우나 그것은 낯섦과 두려움으로부터 벗어나기 위한 방편에 해당한다. 세계의 변화가 통제 불가능한 것으로 여겨지면 여겨질수록, 주체는 보다 강력하게 세계를 통제하고 의미화하고자 한다. 광무·융희 시대에 줄기차게 이어진 계몽 담론은, 예측 불가능한 세계에 대한 두려움을 그 근저에 두고 있다고 볼 수 있다.

두려움으로부터 '벗어나기 위해' 해야 할 일들을 주장하는 대신 개인이 느끼는 두려움을 두려움 그 자체로 드러내는 글은 많지 않다. 세계에 대한 두려움을 인정하고 그런 자신의 모습을 글로 재현한다는 것은 내가 세계를 통제할 능력이 없음을 인정하는 것과 마찬가지이기 때문이다. 글 쓰는 주체인 내가 이 혼란스러운 세계를 앞서서 조직하고 의미화 하여 미성숙한 자들을 성숙한 어른의 세계로 이끄는 계몽된 자가 아니라, 이 압도적 세계에 겁먹고 있는 미성숙한 자라고 고백하는 것과 다를 바가 없는 것이다.

실제로 현실세계를 대상으로 삼는 글쓰기는 대부분, 이미 글 쓰는 자

---

61) J. S. 게일의 『코리언 스케치』(장문평 역, 현암사, 1971)와 언더우드 여사의 『상투의 나라』(신복룡·최수근 역주, 집문당, 1999) 등에서 이러한 면모를 찾아볼 수 있었다.

가 세계를 재조직하는 위치에 있는 것을 그 내적 계기로 삼고 있다. 현
상윤은 동경 유학 생활을 시작한 지 1년이 채 못 된 시기에, 관광객이
아니라 낯선 세계의 생활인이 된 자로서 "가슴에 빽빽이 밀려나오는 생
각"을 적어보려고 글쓰기에 임한 적이 있다.[62] 그러나 막상 그가 "거처
와 식사", "학교와 수업", "산보와 소요", "복습과 독서", "반가운 일요
일"의 다섯 장으로 나누어 기술한 글은, 글 쓴 자 자신의 "가슴에 빽빽
이 밀려나오는 생각"을 적은 것이라기보다는 동경 유학 생활을 잘 알고
있는 이가 이 생활을 모르거나 혹은 궁금해 하는 이들에게 전하는 정보
전달문에 가까워진다. 두려움을 두려움 그 자체로 드러내기 위해서는,
내가 세계에 겁먹는 초라하고 작은 자라는 것을 인정해야 한다. 세계
'바깥'에서 세계를 대상화하여 글을 쓸 때, 내가 세계를 조직하고 의미
화 하는 권력을 지닌 주체일 때, 두렵고 낯선 세계와 그 안에 살고 있는
수많은 개인들의 관계 및 그 리얼리티는 은폐될 가능성이 높다.

먼저 왜소한 주체와 두려움의 감정이 맺는 관계를 우리는 위에서 살
핀 주요한의 「마을집」과 현상윤의 「핍박」을 비교하면서 살펴볼 수 있다.
「마을집」의 창호나 「핍박」의 "나"는 모두 근대세계를 체험하고 옛 마을
로 돌아온 청년이다. 세련된 도시세계를 돌아본 창호는 이제 고향 마을
에서 일치된 편안함을 느끼는 대신, 그곳을 침체되고 낙후된 곳으로 '내
려다본다.' 「핍박」의 "나"는 좀 다르다. 이 백수 지식인은 자기에게 호의
적인 주위 사람들에게 공포감을 느끼는데, 그것은 그들이 나에게 원하
는 바가 내가 할 수 있고 하고 싶어 하는 일들과 일치하지 않는다는 것
을 알기 때문이다. 한 동네 노인은 "나"에게 다음과 같이 말한다.

『애 ○○야 너 내가 참말이다 그만치 工夫를 하얏스면 判任官이나는 하
기가 아조 쉽겟고나 거 第一이더라 저 건넌골 白先達 아들도 벌서 土地調
査局 技手라든가 햇다구 저 어른도 깃버하더니 접대 暫間 단길러 왔다는

---

62) 소성, 「동경유학생 생활」, 『청춘』 2호, 1914.11.

것을 보니 果然 그럴 듯하더라—신눌한 금줄을 두루고 길죽한 劍을 느럿
는데 참말 조터라—너도 그걸 해보아라』[63]

　노인의 말을 요약하면 공부한 걸 밑천삼아 '출세'하라는 것이다. 공
부와 출세를 연결짓는 이 대중적 사고방식은 지식인들에게 자주 격렬
한 비판의 대상이 되던 것이었다. 이 노인이 토지조사국 관리가 된 옆
동네 청년을 부러워하는 것과 달리, "토지조사국 견습생 모집 시험에
어떤 자는 학교의 교과서를 버리고 어떤 자는 교편을 집어던지고 모다
준수한 청년이라 할 만한 자들이 머리가 터지도록 뒤덤벙이는 것"[64]은
조선사회의 큰 부끄러움 중 하나로 의미화되곤 했다. 계몽된 자라는 정
체성을 지니고 글을 쓸 때 출세지향성은 타개되어야 할 부끄러운 현상
중 하나로 간단하게 정리된다. 혹은 「슬픈 모순」의 "나"와 같은 지식인
이 이런 말을 들을 때 보일만한 반응은, 그 속물성을 조롱하고 멸시하
는 것이다. '세계'는 어리석고 '나'는 성숙하다.

　그런데 막상 한 개인으로서 이 세계 '안'으로 들어서면, 공부와 출세
를 연결짓는 사고방식을 열등하고 미숙한 것으로 무시하는 것이 쉽지
않다. "나"는 '참사람'이라는 자신의 이념적 구심점을 향해 확고하게 나
아가지도 못하고 사람들이 원하는 것처럼 출세를 지향하지도 못하고
그렇다고 호미와 가래를 들고 직접 생활 전선에 뛰어들지도 못한다.
"나"는 세계를 나의 시선과 이념적 잣대에 따라 질서화하고 의미화하는
강력한 주체가 아니라, 세계의 압력에 숨 막혀 하는 힘없는 자다. '소성
(小星)'이라는 같은 서명이 기재되어 있지만, 「동경유학생 생활」을 쓴 사
람과 「핍박」을 쓴 사람의 심리적 위치는 아주 다르다. 섬세하고 세밀하
면서도 일면적이지 않은 세계 재현을 문제 삼을 때, 작자의 '의식'은 가
장 중요한 심급으로 작용하지 않는다. 작자가 보여주는 세계 형상은 작

---

63) 소성, 「핍박」, 『청춘』 8호, 1917.6, 89면.
64) 「냉매열평(冷罵熱評)」, 『청춘』 4호, 1915.1, 105면.

자의 이념적 지향이 얼마나 견고한가보다는, 그가 어떤 위치에서 글을 쓰는가에 따라 달라지게 된다.

'나'와 불일치하는 낯선 세계에 대한 두려움은 아마추어 필자들의 글에서 좀 더 자주 찾아지는데, 이 현상에 대해서는 몇 가지 원인을 생각해 볼 수 있다. 근대적 문물과 근대적 가치들의 유입은 세계를 낯선 것으로 받아들이는 심리와 깊은 연관이 있는데, 한국어로 글쓰기를 하게 된 '앞선 자'들은 이미 경성에서, 혹은 일본에서, 상당 기간을 생활하며 근대적 삶의 방식을 '당연한' 것으로 받아들이게 된 경우가 많다. 그러나 아마추어 필자들의 상당수는 급격한 변화를 감지하고 있기는 하되 근대도시를 어린 시절부터 삶의 기반으로 삼고 있지 않았던 듯하다. 또한 자신이 조선을 이끌어나가야 한다는 선구자 의식으로부터 비교적 자유로워서, 통제 가능한 세계만을 글쓰기의 대상으로 선택하지 않을 수 있으며, 두려움이라는 어두운 감정을 숨기지 않을 수도 있다. 이들이 묘사하는 낯선 세계는 비교적 감각에 충실하다.

① 眼鏡테 가튼 것을 타고 살가치 달녀가는 것은 自轉車인가 보다 집채만한 큰 箱子 가튼 것에 사람을 만히 실코 짱에 쌀니인 軌道로 밋그러지는 듯이 굴녀가는 것은 아마 電車이거니 생각하얏다

② 집은, 왼집이그러케만흔지, 四面八方이, 모다집뿐이오, 싀굴서그러케만히보든, 논밧은, 하나토업다, 이째, 鍾秀생각에는, 오—서울이란데는, 이러한데거니—, 그러나—, 싀골서는, 논밧에다, 농사를지여, 먹고사는대, 엇더케서 울사람들은, 농사도안짓고, 먹고살수가잇슬가, (…중략…) 二層집도보인다, 鍾秀는그것을보고, 아—저것은무슨집일까, 집위에다, 쏘집을지엿스니,65)

이 글들이 보여주는 자전거와 전차와 많은 집들은 경성을 모르는 자

---

65) 이상춘, 「기로(岐路)」, 『청춘』 11호, 1917.11, 별권 41면; 류종석, 「모자(母子)의 정(情)」, 13호, 1918.4, 91면.

에게 경성을 소개하기 위해 선택된 세목이 아니다. 번화한 경성을 찬양함으로써 궁극으로 근대화를 촉진시켜야 한다는 주장에 복무하는 것들도 아니다. 이 부분들에서 강조되는 것은 이제 막 남대문 역에 도착한 16세의 문치명(①)과 10세의 종수②가 느끼는 감각적 낯섦이다. 자전거를 탄 사람은 "안경테 같은 것을 타고 살같이 달려가는" 것처럼 보이고, 전차는 "집채만 한 상자 같은 것에 사람을 많이 싣고" 가는 것으로 보이며, 이층집은 "집 위에다 또 집을 지"은 것으로 묘사된다. 그리고 이러한 낯섦은, "어떻게 서울 사람들은 농사도 안 짓고 먹고 살 수가 있을까"라는, 근대적 삶의 시스템에 대한 근본적인 질문을 던지도록 유도한다. 매우 당연한 근대 풍경의 일부를, 이들은 마치 수수께끼를 대하듯 낯설게 지각한다.

'구경'을 위해서가 아니라 '살기' 위해서 서울에 온 위의 소년들에게 이 낯선 세계는 단순히 호기심이나 경이의 대상으로 남을 수 있는 것이 아니다. 이들은 낯선 세계를 자기 삶의 기반으로 받아들여야 한다. 「기로」의 문치명은 끊임없이 새로워지는 경성을 보며 "앞길에 사자가 입을 벌리고 달려오며 뒤로 호랑이가 으르렁거리고 쫓아오는 듯한 공포"와 "뒤의 호랑이를 물리치고 앞의 사자를 쫓지 아니하면 자기의 생명이 위태함"을 느낀다. 호랑이와 사자에게 쫓기는 것으로 비유된 공포는 근대의 속도를 따라가지 못할지도 모른다는, 이 낯선 세계에 적응하지 못할지도 모른다는 두려움에 다름 아니다. 이 공포감이 야수에게 '먹힘'으로 비유되는 것은 시사적이다. 세계에 적응해야 하긴 하지만, 세계가 나를 집어삼키도록 두어서는 안 된다. '나'는 세계의 속도를 따라가는 동시에 '나'를 주체로 정립해야 한다.

반면 조금 더 어린 나이로 설정된 「모자의 정」의 종수는 그가 놓인 낯선 세계를 벗어나 원래의 안락한 세계로 돌아가려는 심리를 보여준다. 그는 부친을 따라 서울로 공부하러 간다는 말을 들었을 땐 "펄펄 뛰며 좋아"하였지만, 막상 서울에서 밤을 보내게 되자 그 낯섦을 견디지 못한다. "잠이 잠깐 어렴풋이 들었다가 깨어보면 캄캄한 밤이라, 우리집이거니 하다가 다시 정신을 차리어 보면 남의 집"임을 느끼는 이물감은 시간이 지나도 사라지지 않는다.

낯선 근대에 동화되려고 애를 쓰는 문치명이든, 거기에서 벗어나 다시 원래의 자리로 돌아가려고 하는 종수든, 그 감정의 기저에는 세계와 나의 큰 간극에서 오는 이물감과 그 이물감이 계속될지도 모른다는 데서 오는 두려움이 있다. 같은 상경 체험을 다루고 있더라도, "전혀 구경이 목적"이었던 「경성유람기」66)의 노인 이승지가 급격히 변화한 경성의 모습에 시종일관 "황홀"해 할 수 있던 것과는 근본적으로 다른 자리에 놓이는 것이다. 이승지는 돌아가면 그만이지만, 문치명과 종수는 적응해야 한다. 글쓰기 주체는 그 자신의 생각과 느낌을 일부 투영하고 있을 이 소년들을 통해, '청년'에게 부과되었던 환하고 밝은 이미지의 이면(裏面)을 보여준다.

한편 근대의 낯섦은 새로운 문물과 문명의 낯섦에 머물지 않고 삶의 양식 자체를 낯설게 만든다. 한 고장에서 태어나 그 고장의 사람들과 평생 친밀한 관계를 맺으며 일을 하고 잡담을 하며 살던 것과 달리, 대도시에 일자리와 학교가 집중적으로 생기고 많은 사람들이 몰려드는 시대에 인간관계가 이전의 깊은 친밀감을 유지하는 것은 쉽지 않다. 다음 글은 기차역이라는 근대적 공간의 특성과 군중이라는 새로운 인간군의 출현, 그리고 이런 조건에서 이루어지는 인간관계에 대한 낯섦을 드러내준다.

와굴와굴하는사람중에서, 그女子의形容은, 사라젓다, 나는, 머리를돌리여, 다시한번그女子의, 얼골을, 보고자하엿다, 그러나, 보히지안는다, 나는, 멍멍하니, 다시도라서며, 알수업는한숨을, 수엿다, (…중략…) 그리하여, 그女子도짠길로가고, 나도, 짠길로가는도다, 짠일을경영하고, 짠생각을, 하리라, 그

---

66) 벽종거사(碧鍾居士), 「경성유람기」, 『신문계』 5권 2호, 1917.2.

와나와는, 一平生, 永遠히, 다시, 맛나지못하리라, 셜영, 맛난다하드래도, 얼
골을긔억하지 못하니, 엇지, 그는내인줄알며, 나는그인줄알리오.[67]

이 글은 글쓴이가 기차를 타고 남대문 역에 도착했던 어느 날의 작은
에피소드를 다루고 있다. "나"는 아이를 업은 어떤 여인이 자기 짐을 좀
내려달라고 사람들에게 애걸하는 것을 목격하고는, 망설이던 끝에 짐을
대신 내려주고 인사를 받은 후 헤어진다. 그런데 내가 뭔가 아쉬워 "머
리를 돌리어" 보았을 때, 여자는 반대편 길로 걸어가는 뒷모습을 보여
주는 대신, "와글와글하는 사람", 얼굴 없는 덩어리인 대중(mass) 속으로
사라져 버렸다. 사람들이 한꺼번에 몰려들어가고 몰려나오는 플랫폼은
개별적 인간이 얼굴 없는 무리 속에 녹아버리는 전형적인 장소로 기능
하고, 이 사람은 그와 작은 인연을 맺은 한 여자가 덩어리 속으로 사라
져버리는 낯선 순간을 경험한다. 인연은 인연으로 남지 못한다. 현대인
들에게는 매우 일상적인 종류의 만남들이, 대중 체험에 익숙치 않은 이
들에게는 얼마나 낯선 것이었는지를 이 글은 보여준다.
　이 글은 보들레르의 시 「지나가는 여인에게」와 그에 대한 벤야민의
해석을 상기시킨다. 모티프만으로 본다면 놀랄 만큼 흡사한 두 텍스트
는, 그러나 군중에 대한 태도에서 차이를 보인다. 벤야민의 해석에 의하
면, 지나가는 여인과의 순간적이고 충격적인 마주침, 그리고 영원한 작
별은 사랑의 희열과 비극의 파국적인 면을 동시에 보여주는데, 이것은
시인이 군중 '속'에 섞여 군중에 매혹을 느끼는 사람이기 때문에 가능
하다.[68] 그러나 이 글의 필자는 스스로 "와글와글하는 사람들" 중의 하
나이면서도 "와글와글하는 사람들"을 낯설게 느끼고, 그것을 일종의 두
려움으로 받아들인다. 보들레르가 대도시의 군중 물결 속에 있는 전형

---

67) 최국현, 「우연」, 『청춘』 13호, 1918.4, 109면.
68) 발터 벤야민, 반성완 역, 「보들레르의 몇 가지 모티브에 대하여」, 『발터 벤야민의 문
　　예이론』, 민음사, 1983, 134~136면 참조.

적인 '도시인'이었던 것과 달리, 이 글의 필자는 그가 살고 있는 "고양군"에서 "경성행 기차"를 타고 올라와 낯선 경험을 했기 때문일 것이다.

앞부분에서 그는 "그 여자"의 사투리, 얼굴빛과 눈매, 보자기의 색깔 등에 대해 꼼꼼히 기록한다. 그러면서도 "설령 만난다 하더라도 얼굴을 기억하지 못"할 것이라고 쓰고 있다. 아무리 주의 깊게 그녀를 바라보고 문자로 기록해 놓더라도 새로운 인간군인 '대중'의 출현은 막강한 것이어서, 그는 덩어리 속에 녹아버린 그녀를 개별화시킬 수 없으리라는 것을 알고 있다. 이 글의 기저에 놓인 안타까운 정조는 "와글와글하는 사람"들 속으로 사라져 버린 그 여자에게로 향하는 동시에, 내가 만나는 사람들의 얼굴이 이제 이런 식으로 자주 지워져 버릴 것이라는 예감에서 비롯된다고 할 수 있다. 세계는 내가 원하는 대로 조직되거나 의미화되지 않는다. 누군가를 기억하거나 기억하지 않는 것조차 나의 의지에 달린 것이 아니다. 나 역시 그 "와글와글하는 사람들" 중의 하나일 뿐, 세계를 조감하는 위치에 있지 않기 때문이다.

대상을 통제하고 의미화 하는 주체의 권력이 강해질수록 그 시선은 초월자의 것에 가까워진다. 그러나 '내'가 그 안에서 느끼고 부딪히고 바라보는 세계, '나'에 대해 대상으로 완전히 환원되어버리지 않는 세계가 텍스트 안에 기술될 때 세계는 초월적 시선, 혹은 공동의 시선, 혹은 우월한 시선으로 간단명료하게 규정되거나 위계화 되지 않는다. 주체와 대상이 깨끗하게 분리되는 대신 뒤엉키는 글쓰기는, '나'를 세계에 대한 권력자의 위치에서 '세계 내 존재'의 위치로 끌어내리는 것과 깊은 연관을 지니는 동시에 원본으로서의 세계에 근접해 간다는 것이 어떠한 의미인가를 다시 한 번 생각하게 해준다.

이러한 부류의 글쓰기는 특정 이념이 소실점으로 작용하지 못하거나 여러 가지 관점이 혼선을 일으키며 중첩되는 등 명료한 가독성을 지니지 못하는 경우가 많다. 그렇다면 원본에 가까이 가려는 노력은 글쓰기를 코스모스가 아닌 카오스의 세계로 인도하는 것은 아닐까? 이때 원본

근접성이라는 재현의 이상(理想)과 독자와의 소통 가능성은 정면으로 부
딪히게 되고, '카오스로서의 글쓰기'라는 패러독스와 맞닥뜨리게 된다.
이 모순이 해소될 수 있는가의 여부는, 근대의 일부로서의 근대적 글쓰
기가 근대의 한계에 어느 정도로 대응하며 자체 쇄신할 수 있는가의 문
제와 밀접하게 연관되어 있는 것일지 모른다.

제5장 재현성과 근대문학 형식의 의미

지금까지 이 글은 장르 개념을 괄호친 상태에서, 글쓰기 주체의 입지에 따른 감각세계의 재현 양상, 혹은 재조직 양상에 초점을 맞추었다. 제3장에서 살핀 텍스트들은 글쓰기 주체가 시공간적·이념적 구심점으로 작용하는 경우였는데, 여기에서 중요한 것은 주체가 글쓰기 대상으로 삼을 세계로부터 적절한 거리를 유지한다는 사실이었다. 이런 작업은 한문 글쓰기와 구연문화의 인력에서 벗어나는 과정을 의미하는 것이기도 했다. 제4장에서는 주체가 대상세계로부터 선명한 경계를 두고 분리되지 못하는 부류의 글쓰기를 살폈는데, 대체로 주체인 '나' 자신과 내 삶이 포함된 생활세계가 글쓰기 대상으로 선택된 경우가 많았다.

이러한 글들을 살피며 확인한 것은, 글쓴이가 권위적인 자리에서 내려와 낮은 위치에 자리하면 할수록 대상세계가 세심하고 사려 깊게 재현될 가능성이 높아진다는 것이었다. 우리가 익히 알고 있는 문사들의 글 못지않게 아마추어 필자들의 많은 글을 살핀 것은 이들의 심리적 입지 자체가 권위에서 먼 자리에 있기 때문이었다. 그러나 작자의 현실적 지위와 글쓰기 주체의 심리적 위치가 언제나 같다고 한다면, '글을 처음 쓰는 사람이어서 자신감이 없으면 없을수록 사려 깊고 세심한 글을 쓴다'라는 논리적 역설에 봉착한다. 그뿐 아니라 이 논리적 역설은 사실이 아니기도 하다. 이광수·현상윤·최승구 등 당대에 이미 상당한 명성을 쌓고 있던 '권위'있는 문필가들에게서도 우리는 주체의 구심력이 상당한 정도로 약화된 글쓰기, 그리고 세계를 섣불리 타자화시키지 않는 글쓰기를 찾아볼 수 있었다. 중요한 것은 작자의 공적 정체성이 아니라, 어떠한 마인드로 글쓰기에 임할 수 있는가 하는 것이었다.

이 지점에서 하나의 가설을 세워볼 수 있다. 글에 도입되는 특정한 형식이 대상에 대한 주체의 우월한 입지를 변화시키는 데에 중요한 작용을 하는 것은 아닐까 하는 것이다. 근대의 글쓰기에서는 형식이 없는 글을 '수필'이라고 부른다. '붓 가는 대로'라는 이 장르명에는 아무런 제약 없이 자유롭게 쓸 수 있다는 뜻이 담겨 있다. 그러나 정말 아무런 형식적 제약이 없으면 내용적 제약도 없는가 하는 문제에 대해서는 재고해 볼 필요가 있다. 형식의 제약 없이 '붓 가는 대로' 쓰는 글들은 글쓰기 주체가 곧바로 화자로 인식된다. 작자 자신의 생각이나 삶이 그대로 노출된다고 생각될 때, 당대 공적 이념의 구속은 강해지는 경우가 많다. 수용자의 기대지평을 배반하거나 거부하는 것은 쉬운 일이 아니기 때문이다. 우리는 이미 4장에서 아무런 형식이 없는 "보통문"의 방식으로 '자기 세계'를 재현하는 글들에 당대의 공적 이념이 집요하게 간섭하는 것을 보았다.

주체의 권위는 대체로 당대 주류 이데올로기를 흡수하는 방식으로 이루어진다. 계몽의 시대에 주체가 가장 계몽된 자의 언어로 말하는 것, 예컨대 순결 이데올로기가 강력한 시대에 순결한 자의 방식으로 말하는 것은 주체의 권위를 유지하는 유효한 방식이다. 이 권위는 다양한 삶의 부면을 은폐하고 일면화하게 만든다. 만약 어떤 형식이 주체에게서 권위를 제거하는 데에 중요한 작용을 한다면, 그래서 은폐된 세계를 끌어내는 데에 핵심적인 역할을 맡게 된다면, 그것은 근대적 글쓰기의 첨단을 가능하게 하는 형식이라고 말해질 수 있을 것이다.

1. 편지 형식과 개별 수신자의 의미

1920년대까지 서간문 형식의 글은 글쓰기의 주요 '장르'라고 할 만큼 자주 눈에 띄었다. 그저 편지 형식으로 쓰인 글뿐 아니라 많은 '소설'들이 이 형식을 빌려 제작되곤 했다. 물론 그렇다고 해서 당대인들에게 서간문이 특정한 장르로 인식되었다는 것은 아니다. 이광수의 「문학이란 하(何)오」를 비롯하여 문학 장르의 분류를 시도한 몇몇의 글들은 서구문학 이론을 따라 시, 소설, 희곡, 비평의 체계를 일반화해 나갔다. 그러나 장르 인식과 실제의 글쓰기가 언제나 일치하는 것은 아니어서, '희곡'이 주요한 장르로 인식되었으면서도 실제의 창작·비평에 있어서는 부진을 면치 못했던 것과 달리[1] 서간문은 장르적 인식이 명확한 것은 아니었지만 실제로는 상당량의 글들이 이 형식을 빌려 발표되기에 이르렀다. 이 현상은 객지 생활을 하는 이들이 많아지면서 편지 형식이 중요한 미디어가 되었다는 것, '내면 고백'에 서간체가 적절한 장치였다는 것 등이 원인인 것으로 해석된 바 있다.[2] 그러나 여기에는 한 가지 질문이 더해져야 한다. 장르 인식 없이, 또는 소설의 하위 양식으로, 활발하게 이용되던 이 형식이 왜 시간이 지나면서 그 존재 가치를 확정짓

---

1) 김행숙, 「1920년대 동인지 문학의 근대성 연구」, 고려대 박사논문, 2002, 94~98면 참조
2) 윤수영, 「한국 근대 서간체 소설 연구—형성과 구조 변이를 중심으로」, 이화여대 박사논문, 1989, 36~46면; 권용선, 「1910년대 '근대적 글쓰기'의 형성 과정 연구—연설·번역·편지를 중심으로」, 인하대 박사논문, 2004, 99~100면 참조.

지 못했는가 하는 것이다. 1930년대의 잡지에도 편지글은 자주 지면에 오르지만, 시간이 지날수록 이 장르는 사소한 잡문으로서의 성격이 강해져 간다. 근대적 글쓰기가 형성되던 시기에 서간문 형식이 애용된 이유와 함께, 근대적 글쓰기가 어느 정도 안정감을 확보하게 된 시기에 이르러 이 형식이 쇠퇴한 이유까지 함께 고려하는 일이 필요할 것이다.

적어도 1910년대 중반까지, 내면이 토로되는 글이건 그렇지 않은 글이건 글쓰기 주체를 직접 지시하는 '나'가 글 속에서 화자 역할을 맡는 글은 절반 이상이 편지 형식으로 쓰였다. 이광수가 처음으로 보고 들은 바를 충실히 재현해낸 「상해서」와 「해삼위로서」 그리고 「동경에서 경성까지」는 모두 서간문 형식으로 이루어져 있다. 『청춘』 11호 특별현상 문예 모집에서 최남선은 '자기 근황을 보지하는 문', '고향의 사정을 녹송하는 문' 두 부문에 대해 친지나 지인을 향한 편지글 형식을 요구하였고, 그 결과 '자기 근황을 보지하는 문' 부문에 당선된 10편의 글은 모두 서간체의 형식으로 되어 있다. 그래서 이 글들의 일차적 수신자는 모두 익명의 대중이 아니라 편지의 발신자가 '개인적'으로 알고 있는 사람들이다.

그러나 이 글들은 발신자만이 알고 있는 개별 수신자를 향해 쓰였으면서도 둘만이 알고 있을 폐쇄적 정보에 갇히지 않는다. 잡지에 실릴 것을 의식하고 쓰이는 순간, 텍스트는 개별 수신자와 함께 잠재적 독자 대중까지 지향하게 된다. 한편으로는 당연해 보이는 사실일 수 있지만, 순서를 바꿔 생각해 보면 또 다른 논의거리를 만나게 된다. 인쇄물에 실리는 이상 어쩔 수 없이 독자 대중을 의도하게 되어 있는데도 굳이 개별 수신자를 설정해야 했다면, '개별 수신자를 설정하는 형식' 자체가 '나'를 주어로 삼아 글 쓰는 일을 좀 더 수월하게 하고 있는 것은 아닐까 하는 점이다. 그러니까 서간문 형식이 아니면 보여주기 힘든, 혹은 잘 문장화 되지 않는 세계가, 서간문 형식에 의해 글로 재현될 가능성이 있는 것이다.

글을 쓰고 있는 '지금 여기'

이 문제에 접근하기 위해 개별 수신자의 존재를 명확하게 하고 있는 서간문을 먼저 살펴보기로 한다. 최승구는 『학지광』 편집을 맡고 있던 시절, 자신이 나경석에게 보낸 편지를 「정감적 생활의 요구」라는 제목으로, 나경석이 보낸 답장을 「저급의 생존욕」이라는 제목으로 각각 3호와 4호에 싣는다. 또한 6호에는 수신자가 "H"로 기재되어 있는 「불만과 요구」를 게재한다. 『학지광』의 편집 체계는 논설류의 글들을 앞쪽에 싣고 '나머지 글'들을 뒷부분에 6호 활자로 실었는데, 이 세 편의 서간체 글은 모두 논설 쪽에 배치되어 있다. 이 배치는 발신자인 "나"가 자기주장을 체계적으로 펼치는 부분을 편지의 다른 요소들보다 중요하게 여겼음을 의미한다고 볼 수 있다. 실제로 "정감적 생활의 요구", "저급의 생존욕", "불만과 요구"라는 제목은 이 글들 중 논설 부분에 해당하는 내용을 핵심 요약한 것이다. 이 글들은 내면의 고백을 목적으로 한 것이 아니다. 여기에서 좀 더 구체적인 질문이 가능해진다. 왜 잡지에 실을 글로, 일반적인 논설 대신 친구에게 보내는 편지 형식을 택한 것일까.

이 글들은 논설 부분에 배치되어 있는 만큼, 많은 분량을 주의 주장을 펼치는 데에 할애한다. 그리고 그 내용만을 요약한다면 다른 논설들과 큰 차이를 보이지 않는다. 가마쿠라에서 쓴 몇 개의 편지들로 이루어진 「불만과 요구」에서 발신자는 공공의 이익을 배척하고 자아실현을 외칠 수는 없다는 것, "남의 것 유입"과 "제 것 보존" 중에서 현재 우리에게는 "남의 것 유입"이 더욱 중요하다는 것 등을 주장한다. 「정감적 생활의 요구」는 일종의 예술론에 해당하는 바, 조선민족의 감정이 무신경함에서 벗어나서 활기차게 움직이고 능동적으로 작동하게 되는 것이 "아티스트"로서의 자신의 사명임을 밝히고 있다. 「불만과 요구」에 담긴 주장들이 당대의 보편적 담론에 머문다는 것은 의문의 여지가 없는 것이고, 조선의 후진성을 극복하기 위한 방편으로 문학과 예술의 임무를 설정하고 "감정"을 강조하는 「정감적 생활의 요구」의 논의 역시 문학에 대한 자의식이 생성되면서 이어져 오던 주장 중의 하나이다.

그런데 이 글들은 그냥 주의 주장만을 논하는 것으로 그치지 않는다. 글 쓰는 자의 시공간적 현재성에 관한 서술이 액자처럼 글의 앞과 뒤에 배치된다. 「불만과 요구」에는 "가마쿠라로부터"라는 부제가 붙어 있지만, 이것은 가마쿠라를 글의 대상으로 하는 '기행문'을 나타내는 표지가 아니다. 내가 있는 곳이 어디이며 나의 생각을 촉발한 것이 무엇인가를 밝히는 '지금 여기'의 의미를 내포하고 있다. 「정감적 생활의 요구」의 경우 수신자의 '지금 여기'는 좀 더 첨예한 방식으로 드러난다.

> ─必然, 傲然히 서잇는 常綠樹에게나, 自慢허는 人間들에게도, 未久에 戰慄慄的* 大掩襲이 올 것이요 이 瞬間에 나는, 不得不 最敬愛허는 吾兄에게 答信을 써야겟소
>
> 나는 方今 圖書館樓上에 잇소 大掩襲이 오기 前까지는 沉着허게, 이러케 樓上에 잇슬 터이요. 聞迅雷落箸허던 大耳兒의 體樣은 안이허고, 周密히 쓸 터이요. 또 地形이나 位置까가, 建築까지 彷佛헌 兄의 處所를 印象허며, 最後까지 쓸 터이요
>
> (…중략…)
>
> 아아! 掩襲이 모라드러오! 常綠樹나 人間들은 恐怖로 하야, 사시나* 썰듯 쩌오. 混雜이요. 毒霧가 자욱허고, 天地가 暗黑이요 나는 이 瞬間에 非常히 兄을 抱擁허고 십소! K. S兄! 나는 무릅쓰고 집으로 가기 爲하야, 붓더지고 雨裝허오.
>
> ──一九一四, 九, 二十九, 於東京三田圖書館[3]

글 쓰는 행위와 글 속의 내용을 일치시키려는 이와 같은 언표들은 편지를 적당히 시작하고 끝맺기 위한 수사적 기능에 한정되는 것으로 볼 수 없을 만큼 세밀하다. 또한 수신자에게 표하는 곡진한 애정 역시 단순

---

3) 최승구, 「정감적 생활의 요구(나의 갱생)─K. S형에게 여(與)하는 서(書)」, 『학지광』 3호, 1914.12, 16~18면. *'戰慄的', '사시나무'의 탈자로 추정─인용자.

한 수사의 수준을 넘어서 있다. 이러한 특징들은 본문이라 할 수 있는 『 』 안의 내용을 그 콘텍스트인 '내가 있는 지금 여기'의 구체성과 뗄 수 없는 관계로 만들어준다. 내가 하는 말은, 아무 때나 내가 누구인가에 관계없이 할 수 있는 것이 아니라 나의 현재와 밀접한 연관 속에서 가능한 것이다. 그리고 나의 현재에 대해 말할 수 있는 것은, 내 말을 일차적으로 듣는 대상이 나를 잘 아는 사람임을 전제하기 때문에 가능하다. 제4장 2절에서 살핀 바 있는 나경석의 편지글 「저급의 생존욕」이 자기의 처지를 보여주고 자기와 '다른' 공동체의 노동 장면과 삶의 방식을 짧게나마 글로 옮길 수 있었던 것도, 그가 이 글을 친구인 최승구에게 쓰는 것이기 때문에 가능했다고 보아야 한다.

『학지광』에 실린 서간체 글들은 시간이 지남에 따라 논설이 아닌 '나머지 글'들 쪽에 배치된다. 배치뿐만 아니라 제목을 정하는 방식에서도 차이를 보여서, 최승구가 자신이 관계한 세 편의 글들 모두에 글의 중심 내용에 해당할 만한 제목을 달았다면, 이후의 글들에는 더 이상 내용 중심의 제목이 붙지 않는다. 12~13호에 연이어 실린 나혜석의 서간문은 두 편 모두 '잡감'이라는 제명을 달고 있으며, 그 외의 다른 서간문들은 모두 '~에게' 식의 제목을 달고 있다. '잡감'이나 '~에게' 식의 제목은, '무제(無題)'나 '실제(失題)'라는 제목만큼이나 형식적인 배치에 지나지 않는다.

하지만 제목이나 배치가 달라진 것만큼 글의 구도나 내용이 큰 차이를 보이는 것은 아니다. 정도의 차이가 있기는 하지만, 대부분의 글들은 당대의 사회적 사안에 대해 자기주장을 펼친다. 그럼에도 불구하고 이 텅 빈 제목들이 일반화되기 시작했다는 사실은, 서간문의 형식으로 쓰이는 자신의 글들이 하나의 주제로 온전하게 수렴되지 않는다는 사실을 이 시기의 필자들이 의식해 가고 있었기 때문이라 볼 수 있을 것이다.

글을 쓰게 만든 시공간적 현장성, 그리고 글을 쓰도록 촉발한 현실적 계기의 강조는 12~13호에 연달아 실린 나혜석의 '잡감(雜感)' 두 편에서 더욱

두드러진다. 수신자/발신자가 모두 여성이라는 점에서 짐작할 수 있듯 이
글들이 주제로 삼고 있는 것은 당대의 여성 문제다. "말 아니하고 생각 없
는" 것을 '여자답다'라고 여기는 통념에서 벗어나야 한다는 것, 남들에게
욕을 먹는 한이 있더라도 "사람이 될 욕심"을 가지고 보다 적극적이고 활
발하게 행동해야 한다는 것 등으로 그 내용은 요약된다. 그러나 나혜석은
이 내용을 특권화하여 제목으로 요약하지 않는다. '잡감'이라는 제목은,
"언니"와 함께 대화를 나눴던 학우회 망년회라는 공간, 어느 추운 아침 산
에 오르려고 길을 나섰다가 먼저 찍힌 발자국을 볼 때의 감상 등이 여성
문제들보다 덜 중요한 것으로 기각될 수 없음을 말해준다. 이 현실적 계기
들이 글쓴이에게 다시 여성 문제를 생각해 볼 계기를 '촉발'시킨 것이고,
그는 편지를 통해 상대를 훈계하거나 설득하는 대신, 자기를 이해해줄 만
한 사람에게 "미끄러져서 머리가 터질 각오로 밟아나볼 욕심이오"라고 자
신의 결의를 밝힌다. 다음은 13호 「잡감」의 마지막 부분이다.

　　雷霆霹靂을 ᄒᆞ오 狂雨가 쏘다지오 自慢하게 直立ᄒᆞ엿든 電信柱도 조
르々 흘넛쇼, 우리집에서는 장독소리기를 치우너라고 허둥지중 야단들이오
아직도 씨가 잇는 것갓히 徐步로 거러가든 行人들은 져러케 左右길을 彷徨
ᄒᆞ며 엇지할 줄 몰나 쎨々미오 自働車 馬車가 획々 지날 쩌마다 부럽고 寒
心스러워 곳 두눈이 벌컥 뒤집힐 것도 갓쇼.
　　어노듯 地震까지 이러나오. 왼집이 흔들이오, 아이구 이를 엇지ᄒᆞ오? 어디
로 避ᄒᆞ여야 산단 말이오? 속졀없이 이러케 죽을 生覺을 ᄒᆞ니 눈물이 ᄒᆞ옴업
시 옷깃을 젹시오. 아々 아모려나 나가다가 벼락을 마져 죽든지 진흙에 밋그
러져 亡身을 ᄒᆞ든지 나가볼 慾心이오 當場 이 씨러져가는 집을 쩌나기 爲ᄒᆞ
야 雨裝을 차리려고 고만 擱筆ᄒᆞ오.

一九一七, 五, 十六, 暴風雨中4)

　나혜석의 이 서간문 역시 최승구의 「정감적 생활의 요구」와 마찬가

---

4) CW, 「잡감(雜感)–K언니에게 여(與)함」, 『학지광』 13호, 1917.7, 68면.

지로 광풍이 몰아닥치는 그 날의 일기를 묘사하는 것으로 시작하고 끝을 맺는다.[5] 그러나 그는 단지 자신이 있는 '지금 여기'를 환기하는 수준에서 그치지 않는다. 부산하게 장독을 치우는 모습, 폭우 때문에 당황하는 행인들과 자동차·마차의 모습을 그는 세밀하게 문자로 잡아낸다. 문학을 한다거나 새로운 글쓰기를 시도한다는 자의식 없이도, 서간문의 프레임은 이 '잡스러운' 개인의 세계를 문장으로 의미화 하도록 만든다.

'벗'에게 쓰다

위의 서간문들이 가지는 공통점은 수신자가 발신자의 친구라는 점이다. 게이오[慶應] 대학 동창인 최승구와 나경석이 친한 사이였다는 것은 널리 알려진 사실이고, 「불만과 요구」의 수신자인 "H형", 「잡감」의 "K 언니" 등 대부분의 서간문은 함께 공부하고 토론한 동학으로 수신자를 설정한다. 『청춘』의 '자기 근황을 보지하는 문' 부문에 실린 글들 역시 "춘(春)형"·"ㅅ형" 등 발신자와 수평적 관계를 맺는 자들로 추정되는 호칭을 쓰고 있다.[6]

나의 소식을 궁금해 할 이 친구들에게 편지의 발신자는 자기의 '지금 여기'를 가능하면 "주밀(周密)히" 묘사한 후 신중하게 자기 논지를 펼치기 시작한다. 「정감적 생활의 요구」에서 발신자는 아무런 맥락 없이 자기 논지를 꺼내는 것이 아니라 "형의 서(書) 중 '자아를 살리러, 시대의 도어를 개방하러 가는 여행'에 대하여" 논의를 시작하고, 그의 의견과 자신의 의견을 대비하며 "오해"라고 할 만한 부분을 해소하고자 한다.

---

5) 두 글의 어법은 상당한 유사성을 보인다. "장쾌", "전율적 대엄습", "우장을 차리려고" 등의 어구는 최승구의 글에서도 거의 비슷한 용법으로 쓰였다. 최승구의 편지 발신인이 나혜석의 오빠인 나경석이었고, 나혜석 역시 최승구와 매우 가까운 사이였음을 염두에 둔다면, 두 글의 구도와 구절의 유사성은 그저 우연이라고 말하기 어려울 듯하다.

6) 예외로는 다음의 것들이 있다. 고주(孤舟), 「이십오 년을 회고하여 애매(愛妹)에게」, 『학지광』 12호, 1917.4; 흑양복학도(黑洋服學徒), 「키 작은 선생님께」, 『청춘』 9호, 1917. 7; 백웅(白熊), 「모(某) 학교장에게」, 『학지광』 15호, 1918.3.

「불만과 요구」에서는 어떤 주제를 꺼낼 때마다 수신자와 함께 그 문제에 대해 논의하고 싶다는 말을 할 뿐 아니라, 두 사람이 함께 알고 있는 제삼자의 견해를 삽입하기도 한다. 친구 관계인 두 사람은 이미 함께 시간을 보내며 여러 가지 문제들에 대해 의견을 나눈 적이 있는 터라, 발신자는 수신자의 성향과 지향점을 고려하며 대화 주제를 끌어낸다.

이때 개별 수신자를 향한 글과 익명의 대중을 상대로 계몽을 촉구하는 하향식 글 사이에 차이점이 발생한다. 친구에게 글을 쓰는 발신자는 자기주장을 수신자에게 강요하고 명령하는 대신, 조심스럽게 논의하고 진지하게 문제의식을 공유하고자 한다. 함께 공부해 온 친구인 수신자가 발신자 자신보다 우월하지도 열등하지도 않기 때문이다. 일반 논설들과 비교해볼 때, 이러한 발화 방식은 논지의 공통점보다 더 큰 문체상의 차이점을 만들어낸다.

① 個人이 權利를 主唱하는 것은 個人이 個人으로 샌 까닭이지요 하나 사람은 社會를 쩌나 存在할 수 업스니 이만 가지고 滿足할 수 업서요 社會的으로 깨여야지요 社會的으로 샌다하는 것은 個人이 個人을 意識하는 同時에 社會를 意識하고 權利를 主唱하는 同時에 義務를 主唱한다하는 것이외다

② 우리의 叢中에 「自我의 實現」과 「公共의 圖利」의 二大思想에, 懷疑하는 態度를 往々 目親한다 하얏소 ―毋論, 自我와 公同의 區別되는 界線이 엇의까지인지, 實現과 圖利의 明晰한 範圍가 엇의까지인지 (原來도 嚴格한 說明은 업다하오), 充實한 內容이 업고 輪廓의 生覺뿐인 나로서, 이러한 大問題를 口筆로 表示하기에는, 實로 躊躇를 免치 못하는 바오만은, 나의게는 一便으로 躊躇를 打破하는 大膽이 잇소

(…중략…)

執念이 된 信仰으로 自我의 實現을 主張하야, 完全한 形體를 組成한다 하면, 다만 그것뿐으로서도, 思想界의 見識으로서는, 敬仰의 誼를 表치 안이할 수 업는 것이라 하겟소 하나, 事業方面으로서는 秋毫도 價値업는 것이라 할

것이니,[7]

　사회/개인, 공공의 이익/자아의 실현에 대해 다루는 위의 두 글은 모두 같은 주제로 수렴된다. 개인이 중요하기는 중요하지만, 사회 전체를 항상 생각해야 한다는 것이다. ①에서 『학지광』의 주요 필진 중 한 사람이었던 설산 장덕수는 이러한 주장을 '자기 생각'이라고 말하는 대신, 당시의 "우리"가 반드시 숙지해야 할 보편 명제인 것처럼 다룬다. 그의 주장은 "주저"함 없이 명쾌하다. 부드러운 경어체의 사용은 우매한 대중들을 향한 연설의 어조를 빌려온 것이다. 앞부분에서 서양사에서의 사회와 개인의 관계를 서술하고 아리스토텔레스라는 '저명한 철학자'를 적극 인용하여 자기주장에 무게를 실은 이 글에는 수신자가 개입할 수 있는 여지가 남아 있지 않다. 서양의 역사와 서양 철학에 능통한 발신자에서 그렇지 않은 익명의 수신자에게로의 일방통행만이 가능할 뿐이다. 상당한 전문 지식이 동원된 이 글은 강연 원고의 형태를 띤다. 실제 강연을 위한 것이었든 그렇지 않든, 이 글은 강연의 구술적 측면, 즉 지식을 전달해주는 우월한 강연자와 그 지식을 전달받는 몽매한 청중을 잠재적으로 설정하고 있다.

　반면 ②의 필자는 신중을 거듭한다. 그는 자신이 이 문제에 대해 대체적인 "윤곽"만을 알고 있을 뿐임을, 그리고 자기가 다루고자 하는 두 범주의 경계가 명쾌하게 구분되지 않음을 환기한다. 편지를 받는 상대가 그 자신보다 이 문제에 무지하지 않기 때문이다. 또한 장덕수가 아리스토텔레스를 인용하듯 최승구 역시 니체를 끌어들이지만, '나는 감히 ~이라 해석하고자 하오'라는 어구들을 통해 자기가 지금 인용하는 니체가 객관적으로 모두가 동의하는 니체가 아니라 자기 방식으로 해석한 니체임을 드러낸다. 그는 객관성과 당위성이라는 투명한 가면을

---

7) 설산(雪山), 「사회와 개인」, 『학지광』 13호, 1917.7, 18면; 최승구, 「불만과 요구―가마쿠라[鎌倉]로부터」, 『학지광』 6호, 1915.7, 75~76면.

쓰고 근엄한 자세로 명령하는 '아버지'가 아니라, 자기주장이 자기의 주관에 토대를 두었다는 사실을 숨기지 않고 말하는 '친구'이다.

자기의 주관성을 끊임없이 강조하는 구문들은 또한 자기 말의 객관성을 정말로 의심하는 것이든 수사적 겸손에 기반한 것이든, 발화의 목적지 못지않게 그 목적지에 도달하는 '과정'을 부각시키는 역할을 수행한다. 그리고 '과정'의 구문들은 목적에 도달하기 위한 단순한 경로를 넘어, 때로는 목적으로서의 내용보다 더 심도 깊은 지점을 보여주기도 한다.

> 그런더 언니의 片紙 中 「女子는 虛榮心이 富ᄒ오 慾心이 만소 이거시 큰 걱정이오」 ᄒᄂ 말슴에 큰 刺戟을 밧앗쇼이다. 그러나 「큰 걱정이오」 ᄒᄂ 말슴은 勿論 언니는 그 京城道路에 풀々 날니는 三八초마라든지, 윗득씩득ᄒᄂ 소랑洋鞋라든지, 언적번적ᄒ고 金指輪으로 것치레만 ᄒ고 속에는 아모것도 업ᄂ 그러ᄒ 女子를 恨歎ᄒ신 것이겟지요, 그런더 누가 그리요? 어느 男子가 그리요? 「女子는 虛榮의 結晶體라고 그러니까 女子는 劣等ᄒ 動物이라고」 그리서 언니도 큰 걱정이라고 호신 것인가요? 그럴가요? 언니 나는 虛榮이 잇고 慾心이 잇ᄂ 者라야 工夫도 잘 ᄒ고 大事業을 일우는 者라 ᄒ오.[8]

이 글 전체의 핵심적 주장은 조선여자에게도 허영심과 욕심이 있어야 하겠다는 것인데, 위의 인용 부분은 본격적으로 자기 논지를 전개하기에 앞서 여성의 허영심을 어떻게 해석할까에 대해 문제를 제기한 부분이다. 발신자와 수신자는 모두 당대 여성 문제를 스스로 진단해 볼 만한 수준에 있는 이들이다. 그리고 바로 이러한 토대 위에서, 한 단어 한 단어의 내포를 짚고 넘어가는 정교한 논의가 가능해진다.

여자의 허영심과 욕심이 가장 큰 걱정이라는 "K언니"의 발언에 대해 나혜석은 신중한 태도로 반박한다. 그는 상대가 어떤 맥락 하에서 그런

---

8) CW, 「잡감(雜感)—K언니에게 여(與)함」, 『학지광』 13호, 1917.7, 67면.

말을 했는지를 하나하나 짚어낸다. 편지의 수신자가 친밀한 지기라는 것은 여기에서도 큰 장점이 되는바, 발신자는 수신자를 반박하는 말을 하고 있음에도 불구하고 상대의 입장에서 한 번 더 생각하며 논점에서 어긋나는 우를 범하지 않고자 한다. 그리고 상대를 평등한 입장에서 존중하며 논의를 끌어가는 이 순간, 발신자는 여성을 억압하는 보다 내밀한 이데올로기를 짚어내는 데에까지 이른다. K언니가 상정한 콘텍스트, 즉 옷과 신발과 장신구의 유행에만 신경 쓰는 외면적 겉치레를 두고 '여자는 허영심과 욕심이 많다'라고 말할 때 그것은 나름대로의 설득력을 지닌다. 그러나 그 모든 한정적 맥락을 잘라낸 이 말은 결국 여성 전체의 품성을 규정하는 말로 작용하게 되어 "여자는 열등한 동물"이라는 단정을 낳는다. 이때 "공부"도 잘 하고 "대사업"도 잘해 보려는 허영심과 욕심마저 잘못된 것으로 치부하게 된다는 점을 이 글의 작자는 지적한다. 그리고 이러한 의미 해석의 왜곡 과정에는 "어느 남자"들의 이데올로기가 숨어 있다는 것까지 끌어내게 된다.

나혜석이 처음부터 투철한 분석정신에 입각해 가부장 이데올로기가 만들어낸 고정관념과 언어적 유통 현상을 해부했을 가능성은 크지 않았을 것 같다. 그보다는, 평등하고 친밀한 수신자를 향해 자기 생각을 최대한 끌어내면서도 상대 의견을 무조건 폄하하는 대신 그 맥락을 충분히 검토하는 방식, 그리고 이 방식에 기반한 글쓰기 자체가, 편재하는 가부장 이데올로기에 대한 심도 깊은 분석을 유도해내었다고 해야 할 것이다. 이때 언어는 이념을 전달하기 위한 단순한 도구에 머무는 대신, 그 자체로서 사유를 확장시키고, 은폐된 것들을 끌어내는 역할을 적극적으로 수행한다. 또래의 벗인 개별 수신자가 글을 읽는다는 것을 상정하는 순간, 발신자는 자기의 현재 삶이 이루어지는 세계와 세계에 대한 자기의 견해를 충실하고 신중하게 재현하기 위해 노력한다.

서간문의 양식적 한계

익명의 독자가 아닌 개별자를 수신자로 설정하는 순간 글쓰기 주체는 주체로서의 "나"를 글 속에 편입시키는 작업을 보다 수월히 해나갈 수 있다. 수신자가 "나"를 잘 알고 있는 사람일 경우, 내가 있는 곳과 내가 하는 일 등에 대해 비교적 검열 없이 이야기하는 것이 가능하다. 또한 수신자가 "나"보다 지적 수준이 낮은 익명의 대중이 아니므로 좀 더 치밀하고 사려 깊게 논의를 전개하게 된다. 그러나 이런 양식적 장점에도 불구하고 개별자를 수신자로 상정하는 서간문은 근대적 글쓰기의 굳건한 틀로 자리 잡지 못한 채 잡문의 부류에 녹아버리거나 '소설'의 하위 양식으로 명맥을 유지하게 된다.

근대적 글쓰기는 인쇄 매체를 전제한다. 그리고 인쇄 매체에 글을 싣는다는 것은 글쓰기 주체와 직접 대면한 적이 없는 익명의 대중을 수신인으로 설정한다는 뜻이기도 하다. 미디어 자체가 어떤 독자를 상정하느냐에 따라 그 범위는 상당히 달라지겠지만, 그 미디어에 실리는 글은 그 미디어의 잠재적 독자를 고려하게 된다. 이 문제를 염두에 둔다면, 근대적 글쓰기가 형성되는 시기에 편지글이 주요 양식으로 부상한 이유가 개별자를 수신자로 설정했기 때문이기도 하지만, 곧 쇠퇴한 것 역시 같은 이유에서라고 말할 수 있을 것이다.

인쇄매체에 실리는 서간문은 개별자에게 글을 쓰는 동시에 익명의 대중을 향해 글을 쓰는 이중 작업을 수행해야 한다. 글쓰기 주체 '나'와 글 속의 화자 '나'는 거의 구분이 안 될 정도로 가까운 거리에 있는 반면, 일차 수신자인 개별자와 이차 수신자인 익명의 독자는 아주 먼 거리에 있는 것이다. 그렇기 때문에 서간문들은 자주 이 두 층위가 뒤섞여 버리거나 한쪽으로 기울어버린다. 4장 1절에서 살핀 백웅(白熊)의 「모(某) 학교장에게」는 균형을 잃고 두 층위가 뒤섞인 단적인 예에 해당한다. 이일의 「K. S. 양형」(『학지광』 17호)에게는 일차 수신자에게로 기울어 이차 수.

신자가 배제되어 버린 경우에 해당하고, 김억의 「예술적 생활」(『학지광』 6호)은 개별 수신자 "H군"을 설정하고 있으면서도 실제로는 익명의 수신자를 향해서만 발화하는 경우다. 이광수의 기행서간체 글들 역시 이런 경우에 해당해서 서간체 형식이 중요한 의미를 갖지 못한다.

최승구와 나혜석의 서간문에서도 정도의 차이는 있지만 이런 요소들이 발견된다. 최승구의 글들은 의도적으로 개별 수신자만이 읽을 수 있는 현장의 차원과 익명의 수신자들이 함께 볼 수 있는 담론 부분을 '『 』' 등의 표시로 구분하였다. 한편 나혜석의 서간문은 '지금 여기'의 날씨와 풍경에 글쓴이의 이념적 지향성을 투영한다. 278면의 인용문을 잠깐 다시 보면, 화자는 자기가 지금 있는 곳을 "당장 이 쓰러져 가는 집"이라고 표현한다. 그리고 벼락을 맞아 죽거나 진흙에 미끄러져 망신을 당해도 나가볼 "욕심"이라고 말한다. 인용 부분의 바로 앞부분에서 조선여성이 가져야 할 세 가지 "욕심"에 대해 논했다는 것을 염두에 둔다면, 이 결의에 찬 문장들은 날씨에 대한 단순한 반응을 넘어 앞의 "욕심"이 연장된 것으로 읽히게 된다. 이때 글쓴이의 '지금 여기'에는 이념적 지향이 투영된다. 그러나 이 은유화는 처음부터 계획된 것이 아닌 만큼, 아귀가 꼭 맞아 떨어지는 것은 아니다. 개별 수신자에게 보일 사적인 내용과 익명의 수신자를 지향하는 공적 이념을 한 문장 안에 결합하기 위해 글쓴이는 이념이 '지금 여기'의 감각세계에 현시된 모습을 찾으려고 하지만, 감각세계의 물질성은 인간의 이념과 무관하게 존재한다.

2. 행갈이 형식과 유사 리듬의 의미

서간문이 근대의 견고한 글쓰기 형식으로 정착하지 못한 경우라면,

'시'는 재래 형식의 명칭을 이어받으며 다소 주변화된 양식으로 자리 잡은 경우라고 할 수 있을 것이다. 주변화된 양식이라고 말하는 이유는, 통시적으로는 같은 명칭을 공유하는 중세 시문(詩文)과 비교해 볼 때, 공시적으로는 '소설'이라는 양식과 비교해 볼 때, 근대의 시 장르가 차지하는 문화적 비중이 크지 않다고 볼 수 있기 때문이다.

근대의 '시'는 신문이나 잡지에 게재되고 '시집'이라는 형식으로 출판된다. 그리고 다른 글들이 그런 것처럼, 대체로 묵독의 방식으로 향유된다. 다른 글쓰기 형식이 유통되고 향유되는 방식과 큰 차이를 보이지 않는 셈이다. '시'는 근대문학의 하위 장르일 뿐 아니라 근대적 글쓰기의 일종이기도 하다. 그런 점에서 현재 '시'라고 일컬어지는 장르의 특성들을 근대 이전의 '시가' 양식들과 연속선상에서 파악하는 데에는 일정한 난점이 따른다는 사실에 주목할 필요가 있다. 일단 한국어 시는 한시의 맥에 직접 닿아 있지 않다. 한시의 영향들을 생각해 볼 수는 있지만, 복잡한 운율 체계를 지닌 한시의 장르 전통이 긍정의 형태로건 부정의 형태로건 한국어 시를 형성하는 데에 의식적 역할을 했다고 보기는 어려울 것이다. 좀 더 예민하게 바라보아야 할 문제는 근대의 시와 근대 이전의 노래 장르와의 관계이다. 시간적으로 선후 관계를 이루는 이 두 장르를 연속적인 것으로 파악하는 데에는 '리듬'이 중요한 계기로 작용하는데, 문제는 인쇄물로서의 근대시에서 율격을 찾아내는 일에 연구자의 주관이 개입할 수밖에 없다는 것이다. 정해진 음율 위에 가사가 얹히는 노래와 달리 근대시에는 정해진 율격이 없다. 내재율로 지칭되는 리듬은 실제로 쓰는 자에게나 읽는 자에게 어떤 공통감각으로 작용할 수 있는지 확정된 바가 없는 것이다. 민요와 시조를 의식적으로 추구한 시들을 제외한다면, 근대시에는 노래의 전통을 이어받았다고 보여지는 부분이 외형상으로는 보이지 않는다. 향유 방식도 다르고 쓰인 모양도 다르다. 오히려 근대 이전의 시조·가사·민요 등의 노래 장르는, 역시 가사가 있고 선율이 있고 리듬이 있는 1910~20년대의 잡

가 및 그 이후의 유행 신민요 등과 그 단절·연속을 논하는 것이 훨씬 합리적인 것처럼 보인다.[9]

그러나 특정한 물질적 리듬에 구속되지 않으면서 행갈이를 하는 새로운 글쓰기 양식이 '시'라는 전래의 장르명을, 혹은 '시가'라는 통칭을 물려받았다는 점은 여전히 중요한 문제로 남는다. 이 명칭을 물려받는 순간, 행갈이 양식은 적어도 복잡한 운율 체계를 지니고 있거나 물질적 리듬을 동반하는 형식의 속성을 함께 이어받은 것처럼 여겨지게 된다. 겉으로 분명하게 드러나는 율격이 없는 글쓰기인데도 불구하고 전래의 리듬을 이어받았다고 생각하는 일이 필요했다면, 그 이유가 무엇인지 규명해보아야 할 것이다. '내재율(內在律)'이라 불리는 것은, 말 자체가 알려주듯 겉으로 드러나지 않는다. 귀에 들리고 눈에 보이는 방식으로 설명되지는 않는 것이다. 그러나 또한 내면적 리듬을 그저 상상의 것으로 치부한다면, 그것이 지난 1세기 동안 지녀왔던 의미가 파악되지 않는다. 일반 글쓰기로 다가갈 수 없는 무엇, 또한 노래로도 다가갈 수 없는 무엇이 '보이지 않는' 리듬의 형식을 상정하게 했는가, '시'가 소설에 버금가는 근대의 글쓰기 장르가 된 동력은 무엇인가, 하는 문제에 접근하고자 하는 것은 이런 이유 때문이다.

최남선은 왜 산문형 시를 포기했을까

『소년』에는 「평양행」이라는 기행문 안에 외면적 리듬이나 규칙성이 없는 9연의 긴 시가 제목 없이 실린 후로(2년 9권), 1년 가까이 매호 산문형 시가 수록된다. 이 시들은 1909년의 규칙 리듬형 시들과 달리 대상이 구체화된다. 「평양행」 삽입시에서 초점이 되는 대상은 "허술한 지게꾼"이며, "송악산 연봉(連峰) 위엔 마음 없는 구름이 오락가락하고 / 만월대 지대(地臺) 아래엔 개똥 감춘 풀포기가 푸릇누릇"하다. 「여름 구름」(3년 7권)

---

9) 19세기에서 1920년대까지에 이르는 시가사의 구도는 다음 논문에 간명하게 정리되어 있다. 고미숙, 「대중가요의 선구, 20세기 초반 잡가 연구」, 『역사비평』, 1994년 봄.

에서 구름은 "삼청동 위에" 떠 있다. 그러다가 "머리를 북으로 향하더니
만 백운대를 훌쩍 넘어 동으로 도봉산으로 침로(針路)를 취한다." 「꺾인
소나무」(3년 6권)에서 "나"는 평양 "기자릉 솔밭으로 쇄풍(灑風) 차 갔다가
/ 우연히 이상스럽게 꺾어진 소나무 한 주"를 본다. 이 시들의 대상이 된
구름과 소나무는 추상적인 구름과 소나무가 아니라 '내가 보는' 구름과
소나무이며, 애초부터 가난뱅이나 게으름뱅이로 규정되는 지게꾼이 아
니라 기차역을 통과하는 내 눈에 들어온 지게꾼이다. 이 산문형 시의 대
상들은 생활세계의 존재자들이며, 이때 대상을 바라보는 개인의 시선은
텍스트 안으로 들어온다.

그러나 최남선은 산문성을 밀어붙여 이 지점을 시 형식으로 구조화
하는 데에 실패한다. 그는 이후 규칙성이 있는 형식으로 돌아가 '읽는
시'를 제작했는데, 이 시기는 공교롭게도 강제병합에 의해 『소년』의 발
행이 안정성을 잃고 간신히 명맥을 유지하게 되는 때와 일치한다.10) 두
가지 사실이 우연적인 것인지 모종의 연관을 지닌 것인지는 섣불리 판
단할 수 있는 성질의 것이 아니다. 그러나 산문형 시의 포기와 관련하
여 『소년』 마지막 권에 실린 7·5자의 시 네 편11)은 약간의 추측을 가
능하게 한다. 이 시들은 권두시의 자리에 있으면서도 제목이 없다. 어절
단위로 띄어쓰기를 해서, 외형적으로 음수율을 지키고 있다는 것이 눈
에 띄지 않는다. 그리고 무엇보다도, 최남선이 『소년』에서 내내 강조했
던 모험심은 여기에서 꺾인다. 다음은 네 편 중 첫 번째 시다.

> 주정으로 지내난 이世上에를
> 샌마음으로 가자고 허덕이난 그

---

10) 3년 8권까지는 매월 순조롭게 발행되었으나, 3년 9권은 8권이 나온 4달 후인 12월에
    출간되었으며, 이때 연호는 "융희"에서 "메이지"로 바뀐다. 또 4년 1권은 압수되었다
    고 하며, 마지막 호인 4년 2권은 다음 해인 1911년 5월에야 발간된다.
11) 목차에는 "시 삼 편"이라고 되어 있지만 실제로는 네 편이며, 독립된 시편이라기보
    다는 연작의 성격이 강하다.

靑盲官의 어린피 급한 흘음에
배가 되야 그대로 써나가도다

살갓흔 압거름에 벼락과 갓히
짜리난 검은바위에 다닥다려서
비로소 맛알도다 바다 무서움
쏘다지난 쓰거운 눈물ㅅ방울에

만흔矛盾 못쳐너 터진 그 창자
쇠매랴도 힘업난 곤한 그의 손
녯모양 되게 할 약 번히 알고서
먹으랴단 못먹난 「알콜」이로다

이 시의 주인공 "그"는 "바다 무서움"에 직면한다. 그는 엄청난 파도
를 과감하게 뚫고 가던 "용소년"이 아니다. 눈에는 "뜨거운 눈물 방울"
이 쏟아지고, "그의 손"은 자기의 터진 창자를 꿰매지도 못할 정도로 힘
이 없다. 그는 현재를 잊고 "옛모양 되게 할 약"인 "알콜"에 기대고자
한다. 시 혹은 노래에 이런 정조를 담는 것은 최남선의 글쓰기에서뿐
아니라 당대 한국에서 나오던 시가를 통틀어서도 매우 이질적이다. 나
머지 세 편 역시 마찬가지여서, 이전까지의 밝은 계몽의 감성도 망국에
대한 유가적 비장함도 찾아지지 않는다. 형식적인 측면에서는 이전의
창가 가사, 그리고 여기에 이어진 7·5자의 시들과 연속선상에 있지만,
그 안에 담긴 내용은 이전의 것들로부터 현격하게 단절된다.

이와 관련하여 또 하나 유의해 보아야 할 것은, 이 텍스트가 정황을
설정하지 않은 것이 아니라 몹시 혼란스럽게 설정하여 독해를 어렵게
한다는 점이다. 2장 1절에서 다루었듯이 노래를 잠재한 반복리듬형 텍
스트는, 텍스트 안에 정황을 직접 설정하는 대신 특정 정황에서 향유되
는 것을 잠재한다. 그런데 이 텍스트는 그렇지 않다. 인용 시의 1~2연

은 텍스트의 무대를 "바다"로 설정하였다. 그런데 3연에서는 갑자기 이 설정과 무관하게 자신의 답답한 마음을 모순 때문에 터진 창자로 비유한다. 두 번째 시의 경우 1연은 배가 쥐어뜯듯 아파 온갖 의원을 찾아다니는 정황으로 설정해 놓고, 2연에서는 구름과 고기와 메뚜기로부터 비웃음을 당하는 또 다른 정황으로 넘어간다. 한편 네 번째 시에서는 아예 아무런 설정 없이 작자 자신을 그대로 노출시킨다. 그는 생각 없이 걷다보니 "수표교 목"에 와 있다고 말한다. 그러나 "수표교"는 그가 현재 있는 위치라는 것 이외에 아무런 의미를 지니지 않는 공간이다. 최남선은 규칙적 글자 수의 세계로 돌아왔지만, 접촉하는 대상이 이끄는 연상에 따라 말들을 끌어내던 산문형 시의 세계로부터 완전히 규칙적 언어의 세계로 돌아온 것은 아니다. 작자는 '자기 이야기'를 하고 있고 자리 머릿속에 떠오르는 비유 체계들을 순서 없이 끌어들인다. 또 공적으로는 무의미한 현존 공간인 "수표교"를 글의 세계로 불러들이며 자기 삶을 독자들 '앞'에 재현하고 있다. 함께 즐기거나 함께 슬퍼하는 세계가 아닌 개별자의 특수한 삶의 맥락이 강하게 개입된 세계는, 기본적으로 규칙 리듬이 감당할 수 있는 것이 아니다. 다음은 네 번째 시의 마지막 연이다.

　　精神차려 남의틈 버서나야함
　　槍긋갓히 째째로 마음 쩔으오
　　어제ㅅ밤 잠들째엔 더욱 괴로와
　　굿이 決斷햇것만 쏘나선 길요

　1행의 "남의 틈 버서나야 함"이란 남들에게 끌려 다니지 말고 자기 운명을 스스로 개척해야 한다는 의미로서 조선의 현실과 앞으로의 결심을 암시적으로 지시하는 것일 터이다. 그러나 "어젯밤 잠들 때"에 "더욱 괴로"운 게 무엇 때문인지는 모호하다. 3행이 4행의 "또 나선 길요”로 연결되면 남의 틈을 벗어나지 못하고 있는 상황이 괴롭다는 것으로 읽히고, “굳이 결단했건만”에 연결되면 결과 없는 노력이 변변찮아서 지쳐가는 것이 괴롭다는 것으로 읽힌다. 이 모호함은 의미를 풍성하게 하는 모호함이 아니라 작자의 의도가 제대로 전달되지 않기 때문에 생기는 모호함이다. 또 정해진 규격 안에 글자 수를 맞추느라 의도를 충분히 전달할 수 있을 정도로 문장을 길게 만들 수 없기 때문에 생기는 모호함이기도 하다.

정해진 글자 수의 한계는 작자가 설정한 정황을 정확하게 전달하지 못하도록 만든다. 정황이 모호해지기 때문에 독자들은 도대체 무엇 때문에 이 텍스트 속의 화자가 이렇게 괴로워하는지 알 수가 없다. 기쁨과 슬픔의 정서에 향유자들을 물들이는 ‘노래’에서 그 기쁨과 슬픔의 원인은 텍스트 안에 명시될 필요가 없었다. 한편으로는 함께 할 수 있는 감정의 기반이 마련되어 있기 때문이기도 하고, 또 한편으로는 그 노래의 세계를 향유자 자신의 경험세계와 만나게 할 수 있기 때문이다. 밝은 계몽을 지향하던 최남선의 시들 역시 2장 1절에서 살폈듯 어색한 수식과 행갈이 등이 많이 나왔지만, 그것들은 개인의 상황을 재현하는 것이 아니라 희망찬 분위기를 조성하는 것이 목적이었기 때문에 그 어색함에 의해 전체적 의미와 정조가 모호해지거나 하지는 않았다. 그러나 이 텍스트 속 화자의 괴로움은 일반 독자들과는 공유될 수 없다. 그가 자신이 “수표교”에 있는 것을 밝히듯 왜 괴로운지를 밝혀주지 않는다면, 독자와의 소통은 원활해지지 않는다.

여기서 문제가 되는 것은 왜 최남선이 이런 과부하를 무릅쓰고 산문형 시를 떠나 다시 규칙적 글자 수에 맞추어 이 텍스트를 제작하려 했는가 하는 것이다. 최남선은 이전까지 산문형 시를 계속해서 써 왔기에 다시 한 번 산문형을 선택하는 일이 크게 어렵지는 않았을 것이며, 또 이 시가 다루는 세계는 반복 규칙을 벗어나는 편이 적절하다. 이런 상황을 고려한다면 규칙 리듬의 형식은 그저 관례를 따른 것이라기보다는 의도적으로 선택된 것이라 볼 수 있을 것이다.

우리는 여기에서, 스스로 몹시 괴롭다고 느끼지만 글쓰기 주체도 스스로 그 이유를 정확히 짚어낼 수 없는 상황, 혹은 이유를 알더라도 말할 수 없는 상황이 이 텍스트의 형식을 만들게 했을지도 모른다는 가정을 해볼 수 있다. 이때 이 텍스트가 되돌아간 7·5자의 리듬은, 분명하게 이유를 알 수 없는 이 결핍을 물질적으로 구조화하는 양식이라고 할 수 있다. 리듬은 향유자를 감흥으로 물들이는 역할에서 멀어져, 쉽게 언어화 되지 않는 작자 자신의 알 수 없는 결핍감을 대리재현하는 양식으로 변하게 된다. 정확하게 대상화 되지 못하는 주체의 반응 양식, 그래서 글쓰기의 방식으로 쉽게 재현되지 못하는 것이 '리듬'이라는 형식으로 전환된다. 수표교 앞의 자기 자신과 미칠 것 같은 답답함의 관계를 독자들이 납득할 만큼 충실하게 재현할 수 없을 때, 산문이 아닌 리듬의 형식이 선택된 것일 수 있다. 그리고 정확하게 재현할 수 없는 이 '무엇'은 리듬과 결합하여, '민족적인 것', '보편적인 것'으로 의미화되기 시작한다.

맥락과 정서의 동시적 재현

이후 규칙리듬에 종속되지 않는 시는 『청춘』과 『학지광』에서 다시 시도된다. 자주 행갈이를 하고 있어 '시'라는 것이 분명하게 드러나는 경우도 있고, 문장 단위로 행갈이를 하고 있어 일반 산문들과 쉽게 구분되지 않는 경우도 있다.[12]

이 텍스트들 중에는 공간적으로 먼 거리에 있는 자의 삶을 다루는 경우가 자주 눈에 띈다. KY의 「『희생』」(『학지광』 3호)과 최승구의 「벨지움

---

12) 최남선이 "시"라는 분명한 의식 하에 반복규칙의 리듬을 대체하는 것으로서 산문화된 문장을 선택한 것과 달리, 이 잡지들의 목차는 장르를 명기하지 않았기 때문에 어디까지 '시'로 볼 수 있는가에 대해서는 기준이 명확치 않다. 다소 논의의 여지가 없는 것은 아니지만, 문장이 끝날 때마다 혹은 문장 단위와 관계없이 행을 갈아서 쓰는 글들을 '시'로 다루기로 한다.

의 용사」(『학지광』 4호)는 그런 면이 선명하게 드러나는 예다. 두 편은 모두 어떤 '외국' 병사에 관한 것이다. 「벨지움의 용사」의 경우 시의 대상이 벨기에 사람이며 게르만 인에게 사랑하는 이들이 짓밟혔다고 하는 것으로 보아 1차 세계대전을 배경으로 했음을 알 수 있다. 「『희생』」은 처음 부분과 끝 부분에 전장에서 죽어가는 한 젊은이의 모습을 배치하고 그 사이에 이 사람의 일대기를 보여준다. 국적이 직접 드러나지는 않지만, 이 청년이 "화포", "비행기 비행선"을 어떻게 하면 잘 이용할 수 있을까를 궁리하고 "전쟁"이라는 것에 대해 고민하다가 지금 이 순간 "골골이 치불어오는 피엉킨 바람" 속에서 썩어질 "고기 한 덩어리"가 되어 가려고 한다는 것을 볼 때, 역시 세계대전과 관련한 유럽 청년이 모델인 것으로 추정된다. 이들은 공을 위해 사를 버린 사람들인 동시에, 텍스트의 작자나 잠재적 독자들이 '현재'로 체험하지 못하는 시공간 속의 인물이다.

작자의 현재성과 거리가 먼 시적 대상은, 이 텍스트들이 감각적 구체성과는 무관한 지점에서 시작된 것이 아닌가 하는 점을 먼저 의심하게 만든다. 그런데 우리는 여기서 이 글의 작자들이 인쇄물을 통해 공부를 하던 학생들이었다는 것, 그래서 가장 적극적으로 신문과 잡지를 통해 세계를 동시적인 공간으로 체험한 이들이라는 사실에 주목할 필요가 있다. 『매일신보』에 "구주전란(歐洲戰亂)" 기사가 오르기 시작한 것은 1914년 7월 30일 "오새전쟁(墺塞戰爭)"을 보도하면서부터다. 세르비아에 대한 오스트리아의 선전포고가 7월 28일에 있었으니, 거의 동시적으로 기사화된 것이라고 할 수 있다. 이후 10월경까지 이 신문은 지면의 대부분을 할애한다고 할 정도로 저 먼 곳의 전쟁 소식을 알리는 일에 집중한다. 이때 기사화된 것은 다만 영국과 독일이 싸웠고 어느 쪽이 이겼다, 하는 따위의 간략한 정보만이 아니었다. 「지옥 이상의 참극」(1914.9.27), 「가련한 죽은 군인의 부인」(1914.10.2) 등 참혹한 현장과 폐허가 된 세계의 인간사는 이 전대미문의 전쟁을 기록하는 주요한 방식 중의 하나였다. 특히

『매일신보』 1914년 10월 14일 3면에 실린 사진. 다음과 같은 설명이 부기되어 있다. "「안트업」 성을 굿게 직히던 빅이의 용밍훈 군사가 탄환에 상ㅎ야 시민의 간곡훈 간호 중에 이 세상을 방장 써나랴 ㅎ는 비참훈 광경."

같은 해 10월의 독일과 벨기에의 교전, 그리고 그달 9일 벨기에의 안트베르펜이 함락된 후의 참혹함은, 『매일신보』가 구주전란 중에서도 가장 비중 있게, 그리고 연민을 담아 전한 소식이다. "도처에 산같이 쌓이고 늘비하게 널부러져" 있는 시체, 파천(播遷)하는 황제를 슬퍼하는 백성들(1914.10. 14), 한 벨기에 소년의 뜨거운 애국심(1914.10.15) 등은 이 교전이 끝난 후에도 한동안 자주 기사화되었다.

1914년 11월 3일에 쓰인 것으로 되어 있는 「벨지움의 용사」는 작자가 신문을 통해 이런 종류의 기사들을 접한 지점에서 나온 것이라 할 수 있다. 유학 중이었던 최승구는 『매일신보』가 아니라 일본의 신문을 본 것이겠지만, 『매일신보』가 일어신문 『경성일보』의 자매지였으며 자료의 많은 부분을 일본으로부터 공급받았다는 점을 염두에 둔다면 그 차이가 그리 크지는 않을 것이라 짐작된다. 「『희생』」도 마찬가지다. "불 한 번 번쩍, 흰 연기 폴석!" 하는 전쟁터가 어디인지는 정확히 알 수 없지만, 이 시의 주인공 역시 죽어가는 병사라는 점에서 「벨지움의 용사」가 지닌 맥락과 다르지 않다. 다만 이 텍스트는 현장 정보를 전하는 기사보다는 인물에 좀 더 집중하는 특정 기사나 매체가 매개되었을 것으로 추정된다. 또한 제목에서 '『　』' 부호가 "희생"이라는 글자를 감싸고 있다는 점도 주목된다. 이 기호는 어떤 인용을 뜻하는 것으로 짐작된다.

독서 체험을 기반으로 하는 이 글들에서 중요한 것은, 독서 체험이라는 '현존'의 층위가, 보통문과도 다르고 규칙 리듬형 텍스트와도 다른 층위의 세계를 조직한다는 것이다. 이 글들이 목적으로 하는 것은 전쟁에서 피 흘리며 죽어간 젊은이에 대한 '정보 전달'이 아니다. 『소년』의 「아브라함 링컨」(3년 1권), 「톨스토이 선생을 곡함」(3년 9권)이 각각 7·5자와 8·5자의 규칙적 글자 수 안에서 이들의 일대기를 독자들에게 주입시키던 것과 달리, 이 텍스트들은 대상 인물의 삶에 대해 친절하지 않다. 이 시들은 정보 전달을 중심으로 하는 신문 잡지류의 텍스트들을 전제한 상태에서, 그것과는 또 다른 언어를 만들어낸다.

최승구는 "벨지움의 용사"를 "너"라는 2인칭으로 호명한다. 이 호명에 의해 글쓰기 주체 '나'는 "너"와 아주 가까운 자리로 이동하고, 글의 후반부에는 많은 감탄 부호들과 함께 막연한 희망과 의지의 말들이 이어진다. 그런데 이 부분에서 논리적으로 이해되지 않는 것들이 있다. 벨기에의 수도는 물리적으로 함락되었고, 텍스트 속의 벨기에의 용사도 모든 것을 잃었다. "사랑하는 가족도 없어지고", "도망할 길"도 "잃어버렸다". 그런데 이미 완결된 절망의 상황에 대해 작자는 "벨지움의 용사여! / 최후까지 싸울 뿐이다!", "벨지움의 히로여! 너의 몸 쓰러지는 곳에, 거 누구가 월계관을 받들고 섰으리라"라는 미래지향적이며 청유형에 가까운 언어를 사용한다. 이 언어들이 실제로 벨기에의 용사를 향한 것일 수는 없다. 그러나 또 한편 조선의 일반 독자들에게 민족의식을 촉구하기 위한 것으로 보기도 어렵다. 매일 입에 오르내리는 큰 사건이 곧바로 은유의 매개체로 치환되기는 쉽지 않기 때문이다.

이런 점을 고려한다면 결국 텍스트 끝부분의 미래지향적 언어들이 도달하는 곳은 벨기에의 용사도 아니고 한국의 일반 독자들도 아닌, 작자 자신이라고 보아야 할 것이다. 감탄 부호로 감싸인 이 언어들과 짧게 행갈이 된 양식이 보여주는 것은, '현재는 극도로 고통스럽지만 굳

센 의지가 밝은 미래를 낳으니 우리 함께 나아가자' 식의 조선민족을
향한 메시지가 아니라, 벨기에의 패전과 참혹함에 대한 기사들이 작자
'나'에게 촉발한 개별적 감응에 가깝다. 구체화된 맥락, 즉 '현존'의 층
위와, 그에 대한 '나'의 정서적 반응을 동시에 의미화 하는 작업은, 행갈
이 형식 속에 그 자리를 찾아간다.

이 현상은 뒤집어볼 필요가 있다. 1910년대 중반 경의 시적 특성으로
자주 지적된 바 있듯, 이 텍스트들은 개별자의 정서적 측면이 글쓰기
안에 들어서는 모습을 보여준다. 그러나 무턱대고 개인의 외로움과 슬
픔과 고독만을 남발하는 것은 아니라는 점이 함께 주목되어야 한다. 느
낌표들은 분명한 맥락을 지니고 있다. 작자의 현재성과 무관한 대상들
이 선택되었지만, 이 시들은 미디어에 의한 간접 체험이 작자에게 불러
일으킨 모종의 반응을 재현하고 있다. 이 시들에서 '현존'의 층위는 신
문·잡지 등을 통한 간접체험이 된다.

간접체험에 기반하여 설정된 정황과 함께 그 정황에 대한 개별 주체
의 반응을 동시에 의미화하려는 시도는 이외에도 여러 편에서 찾아볼
수 있다. 위에서 우리는 「『희생』」의 '『 』' 부호가 어떤 인용을 뜻하는
것은 아닐까 추정해 보았다. 이 기호는 김여제의 「『산녀』」(『학지광』 5호)
에도 등장한다.13) 이 시에는 "산녀"를 다른 글이나 특정 맥락 속에서
끌어온 것으로 보아야 의미 해석이 가능한 부분들이 있다.

> 쮜는 心臟의 鼓*動은 더, 더 한 度 한 度를 높히며,
> 다 막힌 呼吸은 겨오, 겨오 새 循環을 닛도다.
> 그리하여 우리 山女의 들은 팔은 속절없이 에워싼 쓴 기운에 波動을 주
> 어 늘이도다.

---

13) 유암(流暗), 「『산녀』」, 『학지광』 5호, 1915.5, 58~59면. *원문에는 '皷'라고 표기되어
있다.
　　「『희생』」의 작자 KY도 김여제가 아닌가 추측된다. '『 』' 기호는 이 두 텍스트에서만
사용되었다. 그리고 상하이 『독립신문』에서 그가 '김여'라는 이름으로 글을 발표했다
는 점을 고려하면 KY는 그의 이니셜일 가능성이 있다.

심장의 고동 소리와 호흡에 대한 진술에 이어 아무런 소개 없이 곧바로 "우리 산녀"라는 지칭이 사용된다. 이러한 전개 방식은 "산녀"에 대해 이미 일군의 잠재 독자들과 어떤 정보를 공유하고 있음을 추측케 한다. 김여제가 이 시에서 처음 "산녀"라는 이름과 그 형상을 만든 것이라면, 아무런 기초 정보 없이 "그리하여 우리 산녀"라는 말을 쓰지는 않았을 것이다. 김여제의 또 다른 시 「만만파파식적을 울음」(『학지광』11호)의 경우도 정서의 맥락이 분명하게 존재하는 경우이다. 이 시가 발표된 것은 1917년 1월이다. 고운기가 지적하였듯이 이 글은 1915년 만파식적의 전설이 실린 『삼국유사』가 원문과 함께 일본어로 번역 간행되어 현재화 되던 일련의 일들로부터 촉발되었으리라는 짐작을 가능하게 한다.14) 시 본문의 "뮤즈(Muse)"·"써펀트(Serpent)"·"오아시스(Oasis)"·"피터(St. Peter)" 등의 단어가 아무리 서구 신화 지향성을 보여주더라도, 제목의 자리에 놓이고 각 연의 마지막 행에 반복되어 등장하는 "만만파파식적"은 만파식적의 전설이라는 맥락 속에서 이 시를 읽도록 만든다.

KY가 김여제일 경우, 김여제의 작품 목록에 또 하나 추가될 「구풍(颶風)의 후」(『청춘』6호)에서 정황은 좀 더 분명하게 감지된다. "몽고 벌", "요동 벌", "반섬나라 북편 절반" 등의 단어는 대상세계가 만주 지역으로 설정되었음을 알려준다. 이곳에 "파이오니어라는 인상을" 주는 "이상한 두 사람"이 "커단 팽이를 어깨에 매"고 나타나고, "정성에 엉킨 노력의 값"이 "그들의 뒤를 따"른다. 모호한 표현들에 의해 흐려지고는 있지만, 이 시의 정황은 대체로 만주 지방 이주민의 삶에 관한 것임을 알 수 있다. 또한 이 시는 맹렬한 가을 폭풍 후의 적막과 침묵의 시간을 "칠팔일"로, 그 다음 "늦은 가을 찬비가" 내린 시간을 "수삼일"로 지정한다. 정확한 시간 흐름 표기는 이 "이상한 두 사람"의 실제 모델이 있다고 가정해도 좋을 만큼 구체적 정황에 기반해 있음을 알려주는 것이

---

14) 고운기, 「"만만파파식적을 울음"과 근대시」, 『문학사상』, 2003.8, 40~41면.

다. 또 돌매의 「밤」(『청춘』 3호), 닷메의 「원단(元旦)의 걸인」(『청춘』 7호) 등
은 각각 동경의 고요한 겨울밤과 정월 초하룻날 종로의 거지를 각각 현
실 정황과 대상으로 설정한 경우이다.

그러나 여기서 중요한 것은 이 텍스트들이 지향하는 바가 정황의 맥
락이나 대상을 재현하는 것에 머물지 않는다는 점이다. 「만만파파식적
을 울음」의 경우 만파식적이라는 피리와 그에 관한 전설은 동기로 작용
한다. 대상에 대한 비중이 높은 「『산녀』」와 「구풍(颶風)의 후」의 경우도
크게 다르지 않다. 최승구가 벨기에의 병사들에 대한 기사가 실린 신
문·잡지를 보고 난 후 촉발된 '무엇'을 글로 옮기고자 했듯, 이 시들은
마술피리의 전설, 산녀의 삶, 만주 이주민의 피땀 어린 노력을 접한 후
그것들이 작자에게 촉발한 '무엇'을 끌어내고자 한다. 다음은 「『산녀』」
의 일부분이다.

> ─우리 山女는,
> 緊張, 弛緩, 興奮, 沈靜의 더, 더 複雜한 情緒에 차도다.
> 느즌 새의 울음, 반득이는 별이,
> 얼마나, 얼마나 우리 山女의 가슴을,
> 져, 져 먼 나라로, 想像의 보는 世界로,
> 넓은 드을로, 물셬의 사는, 잔잔한 바다로,
> 아니, 아니 「Unknown World」로,
> 얼마나, 얼마나 우리 山女의 가슴을 끄을엿으랴! (59면)

"우리 산녀"는 여기에서 제3의 대상이라기보다는 글쓰기 주체의 모
호한 언어들로 채워진 존재다. 이 정서적 층위의 언어는 이전에는 언표
의 몫이 아니었다. "긴장, 이완, 흥분, 침정" 같은 "복잡한 정서"는 원래
멜로디와 리듬이 담당하는 영역으로, 그 노래가 직접 불리는 순간에 일
어난다. "저 먼 나라"도 그렇다. 노래는 노래 자체로 지리멸렬한 현실을
벗어나 '저 먼 나라'로 도약하게 하는 힘을 가지고 있었다. 사대부들의

연회에서 불리는 음탕한 노래든 고된 노동을 덜어주는 민요든 현실로부터 벗어나게 하는 힘을 가진 것이었다. 그러나 노래가 가진 반복 자질을 버리게 되자 이 층위는 문체가 떠맡아야 할 임무가 된다. 글은 그것을 향유하는 자 스스로를 어떤 상태에 물들게 하는 대신 그 '상태'가 어떤 것인지를 재현하는 역할을 맡아야 한다. '나의 상태', '나의 감정'은 비단 근대적 개인의 가치가 외부로부터 강조되면서 발견된 대상만은 아니다. 이것은 구연문화에서 문자문화로 넘어오며 눈으로 읽는 글이 정착되는 지점에서 필연적으로 떠오른 산물이기도 하다.

그러므로 행갈이 텍스트들에서 문제 삼아야 하는 것은 특정 대상 혹은 구체적 맥락으로부터 촉발된 '개별자의 상태', 이전에는 언어의 의미 속에 담겨 본 적이 없는 이 '상태'를 어떻게 글쓰기의 방식으로 바꾸는가 하는 것이다. 이때 이 '상태'는 가라타니 고진이 말하는 '내면'과는 다르다고 할 수 있다. 고진은 표현해야 할 '내면'이라는 것이 노출된 맨 얼굴, 맨 풍경을 쓰는 작업에 의해 발견된 것이라고 말한다.15) 이때 맨 얼굴, 맨 풍경과 '내면'은 기표/기의의 관계를 형성한다. 그러나 '상태'는 '내면'과 동질적인 층위에 있는 것이라기보다는 오히려 맨 얼굴, 맨 풍경과 같은 층위에 있는 것이다. 예를 들어 친밀한 누군가가 죽었을 때의 극도의 슬픔은 그것을 언어 형식으로 만들든 그렇지 않든 '존재한다'. 이때 이 주체의 상태는, 모나리자의 맨 얼굴이 그려지고 이 맨 얼굴이 지시해야만 할 무엇으로 발견된 '내면'과는 다르다. 풍경이나 맨 얼굴이 언제나 있었음에도 불구하고 그것이 특정한 인식 장(章), 좀 더 구체적으로 말하면 그것들을 대상화시킬 수 있는 시선에 의해 발견되는 것처럼, '상태' 역시 언제나 있었음에도 불구하고 그것이 언어화해야 할 별도의 대상으로 인지될 때 발견되는 종류의 것이다. 자신의 어떤 상태를 대상화할 '무엇'으로 자리매김하고 그것을 글로 옮긴다는 점에

---

15) 가라타니 고진, 박유하 역, 『일본 근대문학의 기원』, 민음사, 1997, 62~98면.

서, 이 영역 역시 언어의 재현성을 전경화 시키는 작업의 일부라고 할
수 있을 것이다.

정서의 형식화

세계에 반응하는 개별자의 상태, 즉 정서를 재현하는 작업은 크게 두
가지 방향으로 진행된다. 첫 번째는 이 '무엇'을 언표화하는 것이다. 위
에서 살핀 텍스트들은 정황을 보여주는 것과 함께, 물질화된 것이 아니
므로 정확하게 짚어낼 수 없는 '상태'를 "아무 원인도 없이 아무 이유도
모르게"[16) 식으로 표현한다. 또는 이 '무엇'을 지칭할 언어들을 고안한
다. "과거는 추오(醜汚), 타락, 공포, 고통, 비애, 고독이었으니" 식의 나
열된 한자 감정어, "Struggle for life!", "death-land", "타임", "라이프" 등의
서양 외래어 표기는 낱낱의 의미를 지닌다기보다는 낯섦의 방식으로
모호한 '무엇'을 감당하는 기표가 된다. 이런 시도를 하는 많은 산문형
텍스트들이 구체적 정황이나 대상에서 출발함에도 불구하고 그것이 해
독되기 어렵거나 매우 희미하게만 감지되는 것은, 정서 재현 층위의 언
어가 정황 재현의 언어와 뒤섞여 있기 때문이다. 이 시들이 난삽하고
불완전하게 여겨지는 것도 그런 탓이라 할 수 있다.

개별자의 상태를 재현하는 또 하나의 방법은 이 '무엇'을 형식화하는
것이다. 그것은 규칙 리듬을 변형한 잦은 행갈이 양식으로 나타난다. 시
각적 분절은 언어로 의미화된 것 이외의 '무엇'이 더 있음을 알려주는
징표가 된다. 김억은 "시라는 것은 찰나의 생명을 찰나에 느끼게 하는
예술"이라며 순간성을 강조하는 동시에, 그럼에도 불구하고 "한 민족의
공통적 되는 충동", "일반으로 공통되는 호흡과 고동"이 민족 고유의
시형을 만들게 될 거라고 언급하였다.[17) 이때 분명하게 언어화 되지 않
은 이 '무엇', 개별자의 상태는, 역시 쉽게 무엇이라고 말할 수 없는 '내

---

16) 유암(流暗), 「한끝」, 『학지광』 6호, 1915.7, 81면.
17) 안서 생, 「시형의 음율과 호흡」, 『태서문예신보』 14호, 1919.1.13, 5면.

재율'이라는 형식으로 구조화된다. 그리고 이와 같은 방향성이 이론화되어 텍스트 생산에 직접 참조될 경우 자주 전시대적 노래 양식으로 회귀하려는 양상을 보이게 된다.

잦은 행갈이형 시와 관련하여 짚고 넘어가야 하는 것은 정황 재현의 문제이다. 행갈이 형식은 리듬을 문체로 변형한 것이라 할 수 있는데, 물질화 되는 리듬뿐 아니라 유사 리듬 역시 세계의 디테일한 재현에는 한계가 있다. 이 한계를 무릅쓰고 정황과 그로부터 촉발된 정서를 함께 의미화하고자 할 때 텍스트의 소통 가능성은 현저하게 떨어진다. 미발표 자필 원고로 남아 있는 최승구의 많은 시들은 유사 리듬 형식을 추구하는 동시에 시가 쓰인 상황에 밀착하려는 경향을 짙게 보여준다. 이 중 「박사 왕인의 무덤」을 보자. 한 행은 8자 안팎, 한 연은 3행으로 구성되어 있고, 시각적인 면에서도 규칙성을 띠고 있다. 이런 형태는 운용할 수 있는 언어의 폭을 좁힌다. 그런데도 이 시에 의도된 의미 함량은 상당히 큰 편이다. 작자가 시를 쓴 곳은 오사카이다. 오사카에 묻히고

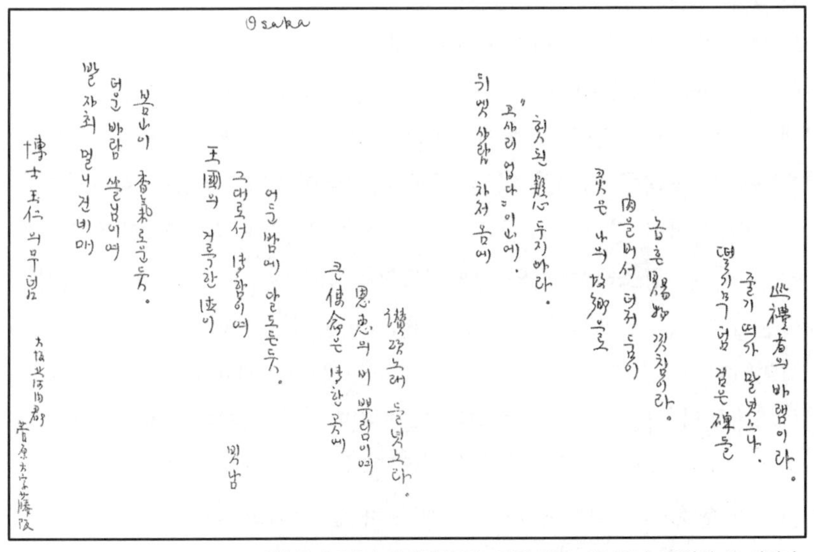

최승구의 「박사 왕인의 무덤」 자필 원고. 1915년 10월에 쓴 시이다.

사찰이 세워지기도 한 백제의 학자 왕인을 제목으로 불러들여 시공간
적 맥락을 구성한다. 시 속의 풍경과 작자의 객수는 바로 그 위에서 전
개된다. 즉 이 시는, 1500년 전 백제에서 일본으로 건너 가 그곳에 문명
을 전파한 한 사람의 이야기와 그가 묻힌 곳의 현재 풍경과 사람들, 그
리고 그가 묻힌 곳을 여행하며 촉발된 작자 자신의 감응 상태가 한꺼번
에 의미화 되도록 구성되어 있다. 정확한 의미 포착이 어려운 것은 한
정된 언어 속에 과포화된 의미가 담겨 있기 때문이다.

　잦은 행갈이 양식의 글쓰기로 의미소통력을 높이는 방법은, 글쓰기의
계기가 된 정황이나 대상의 구체성을 지우는 것이다. 위에서 살펴 본 텍
스트들 중 최승구의 「벨지움의 용사」는 유사 리듬에 의거해 있다. 4행이
한 연을 이루고 있으며 한 행은 최대 12자 최소 4자이며 2행과 4행을 들
여쓰기로 배치해서 시각적 반복성을 의도했다. 이 시의 용사는 비록 "벨
지움"이라는 단어를 통해 특정 교전을 정황으로 끌어들였지만, 오히려
정황을 분명하게 지시하지 않는 「『희생』」의 "젊은 용사"보다 개별성이
덜 두드러지는 편이다. 김여제의 잦은 행갈이 시 「만만파파식적을 울음」
도 마찬가지다. 마술피리의 전설은 계기 정도로 작동할 뿐, 상세한 정황
을 파악하는 것이 텍스트 해독에 결정적 영향을 미치지는 않는다. 잦은
행갈이형 시들은 정황 재현의 언어를 절약하여 정황이 촉발한 반응, 즉
개별자의 상태를 의미화 하는 데에 텍스트의 많은 분량을 할애한다.

　그리고 이런 경향의 극단에 김억의 세계가 있다. 김억의 시적 출발점
에 '음률'을 강조하는 시와 함께 산문형 시가 있었다는 것은 잘 알려진
사실이다. 그는 『학지광』 5호에 세 편의 시를 실었는데 이 중 2편은 산문
형이었다. 또한 그는 서구시 번역 작업을 시도할 때에 베를렌과 함께 투
르게네프의 시를 중심에 두었다. 그가 번역한 투르게네프의 산문시 6편
중 『태서문예신보』 4호의 「명일? 명일?」과 「무엇을 내가 생각하겠나?」는
비유와 상징에 의지하지 않는 독백 투라 할 만하고, 5호의 「개」와 「비렁
뱅이」는 명확한 정황을 가지고 있으며, 7호의 「늙은이」와 「N. N.」은 시

의 대상을 제목으로 삼은 경우다. 그러나 산문형 시들에 대한 김억의 관심은 곧 사라진다. 그는 이후 산문적 의미에 초점이 놓이는 투르게네프 대신 베를렌의 시에 집중하게 된다.

김억이 베를렌 시의 번역에 공을 들였다는 사실은 정황 처리의 문제와 관련하여 중요하게 살펴야 할 사항이 된다. 산문형 시의 경우 직접 정황이 재현되어 있는 경우가 많기 때문에 언어 간의 호환 가능성은 비교적 높다고 할 수 있을 것이다. 그러나 잘 짜여진 율격을 갖춘 베를렌 시의 경우, 그 음악성뿐 아니라 원문의 장르 전통, 원문과 원문 독자들의 관계 등 원문을 둘러싼 맥락을 옮기기도 매우 어렵다. 김억은 이 지점에서 구체적인 정황을 구축하는 대신 정황을 지우고 단어의 세심한 선택과 울림으로 '상태'에 접근하고자 한다. 그리고 "찰나"의 주관적 충동과 "한 민족의 공통적이 되는 충동"이 포개지는 새로운 "음율과 호흡"을 추구해야 할 것이라는 견해[18]로 번역과 창작을 이론적으로 뒷받침한다.

「요구와 회한」(『학지광』 10호) 안에 삽입·번역된 이후 김억이 오랫동안 손을 보며 애정을 가진 작품 「거리에 내리는 비」를 예로 들어보자면, 이 시의 "비"는 실제 내리는 비를 지칭하는 단어가 아니다. 거리에 내리는 비가 내게 슬픔을 유발한 것이 아니라, "눈물 흐르는 내 가슴"을 설명하기 위한 은유 매개체로 비가 선택된다. 비 오는 어느 거리의 구체적 풍경 재현을 기반으로 하지 않은 채 '눈물 흐르는 가슴'과 '비 내리는 거리'를 등가로 설정하기 때문에 이 시는 프랑스어에서 한국어로 넘어오면서도 쉽게 '보편화'되며, 이 설움과 비애가 "까닭 없는" 것이기에 누구에게나 적용 가능한 것이 된다. "비애"·"설움"·"고통" 등의 어휘로 지시되는 개별자적 감정이 촉발된 맥락은 지워진 채, 그 감정만이 강조된다.

---

18) 안서 생, 앞의 글.

눈물 흐르는 내가슴
都巷에 비옴 갓쇠다
가슴안을 뚤고 드는
이哀衰! 무슨理由요?

아아 거리, 에 집붕의 우,
맘춋케 나리는 빗소리!
내가슴의 실혼설음이매
아아 퍼붓는 비의 노래!

덥고타는 이가슴안에
서닥업시 나리는비은
뭇기에 바이 업슨데
셔닥업슨 이悲哀은웨?

웨라고 말지 못할쓴
苦痛! 斷念이나되면은。
사랑도 憎惡도업는데,
웨내가슴은 이압흠이요。

━━━━━━━━

△거리에 나리눈비

Paul Verlaine 作

거리에 나리는 비인듯,
내가슴에 눈물의비 오나니,
엇지훈면 이러훈 설음이
내가슴안에 숨여들엇노?

아, 싸여도 접웅에도
나리는 고은 비소리,
애닯은 맘쌔운이라고,
오, 나려오는 비의 노링

이 뜨거운 너가슴에
까돍업시 나리는 비눈물,
거슬리는 맘도 업는데
애똚아락, 이셜음은 무슨꺼둙?

사랑도 아니요, 미움도 업는
가장 압흔 이 셜음은
뭇기 촛초 바이 업나니,
엇치훈면 내가슴 압하?

김억이 번역한 베를렌의 시. 위쪽은 「요구와 회한」에 삽입된 1916년 번역본이고 아래쪽은 『태서문예신보』에 실린 1918년 번역본이다. 우리에게 잘 알려진 「거리에 내리는 비」라는 제목은 1918년에 붙여졌음을 알 수 있다. 원문은 1874년에 출간된 시집 『무언가(無言歌, Romances sans Paroles)』에 실려 있다. 첫 번째 파트인 '잊혀진 아리에뜨(Les Ariettes oubliées)'의 세 번째 시로, 별도의 제목은 없다. 원문은 다음과 같다. "Il pleure dans mon cœur / Comme il pleut sur la ville; / Quelle est cette langueur / Qui pénètre mon cœur? // Ô bruit doux de la pluie / Par terre et sur les toits / Pour un cœur qui s'ennuie / Ô le chant de la pluie! // Il pleure sans raison / Dans ce cœur qui s'écœure. / Quoi! nulle trahison?... / Ce deuil est sans raison. // C'est bien la pire peine / De ne savoir pourquoi / Sans amour et sans haine / Mon cœur a tant de peine."

　　1918년 김억은 『태서문예신보』 6호에 이 시를 다시 번역하면서 한자어를 지웠다. "도항(都巷)"은 "거리"로, "비애(悲哀)"는 "설움"으로, "증오(憎惡)"는 "미움"으로 바꿨고, "고통"이라는 단어를 지우고 "애닯다"라는 애상어를 새로 삽입하였다. 그는 '민족적'이고 '보편적'이라고 생각되는 어휘들을 찾아 듣기 좋은 울림을 가지도록 배치하면서, 맥락을 지운 정서가 민족 공통의 "호흡과 고동"으로 여겨지도록 텍스트를 조직한다.

이런 경향은 그의 창작으로 이어진다. "밤이도다 / 봄이다"로 시작하는 유명한 초기 시 「봄은 간다」(『태서문예신보』 9호)에도 구체적인 정황은 존재하지 않는다. "봄"이고 "밤"이고 "설움"과 "애달픔"이 있을 뿐이다. 감정의 언어들이 많이 나오지만 그 감정은 '나'의 것에 밀착되지 않는다. '나'가 구체화 되지 않으므로 마지막 행 "님은 탄식한다"의 '님' 역시 구체적 형상을 띠지 않는다. 이 님이 어떤 상황의 님인지, 그리고 나와 님의 관계는 이별인지 해후인지, 님은 왜 탄식하는지는 이 시에서 중요한 것이 아니다. "봄"과 "밤"의 발음이 연속되며 조성되는 느낌, 짧은 행을 통해 느린 독법을 유도하는 배치 방식, 한 연 안의 2행을 똑같은 구문으로 만든 데서 오는 리드미컬함, 그리고 이런 요소들을 통해 슬프고 애닯고 서러운 상태를 누구에게나 소통 가능하도록 만드는 것이 이 시가 초점을 두는 것이다. 김억의 시에 자주 나타나는 고유명사들도 이 범주를 넘지 않아서, "능라도 기슭의 실버드나무의 꽃"19)도 능라도에 정말로 존재하는 나무라기보다는 "내 설움"을 위해 환기된 기호에 가깝다. 개별자의 애달픈 상태는 애달픔을 조성하는 개별적 맥락으로부터 독립되어 그 상태만이 언표화된다. 그리고 맥락을 대신하여 이 상태를 특별한 것으로 만드는 것은 비일상적으로 '고운' 어휘들로 이루어진 구문이다. 이 어휘 및 구문들은 비일상적이기 때문에 특별한 상태를 지칭하는 것이 될 수 있고, 고유어이기 때문에 '민족적인' 것으로 상상될 수 있다.

1910년대의 행갈이 양식을 살펴면서 우리가 확인하게 되는 것은, 흔히 개인의 정서로 말해지는 층위가 근대적 글쓰기 양식 속에서 '재현' 되는 것이 상당히 어려운 일이었다는 점이다. 일단 주체의 감정 상태를 대상화시켜 그것을 글로 조직하는 일 자체가 생소한 일이었을 뿐 아니라, 그것을 가능하게 하는 어휘들조차도 없었다. 한편 개별자의 상태는

---

19) 김억, 「내 설움」, 『해파리의 노래』, 조선도서주식회사, 1923, 12면.

특정한 정황과 맥락을 동반하는데, 정황과 상태를 모두 의미화시키는 경우 그 글은 난삽하고 의미 판독이 어려워지거나 모호해진다. 이런 난점에서 벗어나기 위해 맥락을 지우고 상태 층위의 언어만을 전경화시키는 경우, 그 슬프고 애달프고 고독한 상태가 어디에서 온 것인가에 대해서 다른 방식의 근원이 요구된다. 그 자리를 '민족의 보편적 정서'가, 그리고 '민족 고유의 리듬'이 차지한다. 다시 말하면 구체적 맥락이 지워진 정서를, 맥락을 복원하는 방식으로 설명하는 것이 아니라 '민족 고유의 리듬'이라는 대체물로 설명하는 것이다. 이 대체 방식이 '사실'로 굳어져 특권화 되어버릴 때, '시조부흥운동'·'민요시운동'처럼 형식에 대한 경직된 강조가 대세를 이루게 된다.

행을 갈아서 쓰는 특정한 지표는, 명료하게 대상화·언어화 되지 못하는 주체성의 일부를 대리 재현하는 형식으로 선택된다. 1910년대의 행갈이 양식은 구체적 정황이나 대상으로부터 촉발된 개별자의 상태가 글로 재조직될 만한 것임을, 또 그렇게 되고 있음을 보여주기 시작하지만, 이 두 층위의 언어들을 어떻게 결합할 것인가에 대해서는 아직 모색의 단계에 있었다고 할 수 있다.

3. 픽션 형식과 가면의 의미

'시'가 중세문화의 핵심에 위치해 있었던 것과 달리 '소설'은 천한 것으로 여겨져 왔다. '소설'은 '허황'한 것이었다. 나름의 진실을 지닌 것으로 보든 음탕하고 추한 것으로 보든, '소설' 읽기가 하나의 흐름을 형성하던 조선 후기 이후 "가허착공(架虛鑿空)"·"가공허구(架空虛構)"는 '소설'이라 불리던 것들에 대한 보편적인 인식이었다.[20] 확실히 20세기 이

전에 '소설'로 불리던 텍스트들은 현실과 무관한 신선계, 환(幻)의 세계, 현실적 인물의 한계를 훌쩍 넘어서는 영웅을 다루는 경우가 많았고, 그 런 면에서 그 이면에 어떤 진실이 담겨 있든 표면적으로는 '허황'하다고 할 수 있을 것이다. '진(眞)'을 찾는 것은 '환(幻)'의 기반 위에서이고, '인 정물태'를 발견하는 것도 '가허착공'의 전제 위에서이다. 광무·융희 시 대에 '소설'의 계몽성을 강조하며 기존 소설들의 "황탄무계(荒誕無稽)하 고 음미불경(淫靡不敬)"21)함을 비판하는 담론이 적지 않았던 것은, 역으 로 소설=허구의 도식이 일반적이었음을 알려준다.

그러나 근대적 글쓰기는 '허황함'의 영역, 혹은 꿈의 영역을 직접 다 루지 않는다. '소설'도 마찬가지다. 굳이 이론가들의 주장을 인용하지 않더라도 '근대소설'이라고 불리는 장르에서 리얼리티가 핵심 자질이라 는 것에는 의문의 여지가 없어 보인다. 다시 말하자면 근대 이전에 '소 설'이라고 불리던 것들과 근대에 '소설'이라고 불리는 것들은 다른 원 리에 의해 조직되는 부류다. 여기서 문제시되는 것은, 왜 리얼리티를 핵 심자질로 삼는 근대의 장르가 '가공허구'를 핵심 자질로 삼는 중세의 장르로부터 그 이름을 빌리게 되었을까 하는 것이다.

서양의 '노벨'이 번역 유입된 것이라는 이유만으로는 이 의문이 해결 되지 않는다. 서양에서 '로만스(romance)'와 '노벨(novel)'은 이름에서부터 서 로간의 단절을 명백히 한다. 근대소설 일반 혹은 근대 단편소설에 할당되 는 '노벨'은 '새로운' 것이다.22) 일본에서 '소설'이라는 명칭이 '노벨'의 번역어로 선택될 수 있었던 것도 생경한 어감 때문이었다. 일본에서는 '모노가타리[物語]'·'소시[草子]'가 근대 이전의 서사물을 지칭하는 용어 로 일반화 되어 있었기에, '쇼세츠[小說]'는 이름만으로도 이전의 서사물

---

20) 김경미, 「조선 후기 소설론 연구」, 이화여대 박사논문, 1993, 120~136면 참조.
21) 『서사건국지』 서(序), 대한매일신보사, 1907, 1면.
22) 영국과 스페인에서는 근대소설의 의미로, 이탈리아·프랑스·독일에서는 근대 단편
　　소설의 의미로 사용된다. 조동일, 『한국소설의 이론』, 지식산업사, 1977, 75~77면.

들과의 단절을 표명할 수 있었다. 그러나 일본의 번역어를 받아들인 한국과 중국의 경우는 이미 '소설'이라는 말이 널리 쓰이고 있었다.[23] 신채호도 이해조도 이광수도 전시대 장르와의 단절을 강조하였지만 '소설'이라는 명칭을 포기하지 않았다는 것이 중요하다. 이광수가 "조선에서 '재담'이나 '이야기'를 소설이라 하고 차(此)를 선(善)히 하는 자를 소설가라 칭"하는 것을 "무식한 소치"[24]라고 하며 서양 근대소설의 개념을 소설의 내포로 주장한 데에는 츠보우치 쇼요[坪內逍遙]의 『소설신수(小說新髓)』의 영향이 클 것이다. 그러나 일본에 소개된 서양 언어의 용법을 빌려온다고 해도 '소설'이라는 용어가 이미 한국에서 널리 쓰이고 있었던 이상, 일본이라는 토대에서 이루어진 것과 같은 의미 지평을 형성한다고는 볼 수 없다. 낡은 소설과 새로운 소설의 단절이 강조되지만, '소설'이라는 명칭의 사용은 낡은 소설의 어떤 자질들을 물려받지 않을 수 없게끔 한다. '노벨'과 '쇼세츠'가 당연히 새로운 장르라면, '소설' 혹은 '로망'은 전시대 장르의 자질이 새로운 글쓰기에서도 여전히 중요한 것임을 전제로 하고 있다.

'소설'의 대중적 흡입력은 소설이라는 이름을 유지하게끔 한 중요한 이유 중 하나일 것이다. 그러나 대중성을 고려하지 않을 글조차 '소설'이라는 이름을 달았다는 점도 고려되어야 한다. 왜 개별자의 삶을 다루는 특정한 글들이 '가공허구' 혹은 '픽션'이라는 장치를 필요로 했는가, 동시대인의 삶을 다루는 글을 '소설'이라는 레테르를 통해 '허구'로 보게 하는 일이 필요했는가, 하는 점이 문제로 제기되는 것은 이 지점이다. 글을 쓴다는 것은 작자에 의해 질료세계가 재구성되는 것이므로, 정도의 차이는 있을지언정 '허구'의 자질은 어느 글에나 틈입하게 된다. 한편 어떤 소설들은 '소설'로 편입됨에도 불구하고 허구적 성격이 강하

---

23) 조동일, 「중국·한국·일본 '小說' 개념」, 『한국문학과 세계문학』, 지식산업사, 1991, 329~331면 참조.
24) 춘원 생, 「문학이란 하(何)오」 5회, 『매일신보』, 1916.11.17, 1면.

지 않아서, 작중 인물과 소설가의 거리가 아예 없는 것으로 읽히기도 한다.25) 그런데도 특정한 글들만이 배타적으로 '픽션'임이 강조된다. '근대소설은 삶의 총체적 국면을 보여준다'라는 명제와 관련해서도, 삶의 총체적 국면을 보여주기 위해서 '픽션'이라는 틀이 필요한 이유는 무엇인가, 파란만장한 삶을 산 자의 자서전이나 평전은 삶의 총체적 국면을 보여줄 수 없는가, 등의 물음에 대한 보다 근본적인 대답이 필요하다.

일반 수필이나 인물 기사의 방식으로는 말할 수 없는 무엇이 '소설'을 근대적 글쓰기의 주요한 형식으로 만들어냈는가를 살펴야 하는 것은 이러한 이유 때문이다. '가공'임을 전면화하는 방식으로 구체적 인간의 삶을 이야기하는 일이 필요했던 이유와, 현실세계를 다루면서 '가짜'라는 의식이 수반되도록 해야 했던 이유를 찾게 된다면, 근대적 글쓰기에서 왜 소설 형식이 핵심에 위치하게 되었는지 가늠하는 일이 가능해질 것이다.

이 문제에 접근하기 위해 일단 『청춘』에 지속적으로 발표된 이광수의 단편소설들을 살펴보기로 한다.26) 자기 세계를 대상화한 측면이 강한 만큼, 질료로서의 사실과 글 속에 재구성된 내용 간의 관계를 살피는 데에 적절한 예를 제공해주기 때문이다. 또한 이 단편소설들은 『무정』이라는 '근대장편소설'을 생산시킨 주요 기반이라는 점에서, 리얼리티와 픽션이 맺는 관계의 기원을 보여줄 수 있을지도 모른다.

---

25) 가장 대표적인 경우가 일본 사소설(私小說)이라 할 수 있을 것이다. 다음 저서는 사소설을 실체가 아니라 읽기 모드로 파악하며 사소설 담론의 형성 과정을 살폈다. 스즈키 토미, 한일문학연구회 역, 『이야기된 자기』, 생각의나무, 2004.
26) 고주, 「김경(金鏡)」, 『청춘』 6호, 1915.3; 춘원, 「소년의 비애」, 『청춘』 8호, 1917.6; 외배, 「어린 벗에게」, 『청춘』 9~11호, 1917.7 · 9 · 11; 춘원, 「방황」, 『청춘』 12호, 1918.3; 춘원, 「윤광호(尹光浩)」, 『청춘』 13호, 1918.4.

두 명의 '나'

이광수의 초기 소설에 실제 체험이 투영되었음을 밝히는 것은 어려운 일이 아니다. 「헌신자」(1910)는 "김광호"로 이름이 바뀐 남강 이승훈의 이야기를 전면화하고 있지만, 이광수와 이승훈의 관계에 대한 이야기이기도 하다. 이 글에는 두 명의 '나'가 나온다. "나는 이 사람의 역사를 말하기를 대단히 좋아하는 자"라고 말할 때의 '나'는 김광호의 이야기 바깥에서 독자들과 잠재적으로 대면하고 있는 서술자 이광수이다. 또 김광호에 대한 서술자의 이야기 안에서 김광호의 물음에 대답하는 젊은 교사 "어옹(漁翁)"은 서술자의 분신이자 이광수의 다른 이름이다. 작년부터 김광호를 알게 되어 그의 이야기를 하고 있는 서술자 '나'와 김광호와 대면한 상태에서 이야기의 일부가 되는 '나'가, 각각 "나"와 "어옹"으로 분리되어 글 속에 등장한다.

작자 이광수와 소설 속 인물의 밀착이 가장 분명하게 드러나는 경우는 서간체 소설 「어린 벗에게」이다. 이광수는 이 소설을 발표하기 전에 이미 상하이 여행과 블라디보스톡으로 향하는 길의 기록을 『청춘』에 게재한 바 있다. 「어린 벗에게」는 그때의 시공간을 배경으로 한다. 제1신에서 소설 속의 "나" 임보형이 심하게 앓고 있는 곳은 상하이이고, 제3신을 쓰고 있는 곳은 블라디보스톡이다. 「해삼위로서」에서 이광수는 "아국의용함대(俄國義勇艦隊) 플타와 호"를 타고, 「어린 벗에게」에서 임보형은 "노국의용함대(露國義勇艦隊) 포르타와 호"를 타고, 블라디보스톡으로 향한다. 임보형은 선실에서 "상해를 떠날 적에 사 가진 신문을 꺼내어 뒤적뒤적" 읽는다. 이광수는 상해를 떠나는 플타와 호에 오르기 전 "지나(支那) 외자보(外字報) 치고 가장 세력 있다는 상해 금조(今朝) 발행 『China Press』 일 부를 사 광고 그림만 뒤적뒤적" 했었다. 임보형이 탄 포르타와 호는 수뢰(水雷)에 맞아 난파되어 침몰 직전에 이른다. 그때 "우리 배보다 2시간 후에 떠난 코리아 호"가 보인다. 한편 이광수는 상하이 황푸탄 부두에서, 양인(洋人) 손님만을 주로 싣고 "미주(米洲) 가는" 배 "코레아 호"를 보았다. 물론 이 소설 속의 모든 기술이 이광수의 체험을 그대로 반영하지는 않았을 것이다. 이광수의 실제 체험과 임보형의 동선을 대비해 보면서 우리가 확인할 수 있는 것은, 이 글의 주인공에게 작가의 실체험이 상당 부분 투영되어 있다는 사실이다.

다른 소설들의 경우도 주인공이 이광수의 분신이라는 것을 어렵지 않게 알 수 있다. "김경"의 어린 시절, 동경의 백산학교 시절, 오산의 교사 시절, 그리고 김경에게 영향을 준 저서와 작가의 목록(「김경」)은, 이광수의 그것들과 각각 일치한다. 그래서 이 소설은 이광수의 이력을 밝히는 자료로 이용되기도 한다. 또한 "동경 K대학 경제과 2년"이면서 학교로부터 "특대장"을 받은 "윤광호"(「윤광호」)는, 당시 와세다 대학에서 늦은 공부를 다시 시작하여 특대생으로 학비 면제를 받은 이광수에 겹쳐진다. 윤광호는 스물 네 살이고, 이 소설을 탈고한 1917년 1월 이광수는 스물여섯 살이 되었다. 윤광호가 얼굴이 해쓱해질 정도로 열심히 공부하는 학생이라는 것과 부모를 여의고 매우 어려운 소년 시절을 보낸 이력을 지녔다는 것도 작가와의 친연성을 알려주는 부분이다. 「소년의 비애」는 위의 소설들만큼 직접적으로 저자와 주인공 간의 관계를 드러내지는 않는다. 그러나 "문호"와 친누이·사촌누이들 간의 관계는 이광수와 재당숙집 삼종 누이들 간의 관계로부터, 사촌간인 문호와 문해의 대립되는 면모는 이광수와 삼종제 이학수의 관계로부터의 비롯되었으리라는 추측이 가능하다.27)

다른 이름의 가면을 쓰고 자기 자신을 글 속 대상으로 만드는 작업은, 자신을 대상화하는 작업의 불편함에서 기인한다고 할 수 있을 것이다. 그러나 여기에는 또 하나의 의문이 뒤따른다. 가령 「헌신자」의 경우 "어옹"이라는 이름을 지닌 이광수의 페르소나는 주인공이 아니다. "어

---

27) 이광수의 이력에 관해서는 다음 저서를 참고하였다. 1910년대 단편소설들의 자전적 요소 역시 이 책에서 논의된 바 있다. 김윤식, 『이광수와 그의 시대』, 한길사, 1986.

옹”이 없어도 “김광호”의 헌신자적인 면모를 보여주는 데에는 큰 무리가 따르지 않는다. 자기를 대상화하는 것이 불편했다면 또 다른 자아 “어옹”을 텍스트에서 삭제할 수도 있는 것이다. 이럴 경우 서술자 “나”의 위치는 좀 더 안정감을 지니게 된다.28) 그러나 이광수는 김광호의 이야기를 하는 서술자 “나”와 김광호와 대화를 나누는 “어옹”을 동시에 등장시킨다. 이 사실이 우리에게 알려주는 것은, 그가 자기 자신을 대상화하는 것을 불편해하는 한편으로 자기 자신을 대상화해서 글 속에 편입시키기를 원하기도 했다는 것이다. 이 모순적 감정은 『청춘』에 발표된 일련의 단편소설들 전부에 나타난다. 어옹의 가면을 쓰고, 그리고 김경과 임보형과 윤광호와 문호의 가면을 쓰고, 이광수는 ‘나의 이야기’를 드러내는 동시에 감추고자 한다.

드러내는 동시에 감추어야 하는 불편한 ‘나의 세계’를 찾기 위해서는, 먼저 불편함 없이 드러낼 수 있는 면모를 찾아보아야 할 것이다. 그런 면모로는 일단 그 자체로 공적인 의미를 지니는 계몽 담론과 관련된 부분을 들 수 있다. 이것들은 대체로 표면에 분명하게 드러나며 내러티브를 이끄는 동력으로 작용한다. 「김경」에서 김경은 돈이나 명예가 아니라 학생들을 위해 “자기희생”을 하는 열성적인 교사이며, 과거에는 배움에 목말라 하던 학생이었다. 교육 담론의 측면에서 본다면 이상적인 청년이다. 「소년의 비애」에서 문호는 재주 있고 총명한 사촌 누이 난수가 강제 결혼이라는 구습에 빠지는 것을 안타까워한다. “양반 체면” 때문에 신랑이 천치임을 알고도 난수를 결혼시킨 난수의 아버지와 도망가라는 권유를 받아들이지 못하고 어쩔 수 없이 결혼 생활을 시작하는 난수는, 이해와 사랑을 전제로 하는 자유 결혼의 이념을 충실히 이해하

---

28) “나”와 “어옹”의 동시 등장은 서술상의 불균형을 야기한다. 서술자 ‘나’가 전면 등장하는데도 불구하고 이야기는 과거 일에 대한 요약적 제시를 넘어서 장면 제시 방법이 자주 사용되고, 어옹이 등장하는 부분에서는 서술자의 전지적 시점에서 어옹의 인물 시점 서술로 옮겨지기도 한다. 이 문제에 대한 상세한 논의는 다음 기회로 미루기로 한다.

지 못한다는 점이 강조되는 인물들이다. 서간체 소설 「어린 벗에게」의 임보형은 진정한 사랑의 힘을 직접 역설하는데, 제2신의 경우는 사랑이 가지는 "실제적 이익"들을 진술하는 데에 많은 분량이 할애된다. 이 진술에 힘입어 임보형과 김일련의 사랑은 사적인 맥락을 넘어 공적인 의미를 지닐 수 있도록 구조화된다. 「윤광호」에서 "구체적" 사랑에 눈 뜬 윤광호는 실연의 아픔을 견디지 못하고 자살한다. 이유는 윤광호에게 사랑을 싹트게 한 P가, 황금과 미모가 없는 광호는 생존경쟁의 열패자이므로 사랑을 거절하겠다는 답장을 보냈기 때문이다. 사랑을 돈과 외모로 환산하는 물질만능의 시대, 이것이 바로 윤광호를 죽음으로 몰아넣은 원인이다.

텍스트의 표면에 나타나는 이런 의미 구도들은 엘리트 지식인이자 선구자였던 이광수의 의식과 정합적이다. 표면적으로 이 주인공들은 미래의 조선을 위해 열심히 공부하고 학생들을 가르치며 낡은 인습을 타파하기 위해 애쓰기를 마다하지 않는 긍정적인 청년이거나, 세상의 무지몽매에 희생당하는 불쌍한 청년이다. 그러나 또 한편으로 이들은 이런 형상으로 단일하게 수렴되지 못하는 부분들을 지니고 있다. 이 남는 부분들이, 이광수가 이광수라는 이름을 가리고 다른 이름 뒤에 숨어서만 스스로를 드러낼 수밖에 없었던 주요한 계기인 것으로 추정할 수 있다.

'균열'의 재현 (1) - 자기희생과 자기만족의 사이

먼저 일련의 단편소설들과 같은 계열에 놓이면서도 픽션의 프레임이 가장 약한 「방황」을 보기로 한다. 이 텍스트는 다른 이름의 주인공을 내세우지 않은 채 "나"가 글을 이끌어 가고, 글의 말미에는 "1917.1.17. 도쿄 고지마치[麴町]에서"라는 글을 쓴 시간과 공간이 부기되어 있다. 글을 쓰는 저자와 글 속의 주인공을 분리시키고자 하는 별다른 장치가 마련되어 있지 않다는 점에서 현상윤의 「핍박」과 비슷한 유형의 글이 된다. 그러나 「방황」은 이광수의 다른 소설들과 아주 가까운 자리에 놓이면서 비슷한 계열체를 형성한다. 「핍박」이 현상윤의 다른 소설들과 현격하게 다른 반면 그의 일기체 글들과 비슷한 방식으로 조직되어 있던 것과는 다른 점이다.

병석에 누운 화자가 친구 K에게 "나는 어째 세상의 아무 재미가 없어지고 자살이라도 하고 싶으오"라고 말하자 K는 "노형의 몸은 이미 노형 혼자의 몸이 아닌 줄을 기억하시오. 조선인 전체가 노형에게 기대하는 바가 있음을 기억하시오"라고 대답한다. "나"는 죽고 싶을 때 자살해도 되는 '나만의 나'가 아니라, 조선의 미래라는 무거운 짐을 어깨에 걸머진 '조선을 위한 나'이다. 자기의 입지에 대한 생각은 다음과 같이 이어진다.

나도 朝鮮사람을 爲하야 여러 번 눈물을 흘렷고 朝鮮사람을 爲하야 이 조고마한 몸을 바치리라고 決心하고 祈禱하기도 여러 번 하엿다. 果然 至今토록 내가 努力하야 온 것이 조곰이라도 잇다 하면 그는 朝鮮사람의 幸福을 위하야서 하엿다. (…중략…) 그러나 나는 저 큰 愛國者들이 하는 모양으로 「朝鮮과 婚姻하」지는 못하엿다. 나는 朝鮮을 唯一한 愛人으로 삼아 一生을 바치기로 作定하기에 니르지 못하엿다. 「寂寞도 해라」 「칩기도 해라」 할 적마다 「朝鮮이 내 愛人」이라고 생각하려고 애도 썻다. 그러나 나의 朝鮮에 對한 사랑은 그러케 灼熱하지도 아니하고 朝鮮도 나의 사랑의 對答하는 듯 하지 아니하엿다.

—『청춘』 12호, 79~80면

이 인용문은 얼핏, "저 큰 애국자들이 하는 모양으로" 조선만을 "유일한 애인"으로 생각하고 조선의 독립을 위해 애쓰지 못하는 자기 자신에 대한 자책으로 읽힌다. 나름대로는 조선을 위해 모든 것을 바치면서도 "큰 애국자들"처럼 도량이 넓지 못한 자신을 책망하는 듯이 보이는 면모는, '참사람'과 자기 사이의 거리에서 갈등하고 고민하던 아마추어 필자나 자기 자신을 낮춘 현상윤의 글들과 비슷한 특징을 드러낸다. 그러나 인용문의 마지막 문장은 이와 같은 판단을 유보시킨다. 그는 자신의 사랑이 "작열"하지 않았다고 말한다. 그리고 조선이 자기의 사랑에 "대답"하지 않았다고 말한다. 이 문장들이 다만 수사적 겸손 및 조선의 현실에 대한 안타까움으로 읽힐 수 있는지에 대해서는 좀 더 면밀한 독해가 요구된다.

이 표현들의 보다 심층적인 의미에 다가가기 위해서는 픽션의 프레임이 좀 더 강한 글들을 살펴보아야 할 필요가 있다. 이 글의 화자 "나"는 "춘원"이라는 서명을 한 자이고, 독자들에게도 일차적으로 그렇게 다가간다. 외면상으로 작자 이광수와 화자 "나"의 거리는 없다. 현상윤이나 아마추어 필자들이 자기 자신에 대해 그랬듯, 작자 자신을 글 속에 그대로 노출시키며 드러낼 수 있는 모습의 마지노선은 공적인 이상에 못 미치는 자기 모습에 대한 자책이나 한탄이다. 이광수 역시 그렇다.

"김경"이라는 가면을 쓰고 자신의 자전적 이력을 충실히 기록하고 있는 「김경」을 보자. 김경이 오산학교 교사로 오게 된 건 "당시에 유행하던 애국열로 그러함은 아니요 고향 학교라는 사정(私情)으로 그러함도 아니"다. "마침 모처(某處)에서 나던 학비도 끊어지고 또 고향에는 팔순이나 된 노조부가 계시매 얼마 아니 되는 여년을 가깝게 모시리라" 하는 생각 때문이었다. 이광수의 이력으로 환산하면 1910년 합병이 되던 해이다. 그리고 바로 전 해는 안중근이 이토 히로부미를 죽여 "우리들은 일본이 한국을 속였다 하고, 그들은 한국이 일본을 배반한다고" 하여 학생들 간에 적대감이 팽배해진 때였다. "당시에 유행하던 애국열"이란 바로 이러한 상황을 가리킨다. 이광수는 이 시기의 귀국을 회상하며 "내가 동경을 떠날 때에는 나도 비상한 결심을 가졌었고, 나를 보내는 동무들도 무슨 큰일로나 떠나는 지사를 전별하는 모양으로 나와 작별하여 주었다"고 쓴 바 있다.29)

그런데 애국열이 이렇게 끓어올랐던 것과 달리, 민족을 위해 정말 목숨을 끊은 사람은 소수에 불과하고, 남은 사람들은 전부 실력양성이라는 명목으로 종속된 나라에 살아남아 삶을 영위한다. 이광수 자신 역시 '조선과 인류를 위해!'를 언제나 말하고 쓰는 선구자적인 참사람과 달리, 실제로는 조선과 인류 대신 학비 걱정에 전전긍긍하고 가족 생각에 안주하는 평범한 속물이다. 이 소설은 당대 최고의 작가이자 조선민중을 이끄는 '선구자' 이광수의 이면에 숨어 있는 '소시민' 이광수를, "김경"이라는 이름으로 가린 채 글 속으로 끌어낸다.

> 金鏡은 제 行爲에 무엇이든지 高尙한 意義를 부치고야 마는 버릇이 잇다 이번도 이 「自己犧牲」이라는 말에 그만 속아 넘어간 것이다 그러나 이는 決코 제 過失을 辯護하려 하는 꾀가 아니오 아모조록 自覺 잇는 意義 잇는 生活을 하리라 하는 可憐한 생각으로라 그러나 한번 부친 意義가 終始一貫하나냐 하면 각금 利害와 苦樂에 흔들리는 바 되나니 假令 至今 「自己犧牲」이란 것으로 이번 五山에 오는 意義를 삼으나 쏘 얼마를 지내어 무슨 不滿이 생기면 或 나로 하여곰 五山에 잇지 못하게 함은 다른 原因이 잇다 ─即 내가 불상하고 情든 五山을 爲하야 自己를 犧牲하려 하지 아니함이 아니로대 다른 原因이 잇서 이를 못하게 한다든지 쏘는 내가 五山 짜위를 爲하야 自由를 犧牲함이 넘어 無價値하지 아니한가 하든지를 理由로 삼아 달리 意義 잇는 生活을 求하려 한다.
>
> —『청춘』 6호, 123~124면

김윤식에 의해 지적된 바 있듯 이 인용문은 이광수의 '나르키소스'적인 면모를 보여주는 전형적인 예에 해당한다.[30] 그러나 이 사실 못지않게 중요한 것은, 이 자기애적인 면모를 작자 자신이 스스로 문장으로 정립했다는 점이다. 인용문의 김경은 "자기희생"을 감당하며 스스로를 '헌신자', 혹은 '참사람'의 위치에 놓는 김경 자신의 자기 정립에서 한 발짝 떨어져서 바라본 모습이다. 김경의 열렬한 "자기희생"은, "제 행위

---

29) 이광수, 『나의 고백』, 춘추사, 1948, 41면.
30) 김윤식, 『이광수와 그의 시대』 1권, 한길사, 1986, 42면.

에 무엇이든지 고상한 의의를 붙이고야 마는 버릇”으로 기각된다. “자기희생”이란 타인을 위해 자기의 모든 것을 버리는 일이 아니라, 김경이 자기 욕망에 따라 하는 행위들, 즉 불만이 생기면 오산에 오고 또 다른 불만이 생기면 오산을 떠나는 것을 정당화시키는 구실에 불과하다. 이광수는 민족을 위해 “자기희생”을 한다는 명목으로 한 그 자신의 행위들, 일본에서 유학하고 오산에서 아이들을 가르치고 상하이와 블라디보스톡을 여행한 자신의 이력들이, 실제로 “자기희생”이 아니라 ‘자기만족’을 위한 것이었음을 스스로 간파하고 그것을 표면화했다.

이런 면모는 앞에서 지적한 아마추어 필자들의 고민이나 현상윤의 자책감과는 조금 다른 자리에 놓인다. 이들의 고민과 갈등은 ‘참사람’의 이념과 거기에 도달하지 못한 자기 사이의 거리(①)에 있지만, 이광수의 고민과 갈등은 ‘참사람’이 되어야 한다는 마음과 ‘참사람’에 별로 연연하지 않는 속물적 욕망 사이(②)에서 나타난다. 픽션의 프레임이 약한 「방황」에서의 고민이 ①의 면모를 띤다는 점은 여기에서 다시 강조되어야 한다. 그가 자신의 사랑이 “작열”하지 않았다고 말할 때, 이 말은 말 그대로의 의미일 수 있지만 문맥 속에서는 수사적 겸손으로 읽힌다. 조선이 자기의 사랑에 “대답”하지 않았다는 문장도 자신을 알아주지 않는 세상에 대한 불만에 가깝지만, 역시 문맥 속에서는 조선의 현실이 별반 나아지지 않은 데 대한 안타까움으로 읽힌다.

①의 고민과 ②의 고민 사이의 차이는, 작자의 대사회 의식에 따른 것으로만 단순화 되지는 않는다. ①과 같은 고민을 글로 쓰는 사람은 조선의 미래를 걱정하며 항상 자기반성을 하는 사람이고 ②와 같은 고민을 글로 쓰는 사람은 속물적 욕망의 유혹에 쉽게 흔들리는 사람이라고 볼 수는 없는 것이다. ‘픽션’이라는 형식을 문제 삼을 수 있는 것은 이 지점이다. 자기 이름을 걸고 자기 모습을 재현할 때, 재현할 수 있는 자기 모습에는 한계가 따른다. 말하자면 내가 이광수이고 현상윤이라는 것을 명시하면서 자기 자신을 천박한 속물로 만들기는 쉽지 않다. 작자

가 직접 화자가 되는 「방황」의 고민이 ①에 가까워지는 반면, 김경이라는 가면을 쓴 자의 고민이 ②의 면모를 띠는 것은 이러한 까닭이라고 할 수 있다. '자기희생'을 통해 '참사람'이 되고자 하는 이광수와 '자기만족'을 위해 공부하고 글쓰고 남들을 가르치고자 하는 '소시민' 이광수의 분열은, 픽션의 프레임 속에서 다른 이름의 이광수를 만들어낼 수 있었기 때문에 재현 가능한 것이 된다. 글의 표면적 의미가 현실을 반영하는 데에 갖게 되는 어떤 한계를, '픽션'이라는 형식이 넓혀 주고 있다. 이십대의 젊은 이광수가 자기 안의 속물성을 은폐하지 않고 밖으로 끌어낼 수 있었던 것, 하나의 단일한 정체성으로 깨끗하게 수렴되지 못하는 모순 덩어리의 근대인이 자기 응시와 자기 미분화를 통해 재현될 수 있었던 것은, '허구로서의 소설'이라는 형식에 의해서다.

균열의 재현 (2) - 정신적 사랑과 육체적 열망 사이

이광수의 소설들은 표층에 "자기희생"을 강조하는 것과 같은 정도로 사랑의 정신적인 면을 강조한다. 「어린 벗에게」에서 임보형이 펼치는 논리에 의하면, 조선인의 애정은 "사회의 관습과 도덕이라는 바위에 눌리어 그만 말라죽"고 말았기 때문에 남자와 여자가 서로 대하면 "육욕의 만족과 자녀의 생산만 연상"하게 된다. 그러므로 조선인에게 필요한 것은, 문명이 발달한 사회가 그러한 것처럼 "정신적인 만족을 육체적인 만족보다 더 중히 여기는 것"이다. 이때 사랑은 사회에 생기와 탄력을 부여하는 '효용'을 지닌다. 그의 소설의 표층에서 사랑은 임보형이 주장하는 도구적인 면을 벗어나지 않는다. 김경은 학생들과 다시 만난다는 설렘에 서둘러 학교로 돌아가고, 임보형은 몹시 아프면서도 진심 없는 간호를 거부하여 아무에게도 연락하지 않는다. 누이 난수에 대한 문호의 사랑은 그녀의 재능이 꽃 필 수 없는 현실을 몹시 안타까워하게 한다.

그러나 '사랑기갈증' · '누이콤플렉스'라는 말로 명명된 바 있듯 이광수의 페르소나들이 보여주는 사랑은 사회적 효용성과 긴밀하게 연관된 건전한 교제보다는, 병적인 집착과 신체적 접촉에 대한 열망을 두드러지게 드러낸다. 「소년의 비애」와 「어린 벗에게」에서 사랑은 표면적으로 오라비 / 누이의 관계에서 오가는 감정임이 강조된다. 이 중 「소년의 비애」에서 문호는 난수에게서 발견한 "시인의 자질"을 사랑한다. 그래서 난수의 혼처가 정해지자 "아까운 시인이 그만 썩어지고 마는 것을 한탄"하고, 난수의 신랑 될 사람이 백치라는 소문을 듣고는 "어느 준수한 총각이 있으면 그와 난수와 부부를 삼아 어디로나 도망"시키고 싶다는, 지극히 오라비다운 염려와 애정을 보여준다. "부모의 억제로 마음 없는 곳에 시집가기보다는 자기의 마음 드는 남자와 도망하는 것이 마땅"하다는 문호의 생각은, 개인을 억압하는 구습에서의 탈피를 주장하는 당대의 담론을 '낭만적' 방식으로 전유한 경우에 해당한다. 그러나 이런 마음의 한컨에는 "자기가 가장 사랑하던 누이를 어떤 사람에게 빼앗기는 것"에 대한 안타까움과 분함이 함께 놓여 있다. 그는 "영국 시인 워즈워드가 그 누이와 일생을 같이 보낸 모양으로 자기도 난수와 일생을 같이" 보내기를 원한다. 물론 이런 생각들은 오랜 시간을 사이좋게 함께 한 가족 공동체의 일원이 그 공동체를 떠나 다른 공동체로 들어가려고 할 때 자주 나타나는 심리 현상 중 하나일 것이다. 그러나 이 소설에서 문제적인 것은, 문호의 이런 생각들이 일회적으로 스쳐가지 않는다는 점이다. 다음은 난수의 혼인식 날 난수와 문호의 모습이다.

蘭秀는 文浩의 억개에 지내며 文浩의 눈을 본다. (…중략…) 文浩는 蘭秀의 손을 힘껏 쥐엇다. 蘭秀도 文浩의 손을 힘껏 쥔다. 그러고 닛발로 가만히 文浩의 팔을 물고 바르르 썬다. 文浩는 무슨 決心을 하엿다.
新郞이 왓다 新郞을 맞는 一同은 모도 다 落心하고 고개를 돌렷다. (…중략…) 蘭秀는 文浩의 등에 얼굴을 대고 운다. 文浩는 저고릿등이 눈물에 저

저 따뜻함을 깨달앗다.

—『청춘』 8호, 114~115면

신랑을 맞을 자리에서 난수와 문호의 '몸'은 떨어지지 않는다. 난수는 문호의 어깨에 기대거나 등에 기댄다. 두 사람은 손을 꼭 잡은 채로 있을 뿐 아니라, 문호의 팔은 난수의 '입'에 물려 있다. 그리고 문호는 난수의 따뜻한 눈물을 등으로 감각한다. 오라비/누이 관계는 이들의 사랑이 정신적인 것을 지향하도록 하는 안전장치로 작용하지만, 그럼에도 불구하고 이 사랑에는 에로틱한 육체적 접촉이 강력한 자장을 형성한다. 혼인 다음 날의 문호의 태도에서도 이런 면모는 다시 한 번 확인된다. 난수의 쪽진 머리를 보자 문호는 "형언치 못할 비애와 혐오"를 느낀다. 문호를 휩싸는 생각은 난수의 재능이 정말 이제는 피어날 기회를 잃었구나 하는 것이 아니라, "난수가 작야(昨夜)에 저 천치와 한 자리에 잤는가, 혹은 저 천치에게 처녀를 깨트렸는가" 하는 것이다. 그가 생각하는 것은 난수의 재능이 아니라 난수의 육체다. 이광수는 두 주인공을 오누이로 설정하여 사랑의 정신적인 면을 강조하고자 했으면서도, 또 한편으로는 오누이라는 안전판 아래에서 육체적인 접촉에 대한 관심을 표출한다.

「어린 벗에게」의 임보형과 김일련은 문호와 난수를 역대칭시켜 놓은 커플이다. 문호와 난수가 오누이이면서 오누이로서의 관계를 자주 넘어선다면, 임보형은 김일련과 남인데도 불구하고 자꾸 자기가 느끼는 사랑에 오누이로서의 감정이라는 의미를 부여한다. 생판 모르는 어떤 여인과 소년이, 상하이에서 앓고 있는 자신을 지극 정성 간호해주자 그는 이 여인에게 사랑의 감정을 느끼게 되고 여인을 "누이"로 생각하려고 한다. 그런데 알고 보니 이 여인은 6년 전 그가 연정을 품었던 김일련이다. 기혼자로서 김일련을 떳떳이 사랑할 자리에 있지 못하던 임보형은 "누이가 오라비에게 하는 그대로" 사랑한다는 말을 해달라는 편지를 쓴

적이 있다. 6년 전의 김일련에 대해서도, 편지를 쓰는 현재의 김일련에 대해서도, 그는 끊임없이 누이 / 오라비의 관계를 강조한다. 하지만 실제로 김일련에 대한 그의 욕망은 신체적 접촉의 형태를 띠고 있다. 다음은 일련으로부터 사랑을 거절당하는 편지를 받고 난 후 괴로워하던 중 그가 꾼 "한바탕 꿈"의 한 부분이다.

> 그의 하얀 목이 異常하게 빗나더이다. 나는 가만히 그의 손을 잡앗나이다. 그는 썰치랴고도 아니하고 웃독 서더이다. 그 손을 꼭 쥐엇나이다. 그의 푹 숙인 머리는 내 가슴에 스적스적하고 그의 머리카락을 내 입김이 날리더이다. 나는 胷部에 그의 體溫이 올마옴을 깨달앗다. 나의 꼭 잡은 손이 갑작이 확확 달믈 깨달앗나이다. 내 몸은 痙攣한 드시 썰리고 내 눈은 朦朧하여졋나이다. 이윽고 두 얼굴은 서로 입김을 마트리만콤 갓가와지고 눈과 눈은 固定한 드시 마조 보나이다. 나는 그의 샛맑안 눈에 눈물이 그렁그렁한 것을 보앗나이다. 두 입술은 꼭 마조 부텃나이다 따쓧한 입김이 내 입술에 感覺될 때 나는 나를 니져바렷나이다. 불가치 쓰거운 그 입수가 바르르 썰리는 것이 내 입술에 感覺되더이다.
>
> ―『청춘』 9호, 119~120면.

그의 눈이 가장 먼저 포착한 것은 '마음의 창'인 눈이 아니라 "하얀 목"이다. "내 가슴"은 일련의 "푹 숙인 머리"의 움직임과 "그의 체온이 옮아오"는 것을 느끼고, "내 입김"은 "그의 머리카락"을 가볍게 날리고, 그녀의 손을 잡은 손은 "확확" 달아오른다. 그리고 그녀의 입술에 닿은 입술은, "따뜻한 입김"과 불같은 뜨거움과 바르르 떨리는 느낌을 "감각"한다. "나는 나를 잊어"버린다. 일련을 향한 그의 사랑은 오라비 / 누이 같은 점잖은 관계에 결코 만족할 만한 것이 아니다. "누이"를 내세우면서 외면적으로 사랑의 고상한 정신적인 면을 강조했다면, 그 이면에서 이광수는 자기 존재를 잊어버릴 만큼의 육체적 희열을 사랑의 성격으로 새겨 넣는다. 사랑의 위대한 힘을 믿고 그 힘을 정신성에서 찾는 개화 지식인 이광수와, 그 이면에서 상대의 '몸'에 대한 지극한 희열 속에서 "나는 나를 잊어"버리는 이광수는 이런 방식으로 분열된다.

신체적 접촉에 대한 그의 열망은 비단 '이성'에게로만 향하지는 않는다. 그의 주인공들은 소설 속에서 자주 누군가의 극진한 간호를 받는데, 그를 간호하는 사람들은 언제나 그를 '만져주고' 그 역시 그들을 '만진다'. 「어린 벗에게」의 편지 수신인 "그대"는 "내 병이 몹시 중하던" 어느 날 "무릎 위에 내 머리를 놓고 눈물을" 흘리고 있었다. 「방황」에서 병석에 누워 고열에 시달리던 나는 K군의 따뜻한 손이 "내 머리를 짚어주는 것"을 느끼고 "그 손을 내 손으로 꼭 잡아다가 입을 맞추고 가슴에 품고" 싶다고 생각한다. 그리고 "눈을 뜨고 한 팔로 K군의 허리를" 안는다. 사람들 간의 관계가 아니라 한 사람의 이력과 고민 등에 집중하는 「김경」에서도 그런 양상은 드러나는데, 대구에서 돌아와 학교로 가면서 "김경은 기다리던 임을 보는 듯이 가슴이 두근거린다. 얼른 뛰어가 그 아이들을 한 팔에 꼭 껴안고 뺨을 마주 대고 울고" 싶어한다. 구체적인 개인이 아니라 학생들 일반에 대해서도, 그의 사랑은 껴안고 뺨을 맞대는 신체적 접촉을 필요로 한다.

남녀를 불문하고 "누구나 하나는 나를 안아야 하겠고 누구나 하나에게 안겨야" 만족할 것 같은 욕망이 가장 두드러지게 드러나는 글은 「윤광호」다. 그는 전차 속에서 어떻게 하면 "소년 소녀가 자기의 곁에 앉아서 그 체온이 자기의 신체에 옮아"올까, 어떻게 하면 "자기의 손이 여자의 하얗고 따뜻한 손에 스칠"까 만을 생각하고, 책을 앞에 놓으면 "글자마다 아름다운 소년 소녀로 변하여 방긋 방긋" 웃는 환영에 사로잡힌다. "남자 P"에 집중하게 된 그의 사랑은 바로 이 솟구쳐 오르는 신체적 접촉에의 열망에 기반한 것이다. 윤광호를 죽음으로 몰아넣은 근본 원인 역시 마찬가지다. "미지근하고 추상적인 사랑"이 아닌 "뜨거운 구체적 사랑"이 거부당하자 그는 자살한다. 표면적으로 그를 죽게 만든 원인으로 부각된 것은 돈과 미모만을 따지며 윤광호를 매몰차게 거절한 P

의 속물성이다. 그러나 당대 사회에서 한 죽음의 책임을 불편함 없이 물을 수 있는 부정적 대상인 황금만능주의는, 죽음의 진짜 원인이 된 뜨거운 사랑에 대한 개인적 욕망과 절망을 적절히 가려주며 이 소설이 공적 매체에 자리할 수 있도록 만드는 기능을 담당한다.

윤광호에게서 또 하나 주목해야 하는 것은, P에 대한 사랑에 불타오르면서 변해 가는 그의 모습이다. 공부만 열심히 하던 그가 외투를 사고 구두를 사고 모직 책보를 산다. "아침마다 향유를 발라 머리를 가르고", "미안수(美顏水)와 클럽 백분"을 바르고, "아무쪼록 얼굴이 어여뻐 보이도록" 한다. "미안액(美顏液)"은 "피부의 성질을 부드럽고 연하고 활하고 윤택하게 하며 피부의 빛을 희게 하여 활활한 윤기를 내는 이상한 미용소(美容素)"31)로 자주 광고되던 것이었다. 외모에 신경 쓰는 이런 모습은, 당대 많은 지식인들에게 비판의 대상이 되었던 허영에 들뜬 유학생들의 보편적 형상이다. "동경유학생 중에 최고급으로 진보된 학생" 중 한 사람이자 몇 년 후면 "조선 최고급의 인사"가 될 윤광호, "K대학 경제과"에 다니며 학교로부터 "특대장"을 받은 윤광호가 바로 그런 학생이 된 것이다. 그는 모범자라고도 타락자라고도 할 수 없으며 불쌍한 자로 유형화 되지도 않는다.

이광수는 이런 변화가 윤광호를 "고독한 번민자"로 만들었다고 말한다. 외양을 치장하는 사람을 냉소하거나 풍자하거나 비판하는 대신 "번민"하는 자라고 말하며 그의 심리에 밀착하는 서술은, '보통문'으로는 이루어지기 힘들다. 이광수가 언제나 이광수의 이름으로 부르짖던 "인류에 대한 사랑, 동족에 대한 사랑, 친우에 대한 사랑, 자기의 명예와 성공에 대한 갈망"의 이념을, 구체적 신체에 대한 사랑이 정면으로 배반하기 때문이다. "번민"은 이 모순된 감정에 대한 것이라고 할 수 있다. 작자가 끝내 윤광호를 죽일 수밖에 없던 원인 역시 이 모순된 감정과

---

31) 『매일신보』, 1915.10.3, 2면 광고.

무관하지 않다. 몸의 감각에 과도하게 집착하는 윤광호라는 이름의 이광수가 없어져야만 조선과 인류를 외치는 '헌신자' 이광수가 또렷한 형상성을 지닐 수 있는 것이다.

'가짜'의 역설적 깊이

「거울과 마주 앉아」라는 산문에서 이광수가 묘사한 거울 속의 자기 모습은 말끔한 신사도 아니고 세상에 적응 못하는 여윈 천재의 모습도 아니었다. 그의 코는 넓적하고 콧물이 흐르며, 머리는 한 달이나 감지 않았으면서도 밀기름은 꼬박 꼬박 발라 더럽고 천하기 그지없다. 한 번 머리를 긁으면 비듬이 후두둑 떨어진다.

거울 속에 비친 이 모습은, 소설 속 그의 페르소나들과 얼마쯤 닮아 있다. P에게 잘 보이기 위해 아침마다 머리에 향유를 바르고 얼굴에 미안수(美顔水)와 분가루를 바르는 못 생긴 윤광호와 거울 속의 이광수는 그리 먼 거리에 있지 않다. 또한 말로만 "자기희생"을 외치며 실제로는 남들로부터 인정받지 못해 안달하는 김경, 정신적 사랑의 휘장 뒤에서 신체적 접촉의 욕망을 드러내는 임보형과 윤광호와 문호, 이들은 이광수가 삼인칭 형식으로 따로 떼어 내어 거울 저쪽에 위치시키고 싶어 한 그 자신의 일부인 것이다.

쓰인 글을 '허구'라고 의식하게 만드는 소설 형식은 천박한 자기 모습을 드러내게 하는 핵심 기제가 된다고 할 수 있다. '소설은 허구에 기반한다'라는 명제가 근대의 글쓰기에서 중요한 것은, '허구'라고 생각하며 글을 쓰고 읽을 수 있어야만 드러낼 수 없는 부분을 드러낼 수 있게 되는 지점이 있기 때문이다. '글이 사실을 반영한다'라는 전제 아래에서는 보여줄 수 없는 세계를, 픽션이라는 형식은 재현 가능하도록 만든다. 이광수의 경우 그것은 지식인 선구자이며 뛰어난 문필가로서의 '춘원 이광수'의 이면에 숨겨진 모습이었다. 이때 주체의 우월하고 단일한 시선은 분열된다. 당대 이데올로기가 환하게 밝히는 부분만을 바라보는 시선과 그 이데올로기를 배반하는 어둡고 깊은 욕망을 바라보는 시선이 서로 투쟁하게 된다.

자신의 어두운 모습을 드러내는 이광수의 작업이 일본 자연주의 문학으로부터 영향받은 것임은 중요하게 검토되어야 할 사항일 것이다. 1909~1910년의 그의 일기의 독서 목록에는 시마자키 도손[島崎藤村]의 『파계(破戒)』, 다야마 가타이[田山花袋]의 『이불[蒲團]』, 구니키다 돗포[國木田獨步] 어록 등이 적혀 있으며, 일본인 친구가 자신에게 "자연주의화했다고" 말했다는 것이 기록되어 있기도 하다.[32] 그러나 일본의 자연주의 작가들이 이미 일군(一群)을 형성하며 나름의 이론을 마련하고 문학계의 흐름을 주도할 수 있었던 것과 달리[33] 조선에는 개별자의 어두운 욕망을 드러내는 글쓰기를 유의미한 것으로 인식하는 시선이 마련되어 있지 않았다. 글을 발표하는 일이 수용자의 기대지평을 고려하는 지점에서 이루어진다는 것을 감안한다면, 1910년대 중·후반에 자신의 추한 면을 표면화시키는 일은 쉽지 않았다고 할 수 있을 것이다. 이광수가 긍정적인 청년의 모습 이면에 숨기는 방식으로서만 개별자적 욕망을 드러낼 수 있었던 것은 이러한 까닭일 것이다.

이광수의 초기 텍스트들을 근대 픽션 형식의 전형으로 보기는 힘들지도 모른다. 그러나 이광수의 소설들이 보여주는 주체/화자/주인공의 관계는 근대적 글쓰기 안에서 픽션 원리가 작동되는 출발점을 살펴볼 수 있게 하고, 그러한 점에서 소설이라는 장르가 가지는 문제적인 지점을 파악 가능하게 한다. 좀 더 깊고 넓은 연구에 의해 뒷받침되어야 할 문제겠지만, '허구'라는 설정의 힘은 비단 그 모델이 글쓰기 주체 자신일 때뿐만 아니라 타인일 경우에도 해당할 것이다. 실제 이 세상을 살아가는 모델에게서 그 이름을 지우고 혹은 그의 특성을 알아볼 수 없도록

---

32) 춘원, 「18세 소년이 동경에서 한 일기」, 『조선문단』 7호, 1925.4.
33) 김춘미, 『김동인 연구』, 고려대 민족문화연구소, 1985, 97~107면.

변형할 때, 그래서 실제의 사람이 아니라 가짜로 만들어진 사람이라고 생각하게 만드는 '형식' 속에 들어설 때, '타락한' 세상을 살아가는 '타락한' 인간의 모습은 보다 적실하게 글 속에 재현될 가능성을 지닌다.

결론

'소수적 글쓰기'의 계보학을 위하여

현대의 우리에게 글을 쓰는 일은, 쓰려고 의도한 것을 한국어문으로 풀어내는 일을 의미한다. 현대의 우리에게 글을 읽는 일은, 눈으로 한국어문을 따라가며 그 안에 담긴 작자의 의도를 이해하는 일을 의미한다. 글을 쓸 때에나 읽을 때에나, 글 이전에 글에 담길 내용이 '먼저' 있고 글은 그 내용을 재현하기 위한 매개체로 존재한다는 의식이 잠재적으로 개입되게 된다. 이 책에서 다루어보고 싶었던 것은, 이러한 의식이 형성되게 된 계기와 그 계기 아래에서 재현의 자질이 실제로 글쓰기 속에 실현되어 가는 양상에 관한 것이었다. 또한 그 연장선상에서 근대문학의 형식이 지니는 의미를 '재현으로서의 글쓰기'라는 틀 안에서 밝혀보고 싶었다.

한국에서 문자 체계와 문화 향유 방식이 급격하게 바뀐 시기는 광무·융희 연간이었다. 이 시기에 한문체는 한글체로 대체되어 갔고, 쏟아져 나오는 인쇄물들은 구연·구술이 아닌 다른 향유 방식을 요구하기 시작하였다. '언어는 세계를 재현한다'는 명제는, 이러한 물적 토대의 변화와 깊게 연관되어 있다고 볼 수 있었다. 한문 글쓰기는 경전들을 일종의 이데아이자 본떠야 할 최고의 모델로 전제하는 형식이었다. 진서(眞書)는 세계를 반영하는 '도구'가 아니라 그 자체로 참된 실재였다고 할 수 있다. 이 세계관에 균열이 가는 지점에서 문자와 글은 표현의 매개체, 재현을 위한 도구로 인식된다. 한편 공동체적 경험과 무관한 세계의 소식을 전달하는 신문 잡지에는 함께 모여서 즐기고 함께 정서적으로 고양될 만한 요소가 없으므로, 혼자서 눈으로 읽는 것이 이 매체들에 접근하는 주요 방식이 된다. 이에 따라 텍스트의 직조 방식도 달라진다. 구연물이 구연되는 세계 '안'에 참가자들 모두를 끌어들이는 것과 달리, 눈으로 읽는 글은 글 속의 세계를 독자들 '앞'에 '재현'해야 하기 때문이다.

이 변화는, 글이 조직되는 과정에서 글쓰기 주체가 구심적 자리를 점하게 되는 양상과도 깊게 연동되어 있는 것이었다. 말을 본뜬 자국어문이 오래된 경전 대신 '지금 여기'의 현실을 대상으로 다루게 될 때, '지금 여기'를 직접 감각하는 주체는 일종의 기준점으로 설정된다. 또한 대상세계가 독자들에게 '눈에 보이듯' 재현되기 위해서는, 쓰일 대상으로부터 일정한 거리를 유지한 채 조목조목 설명하고 분석하고 종합할 수 있는 글쓰기 주체의 능력이 요구된다. 자국어 문장이 안정감을 확보해가는 과정, 묵독형 읽기문화가 확산되는 과정, 그리고 주체에게 구심적 권력이 부여되는 과정은 동시에 전개되며 근대의 글쓰기를 대상 재현체계로 정착시켜 간다.

이러한 양상은 1910년대 이전 『소년』과 그 외 잡지의 몇몇 글에서 징후적으로 드러나다가, 강점 이후에 활발하게 나타나기 시작하였다. 문체상의 변화와 함께, '기행문'이나 '방문취재기'류의 글들은 시공간적 기준이자 감각적 구심점으로서의 주체의 존재감이 텍스트 안에 전경화되는 면모를 보여주었고, 삼면기사를 비롯한 신문의 인물 기사들은 동시대 인물의 동시대성을 포착하고 재구성하는 기준으로 주체의 이념이 강하게 작동하는 경향을 보여주었다. 소설들 역시 신문기사의 방식으로 동시대 인물을 다루는 경우가 많았다.

주체가 시공간을 기술하는 감각적 구심점, 혹은 이념적 구심점 역할을 강하게 수행하며 대상을 기술하는 경우, 재현세계는 명료성이 상당한 정도로 확보되어 쉽게 읽히고 익명 독자와의 소통력도 높아진다. 근대의 글쓰기가 대중 매체를 통해 이루어진다는 점을 감안한다면, 쉽게 읽힌다는 것은 곧 대중 독자의 확보가 용이하다는 의미이기도 하며, 주체의 구심력이 글쓰기 일반의 전제가 되어 감을 보여주는 것이기도 하다.

기미년 이후 신문·잡지의 발간이 활발해지기 시작한 이후 이러한 양상은 다양한 층위로 분화되어 간다. 옐로 저널의 시초라고 볼 수 있는 『신여성』·『별건곤』 등의 선정적 인물 기사들에서부터 염상섭이 보여준 첨예한 근대적 시선까지, 주체중심성의 양상에 따라 통시적 계보도과 공시적 지형도를 함께 그려내는 일은 앞으로의 과제가 될 것이다. 이 작업은 현재의 주류 문학사가 문화사 전체 안에서 가지는 입지를 좀 더 선명하게 해줄 수 있을 것이다.

그러나 근대적 글쓰기의 형성과 관련하여 중요한 것은, 주류적 스타일이 형성되고 안정감을 확보해 가는 과정만은 아니었다. 묵독형 자국어 글쓰기에서 '주체'가 강조되는 것은 대상이 '재현'되어야 하기 때문이었다. 그런 점에서 주체의 구심적 권력은 글쓰기의 재현 자질과 불가분의 관계에 있다고 볼 수 있다. 그러나 다른 한편으로 그 권력은 '충실한 재현'—이러한 말이 가능하다면—을 가로막는 근본적 한계가 되기도 한다. 재현물은 원본의 대리물이며, 대리물이 대리물로서 충실하게 기능했는지는 원본 대상에 얼마나 접근했느냐에 따라 판단될 수 있다. 그러나 '주체'가 강한 구심력을 발휘하며 대상세계를 선명하게 텍스트화 할 때, 원본세계가 원래 지니고 있던 다양한 측면들은 어쩔 수 없이 배제된다. 쉽고 명료하게 의미가 포착될수록, 텍스트화된 세계는 원본

세계와 멀어진 채로 단순화될 가능성이 높은 것이다.

근대적 주체성의 확립이라는 관점에서만 글쓰기의 형성 양상을 살필 경우, 이 딜레마는 강제 봉합되기 쉽다. 주체성의 확립을 일종의 선결 과제로 보거나, 혹은 그렇지 않더라도 피할 수 없는 것으로 간주할 때, 재현성은 주체중심성에 수반되는 결과물처럼 여겨지게 된다. 그래서 '그 글은 세계를 잘 재현하고 있다'라고 말할 때의 '잘 재현된 세계'란, 원본세계의 원본성을 잘 간직하고 있는 세계라기보다는 명료하게 대상화되어 쉽게 이해되는 세계를 뜻하게 된다. 이때 '재현'의 문제는, 원본 접근성이라는 지향적 태도에서 멀어져, 이데올로기로 변질될 가능성이 높아진다.

재현성의 문제와 관련하여 글쓰기 주체에게 축소된 입지가 요구되는 것은 이 지점이었다. 원래 있는 것을 원래 그대로 글 속에 옮길 수 있다는 믿음이 재현의 원리에 깔려 있음을 감안한다면, 주체의 구심력이 약화된다는 것은 대상의 대상성에 근접한다는 의미이기도 하다. 주체가 수동화될 때 역설적으로, 주체를 대신하는 모종의 힘에 의해 질료로서의 세계와 쓰이는 세계의 대응이 촘촘해지는 글쓰기, 그리고 재현세계의 밀도를 확보하는 글쓰기가 가능해진다고 볼 수 있을 것이다.

이 책에서는 주체의 입지가 축소되는 글쓰기의 양상을 살피기 위해, 주체가 주체 자신에 집중하며 자신을 글쓰기 대상으로 삼는 경우와, 주체가 연루된 공동체를 대상세계로 다루는 경우로 나눠서 논의를 전개하였다. 그런데 문제는 구심력이 약해질 경우 주체가 대상에 대해 충분한 거리를 확보한 상태에서 의미를 조직할 수 없기 때문에 텍스트의 명료성과 가독성이 다분히 떨어지는 경향을 보인다는 것이었다. 이것은 소통 가능성과 관련하여 치명적인 한계가 된다. 또한 주체, 화자, 주인공의 층위를 정확하게 갈라낼 수 없는 경우가 많기 때문에 혼란스럽고 서툴다는 느낌을 주게 되고, 그 때문에 '근대적 주체성에 미달'하는 글로 보여진다는 것도 딜레마였다.

　주체의 권력이 강하게 작동하지 않는 글들은 당대적 대중성을 확보하기 힘들뿐더러, 당대적 평균을 '앞서나가려는' 의식도 결여되어 있는 까닭에 중요한 의미조차 없는 것으로 보이기도 한다. 그래서 문화적 헤게모니를 장악하는 것 자체가 근본적으로 불가능하고 후대에 영향을 끼칠 수도 사적(史的) 흐름을 형성할 수도 없다. '역사는 승리한 자들의 역사'라고 할 때, 이러한 글들은 '승리'하여 주도권을 '장악'하는 입장에 서지 못한다. 주체의 입지가 축소된 글쓰기, 재현의 밀도가 높아진 글쓰기는 근대문화 속에서 어쩔 수 없이 패자의 위치를 벗어나기 힘들다는 점에서, 생래적으로 '소수적 글쓰기'에 해당한다고 할 수 있을 것이다.

　'소수적 글쓰기'의 존재론적 입지를 밝혀내어 계보를 만들어주는 일은, 근대적 주체의 형성을 중심으로 기술되는 주류 문학사 못지않게 중요하다고 생각한다. 화려하게 조명을 받을 수 없는 '소수적 글쓰기'는, 바로 그 화려함이 불가능하다는 조건, 밀려나고 잊혀지고 파묻힐 수밖에 없다는 그 조건으로 인해 역설적으로 근대적 글쓰기의 기반인 '재현성'을 끝까지 밀어붙일 수 있는 가능성을 부여받는다. 그 가능성의 현실태인 텍스트들을 찾아내고 온당하게 의미를 부여하는 작업은 앞으로 남은 중요한 과제일 것이다. 한편 이 책의 마지막 장에서 시와 소설이라는 형식을 다룬 것은, 그것이 주체중심성과 재현성 사이의 모순을 극복하기 위해 조성된 양식일 수 있음을 논하고 '소수적 글쓰기'가 문화의 형식과 관계 맺을 수 있는 가능성을 찾아보려는 이유에서였다. 이 관계가 가능하다면, 그 가능한 지점을 치밀하게 찾아내는 일 역시 후속 과제로 남겨진 몫일 것이다.

참고문헌

1. 기초자료

1) 신문

『한성주보』, 『독립신문』, 『황성신문』, 『매일신문』, 『대한매일신보』, 『매일신보』

2) 잡지

『태극학보』, 『대한유학생회학보』, 『대한자강회월보』, 『대한흥학보』, 『소년』, 『아이들보이』, 『청춘』, 『학지광』, 『신문계』, 『반도시론』, 『불교진흥회월보』, 『태서문예신보』, 『창조』

3) 단행본

『서유견문』, 『경부철도노래』, 『서사건국지』, 『혈의 누』, 『귀의 성』, 『고목화』, 『화의 혈』, 『산천초목』, 『황금탑』, 『장한몽』, 『공진회』, 『최소월시집-친필원본복사본』, 『해파리의 노래』

2. 보조자료

김영민·구장률·이유미 편, 『근대계몽기 단형 서사문학 자료 전집』, 소명출판, 2003.
정선태, 『개화기 신문 논설의 서사 수용 양상』, 소명출판, 1999.

3. 국내 논저

강내희, 「재현체계와 근대성-재현의 탈근대적 배치를 위하여」, 『문화과학』 24호, 2000년 겨울호
강명관, 「한문폐지론과 애국계몽기 국한문논쟁」, 『한국한문학연구』 8집, 1985.
______, 『조선시대 문학예술의 생성 공간』, 소명출판, 1999.
______, 「문체와 국가장치-정조의 문체반정을 둘러싼 사건들」, 『조선 후기 소품문의 실체』(안대회 편), 태학사, 2003.
강신항, 『훈민정음 연구』(증보판), 성균관대 출판부, 1994.
강윤호, 『개화기의 교과용 도서』, 교육출판사, 1973.
고미숙, 「대중가요의 선구, 20세기 초반 잡가 연구」, 『역사비평』, 1994년 봄호

______, 「계몽의 담론, 계몽의 수사학」, 『문화과학』 23호, 2001.9.

고연희, 「18세기 전반기 산수기행문학」, 『우리한문학사의 새로운 조명』(이혜순 외), 집문당, 1999.

고운기, 「"만만파파식적을 울음"과 근대시」, 『문학사상』, 2003.8.

고은지, 「계몽가사의 문학적 형상화 방식과 그 의미―양식적 원리와 표현 기법을 중심으로」, 고려대 박사논문, 2004.

권보드래, 『한국 근대소설의 기원』, 소명출판, 2000.

______, 「1910년대 신문(新文)의 구상과 "경성유람기"」, 『서울학연구』 18호, 2002.

권순긍, 「1910년대 활자본 구소설 연구」, 성균관대 박사논문, 1990.

권영민, 「개화기 소설의 문체 연구」, 서울대 석사논문, 1975.

______, 『한국 민족문학론 연구』, 민음사, 1988.

______, 『서사양식과 담론의 근대성』, 서울대 출판부, 1999.

권용선, 「1910년대 '근대적 글쓰기'의 형성 과정 연구―연설·번역·편지를 중심으로」, 인하대 박사논문, 2004.

김경미, 「조선 후기 소설론 연구」, 이화여대 박사논문, 1993.

김권정, 「김창제의 생애와 개혁 사상」, 『한국 기독교와 역사』 7권 1호, 1997.

김기진, 「대중소설론」, 『동아일보』, 1929.4.14~4.20.

김기현, 「현상윤의 단편소설」, 『문학과지성』 3권 4호, 일조각, 1972년 겨울.

______, 「최서해의 전기적 고찰(1)」, 『어문논집』 16집, 안암어문학회, 1975.

______, 「현상윤의 『청류벽』에 대하여」, 『국어국문학논총』(벽사 이우성 선생 정년퇴직기념논총간행위원회 편), 여강출판사, 1990.

김도태·김여제, 『서재필 박사 자서전』, 수선사, 1948.

김동식, 「한국의 근대적 문학 개념 형성과정 연구」, 서울대 박사논문, 1999.

김동인, 「조선근대소설고」, 『조선일보』, 1929.7.29~8.16.

______, 「문단 삼십 년의 자취」, 『신천지』 3권 3호~4권 8호, 1948.3~1949.8.

김병국, 「고대소설 서사체와 서술시점」, 『한국고전소설 연구』(이상택·성현경 편), 새문사, 1983.

김병철, 『한국 근대문학 번역사 연구』, 을유문화사, 1988.

김복순, 『1910년대 한국문학과 근대성』, 소명출판, 1999.

김봉희, 『개화기 서적문화 연구』, 이화여대 출판부, 1999.

김상대, 『구결문의 연구』, 한신문화사, 1993.

김성윤, 「한국 근대자유시 형성기 연구―1910년대 최승구, 김여제, 현상윤의 시를 중심으로」, 연세대 박사논문, 1999.

김성진, 「조선 후기 소품체 산문 연구」, 부산대 박사논문, 1991.

김영민, 「한국 근대소설 발생 과정 연구―조선 후기 야담과 개화기 문학 양식의 연관성을 중심으로」, 『국어국문학』 127, 2000.

______, 『한국 근대소설사』 개정판, 솔, 2003.

김영철, 「신문학 초기의 현상 및 신문춘예제 정착 과정」, 『국어국문학』 98호, 1987.12.

김우창, 「감각, 이성, 정신」, 『한국문학이란 무엇인가』(이문열 · 권영민 · 이남호 편), 민음사, 1995.

김윤식 · 김현, 『한국문학사』, 민음사, 1973.

김윤식, 『이광수와 그의 시대』, 한길사, 1986.

______, 『한국 근대소설사 연구』, 을유문화사, 1986.

김윤재, 「백악춘사 장응진 연구」, 『민족문학사연구』 12집, 1998년 상반기.

김인선, 「갑오경장 전후의 국한문논쟁」, 『새국어생활』 4권 4호, 국립국어연구원, 1994년 겨울.

김인환, 『상상력과 원근법』, 문학과지성사, 1993.

______, 『기억의 계단』, 민음사, 2001.

______, 『다른 미래를 위하여』, 문학과지성사, 2003.

김일근, 『언간의 연구―한글 서간의 연구와 자료 집성』, 건국대 출판부, 1986.

김종해, 「한힌샘 주시경 선생 해적이[年報]」, 『나라사랑』 4집, 1971.9.

김종훈, 「근대계몽기 단형 서사 삽입 시가 연구―『대한매일신보』에 실린 초기 다섯 편을 중심으로」, 『근대계몽기 단형 서사문학 연구』(연세대 근대한국학연구소 편), 소명출판, 2002.

김진송, 『서울에 딴스홀을 허하라』, 현실문화연구, 1999.

김찬기, 『한국 근대소설의 형성과 전(傳)』, 소명출판, 2004.

______, 「근대계몽기 신문 잡지 소개 인물 기사 연구」, 『근대계몽기 단형서사문학 연구』(연세대 근대한국학연구소 편), 소명출판, 2005.

김춘미, 『김동인 연구』, 고려대 민족문화연구소, 1985.

김춘식, 『미적 근대성과 동인지 문단』, 소명출판, 2003.

김태웅, 「1915년 경성부 물산공진회와 일제의 정치 선전」, 『서울학연구』 18권, 2002.

김태준(a), 『조선소설사』, 학예사, 1939.

김태준(b), 「『일동기유』와 『서유견문』」, 『비교문학』 16집, 1991.

김학동 편, 『최소월 작품집』, 형설출판사, 1982.

______, 「진순성의 생애와 문학」, 『현대시인연구』 II, 새문사, 1995.

김행숙, 「1920년대 동인지 문학의 근대성 연구」, 고려대 박사논문, 2002.

김향금, 「언간의 문체론적 연구」, 서울대 석사논문, 1994.

김 현, 『한국문학의 위상』, 문학과지성사, 1977.

김현주, 「근대 초기 기행문의 전개 양상과 문학적 기행문의 '기원'—국토 기행을
　　　　중심으로」, 『한국문학연구의 새로운 가능성』(한국문학연구학회 편), 국학자
　　　　료원, 2001.

김형철, 「19세기 말 국어의 문체, 구문, 어휘의 연구」, 경북대 박사논문, 1987.

남풍현, 『국어사를 위한 구결 연구』, 태학사, 1999.

류준필, 「근대계몽기 신문 및 소설의 구어 재현 방식과 그 성격」, 『대동문화연구』
　　　　44집, 2003.

＿＿＿, 「구어의 재현과 언문일치」, 『역사비평』, 2003년 봄호.

박은순, 『금강산도 연구』, 일지사, 1997.

박진수, 「한·일 근대 소설의 성립과 '언문일치'—『부운(浮雲)』과 『무정(無情)』의 문
　　　　체를 중심으로」, 『한국과 일본의 근대언문일치체 형성 과정』(김채수 편저),
　　　　보고사, 2002.

박진영, 「일재 조중환과 번안 소설의 시대」, 『민족문학사 연구』 26호, 민족문학사학
　　　　회, 2004.

박찬승, 「일제하 '실력양성운동론' 연구」, 서울대 박사논문, 1990.

박창석, 『캐리커처의 역사』, 살림, 2003.

박헌호, 「초기 근대소설에 나타난 내면의 서사—1910년대 후반~20년대 초반 단편을
　　　　중심으로」, 『대동문화연구』 45집, 2004.

박희병, 「『청구야담』 연구—한문단편소설을 중심으로」, 서울대 석사논문, 1981.

＿＿＿, 「조선 후기 '전'의 소설적 성향 연구」, 서울대 박사논문, 1991.

배수찬, 「고전 국문 소설의 서술 원리 연구—낭독이 서술에 미친 영향을 중심으로」,
　　　　서울대 석사논문, 2001.

사재동, 「고소설 판본의 형성·유통」, 『고소설의 저작과 전파』(한국고소설연구회
　　　　편), 아세아문화사, 1994.

서연호, 『한국 근대희곡사 연구』, 고려대 출판부, 1982.

서영채, 『사랑의 문법—이광수, 염상섭, 이상』, 민음사, 2004.

＿＿＿, 「최남선 시가의 근대성에 관한 연구」, 『민족문학사연구』 13호, 민족문학사
　　　　학회, 1998.

성춘식 구술, 신경란 편집, 『이부자리 피이놓고 암만 바래도 안와』, 뿌리깊은나무,
　　　　1990.

손정목, 「개항기 한국거류 일본인의 취업과 매춘업·고리대금업」, 『한국학보』 6권
　　　1호(통권 18호), 1980년 봄호.
손정수, 「개화기 서사의 장르적 성격」, 『한국 근대문학 양식의 형성과 전개』(상허학
　　　회 편), 깊은샘, 2003.
송재소, 「정다산의 '조선시'에 대하여」, 『한국한문학연구』 2집, 1979.
신용하, 『독립협회 연구』, 일조각, 1976.
신지연, 「『청춘』의 독자문예란 연구」, 『한국언어문학』 53집, 2004.12.
　　　, 「『소년』의 문체 연구」, 『민족문화연구』 41호, 2005.6.
심경호, 「조선 후기 고문의 형식미」, 『관악어문연구』 13호, 1988.
　　　, 『한문 산문의 미학』, 고려대 출판부, 1998.
심재기, 「개화기의 교과서 문체에 대하여」, 『국어국문학』 107호, 1992.5.
안대회, 「조선 후기 소품문의 성행과 글쓰기의 변모」, 『조선 후기 소품문의 실체』
　　　(안대회 편), 태학사, 2003.
안자산, 『조선문학사』, 한일서점, 1922.
양문규, 「1910년대 한국소설 연구─사회사적 관련 양상을 중심으로」, 연세대 박사논
　　　문, 1990.
　　　, 「신소설에 나타난 전대 소설의 계승 양상─언어의 문제를 중심으로」, 『20세
　　　기 문학 연구의 쟁점과 과제』(한국문학연구학회 편), 국학자료원, 2003.
양세라, 「개화기 서사 양식에 내재된 연극성으로서의 유희 연구(1)」, 『근대계몽기
　　　단형 서사문학 연구』(연세대 근대한국학연구소 편), 소명출판, 2002.
양승국, 『한국 신연극 연구』, 연극과인간, 2001.
유영익, 「『서유견문』론」, 『한국사시민강좌』 7집, 일조각, 1990.
유재일, 「이언인(俚諺引)」에 반영된 이옥의 시 이론 연구」, 『한국 한시의 탐구』, 이회
　　　문화사, 2003.
유택일, 『완판방각소설의 문헌학적 연구』, 학문사, 1985.
윤수영, 「한국 근대 서간체 소설 연구─형성과 구조 변이를 중심으로」, 이화여대
　　　박사논문, 1989.
이가원, 『연암소설연구』, 을유문화사, 1965.
이광린, 『개화파와 개화사상 연구』, 일조각, 1989.
이광수, 「조선문단의 현상과 장래」, 『동아일보』, 1925.1.1.
　　　, 「육당 최남선론」, 『조선문단』 6호, 1925.3.
　　　, 「육당의 첫 인상」, 『조선문단』 6호, 1925.3.
　　　, 『나의 고백』, 춘추사, 1948.

이광호, 『미적 근대성과 한국문학사』, 민음사, 2001.
이기문, 『국어표기법의 역사적 연구』, 한국연구원, 1963.
______, 『개화기의 국문 연구』, 일조각, 1970.
______, 「개화기의 국문 사용에 관한 연구」, 『한국문화』 5집, 서울대 한국문화연구소, 1984.
이남호, 『문학의 위족』, 민음사, 1990.
______, 『문자제국쇠망약사』, 생각의나무, 2004.
이동원, 「기행문학 연구―1910~1920년대를 중심으로」, 연세대 석사논문, 2002.
이동하, 「1910년대 단편소설 연구」, 서울대 석사논문, 1982.
이만열, 『한국기독교수용사연구』, 두레시대, 1991.
이명규, 『중세 및 근대 국어의 구개음화』, 한국문화사, 2000.
이병기, 『국문학개론』, 일지사, 1965.
이보경, 『문과 노벨의 결혼―근대 중국의 소설이론 재편』, 문학과지성사, 2002.
이상경, 「은세계 재론」, 『민족문학사연구』 5호, 1994년 상반기.
이완석, 「낙선재문고와 더불어 반세기」, 『중앙일보』, 1966.8.25.
이유선, 『한국 양악(洋樂) 80년사』, 중앙대 출판국, 1968.
이은주, 「문학 텍스트에 나타난 자기 구성 방식에 대한 시론(試論)」, 『1920년대 동인지 문학과 근대성 연구』(상허학회 편), 깊은샘, 2000.
이응호, 『개화기의 한글 운동사』, 성청사, 1975.
이재선, 『한국개화기소설 연구』, 일조각, 1972.
______, 『한국단편소설 연구』, 일조각, 1975.
이청원, 「언문일치운동의 재검토」, 『한국언어문학』 20호, 1981.
이한섭, 「서유견문에 받아들여진 일본의 한자어에 대하여」, 『일본학』 6집, 동국대, 1987.
이혜령, 「한글운동과 근대어 이데올로기」, 『역사비평』 71호, 2005년 여름.
이혜순, 「가사(歌詞)·가사(歌辭)론」, 서울대 석사논문, 1966.
이혜순·정하영·호승희·김경미, 『조선중기 유산기 문학』, 집문당, 1997.
이호룡, 『한국의 아나키즘―사상 편』, 지식산업사, 2001.
임상석, 「근대계몽기 신채호의 글쓰기 방식―한문의 그늘 아래 모색된 새로운 논리와 사상」, 고려대 석사논문, 2001.
임재욱, 「가사의 형태와 향유 방식 변화의 관련 양상 연구」, 서울대 석사논문, 1997.
임형택, 「18·9세기 "이야기꾼"과 소설의 발달」, 『한국학논집』 2집, 계명대, 1975.
______, 「한문단편 형성 과정에서의 강담사」, 『창작과비평』 49호, 1978년 가을호

______, 「17세기 규방소설의 성립과 『창선감의록』」, 『동방학지』 57집, 연세대 국학
　　　　연구원, 1988.

______, 「야담의 근대적 변모」, 『한국한문학연구』 19집, 1996.

______, 『한국문학사의 논리와 체계』, 창작과비평사, 2002.

임　화, 「신소설의 대두―속(續) 신문학사」, 『조선일보』, 1940.2.2~5.10.

장사훈, 『국악사론』, 대광문화사, 1983.

장정수, 「금강산 기행가사의 전개 양상 연구」, 고려대 박사논문, 2000.

전광용, 『신소설 연구』, 새문사, 1986.

정길남, 「갑오경장 전후의 문자 사용 양상」, 『새국어생활』 4권 4호, 국립국어연구원,
　　　　1994.

정덕준, 「자의적 순응과 패배의식―개화기 소설에 나타난 작가 의식」, 『한국언어문
　　　　학』 19집, 한국언어문학회, 1980.

정덕준·설중환·전영철, 「한국 소설문학에 나타난 구국여성상」, 『논문집』 2, 우석
　　　　대, 1980.

정만조, 「승정원일기의 작성과 사료적 가치」, 『한국학논총』 24집, 국민대 한국학연
　　　　구소, 2001.

정　민, 『조선 후기 고문론 연구』, 아세아문화사, 1989.

______, 「18세기 산수유기의 새로운 경향」, 『조선 후기 소품문의 실체』(안대회 편)
　　　　태학사, 2003.

정선태, 「신소설의 서사론적 연구―이인직을 중심으로」, 서울대 석사논문, 1994.

______, 「번역과 근대 소설 문체의 발견―잡지 『소년』을 중심으로」, 『대동문화연구』
　　　　48집, 2004.12.

정우봉, 「김창협 시론의 비평사적 의의」, 『어문논집』 31집, 고려대 국어국문학연구
　　　　회, 1992.

정우택, 「한국 근대 자유시 형성과정과 그 성격」, 성균관대 박사논문, 1998.

정은임, 「궁정실기문학연구」, 숙명여대 박사논문, 1988.

정진석, 「해제 : 최초의 근대신문 한성순보와 한성주보」, 『한성순보·한성주보 번역
　　　　판』, 관훈클럽영신연구기금, 1983.

정창권, 「조선 후기 장편 여성소설 연구」, 고려대 박사논문, 1999.

정출헌, 『고전소설사의 구도와 시각』, 소명출판, 1999.

정한숙, 『소설문장론』, 고려대 출판부, 1973.

정환국, 「근대계몽기 역사전기물 번역에 대하여」, 『대동문화연구』 48집, 2004.

조동일, 『신소설의 문학사적 성격』, 서울대 출판부, 1973.

______, 『한국소설의 이론』, 지식산업사, 1977.

______, 『한국문학과 세계문학』, 지식산업사, 1991.

______, 『공동문어문학과 민족어문학』, 지식산업사, 1999.

조연현, 『한국신문학고』, 문화당, 1966.

조용만, 『육당 최남선』, 삼중당, 1964.

주종연, 「한국 근대단편소설의 형성과정 연구」, 서울대 박사논문, 1979.

차암근, 『미국신문사』, 서울대 출판부, 1983.

차혜영, 『한국 근대문학제도와 소설 양식의 형성』, 역락, 2004.

______, 「세계체제 내 식민지 근대의 심상지리」, 『한국 근대문학의 형성과 문학 장의 재발견』(민족문학사연구소 기초학문연구단 편), 소명출판, 2004.

천정환, 『근대의 책 읽기─독자의 탄생과 한국의 근대문학』, 푸른역사, 2003.

최강현, 『한국기행문학 연구』, 일지사, 1982.

최동호, 『현대시의 정신사』, 열음사, 1985.

______, 『한국 현대시사의 감각』, 고려대 출판부, 2004.

최원식, 「『은세계』 연구」, 『한국 근대문학사론』(임형택·최원식 편), 한길사, 1982.

______, 「이해조 문학 연구」, 『한국 근대소설사론』, 창작사, 1986.

______, 『한국 계몽주의 문학사론』, 소명출판, 2002.

최정화, 「최남선의 초기 저술에서 나타나는 지리적 관심─개화기 육당의 문화운동과 메이지 지문학(地文學)의 영향」, 『응용지리』 13호, 1990.

최태원, 「번안소설·미디어·대중성─1910년대 소설 독자의 문제를 중심으로」, 『한국 근대문학과 일본』(사에구사 도시카쓰 외), 소명출판, 2003.

한기형, 『한국 근대소설사의 시각』, 소명출판, 1999.

______, 「최남선의 잡지 발간과 초기 근대문학의 재편─『소년』, 『청춘』의 문학사적 역할과 위상」, 『대동문화연구』 45집, 2004.

______, 「근대잡지와 근대문학 형성의 제도적 연관─1910년대 최남선과 다케우치 로쿠노스케의 활동을 중심으로」, 『대동문화연구』 48집, 2004.

한점돌, 「1910년대 한국 소설의 정신사적 연구」, 서울대 박사논문, 1992.

한진일, 「근대단편소설의 형성과정 연구─1910년대 단편소설을 중심으로」, 성균관대 박사논문, 2002.

호승희, 「조선 전기 유산록 연구」, 『한국한문학연구』 18집, 1995.

호테이 토시히로, 「『학지광』 소고─신발견 제8호와 제11호를 중심으로」, 『문학사상』, 2003.8.

홍일식 외, 『고려대학의 사람들 4─현상윤』, 고려대 민족문화연구소, 1986.

홍정선, 「근대시 형성 과정에 있어서의 독자층의 역할 연구」, 서울대 박사논문, 1992.
홍종선, 「개화기 시대 문장의 문체 연구」, 『국어국문학』 117호, 1996.11.
황종연, 「문학이라는 역어(譯語)」, 『한국문학과 계몽담론』(문학사와비평연구회 편),
　　　　새미, 1999.
황호덕, 「한국 근대형성기의 문장 배치와 국문 담론」, 성균관대 박사논문, 2002.

4. 편저

김채수 편, 『한국과 일본의 근대언문일치체 형성 과정』, 보고사, 2002.
문학사와비평연구회 편, 『한국문학과 계몽담론』, 새미, 1999.
민족문학사연구소 기초학문연구단 편, 『한국 근대문학의 형성과 문학 장의 재발견』,
　　　　소명출판, 2004.
상허학회 편, 『1920년대 동인지 문학과 근대성 연구』, 깊은샘, 2000.
안대회 편, 『조선 후기 소품문의 실체』, 태학사, 2003.
연세대 근대한국학연구소 편, 『근대계몽기 단형 서사문학 연구』, 소명출판, 2005.
한국고소설연구회 편, 『고소설의 저작과 전파』, 아세아문화사, 1994.
한설야 외, 『우리시대의 작가 수업』, 역락, 2001.

5. 번역논저(동양)

가라타니 고진[柄谷行人], 박유하 역, 『일본 근대문학의 기원』, 민음사, 1997.
＿＿＿, 송태욱 역, 『트랜스크리틱』, 한길사, 2005.
＿＿＿, 조영일 역, 『근대문학의 종언』, 도서출판b, 2006.
나카무라 미츠오[中村光夫], 『일본 메이지 문학사』, 고재석 · 김환기 역, 동국대 출
　　　　판부, 2001.
박제가, 안대회 역, 『북학의』, 돌베개, 2003.
박지원, 김혈조 편역, 『그렇다면 도로 눈을 감고 가시오』, 학고재, 1997.
스즈키 토미[鈴木登美], 한일문학연구회 역, 『이야기된 자기－일본 근대성의 형성
　　　　과 사소설 담론』, 생각의나무, 2004.
요시다 세이이치[吉田精一] · 오쿠노 다케오[奧野健男], 유정 편역, 『현대일본문학
　　　　사』, 정음사, 1984.
유길준, 허경진 역, 『서유견문』, 서해문집, 2004.
유협(劉勰), 최동호 편역, 『문심조룡』, 민음사, 1994.
윤치호, 송병기 역, 『국역 윤치호 일기』 1, 연세대 출판부, 2001.

이옥, 실시학사고전문학연구회 역주, 『역주 이옥전집』, 소명출판, 2001.

이우성·임형택 편역, 『이조후기 한문단편집』, 일조각, 1973.

이효덕(李孝德), 박성관 역, 『표상 공간의 근대』, 소명출판, 2002.

코모리 요이치[小森陽一], 정선태 역, 『일본어의 근대』, 소명출판, 2003.

하타노 세츠코[波田野節子], 신두원 역, 「이광수의 자아―작품을 통해 본 이광수의
　　　　제1차 유학시대의 세계관」, 『민족문학사연구』 5호, 1994년 상반기.

황현, 김준 역, 『매천야록』, 교문사, 1994.

6. 번역 논저(서양)

게일, J. S.(Gale, J. S.), 장문평 역, 『코리언 스케치』, 현암사, 1971.

데리다, 자크(Derrida, Jacque), 김웅권 역, 『그라마톨로지에 대하여』, 동문선, 2004.

들뢰즈, 질(Deleuze, Gilles), 하태환 역, 『감각의 논리』, 민음사, 1995.

루카치, 게오르그(Lukács, György), 반성완 역, 『소설의 이론』, 심설당, 1985.

리우, 루어위(劉若愚; Liu, James J. Y), 이장우 역, 『중국문학의 이론』, 범학사, 1978.

맥루한, 허버트 마샬(Mcluhan, Herbert Marshall), 임상원 역, 『구텐베르그 은하계』, 커
　　　　뮤니케이션북스, 2001.

______, 김성기·이한우 역, 『미디어의 이해』, 민음사, 2002.

메를로퐁티, 모리스(Merleau-Ponty, Maurice), 류의근 역, 『지각의 현상학』, 문학과지성
　　　　사, 2002.

바흐친, M·볼로쉬노프, V. N(Bakhtin, M·Vološnov, V. N), 송기한 역, 『마르크스주의
　　　　와 언어철학』, 한겨레, 1988.

벤야민, 발터(Benjamin, Walter), 반성완 편역, 『발터 벤야민의 문예이론』, 민음사,
　　　　1983.

보드리야르, 장(Baudrillard, Jean), 하태환 역, 『시뮬라시옹』, 민음사, 1992.

앤더슨, 베네딕트(Anderson, Benedict), 윤형숙 역, 『상상의 공동체―민족주의의 기원
　　　　과 전파에 대한 성찰』, 나남, 2002.

야우스, 한스 로베르트(Jauß, Hans Robert), 장영태 역, 『도전으로서의 문학사』, 문학
　　　　과지성사, 1983.

언더우드, 릴리아스(Underwood, Lillias Horton), 신복룡 역주, 『상투의 나라』, 집문당,
　　　　1999.

옹, 월터 J(Ong, Walter J.), 이기우·임명진 역, 『구술문화와 문자문화』, 문예출판사,
　　　　1995.

와트, 이언(Watt, Ian), 전철민 역, 『소설의 발생』, 열린책들, 1988.
지젝, 슬라보예(Žižek, Slavoj), 이수련 역, 『이데올로기라는 숭고한 대상』, 인간사랑,
    2002.

7. 외서

Barthes, Roland, *Writing Degree Zero*, Annette Lavers and Colin Smith trans., New York :
    Jonathan Cape Ltd., 1968.
Baudelaire, Charles, "Le Peintre de la Vie Moderne", *Curiosités Esthétique, L'Art Romantique
    et Autres OEvres critiques*, édition de Henry Lemaître, Paris : Garnier, 1990.
Latourette, Kenneth Scott, *The Chinese : Their History and Culture* 3rd ed., New York : The
    MacMillan company, 1951.
Žižek, Slavoj, *The Fright of Real Tears*, London : bfi Publishing, 2001.